SOPHIE JACKSON
Dunkle Liebe – Schuld

SOPHIE JACKSON

DUNKLE LIEBE

Schuld

Roman

Ins Deutsche übertragen von
Katrin Reichardt

LYX
EGMONT

Die Originalausgabe erschien 2015 unter dem Titel
A Pound of Flesh bei Headline Eternal, an imprint of
Headline Publishing Group, London, UK.

Deutschsprachige Erstausgabe Januar 2016 bei LYX
verlegt durch EGMONT Verlagsgesellschaften mbH,
Gertrudenstraße 30–36, 50667 Köln

1. Auflage
Redaktion: Catherine Beck
Satz: Greiner & Reichel, Köln
Printed in Germany (670421)
ISBN 978-3-7363-0022-4

www.egmont-lyx.de

MIX
Papier
FSC FSC® C083411

Für Mum.
Ich stehe für immer in deiner Schuld.

Prolog

Das Pfund Fleisch, das ich verlange,
Ist teur gekauft, ist mein, und ich will's haben.

Der Kaufmann von Venedig, Vierter Akt, Erste Szene

Ihr Herz schlug wild im Einklang mit dem Echo ihrer hektischen Schritte auf dem Asphalt, während ihr Vater ihre Hand geradezu schmerzhaft festhielt. Sie war erst neun, und mit ihren kurzen Beinchen konnte sie kaum mit ihm mithalten. Sie stolperte neben ihm her, rannte fast. Seine sonst freundliche und unbeschwerte Miene war so hart, wie sie es noch nie zuvor erlebt hatte, und sein Blick war zornig und finster wie der Himmel über ihren Köpfen. Sie verspürte den albernen Drang, in Tränen auszubrechen.

Ein Geräusch hinter ihnen ließ sie den Kopf drehen. Aus der Mündung einer dunklen Gasse schlichen fünf mit Kapuzen vermummte Männer. Sie hielten die Köpfe gesenkt, fielen jedoch ohne Schwierigkeiten in den schnellen Schritt ihres Vaters mit ein und verfolgten sie wie ein Rudel wilder Tiere auf Beutezug.

Gut möglich, dass ihr Vater ihr aufmunternde Worte zuraunte. Worte, die ihr die Angst nehmen sollten, die plötzlich über ihren Nacken nach oben kroch, doch sie wurden vom Asphalt verschluckt, als plötzlich etwas Schnelles und Hartes ihren Vater von hinten zu Boden warf. Sie wurde mitgerissen. Orientierungslos und mit brennenden Knien vom Rutschen über den

Asphalt blickte sie auf und schrie, als der Baseballschläger zwei Mal mit widerwärtigen dumpfen Schlägen den Rücken ihres Vaters traf.

Sie konnte nicht erkennen, aus welcher Richtung die Hand kam, die ihr eine so feste Ohrfeige versetzte, dass sie vom Gehweg auf die Straße rollte, mit Sternen vor den Augen und dem wütenden Brüllen ihres Vaters in den Ohren. Taumelnd richtete er sich auf und stürzte sich auf einen der Angreifer. Entsetzt verfolgte sie, wie sich zur Vergeltung ein Gewitter aus Fäusten, Füßen und Schlägern über ihm entlud.

Durch die Kakofonie der gebrüllten Forderungen nach seiner Geldbörse, durch die Barrikade an Körpern, die ihn umschloss, hörte sie, wie ihr Vater ihr zubrüllte, sie solle davonlaufen. Er flehte und bettelte, während sie immer weiter auf ihn einschlugen, doch eine eisige Kälte ließ sie erstarren. Wie konnte er von ihr verlangen, dass sie gehen sollte? Sie musste ihm doch helfen, ihn retten! Tränen rannen ihre Wangen hinab, und ein animalischer Schrei brach aus ihrer Kehle.

Als eine weitere Faust seine Schläfe traf, stöhnte er schmerzerfüllt, und seine Knie trafen gerade am Boden auf, als sie schon auf ihn zuschnellte. Sie versuchte, die Hand nach ihm auszustrecken, doch plötzlich wurde ihr Arm kraftvoll zurückgerissen. Ein erleichtertes Wimmern entfuhr ihr, denn sie rechnete damit, einen Polizisten oder den Leibwächter ihres Vaters zu sehen – doch derjenige, der vor ihr stand, war kaum größer als sie selbst und trug einen schmutzigen schwarzen Kapuzenpullover.

Als er begann, sie wegzuzerren, obwohl ihr Vater immer noch verprügelt wurde, schrie sie aus Leibeskräften, wand sich und brüllte auf ihn ein, während er ihr unter seiner Kapuze nur etwas zuzischte. Begriff er denn nicht, dass ihr Vater sie brauchte, dass er ohne ihre Hilfe sterben würde? Doch der Fremde zog sie weiter mit sich, die Straße hinab und in den Eingang eines verlassenen Gebäudes hinein, zwei Blocks entfernt von der Stelle, an der das schreckliche Geräusch von Schüssen ertönte.

Wieder schrie sie nach ihrem Vater, riss sich von ihrem Retter los und rannte zurück. Doch sie kam nicht weit, denn sie wurde zu Boden geworfen und starke Arme hielten sie fest. Schreiend wand sie sich unter seinem Körper und wehrte sich mit aller Kraft, doch bald schon wurde sie schwer und müde, und ihre Schreie verwandelten sich in abgehacktes Schluchzen, das dumpf auf dem Asphalt vor ihrer Stirn verhallte.

Das Gewicht, das auf ihrem Rücken gelastet hatte, verschwand, und zwei kräftige Hände hoben sie hoch, zogen sie zurück in den kalten Durchgang. Sie sank gegen ihn und maunzte gequält in seinen schmuddeligen Pullover hinein. Sie musste zurück zu ihrem Daddy. Sie musste wissen, dass es ihm gut ging. Es *musste* ihm einfach gut gehen. Ein Arm, der sich um ihre Schulter legte, und eine eisige Hand, die ihre Wange streichelte, waren ihr Verhängnis, und sie sackte schlaff an die Brust ihres unbekannten Retters.

Es hätten Stunden sein können, die so vergingen. Vielleicht schlief sie sogar ein. Das Nächste, an das sie sich erinnern konnte, war, dass ein bärtiger Mann sie zu einem Krankenwagen trug. Sie schlug die vom Weinen verquollenen Augen auf und sah Polizisten und Sanitäter, umgeben von einem Meer aus blinkenden roten und blauen Lichtern.

Ihre Mienen, deren Anblick sie für den Rest ihres Lebens verfolgen würde, verrieten ihr unmissverständlich, dass ihr Vater sie an diesem Abend nicht ins Bett bringen würde.

Und auch an keinem anderen Abend mehr.

1

Wesley James Carter, Insasse der *Arthur Kill Correctional Facility* und Querulant aus Leidenschaft, grinste den missmutigen Wachmann an, der ihn nun schon seit geschlagenen zehn Minuten nach seiner Häftlingsnummer befragte. Zu behaupten, dass Carters unverfrorenes Verhalten und seine amüsierte Miene den übergewichtigen Mann mit lichtem Haar verärgerten, wäre eine glatte Untertreibung gewesen. Dem armen Kerl stand schon fast Schaum vorm Mund.

Es war Freitag, fünf Minuten nach dem offiziellen Schichtende der Wachmannschaft.

Für Carter ein Grund mehr, sich querzustellen.

Der Beamte fuhr sich ungeduldig über den wulstigen Nacken und kniff die müden Augen zusammen. »Jetzt hören Sie mir mal genau zu«, sagte er in drohendem Ton, der bei anderen Häftlingen sicherlich wirkte wie ein Messer an der Kehle. »Es ist ganz einfach. Sie geben mir ihre Nummer. Ich schreibe sie in dieses Formular hinein, das ich für den für Sie zuständigen Sozialarbeiter vorbereitet habe, und anschließend kann ich nach Hause gehen.«

Carter funkelte den pummeligen Armleuchter aufmüpfig an.

Der Beamte lehnte sich sichtlich unbeeindruckt auf seinem Bürostuhl zurück. »Wenn Sie mir Ihre Nummer nicht geben, wird meine Frau stinksauer. Und ich muss meiner stinksauren Frau dann erklären, dass irgendein dreister Nichtsnutz mich hat warten lassen. Dann wird sie sich noch mehr aufregen und keifen, dass es unsere Steuern sind, von denen die drei Mahlzeiten täglich und die Gefängnisoveralls für Loser wie Sie finanziert werden.« Er beugte sich vor. »Also, zum letzten Mal: Insassennummer.«

Betont lässig schielte Carter zur Faust des Beamten hin, mit der er den Schlagstock an seinem Gürtel umschlossen hielt, und stieß gelangweilt den Atem aus. Normalerweise hätte er es darauf angelegt, dass der Kerl ihm eine verpasste, und die Prügel mit einem Lächeln eingesteckt. Doch heute war er nicht in Stimmung.

»081 056«, antwortete Carter gleichgültig und konnte es sich nicht verkneifen, dem Kerl kurz zuzuzwinkern.

Mit verkniffener Miene kritzelte der Beamte die Zahl auf das Formular und rollte sich mit dem Stuhl zum Schreibtisch seiner blonden Sekretärin hinüber. Der Fettsack war tatsächlich zu faul, um aufzustehen und sechs Schritte zu laufen.

Carter wartete, während Blondie die Nummer eintippte, die nun schon seit neunzehn Monaten als sein Zweitname fungierte. Er wusste, welche Vergehen auf dem Monitor erscheinen würden: Autodiebstahl, Umgang mit einer gefährlichen Waffe, Drogenbesitz, Trunkenheit und Ruhestörung – um nur ein paar zu nennen. Im Gegensatz zur landläufigen Meinung war er auf diese Liste an Straftaten und Vergehen, die zwei Bildschirme füllte, nicht stolz. Doch sie gab ihm eine Art Selbstempfinden, nach dem er schon fast die ganzen siebenundzwanzig Jahre seines Lebens ziellos gesucht hatte. Noch immer suchte er danach, und bis er dieses besondere *Etwas* gefunden hatte, war diese Liste alles, was er hatte.

Wie auch immer.

Er fuhr sich über das kurz geschorene Haar. Er war es leid, über dieses Thema nachzugrübeln.

Das Geräusch von Papier, das aus einem altertümlichen Drucker gerissen wurde, riss ihn aus seinen Gedanken.

»Nun, Mr Carter«, setzte der Wachmann seufzend an. »Es sieht so aus, als würde sich Ihr Aufenthalt bei uns noch weitere siebzehn lange Monate hinziehen. Das hat man davon, wenn man sich mit Koks erwischen lässt.«

»Der Stoff gehörte nicht mir«, antwortete Carter ausdruckslos.

Der Wachmann zog eine falsche Mitleidsmiene. Dann grinste er. »Was für ein Pech!«

Carter verkniff sich eine Erwiderung, weil er wusste, dass schon in wenigen Wochen seine Bewährungsverhandlung anstand, und schnappte sich schweigend das Formular.

Flankiert von einem weiteren Wachmann schlenderte Carter am Schreibtisch vorbei und durch einen engen Korridor zu einer weißen Tür, die er aufstieß, indem er mit der flachen Hand dagegen schlug. Der Raum dahinter wirkte klaustrophobisch beengt und steril und stank nach Eingeständnissen. Obwohl er hier schon unzählige Stunden zugebracht hatte, bekam er trotzdem wieder schwitzige Hände, und sein Herz schlug schneller.

Mit durchgedrücktem Rücken und steifen Schultern ging Carter auf den billigen Holzschreibtisch zu, hinter dem ihm ein Gorilla von einem Mann zulächelte.

»Wes«, begrüßte ihn Jack Parker, der für ihn zuständige Gefängnis-Sozialarbeiter. »Schön, dich zu sehen. Bitte setz dich doch.«

Carter schob die Hände in die Taschen seines Overalls und ließ sich plump auf den Stuhl fallen. Jack war der Einzige hier, der ihn mit seinem Vornamen ansprach; alle anderen nannten ihn Carter. Doch Jack bestand auf der zwanglosen Anrede, da er sie als wichtige Voraussetzung dafür erachtete, dass er und Carter eine vertrauensvolle Beziehung zueinander aufbauen konnten.

Worauf Carter ihm mitgeteilt hatte, dass er das für kompletten Schwachsinn hielt.

»Hast du was zu rauchen?«, fragte er mit einem abschätzigen Seitenblick auf den Wachmann, der sich bei der Tür postiert hatte.

»Klar.« Jack warf ein Päckchen *Camel* und ein Streichholzbriefchen auf den Schreibtisch.

Carters lange blasse Finger kämpften mit der Schutzfolie. Schon zwei lange Tage waren seit seiner letzten Zigarette vergangen. Carter hielt es kaum noch aus. Zwei zerbrochene Streichhölzer und eine Menge Flüche später inhalierte er endlich den dichten köstlichen Rauch. Er schloss die Augen, hielt den Atem an, und für den Bruchteil einer Sekunde war die Welt in Ordnung.

»Besser?«, erkundigte sich Jack mit einem hinterlistigen Grinsen.

Carter blies den Rauch über den Schreibtisch hinweg und nickte.

Es beeindruckte ihn, dass Jack der Versuchung widerstand, den Rauch wegzuwedeln. Sie wussten beide, dass dieses Verhalten Carter nur dazu animiert hätte, es wieder zu tun. Er sprang sofort auf jedes Anzeichen von Schwäche oder Verärgerung an und biss sich mit der Zähigkeit eines Terriers an seinen Opfern fest.

Anscheinend ein instinktiver Abwehrmechanismus. Sie hatten über dieses Verhalten in einer ihrer ersten Sitzungen gesprochen. Er hatte diesen Mechanismus inzwischen so sehr verinnerlicht, dass er nach außen hin stark, dominant und, wie die meisten Angestellten und Insassen von *Arthur Kill* bestätigen konnten, höllisch einschüchternd wirkte.

Jack zog eine fast zwanzig Zentimeter dicke Akte aus der Tasche und schlug sie auf, blätterte die zahlreichen Berichte, gerichtlichen Verlautbarungen und Zeugenaussagen durch, die sich über die Jahre angesammelt hatten, in denen Carter als »Gefahr für die Allgemeinheit« bezeichnet wurde, als »willensstark« und »intelligentes Individuum, dem es an Selbstbewusstsein mangelte, um sich zu behaupten und seinen starken Willen in geordnete Bahnen zu lenken«.

Nun – wie auch immer.

Carter war es leid, sich anzuhören, wie viel Potenzial doch in ihm steckte. Ja, er war intelligent und hielt mit unerschütterlicher Loyalität zu den Menschen, die ihm wichtig waren, doch solange er zurückdenken konnte, hatte er einfach keinen Lebensweg für sich finden können, der ihm passend erschienen wäre. Sein ganzes Leben schon wanderte er ziellos umher, fand keinen Ort, an dem er sich langfristig wohl oder willkommen gefühlt hätte, und schlug sich mit seiner abgefuckten Familie und seinen bescheuerten Freunden herum, bei denen alle fünf Minuten ein neues Drama aufkam.

Hier im Knast war es wenigstens etwas einfacher für ihn. Die Probleme des wahren Lebens waren hier nur Legenden, von denen bei gelegentlichen Besuchen erzählt wurde. Nicht dass Carter oft Besucher empfing.

Jack schlug die letzte Seite im Aktenordner auf, schrieb das aktuelle Datum auf das leere Blatt und schaltete den kleinen Digitalrekorder ein, der zwischen ihnen auf dem Tisch stand.

»Vierundsechzigste Sitzung, Wesley Carter, Häftlingsnummer 081056«, leierte er monoton herunter. »Wie geht es dir heute?«

»Superduper«, antwortete Carter und drückte mit einer Hand seine Zigarette aus, während er sich mit der anderen schon wieder eine neue anzündete.

»Gut.« Jack schrieb eine kurze Notiz auf das Blatt vor ihm. »So, gestern war ich bei einer Besprechung zugegen, bei der es um deine Teilnahme an den verschiedenen Kursen ging, die hier in der Vollzugsanstalt angeboten werden.«

Carter verdrehte genervt die Augen.

Jack ignorierte es. »Ich kenne deine Ansichten zu diesem Thema, aber es ist wichtig, dass du, solange du hier einsitzt, Dinge tust, die dich herausfordern.«

Carter legte den Kopf in den Nacken und blickte verdrossen zur Decke. Herausforderung? Dieser ganze Laden war eine einzige Herausforderung. Jeden Tag aufs Neue war es eine Herausforderung, nicht die Beherrschung zu verlieren und einem dieser dämlichen Vollidioten, die hier herumliefen, eine zu verpassen.

»Es stehen verschiedene Möglichkeiten zur Auswahl«, fuhr Jack fort. »Englische Literatur, Philosophie, Soziologie. Ich habe Mr Ward und den Bildungsspezialisten erklärt, dass du zwar mit deinen bisherigen Tutoren einige Schwierigkeiten hattest, du dich inzwischen aber nicht mehr wie ein siebzehnjähriger Schulabbrecher benimmst. Das stimmt doch, oder?«

Carter zog eine skeptische Miene.

Jack stützte das Kinn auf die Fingerspitzen. »Welchen Kurs möchtest du belegen?«

»Ist mir egal«, erklärte Carter schulterzuckend. »Ich wünschte, sie würden mich verdammt noch mal einfach in Frieden lassen.«

»Aber die Teilnahme ist Voraussetzung für die Bewilligung einer frühen Umwandlung deiner Gefängnisstrafe in eine Bewährung. Du musst beweisen, dass du Fortschritte in deinem Rehabilitationsprozess machst. Und wenn es dazu nötig ist, hier ein paar Kurse zu belegen, dann wirst du eben mitspielen müssen.«

Das wusste Carter ebenfalls, und es machte ihn unsagbar wütend. Seit seinem fünfzehnten Lebensjahr war er von einem

Anwalt, Bewährungshelfer oder Therapeuten zum nächsten durchgereicht worden und hatte sich dabei nie Gedanken darum gemacht, ob oder wie er eines Tages etwas Sinnvolles mit seinem Leben anfangen sollte. Und was genau »sinnvoll« war, wusste er auch nicht.

Doch nun, nach neunzehn Monaten in *Kill*, bekam er langsam das Gefühl, dass den Rest seiner Tage im Gefängnis zu verbringen, doch keine so verlockende Perspektive war, wie er ursprünglich geglaubt hatte.

Damals als verirrter, arroganter, zorniger Teenager hatte er seinen schlechten Ruf noch genossen. Doch inzwischen war die Begeisterung verflogen. Gerichtssäle, Untersuchungshaftanstalten und Gefängnisse kannte er inzwischen nur zu gut, und langsam, aber sicher ödete ihn das Rechtssystem an. Wenn er sich nicht bald am Riemen riss, wäre er in null Komma nichts über dreißig und würde sich fragen, was eigentlich aus seinem Leben geworden war.

Jack räusperte sich. »Hast du in letzter Zeit Besuch bekommen?«

»Paul war letzte Woche da. Und Max kommt am Montag.«

»Wes.« Jack zog seufzend die Brille von der Nase. »Du musst vorsichtig sein. Max … er ist nicht gut für dich.«

Wutentbrannt knallte Carter die Hand auf den Tisch. »Glaubst du, du hast das Recht, solch einen Mist zu behaupten?«

Carter wusste, dass Jack seinen Kumpel Max O'Hare für eine Art Infektionsherd hielt, der alle in seiner Umgebung mit seinen Drogenproblemen ansteckte, mit seiner langen kriminellen Vorgeschichte und der unnachahmlichen Fähigkeit, seine Freunde in die Scheiße zu reiten – wofür Carters derzeitiger Aufenthalt in *Kill* der beste Beweis war. Doch Carter hatte tief in Max' Schuld gestanden. Die Gefängnisstrafe war seine

Wiedergutmachung dafür, und er hätte noch einmal genauso gehandelt, ohne mit der Wimper zu zucken.

»Nein«, meinte Jack beschwichtigend, »das denke ich durchaus nicht …«

»Gut«, fiel Carter ihm ins Wort. »Denn du hast keine Ahnung, was Max alles durchgemacht hat und noch immer durchmachen muss. Wirklich keine Ahnung.« Er nahm einen tiefen Zug und sah Jack durchdringend über die Glut hinweg an.

»Ich weiß, er ist dein bester Freund«, sagte Jack nach einem Augenblick angespannten Schweigens.

»Allerdings«, sagte Carter mit einem entschlossenen Nicken. »Das ist er.«

Und nach dem zu urteilen, was ihm die anderen bei ihren Besuchen berichtet hatten, brauchte sein Freund ihn gerade mehr denn je.

Selbst wenn Kat Lane schlief, war die Welt um sie herum beklemmend und voller Schatten, die ihre Träume mit Angst erfüllten. Ihre kleinen Hände gruben sich in die Laken, krampften sich verzweifelt zusammen. Ihre geschlossenen Lider zuckten, die Kiefermuskeln spannten sich an, und ihr Kopf presste sich in die Kissen. Ihr Rücken wurde ganz steif, und ihre Füße bewegten sich im Schlaf, als sie erneut panisch und verstört die schummrige Gasse entlangrannte.

Ein Schluchzen entrang sich ihrer Kehle, gefangen in den endlos wiederkehrenden Bildern der Ereignisse der Nacht vor sechzehn Jahren. »Bitte«, wimmerte sie ins Dunkel hinein.

Doch niemand würde kommen und sie vor den fünf gesichtslosen Männern retten, die sie jagten. Mit einem Schrei setzte sie sich abrupt auf, schwitzend und atemlos. Ziellos zuckte ihr Blick durch das stockdunkle Zimmer. Erst als sie sich erinnern konnte, wo sie war, schloss sie die Lider wieder und schlug die Hände vors Gesicht. Sie atmete langsam ein und aus, ließ den Atem durch ihre wunde Kehle strömen, wischte die Tränen fort und versuchte, sich zu beruhigen.

In den vergangenen zwei Wochen war sie jeden Tag auf diese Art aufgewacht, und die Trauer, die sie jedes Mal, wenn sie die Augen aufschlug, aufs Neue überwältigte, war ihr inzwischen viel zu vertraut. Erschöpft schüttelte sie den Kopf. Ihre Ärztin hatte sie gewarnt, die Schlaftabletten abrupt abzusetzen – vielmehr sollte sie die Dosis schrittweise reduzieren. Kat hatte nicht auf ihren Ratschlag gehört, entschlossen, eine Nacht ohne chemische Hilfsmittel durchzustehen. Doch ihre Entschlusskraft half ihr nicht. Frustriert rammte sie die Faust in die Matratze und schaltete die Nachttischlampe an. Doch auch das Licht vermochte nicht, die Ängste und das Gefühl vollkommener Hilflosigkeit zu vertreiben, die ihre Träume jedes Mal mit sich brachten.

Mit einem resignierten Seufzen stand sie auf und ging ins Badezimmer. Das grelle Licht dort blendete sie. Nachdenklich betrachtete sie ihr Bild im Spiegel. Lieber Himmel, sie sah viel älter aus als vierundzwanzig! Sie wirkte abgespannt – die grünen Augen matt und leblos. Sie strich mit dem Finger über die dunklen Ringe, fuhr sich mit der Hand durchs Haar. Ihre früher voluminöse rotbraune Mähne hing ihr platt und trocken auf die Schultern.

Ihre Mutter hatte angemerkt, dass sie abgenommen hätte, aber Kat hatte ihren Worten kaum Beachtung geschenkt. Sie musste immer irgendeinen Kommentar abgeben.

Kat war weiß Gott nicht dünn – sie war schon immer eher kurvig als knochig gewesen –, doch ihre Jeans in Größe 30 saßen inzwischen *wirklich* etwas lockerer als sonst.

Sie öffnete den Badschrank und nahm eine Glasflasche mit Schlaftabletten heraus. Wie sehr sie sich wünschte, wieder einmal eine Nacht ohne Medikamente schlafen zu können! Obwohl die Pillen eigentlich ohnehin nicht viel halfen. Sie dämpften lediglich ein wenig den Schmerz, der nie ganz verschwand. Nachdem sie zwei der blauen Kapseln geschluckt hatte, tapste sie über den bloßen Holzfußboden zurück ins Bett.

Kat hatte schon vor langer Zeit begriffen, dass ihr Schlaf niemals tief genug war, um den Albträumen zu entfliehen. Sie waren tief in ihr verwurzelt, ein Teil ihrer selbst – und würden niemals verschwinden. Sie wusste, dass keine Pille und keine Therapie die Finsternis und Traurigkeit in ihrem Inneren auslöschen könnten.

In der Folge hatte sie sich zu einer hitzigen willensstarken Frau entwickelt. So fiel es ihr leichter, andere Menschen auf Abstand zu halten und ihre Verzweiflung und Angst hinter einem scharfen Verstand und einer spitzen Zunge zu verbergen.

Sie ließ sich wieder in die Kissen sinken. Würde es jemals leichter werden?

Sie wusste es nicht. Das Einzige, was sicher war, war, dass der Sonnenaufgang einen neuen Tag bringen würde und ihre Vergangenheit einen Tag weiter entfernt läge.

2

Am nächsten Morgen trat Kat aus dem Apartmenthaus in SoHo und stieg in ihr Auto. Der Albtraum hatte wie immer ein betrübtes, angespanntes Gefühl in ihr hinterlassen, und erneut fragte sie sich, weshalb um alles in der Welt sie ausgerechnet einen Job als Kursleiterin in einem Gefängnis angenommen hatte.

Dass sie vor gut einem Monat begonnen hatte zu unterrichten, hatte nicht nur die Albträume zurückgebracht, sondern auch eine tiefe Kluft zwischen ihr und ihrer Mutter aufgerissen. Schon immer war ihre Beziehung zueinander ein beständiges Auf und Ab gewesen, doch als Kat sie angerufen hatte, um ihr mitzuteilen, dass sie im *Arthur-Kill*-Gefängnis arbeiten würde, hatte das zu dem schlimmsten Streit zwischen ihnen geführt, den sie jemals gehabt hatten. Eva Lane war eine komplexe, starrköpfige Frau und würde niemals verstehen können, weshalb Kat diesen Job unbedingt machen musste.

Kat konnte die Bedenken ihrer Mutter und einiger ihrer Freunde nachvollziehen. Auch wenn in dieser Strafanstalt keine Mörder einsaßen, war die Liste der Vergehen dennoch beunruhigend: Vandalismus, Autodiebstahl, Drogenbesitz und -konsum. Doch trotzdem bestand für sie kein Zweifel daran, dass sie genau dort arbeiten wollte. Denn tief in ihrem Inneren hatte ein hochheiliges Versprechen, das sie ihrem Vater einst gegeben hatte, an ihrer Seele genagt.

Dieses leise Gefühl war da seit dem Tag, an dem ihr Vater gestorben war. Es war da an dem Tag, an dem sie die Highschool beendete, und an dem, als sie mit einem Abschluss in Englischer Literatur von der Universität abging. Schon seit ihrer Kindheit hatte Kat davon geträumt, eines Tages zu unterrichten, und sie genoss jede Sekunde in ihrem Job.

Sie hatte das große Glück gehabt, nach London und China reisen zu können, und bei ihrer Tätigkeit für verschiedene Privatschulen hatte sie sich täglich mehr in ihren Beruf verliebt. Sie hatte Freunde gefunden, fremde Kulturen kennengelernt und wunderbare Verbindungen geknüpft, die sich niemals lösen würden. Trotzdem wusste sie tief in ihrem Herzen, dass sie in einer Schule, deren Besuch die Schüler fünfzigtausend Dollar jährlich kostete, ihr Versprechen nicht erfüllte.

Den fleißigen, begabten Kindern zu helfen war nicht ihre Aufgabe.

»Wir müssen auch etwas zurückgeben, Katherine«, hatte ihr Vater an dem Abend, an dem er gestorben war, zu ihr gesagt.

Sie hatte erwogen, eine Stelle in einer innerstädtischen Schule anzunehmen, doch auch das besänftigte das unablässige Nagen nicht.

Die Arbeit im Gefängnis schon.

Sie musste näher bei ihren Ängsten sein, bei Männern, die keinerlei Bedenken hatten, das Gesetz zu brechen und die Leben anderer Menschen ohne Rücksicht auf Konsequenzen auf den Kopf zu stellen. Sie musste ihnen näherkommen, um zu begreifen, weshalb eine Person zu einem derartigen Verhalten fähig sein konnte. Sie hasste ihre Angst. Sie hasste die Wurzel dieser Angst, doch sie wusste, dass sie sich ihr stellen musste – auch wenn sie sich schrecklich davor fürchtete.

Ihre Therapeutin hatte äußerst besorgt auf ihren Entschluss reagiert, hatte immer wieder nachgefragt, ob Kat mit dieser Entscheidung auch wirklich glücklich sei, ob sie sie für richtig hielte – und wenn ja, warum. Sie argumentierte sogar mit den Sorgen ihrer Mutter, um Kat umzustimmen.

Doch diese Entscheidung zu treffen stand allein Kat zu – niemandem sonst. Und wenn sie erst einmal getroffen war, gab es kein Zurück mehr. Egal, was dabei herauskam oder was ihre Mutter dazu zu sagen hatte – Kat würde damit leben, weil sie wusste, wie viel es ihrem Vater bedeutet hätte.

Die *Arthur-Kill*-Vollzugsanstalt sah aus, als entstamme sie der Serie *Prison Break*. Wachmänner mit großen, bösartig aussehenden Hunden patrouillierten unter hohen Wachtürmen, die rundum mit Zäunen und tückischem Stacheldraht gesichert waren.

Kat fuhr ans Tor vor den Parkplätzen und wartete auf den diensthabenden Beamten. Nachdem der schweigend ihren Sicherheitsausweis in Empfang genommen hatte, verschwand er in der Wachstube. Gleich darauf kam er wieder zurück und wies sie an, zu dem tristen Gebäude hinüberzufahren, in dem sie arbeitete.

Kat stellte den Wagen ab. Links von ihr spielten einige Häftlinge hinter einem hohen Maschendrahtzaun Basketball. Sie hatten sich die Oberteile ihrer grünen Overalls ausgezogen und an den Hüften zusammengebunden, und ihre schweißüberströmten Oberkörper glänzten in der heißen Junisonne. Der Weg vom Auto bis ins Gebäude erschien ihr meilenweit, insbesondere, da sie ihn begleitet vom anzüglichen Geheul und den Pfiffen der Männer auf dem Basketballfeld zurücklegen musste.

Sie ging schneller und umklammerte schließlich die Klinke der großen Tür wie einen Rettungsring. Drinnen strich sie sich fahrig die Ponysträhnen aus dem Gesicht. Ein leises Kichern ertönte zu ihrer Begrüßung. Als sie aufsah, stand der narzisstische Wachmann Anthony Ward vor ihr.

Ward war Ende dreißig. Sein Gesicht wirkte noch immer voll

und jugendlich, doch in den streng zurückgekämmten Haaren trug er viel zu viel Gel. Prüfend musterte er Kat mit seinen dunkelgrauen Augen, ehe ein flüchtiges Lächeln über seine Lippen huschte, bei dem auf seiner linken Wange ein großes Grübchen erschien. »Ms Lane«, sagte er und streckte ihr die Hand hin.

Kat ignorierte sie und versuchte, sich ein wenig zu sammeln, indem sie ihren knielangen graphitfarbenen Rock glatt strich. »Mr Ward.«

Mit einem befangenen Nicken zog er die Hand zurück und richtete sich kerzengerade auf, um größer zu wirken. Kat war dieses Verhalten schon häufiger aufgefallen, gerade in Gegenwart der Häftlinge. Doch es war vergeblich. Der arme Kerl war eben untersetzt, daran ließ sich nichts ändern.

»Also«, begann er. »Wie geht es Ihnen? Leben Sie sich gut ein?«

Kat lächelte. »Ja, ich denke schon.« Bisher waren ihre Unterrichtsstunden weitestgehend ohne Zwischenfälle verlaufen, und wenn ihre Studenten mit ihr sprachen, benutzten sie inzwischen nicht mehr das Wort mit F als Kommaersatz.

Ward rückte seine Krawatte zurecht. »Gut. Nicht vergessen, ich werde Ihrem Kurs heute Morgen beiwohnen. Und falls Sie irgendetwas brauchen, dann zögern Sie nicht, sich an mich zu wenden.«

»Das werde ich tun. Vielen Dank.«

Sie ging an ihm vorbei und ignorierte seine Blicke, die einen Hauch zu lange an ihren Brüsten klebten. Kat konnte seine lüsternen Anwandlungen und seine Unfähigkeit, in den Häftlingen mehr als nur Abschaum zu sehen, nicht ausstehen. Für ihn war die Vorstellung, dass sich die Verurteilten während ihrer Gefängnisstrafe tatsächlich bessern könnten, offenbar völlig abwegig, wodurch er unbewusst Kats Job als sinnlos abstempelte. Also ging sie ihm, soweit sie konnte, aus dem Weg.

Als Kat den Unterrichtsraum betrat, war sie dankbar für die angenehm kühle Brise, die die im Fenster verankerte Klimaanlage erzeugte. Im Rest des Gebäudekomplexes herrschten Temperaturen wie in der Sauna. Sie drehte sich die Haare im Nacken zusammen und fuhr herum, als ihre Lehrassistentin Rachel mit geröteten Wangen den Raum betrat.

Sie stieß den Atem durch ihre roten Lippen aus. »Himmel, heute ist es heiß wie in der Hölle!«, klagte sie und wedelte sich in Hoffnung auf Abkühlung mit ihrem T-Shirt Luft zu.

Rachel war in ihrem neuen Job eine Art Lebensretterin für Kat gewesen. Sie war dafür ausgebildet, Insassen mit Lernschwierigkeiten zu unterstützen, und dank ihrer Hilfe hatte Kat ihre neuen Schüler sehr schnell besser kennengelernt – insbesondere Riley Moore, einen schrägen Vogel, der unter einer stark ausgeprägten Lese-Rechtschreib-Schwäche litt. Was ihn allerdings nicht davon abgehalten hatte, einen Abschluss in Wirtschaftswissenschaften an der NYU zu erreichen.

Riley gehörte zu ihren Lieblingsschülern. Es saß wegen des Verkaufs gestohlener Autoteile ein, und mit seinen stattlichen eins neunzig und den breiten Schultern ließ er selbst Atlas alt aussehen. Er war witzig und flirtete schamlos mit beiden Frauen. Doch im Gegensatz zu Ward war Riley charmant und alles, was er sagte, eindeutig ironisch gemeint. Es war ungemein schwer, ihm die unaufhörlichen und doch harmlosen vieldeutigen Anspielungen übel zu nehmen, vor allem dank seiner schelmisch blitzenden haselnussbraunen Augen und seines bärtigen Engelsgesichts.

Es gab noch vier weitere Teilnehmer in ihrem Kurs, die allesamt engagiert mitarbeiteten und sich bemühten, sich unter Kontrolle zu halten, und Kat war ziemlich stolz darauf, wie schnell sie sie auf Linie gebracht hatte. Sie alle hatten großartige Fortschritte gemacht.

Zwei Minuten nach neun durchbrach Rileys dröhnende Stimme die Stille. Kat drehte sich grinsend zu ihm um. Er wurde von einem Wachmann und den anderen Schülern begleitet.

»Ms L!«, brüllte er und hielt Kat die Hand zum High-five hin.

Sie schlug ein.

»Schönes Wochenende gehabt?«

»Ja, danke der Nachfrage, Riley. Und Ihres?«

»Ach, na ja.« Er zuckte mit den Schultern. »Hab hier und da ein bisschen Ärger gemacht. Dafür gesorgt, dass Wards Haaransatz wieder ein Stück nach hinten wandert.«

Kat bemühte sich, nicht zu lachen, da Ward gerade mit ihren übrigen Schülern Sam, Jason, Shaun und Corey hereinkam. Jason lächelte Kat unter seinen schlaffen braunen Ponysträhnen hervor ergeben an. Corey und Shaun hoben zur Begrüßung nur das Kinn, und Sam huschte zu seinem Platz und setzte sich, ohne Kat zur Kenntnis zu nehmen. Anfangs hatte Kat sein Benehmen irritiert, doch inzwischen akzeptierte sie es als Teil der Routine, die sie sich aufgebaut hatten. Und Routinen zu haben war, wie Rachel erklärt hatte, für die Männer, die in *Kill* einsaßen, von essenzieller Bedeutung. Für viele war ein geregelter Tagesablauf das Einzige, an das sie sich klammern konnten, um nicht den Verstand zu verlieren.

Ohne Ward, der hinten im Kursraum Stellung bezogen hatte, weiter zu beachten, begann Kat mit dem Unterricht. Sie fasste die vorangegangene Stunde noch einmal zusammen und bat die Männer dann, ihre persönlichen Lieblingsplätze mithilfe von Metaphern und Personifizierungen zu beschreiben. Sofort begannen ihre Schüler, still zu schreiben.

»Okay«, rief sie schließlich. »Wer von euch hat den Mut, vorzulesen, was er ...?«

Die Tür wurde derart schwungvoll aufgerissen, dass sie gegen die Wand prallte. Ein ziemlich aufgelöster Wachmann kam atemlos keuchend in den Raum gehetzt. Ward sprang auf.

»Bitte entschuldigen Sie die Störung, Sir«, ächzte der Beamte, »aber wir haben ein Problem in Zimmer sechs.«

»Wer?«, fragte Ward barsch und stürmte zur Tür.

»Carter, Sir.«

Ward kniff die Augen zu und presste die Lippen aufeinander, bis sie nur noch ein schmaler Strich waren. Als er schließlich die Tür hinter sich zugeknallt und mit dem andern Wachmann davongeeilt war, sah Kat fragend ihre Schüler an. »Carter?«

Riley lachte laut auf, und die angespannte Stimmung, die Wards Abgang hinterlassen hatte, zerstob. »Carter. Verdammt noch mal! Dieser Kerl wird sich nie ändern.«

3

»Du schläfst schlecht, oder?« Ben, einer von Kats engsten Freunden und obendrein ein irritierend guter Beobachter, lächelte traurig, als der Kellner einen dreifachen Espresso vor Kat auf den Tisch stellte.

Wahrscheinlich hatten sie nicht nur die permanenten Versuche, während des Essens das Gähnen zu unterdrücken, verraten. Kat wusste, dass sie furchtbar aussah. Selbst *Estée Lauder* konnte die Ringe, die die Müdigkeit unter ihren Augen hinterließ, nicht tilgen. Außerdem kannten sie und Ben sich nun schon seit sechs Jahren, und ihm entging nie etwas. »Ich habe es versucht«, sagte sie und schüttelte ein Päckchen Süßstoff.

»Hast du noch immer Albträume?«, fragte Beth, die links neben Kat saß.

Beth und Kat kannten sich bereits seit der Highschool, und obwohl Beth erst vor wenigen Monaten nach New York zurückgekehrt war, nachdem sie vier Jahre in Texas unterrichtet hatte, war es den beiden Frauen leichtgefallen, ihre alte Freundschaft ganz selbstverständlich wieder aufzunehmen.

Kat fand es schön, sie wieder bei sich zu haben. Sie vervollständigte ihren Dreierbund. Auch wenn die andauernde Besorgnis ihrer Freunde Kat manchmal fast in den Wahnsinn trieb. Ihr war durchaus bewusst, dass sie es nur gut meinten, aber in Kombination mit den permanenten Ängsten ihrer Mutter bezüglich ihres neuen Jobs wurde es langsam ermüdend.

Ben schüttelte den Kopf. »Du weißt, dass du mich jederzeit anrufen kannst, oder?«

Wie fürsorgliche Geschwister hatten sich Ben und Beth schon mehrfach bereit erklärt, Kat in den Nächten, in denen die Albträume zuschlugen, Gesellschaft zu leisten, und ihr zusätzlich angeboten, bei ihnen zu Hause zu übernachten. Kat hatte jedes Mal abgelehnt.

»Und dich und Abby mitten in der Nacht wecken?«, fragte sie schulterzuckend. »Warum sollte ich das tun?«

»Weil wir deine Freunde sind und uns um dich sorgen«, erklärte Beth, bevor sie sich einen vollen Löffel Crème brûlée in den Mund schob.

»Insbesondere wegen deines Jobs«, fügte Ben hinzu.

Kat verzog missmutig das Gesicht. »Fang nicht wieder damit an.«

Ben hob defensiv die Hände. »Hatte ich nicht vor.«

Kat rührte in ihrem Kaffee. »Dieser Job …«

»Ist dir wichtig – das wissen wir«, unterbrach Beth. Ihre Züge wirkten etwas kantiger als früher in der Highschool, doch die kastanienbraunen Augen und ihr kurz geschnittenes, wirres aschblondes Haar verrieten Kat, dass sie noch immer das Mädchen war, das sie schon seit vielen Jahren kannte. »Aber trotzdem machen wir uns Sorgen.«

Ben legte die Hand auf Kats. »In den nächsten Monaten kommt einiges auf dich zu.«

Kat senkte den Blick auf die Tischplatte.

»Es dauert nicht mehr lange bis zum Jahrestag deines Vaters. Du sollst einfach nur wissen, dass Abby und ich für dich da sind, okay? Wir haben dich lieb.«

»Und ich hab dich auch lieb«, meinte Beth grinsend. »Auch wenn Adam mir diesen Diamanten gekauft hat, bist und bleibst du meine Nummer eins.« Dazu wackelte sie mit dem Finger, an dem der mit einem wunderschönen, quadratisch geschliffenen Diamanten besetzte Verlobungsring steckte.

Kat rang sich ein Lächeln ab. »Ich weiß. Und ich bin euch beiden sehr dankbar.«

»Und vergiss nicht, dass ich Anwalt bin«, bemerkte Ben. »Wenn dir jemand dort das Leben schwer macht, dann bin ich dein Mann. Du weißt, wenn nötig könnte ich für dich sogar dem Papst nachweisen, dass er Dreck am Stecken hat.«

Beth und Kat lachten, aber im Grunde hatte Ben den Nagel auf den Kopf getroffen. Die meisten seiner Fälle gewann er, weil er dank seiner Hartnäckigkeit und Zielstrebigkeit hervorragend im Dreck wühlen konnte ... und weil ihm viele Leute Gefallen schuldeten. Mit dem Instinkt eines Jagdhunds witterte er Skandale oder Bestechungsfälle schon zehn Kilometer gegen den Wind.

»Hey, hat deine Mutter dich eigentlich schon angerufen?«, erkundigte sich Beth.

»Letzte Nacht allein drei Mal«, erwiderte Kat seufzend.

Beth runzelte die Stirn. »Mich hat sie auch angerufen. Sie ist eben beunruhigt.«

Kat schnaubte höhnisch. »Hör mal, ich weiß, dass du auf der Seite meiner Mom stehst ...«

»Ich stehe auf niemandes Seite«, konterte Beth. »Ich kann nur verstehen, was in ihr vorgeht. Es muss schwer für sie sein.«

»Schwer für *sie*?«, entgegnete Kat ärgerlich. »Seit dem Tag, an dem ich diesen verflixten Job angenommen habe, beklagt sie sich andauernd bei mir.« Im Tonfall ihrer Mutter fuhr Kat fort: »Es ist nicht sicher dort, ich begebe mich vorsätzlich in Gefahr, wenn ich mit diesen Tieren dort arbeite, bla, bla, bla.« Sie ließ den Kopf hängen. »Warum kann sie mich nicht unterstützen?«

»Sie meint es doch nur gut«, sagte Ben. »Irgendwann wird sie schon ein Einsehen haben.«

»Sicher«, antwortete Kat wenig überzeugt.

Carter erwachte. Er hatte tief und fest geschlafen. Das kleine Komplott gegen Anthony Ward hatte ihn offenbar mehr angestrengt als gedacht. Carter lächelte. Dieser Vollidiot hatte ja keine Ahnung, mit wem er sich angelegt hatte.

Bis vier Uhr – also noch zwei Stunden – musste Carter in seiner Zelle bleiben. Dann endete seine vierundzwanzigstündige Strafe, die er dafür aufgebrummt bekommen hatte, dass er einen Stuhl gegen die Wand gestoßen hatte. Was für ein Schwachsinn!

Zugegeben, vielleicht hatte er den Stuhl etwas kraftvoller gehandhabt, als es unbedingt nötig gewesen wäre, doch der Leiter seines Philosophiekurses hatte trotzdem eindeutig überreagiert. Und Ward? Der wusste nur zu gut, wie man Carter auf die Palme bringen konnte.

Jack erschien mit einem enttäuschten Gesichtsausdruck, von dem sich Carters Magen unwillkürlich zusammenzog, und einem neuen Besuchstermin für Max. Wenn man bedachte, was Jack von Max hielt, war das schon eine recht großzügige Geste. Und wieder einmal hätte sich Carter dafür, dass er seinem Sozialarbeiter gegenüber so unverschämt gewesen war, selbst in den Hintern treten können. Manchmal redete er einfach, ohne nachzudenken.

»So, wir mögen also Philosophie nicht besonders?«, fragte Jack mit einem angedeuteten Grinsen. »Aristoteles ist nichts für dich?«

»Nicht wirklich.«

Jack nickte und rieb sich den Nacken. »Danke übrigens, dass ich mir eine Moralpredigt von Anthony Ward anhören durfte. Dafür schulde ich dir etwas.«

»Ach so, das«, murmelte Carter von seiner Pritsche aus. »War mein Fehler.«

Das musste Jack als Entschuldigung reichen.

»Allerdings«, stimmte Jack zu. »Meine Güte, Wes, so etwas hast du nun wirklich nicht nötig!«

Carter seufzte bedrückt und zog die Knie an die Brust. »Jack, der Kerl hat Mist geredet. Er hatte es verdient.«

»Nun, ungeachtet der Gründe für dein Verhalten hast du jetzt einiges wiedergutzumachen.«

»Ach ja?«, blaffte Carter.

»Und ob!«, gab Jack unbeeindruckt zurück. »Ich habe dich für den Literaturkurs angemeldet. Ich weiß, dass du liest.« Er deutete auf die Regale an der rechten Zellenwand, die mit zerschlissenen eselsohrigen Büchern vollgestellt waren. »Und die Kursleiterin ist eine Frau. Vielleicht mindert das deine Feindseligkeit ein wenig.«

»Feindseligkeit?«

»Du weißt schon, was ich meine«, sagte Jack scharf. »Du hast versprochen, dich zu bemühen. Nun beweise mir, dass es dir auch ernst damit ist. Ich musste diesem Ar…« Er spähte zu dem Wachmann hinüber, der keinen Meter von ihnen entfernt stand. »Ich musste Ward sehr höflich davon überzeugen, dir noch eine Chance zu gewähren. Ich will nicht hoffen, dass das nur Zeitverschwendung war.«

Carter fuhr sich durchs kurz geschorene Haar. Er steckte in einer Sackgasse. Ward hatte nicht nur Jack bei den Eiern, sondern auch ihn. Er hätte nichts lieber getan, als diesem arroganten Saftsack eins mit seinem eigenen »Regelbuch« überzubraten, doch er durfte Jack nicht noch mal enttäuschen. Er war gestresst und frustriert.

»Du kriegst das hin«, sagte Jack leise und trat einen Schritt näher.

Der Wachmann regte sich unruhig.

»Ja«, murmelte Carter. »Mal sehen.«

Trotz des langen Schlafs fühlte Carter, wie die Müdigkeit

schon wieder herankroch. Die Wände schienen näher zu kommen, und sein Kopf war schwer. So fühlte man sich eben, wenn man zweiundzwanzig Stunden im selben Raum eingesperrt war. Selbst er war nicht dagegen gefeit.

»Morgen früh«, sagte Jack und nickte ihm aufmunternd zu. »Ms Lane leitet den Kurs. Sie ist sehr gut. Versuch … versuch es einfach, okay?«

»Okay.« Carter reckte drei Finger in die Luft. »Pfadfinderehrenwort.«

Jack lächelte. »Und vorsorglich habe ich angeordnet, dass alle Stühle im Klassenzimmer am Boden festgeschraubt werden.«

Carter lachte lauthals auf. »Gut mitgedacht, J«, rief er Jack nach, bevor der Wachmann die Zellentür zuschlug und Carter wieder mit sich selbst allein war.

Die letzten beiden Stunden seiner Strafe krochen im Schneckentempo dahin, und als der Wachmann endlich wieder die Zellentür öffnete, rannte Carter ihn fast über den Haufen. Er reckte die Arme, dehnte seinen Nacken und eilte hinaus ins Freigelände.

»Yo, Carter!«

Riley Moores donnernde Stimme hallte übers Basketballfeld.

Carter lächelte. »Moore«, begrüßte er ihn und schlenderte auf den hünenhaften Mann zu.

»Wo hast du dich herumgetrieben?«, erkundigte sich Moore mit einem Klaps auf Carters Schulter. »Ich hab dich vermisst, du alter Querulant.«

»Gib mir was zu rauchen, und ich erzähle es dir.«

Riley holte eine Zigarette aus der Tasche und zündete ein Streichholz für Carter an. Die beiden gingen zu einer kleinen Bank im hinteren Teil des Spielfelds.

»Mach Platz!«, bellte Riley.

Sofort stoben die beiden Neuankömmlinge, die eben noch auf der Bank gesessen hatten, hektisch davon. Carter quittierte es mit einem Schnauben. Er setzte sich, schloss die Augen und genoss die heiße Sonne und den Rauch, der zwischen seinen Lippen hervorquoll.

»Also, was war los? Warst du etwa seit gestern damit beschäftigt, dir einen runterzuholen?« Lachend zündete sich Riley eine Zigarette an.

»Schön wär's«, antwortete Carter mit Blick auf das Baseballspiel auf dem Platz. »Nein, Ward war schuld.«

»Nicht dein Ernst«, murmelte Riley kopfschüttelnd.

»Ich hatte eine geringfügige Auseinandersetzung mit meinem Kursleiter, und dafür verdonnerte er mich zu vierundzwanzig Stunden Arrest.«

»Üble Sache, Mann.« Riley schlug gegen Carters ausgestreckte Faust. Die beiden Männer kannten sich schon seit vielen Jahren, von innerhalb und außerhalb der Strafanstalt. Wenn Carter Moore bräuchte, dann wäre er immer für ihn da.

Plötzlich ertönten vom Spielfeld her Pfiffe und Gejohle. Die Männer wandten die Köpfe.

Riley gab ein Schnauben von sich. »Da wir gerade von Kursleitern sprechen …«, sagte er und hob eine Augenbraue.

Carter folgte seinem Blick und entdeckte jenseits des Maschendrahtzauns eine Rothaarige mit dem sinnlichsten Po, den er jemals gesehen hatte. Sie trug einen sexy schwarzen knielangen Rock und steuerte auf ein nettes *Lexus*-Sportcoupé zu, das auf dem Parkplatz abgestellt war. Die schwarzen hochhackigen Schuhe, die sie trug, betonten ihre schönen Beine und wirkten selbst aus der Entfernung äußerst anregend auf Carter.

»Wer zum Teufel ist das?«, fragte Carter und versuchte, an den anderen Insassen vorbeizuspähen, die sich am Zaun aufgereiht hatten wie eine Bande Kinder im Zoo.

»Das ist Ms Lane«, erklärte Riley und lehnte sich auf seine Ellbogen zurück. »Die Leiterin meines Literaturkurses. Sie ist ziemlich cool.«

»Na, wenigstens etwas«, sagte Carter höhnisch und drückte seine Zigarette an der Bank aus.

»Was meinst du?«, fragte Riley verwundert.

Carter gestikulierte in die Richtung, in der das Auto verschwunden war. »Zumindest die Tutorin meines Literaturkurses gefällt mir.«

»Du belegst auch Literatur?«, fragte Riley schmunzelnd.

»Ja.« Carter verdrehte genervt die Augen. »Jack will, dass ich denen da oben beweise, dass ich mich innerlich ›bessern‹ kann. Hat etwas davon gefaselt, dass es mir helfen könnte, früher auf Bewährung rauszukommen. Ich glaube nicht recht daran.«

»Klingt für mich nach Schwachsinn.«

»Finde ich auch.« Carter lehnte sich zurück und reckte das Gesicht wieder der glühenden Sonne entgegen.

4

Kat stellte ihre Handtasche bei der Wohnungstür ab, bevor sie den Anrufbeantworter abhörte. Sofort erscholl die eindringliche Stimme ihrer Mutter.

»Ich gehe davon aus, dass du gesund und munter bist, auch wenn ich seit Samstag nichts mehr von dir gehört habe. Hoffentlich hast du nicht vergessen, dass du heute Abend zum Essen vorbeikommen wolltest. Wenn du bis sieben nicht hier bist, schicke ich Harrison los, damit er nach dir sieht. Mach's gut.«

Seufzend drückte Kat die Rückruftaste und schaltete das Telefon auf Lautsprecher. Dann ging sie zum Aquarium mit den tropischen Fischen und streute Futter auf die glatte Wasseroberfläche. Lächelnd verfolgte sie, wie die Fische nach oben stiegen und mit geschürzten Kussmäulern nach den Flocken schnappten.

»Katherine?« Die angespannte Stimme ihrer Mutter erfüllte das Wohnzimmer.

»Ja, Mom, ich bin es. Ich lebe noch, ich bin in Sicherheit, und ich werde pünktlich um sieben Uhr beim Essen sein. Du kannst die Suchmannschaft also zurückpfeifen.«

Nach einem Tag wie dem heutigen hätte Kat gut und gern auf ein Abendessen mit ihrer Mutter verzichten können. Sie war erst spät am Morgen aufgewacht, nachdem sie wieder einmal dank eines immer wiederkehrenden intensiven Traums die halbe Nacht wach gelegen hatte. Den Versuch, eine Nacht ohne Tabletten durchzustehen, hatte sie in dem Moment bereut, in dem ihr Kopf das Kissen berührt hatte.

Diesmal war es allerdings ein neuer Traum gewesen. Es gab keine gesichtslosen Männer, doch ihr Vater tauchte nach wie vor darin auf. Er flüsterte ihr unablässig etwas zu, doch sosehr sie sich auch bemühte, sie schaffte es nicht, ihm nahe genug zu kommen, um seine Worte zu verstehen. An diesem Punkt erschien der unter einer Kapuze verborgene Fremde und zog sie von ihm fort.

Genau wie er es auch schon all die Jahre zuvor getan hatte.

Es war noch immer ein Unbekannter für sie – in ihren Träumen wie auch in der Realität –, da er, nachdem er sie in den Armen gehalten hatte, als sie um ihren Vater geweint hatte, spurlos aus dem Türdurchgang verschwunden war. Kat war sich sicher, dass die Polizisten und ihre Mutter sie für verrückt hielten, als sie beschrieb, was ihr widerfahren war: Ein vermummter Fremder hatte sie weggezogen, damit sie nicht mit ansehen musste, wie ihr Vater in einer kalten feuchten Nacht in der Bronx zu Tode geprügelt wurde.

Sie wusste nur, dass er männlich gewesen war und nicht viel älter als sie selbst sein konnte. Doch der rätselhafte Fremde wurde niemals gefunden. Aber in ihrem Unterbewusstsein existierte er noch immer und zerrte sie unerbittlich von ihrem Vater fort.

Eine Stunde später saß Kat müde und frustriert am Esstisch ihrer Mutter und versuchte krampfhaft, die angespannte Stimmung etwas zu lockern, doch es war aussichtslos. So war es schon, seit sich Kat für den Job in *Arthur Kill* beworben hatte. Trotzdem bemühte sie sich nach Kräften, sich nicht von der unverhohlenen Gleichgültigkeit ihrer Mutter entmutigen zu lassen, und berichtete ihr und ihrem Lebensgefährten Harrison, mit dem ihre Mutter seit zehn Jahren zusammen war, wie gut sich ihre Schüler anstellten und wie konzentriert sie inzwischen den Unterricht mitverfolgten. Kat beschrieb, wie ihr Schüler

Sam einen derart poetischen Prosatext verfasst hatte, dass sie vor Stolz fast Tränen in den Augen gehabt hatte. Sie sprach über den Adrenalinschub, wie ihn nur ein Lehrer kennt, dessen Schüler plötzlich einen Sachverhalt verstehen. Doch ihre Mutter bemühte sich nicht einmal, ihre Verachtung zu verbergen.

Kat liebte ihre Mutter und strengte sich an, ihre Motive zu verstehen, doch ihre Ansichten über Kriminelle und darüber, wie man mit ihnen verfahren sollte, waren noch immer stark mit Vorurteilen überfrachtet. Kat hatte alles daran gesetzt, die Ängste ihrer Mutter zu zerstreuen, doch ihre Appelle stießen auf taube Ohren. Die Vorstellung, dass Kat sich in der Nähe dieser Subjekte aufhielt, ja, sie auch noch unterrichtete, machte Eva krank.

Sie hatten sich einige erbitterte Auseinandersetzungen zu diesem Thema geliefert. Kat hatte versucht, ihrer Mutter verständlich zu machen, dass es sich bei diesen Männern nicht um die Verbrecher handelte, die den Mann ermordet hatten, den sie beide vergöttert hatten. In ihrer Therapie hatte Kat noch selbst diese Ängste angesprochen. Wie leicht es ihr fiel, ihrer Mutter gegenüber diese beruhigenden Worte auszusprechen, überraschte sie selbst.

Doch trotz aller Bemühungen blieben die gemeinsamen Abendessen mit ihrer Mutter nervenaufreibend. Kat schützte vor, noch Arbeiten ihrer Schüler korrigieren zu müssen, und brach früh auf.

Endlich zurück in ihrer Wohnung, schleuderte Kat die Schuhe von den Füßen und wanderte erneut zum Anrufbeantworter, dessen Signalleuchte blinkte. In der Küche holte sie eine Flasche Wein aus dem Kühlschrank und wählte eines der größeren Weingläser. Nach einem Abendessen mit ihrer Mutter brauchte Kat unbedingt einen Drink.

»Ms Lane, hier spricht Anthony Ward. Ich wollte Sie nur vorwarnen, dass ab morgen ein neuer Häftling an Ihrem Kurs teilnehmen wird. Er ist … schwierig, aber Sie werden bestimmt mit ihm zurechtkommen. Morgen erkläre ich Ihnen dann alles Weitere. Einen schönen Abend noch.«

Entgeistert starrte Kat den Anrufbeantworter an. Ein neuer Häftling? Ein schwieriger?

»Prost, Mr Ward«, murmelte sie und trank einen Schluck. Sie saß im Schneidersitz auf dem Sofa, das Weinglas fest in der Hand, als die nächste Nachricht abgespielt wurde.

»Hey, Lane!« Beth klang aufgeregt. »Ich bin's. Also, nicht vergessen: Bald habe ich Geburtstag, was Wein und Essen bedeutet, und habe ich schon den Wein erwähnt? Hm. Ich schicke dir die Details per SMS. Ruf mich an.«

Kat lachte in ihr Glas hinein.

Nach dem unerfreulichen Abendessen mit ihrer Mutter war die Aussicht auf Beths Geburtstagsparty höchst erfreulich.

»Guten Morgen«, sagte Kat lächelnd, während die Schüler ihre Plätze einnahmen.

»Morgen, Ms L«, antwortete Riley genüsslich gähnend. »Und darf ich anmerken, wie entzückend Sie heute aussehen?«

»Sie dürfen«, entgegnete sie mit einem spielerischen und warnenden Blick.

»Sie sehen entzückend aus«, erklärte er breit grinsend.

»Danke sehr, Riley.« Auch Kat schaffte es kaum, das Lächeln zu unterdrücken.

Sie teilte die Texte zum Thema »Mein Lieblingsplatz« aus, die die Schüler am Vortag verfasst hatten, und gestand ihnen einige Minuten zu, damit sie ihre Anmerkungen durchlesen konnten.

»Was bedeutet ›nicht gänzlich angemessen‹?«, fragte Corey von seinem Platz in der letzten Reihe aus.

Kat trat neben ihn. »Nun, es bedeutet, dass ich nicht unbedingt von all Ihren Eroberungen lesen möchte –, und wie viele von zehn möglichen Punkten Sie ihnen gegeben haben, inklusive Bemerkungen wie …« Sie ergriff das Papier und suchte den anstößigen Satz. »Ihr Mund war wie ein Staubsauger.«

Corey lachte schallend los, seine Afrofrisur wippte dabei auf und ab. Die anderen schwiegen unbeeindruckt. »Ach, ich bitte Sie«, beharrte Corey und wedelte mit seiner Arbeit. »Das ist doch witzig!«

»Du bist ein Vollidiot«, murmelte Jason leise, worauf Corey das Lachen augenblicklich verging.

»Jason«, sagte Kat warnend. Sie bekam sofort ein ungutes Gefühl.

Corey antwortete mit einer Salve von Flüchen und versetzte Jasons Stuhl einen kraftvollen Tritt. »Verdammtes Arschloch!«

»Hey.« Bei Kat läuteten die Alarmglocken. »Nicht jetzt, Jungs, okay? Bleiben wir ruhig und …«

»Was soll der Scheiß?«, blaffte Jason zurück, ohne Kat weiter zu beachten. Er stand von seinem Stuhl auf und drehte sich nach Jason um. Er hatte breite Schultern und überragte Kat um einiges. »Wagst du es, mir das ins Gesicht zu sagen, du widerlicher Drecksack?«

»Hey«, wiederholte Kat nun etwas lauter und schob sich zwischen die beiden.

Corey hatte sich ebenfalls erhoben. Er war groß und drahtig, und seine tiefschwarze Haut leuchtete im harten Licht der Neonröhren. »Ich trete dir in den Arsch, du Wichser. Sag mir wann, und ich bin da.«

»Jungs, bitte …«

»Das will ich sehen, du arroganter kleiner Scheißer«, knurrte Jason und winkte herausfordernd mit der Hand.

Panik schnürte Kat die Kehle zu. Sie hielt die Hände ausgestreckt, um die Männer zurückzuhalten. Angstschweiß stand auf ihrer Stirn. Wenn einer von ihnen eine Schlägerei anfing, wäre sie mittendrin. Sie stand wie erstarrt, alle Gliedmaßen von Furcht gelähmt. Officer Morgan und Riley versuchten, sich zwischen sie und die Männer zu drängen, Kat zu beschützen. Sie konnte hören, wie Rachel ihr zurief, sie solle zurücktreten.

Doch es ging nicht.

Die Angst pochte dumpf in ihrem Kopf. Sie versuchte, ruhig zu bleiben, sich die entspannenden Atemübungen ins Gedächtnis zu rufen, die ihre Therapeutin ihr beigebracht hatte, doch ihr Herz hämmerte wie von Sinnen gegen ihre Rippen und schien ihre Bemühungen zu verhöhnen. Kat kniff die Augen zu und kämpfte die sechzehn Jahre alten Erinnerungen zurück, die an den Türen des Käfigs in ihrem Kopf rüttelten und kratzten, in den sie sie verbannt hatte. Sie wollten sehen, wie sie versagte und zusammenbrach.

Kat holte tief Luft, verzweifelt bemüht, sich zu sammeln. Sie wusste genau, dass sie ihren Schülern ein derartiges Verhalten nicht durchgehen lassen durfte. Es war ihr Klassenzimmer, ihre Zeit, ihr Job, ihr Versprechen.

Sie schlug die Augen auf, ballte die Fäuste und füllte ihre Lungen mit Luft. »HEY!«

Der Schrei gellte durch den Raum. Fassungslos wurde sie von allen Seiten angestarrt. Riley, der neben ihr stand, um sie vor einem eventuellen Übergriff zu beschützen, blinzelte ungläubig. Dreißig Sekunden lang herrschte ehrfurchtsvolle Stille, dann flog die Tür auf, und Ward stürmte aufgebracht ins Zimmer.

»Was zum Teufel geht hier vor?«, brüllte er.

Zwei weitere Beamte erschienen in der Tür, und das Grüppchen um Kat herum begann, sich aufzulösen. Zitternd holte Kat Luft und rieb sich die schweißnassen Hände an der Hose trocken. Sie räusperte sich noch einmal, ehe sie sich ihrem Vorgesetzten stellte.

»Kein Grund zur Sorge, Mr Ward. Nur eine kleine Meinungsverschiedenheit. Wie Sie sehen, haben wir alles geklärt. So ist es doch, oder, Corey?« Der Blick, mit dem sie ihn bedachte, ließ keinen Widerspruch zu.

Er nickte brüsk, jedoch ohne den Blick von Jasons Hinterkopf zu nehmen.

»Das hörte sich aber anders an.« Ward ließ den Blick prüfend durch den Raum wandern und sah jeden der Häftlinge noch mal eindringlich an, bis er offenbar sicher war, dass die Situation wieder unter Kontrolle war. »Ich möchte gern Ihren neuen Studenten hereinbringen.« Er wandte den Kopf zur Tür. »Carter?«

Carter hatte mit Officer West im Korridor vor dem Klassenzimmer gewartet und amüsiert zugehört, wie Ward sich drinnen aufblies und seine vermeintliche Autorität spielen ließ. Nun stieß er sich von der Wand ab und schlurfte in den Raum.

Als Erstes registrierte er Riley, der ihn mit einem Nicken und einem Grinsen begrüßte. Carter betrachtete in aller Gemütsruhe auch die anderen Kursteilnehmer, um zu bestimmen, an welcher Stelle er hier im Raum in der Hackordnung stehen mochte. Für gewöhnlich stand er an der Spitze, aber er versicherte sich trotzdem immer seiner Position, einfach aus Prinzip.

In diesem Fall stand Riley allerdings noch über ihm. Gerade so.

Mit einem höhnischen Grinsen betrachtete er die Gesichter vor sich. Jason war manchmal etwas großspurig, doch er kannte trotzdem seinen Platz, und Sam war still wie eine Maus. Von diesen beiden wären keine Probleme zu erwarten. Corey Reed war allerdings eine furchtbare Nervensäge. Carter bedachte ihn mit einem vernichtenden Blick und freute sich diebisch, als der Mistkerl den Kopf einzog. Ein ungehaltenes weibliches Hüsteln unterbrach ihn bei seiner kleinen visuellen Folter.

Er wandte sich nach dem Geräusch um. Da war sie, die reizende Ms Lane. Sie hatte die Arme vor der üppigen Brust verschränkt und bedachte ihn mit einem Blick, bei dem sich ihm die Nackenhaare sträubten. Wie alle anderen Menschen, die keine Overalls trugen, hielt auch sie sich fraglos für etwas Besseres als er. Um das zu wissen, musste man kein Gedankenleser sein. Zwar verbarg sie es hinter ihrer sexy Bluse und den hohen Hacken, doch sie war genauso wie alle anderen auch. Sie waren alle verdammt noch mal gleich.

Er verlagerte das Gewicht auf den rechten Fuß und erwiderte lässig ihren Blick.

»Carter, das ist Ms Lane. Ms Lane, dies ist Wes Carter«, erklärte Ward.

»Nur Carter«, fauchte er und sah seine neue Kursleiterin boshaft an. Verflucht, Ward wusste doch genau, dass er nicht mit Vornamen angesprochen werden wollte.

»Nun, es freut mich, Sie kennenzulernen, Carter«, sagte Ms Lane beschwichtigend.

Er verdrehte die Augen. »Jaja, wie auch immer.«

»Sie dürfen sich setzen.« Sie wies auf einen Tisch hinter ihm.

Carter beachtete sie nicht weiter, sondern fuhr fort, seine Umgebung zu begutachten.

»Setzen Sie sich bitte, Carter«, befahl sie.

Ruckartig heftete er den Blick wieder auf sie. Sie hatte die Lippen fest aufeinandergepresst und schien ihn geradezu herausfordern zu wollen, einen Versuch der Auflehnung gegen sie zu wagen. Den konnte sie haben. Betont gemächlich musterte er ihren Körper von oben bis unten. Heiß. Mit Rundungen an den richtigen Stellen und einem Hintern, der hervorragend zu seinen Händen passte. Er sah das entsprechende Bild vor sich und grinste anzüglich.

Carter war groß, knapp eins neunzig, und breit gebaut. Damit überragte er sie um über zwanzig Zentimeter und brachte zudem noch ungefähr fünfunddreißig Kilo mehr auf die Waage. Doch der temperamentvolle Rotschopf ließ sich nicht beirren, hielt stur seinen bösen Blicken stand und erwiderte sie ungerührt. Ihre verkniffene zickige Art ging ihm gegen den Strich – gleichzeitig machte sie ihn unglaublich scharf.

Verdammt!

»Hierher, Carter«, durchbrach Rachel das Schweigen und wies auf einen Stuhl. Die merkwürdig knisternde Spannung im Raum zerstob.

Auch wenn es Carter mächtig widerstrebte, den Blickkontakt zu seiner neuen Tutorin abzubrechen, holte er tief Luft und steuerte auf den ihm zugewiesenen Platz zu. Als er schließlich den Blick von Ms Lanes feurig blitzenden grünen Augen löste, stieß er bebend die Luft wieder aus.

»Also dann«, murmelte Ward. »Sollte es Probleme geben … Sie wissen ja, wo Sie mich finden können.«

Er lächelte noch einmal schmallippig, wartete, bis die beiden Wachmänner Carter die Handschellen abgenommen hatten, und verließ mit ihnen den Raum.

Kat konnte die Augen einfach nicht von ihrem Neuzugang lassen. Er sah gut aus mit seinem Bürstenhaarschnitt, den breiten Schultern, Zweitagebart und seinen langen Beinen, die unter dem Tisch hervorstakten. Doch sein Verhalten war mehr als rüde. Ihn schien eine Aura aus Gefahr zu umgeben, die jedem, der ihm zu nahe kam, signalisierte: *Verzieh dich.* Ihr fiel ein kleines Stück eines Tattoos auf, das aus dem Kragen seines Overalls hervorblitzte und sich seinen Hals entlangzog.

Wow, was für ein harter Kerl er doch war!

Ihr war nicht entgangen, wie er die anderen Schüler ihres Kurses gemustert hatte – abschätzig und arrogant –, und das hatte ihr nicht gefallen. Er war ganz offensichtlich ein egozentrischer Idiot, der sich allen anderen in der Klasse überlegen fühlte, sie eingeschlossen. Und das ärgerte sie ungemein. Offenbar war Carter daran gewöhnt, seine Mitmenschen allein mit finsteren Blicken und seiner unterschwelligen Feindseligkeit einzuschüchtern, doch das hier war ihr Klassenzimmer und nicht seins.

Derartig aggressive Gefühle waren gänzlich untypisch für Kat und überraschten sie selbst, doch nach der Beinahe-Schlägerei pumpte noch immer das Adrenalin durch ihre Adern, und das Gehabe eines großspurigen Angebers wie Carter konnte sie nun wirklich nicht auch noch gebrauchen.

Kat sammelte sich einen Augenblick, ehe sie den Unterricht begann. Sie erklärte die heutige Aufgabe schnell und präzise, und binnen fünf Minuten machten sich alle ans Werk. Die Auseinandersetzung schien vergessen – oder, wie sie Jason kannte, vorerst aufgeschoben zu sein.

Entschlossen marschierte Kat zu Carters Tisch hinüber und legte ihm ein Heft vor. Ihre Bitte, seinen Namen darauf zu schreiben, ignorierte er geflissentlich.

»Carter«, wiederholte sie und wurde langsam ärgerlich, »würden Sie bitte Ihren Namen auf das Heft schreiben?« Sie bemerkte, dass seine Mundwinkel zuckten. »Was finden Sie denn so komisch?«

Er sah sie direkt mit seinen kristallblauen blitzenden Augen an, sagte jedoch kein Wort.

Sie zog einen Stift aus der Tasche. »Brauchen Sie vielleicht so einen?«

Sie hätte schwören können, dass sein starrer Blick plötzlich sanfter wurde, doch die Veränderung war so gering, so flüchtig, dass sie sich nicht sicher sein konnte. Er hob die Hand und nahm ihr den Stift ab. Dabei berührte er mit der Fingerspitze ihr Fingergelenk. Es war, als träfe loderndes Feuer auf bloße Haut. Eine brennende Woge aus Hitze schoss von ihrer Fingerspitze in die Magengrube.

Verwirrt verfolgte Kat, wie Carter seinen Namen quer über das Heft schrieb und den Stift mit einem sarkastischen Seufzen auf den Tisch warf. Dann lehnte er sich so zufrieden zurück, als gehöre ihm der ganze Laden – was er zweifellos glaubte.

»Mir ist bewusst, dass Sie dadurch, dass Sie erst später zu uns gestoßen sind, etwas im Stoff zurückliegen, aber ich bin mir sicher, dass Sie schnell alles aufholen werden.«

Da er seine Gedanken weiterhin hinter einer ausdruckslosen Miene verbarg, sprach sie einfach weiter und erläuterte ihm die Assoziationsübung, die die Klasse am Vortag als Vorbereitung auf ihren Einstufungstest in Kreativem Schreiben absolviert hatte. »Sie können erst einmal mit dieser Übung anfangen. Schreiben Sie ein Wort auf, das Ihnen etwas bedeutet, und dann notieren Sie alle Wörter, die Sie damit assoziieren.«

Noch immer keine Reaktion.

Kat biss sich auf die Zunge und stemmte die Hände in die Hüften. »Wenn Sie damit fertig sind, können Sie noch einen Text darüber abfassen, aus welchem Grund dieses Wort bedeutsam für Sie ist.«

Er bleckte die Zähne zu einem höhnischen Grinsen.

»Entschuldigen Sie bitte«, sagte sie mühsam beherrscht. »Gibt es ein Problem?«

Er sah sie boshaft an, die Miene unnachgiebig und einschüchternd. »Halten Sie mich für dumm?«

»Nein«, entgegnete Kat verdutzt. »Warum?«

Er gab ein Schnauben von sich. »Diese Übungen sind schon sehr – grundlegend. Finden Sie das nicht auch, Ms Lane?«

Kat knirschte mit den Zähnen. Ganz gleich, für wie intelligent sich dieser Carter hielt – Kat hätte ihm am liebsten sein selbstzufriedenes Grinsen aus dem hübschen Gesicht gewischt. Und was für ein Gesicht er hatte! Die Wimpern, die seine himmelblauen Augen umrahmten, waren überdurchschnittlich lang, und ihre Spitzen berührten fast seine scharf geschnittenen und doch maskulinen Wangenknochen. Seine Lippen waren genau richtig, prall und runzelten sich, wenn er grinste. Dem kleinen Höcker nach zu urteilen, der sich auf seinem Nasenrücken abzeichnete, war diese Nase schon mehrfach gebrochen.

»Wir beginnen mit diesen Aufgaben, ehe wir uns mit der weiterführenden Literatur beschäftigen«, erklärte Kat mit zusammengebissenen Zähnen. »Und der Weg zu jeder Antwort beginnt mit den Grundlagen.«

»Nett«, gab er herablassend zurück. »Diese kleine Perle der Weisheit haben Sie aus einem Glückskeks, oder?«

Kat stützte sich mit den Handflächen auf die Tischplatte und beugte sich bewusst so weit vor, dass sie ihm etwas zu dicht auf die Pelle rückte. Sie roch Rauch und Wärme. »Nein, das habe ich nicht«, zischte sie. »Und jetzt tun Sie, was ich Ihnen aufgetragen habe. Ansonsten: Dort ist die Tür. Passen Sie auf, dass Sie sich auf dem Weg nach draußen nicht Ihren ach so klugen Dickschädel stoßen.«

Pulsierende Stille erfüllte den Raum. Carter starrte Kat mehrere Sekunden lang an, ehe er sich kerzengerade aufsetzte und ebenfalls dicht vor ihr Gesicht beugte. Kat erschrak ein wenig, als sein heißer Atem jäh über ihren Hals strich.

»Passen Sie auf, was Sie sagen«, fauchte er wutentbrannt.

Der Wachmann trat einen Schritt vor.

Kat schluckte schwer. »Nein, Carter. Dies hier ist mein Klassenzimmer und nicht Ihres. Also tun Sie, worum ich Sie gebeten habe, oder gehen Sie. Die Entscheidung liegt bei Ihnen.« Damit drehte sie sich auf dem Absatz um und marschierte auf Riley zu, der, seinem Gesichtsausdruck nach, ebenso schockiert war wie Kat selbst. Sie hatte die Geduld des explosivsten Mannes im ganzen Raum auf die Probe gestellt. Warum, konnte sich Kat selbst nicht erklären. Sie wusste, dass ihr Verhalten riskant und vielleicht auch ein bisschen unprofessionell gewesen war, doch ein derartiges Benehmen konnte sie Ihren Schülern nicht gestatten. Woher dieser Mut – oder diese Dummheit – plötzlich gekommen war, wusste sie selbst nicht. Vielleicht hatten die missbilligenden Worte ihrer Mutter während des Essens am Vorabend sie dazu animiert, sich so rigoros zu behaupten. Oder die Angst, die ihr seit dem Zusammenstoß von Corey und Jason noch immer im Nacken saß.

Carter hatte etwas Entnervendes, Aufreizendes an sich. Wäre sie nicht so zornig gewesen, hätte sie sich sogar über die neue Energie gefreut, die sie plötzlich erfüllte.

Kat schaffte es, Carter für die folgenden fünfzig Minuten zu ignorieren. Nur gelegentlich spähte sie zu seinem Tisch hinüber, wo er still und mit süffisanter Miene thronte. Bisher hatte sie nicht beobachten können, dass er die Aufgabe, die sie ihm gestellt hatte, erledigte.

Arsch!

Gerade als sie die Stunde mit einigen abschließenden Worten beendete, kamen auch schon die Wachmänner, um ihre Schüler wieder abzuholen.

»Bis dann, Ms L«, tönte Riley fröhlich und folgte Jason und Rachel nach draußen.

Carter drängte sich rücksichtslos an Kat und den anderen vorbei.

»Ja, bis dann«, murmelte sie.

Sobald die Tür zuschlug, sank Kat gegen ihren Schreibtisch und atmete erleichtert auf. Keine Frage, Carter würde ihr noch einige Scherereien machen.

Toll! Genau das, was sie brauchte.

Sie stieß sich vom Schreibtisch ab, um die Arbeitshefte und Stifte der Schüler einzusammeln. Widerstrebend musterte sie das letzte Heft auf dem Tisch, an dem Carter gesessen hatte. Unschlüssig nagte sie an ihrer Unterlippe.

Was hatte dieser Carter nur, das sie so aus dem Konzept brachte?

Zögerlich näherte sie sich dem Heft, wie ein Soldat einem Blindgänger, drehte es zu sich herum und schlug die erste Seite auf. Sie riss die Augen auf und hielt den Atem an. Da stand das Wort, das dem Mann, der so viele Gefühle in ihr geweckt hatte, am meisten bedeutete.

SCHULD

5

Seit zwölf Stunden schon tat Carter nichts anderes, als vor Wut zu kochen und über einem Plan zu brüten, wie er seiner neuen Kursleiterin das Leben zur Hölle machen könnte. Noch immer konnte er nicht fassen, dass sie es gewagt hatte, so mit ihm zu reden.

Niemand sprach so mit Carter.

Niemand.

Niemals.

Mehrere Stunden nach ihrem Zusammenstoß plagte ihn noch immer die Wut, die sie in ihm entfacht hatte, brachte sie ihn immer noch zur Weißglut. Doch noch viel unglaublicher und ärgerlicher war das wilde Verlangen, das sie in ihm geweckt und das seinen ganzen Körper erschüttert hatte.

Als sie ihm ihre Worte geradezu ins Gesicht gespuckt hatte, hatte es sich angefühlt, als träfe ihn ein Stromschlag. Verflucht, wie schwer sie geatmet hatte … und dazu noch ihr giftiger Tonfall, bei dem sich tief in seinem Inneren plötzlich pochend etwas geregt hatte. Ewas, das lange im Tiefschlaf gelegen hatte. Etwas, das ihn drängte, sie auf den Tisch zu werfen und schmutzige unanständige Dinge mit ihr anzustellen, bis sie begriffen hatte, wie sie ihn zu behandeln hatte. Dass er derartige Gedanken über eine Frau hatte, die er gerade einmal fünfundfünfzig Minuten kannte, machte ihn unsagbar wütend auf sich selbst.

Ja, sie war heiß. Jeder Mann mit einigermaßen intakter Libido konnte das sehen. Ihr Haar, rötlich braun wie das von Dana

Scully, ihre vollen rosigen Lippen, ihr verlockender Hintern und erst ihre fantastische Oberweite. Sie war höllisch sexy. Das Verlangen und die Gier hatten ihn ohne Vorwarnung getroffen, ihn eiskalt erwischt – und an einem Ort wie *Kill* war jede Art von Überraschung brandgefährlich.

Ms Lane war ein scheinheiliger Niemand, und sie würde sehr schnell merken, dass er es nicht tolerieren konnte, dass sie mit ihm sprach, als … hätte sie keine Angst vor ihm.

Er massierte sich den Nasenrücken und sah wieder ihr Gesicht vor sich, als sie ihn angezischt hatte. Da war keine Spur von Angst gewesen, kein Hinweis darauf, dass sie sich auch nur im Entferntesten von ihm eingeschüchtert fühlte. Sie hatte nur so vor feuriger Energie gestrotzt, dass er fast meinte, die Hitze in der Luft schmecken zu können. Er hatte sogar ihrer Anweisung Folge geleistet und das Wort aufgeschrieben, das tagtäglich sein Leben bestimmte.

Nicht dass sie die Bedeutung dieses Worts verstehen würde oder gar in ihrem hübschen kleinen Leben schon einmal damit Erfahrungen gemacht hätte.

Was ihn ebenfalls verärgerte, war die Tatsache, dass die anderen Jungs im Kurs die Frau zu mögen schienen. Sogar Riley. Carter hatte bei ihm während einer Zigarettenpause vor dem Mittagessen Dampf abgelassen, doch der große Kerl hatte nur über ihn gelacht. Damit, dass sich Riley auf ihre Seite stellen würde, ja sogar einen unterschwellig warnenden Ton ihm gegenüber anschlagen würde, hatte Carter nicht gerechnet.

»Erwartest du ernsthaft von mir, dass ich dieses Weibsstück respektiere, das mit einem goldenen Löffel im Mund geboren wurde und der immer alles hinterhergetragen wurde?«

»Würde sicher nicht schaden«, entgegnete Riley gelassen.

Schnaubend schüttelte Carter den Kopf. Nie im Leben.

»So«, brach Riley das Schweigen. »Sie ist heiß, oder?«

Carter lachte unwillkürlich auf. »Oh ja, das ist sie!«

Riley schlug ihm so heftig auf den Rücken, dass er zusammenfuhr. »Bei ihr kommt man auf ganz schön schmutzige Ideen«, befand er augenzwinkernd.

Am nächsten Morgen, nach mehreren Tassen Kaffee, bereitete Kat ihr Klassenzimmer vor. In der Nacht hatte sie recht gut geschlafen und konnte nun die ganze Situation etwas objektiver beurteilen. Sie vermutete, dass Carter durch seine derzeitige Umgebung unter großer Spannung und emotionalem Druck stand, und wenn sie von ihm verlangte, dass er ihren Anweisungen gehorchte, würde er deshalb trotzdem nicht bereitwilliger mit ihr kooperieren. Es würde höllisch schwer mit ihm werden, doch sie hatte dennoch beschlossen, es mit ihm zu versuchen. Sie blickte zu seinem leeren Platz und musste an die Art denken, wie er sich auf seinem Stuhl lümmelte, an seinen durchdringenden Blick. Lieber Himmel! Das hier würde noch schwieriger werden als ursprünglich gedacht.

Was sie in seiner Akte über ihn gelesen hatte, hatte sie nicht überrascht. Carter war das Musterbeispiel eines rebellischen Abweichlers. Vor neunzehn Monaten war er wegen Kokainbesitz zu einer Haftstrafe von insgesamt sechsunddreißig Monaten verurteilt worden. Schon seit seinem fünfzehnten Lebensjahr hatte Carter Jahr für Jahr mindestens sechs von zwölf Monaten in Jugendstrafanstalten oder vergleichbaren Einrichtungen eingesessen.

Mit siebzehn hatte er die Schule abgebrochen, obwohl seine Leistungen weit über dem Durchschnitt gelegen hatten. Besonders gut war er in Sport und Englisch, und er listete Salinger, Steinbeck und Selby jr. als Lieblingsautoren auf. Fraglos war er intelligent, was sich schon aus seinen Kommentaren über ihren Unterricht und die »etwas sehr grundlegenden«

Übungen herauslesen ließ. Bei der Erinnerung daran wurde Kat schon wieder wütend.

Sie wusste, dass sie ihn aus ihrer Klasse entfernen lassen konnte, um ein Exempel zu statuieren, dass allein sie in ihrem Unterricht das Sagen hatte. Aber dann hätte er gewonnen. Aufzugeben und davonzulaufen oder ein Problem einfach zu ignorieren – das war nichts für Kat Lane. Nie wieder würde sie sich dazu zwingen lassen, vor etwas zu fliehen. Er würde sie nicht bezwingen, und schon allein, dass er es überhaupt versucht hatte, verärgerte sie.

Kat wollte den Morgen nur so schnell wie möglich hinter sich bringen. Nervös lief sie im vorderen Teil des Kursraums auf und ab, als ihre Schüler eintrafen, angeführt von Jason, der sie mit einem breiten Grinsen begrüßte. Riley war direkt hinter ihm und vollführte eine kleine Verbeugung vor Kat. Lachend sah sie Riley nach. Dann drehte sie sich um, und ihr stockte der Atem. Ihr Herzschlag geriet ins Stottern. Carter kam hereinstolziert. Ohne Kat zu beachten, schubste er Corey aus dem Weg und setzte sich auf seinen angestammten Platz. Als sich ihre Blicke für einen Sekundenbruchteil trafen, waren auf einen Schlag die irrationale Verärgerung und die merkwürdige Hitze wieder da, die sie durch ihre guten Vorsätze, mit Carter klarzukommen, verdrängt geglaubt hatte.

Kat räusperte sich und trat vor ihren Tisch. »Es freut mich, dass alle erschienen sind. Wir werden uns ab heute für den Rest der Woche mit Lyrik befassen, ehe wir dann in unser Shakespeare-Stück einsteigen.«

Kat lehnte sich mit dem Hintern gegen die Tischkante. Ihre Haut kribbelte. Sie hatte Carters Reaktion auf das Gedicht, das sie ausgeteilt hatte, genau gesehen, doch sie hatte es geschafft, ruhig zu bleiben, indem sie sich so fest auf die Lippe gebissen hatte, bis sie fast blutete. Sie konzentrierte sich ganz auf die

Worte, die sie an ihre Schüler richtete, und ignorierte das Verlangen, eine Grimasse zu ziehen, die Zunge herauszustrecken oder eine andere, ähnlich unangebrachte Geste anzubringen.

Liebe Güte – wie erwachsen!

Sie holte tief Luft. »Zum Einstieg möchte ich Sie gern fragen, was Sie bereits über Gedichte wissen.«

Im Raum herrschte Schweigen. Riley musterte wie immer angestrengt die Decke, als könne er dort die Antwort lesen, während Jason und Corey sie entgeistert anstarrten, als wären ihr drei zusätzliche Köpfe gewachsen. Sam hielt den Blick vor sich auf die Tischplatte gerichtet. Nach dem Drama vom Vortag hielt er sich zurück. Er hasste Konfrontationen jeder Art.

Jason hob langsam eine Hand und sagte zaghaft: »Sie können sich reimen?«

»Ja, das können sie, sehr richtig«, antwortete sie erfreut. »Ebenso wie das Gedicht, das wir bearbeiten werden. Allerdings trifft das nicht immer zu.«

»Sie handeln immer von kitschigem Kram wie Liebe«, beschwerte sich Riley.

»In manchen Fällen schon, Riley, jedoch nicht bei unserem Gedicht«, sagte Kat kopfschüttelnd. »Als ob ich Ihnen das antun würde!«

Riley lachte leise.

Carters unverkennbare Stimme drang an ihr Ohr. Er murmelte etwas Unverständliches in seine Hand. Kat wandte sich zu ihm um. »Bitte entschuldigen Sie, Carter, aber ich habe Sie nicht verstanden.«

Er legte die Hände auf den Tisch und bedachte sie mit einem bitterbösen Blick.

»In diesem Kurs haben wir eine äußerst einfache Regel«, fuhr Kat fort, da Carter weiterschwieg. »Wer etwas zu sagen hat, sagt es. Okay?« Sie schenkte ihm ein zuckersüßes Lächeln.

»Oder was?«

Kat betrachtete Carter nachdenklich. Er war attraktiv, keine Frage, und er verbarg in seinem Inneren einen Zorn, der unablässig brodelte.

»Oder er kann seine Sachen packen und gehen. So einfach ist das.« Kat trat dichter an seinen Tisch heran und senkte die Stimme. »Ich habe es Ihnen schon mal gesagt. Dies hier ist mein Klassenzimmer. Hier gelten meine Regeln. Sie tun, was ich Ihnen sage.« Nun setzte sie selbst ein spöttisches Grinsen auf. »Oder ist Ihnen das auch zu grundlegend?«

»Grundlegend«, raunte Corey hinter vorgehaltener Hand.

Bevor Kat etwas sagen konnte, hieb Carter so hart mit der Faust auf den Tisch, dass die Tischplatte brach. Dann schob er seinen Stuhl derart kraftvoll zurück, dass er krachend gegen den Tisch hinter seinem knallte. Gespannte Stille erfüllte den Raum.

»Was ist denn so verdammt witzig?«, blaffte er Corey von oben herab an, bevor er einen kurzen Blick auf Officer Ward warf, der seine Position bei der Tür verlassen hatte. »Kann ich auch mitlachen?«, fuhr er fort und machte einen Schritt auf sein Opfer zu. »Ich mag es nicht sonderlich, wenn man mir eine witzige Geschichte vorenthält.«

Kat verfolgte gebannt das Geschehen. Langsam setzte sie sich in Bewegung. »Carter, beruhigen Sie sich.«

Carter beachtete sie nicht, sondern beugte sich zu Corey hinunter, der nun sichtlich auf der Hut war. »Lachst du über mich?«

»Kommen Sie schon, Carter«, murmelte Officer Ward mit einem beunruhigten Blick auf Kat.

»Carter, setzen Sie sich«, drängte Kat wieder und versuchte, ihre Panik hinter einem betont entschlossenen, autoritären Ton zu verbergen. »Regen Sie sich nicht unnötig auf.«

»Genau, Mann«, gab Corey keine Ruhe. »Reg dich nicht auf.«

Blitzschnell packte Carter Coreys Tisch und schleuderte ihn begleitet von einem gellenden Aufschrei gegen die Wand. Mit einem dumpfen Dröhnen, das wie das Schlagen einer Totenglocke durch den Raum hallte, prallte die hölzerne Tischplatte gegen die kunststoffverkleidete Backsteinwand.

Sofort waren alle auf den Beinen. Officer West machte mit dem Schlagstock in der Hand einen Satz auf Carter zu, um ihn von Corey fernzuhalten, der noch immer wie gelähmt auf seinem Stuhl saß. Kat stand stocksteif hinter dem aufgekratzten Riley, der sie mit seinem Körper abschirmte, während sich drei weitere Wachmänner auf Carter warfen.

Kat spähte über Rileys riesigen Bizeps hinweg und verfolgte alarmiert, wie Carter von Officer West gegen die nächste Wand geworfen wurde. Die anderen Wachleute – der stille Alarm, den Rachel ausgelöst hatte, hatte sie hergerufen – stürzten sich ebenfalls auf ihn. Sie hörte Carter knurren und fluchen und verzog erschrocken das Gesicht, als sie sah, wie grob die Wachleute mit ihm umgingen, während sie ihm Handschellen anlegten und ihn mit den Fäusten bearbeiteten.

»Das war mein Handgelenk!«, brüllte er einem der Beamten ins Gesicht, der ihn sofort umdrehte und mit dem Gesicht voran gegen die Wand schleuderte. Mit einem sadistischen Grinsen verdrehte der Wachmann ihm das Handgelenk noch weiter, bis Carter vor Schmerzen aufschrie.

»Hey!« Kat schoss hinter Rileys Arm hervor und stürmte an Corey, der aus vollem Hals lachte, vorbei zu dem Haufen wütender Männer.

Carter blitzte sie wütend an. Seine linke Wange war gegen die Wand gepresst. Kat nahm den Wachmann, der versucht hatte, Carter das Handgelenk zu brechen, wütend ins Visier. »Ich habe das gesehen«, fuhr sie ihn an und wies aufgebracht auf Carters Handschellen. »Sie hätten ihn nicht verletzen müssen. Das ist unnötig.«

»Oh, ganz im Gegenteil, Ms Lane, es ist sogar sehr nötig«, entgegnete der Wachmann barsch. »Man muss diese Jungs im Zaum halten.« Er richtete Carter auf.

Kat bemerkte sofort das Blut, dass aus Carters linkem Nasenloch über seine Lippe floss. »Er blutet!«

»Er hat nichts«, blaffte der Wärter und schickte sich an, Carter vorwärtszustoßen, doch Kat legte ihm entschlossen die Hand auf die Brust und hielt ihn zurück.

»Warten Sie!« Sie zögerte kurz, holte dann eilig ihre Handtasche und nahm ein Päckchen Papiertaschentücher heraus. Mit einem Taschentuch in der Hand kehrte sie zu Carter zurück. In seiner Miene zeigten sich unzählige Gefühle gleichzeitig.

Als sie die Hand nach seinem Gesicht ausstreckte, hob er sofort an, zu protestieren: »Sie müssen verdammt noch mal nicht …«

»Halten Sie die Klappe, und lassen Sie mich helfen«, entgegnete sie so entschieden, dass Carter verstummte. Als sie seine blutige Lippe mit dem Tuch berührte, atmete er tief ein.

Er sah ihr direkt ins Gesicht. An den Stellen, an denen sein Blick über ihren Haaransatz, ihre Nase und ihren Mund wanderte, schien sich ihre Haut zu erwärmen. Kat mühte sich, ihr wild schlagendes Herz zu ignorieren, und konzentrierte sich ganz darauf, das Blut abzuwischen. Trotzdem spürte sie jede seiner Regungen überdeutlich. Jedes Mal, wenn sein Atem über ihre Hand strich, schluckte sie, und immer, wenn seine Lippen zuckten, krampften sich ihre Lungen zusammen.

Sie wischte ihn sanft, aber bestimmt sauber, bis die Spuren der übergriffigen Wachleute beseitigt waren. Eine derartige Behandlung hatte er nicht verdient. Als sie ihm noch mal prüfend ins Gesicht sah, bemerkte sie, dass auf seiner Wange bereits ein Bluterguss entstand.

Das Verlangen, die Stelle zu berühren, war fast übermächtig. Sie räusperte sich und senkte rasch den Blick, doch sie schien die Kontrolle über ihre Hand verloren zu haben. Wie von selbst bewegte sie sich auf die Stelle unter seinem Auge zu, wo sich sein wundervoll erhabener Wangenknochen abzeichnete. Wie gern hätte sie die Rötung mit ihren Fingerspitzen gestreichelt, ihm den Schmerz genommen, der unter seiner Haut brennen musste! Doch sie konnte nicht.

»Fertig«, murmelte sie und rieb einen Tropfen Blut von ihrem Daumen.

Carter sah sie nachdenklich an. Er öffnete den Mund, sagte aber nichts, stieß nur ein höhnisches Schnauben aus. Die drei Wachmänner packten ihn und führten ihn an Kat vorbei aus dem Raum.

Kat seufzte schwer und warf das blutverschmierte Taschentuch in den Abfalleimer.

6

Kat rollte sich auf die Seite und schaltete den Wecker aus, noch ehe er klingelte. Schon seit über einer Stunde lag sie hellwach im Bett.

Die ganze Nacht über hatte sie sich hin- und hergewälzt und darüber nachgegrübelt, wie es mit Carter weitergehen sollte. Ihre zweite gemeinsame Unterrichtsstunde war, gelinde gesagt, eine Katastrophe gewesen. Sie hatte versucht, ruhig zu bleiben. Oh Gott, und wie sie das versucht hatte! Doch es hatte nicht genügt. Wieder war sie wütend auf ihn geworden.

Sie hatte keine Ahnung, weshalb sie so auf ihn reagierte. Schließlich war er im Grunde nicht anders als die anderen Kerle, die sie unterrichtete. Nein, das stimmte nicht ganz. Er war streitsüchtiger, deutlich aggressiver und – Kat gestand es sich ungern ein – sehr viel attraktiver. Sie bemühte sich, ihn nur als einen ihrer Schüler zu betrachten, doch das fiel ihr nicht leicht. Dieser Mann machte sie ganz verrückt.

Sie fuhr sich mit den Handflächen übers Gesicht. Eigentlich wusste sie doch, dass es unklug war, sich mit einem Mann einzulassen, den sie unterrichtete. Die Gefängnisvorschriften waren in dieser Hinsicht streng und unmissverständlich, und Kat liebte ihren Job zu sehr, um ihn vorsätzlich zu gefährden. Sie war Profi, und niemand, nicht einmal Carter, würde sie das vergessen lassen.

Doch wann immer Carter in Wut geriet, strahlte er eine besondere Faszination aus. Der Zorn schien seine Haut zum Glühen zu bringen. Die Zornesfalten, die Kats Vermutung nach sein Hass auf die ganze Welt in seine Haut gegraben hatte, verschwanden, und dann sah er geradezu erhaben und makellos aus. In diesen Augenblicken war er der atemberaubendste Mensch, der Kat jemals begegnet war.

Als er im Kursraum den Tisch gegen die Wand geschleudert hatte, hatte sie sich gefürchtet – und gleichzeitig hatte sie die Augen nicht von ihm abwenden können. Überwältigt hatte sie verfolgt, wie die Bestie in ihm wütete. In diesem Moment war er wie ein wildes, entfesseltes Tier gewesen. Schon dieser Gedanke allein versetzte gewisse Teile ihres Körpers in helle Aufregung. Sosehr diese Seite von Carters Charakter ihren Widerwillen erregte, so sehr weckte sie auch ihr Begehren.

Doch ungeachtet dessen, was ihr Körper über diese Angelegenheit zu denken schien, wusste Kat ganz genau, dass das Verhalten des Wärters, der Carter das Handgelenk verdreht hatte, inakzeptabel gewesen war. Das hatte Carter nicht verdient.

Und genau das würde sie auch Anthony Ward berichten.

Doch als sie später im Gefängnis eintraf, war Ward nicht im Dienst. Ein wenig entmutigt und noch immer reichlich verwirrt, begann Kat damit, die Unterrichtsstunde vorzubereiten. Gedanken daran, ob Carter wohl zum Unterricht erscheinen würde, versuchte sie zu unterdrücken. Entnervt zerrte sie am Saum ihrer Bluse. Der Wunsch, ihn zu sehen, war weitaus stärker als die Hoffnung, dass er ihrer Stunde fernbleiben würde. Wie ärgerlich! Sie stieß einen lauten Fluch aus.

»Sind wir heute etwa mit dem falschen Fuß aufgestanden?«

Rachels Stimme holte Kat aus ihren Gedanken – für geschlagene fünf Sekunden. Dann waren die widerstreitenden Gefühle wieder da. Kat lächelte. Sie wusste nicht recht, wie sie Rachel erklären sollte, weshalb sie in einem menschenleeren Zimmer laut vor sich hin fluchte.

»Er wurde herausgenommen«, sagte Rachel rundheraus und stellte ihre Tasche auf ihren Stuhl.

Kat wandte sich um. »Wie bitte?«

»Carter«, sagte Rachel gleichmütig. »Ward hat entschieden, dass seine Wut außer Kontrolle geraten ist und er eine Gefahr für sich und seine Mitmenschen darstellt.«

»Verflucht! Wie hat er es aufgenommen?«

»Wie er es immer tut«, antwortete sie mit einem ironischen Lächeln. »Mit einigen Flüchen und einem Knurren.« Sie trat einen Schritt auf Kat zu. »Das wird sein Bewährungsverfahren beeinflussen.«

Kat war überrascht. Sie hatte gar nicht gewusst, dass man ihm Bewährung in Aussicht gestellt hatte.

»Wann soll über seinen Antrag auf Bewährung entschieden werden?«, fragte Kat.

»Ende des Monats.«

Es verwunderte sie selbst, dass sie plötzlich das Bedürfnis empfand, nicht gegen Carter zu arbeiten, sondern mit ihm. Sie kannte ihn doch erst zwei Tage, hatte vielleicht ein Dutzend Worte mit ihm gewechselt, und das meistens mit zusammengebissenen Zähnen, doch trotzdem wusste sie tief in ihrem Inneren, dass da noch etwas war – etwas, das ihn von den anderen Schülern in ihrer Klasse unterschied. Etwas, das sie auf eine Art anzog, die sie sich nicht erklären konnte.

Seine Widersprüchlichkeit war furchtbar frustrierend, und seine arrogante Art konnte selbst einen vernünftigen Menschen in die Alkoholsucht treiben, doch trotz allem verspürte Kat den Wunsch, die Dinge in Ordnung zu bringen und ihm zu helfen.

Schließlich war es genau das, was sie der Welt schuldete.

Kat nickte entschlossen.

»Was?«, fragte Rachel. »Was denkst du gerade?«

Kat lächelte. Sie spürte neue Kraft in sich. »Ich denke, dass Mr Carter sich daran gewöhnen werden muss, noch öfter in meiner Nähe zu sein.«

»Fester!«

Carter gab ein Knurren von sich.

»Ich sagte fester! Ich spüre ja gar nichts!«

Mit einem noch lauteren Knurren rammte Carter kraftvoll die Faust in das rote Schutzschild, das Officer Kent Ross, der den Sportunterricht in der Strafanstalt leitete, vor sich hielt.

»Meine dreijährige Tochter schlägt härter zu als du! Noch mal!«

Carter kniff gereizt die Augen zusammen und ballte die Fäuste. Seine Knöchel verfärbten sich so weiß wie die Bandagen an seinen Händen. Mit einem furchterregenden Schrei stürzte er vor und drosch mit aller Kraft auf das Schild ein. Hass, Wut, Begehren, Verlangen, Entbehrung – all seine Gefühle brachen mit derartiger Gewalt aus ihm heraus, dass Ross unter der Wucht seiner Schläge rückwärtstaumelte.

Nach dreißig Sekunden wurden seine Bewegungen langsamer. Adrenalin brannte in seinen kunstfertig tätowierten Schultern und Oberarmen, und bei jedem Schlag schmerzten seine Unterarme. Er ächzte und stöhnte, und als Ross verkündete, dass sie fertig waren, hätte er ihm um ein Haar einen Kuss mitten auf sein potthässliches Gesicht gedrückt.

Carter liebte das Training. Es war der einzige Teil seiner Antiaggressionstherapie, der ihm Spaß machte. Nach einem von Carters berüchtigten Wutanfällen hatte der Gefängnispsychologe die Empfehlung ausgesprochen, dass er mit Ross arbeiten solle, um seine aufgestauten Spannungen abzubauen.

Carter sank auf die blaue Sportmatte, rollte sich auf den Rücken und mühte sich, wieder zu Atem zu kommen. Er sollte wirklich das Rauchen aufgeben. Er war schweißgebadet, seine Fingerknöchel brannten, und die Stelle an seiner Wange, an der der Wachmann ihn in Ms Lanes Unterrichtsraum an die Wand gedrückt hatte, pochte.

»Du warst gut heute«, brummelte Ross und hielt Carter eine Wasserflasche hin.

Carter nahm sie mit zitternden Händen entgegen. »Und du hättest mich beinahe umgebracht.«

Stöhnend setzte er sich auf. Sofort protestierten seine Muskeln. Mit drei großen Schlucken leerte er die Hälfte des Wassers, ein wenig träufelte er sich auch zur Abkühlung auf den erhitzten Rücken.

»Du musst aufhören zu rauchen«, murmelte Ross zu Carters Amüsement. »Aber du hast dich heute ordentlich verausgabt«, fuhr er fort. »Mehr als sonst. Ging dir dabei etwas Spezielles durch den Kopf?«

In den zwölf Monaten, in denen Ross und Carter nun schon zusammen trainierten, hatten die beiden eine gute Beziehung zueinander aufgebaut und sprachen immer offen miteinander. Carter mochte die unkomplizierte Art von Ross und auch, dass er ihn immer forderte. Trotzdem war er sich unsicher, ob er ihm seine Frage tatsächlich wahrheitsgemäß beantworten sollte. Herrgott, wie er das verdammte Gefühlswirrwarr in Worte fassen sollte, wusste er ja selbst nicht einmal.

Wenn er ehrlich war, grenzte es schon an ein Wunder, dass er in Ms Lanes Klasse nur mit einem Tisch um sich geworfen hatte. Noch nie im Leben hatte er eine derart überwältigende Wut verspürt, die er nur darin hatte ausdrücken können, einen Tisch zu packen und ihn mit voller Kraft gegen die Wand zu werfen. Rückblickend war es ein dämlicher Einfall gewesen, doch in jenem Augenblick hatte er sich nicht mehr unter Kontrolle gehabt.

Worüber er sich allerdings schon seit dem Ende der »Zwischenfall-Besprechung« mit Ward ärgerte, war die Tatsache, dass er ab sofort von Ms Lanes Unterricht ausgeschlossen war. Auf unbestimmte Zeit. Er durfte sich weder ihr noch ihrem Kursraum nähern, und das passte ihm seltsamerweise gar nicht. Es stank ihm sogar gewaltig.

Welche Ironie! Erst hatte er sich bitterböse darüber beklagt, dass er zu dem Literaturkurs verdonnert worden war, und nun wollte er zu seiner großen Verwunderung an ihrem Unterricht teilnehmen und ihr zuhören, wie sie über Lyrik salbaderte und ihm Dinge erklärte, die er längst wusste. Er wollte auf seinem Platz in der ersten Reihe sitzen, sie anstarren und versuchen, ihr ein wenig Angst einzujagen.

Die Bekanntschaft mit Ms Lane ging ihm wirklich unter die Haut, und er war sich nicht ganz sicher, ob er sich darüber ärgern oder freuen sollte. Er kannte sie ja kaum, hatte nur wenige Worte mit ihr gewechselt, und trotzdem ging ihm ihr Gesicht nicht aus dem Kopf. Sie war einfach so verdammt … hübsch.

Fuck! Er würde noch durchdrehen.

Mit einem Schnauben setzte er die Wasserflasche wieder an die Lippen und trank sie leer. Dann schleuderte er sie schwungvoll in den Mülleimer. Ross ließ sich neben Carter auf die Matte fallen.

»Ich habe von dem kleinen … Zwischenfall während deines Kurses gehört«, bemerkte er diplomatisch.

Sofort verfinsterte sich Carters Miene.

Ross hob beschwichtigend die Hände. »Hey, Mann, ich werde dich sicher nicht dafür verurteilen.«

Carter senkte den Kopf und schwieg. Ross wartete.

»Es ist so …«, setzte Carter an. »Ehrlich gesagt ist mir der Unterricht scheißegal. Ich meine, ich bin ja nicht blöd. Ich lese und weiß, was ich weiß, aber … Ich muss wegen meines Antrags auf Bewährung daran teilnehmen.«

Ross sagte nichts.

»Aber diese Frau …« Er unterbrach sich, hätte sich am liebsten die Zunge abgebissen. »Ich weiß auch nicht«, sagte Carter schließlich mehr zu sich selbst als zu dem Mann neben ihm.

Und diese Erklärung kam der Wahrheit am nächsten. Er wusste *tatsächlich* nicht, was er von alledem halten sollte. Warum er wieder zurück in Ms Lanes Kurs wollte. Warum sie ihn so aus dem Gleichgewicht brachte. Und warum sie ihn abgewischt hatte, als er geblutet hatte.

Eins wusste er dagegen ganz genau: dass er es genossen hatte. Es hatte ihm gefallen, dass sie es getan hatte … und dass sie ihm dabei so nah gekommen war. So hatte er Gelegenheit gehabt, sie eingehender zu betrachten. Er war in seinem Leben schon mit vielen attraktiven Frauen zusammen gewesen und hatte noch weitaus mehr gesehen, doch Ms Lane war anders als diese Frauen. Sie war natürlich, kurvig, trug kaum Make-up, und außerdem war er sich ziemlich sicher, dass ihre Brüste echt waren.

Er stand auf Brüste, und ihre waren wirklich erstklassig.

Er hatte schon erwogen, sie einmal anzufassen.

Doch der Zwischenfall mit dem Tisch hatte dem ein jähes Ende gesetzt.

Shit!

Seine Bewährungshelferin wäre bestimmt stinksauer.

»Guten Morgen, Ms Lane«, begrüßte Ward Kat, als sie auf seinen Schreibtisch zuging, und wies auf einen Stuhl direkt davor.

»Guten Morgen.«

»So.« Ward klopfte mit den Handflächen auf die Armlehnen seines Bürostuhls. »Was kann ich für Sie tun?«

Kat schluckte, um ihre Nervosität zu bekämpfen. Am besten kam sie gleich zum Punkt. »Mir ist zu Ohren gekommen, dass der Vorfall, in den Carter verwickelt war, Auswirkungen auf sein Bewährungsersuchen haben könnte.«

»Nicht nur ›könnte‹«, entgegnete Ward brüsk. »Für die nächsten siebzehn Monate geht er erst einmal nirgendwohin. Er wird seine komplette Strafe absitzen, und das mit Vergnügen.«

Etwas an seinem Tonfall verärgerte Kat maßlos.

»Ja«, antwortete Kat betont freundlich. »Soweit ich weiß, hat er in Kürze eine Besprechung mit seiner Bewährungshelferin.«

Ward nickte.

»Und soweit ich weiß, fließt in die Entscheidung über seine Bewährung nicht nur ein, ob er sich im Gefängnis gut führt.« Kat entging Wards sichtliche Verwunderung nicht.

Er beugte sich vor und stützte die Ellbogen auf den Schreibtisch. »Worauf wollen Sie hinaus, Ms Lane?«

»Ich habe mir gestattet, für heute Nachmittag ein Treffen mit Jack Parker anzusetzen, Carters Sozialarbeiter. Außerdem würde ich mich gern mit seiner Bewährungshelferin unterhalten, wenn sie Carter wieder einen Besuch abstattet. Ich weiß, dass entweder Sie oder Jack das für mich arrangieren könnten …«

Ward unterbrach sie, indem er die Hand hob. »Verzeihen Sie bitte, aber ich muss Sie nochmals fragen: Worauf wollen Sie hinaus, Ms Lane?«

Kat schluckte. »Ich möchte Carter unterrichten.«

Für einen Augenblick sah Ward vollkommen verwirrt aus. »Das haben Sie doch schon«, sagte er schließlich. »Und er wurde aus Ihrem Kurs herausgenommen, weil Sie beide ganz eindeutig nicht miteinander auskommen.«

Kat ignorierte seinen bissigen Ton. »Kann sein. Aber vielleicht war ich auch nicht so geduldig mit ihm, wie ich es hätte sein sollen.« Ach was, Sherlock! »Ich möchte ihm helfen, soweit es in meinen Kräften steht.« Sie spürte, wie sich ihre Wangen unter Wards prüfenden Blicken röteten. »Mir ist bekannt, dass er auch an keinem anderen Kurs mehr teilnehmen darf. Seine Möglichkeiten sind folglich äußerst begrenzt. Ich denke, wenn ich Carter einzeln unterrichte, ist die Wahrscheinlichkeit, dass er noch einmal die Beherrschung verliert, sehr viel geringer.«

Bevor Kat Wards Büro betreten hatte, hatte sie über diesen Punkt sehr genau nachgedacht. Dass Carter ihre übrigen Schüler einschüchterte, war ein Grund dafür gewesen, dass sie ihm gegenüber die Beherrschung verloren hatte. Wenn sie aber nur zu zweit wären, würde das sicher einiges vereinfachen. Oder?

Ward lehnte sich sichtlich verwirrt auf seinem Stuhl zurück. »Ms Lane«, murmelte er, »nur damit ich Sie richtig verstehe. Sie wollen Carter unterrichten ... einzeln ... und ihm so helfen, dass sein Antrag auf Bewährung zügig genehmigt wird?«

Sie schenkte Ward ein strahlendes Lächeln.

Ward starrte sie nur fassungslos an, dann schüttelte er den Kopf. »Das kann ich nicht gestatten.«

»Hm.« Kat nagte nachdenklich an der Innenseite ihrer Wange. »Und darf ich fragen, warum?«

Ward grinste höhnisch und setzte sich in seinem Stuhl auf. »Ich kann unmöglich meine Erlaubnis dazu erteilen, dass Sie sich allein mit Carter in einem Raum aufhalten ...«

»Ein Wachmann wäre anwesend«, unterbrach sie ihn.

Ward seufzte gereizt. »Lassen wir die Haarspalterei. Ms Lane, Sie wurden eingestellt, um über einen gewissen Zeitraum eine Gruppe Insassen dieser Strafanstalt zu unterrichten. Nach einem Stundenplan. Und nicht als Privatlehrerin für einen Einzelnen.« Er hob die Hände in gespieltem Bedauern. »So steht es nicht in Ihrem Vertrag, und diese Einrichtung kann es sich nicht leisten, Ihnen dafür zusätzlich etwas zu bezahlen.«

Kat schenkte Ward wieder ein Lächeln, diesmal jedoch ein weitaus weniger freundliches. Sie hatte schon geahnt, dass er so argumentieren würde, und sie wusste, dass es ihr gleichgültig war, ob sie nun für diesen Job bezahlt würde oder nicht. Sie hatte es sich zur Gewohnheit gemacht, nicht über den Reichtum ihrer Familie zu sprechen, da viele darauf mit Unbehagen reagierten. Bei Anthony Ward war ihr das allerdings egal. Ihr Vater und auch ihr Großvater waren erfolgreiche Senatoren gewesen. Das versetzte sie in die glückliche Lage, sich nie um ihren Kontostand Sorgen machen zu müssen.

»Mr Ward«, begann sie ironisch und fixierte Ward. Der begann, sich merklich unwohl zu fühlen. »Ich tue das hier nicht für Geld«, fuhr sie scharf fort.

Ward lehnte sich zurück. Nach einem kurzen Moment beklommenen Schweigens sagte er: »Ich muss zugeben, dass ich nun etwas verwirrt bin, Ms Lane. Sie beide schienen sich auf den ersten Blick zu verabscheuen. Warum genau wollen Sie mit ihm arbeiten? Was versprechen Sie sich davon?«

»Ich bin Lehrerin. Entsprechend ist es mein Beruf zu unterrichten. Und genau das möchte ich tun. Carter fühlt sich offenbar in einem Klassenzimmer mit anderen Schülern nicht wohl. Das Problem lässt sich nur lösen, wenn er außerhalb des Klassenzimmers unterrichtet wird.« Ihr Tonfall wurde entschlossen. »Ich glaube, dass ich ihm helfen kann. Und ich verspreche mir nicht mehr davon, als ihm etwas beizubringen. Außerdem«, fuhr Kat fort und appellierte bewusst an Wards Stolz, »würde es doch auch Ihnen das Leben sehr viel leichter machen, wenn seine Strafe möglichst bald zur Bewährung ausgesetzt wird, nicht wahr?«

Sie war sich sicher, dass Ward und Carter sich nicht grün waren.

Wards Mundwinkel zuckte. »Ich muss trotzdem Nein sagen, Ms Lane. Es würde zu viele Fragen nach sich ziehen, und die zusätzliche Arbeitszeit für die Wachleute …«

»Da wir gerade von den Wachleuten sprechen. Wurde der Wachmann, der Carter angegriffen hat, eigentlich schon dafür zur Rechenschaft gezogen?«

»Angegriffen?«

»Allerdings«, antwortete Kat. »Er hat Carter das Handgelenk verdreht. Eine überflüssige und höchst feindselige Handlungsweise. Ich war entsetzt.« Dabei riss sie die Augen auf und schlug sich die Hand vor die Brust. Ward sollte verstehen, was sie ihm damit sagen wollte. Kat war klar, dass der Beamte nicht bestraft worden war, obwohl sein Fehlverhalten von den Überwachungskameras im Kursraum aufgezeichnet worden sein musste.

»Verstehe«, knurrte Ward. »Selbstverständlich tolerieren wir keine gewaltsamen Übergriffe auf Insassen. Ich werde mich um die Angelegenheit kümmern.«

»Gut.«

Kats Familie verfügte über hervorragende Beziehungen, und sie hatte einige Freunde in hohen politischen Positionen. Ein Anruf von ihr und sie würden sich Ward vorknöpfen.

Ward räusperte sich und schürzte die Lippen. »Selbst wenn ich Ihr Ansinnen genehmige«, sagte er geringschätzig, »woher wollen Sie wissen, dass Carter sich darauf einlässt? Wie Sie selbst wissen, ist er ein sturer Bock.«

Kat musste lächeln. »Ich bin mir sicher, dass er, wenn ich mit ihm spreche und ihm erkläre, dass ich ihm nur helfen möchte, seinen Stolz vergessen und mein Angebot akzeptieren wird. Und wenn nicht«, sie zuckte mit den Schultern, »dann vergessen wir das Ganze eben.«

»Und Sie wenden dafür Ihre Freizeit auf. Es gibt keine zusätzliche Bezahlung«, betonte Ward noch einmal und zeigte mit dem Finger auf sie.

»So ist es«, stimmte sie zu. Am liebsten hätte sie ihm den Finger abgerissen. »Ich lasse Ihnen den Stundenplan zukommen, damit Sie einen Wachmann abstellen können. Vorzugsweise nicht ausgerechnet den, der meinen Schüler schon einmal attackiert hat.«

»Na schön.«

»Großartig.« Kat schlug sich lächelnd mit den Handflächen auf die Oberschenkel. »Ich treffe mich um zwei Uhr mit Jack. Kann ich auch zu Carter? Ich würde diese Sache gern klären, bevor ich ins Wochenende gehe.«

Schnaubend verschränkte Ward die Arme. »Lassen Sie mich anfunken. Ich sorge dafür, dass er zu Ihnen gebracht wird.«

»Vielen Dank, Mr Ward«, sagte sie mit einem zuckersüßen Lächeln. Dann verließ sie das Büro und schloss die Tür betont sacht.

Später am Nachmittag lauschte Jack Parker gebannt der hübschen Rothaarigen, während sie ihm ihren Vorschlag detailliert auseinandersetzte. Er war außerordentlich überrascht gewesen, dass Ms Katherine Lane um ein Treffen mit ihm ersuchte. Zuerst hatte er geglaubt, sie wolle offiziell Beschwerde wegen Wes' Verhalten einlegen – was Jack durchaus nachvollziehbar gefunden hätte. Entsprechend verblüffte es ihn, als sie plötzlich verkündete, dass sie ihm dabei helfen wollte, dass Wes' Bewährung genehmigt würde.

Ob Wes mitspielen würde, stand auf einem anderen Blatt. Sein aufbrausendes Temperament brachte ihn immer wieder in Schwierigkeiten, aus denen Jack ihn dann wieder herausboxen musste. Der Zwischenfall mit dem Tisch war ein gutes

Beispiel dafür. Dass Wes vom Unterricht ausgeschlossen worden war, war ein großer Rückschlag auf dem Weg zur Bewährung. Dementsprechend hätte er Ms Lane dafür küssen können, dass sie ihre Hilfe anbot.

»Ich muss schon sagen, es ist wirklich kaum zu glauben, dass sich Ward darauf eingelassen hat.« Schmunzelnd nahm Jack einen Schluck aus der Kaffeetasse.

Kat lachte auf. »Sagen wir einfach, ich weiß, welche Knöpfe man bei ihm drücken muss.«

Jack grinste noch breiter. Es wurde auch langsam Zeit, dass jemand Ward in die Schranken wies. »Ist das so?«

Kat lächelte still hinter ihrer Kaffeetasse, schwieg jedoch.

Die Tür des öden, schlecht belüfteten Raums öffnete sich, und ein äußerst resigniert wirkender Carter erschien darin, begleitet von zwei Wachmännern und einem angesäuerten Ward.

»Hi, Wes«, sagte Jack und erhob sich.

»Hey«, antwortete er. Dann wanderte sein Blick zu der Frau neben Jack. »Ms Lane«, sagte er tonlos.

Kat seufzte. »Würden Sie sich bitte setzen, Carter?«

Carter musterte sie. Sie hatte eine defensive Körperhaltung eingenommen. Und sie sah zugegebenermaßen verdammt gut aus. Wahrscheinlich tat sie das nur, um ihn zu ärgern. Er ließ sich auf den Stuhl fallen. Grinsend sah er Jack an, streckte eine Hand aus und wackelte auffordernd mit den Fingern. Jack warf eine Packung Zigaretten und ein Streichholzbriefchen auf den Tisch. Carter steckte sich eine der Zigaretten zwischen die Lippen, zündete sie an und inhalierte gemächlich mit einem leisen Zischen.

Beim Ausatmen betrachtete er wieder Ms Lane. Noch immer fixierte sie ihn ungerührt mit ihren grünen Augen.

»Sie haben zehn Minuten«, blaffte Ward. Dann marschierte er mit lauten Schritten zur Tür.

»Womöglich sind wir in zehn Minuten noch nicht fertig«, wandte Ms Lane ein. »Wir lassen Sie anfunken, wenn wir alles besprochen haben.«

Ward blieb wie vom Donner gerührt stehen, stemmte eine Hand in die Hüfte und rieb sich mit der anderen die Stirn. »Na schön.«

Jack und Carter wechselten beeindruckte Blicke. Carter freute sich diebisch darüber, wie sie Ward die Stirn bot. Fast war er sogar ein bisschen eifersüchtig, dass Ward eine Abreibung von ihr bekam und er selbst nicht. Aus irgendeinem unerfindlichen Grund sehnte er sich geradezu danach, dass sie auch ihn wieder ihre spitze Zunge spüren ließ.

»So, könnte mich vielleicht jemand von meinem Leid erlösen und mir erklären, warum ich hier bin?«, fragte er. Dabei sah er abwechselnd Ms Lane und Jack an.

Jack warf ihm einen missbilligenden Blick zu, sichtlich ungehalten über sein schnoddriges Verhalten. Dann signalisierte er Ms Lane, dass sie sprechen solle. Sie räusperte sich, war offenbar nervös. Ein faszinierender Anblick. Sie so unruhig und mit verkrampften Schultern zu sehen war neu für Carter.

»Also, ich denke, wir können feststellen, dass es mit Ihrer Teilnahme an meinem Unterricht nicht besonders gut funktioniert hat.«

»Ach wirklich, Lady?«, spöttelte er.

»Wes«, ermahnte ihn Jack sofort.

Carter verdrehte die Augen und signalisierte Ms Lane, dass sie weitersprechen möge, indem er den Ellbogen hob.

»Soweit ich weiß, wird Ihre Bewährungshelferin bald hierherkommen, um mit Ihnen Ihren Bewährungsantrag zu besprechen.«

»Ja. Und?«, fragte er gleichgültig.

Ihre Miene blieb entschlossen, der Blick fest auf ihn geheftet. Carters Finger zuckten unbewusst.

»Außerdem weiß ich, dass sich die Teilnahme an meinem Unterricht positiv auf Ihren Antrag auswirken sollte.«

Schnaubend stieß Carter den letzten Qualm aus und drückte die Zigaretten mit drei kräftigen Stößen im Aschenbecher aus. Dann ließ er sich auf seinem Stuhl zurücksinken, jedoch ohne die Frau ihm gegenüber auch nur eine Sekunde aus den Augen zu lassen.

»Und jetzt bitte noch mal Klartext«, sagte er schließlich und konnte kaum das Grinsen unterdrücken, als er das wohlbekannte Feuer in Ms Lanes Augen auflodern sah.

Jetzt war sie wieder ganz in ihrem Element.

»Im Klartext bedeutet das«, fauchte sie, »dass ich Ihnen anbiete, Ihre persönliche Tutorin zu werden und Ihnen Einzelunterricht zu erteilen, damit Sie weiterhin die Chance auf eine frühe Bewährung haben. Selbst wenn Sie sich Menschen gegenüber, die Ihnen helfen wollen, wie ein Arschloch aufführen.«

Jack starrte den kleinen Hitzkopf erstaunt an. Carter dagegen musterte bedächtig ihr Gesicht, ihren Hals, verfolgte, wie sich auf ihrer bloßen Haut eine hitzige Röte abzuzeichnen begann. Er leckte sich die Lippen. Verflucht, wenn sie sich so aufregte, sah sie richtig scharf aus!

Ms Lane sprang auf. Die Stuhlbeine schabten über den Boden, ehe der Stuhl nach hinten umkippte. Sie wandte sich nach ihm um, machte jedoch keinerlei Anstalten, ihn wieder aufzuheben. Stattdessen griff sie nach ihrer Tasche, ließ sie jedoch zweimal fallen, ehe sie sie richtig zu fassen bekam.

Jack erhob sich ebenfalls.

»Vergessen Sie's«, sagte sie erbost. »Ich verschwende doch nicht meine Zeit. Offensichtlich sind Sie einfach nur ein undankbarer Mensch, der die Hilfe anderer nicht zu schätzen weiß.« Sie warf sich die Tasche über die Schulter. »Aber ich kapiere schon, was los ist. Ich verstehe, dass mein Angebot nicht zur Rolle des obercoolen, hammerharten Kerls passt, den Sie hier drin markieren, und dass Sie Angst davor haben, dass jemand merken könnte, dass Sie in Wirklichkeit ein intelligenter Mann sind. Sicherlich wird Mr Ward hocherfreut darüber sein, dass Sie Ihre volle Strafe hier im Gefängnis absitzen werden. Aber was soll's, das ist Ihnen bestimmt auch völlig egal!« Damit wirbelte sie auf dem Absatz herum.

Carter sah das Feuer in ihren Augen, das ihn herausforderte, hörte ihre wahren Worte und begriff plötzlich, dass sie ihm eine Art Rettungsanker zugeworfen hatte. Einen Weg, um so schnell wie möglich auf Bewährung freizukommen, genau wie er es so verzweifelt wollte. Doch dank seines kindischen Benehmens würde sie gleich aus dem Raum stürmen und ihn mit leeren Händen zurücklassen. Und obwohl Ms Lane ihn wirklich zur Weißglut brachte, war er doch auch gerührt, dass sie ihn unterstützen wollte.

Er räusperte sich. »Ms Lane?«

Sie hielt inne und wandte sich ungeduldig zu ihm um.

»Ich, ähm«, setzte er an und trommelte unruhig mit den Fingern auf die Tischkante. Er war es nicht gewohnt, Dankbarkeit zu empfinden, geschweige denn, sie zu zeigen. »Hören Sie, ich – ich weiß Ihr Angebot zu schätzen«, stammelte Carter. Sein Blick geisterte nervös durchs Zimmer.

Ms Lane wechselte einen Blick mit Jack, dem es die Sprache verschlagen zu haben schien. »Machen Sie sich keine Gedanken mehr deswegen. Es war dumm von mir …«

»Nein«, nahm er ihr das Wort. »Es war nicht dumm, sondern eine gute Idee. Ich glaube …« Hilfe suchend wandte sich Carter nach Jack um.

»Wes«, sagte Jack eindringlich, »willst du damit sagen, dass du Ms Lane als Tutorin möchtest?«

Carter griff mit gesenktem Blick nach dem Zigarettenpäckchen auf dem Tisch.

»Na dann, okay«, flüsterte Jack. »Ms Lane?«

»Also«, sagte sie und kam langsam einen Schritt zurück zum Tisch. »Ziehen wir es durch?«

»Habe ich doch schon gesagt, oder?«, knurrte Carter, verborgen hinter einem Vorhang aus Zigarettenqualm. Ein nachdenklicher Ausdruck huschte kurz über Ms Lanes Gesicht. Dann nahm sie wieder ihren Platz ein.

Zwanzig Minuten später, nachdem sie ihren Kalender mit Terminen gefüllt hatte, an denen sie und Carter sich treffen würden, erhob sie sich wieder und reichte Jack die Hand.

Er schüttelte sie enthusiastisch. »Vielen Dank, Katherine. Wir werden uns ganz bestimmt noch öfter sprechen.«

»Aber sicher«, erwiderte sie lächelnd. »Und nennen Sie mich Kat.« An Carter gewandt sagte sie: »Wir sehen uns am Montag.«

Doch Carter schwieg, bewegte keinen Muskel. Reglos wie eine Statue starrte er zur Tür, die sich hinter Ms Lane schloss. Sein Puls hämmerte in seinen Ohren, und mit jedem Herzschlag hallte der Klang ihres Namens wieder und wieder durch seinen Schädel.

Katherine. Katherine. Katherine.

Als sie wieder unter sich waren, erschien ein breites Grinsen auf Jacks Lippen. »Wes, das ist großartig!« Begeistert klatschte er in die Hände. »Wirklich großartig, oder? Wes?« Jack sah ihn fragend an. »Wes, geht es dir …?«

»Wie hast du sie genannt?«, keuchte Carter. Seine Kehle verkrampfte sich, sodass er kaum noch Luft bekam. Langsam legte er die Hand an die Brust, die sich zusammenzuschnüren schien, kraftvoll und unerbittlich, wie er es noch nie zuvor erlebt hatte.

»Wie bitte?«, fragte Jack verwirrt.

Carter schloss die Augen. Schluckte. »Wie hast du Ms Lane genannt?«

Jack runzelte die Stirn. »Ich nannte sie Katherine. Warum fragst du?«

Katherine Lane. Verdammt! Katherine Lane.

Die Welt schien aus den Fugen zu geraten, der Raum schwankte bedrohlich. Carter ließ den Kopf schwer auf die Knie sinken. Sein Atem ging abgehackt.

Das konnte nicht sein.

Nein.

Wie hoch standen die Chancen dafür?

Minimal.

Bestürzt legte er die Hand an den Kopf.

»Sie kann es nicht sein.«

Er sog so viel Luft in seine Lungen, wie er nur konnte, doch es half nichts. Die Wände kamen unerbittlich näher, und er hatte das Gefühl zu ersticken.

Jack ging vor ihm in die Knie. »Wer, Wes?«, fragte Jack drängend. »Sprich mit mir. Von wem redest du?« Er fasste Carter an der Schulter.

»Sie kann es nicht sein«, murmelte Carter undeutlich.

»Wer? Ms Lane?«

»Nein«, antwortete Carter, der Jacks wachsende Aufregung kaum bemerkte. »Sie ist nicht Ms Lane. Sie ist – oh, fuck!«

»Wer ist sie?«, bohrte Jack und packte Carters Schulter fester.

Carter hob den Kopf, doch seine Augen sahen ihn gar nicht wirklich. Sein Blick war verschleiert von Erinnerungen, so lebendig, dass sie zum Greifen nah erschienen.

Dickes gewelltes Haar. Ein blaues Kleid. Schüsse. Schreie.

Verzweifelt klammerte er sich an Jacks Arm, als hinge sein Leben davon ab, um nicht ins Bodenlose zu stürzen. Er musste wieder Halt finden, bevor er noch vollkommen zusammenbrach. Er schluckte, um nicht laut aufzuschluchzen.

Er war nicht mehr der starke, arrogante siebenundzwanzigjährige Mann, sondern wieder ein elfjähriger Junge, der Todesängste ausstand, sich verzweifelt danach sehnte, von jemandem geliebt zu werden, und sich fieberhaft mühte, das Leben eines kleinen, vom Schreck gelähmten Mädchens zu retten.

Er versuchte, Jack zu antworten. Er wollte ihm alles erzählen. Ihn anflehen, ihn aus dem Raum zu schaffen, bevor er noch komplett durchdrehte. Denn er drehte gerade durch. Fühlte sich so das Sterben an?

Wie Wasser durch einen geborstenen Damm brachen Carters Erinnerungen hervor. Die Bilder stiegen auf wie Feuerwerksraketen, die in seinem Kopf explodierten, durch sein Hirn zischten, in seinen Ohren gellten. Er ließ den Kopf wieder nach vorn fallen, kniff die Augen zu und krallte sich am Aufschlag von Jacks Jackett fest, zerknautschte die Wolle in seinen Fäusten. Dabei versuchte er, sich zu beruhigen, sich zu entspannen und sich verdammt noch mal zusammenzureißen. Wütend merkte er, dass seine Bemühungen, gleichmäßig zu atmen, nur dazu führten, dass sich sein Körper noch mehr verkrampfte.

Ein entsetztes Ächzen entfuhr seiner Kehle, die sich noch weiter zu verengen schien. Entkräftet legte er die Stirn an Jacks Schulter und sprach die Worte aus, von denen er niemals geglaubt hatte, dass sie nach der furchtbaren Nacht vor sechzehn Jahren über seine Lippen kommen würden.

»Jack«, raunte er. »Sie ist meine Peaches.«

7

»Ich muss zu meinem Daddy!«

»Lauf weiter! Wir müssen weg von ihnen. Sie bringen dich sonst um! Lauf!«

»Wes?«

»Nein! Er braucht mich!«

»Wes? Würdest du bitte die Augen öffnen?«

»Ruhig!«

»Wesley. Es ist alles in Ordnung.«

Abrupt setzte sich Carter im Krankenbett auf. Er keuchte, blickte fast panisch um sich. Als ihn eine Hand am Arm berührte, fuhr er zusammen. Er wandte sich um. Jack stand mit besorgter Miene neben seinem Bett. Carter schluckte angestrengt. Seine Kehle fühlte sich an wie Sandpapier. Noch immer schien sein Gehirn aus Watte zu bestehen. Er fühlte sich richtig beschissen.

»Wo bin ich?« Benommen sah er sich um, betrachtete die weiß getünchten Wände.

Ein Arzt und zwei Wachmänner musterten ihn. »Sie befinden sich auf der Krankenstation, Wesley«, erklärte der Arzt.

»Ich heiße Carter, und außerdem habe ich verdammt noch mal nicht mit Ihnen gesprochen, Doc«, entgegnete er gereizt.

Der Arzt verzog das Gesicht und wich einen Schritt zurück.

»Wes«, sagte Jack beschwichtigend, »du hattest eine Panikattacke.«

Carter stieß ein bellendes Lachen aus und ignorierte die Beschämung, die heiß in ihm aufstieg. »Wer sagt das?«

»Ich sage das«, mischte sich der Arzt wieder ein.

Carter musterte ihn einen Augenblick schweigend. »Ich verschwinde von hier.« Damit schwang er die Beine über die Bettkante. »Wo sind meine Schuhe?«

»Ich befürchte, das ist nicht möglich«, setzte der Arzt zum Protest an.

»Das war keine Bitte!«, fuhr Carter ihn an. Er spürte seinen Herzschlag im Schädel pulsieren. Seine Trommelfelle schienen zum Bersten gespannt – und ach, sieh sich nur einer diese witzigen schwarzen Pünktchen an, die überall in seinem Gesichtsfeld herumtanzten. Witzig. Für den Bruchteil einer Sekunde kniff er die Augen zu, um sich zu sammeln. Dabei kippte er nach vorn.

Jack legte stützend die Hände an seine Schultern. »Du musst dich beruhigen«, raunte er ihm zu. »Entspann dich einfach. Du warst eine Weile weggetreten. Lass es langsam angehen.«

Carter massierte sich den Nasenrücken, um das Pochen hinter seinen Augen zu lindern. So hatte er sich noch nie gefühlt. Es war, als gastiere ein Zirkus zwischen seinen Ohren. Verflucht noch mal, er war völlig fertig. Als Jack ihn behutsam wieder in die Kissen drückte, konnte er sich nicht einmal wehren. Langsam atmete er aus und betrachtete nachdenklich sein Publikum, das um ihn herumstand und ihn so aufmerksam beobachtete, als rechneten sie damit, dass er gleich explodieren würde.

»Schmerzt Ihr Kopf?«, erkundigte sich der Arzt.

Carter funkelte den Mann nur wütend an. Für einen bissigen Kommentar war er zu erschöpft.

»Ich hole Ihnen ein paar Schmerztabletten«, murmelte der Arzt und eilte aus dem Zimmer.

Zu Carters Verblüffung verließen auch die beiden Wachmänner nach einem nervösen Seitenblick auf Jack den Raum.

»Na, zumindest bin ich noch dazu in der Lage, ein paar Idioten in die Flucht zu schlagen«, murmelte Carter.

»Wir müssen reden«, sagte Jack zögerlich.

»Worüber?«

Jack sah ihn durchdringend an. »Das weißt du genau.«

Carter lehnte den Kopf an die Kissen.

Er war viel zu durcheinander und schockiert, um zu reden – egal, über was. Und vor allem, wenn es um die mächtige Erleuchtung ging, die ihn getroffen hatte wie ein verdammter Backstein.

Sie war es. Peaches. Das Mädchen, von dem er seit sechzehn Jahren träumte.

Das Mädchen, das er gerettet hatte …

»Wes«, sagte Jack beharrlich, »alles, was du mir sagst, behandle ich vertraulich. Nur falls du dir deswegen Sorgen machst.«

»Ich mache mir überhaupt keine Sorgen, Jack. Ich habe nur nichts zu sagen, verflucht noch mal.« Carter krallte die Finger in die Laken. Am liebsten hätte er sie in kleine Fetzen zerrissen.

Jack zog sich einen Stuhl heran. War ja klar. Sein Sozialarbeiter war ein sturer Hund und würde ihn nicht einfach mit Ausflüchten davonkommen lassen.

Jack stützte sich mit den Ellbogen auf die Matratzenkante. »Wes, wir kennen uns jetzt schon viele Jahre. Wir haben miteinander geredet, gestritten, geschwiegen – aber ich schwöre, du hast mir noch nie solche Angst eingejagt wie gestern.«

Carter sah Jack an. Er wirkte müde, und seine Besorgnis war aufrichtig. Jacks Eingeständnis hinterließ bei Carter ein merkwürdiges Gefühl. Eigentlich scherte er sich nicht um die Befindlichkeiten anderer. Doch bei dem Gedanken, dass sich Jack ernstlich Sorgen um ihn machte, empfand er … etwas.

»Ja, also«, murmelte er schulterzuckend und blickte zur Decke. »Mir geht es gut.«

»Was ist Peaches?«

Angst schoss wie eine Flutwelle durch ihn hindurch und hinterließ beißende Übelkeit.

»Niemand Wichtiges«, presste er flüsternd hervor.

»Dann ist Peaches also eine Person?«

Carter drückte die Fingerspitzen gegen seine Schläfen und schloss die Augen. »Bitte, Jack«, stöhnte er. »Lass es gut sein.«

Er hoffte, dass der verzweifelte Unterton in seiner Stimme genügen würde, um Jacks hartnäckigen Fragen ein Ende zu setzen. Als Jack ihn verwundert ansah, wusste Carter, dass er vorerst den Kopf aus der Schlinge gezogen hatte. Er hatte weder Energie noch Lust zu weitschweifigen Erklärungen über etwas oder jemanden, an den er seit seinem elften Lebensjahr jeden Tag gedacht hatte.

Bevor er dazu in der Lage wäre, musste er erst einmal selbst durchblicken.

Und das möglichst vor Montag, wenn seine erste Englischstunde anstand.

Eine Einzelstunde mit ihr.

Mit Ms Lane.

Mit Peaches.

Carter saß hinter einem Holztisch, als Peaches eintrat und den Wachmann mit einem strahlenden Lächeln begrüßte. Es verpuffte jedoch sofort, als sie Carters betont lustlose Miene registrierte. Trotzdem marschierte sie forsch ins Zimmer.

»Guten Tag«, sagte sie und nahm einige Bücher und Papier aus ihrer riesigen Tasche.

Carter blickte ungerührt zu Boden, drehte im Schoß die

Daumen umeinander. Verflucht, er schwitzte. Sie räusperte sich auffordernd.

Carter hob den Kopf und betete im Stillen, dass er es schaffen würde, ein Wort herauszubekommen. »Guten Tag, Ms Lane.«

Seine unerwartet umgängliche Reaktion verblüffte sie sichtlich. Ihre grünen Augen funkelten. Schnell schob er ein zurückhaltendes, blasiertes Lächeln nach. Am liebsten hätte Carter die Beine in die Hand genommen und wäre geflüchtet wie ein feiges Huhn. Sein Herz hämmerte so wild in seiner Brust, dass es ihn nicht gewundert hätte, wenn sogar sie sein Schlagen gehört hätte.

Sie zog sich einen Stuhl heran. »Wir werden genau das behandeln, was ich auch mit den anderen Schülern durchnehme, damit Sie nicht hinter der Klasse zurückfallen.«

Er sah sie an, musterte sie ganz genau. Beobachtete ihre Bewegungen, die Gefühle, die sich in ihrem Gesicht abzeichneten. Versuchte, in ihr das kleine Mädchen zu erkennen, dessen Bild tief in seinen Erinnerungen begraben war wie ein zerknittertes Foto. Lieber Himmel! Nach sechzehn Jahren saß sie nun vor ihm und hatte keine Ahnung von der Verbindung, die zwischen ihnen bestand. Doch seine intensiven Blicke entgingen ihr sicher nicht. Carter fragte sich, ob sie bei seinem Anblick das Gleiche empfand wie er bei ihrem.

»Wir werden uns dieses Gedicht näher betrachten.« Sie legte ein Blatt Papier vor ihm auf den Tisch.

Carter beugte sich vor, um den Titel zu lesen. »Tichbornes *Elegie*?«

»Ja«, antwortete Peaches. »Stimmt etwas damit nicht?«

»Wissen diese Idioten aus Ihrem Kurs überhaupt, wer Chidiock Tichborne ist?«

»Sie wissen es jetzt«, entgegnete sie gleichmütig und zog die

Kappe von ihrem Stift. »Und was wissen Sie über ihn und seine Gedichte?«

Carter hörte den herausfordernden Unterton in ihrer Stimme. Er konzentrierte sich ganz auf diese Provokation – und nicht auf die Hitze, die ihr Knie direkt neben seinem ausstrahlte.

»Ich weiß genug«, entgegnete er störrisch.

»Bitte«, sagte sie und streckte fordernd die Hand aus. »Ergötzen Sie mich.«

»Ergötzen?«, wiederholte er spöttisch. »Na gut. Er wurde 1558 in Southampton in England geboren«, begann er. »1586 gehörte er zur Babington-Verschwörung, deren Ziel es war, Königin Elisabeth zu ermorden und an ihrer Stelle Maria Stuart auf den englischen Thron zu setzen. Aber die Armen hatten ziemliches Pech. Tichborne wurde verhaftet und am Ende gehängt, ausgeweidet und gevierteilt.«

Angesichts ihres entsetzten Gesichtsausdrucks musste er sich das Lachen verkneifen. »Dieses Gedicht hat er verfasst, während er auf seine Hinrichtung wartete. Irgendwie unpassend, es ausgerechnet in einem Gefängnis durchzunehmen. Finden Sie nicht auch, Ms Lane?«

»Sie mögen Geschichte.«

»Ist ganz nett«, meinte Carter schulterzuckend. »Aber englische Literatur ist mir lieber.« Er ließ seine Antwort einen Moment lang wirken.

Peaches befeuchtete ihre Lippen. »Dann erzählen Sie mir doch auch noch etwas über das Gedicht.«

»Er verwendet Paradoxa und Antithesen.« Carter strich mit dem Finger über das Blatt vor ihm. »Gegensätze und Widersprüche. Das tut er, um zu verdeutlichen, welche Tragödie er gerade durchlebt, was, wenn man genauer darüber nachdenkt, ziemlich dämlich ist.«

»Was bringt Sie zu dieser Annahme?«

Carter lachte auf. »Er hat Fehler begangen, und jetzt muss er den Preis dafür zahlen. Seine Schuld.«

»Das klingt so, als hätten Sie in diesem Punkt Erfahrung.«

Carter sah sie in gespielter Verwunderung an.

»Schon klar, ich weiß, dass Sie gerade für Ihre eigenen Fehler zahlen müssen. Doch er war noch so jung, viel zu jung, um zu sterben. Empfinden Sie denn nicht in gewisser Weise Mitleid mit Tichborne?«

»Mitleid? Nein«, antwortete er entschieden. »Neid? Oh ja.«

»Weshalb beneiden Sie ihn?«

Carter hielt den Blick auf den Tisch gerichtet. »Weil er bald sterben wird«, murmelte er. »Er beginnt dadurch, alles viel deutlicher zu sehen. Diese Konzentration, diese Klarheit. Darum beneide ich ihn.«

»Wünschen Sie sich auch Klarheit?«

Carter grinste. »Was man sich wünscht und was man braucht, das sind zwei Paar Schuhe, Ms Lane«, antwortete er. »Ich brauche Klarheit. Ich brauche einen Fokus.«

Dann starrte er sie nur noch an, denn ihm fiel beim besten Willen nichts mehr ein, was er noch hätte sagen oder tun können. Weil er herausgefunden hatte, wer sie war, hatte er zum ersten Mal seit Jahren etwas gefunden, auf das er sich in seinem Leben fokussieren konnte. Und obwohl er hier über Tichbornes Gedicht schwadronierte, als hätte er ernsthaft Ahnung, begriff er erst jetzt, da seine Peaches vor ihm saß, wie sehr ihm dieser Fokus gefehlt hatte.

»Peaches«, flüsterte er und musterte jeden Zentimeter ihres Gesichts. Ihr rotes Haar, das ihn umflossen hatte, als er sie zu Boden geworfen und sie sich gegen ihn gewehrt hatte, um wieder zu ihrem Vater zu kommen. Die Augen, die herzerweichende bittere Tränen geweint hatten.

»Wie bitte?«, fragte sie leise. »Was haben Sie gesagt, Carter?«

Und damit war der besondere Augenblick auch schon wieder vorbei.

Wie aus einem Traum erwacht, setzte sich Carter auf. Er warf dem Wachmann einen kurzen grimmigen Blick zu, dann ließ er sich wieder gegen die Stuhllehne zurücksinken.

»Aber na ja«, murmelte er und zog die Zigarette, die er von Jack bekommen hatte, aus der Tasche. Seine Schutzwälle waren wieder da. »Was weiß ich schon! Schließlich sind Sie die geniale Lehrerin.«

Eine Stimme in Carters Kopf begann, ihn lauthals dafür zu verfluchen, dass er sich ihr gegenüber schon wieder wie ein Vollidiot verhielt. Prompt schlug ihre Gelassenheit in Wut um. Doch das war in Ordnung, beruhigte er sich. Er konnte mit ihrem Zorn umgehen. Er fand ihn sexy. Ihre Wut machte ihn an. Der ganze andere Kram dagegen, der jagte ihm teuflische Angst ein.

»Ja«, gab sie bissig zurück. »Genau das bin ich, und ich will, dass Sie diese Aufgaben hier erledigen.« Damit klatschte sie ihm ein weiteres Blatt vor die Nase, auf dem mehrere Fragen und Arbeitsaufgaben standen. »Aber bei Ihrem fundierten Wissen dürften Sie damit sicher keine Probleme haben. Stimmt's?«

Sie blitzte ihn provozierend an, wartete ab, ob er es wagte, etwas zu entgegnen oder gar zu widersprechen. Er tat es nicht.

Stattdessen nahm er den Stift, den sie auf den Tisch gelegt hatte, und begann, die Aufgaben zu bearbeiten. Wie sie ihn so anstarrte in ihrer entzückenden Wut, da hätte er glatt alles für sie getan.

Einfach alles.

8

Kat legte die Notizblöcke und Stifte, die sie eben eingesammelt hatte, ordentlich auf ihrem Schreibtisch ab. Dabei verfolgte sie, wie ihre Schüler aus dem Kursraum geführt wurden, um wieder in ihre Zellen zurückzukehren.

»Das war heute gute Arbeit«, lobte sie Riley, der mit einem zurückhaltenden Lächeln auf sie zukam. »Wer hätte gedacht, dass Shakespeare Ihre Begeisterung fürs geschriebene Wort wecken würde?«

Riley hatte sich bei seinem Aufsatz viel Mühe gegeben, und Kat platzte fast vor Stolz auf ihn. Er strengte sich sehr an, und obwohl ihm seine Dyslexie noch immer arg zu schaffen machte, merkte man deutlich, dass er im Grunde ein äußerst kluger Mann war.

Riley schmunzelte. »Ja, wer hätte das gedacht?«, meinte er gleichmütig und strich mit dem Zeigefinger über Kats Exemplar von *Der Kaufmann von Venedig*. »Mit dem ganzen Gedichte-Schwachsinn kann ich nichts anfangen, aber diesen Bill, den finde ich nicht schlecht.«

Kat musste lachen. Sie lehnte sich gegen den Schreibtisch und verschränkte die Arme. »Was kann ich für Sie tun, Riley?«

Sofort wurde er nervös, knackte unruhig mit den Fingerknöcheln. »Sie wissen, dass nächste Woche mein Termin vor dem Bewährungsausschuss ansteht, oder?«

Kat nickte.

»Moore!«, brüllte der Beamte hinter ihm. »Deine Zeit ist um!«

»Entschuldigen Sie bitte!«, hielt Kat unbeeindruckt dagegen. »Mr Moore möchte mit mir über etwas sehr Wichtiges sprechen, das seine Weiterbildung betrifft. Und es stört ungemein, wenn Sie«, Kat zeigte mit dem Finger auf den Wachmann, »ihn dabei anbrüllen.«

Der Aufseher war sprachlos. Kat wandte sich seelenruhig wieder an ihren Schüler. »Entschuldige, Riley, bitte fahren Sie fort.«

Er klatschte in die Hände. »Ähm … ja, also, wie gesagt, die Anhörung findet kommende Woche statt, und ich habe mich gefragt …« Er klopfte die Fäuste aneinander. »Ich meine, ich weiß, dass Sie Carter helfen.« Er trat unbehaglich von einem Fuß auf den anderen.

»Was soll ich tun, Riley?«, fragte Kat und versuchte, ihn ein wenig zu beruhigen, indem sie sanft die Hand auf seine legte. »Sie können mich um alles bitten, und wenn ich Ihnen helfen kann, dann tue ich das auch.«

Riley war sichtlich erleichtert. »Jack hat schon gesagt, dass Sie so reagieren würden, weil Sie richtig cool sind und so.«

Kat lachte auf. »Danke schön.«

»Würden Sie … vielleicht vor dem Ausschuss eine Beurteilung meines Charakters abgeben? Mir ein paar Pluspunkte beschaffen, indem Sie aussagen, was für ein toller Kerl ich eigentlich bin?«

Just an diesem Morgen hatte Anthony Ward ihr ebenfalls eine Anfrage nach einem schriftlichen Charakterzeugnis vorgelegt. Er hatte sehr aufgewühlt gewirkt. Wahrscheinlich freute er sich schon, einen der lästigen Insassen loszuwerden. Was für ein Arsch!

Kat drückte aufmunternd Rileys Unterarm. »Es wäre mir eine Ehre.«

»Wirklich?«

»Ja, wirklich«, konnte sie gerade noch antworten, bevor er sie umarmte und so fest an seine breite Brust drückte, dass sie fast keine Luft mehr bekam.

»Sie sind Spitzenklasse, Ms L!«

Kat eilte durch den Korridor zum Unterrichtsraum. Sie war spät dran, was ihrer Vorfreude jedoch keinen Abbruch tat. Sie war begierig darauf, wieder in Carters Gedankenwelt abzutauchen. Mit dem Wissen, dass er in ihrer ersten gemeinsamen Stunde zur Schau gestellt hatte, hatte er sie regelrecht überrumpelt. Sie hatte gewusst, dass er ein intelligenter Mensch war. So hatte es in seiner Akte gestanden. Aber du liebe Güte, dieser Mann war wirklich etwas Besonderes! Er war klug und gebildet auf eine ungemein sinnliche Art.

Sie lächelte dem Bewacher an der Tür kurz zu, bevor sie eintrat. Carter stand in der gegenüberliegenden Ecke des Raums. Er hatte die Hände zu Fäusten geballt, und in seinem Mundwinkel baumelte eine fast aufgerauchte Zigarette. Seine Miene war hart, und als er Kat bemerkte, wurde sie noch ernster. Als er sich die Zigarette aus dem Mund zog, rieselte Asche zu Boden.

»Oh«, meinte er boshaft, »und ich hatte schon geglaubt, Sie wären zu beschäftigt für diesen kleinen unwichtigen Termin.«

Kat stellte die Tasche bedächtig auf dem Tisch ab. Sie verkniff sich eine schnippische Erwiderung, denn ihr kam in den Sinn, was Rachel darüber gesagt hatte, dass ein fester Tagesablauf für die Gefängnisinsassen lebenswichtig war.

»Tut mir leid«, sagte sie stattdessen.

Carter tigerte unablässig hin und her. Er hatte sehr lange Beine, und seine Schritte waren weit ausholend.

»Nach dem Unterricht habe ich mich kurz mit Riley unterhalten, und auf dem Weg hierher ist mir noch Jack begegnet und …«

»Was?«, fragte Carter so laut, dass der Aufpasser an der Tür instinktiv nach dem Schlagstock an seinem Gürtel griff.

»Was?«, wiederholte sie ruhig.

»Was zum Teufel hat er Ihnen gesagt?«, blaffte Carter und machte einen großen Schritt auf sie zu.

Kat verschränkte die Arme und ließ sich von der zügellosen Wut, die sich in seinem Gesicht abzeichnete, nicht einschüchtern. »Wir haben nur darüber gesprochen, dass Ihre Bewährungshelferin nächste Woche kommt«, antwortete sie. »Jack möchte, dass ich ihr von unseren Unterrichtsstunden berichte. Er glaubt, dass es der Bewilligung Ihres Antrags auf Bewährung förderlich wäre, wenn ich persönlich mit ihr spreche.«

Sofort schwächte sich das wütende Glimmen in seinen Augen etwas ab, und seine breite Brust hob sich nicht mehr so hektisch. Er schluckte. Kat beobachtete fasziniert, wie sich sein Adamsapfel an seiner Kehle bewegte. Schnell schüttelte sie den Kopf, um die unpassenden Fantasien, die ihr plötzlich in den Sinn kamen, zu vertreiben. Besonders die, in der sie mit der Zunge dem Verlauf des Tattoos in seinem Nacken folgte. Wie weit über seinen Körper mochte es sich wohl erstrecken?

Nein, sie musste sich konzentrieren. »Carter«, sagte sie, »es tut mir leid. Aber jetzt bin ich hier, und wir können uns an die Arbeit machen.« Sie öffnete die verschränkten Arme, um weniger abweisend zu wirken, und deutete auffordernd auf Carters Stuhl.

Carter fuhr sich mit der Hand übers Gesicht. Schließlich ging er zu seinem Platz, setzte sich langsam hin und drückte seine Zigarette aus. »So, und welchen spannenden Kram haben Sie heute für mich mitgebracht, Ms Lane? Glauben Sie mir, ich kann es kaum noch erwarten.«

Kat ignorierte seine sarkastische Bemerkung. »Wir bleiben vorerst bei Tichborne. Ich würde gern über die Aufgaben sprechen, die Sie gestern bearbeitet haben.«

»Toll«, antwortete Carter knochentrocken und angelte sich wieder eine Zigarette aus der Tasche.

Während Kat ihren Stuhl neben Carters schob, signalisierte Carter dem Wachmann, dass er ihm Feuer geben sollte, was der prompt tat. Kat nutzte die Zeit, um ihren Stuhl um den Tisch herum neben Carters zu schieben. Carter zündete sich derweil seine Zigarette an und inhalierte den Rauch tief und genüsslich, bevor er ihn wieder ausstieß. Als er jedoch bemerkte, wie nahe ihm Kat in der Zwischenzeit gekommen war, hielt er inne. Schweigend verfolgte er, wie sie sich neben ihn setzte, die Beine übereinanderschlug und begann, ihre Papiere zu ordnen.

»Was ist los?«, erkundigte sie sich.

Carter behielt die Zigarette zwischen den Lippen, blickte erst zu Kat, die nun fast direkt neben ihm saß, und dann zur anderen Seite des Tischs hinüber.

»Oh bitte«, spöttelte sie. »Wovor haben Sie denn Angst? Dass die anderen Sie auslachen, weil Sie neben der Lehrerin sitzen?«

Carter nahm die Zigarette aus dem Mund. »Nein, über solchen Schwachsinn mache ich mir keine Sorgen. Ich bin nur überrascht.«

»Überrascht?«

Er kratzte sich mit dem Daumen am Unterarm. »Es überrascht mich, wie gut Sie Ihre Angst verbergen können.«

»Ich habe keine Angst vor Ihnen«, entgegnete sie.

»Oh, Ms Lane, reizen Sie mich besser nicht.« Er grinste anzüglich.

Eine Sekunde war sie sprachlos. Dann lehnte sie sich auf

ihrem Platz zurück und verschränkte die Arme. »Und weshalb sollte ich mich vor Ihnen fürchten?«

Carter beugte sich vor und stieß den Rauch durch die Nase aus. »Du solltest dich fürchten, Peaches«, raunte er. »Ich habe Dinge getan, die du nicht für möglich halten würdest, und wenn du mir so nahe bist wie jetzt«, er hob das Kinn, »na ja …« Er sah ihr direkt in die Augen. »Dann bekomme ich Lust, wieder unanständige Dinge zu tun.«

Oh. Gott.

Kat verschlug es den Atem.

Carter lehnte sich mit einem selbstzufriedenen Grinsen zurück.

Arroganter Mistkerl!

»Sieht so aus, als hätte Ihnen meine Arbeit gefallen?«, sagte er mit einem Blick auf die Kommentare, die sie auf seinem Arbeitsblatt vermerkt hatte.

»Sie ist … ich, ähm … ja, sie … was?«

»Ich sagte, dass Sie meinen Schwachsinn offenbar gut fanden«, wiederholte er mit einem eitlen Grinsen. »Arbeiten wir heute noch weiter, oder was?«

Kat fühlte sich außerstande, einen zusammenhängenden Satz zu formulieren. Stattdessen zog sie die Blätter dichter zu sich heran, neigte sich nach vorn und legte den Arm direkt neben seinem auf die Tischplatte. Sie spürte ein Kribbeln, ein Knistern, ein Vibrieren. Fast eine Minute lang schaffte sie es, so zu verharren, bis es schließlich zu viel wurde und sie den Arm wegziehen musste.

In den folgenden fünfundvierzig Minuten erledigte Carter pflichtbewusst und gekonnt eine Aufgabe nach der anderen. Seine Diskussionsbeiträge waren klug und zeugten von Einsicht, und im Verlauf der Stunde begeisterte er sich mehr und mehr für das Gedicht. Der enthusiastische Klang seiner

Stimme erfüllte Kat mit angenehmen Schauern. Es gefiel ihr, wie er die Stirn runzelte, wenn er sich konzentrierte, und wie sich seine Augen auf unerklärliche Weise verdunkelten, wann immer sie ihn mit einer Anmerkung herausforderte. Sich mit ihm ein Rededuell über fünfhebige Jamben, Symbole und Metaphern zu liefern war ein unerwartet sinnliches Erlebnis.

Eine Art intellektuelles Vorspiel, das in Kat die Sehnsucht nach mehr auflodern ließ.

Ehe sie sich versah, kehrten die Wachleute auch schon wieder zurück, um Carter in seine Zelle zu bringen. Sie packte ihre Sachen im Schneckentempo. Der Gedanke, dass sie Carter nun zwei Tage lang nicht sehen würde, verursachte ein bedrückendes Gefühl in ihrer Magengrube.

Als sie die Tür erreichte, hörte sie, wie Carter hinter ihr aufstand. »Ms Lane.«

Sie wandte sich um. »Ja, Carter?«

Sein linker Mundwinkel hob sich. »Wir sehen uns am Montag.«

Mit einer Geburtstagskarte und einem wunderschön verpackten Geschenk in der Hand betrat Kat Beths Lieblingsitaliener in SoHo. Als sie ihre Freundin erspähte, musste sie lachen. Sie trug ein knielanges pinkfarbenes Kleid, und an die linke Brust hatte sie sich einen großen blinkenden Anstecker mit der Zahl fünfundzwanzig gepinnt. Dazu trug sie obendrein auch noch eine knallpinkfarbene Schärpe.

»Kat, du bist da!«, begrüßte ihre Freundin sie begeistert.

»Aber klar, das würde ich mir doch nie entgehen lassen!«

Beth erstarrte plötzlich und musterte Kat so durchdringend, dass sie sich befangen über das schwarze Seidentop und die Jeans strich. »Was ist los? Warum siehst du mich so an?«

»Irgendwas ist anders an dir.« Beth schnappte theatralisch

nach Luft und begann zu grinsen. »Du strahlst richtig von innen heraus und – heiliger Bimbam! Wie heißt er?«

Kat klappte den Mund auf. Dann schnaubte sie spöttisch. »Himmel, du bist ja verrückt. Jetzt beweg deinen Hintern.«

Beth folgte Kat in Richtung Bar. »Ich sage nur, was ich sehe«, bemerkte sie und hob defensiv die Hände.

»Soso«, meinte Kat skeptisch. »Sieh dir doch lieber das hier an.« Lächelnd überreichte sie Beth ihr Geschenk. »Es ist von Mom und mir.«

Die rote *Hermès*-Clutch war genau das, was sich Beth laut ihren wenig subtilen Andeutungen gewünscht hatte. Begeistert glucksend drückte sie die Tasche an die Brust. Wenn sich nur alle Menschen so leicht glücklich machen lassen würden wie sie!

Während sie auf ihre Getränke warteten, sah sich Kat im Barbereich um. »Adam ist noch nicht da?«

Beth, die dem Barkeeper gerade einen Zwanziger reichte, schüttelte den Kopf. »Er muss länger arbeiten. Er kommt bald.«

»So ist das Leben, wenn man im Finanzvorstand arbeitet, was?«, fragte Kat lächelnd.

»Er und sein Bruder arbeiten so viel«, erklärte sie. »Wir haben kaum noch Zeit für uns. Wenn ich nicht gerade damit beschäftigt bin, Arbeiten zu korrigieren oder meine Stunden vorzubereiten, plane ich die Hochzeit, die übrigens, wie wir beschlossen haben, nächsten Sommer stattfinden wird. Zu deiner Information: Du wirst Brautjungfer.«

»Oh Gott!«, witzelte Kat.

»Sei lieb«, schalt sie Beth. »Ich werde schon kein Brautzilla!«

Sie mussten beide lachen.

»Und was ist mit dir? Wie ist das Leben hinter Gittern?«

»Ganz anders, als ich es mir vorgestellt habe.« Kat berichtete ihrer Freundin von ihren erstaunlichen Schülern und den

Stunden mit Carter und ließ auch nicht die haarsträubenden Momente mit Corey und Jason aus.

»Du siehst glücklich aus«, sagte Beth aufrichtig, während sie ihre Drinks von der Bar nahmen. »Und das steht dir gut.«

Kat errötete. »Es ist schön, endlich etwas zu tun, das sich für mich richtig anfühlt.«

»Dein Vater wäre stolz auf dich.«

»Das glaube ich auch. Ich helfe anderen Menschen, und das ist ein gutes Gefühl.« Geistesabwesend fuhr Kat mit dem Zeigefinger über den Rand ihres Glases.

»Aber warum machst du dann so ein nachdenkliches Gesicht? Was ist los?«

»Ich wünschte nur, meine Mom würde auch erkennen, wie glücklich ich bin«, sagte sie zögerlich. »Ich meine, liebe Güte, wir können uns keine fünf Minuten im selben Raum aufhalten, ohne zu streiten.« Und das tat weh. »Anstatt mir zu vertrauen oder stolz auf mich zu sein, ist sie felsenfest davon überzeugt, dass mir früher oder später etwas zustoßen wird. Es ist, als wäre nichts, was ich tue, gut genug für sie … und als hätte ich diesen Job nur angenommen, um sie zu ärgern.«

Beth drückte Kat aufmunternd die Schulter. »Liebes, sie wird sich immer Sorgen machen. Alle Mütter tun das. Und nach dem, was geschehen ist, ist das ihr gutes Recht.«

»Ich weiß, aber …«

»Versuch vielleicht, ein bisschen mehr Verständnis für sie aufzubringen.«

Kat knirschte mit den Zähnen. So etwas wollte sie nicht hören. Sie hatte Beth wirklich gern, aber dass sie ständig ihre Mutter in Schutz nahm, wurde langsam nervig. »Also«, setzte sie an, um das Thema zu wechseln. »Adam hat viel um die Ohren. Wie geht es ihm denn, abgesehen von der Arbeit?«

»Ihm geht es gut. Er hat heute Abend seinen Bruder Austin

eingeladen. Er ist Geschäftsführer von *WCS*, wurde vergangenen Winter geschieden. Adam ist wild entschlossen, ihn wieder ›unter Leute‹ zu bringen. Er ist wirklich nett und sehr attraktiv.«

Es dauerte einen Moment, bis Kat verstand, was Beth ihr damit sagen wollte. »Oh nein, nein, nein!«, entgegnete Kat und schüttelte vehement den Kopf. »Ich brauche gerade keinen Mann.«

»Pff. Na, wenn du meinst«, meinte sie spöttisch. »Ist es denn heutzutage wieder in Mode, mit vierundzwanzig keusch zu leben?«

Kat versetzte ihrer Freundin einen spielerischen Schubs. »Sei still!«

Beth lachte herzlich, dann spähte sie plötzlich mit weit aufgerissenen Augen über Kats Schulter. »Er ist da!« Fast hopsend durchquerte sie das Restaurant, küsste Adam und drückte ihn an sich. Er war nur wenige Zentimeter größer als Beth und hatte kurzes braunes Haar. Heute trug er dunkelblaue Jeans und ein rotes Hemd. Seine Augen waren grün und seine Zähne wunderschön und strahlend weiß.

»Schön, dich zu sehen, Kat«, begrüßte er sie. »Was möchtet ihr trink …?«

»Tut mir leid, dass ich zu spät komme. Der Verkehr war furchtbar und der Taxifahrer ein richtiger Vollidiot!«

Kat drehte sich nach der männlichen Stimme um, und das Erste, was sie registrierte, waren wirre schwarze Haare. Der Out-of-bed-Look stand dem Mann hervorragend. Er war groß, überragte Beth und Kat um einiges und schenkte den beiden Frauen ein Lächeln, bevor er sich zu Adam umwandte und ihm kumpelhaft auf den Rücken schlug. Dann bestellte er für alle eine Runde Getränke.

»Kat, darf ich dir Austin Ford vorstellen? Er ist Adams Bruder«, sagte Beth. »Austin, das ist meine Freundin Kat Lane.«

»Hi«, sagte sie und streckte ihm die Hand hin. »Schön, dich kennenzulernen.«

Austin sah sie kurz an, bevor er die angebotene Hand erfasste und einen sachten Kuss auf ihren Handrücken drückte. »Ebenfalls«, antwortete er lächelnd.

Oh ja, er war äußerst attraktiv! Unter seinem schwarzen Poloshirt zeichneten sich breite Schultern ab. Die Knöpfe standen offen und gaben den Blick auf ein schwarzes Band frei, das er um den Hals trug. Seine Arme waren gebräunt und muskulös und passten zu seinem männlichen kantigen Gesicht. Die Ähnlichkeit mit Adam war unverkennbar, doch Austin wirkte herber als sein Bruder.

Kat musterte ihn unauffällig, während sie an ihrem Martini nippte. Er hatte all das, was ihr normalerweise an einem Mann gefiel, und wenn er genauso nett wie wohlerzogen war, dann war er ein Volltreffer. Doch während sie Austin wohlwollend betrachtete, machte sich plötzlich ein beklommenes Gefühl in ihrer Magengegend breit.

Als Austin schmunzelte, verstärkte es sich noch.

Sein Schmunzeln erinnerte sie an etwas. Ihr wurde unvermittelt heiß.

»Was machst du beruflich, Kat?«, erkundigte sich Austin, dem ihre neugierigen Blicke offenbar nicht entgangen waren.

»Ich bin Lehrerin«, antwortete sie rasch. »Für englische Literatur.«

»Wie Beth«, antwortete er. »Das ist toll. In welcher Schule unterrichtest du?«

»Eigentlich unterrichte ich im Gefängnis. *Arthur Kill.*«

Austin zog die Brauen so hoch, dass sie fast unter seinem Scheitel verschwanden. »Wow!«, sagte er und blickte verstohlen zu seinem Bruder hinüber. Der hüstelte hinter vorgehaltener Hand.

Nanu? Nun war auch Kat irritiert.

»Beth hat bisher nichts davon erwähnt«, sagte Adam schließlich leise.

»Warum sollte ich?«, wunderte sich Beth.

»*Kill* also?«, fragte Austin nachdenklich, den Blick noch immer auf seinen Bruder gerichtet. »Wie klein die Welt doch ist! Wir kennen jemanden, der dort einsaß. Du brauchst dort sicher viel Geduld.«

Kat nickte. Die vielsagenden Blicke, die die beiden Männer noch immer wechselten, hatten ihre Neugier geweckt.

»Komm«, forderte Austin sie auf und deutete auf einen Tisch. »Erzähl mir alles darüber.«

Carter hatte den Montagmorgen kaum erwarten können. Im Vorfeld hatte er geflissentlich all seine überschüssigen Energien mit Ross am Sandsack abgebaut.

Am Sonntagnachmittag war ihm gestattet worden, die Gefängnisbibliothek zu besuchen. Nachdem Riley ihm weitschweifig erklärt hatte, welches Stück sie gerade im Unterricht durchnahmen, hatte sich Carter eine Ausgabe von *Der Kaufmann von Venedig* besorgt und dazu noch einige Bücher mit Erläuterungen zum Text, die er im Verlauf der Nacht von vorn bis hinten las. Er hatte das Stück schon einmal gelesen, war mit den Figuren und der Handlung vertraut, doch nach der zusätzlichen Lektüre war er sich endgültig sicher, für alles gewappnet zu sein, was seine Peaches mit ihm durchnehmen würde.

Als sie in ihren angestammten Unterrichtsraum trat, saß er bereits am Tisch. Verdammt, sie sah klasse aus! Sie trug das Haar offen, und in den Strähnen, die ihr ins Gesicht fielen, zeigten sich heute leichte Wellen. Doch sosehr Carter ihr Haar liebte, ihr Gesicht gefiel ihm noch viel besser, und es missfiel ihm sofort, dass er es heute nicht richtig sehen konnte. Schnell verschränkte er die Arme, um dem Drang zu widerstehen, ihr die widerspenstigen Strähnen hinter die Ohren zu streichen.

»Einen schönen Nachmittag, Ms Lane. Wie geht es Ihnen?«

Sie hielt überrascht inne. »Sehr gut. Und Ihnen?«

»Oh, hervorragend.« Nachdem sie nun hier war, erst recht.

»So. Heute beginnen wir mit Shakespeare.« Sie behielt ihn aufmerksam im Auge, während sie geflissentlich den Inhalt ihrer Tasche auf dem Tisch anordnete. Carter fand ihren Perfektionismus furchtbar nervtötend, aber irgendwie auch liebenswert. »Supi«, entgegnete er und stützte sich erwartungsvoll mit den Unterarmen auf den Tisch.

Peaches griff noch mal in ihre Tasche und förderte eine Packung *Marlboros* zutage, die sie ihm zuwarf. »Halten Sie die Klappe«, befahl sie scherzhaft.

Grinsend fischte sich Carter eine Zigarette aus dem Päckchen und steckte sie zwischen die Lippen. »Jawohl, Ma'am.«

Nachdem er sich die Zigarette angesteckt hatte, zog Peaches ihren Stuhl wieder um den Tisch herum neben Carter. Diesmal war er etwas besser drauf vorbereitet, doch ungeachtet dessen durchzuckte ihn die Begierde wie ein Blitz, als sie die Beine übereinanderschlug. Sie hatte einfach verdammt tolle Beine, nicht zu knochig, mit hübschen Rundungen an den richtigen Stellen. Etwas zum Anfassen. Zum Ablecken. Etwas, das man spürte, wenn sich ihre Beine um seine …

»Der Kaufmann von Venedig«, verkündete Peaches und legte das Buch mit dem Stück vor ihn. »Was wissen Sie darüber?« Sie stützte abwartend das Gesicht in die Hand.

Carter setzte sich zurecht. »Es spielt in Italien und wird landläufig als Komödie kategorisiert, obwohl viele es aufgrund der Dinge, die Shylock widerfahren, eher für eine Tragödie halten.« Carter nahm das Buch zur Hand und ließ die Seiten unter seinem Daumen entlanggleiten.

»Wer ist Shylock?«

»Shylock ist ein Kredithai und dummerweise Jude in der christlich dominierten Gesellschaft zu Shakespeares Zeiten. Pech für ihn.«

Peaches lachte. »Da haben Sie wahrscheinlich recht. Doch eins interessiert mich: Warum finden Sie, dass das Stück eine Tragödie ist? Was ist an der Figur Shylock tragisch?«

»Er wird nur seiner Religion wegen als Bösewicht klassifiziert.«

»Er wird aufgrund seiner unerbittlichen Forderung nach Rückzahlung des Darlehens als Bösewicht klassifiziert«, entgegnete Peaches.

»Blödsinn«, widersprach Carter und drückte den Zeigefinger nachdrücklich ins Buch. »Seine Forderungen sind berechtigt.«

»Tatsächlich? Ein Pfund Fleisch als Rückzahlung für eine geliehene Geldsumme zu verlangen ist fair?«

Carter atmete seufzend aus. Sie ahnte ja nicht, wie viel von ihm und seinem Leben in ihren Worten steckte. »Wenn man eine Schuld nicht zurückzahlen kann, sollte man erst gar nicht sein Ehrenwort darauf geben.« Er betrachtete die Ponysträhnen, die ihre linke Wange verdeckten, und fragte sich, wie sie sich wohl zwischen seinen Fingern anfühlen würden. »Seine Forderung nach einem Pfund Fleisch mag zunächst makaber klingen«, führte er weiter aus, »doch die Art, wie er seiner Religion wegen verunglimpft wird, ist noch viel schlimmer. Er wird von vornherein seines Glaubens wegen als Schurke abgestempelt. Seine Forderung betont es einfach nur noch. Diese vorurteilsbehafteten, verbohrten Idioten um ihn herum erwarten dieses Verhalten ja quasi von ihm.«

Peaches sah ihn an. »Sie wissen viel über Schuld?«

»Ja, das tue ich«, bestätigte er. »Und Sie?«

»Ich weiß, wie es ist, wenn man jemandem sein Wort gibt«,

erwiderte Peaches nach kurzem Zögern und hielt die Augen auf das Buch gerichtet, das bei Shylocks berüchtigter Rede aufgeschlagen war. »Und ich weiß, wie es ist, wenn man zu seinem Wort stehen und seine Schuld begleichen muss, weil man keine andere Wahl hat … weil man diese andere Person so sehr liebt, dass es einer Tragödie gleichkäme, wenn man es nicht täte.«

Und da passierte es.

Carter konnte nichts dagegen tun. Sein Körper schien sich ohne sein Zutun zu bewegen, wurde zu ihr hingezogen von dem überwältigenden Verlangen, sie zu berühren. Sie sah so verflucht traurig aus. Ganz langsam bewegte sich seine Hand zu ihrem Pony und strich behutsam die Strähnen hinter ihr Ohr. Als seine Fingerspitzen die zarte Haut hinter ihrem Ohr und an ihrem Kiefer berührten, bekam er fast keine Luft mehr.

Der Wachmann neben der Tür räusperte sich.

Peaches nahm sofort den Oberkörper zurück, fuhr mit der Hand über die Hautpartien, die er berührt hatte. Carter rieb mit den Fingerspitzen über sein Bein, um die Hitze, die plötzlich in ihnen brannte, zu vertreiben.

»Ich … Shit«, murmelte er und nahm sich hastig eine neue Zigarette. »Das hätte ich nicht tun sollen. Tut mir leid.« Er zündete die Zigarette an, nahm drei schnelle Züge. »Sie … Sie sahen irgendwie bedrückt aus … Scheiße! Ich hätte nicht …«

Er hatte sie doch nur trösten, ihr vielleicht ein Lächeln entlocken wollen.

»Carter.« Sie legte ihm die Hand auf die Schulter. Sein Blick zuckte zu ihren Augen, während die Zigarette ihm aus dem Mund baumelte. »Ist schon in Ordnung.« Sie lächelte zaghaft. »Das war nett von Ihnen. Vielen Dank.«

Carter blinzelte irritiert. »Äh, ja. Klar. Cool.«

Peaches drückte noch mal seine Schulter, ließ ihn dann los und zog das Buch zu sich heran. »Sollen wir weitermachen?«

Carter rieb sich ächzend das Gesicht. »Na, dann legen Sie mal los mit dem Shakespeare-Kram, Peaches.«

»Peaches?«, fragte sie verwundert. »Sie nennen mich ständig so. Wie kommen Sie darauf?«

Carter spürte Panik in sich aufsteigen. »Es ist, ähm …« Nervös befingerte er das Zigarettenpäckchen. »Keine Ahnung. Warum? Stört es Sie?«

»Nein, ich war nur neugierig.«

Er nahm einen tiefen Zug. »Wenn es Ihnen lieber ist, kann ich Sie auch einfach Ms Lane nennen.«

Sie schwieg einen Augenblick. »Nein«, antwortete sie schließlich. »Die meisten Leute rufen mich Kat, aber ich denke, Sie können mich ruhig Peaches nennen – unter einer Bedingung.«

»Und unter welcher?«, fragte er mit einem schiefen Grinsen.

Peaches verschränkte die Arme, wodurch ihre tollen Brüste hervorragend zur Geltung kamen. »Wenn ich Sie Wes nennen darf.«

Carter starrte sie entgeistert an. Donnerwetter, sein Name hatte noch nie so weich, so … schön geklungen. »Ich – das ist ein … ich weiß nicht recht. Ich meine, Jack ist der Einzige, der mich so nennt«, stammelte er und beförderte seine Zigarette in den Aschenbecher. »Ich bin nicht … ich meine … Herrgott!« Er fasste sich mit beiden Händen an den Kopf. Wie konnte er ihr die Abneigung gegen seinen Vornamen erklären? Das war eine endlos lange, wirklich deprimierende Geschichte.

»Okay, schon verstanden. Dann eben doch Carter«, sagte sie und berührte sein rechtes Schulterblatt. »Oder vielleicht nenne ich Sie einfach *auch* wie ein Obst. Was halten Sie von Kiwi?«

Das schallende Gelächter, in das Carter unwillkürlich ausbrach, fühlte sich ungewohnt an und einfach großartig. Und Peaches lachte mit ihm. Verflixt, wenn sie lachte, sah sie umwerfend aus! Ihr ganzes Gesicht begann dabei zu strahlen, und sie kniff so sehr die Augen zusammen, dass sie fast verschwanden. Carter war wie gebannt von diesem Anblick.

»Okay, genug jetzt«, sagte sie glucksend. »Machen wir uns wieder an die Arbeit.«

Die Themen, die sie zur Diskussion stellte, entfachten hitzige Debatten, die sie beide weitaus mehr genossen, als sie es eigentlich gesollt hätten. Sie widersprachen einander, versuchten, die Argumente des jeweils anderen zu entkräften, jedoch blieb die Auseinandersetzung spielerisch und, wie Carter zugeben musste, höllisch sexy.

»Verdammt!«, fluchte Peaches sehr zu Carters Überraschung. »Es ist schon spät.«

Auch er warf einen Blick auf die Uhr. Sie hatten fünfundzwanzig Minuten überzogen. »Wenn man Spaß hat, merkt man gar nicht, wie die Zeit vergeht, nicht wahr?« Carter zwinkerte ihr zu, worauf sich prompt ihre Wangen röteten. »Haben Sie denn, hm, eine Verabredung oder so?«, fragte Carter nach, während sie hektisch ihre Sachen in die Tasche stopfte.

»Oh nein!«, entgegnete sie mit vehementem Kopfschütteln. »Ich habe kein Date. Ich … ich bin Single.« Schnell klappte sie den Mund zu und kniff kurz die Augen zusammen.

Carter konnte seine Freude kaum verbergen. Oder seine Erleichterung. Sie gehörte niemandem. Kein Mann beanspruchte sie für sich, hatte sie zu der Seinen gemacht. Unglaublich! Waren die Typen denn alle bescheuert?

»Hey, Ms Lane!«, rief er ihr nach, als sie in Richtung Tür davoneilte. »Die Stunde heute hat mir Spaß gemacht.«

»Mir auch«, antwortete sie und erwiderte sein Lächeln. »Ach, und Carter …« Während der Wächter die Tür öffnete, wandte sie sich noch einmal um. »Nennen Sie mich Peaches.«

9

Carter war verunsichert. Verunsichert und nervös, und verdammt noch mal, wo steckte Peaches?

Er saß zusammen mit Jack und seinem rattengesichtigen Anwalt in einem Raum, der etwas schicker war als die Räume, in denen er sich sonst aufhielt. In fünfzehn Minuten würde Diane, seine Fallmanagerin, hier eintreffen, und Peaches war noch immer nicht da. Sie war auf jeden Fall dabei; Jack hatte ihm das noch mal bestätigt, als Carter sich betont gleichgültig nach ihrem Verbleib erkundigt hatte. Jack hatte ihn dabei ganz merkwürdig angesehen. Davon wurde Carter nur noch nervöser.

Die Tür öffnete sich, und Peaches trat ein. Endlich konnte Carter aufhören, unruhig mit den Beinen zu federn. Sie sah umwerfend aus in ihrem blassblauen Oberteil und dem schwarzen Bleistiftrock. Sie hatte sich das Haar zu einem lockeren Knoten hochgebunden, der augenblicklich in Carter den Wunsch weckte, ihn zu lösen und mit der Hand durch ihr Haar zu fahren, daran zu schnuppern. Ob sie wohl immer noch nach süßen Pfirsichen duftete, wie er es in Erinnerung hatte?

»Tut mir leid, dass ich zu spät komme«, entschuldigte sie sich bei Jack, dabei sah sie Carter an.

Er bemerkte es und lächelte. Jack räusperte sich, worauf Carter sich sofort das Grinsen wieder verkniff. Shit! Jack hatte gemerkt, dass »etwas« zwischen ihnen beiden vorging, und hatte Carter seit seinem dämlichen Ohnmachtsanfall permanent über Peaches gelöchert. Es war nur noch eine Frage der Zeit, bis Jack eins und eins zusammenzählen würde.

Er musste vorsichtiger sein. Er wusste, dass er in ihrer Nähe merklich ruhiger wurde. Bei Peaches hatte er sein aufbrausendes Temperament unter Kontrolle, und auch wenn das eigentlich erfreulich war, konnte es auch ein Risiko bedeuten. Mit diesem Gedanken lümmelte sich Carter betont gelangweilt in seinen Stuhl, wandte den Blick von Peaches ab und begann, an der Nagelhaut seines rechten Daumens zu pulen.

Just in diesem Moment betrat Ward wie aufs Stichwort den Raum, gefolgt von Diane. Eine eindrucksvolle Frau. Sie war Ende dreißig, hatte große dunkle Augen und langes dunkles Haar, dass ihr in üppigen Wellen über die Schultern fiel.

Ward eröffnete die Besprechung, indem er Peaches mit Diane bekannt machte. Die errötete ganz entzückend, als Diane überschwänglich ihre hervorragende Arbeit im Gefängnis lobte. Dann trat Diane an Carters Tisch und zog die notwendigen Papiere aus ihrer Tasche. Anschließend nahm sie Platz und begann, etwas in das Antragsformular einzutragen.

»Wie geht es Ihnen?«, erkundigte sie sich bei Carter. »Sie sehen gut aus.«

»Mir geht es prima«, antwortete er in seinem üblichen hochmütigen, unverfrorenen Ton.

Diane beachtete es nicht weiter. »Der Bewährungsausschuss tritt in sechs Wochen zusammen. Dann wird auch Ihre Anhörung stattfinden. Doch es gibt da einige Punkte, die mir Sorge bereiten, da sie negativen Einfluss auf Ihr Bewährungsersuchen haben könnten.«

Sofort spürte Carter Wut in sich aufsteigen.

»Mir liegen Belege dafür vor«, verkündete Diane und hielt ein Blatt hoch, »dass Sie gegenüber Ihren Mitinsassen und dem Personal – inklusive Ms Lane und Mr Ward – aggressives Verhalten an den Tag gelegt und Wachleute, in deren Obhut Sie sich befanden, bedroht haben.«

»Aber nur, weil einer von ihnen mich angegriffen hat«, sagte Carter aufgebracht. »Hat mir verdammt noch mal fast das Handgelenk gebrochen!«

»Wes«, sagte Jack warnend und schüttelte kaum merklich den Kopf.

»Dem werde ich nachgehen«, versicherte Diane und machte sich eine Notiz in ihrem Kalender. »Doch davon abgesehen«, fuhr sie fort, »haben Sie bislang mehr Minus- als Pluspunkte gesammelt. Nun stellt sich die Frage, was Sie tun können, um diese unerfreulichen Zwischenfälle wieder aufzuwiegen.«

Betretenes Schweigen entstand. Carter betrachtete konzentriert seinen rechten Schuh, als hätte er nie etwas Faszinierenderes gesehen. »Wie Sie wissen«, meldete sich Jack schließlich zu Wort, »hat Wes begonnen, an drei Tagen in der Woche mit Ms Lane zu arbeiten. Er bildet sich weiter in englischer Literatur.«

»Ja, das ist mir bekannt«, erwiderte Diane. »Wie waren diese Stunden bisher Ms Lane?«

Peaches lächelte. »Sie waren großartig. Carter arbeitet gut mit. Er ist äußerst engagiert und leistet scharfsinnige Beiträge zu den Diskussionen, die wir führen.«

Diane machte wieder eine kurze Notiz. »Soweit ich weiß, gab es zwischen Ihnen und Carter anfangs ein paar … wie soll ich sagen … Unstimmigkeiten.«

Peaches schlug die Beine übereinander. »Das stimmt.«

»Doch inzwischen nicht mehr?«

»Nein. Carter und ich haben uns darüber verständigt, wie er sich während unserer Stunden zu verhalten hat. Er zeigt sich in dieser Hinsicht einsichtig und kooperationsbereit. Er ist merklich bestrebt, zu lernen und Fortschritte zu machen.«

»Das ist wunderbar, Carter«, sagte Diane mit einem Nicken.

»Aber?«, fragten Carter und Jack gleichzeitig.

»Aber die Ausschussmitglieder sind nicht dumm. Sie durchschauen durchaus, dass Sie diesen Kurs nur belegt haben könnten, um Pluspunkte einzuheimsen.«

»Mit Verlaub«, unterbrach Jack sie, »aber ist das nicht genau der Sinn der Sache?«

»Ja, selbstverständlich«, pflichtete Diane ihm bei. »Aber Carter muss zeigen, dass er es tut, weil er es will, und dass er alles, was er lernt, als langfristig wichtig für sein Leben erachtet.« Nun wandte sie sich direkt an Carter. »Denn genau darum geht es bei der Bewährung: um Langfristigkeit.« Sie sah ihn scharf an. »Ich muss hier ehrlich mit Ihnen sein. Der Ausschuss könnte Ihr Verhalten in den letzten Monaten durchaus als vorsätzliche Missachtung der Verhaltensregeln in dieser Einrichtung bewerten, und das könnte Ihre Bewährung verlängern.«

Carters Blick zuckte zu Peaches. Tiefe Enttäuschung überkam ihn.

»Über welchen Zeitraum sprechen wir?«, erkundigte sich Carters Anwalt und schrieb etwas in seinen Notizblock. »Wie lange wäre seine Bewährungsfrist?«

Diane lehnte sich zurück. »Wenn er als qualifizierter Anwärter auf eine Bewährung anerkannt wird und der Ausschuss seinen Antrag bewilligt, würde er fünfzehn Monate früher aus der Haft entlassen.«

»Zwölf Monate also«, beendete der Anwalt ihre Ausführungen für sie.

»Höchstwahrscheinlich. Wenn sie sich auf eine kürzere Frist einlassen würden, würde mich das sehr überraschen. In den ersten neun Monaten würde er von mir selbst genauestens überwacht werden, einem ihm zugewiesenen Bewährungshelfer und von Jack, sofern er die Betreuung nach der Haftentlassung fortzusetzen wünscht.«

»Würden wir denn nach der Entlassung auch die Unterrichtsstunden weiterführen?«, fragte Peaches.

»Das sollten wir durchaus in Erwägung ziehen«, antwortete Diane. »Damit würde Carter dem Ausschuss demonstrieren, dass es ihm mit seiner Rehabilitation ernst ist. Doch das müssen Sie miteinander klären und vor der Anhörung eine Entscheidung treffen. Haben Sie vielleicht noch Fragen oder etwas hinzuzufügen, Carter?«

Carter räusperte sich. »Also, ähm, wenn ich nach der Entlassung mit den Unterrichtsstunden weitermache, wie lange sollen wir sie dann beibehalten? Ich meine, sollen wir das für immer machen?«

Diane schüttelte den Kopf. »Am Ende der ersten überwachten neun Monate tritt der Ausschuss wieder zusammen, und die Situation wird noch einmal neu bewertet. Wenn Ms Lane der Fortführung des Unterrichts zustimmt, wird sie exakt Buch über die behandelten Themen und Ihre Mitarbeit führen müssen und auch persönlich noch mal vor dem Ausschuss darüber berichten müssen.«

»Das ist kein Problem«, beteuerte Peaches nachdrücklich.

»Freut mich, das zu hören.« Diane wandte sich noch einmal an Carter. »Aber Sie wissen, dass es noch viele weitere Bedingungen gibt, die Sie beachten müssen, inklusive regelmäßiger Drogentests und eventueller Ausgangssperren.«

Oh Mann, die Bewährung würde wirklich ein Heidenspaß werden.

Als Kat eintrat, sah Carter aus, als stünde er kurz davor, seinen Overall zu rauchen.

»Bitte, um Himmels willen, sagen Sie mir, dass Sie …«

»Zigaretten dabeihaben.« Grinsend warf Kat ihm ein Päckchen zu. »Bitte schön, Champ.«

Er riss es auf und nahm sich eine Zigarette.

Kat sah zu, wie Carter mit geschlossenen Augen den Qualm einatmete. Erst zwei Züge später öffnete er sie wieder, um Kat anzusehen.

»Danke«, raunte er hinter einem Vorhang aus Rauch.

Wieder trat sie um den Tisch herum zu Carter. Der Wachmann bei der Tür hatte sich inzwischen schon an diese Prozedur gewöhnt und schien von der Nähe zwischen Häftling und Lehrerin nicht mehr beunruhigt. Kat legte Carter seine Ausgabe von *Der Kaufmann von Venedig* vor und nahm auch ihre eigene zur Hand.

»Ich würde mir gern diese besondere Rede mit Ihnen genauer ansehen.« Sie wies auf die Seite. »Es interessiert mich, wie Sie die interpretieren würden.«

»Diese Rede? Wie vorhersehbar!«

»Vorhersehbar oder nicht«, befand Kat etwas verschnupft, »sie ist ein wichtiger Teil des Stücks, und ich würde gern Ihre Meinung dazu hören. Aber vielleicht ist Ihre Antwort ja ebenso vorhersehbar wie meine Auswahl.« Carter ein wenig aufzustacheln machte ihr inzwischen richtig Spaß.

Carter hob eine Braue. »Okay, Peaches«, sagte er und richtete sich auf seinem Stuhl auf. »Ich mache mit. Was wollen Sie wissen?

»Überraschen Sie mich.«

Schnaubend blies er den letzten Rest Rauch aus. »Die Rede wird von Shylock gehalten.«

»Wow!« Kat riss theatralisch die Augen auf. »Fantastisch! Was für eine geniale Erkenntnis! Die Shakespeare-Experten weltweit werden sich vor Begeisterung darüber einnässen!«

Carter schmunzelte. »Okay, Peaches«, fuhr er fort. »›Ich bin ein Jude …‹«

Kat staunte mit offenem Mund. Ohne auch nur einmal in

das Buch zu spähen, rezitierte Carter die gesamte Rede. Dabei hielt er seine strahlenden blauen Augen unablässig auf sie gerichtet. Ihn Shakespeares Worte sprechen zu hören war unbeschreiblich erotisch. Auch seine Augen glühten vor Eifer, genau wie es Shylocks getan hätten, während er dem Gericht aufgebracht die Missetaten schilderte, deren Oper er geworden war.

Um Fassung bemüht sagte Kat: »Beeindruckend. Aber meine Frage haben Sie damit noch nicht beantwortet.«

Carter hob die Brauen. »In der Rede geht es hauptsächlich um Rache. Die Art, wie er aufgrund seiner Religion behandelt wurde, macht ihn verständlicherweise stinksauer, und er schwört, die ›Bosheit‹, die ihm widerfahren ist, mit gleicher Münze heimzuzahlen. Nur dass seine ›Bosheit‹ eine Nummer schlimmer ist. Shylock ist ein fieser Kerl.«

»Entschuldigt das, wie Solanio und Salerio ihn behandelt haben? Er ist ein fieser Kerl und hat somit verdient, was ihm widerfährt?«

Carter schnaubte spöttisch. »Sie behandeln ihn doch nur so, weil sie beschränkte Volltrottel sind, die Shylock einfach in eine Schublade stecken. Für sie ist ›Jude‹ gleichbedeutend mit ›böse‹. Doch der unverhohlene Antisemitismus ist nicht der wichtigste Aspekt des Stücks oder dieser Rede.«

»Nicht?«

»Nein«, antwortete Carter entschieden und beugte sich vor. »Shylock sagt: ›Wenn ihr uns stecht, bluten wir nicht? Wenn ihr uns kitzelt, lachen wir nicht? Wenn ihr uns vergiftet, sterben wir nicht?‹ Damit will er sagen, dass er ungeachtet seiner Religion oder aller Schubladen ein Mensch ist, genau wie die Mistkerle, die ihm so übel mitgespielt haben. Immer und überall richten Menschen über andere aufgrund von Hautfarbe, Religion, Vorgeschichte, Rasse, sexueller Orientierung … Vorstrafen.«

Er sah zu ihr auf.

»Die Welt ist ein Misthaufen, und Shylock ist die einzige Figur im ganzen Stück, die den Mumm hat, das laut auszusprechen. Die Ironie, dass ausgerechnet der vermeintlich beschränkte, bösartige, ungebildete Jude den Mut dafür aufbringt, macht diese Stelle so wichtig. Dass Shylock Jude ist, ist eigentlich egal.« Er atmete aus, rieb sich das Kinn. »Shakespeare hätte aus ihm genauso gut einen Insassen von *Arthur Kill* machen können – wenn es denn zu seiner Zeit schon eine Anstalt wie diese gegeben hätte.«

Kat war verblüfft. Sie fragte sich, mit welcher Bigotterie er wohl schon zu kämpfen gehabt hatte, um sich dermaßen mit dieser Figur zu identifizieren. War er schlecht behandelt worden, weil er schon im Gefängnis gesessen hatte?

Er ließ sich auf dem Stuhl zurücksinken. Dabei strich sein Handrücken über ihr Knie. Kat verschlug es den Atem. »Die Menschen halten ihn für einen Barbaren, weil er auf Rache sinnt. Aber wer kann ihm das verdenken? Wenn die anderen sich sowieso schon ein festes Bild von ihm gemacht haben, warum sollte er dem nicht auch gerecht werden?«

»Er hätte die Menschen ja auch überraschen können«, schlug Kat vor. Der Ton ihrer Diskussion hatte sich plötzlich verändert. »Er hätte sich anders verhalten können, ruhiger, und beweisen können, dass er ein guter Mensch ist.«

Carter schüttelte den Kopf. »Das funktioniert nicht. Wenn der Schuh – oder die Schublade – passt.« Er deutete auf sich. »Krimineller. Es gibt keine guten Taten, die diesen Scheiß auslöschen könnten. Es ist einfacher, den Erwartungen der Menschen gerecht zu werden, als zu versuchen, ihre Ansichten zu ändern. Das erspart allen Beteiligten eine Menge Frust.«

Kat runzelte die Stirn. »Aber warum sind Sie dann hier? Und warum habe ich zugestimmt, Ihnen zu helfen und mich vielleicht noch für weitere zwölf Monate mit Ihnen herumzuschlagen?«

Carters Mundwinkel zuckten kurz nach oben. »Ich weiß es nicht, Peaches. Warum haben Sie es getan?«

Kat sah ihn eine ganze Weile direkt an, ehe sie den Blick wieder auf das Stück senkte. »Ich habe meine Gründe.«

»Ihr eigenes Pfund Fleisch.«

Sie riss den Kopf hoch, doch Carter sah sie nicht an, sondern war mit seiner Zigarettenschachtel beschäftigt. Er holte tief Luft. »Und ich bin hier … weil ich es musste.« Kat öffnete verwirrt den Mund, doch er ließ sie nicht zu Wort kommen. »War das wirklich Ihr Ernst?«

»Was meinen Sie?«

»Dass Sie den Unterricht fortsetzen werden?«

»Ja. Ich möchte so gut helfen, wie ich kann.«

Carters Mund zuckte. »Und warum?«

Kat lächelte. »Weil ich es mir im Leben gern ein bisschen schwer mache.«

Carter lachte verblüfft auf und verschluckte sich fast dabei. »Ach so. Für einen Moment dachte ich, Sie wären vielleicht darauf aus, meinem Luxuskörper ohne Kameras und Bewacher näher zu kommen«, sagte er knochentrocken.

Kat schlug die Hände vors Gesicht. »Ich bin so durchschaubar.« Carter schnaubte wieder vor Lachen, und Kat stimmte mit ein. »Aber jetzt halten Sie gefälligst die Klappe, und machen Sie sich an die Arbeit.« Sie schob ihm ein Blatt Papier und einen Stift hin.

»Jawohl, Ma'am«, antwortete Carter mit einem Augenzwinkern, das gewisse Teile von Kats Körper sofort in Aufruhr versetzte.

Sie beobachtete, wie er zu schreiben begann. *Keine Bewacher, keine Kameras*, dachte sie. Versonnen betrachtete sie ihn, von seinem sexy Bürstenhaarschnitt bis zu seinem kantigen stoppeligen Kinn. Ihr Blut erhitzte sich, und ihre Gedanken drifteten in sinnliche Gefilde ab.

»Scheißer!«

»Arschloch!«

»Vollpfosten!«

»Wichser!«

»Schlampe!«

Carter verharrte gebeugt, richtete sich langsam auf und stoppte den Basketball mit einer seiner großen Hände. Verdutzt sah er Riley an, der keuchend mit zusammengebissenen Zähnen und gerötetem Gesicht vor ihm stand. Es dauerte geschlagene zwanzig Sekunden, bis dem großen Trottel dämmerte, dass irgendetwas nicht stimmte.

»Worauf zum Teufel wartest du?«, knurrte Riley und richtete sich ebenfalls ein wenig auf.

»Hast du mich gerade Schlampe genannt?«

Nun baute sich Riley zu voller Größe auf und nahm Carter mit finsterer Miene ins Visier. Er schniefte und blickte sich kurz nach den beiden anderen Häftlingen um, die ebenfalls an dem schnellen, beinahe schon brutalen Basketballspiel teilnahmen, das bereits vierzig Minuten dauerte. Die beiden Männer traten unbehaglich von einem Bein aufs andere. Riley fixierte Carter erneut.

»Ja«, sagte er und schob trotzig das Kinn vor. »Hab ich. Und?«

Carter runzelte die Stirn, dann grinste er. »Wollte nur sichergehen«, entgegnete er, bevor der den Basketball über Rileys Kopf hinweg zu seinem Teamgefährten Greg warf. Der fing ihn auf und beförderte ihn wie ein Vollprofi in den Korb; schon hatten sie das Spiel mit zwei Punkten Vorsprung gewonnen.

»JAWOHL!«, brüllte Carter und ballte die Fäuste. Er rannte zu Greg hinüber, packte ihn grob am Hals und rubbelte etwas unsanft mit den Knöcheln über seinen Kopf. »DAS IST MEIN MANN!«

»Das war Betrug!«, schrie Riley mit erhobenem Finger. »Du … du hast beschissen!«

Carter ließ Greg zu dessen Erleichterung wieder los und schüttelte grinsend den Kopf. »So ganz ohne Würde und Anmut zu verlieren wirkt nicht gerade attraktiv, Moore«, meine er und schlenderte lässig auf seinen Kumpel zu.

»Ach ja?« Riley bohrte die Zunge in seine rechte Wange. »Nun, mein lieber Carter, ich habe vielleicht keine Würde und Anmut, aber dafür hab ich eine schöne fette Faust für dein Gesicht und einen kräftigen Fuß für deinen Betrüger-Arsch.«

Carter blieb stehen, alarmiert vom Glitzern in Rileys Augen. Dann fuhr er auf dem Absatz herum und raste wie ein geölter Blitz quer übers Feld davon. Riley mit seinen hundert Kilo nahm die Verfolgung auf.

»Komm her, du Schlappschwanz!«, brüllte er und jagte Carter, sehr zur Verblüffung der anderen Häftlinge und Wachleute auf dem Hof, vor sich her.

Keuchend und schwitzend wich Carter ihm aus, duckte sich vor den Pranken des Gorillas weg – und grinste dabei bis über beide Ohren. Doch seine Euphorie und selbstgefällige Zufriedenheit bekamen jäh einen kräftigen Dämpfer verpasst, als er feststellte, dass er in der Fall saß. Vor ihm erhob sich eine massive Wand, und hinter ihm näherte sich im Eiltempo ein hünenhafter Kerl. Er wirbelte herum, um sich seinem Verfolger zu stellen und zu ergeben, doch es war zu spät. Mit einem lauten Ächzen wurde die Luft aus seinen Lungen gepresst, als sich Riley aus vollem Schwung auf ihn warf. Bevor Carter auch nur blinzeln oder gar protestieren konnte, hielt Riley ihn schon in den Schwitzkasten gepackt und begann, ihn hinter sich her in die Hofmitte zu zerren. Carter fluchte und keuchte, denn Riley erwürgte ihn fast, und versuchte, die Fersen in den Boden zu stemmen, doch es half nichts. Auch die Wachleute beschränkten sich darauf, johlend und lachend dabei zuzusehen, wie der notorische Unruhestifter eine Abreibung bekam.

»Riley«, ächzte Carter und packte den baumdicken Arm, der um seine Kehle lag.

»Wie bitte?«, fragte Riley lautstark. »Tut mir leid, ich spreche kein ›Bescheißerisch‹. Du musst schon deutlicher reden.«

Carter konnte nicht anders und stieß ein ersticktes kläffendes Lachen aus. »Riley!« Er schlang die langen Finger fest um das Handgelenk seines Freunds. »Bitte, Mann! Es … verflucht! Riley! Es tut mir leid!«

Riley grinste, zwinkerte seinem belustigten Publikum zu und gab Carters Hals endlich frei.

»Bastard«, nuschelte Carter. Die Zuseher begriffen, dass wirklich alles nur ein Spaß gewesen war und niemand aufgemischt werden würde. Enttäuscht zogen sie ab.

Riley schnaubte. »Betrüger.«

»Touché«, gestand Carter mit einem schiefen Grinsen.

»Yo, Ms L!«, brüllte Riley plötzlich.

Carter fuhr erschrocken zusammen.

Als er sich umdrehte, entdeckte er Peaches, die gerade aus dem Auto gestiegen war und nun, halb verborgen hinter einer riesengroßen Tasche, zum Haupteingang lief. Sie winkte Riley diskret. Carter lächelte ihr ebenfalls zu, doch Kat zog schnell den Kopf ein und eilte davon. Nachdenklich rieb sich Carter den Bauch. Ein unangenehmes schweres Gefühl regte sich in seiner Magengegend. Schon seit Tagen plagte es ihn.

Riley ließ die Arme sinken. »Was sollte denn das?« Er starrte ihr nach, als warte er auf eine Erklärung.

Carter fuhr sich mit der Hand übers Gesicht. Er schlenderte zu seinem angestammten Platz hinüber und nahm sich eine Zigarette. Er zündete sie an, nahm einen Zug, hielt ihn kurz in der Lunge und stieß ihn kopfschüttelnd wieder aus.

»Schon seit ein paar Wochen benimmt sie sich merkwürdig«, räumte er mit einem Nicken in Richtung Parkplatz ein.

»Ms Lane?«, hakte Riley nach.

Carter nickte wieder und reichte ihm die Zigarette weiter.

Carter hatte versucht, Peaches' Verhalten zu ignorieren, doch mit jeder gemeinsamen Unterrichtsstunde war ihm das schwerergefallen. Alles hatte einige Zeit nach dem Treffen mit Diane angefangen. Eines Tages war sie im Unterrichtsraum erschienen und hatte ihn fast die ganze Stunde lang kaum angesehen und kaum ein Wort mit ihm gesprochen. Er hatte das Thema nicht angesprochen, weil er ahnte, dass er vielleicht gar nicht so genau wissen wollte, was los war. Doch seitdem waren zwei Wochen vergangen, und Carter verlor langsam die Geduld.

»Glaubst du, es hat etwas mit deiner Bewährung zu tun?« Riley gab die Zigarette zurück.

Carter gab sich gleichgültig, obwohl er insgeheim fürchtete, dass sie sich genau aus diesem Grund plötzlich so von ihm distanzierte. Vielleicht bereute sie inzwischen, dass sie zugestimmt hatte, ihn außerhalb der Haftanstalt zu unterrichten. Vielleicht wollte sie einen Rückzieher machen, wusste aber nicht wie.

Carter war schon öfter im Leben hängen gelassen worden, aber, verflucht noch mal, war Peaches tatsächlich eine von diesen Menschen? Er hasste dieses Gefühl der Machtlosigkeit, das sie in ihm weckte. Dass ihm deswegen womöglich die Bewährung verweigert werden würde, störte ihn dabei gar nicht so sehr – auch wenn das richtig ätzend wäre. Doch viel mehr nagte es an ihm, dass er dann keinen legitimen Grund mehr hätte, seine Peaches außerhalb von *Arthur Kill* zu sehen.

Ärgerlich stieß er Qualm aus der Nase. Er konnte sich noch ewig im Kreis drehen, das würde an der verzwickten Situation rein gar nichts ändern. Er musste sie darauf ansprechen.

»Frag sie einfach, Carter«, schlug Riley vor. Er blickte hinaus auf die Felder, die sich hinter dem Gefängnis erstreckten.

»Na klar, tolle Idee, Riley«, schnaubte Carter höhnisch.

Riley schnalzte mit der Zunge. »Schlappschwanz.«

»Wie du meinst«, entgegnete Carter und saugte auch noch das letzte bisschen aus seinem Zigarettenstummel. Dann blies er Riley den Rauch ins Gesicht. »Loser.«

Rileys donnerndes Lachen und der feste Schlag, den er Carter mit der Hand auf den Rücken versetzte, bestätigten Carter in seinem Entschluss, sie noch an diesem Nachmittag mit seinen Fragen zu konfrontieren.

Doch Teufel noch eins, ausgerechnet an diesem Nachmittag trug sie einen supersexy grauen Bleistiftrock und dazu ein zartrosa Seidentop. Entsprechend war Carter nicht mehr in der Lage, auch nur einen klaren Gedanken zu fassen, denn all sein Blut zog sich aus seinem Gehirn zurück und rauschte in tiefere Körperregionen. Verdammt noch mal! Er fluchte leise vor sich hin, während Kat Unterrichtsmaterial und Carters Zigaretten auf den Tisch legte.

»Stimmt etwas nicht?«, fragte sie mit einem raschen Seitenblick.

Carter lachte leise in sich hinein. »Nein, alles bestens. Lassen Sie sich nicht stören.« Oh Mann, diese Frau machte ihn fix und fertig. Er stützte das Gesicht in die Hände und verfolgte, wie sie fast in ihrer Mary-Poppins-Tasche verschwand. »Peaches«, raunte Carter mit der Zigarette an der Unterlippe. Inzwischen war es schon zur Gewohnheit geworden, dass er sie so nannte. Insgeheim wunderte es ihn, dass sie es durchgehen ließ, ohne Fragen zu stellen.

»Mmhm?«, kam es undeutlich aus den dunklen Tiefen der Tasche zurück.

»Was um alles in der Welt treiben Sie da?«

Peaches hielt einen Moment inne, bevor sie aus dem Monster von Tasche wieder auftauchte und ihm befangen zulächelte. »Ich, ähm, ich suche nur etwas.«

Carter grinste. »Und was? Jimmy Hoffas Krawatte?« Carter entging nicht, dass der Wachmann bei der Tür leise hinter vorgehaltener Hand lachte.

Peaches sah sie beide genervt an. »Nein, Schlaukopf.«

Sie zog sich, wie in jeder Stunde, den Stuhl neben Carter heran und breitete die Blätter mit Carters Arbeiten der vorangegangenen Stunde aus. Sie sammelte sich kurz und begann dann, die Anmerkungen, die sie an den Rand geschrieben hatte, zu erläutern und Fragen zu seinen Lösungen zu stellen. Noch immer beschäftigten sie sich mit *Der Kaufmann von Venedig*.

»Sie behaupten hier, dass Portia die intelligenteste Figur des Stücks ist, doch sie erläutern nicht weshalb«, sagte sie mit Blick auf das von Carter beschriebene Blatt. Er beobachtete, wie sie sich die Haare aus dem Gesicht strich. »Könnten Sie mir das näher erklären?« Sie lehnte sich ein wenig zurück und senkte den Blick.

»Warum tun Sie das?«, platzte Carter heraus.

»Wie bitte?«

»Na das«, wiederholte er gestikulierend. »Wie Sie sich hinsetzen. Warum haben Sie sich zurückgezogen?« Er sah sie auffordernd an. Einige Sekunden verstrichen, ohne dass sie etwas erwiderte. »Ach, vergessen Sie's«, murmelte er schließlich und zog seine Arbeitsblätter näher zu sich.

»Nein«, sagte Peaches nachdrücklich. Sie legte eine Hand auf die Papiere. Ihre Blicke trafen sich. »Was haben Sie damit gemeint, Carter?«

Wieder nuschelte er etwas Unverständliches und griff nach seinem Zigarettenpäckchen, um seine Hände zu beschäftigen. Peaches wartete geduldig. »Sind Sie wegen meiner Bewährung so daneben?«, blaffte er schließlich.

Sie schien über seine Frage zutiefst schockiert, doch Carter gab ihr keine Gelegenheit zu antworten.

»Wenn es so ist, fände ich es wirklich besser, wenn Sie so ehrlich wären und es mir gleich sagen würden. Denn ich habe keine Lust, mir Hoffnungen zu machen und mich vor diesen ganzen arroganten Losern hinzustellen und dann von Ihnen zu hören, dass Sie kneifen … aus welchem Grund auch immer.«

Kat zwinkerte hilflos. Sie öffnete den Mund, bekam jedoch kein Wort heraus. Wie konnte er nur denken, dass sie ihn im Stich lassen wollte? War die Arbeit mit ihm nicht Beweis genug dafür, dass sie sich für seinen Fall und seine Bewährung einzusetzen gedachte? Ja, es stimmte, dass sie sich ihm gegenüber anders verhielt, doch den Grund dafür konnte Sie ihm unmöglich verraten. Lieber wollte sie tot umfallen.

Die Wahrheit lautete: Vor zwei Wochen hatten Kats Albträume aufgehört. Dafür wäre sie sicherlich unendlich dankbar gewesen, hätten sich nicht an deren Stelle die wohl erotischsten Träume eingestellt, die sie jemals gehabt hatte. Anfangs waren sie noch recht zahm gewesen, doch über die vergangenen vierzehn Nächte hinweg waren sie immer heißer und heißer geworden. Unter normalen Umständen hätte das kein Problem dargestellt. Sie hatte auch schon früher anzügliche Träume gehabt, selbstverständlich, doch der Mann, der jetzt in ihrer privaten Pornovorstellung die Hauptrolle spielte, war kein anderer als Mr Wesley Carter.

Seit die Träume begonnen hatten, durchlebte sie die Hölle auf Erden.

Wie kam es, dass sie derart intensiv von einem Mann träumte, den sie doch kaum kannte? Und wie sollte sie damit umgehen, dass sie ihn höchstwahrscheinlich noch für weitere zwölf Monate regelmäßig sehen würde, außerhalb der schwer gesicherten, videoüberwachten Behalten-Sie-die-Hände-bei-sich-und-alles-ist-bestens-Welt von *Arthur Kill*?

Nicht dass sie ernsthaft erwog, Carter in eine verfängliche Situation zu bringen. Niemals. Sie war seine Tutorin und er ihr Schüler. Man hatte ihr vertrauensvoll diesen Job gegeben, und sie gedachte nicht, alles, was sie sich aufgebaut hatte, aufs Spiel zu setzen. Die Gefängnisvorschriften, die einen zu engen Umgang mit einem Häftling verboten, galten sicherlich auch für die Bewährungszeit.

»Warum glauben Sie, dass ich einen Rückzieher machen könnte?«, fragte sie schließlich. »Wie kommen Sie darauf, dass ich Ihnen nicht mehr dabei helfen will, dass Ihnen Ihre Bewährung zugestanden wird?«

»Ich weiß auch nicht. Verdammt, Sie kommen mir eben so verändert vor! Als wären sie wegen irgendetwas besorgt oder beunruhigt. Ich wusste nicht, ob Sie vielleicht der Gedanke, unsere Stunden auch weiterhin fortzusetzen, so kirre macht.«

Er schaffte es, dass seine Stimme nicht verletzt klang, aber dass er den Blick zu Boden senkte, verriet ihn doch. Er hatte ihre Distanziertheit bemerkt. Kat wusste nicht, ob sie die Tatsache, dass er sie bemerkt hatte, nun schmeichelhaft oder Furcht einflößend finden sollte. Sie schluckte die aufsteigende Panik herunter und rutschte etwas näher an ihn heran.

Das Verlangen, sein Gesicht zu berühren, war fast überwältigend, doch sie hielt stand. »Ich möchte Sie dauerhaft unterstützen. Ich will Ihnen dabei helfen, dass Ihre Bewährung bewilligt wird, und ich möchte gern unseren Unterricht fortsetzen.«

Carter sah ihr in die Augen.

»Sollte ich diesbezüglich Zweifel in Ihnen geweckt haben, tut es mir leid. Ich werde Sie nicht im Stich lassen. Darauf können Sie sich hundertprozentig verlassen.«

Kat war selbst ein wenig von der Vehemenz ihrer Worte überrascht, doch tief in ihrem Herzen wusste sie, dass sie aufrichtig gemeint waren. Ein Pfund Fleisch hin oder her – sie würde Carter helfen, und niemand konnte das verhindern.

Es dauerte einen Moment, ehe Carter wieder sprach. »Okay.«

Für kurze Zeit saßen sie schweigend nebeneinander, doch keiner von ihnen empfand diese Stille als unangenehm.

»Beunruhigt Sie dieser Bewährungsantrag denn sehr?«, erkundigte sich Kat, nachdem sie Carter dabei zugesehen hatte, wie er seine Zigarette ausgedrückt hatte.

Er schüttelte den Kopf.

»Shylock«, sagte sie leise. »Tapfer wie immer.«

»Sagt Portia«, entgegnete Carter lächelnd.

»Die klügste Figur im *Kaufmann von Venedig*«, setzte Kat mit kokettem Unterton hinzu.

»Nun, sie rettet immerhin Shylock«, meinte Carter.

Kat verstand die Anspielung durchaus. Sie wusste, dass sich Carter aufgrund seiner Geschichte als schlechteren Menschen betrachtete, genauso wie auch Shylock von vielen seiner Religion wegen als schlechterer Mensch abgestempelt wurde. Der Vergleich stimmte zwar nicht ganz, doch Kat wusste, dass er trotzdem für Carter sehr real war.

»Das tut sie in der Tat.« Sie senkte den Blick wieder auf seine Arbeit. »Doch wenn wir hier schon von literarischen Figuren sprechen, muss ich einwenden, dass ich mich nicht unbedingt mit Portia vergleichen würde.«

»Ach nein?«, fragte Carter. »An wen dächten Sie denn? Die Herzkönigin aus *Alice im Wunderland*? Hecate aus *Macbeth*?«

Er schnippte mit den Fingern. »Jetzt hab ich's. Die Weiße Hexe aus *Die Königin von Narnia*.«

Kat ließ sich auf sein neckisches Spiel ein. Schnell griff sie sich ihren Stift und begann, eine Einkaufsliste abzufassen. »Nein«, sagte sie ungerührt, »aber danke, dass Sie mich daran erinnern, was ich noch besorgen muss: Axt, Kessel, türkischen Honig.«

»Okay«, sagte er schmunzelnd. »Aber jetzt mal ernsthaft: Wen würden Sie wählen?«

»Das ist ganz einfach. Ich wäre Walter aus dem Kinderbuch *Walter, die faule Maus*.«

Nun sah Carter ehrlich verblüfft aus. »Kein seidiges Kaninchen oder eine Spinne namens Charlotte?«

Kat schüttelte den Kopf. »Nein. Diese Bücher haben die anderen Mädchen in der Schule immer gelesen. Aber für mich gab es nur Walter. Kennen Sie die Geschichte?«

»Erzählen Sie sie mir.«

»Walter ist eine sehr faule Maus«, begann sie. »Er ist so faul, dass er morgens nicht aufstehen und in die Schule gehen oder mit seiner Familie etwas unternehmen oder mit seinen Freunden spielen will. Infolgedessen vergessen sie alle, das er überhaupt existiert. Eines Tages zieht Walters Familie fort, während er schläft.«

Carter setzte sich bequem auf seinem Stuhl zurecht und lauschte aufmerksam.

»Er macht sich auf die Suche nach seiner Familie«, fuhr Kat fort. »Auf seiner Reise trifft er viele Tiere, unter anderem Frösche, die weder lesen noch schreiben können. Walter versucht, es ihnen beizubringen, doch weil er die Schule so oft verschlafen hat, kann er sich selbst nicht mehr erinnern, wie es geht.«

Für einen kurzen, herzzerreißenden Augenblick meinte sie, wieder ihren Vater das Buch vorlesen zu hören.

»Peaches«, flüsterte Carter.

Die Trauer lastete schwer auf Kat. »Mein Vater hat es mir immer vorgelesen, als ich noch ein kleines Mädchen war. Er hat für alle Tiere unterschiedlich die Stimme verstellt.«

Carter verschränkte die Arme auf der Tischplatte. »Das klingt, als … als wäre er ein guter Mann gewesen.«

Ein leises Lächeln huschte über Kats Lippen. »Das war er. Er sagte immer, wenn ich nur genauso zielstrebig und entschlossen wie Walter wäre, dann könne ich ungeachtet aller Hindernisse alles erreichen, was ich mir in den Kopf setze.«

»Und? Haben Sie?«, fragte Carter.

»Was?«, fragte Kat überrumpelt.

»Haben Sie ungeachtet aller Hindernisse alles erreicht, was Sie sich in den Kopf gesetzt haben?«

Kat lächelte verlegen. »Ich bin hier, oder?«

»Ja, das sind Sie.«

Carter bemerkte, wie ihr Blick zur Wand hinter ihm geisterte, und stieß einen unterdrückten Fluch aus.

Die Zeit war um.

Scheinbar unbeteiligt verfolgte er, wie sie ihre Besitztümer wieder in ihre Tasche schaufelte. Doch im Stillen regte es ihn maßlos auf, dass sie schon wieder gehen musste.

»Ich durchstöbere vielleicht mal die Gefängnisbibliothek nach dem Buch«, bemerkte er im Plauderton. »Glauben Sie, dass es dort auch Kinderbücher gibt, oder wäre das zu schräg?«

Peaches schaffte es nicht, ihr amüsiertes Lächeln zu verbergen.

»Ach, was rede ich da! Wahrscheinlich hat Riley es unter seinem Kissen versteckt, damit er in kalten, einsamen Nächten etwas zum Schmökern hat. Ich werde ihn mal fragen.«

Ihr Kichern brachte auch Carter zum Grinsen.

»Ernsthaft«, sagte sie und hängte sich die Tasche über die Schulter. »Sagen Sie mir bitte Bescheid, wenn Sie noch eine Ausgabe des Buches ausfindig machen. Ich habe meine verloren.« Der Schmerz in ihrer Stimme war unüberhörbar.

»Das werde ich tun«, versprach Carter.

»Hey, Carter«, rief sie ihm von der Tür aus zu, während der Wachmann ihr aufschloss. »Danke für heute.«

Die Tür glitt langsam hinter ihr ins Schloss. Carter lächelte noch immer. »Gern geschehen, Peaches«, flüsterte er in den leeren Raum hinein. »Jederzeit.«

10

Menschen, die Eva Lane nicht näher kannten, hielten sie für reserviert und arrogant. Doch niemand, nicht einmal diejenigen, die sie nicht mochten, konnte leugnen, dass sie eine starke Frau war.

Nachdem sieben Schläger, high von was auch immer sie in jener schicksalhaften Nacht genommen hatten, ihren Ehemann Senator Daniel Lane kaltblütig ermordet hatten, zeigte sie sich in der Öffentlichkeit stoisch und ruhig. Die Beileidsbekundungen von Wählern, Wildfremden und unzähligen Kollegen ihres Mannes nahm sie mit einem Lächeln und einem dankbaren Nicken an. Ihre Gefasstheit hatte alle in Staunen versetzt.

Doch tief in ihrem Inneren hatte sie das Gefühl gehabt zu sterben. Man hatte ihr das Herz herausgerissen. Nur noch eine klaffende Höhle war übrig, und nichts, weder mitleidsvolle Worte noch liebevolle Berührungen ihrer Angehörigen, konnten diese Leere füllen.

Daniel war ihr Ein und Alles gewesen, und als man ihr gesagt hatte, dass er gestorben war, dass man ihn so brutal verprügelt hatte, dass sein Gehirn geblutet hatte, was zu einem massiven Schlaganfall geführt hatte, hatte sie ernsthaft erwogen, sich ebenfalls das Leben zu nehmen, um bei ihm sein zu können. Ein einfacher, egoistischer und verzweifelter Ausweg. Wie sollte sie weiterleben, wenn der einzige Mann, den sie jemals geliebt hatte, fort war?

Nach seinem Tod lag Eva wochenlang in dem Bett, das sie

beide einst geteilt hatten, und weinte. Sie schrie, brüllte, warf Sachen herum, schlug auf Gegenstände ein und auf sich selbst, doch der Schmerz verging nicht. Das Loch war noch immer groß und tief, und nichts konnte das Leid vertreiben, das sie jedes Mal überfiel, wenn sie die Augen aufschlug und begriff, dass Danny noch immer tot war.

Abgesehen von ihrer Tochter.

Ihre kleine Katherine, die den Mord an ihrem geliebten Vater mit angesehen hatte, war so blass und wollte von ihrer Mutter verzweifelt irgendetwas hören, dass ihr aus der tiefen Trauer half. Eva wusste, dass es selbstsüchtig von ihr war, sich so vollständig ihrem eigenen Kummer hinzugeben, dass ihr kleines Mädchen sie brauchte – und, dass auch Eva Katherine brauchte. Doch trotzdem schaffte es Eva kaum, sie anzusehen, weil sie dabei jedes Mal ihren toten Mann vor sich sah. Ihre Tochter glich ihm in jeder ihrer Bewegungen, jeder ihrer Eigenheiten und jedem ihrer Blicke so sehr, dass Eva ihre Gegenwart eine ganze Weile immer nur kurz hatte ertragen können.

Dann schmerzte Evas gebrochenes Herz nur noch mehr und beförderte Katherines irrigen Glauben, dass ihre Mutter ihr die Schuld am Tod ihres heiß geliebten Vaters gab. Sie hätte die bösen Männer aufhalten müssen. Wäre nicht dieser Fremde aufgetaucht, wäre sie vielleicht dazu in der Lage gewesen. Angsterfüllte Was-wäre-wenn-Fragen, die ein neunjähriges Mädchen plagten, das sich nichts sehnlicher wünschte, als dass sein Vater wieder lebendig vor ihm stünde.

Im Verlauf ihrer Therapie dämmerte Eva langsam, was sie ihrem Kind antat. Es erschütterte sie zu hören, dass Katherine glaubte, sie gäbe ihr die Schuld an Daniels Tod. Außerdem begriff sie, wie glücklich sie sich eigentlich schätzen konnte, ihre Tochter noch zu haben – und dass sie sie um ein Haar ebenfalls verloren hätte.

Bis in alle Ewigkeit wäre sie dankbar für die göttliche Fügung, die ihr kleines Mädchen gerettet hatte. In ihrer Tochter hatte sie eine wundervolle, quicklebendige Verbindung zu ihrem geliebten Ehemann, und für den Rest ihres Lebens würde Eva ihre Tochter beschützen.

Unglücklicherweise sah Kat ihrem Vater nicht nur äußerlich ähnlich, sondern hatte auch seine Entschlossenheit geerbt. Sie war entsetzlich stur, und wenn sie sich einmal etwas in den Kopf gesetzt hatte, konnte sie nichts mehr von ihrem Ziel abbringen. Eva wusste, dass sie ihre Tochter durch ihre Bemühungen, sie vor allem zu beschützen, fast schon erdrückte, aber verdammt noch mal, warum erkannte Katherine denn nicht selbst, welches Risiko sie einging?

Dass ihre Tochter ihre Bedenken so leichtfertig abtat, schmerzte Eva. Unermüdlich versuchte sie, ihre Tochter von dem Irrweg, auf den sie sich begeben hatte, abzubringen, doch ohne Erfolg.

Eva seufzte bedrückt.

»Mom, was ist denn los? Du siehst aus, als hättest du Blähungen.«

Eva bedachte ihre Tochter quer durch ihre Wohnung in der Upper East Side mit einem bitterbösen Blick. Katherine richtete gerade ihre Frisur. In ihrem neuen Geburtstagskleid sah sie wunderschön aus. »Sei nicht so vulgär. Ich habe nur nachgedacht.« Eva schwenkte ihr Weinglas. »Wie geht es Ben?«

Katherine zuckte mit den Schultern. »Ihm geht es gut. Hat viel zu tun. Er kommt heute Abend auch, zusammen mit Abby.«

Eva seufzte wehmütig. »Es ist großartig, dass er zur Ruhe gekommen ist, geheiratet hat und in einem respektablen Job arbeitet.«

Katherine atmete tief ein und ließ die Arme sinken. »Ich weiß, dass du unbedingt Enkel willst, Mom, aber können wir uns bis zu dem Punkt, ab dem ich zur Ruhe komme, vielleicht noch ein bisschen Zeit lassen?« Sie nahm ihr Glas und stürzte den Wein hinunter. »Und mein Job *ist* respektabel. Ich bin Lehrerin. Und eine gute obendrein.«

Eva überging die Bemerkung und lachte. »Ach, Liebes, sosehr ich mir auch Enkelkinder wünsche, ist es mir doch das Wichtigste, das du glücklich bist und jemanden hast, der sich um dich kümmert und dich liebt. Du bist doch noch jung und hast noch viel Zeit.« Sie machte eine kurze Pause. »Aber es gibt nicht zufällig jemanden, an dem du interessiert wärst?«

Katherine wich dem Blick ihrer Mutter aus und nahm ihre Handtasche. »Nein. Ich bin mit dem Istzustand glücklich und zufrieden. In jeder Hinsicht.«

Eva sah ihre Tochter an. Wie sehr sie sich wünschte, ihr ihre Ängste besser verständlich machen zu können! Sie seufzte. »Hoffentlich.«

In dem spanischen Restaurant in *TriBeCa*, das sich Kat ausgesucht hatte, um dort ihren fünfundzwanzigsten Geburtstag zu feiern, war einiges los. Kat, ihre Freunde und Familienmitglieder saßen an einem großen runden Tisch, nippten an ihrem Wein und knabberten die köstlichen Brote, die in der Mitte des Tischs standen. Kats Mutter saß still, aber aufmerksam zu ihrer Rechten, während Ben, Abby, Harrison, Beth und Adam netterweise mit Witzchen und einer Menge Wein versuchten, die angespannte Stimmung zwischen Mutter und Tochter aufzulockern.

»Carter hat tatsächlich Bewährung bekommen?«, rief Ben. »Das ist ja fantastisch, Kat!« Er hob das Champagnerglas.

Kat tat es ihm lachend nach. Die verächtlichen Blicke ihrer Mutter ignorierte sie.

»Und wann setzt ihr eure Stunden fort?«, wollte Beth wissen.

»Stunden?«, mischte sich ihre Mutter ein. Ihre dunklen Augen blitzten. »Was für Stunden?«

»Kat trifft sich mit diesem … Carter dreimal die Woche«, erklärte Beth, den Blick fest auf ihre Vorspeise gerichtet. »Ohne Bewacher oder Ähnliches.«

Eva erbleichte. »Wie bitte?«

Gut gemacht, Beth.

Kat holte tief Luft und zählte im Kopf bis zehn. »Der Unterricht gehört zu Carters Bewährungsauflagen, Mom«, erklärte sie und bedachte Beth dabei mit einem missmutigen Seitenblick. »Nur wenigen Lehrkräften wird so eine Gelegenheit gewährt. Es ist wirklich wichtig. Du solltest stolz auf mich sein.«

Ihre Mutter starrte sie entgeistert an, und ihr fielen fast die Augen aus dem Kopf. »Ich wäre stolzer, wenn du in einer Grundschule Mittelstandskinder unterrichten würdest. Ich meine, also wirklich, Katherine.« Sie stellte das Glas hin. »Wie kommen diese Leute, diese Gefängnisbeamte, nur auf die Idee, dass sich dadurch, dass sich meine Tochter in Gefahr begibt, diese Monster auch nur einen Deut ändern?«

»Ich bin keineswegs in Gefahr«, versicherte Kat ihr abermals.

Ihre Mutter blinzelte. »Dein Vater hat das Gleiche behauptet. Er hat sich eingesetzt, wollte den weniger Begünstigten helfen, und sieh dir an, wie es ihm gedankt wurde.«

Kats Herz schlug dröhnend in ihrer Brust. »Carter ist nicht so. Er versucht, sich zu bessern.«

»Tu meine Besorgnis nicht einfach so ab, Katherine.«

»Sie hat das Recht, sich Sorgen zu machen, Kat. Wie wir alle«, meinte Beth. Adam legte ihr eine Hand auf die Schulter. Kat öffnete den Mund, um ihre Freundin zu fragen, was zum Teufel sie vorhatte.

Doch Eva kam ihr zuvor. »Selbstverständlich«, sagte sie. »Du bist meine Tochter.«

Die Worte ihrer Mutter bestärkten Kat nur noch in ihrer hitzigen Entschlossenheit. »Genau«, sagte sie schroff. »Und das hier ist das Geburtstagsessen deiner *Tochter*. Könntest du dieses Thema also bitte zumindest für heute Abend ruhen lassen?« Kat schloss die Augen, kämpfte die aufsteigende Wut zurück. »Ich habe Kontakt zur Bibliothek in der Fünften/Ecke Zweiundvierzigste aufgenommen und für uns dort den Lesesaal reservieren lassen. Am Dienstag wird er entlassen. Unsere erste Stunde findet eine Woche später statt.«

»Na, das sind ja tolle Neuigkeiten«, meldete sich Harrison zu Wort, bevor Eva wieder etwas sagen konnte. Dabei schenkte er Kat ein mitfühlendes Lächeln. Sie erwiderte es erfreut. Dann bemerkte sie, wie Beth verstohlen mit Adam flüsterte.

Was zum Teufel war hier los? Sicher, Beth hatte sich schon immer für Kats Mutter eingesetzt und sie trotz ihres gluckenhaften Verhaltens in Schutz genommen, doch das hier, das war anders als sonst.

Adam räusperte sich. »Austin ist hier«, kündigte er seinen Bruder an, der just in diesem Moment – sehr zu Kats Verlegenheit – mit einem wunderschön verpackten Geschenk in der Hand an den Tisch trat.

»Hallo, Leute.« Austin schüttelte Adam die Hand und raunte ihm zu: »Ich habe bis eben mit Casari telefoniert. Wir haben sie.«

Adams Miene wurde ernst. »Mensch, Austin, ich habe es dir doch schon gesagt: Sei vorsichtig, dass …«

»Später«, unterbrach ihn Austin knapp. Er umarmte Beth, bevor er sich an Kat wandte. »Herzlichen Glückwunsch.« Er platzierte das Geschenk vor ihr auf dem Tisch, dann beugte er sich vor und gab ihr einen Kuss auf die Wange.

»Aber Austin, das wäre doch nicht …«

»Unsinn. Es ist nur eine Kleinigkeit, die ich in San Francisco entdeckt habe und bei der ich sofort an dich denken musste. Bitte, mach es auf.«

»Das werde ich tun. Austin, das sind meine Mutter Eva Lane und ihr Lebensgefährte Harrison Day. Mom, das ist Austin Ford.«

Eva riss die Augen auf, als Austin ihr galant die Hand küsste. »Ist mir ein Vergnügen«, sagte er leise, schüttelte Harrison die Hand und nahm schließlich neben Kat Platz.

»Ganz meinerseits. Ein junger Mann mit Manieren«, raunte ihre Mutter Kat vielsagend zu. »Heutzutage eine wahre Seltenheit.«

Ben schnaubte amüsiert. Kat musste grinsen. Nun waren alle Augen auf sie gerichtet. Sie riss das dunkellila Geschenkpapier auf und förderte eine große transparente Box mit einer hübschen Schneekugel darin zutage. In ihrem Inneren befand sich eine Miniaturausgabe der Golden Gate Bridge, doch anstelle von Schneeflocken wirbelten unzählige winzige Sternchen, die im Licht funkelten, um sie herum.

»Austin, das ist ja wunderschön«, sagte Beth atemlos.

»Das stimmt«, pflichtete Kat bei. »Vielen Dank.«

»Gern geschehen.« Wieder küsste er ihre Wange und verharrte diesmal mit den Lippen ein wenig länger auf ihrer Haut.

Auch an diesem Abend genoss Kat Austins Gesellschaft, und sie beschloss, dass es ihr gefiel, wenn seine Finger hin und wieder über ihren Arm strichen oder seine Hand sacht ihren Rücken berührte, wenn er sie auf ihre Stuhllehne legte. Es gefiel ihr, wenn sich ihre Blicke trafen, wie er lachte und ihren Namen sagte.

Und trotzdem … irgendetwas stimmte nicht. Sie fühlte sich

zu ihm hingezogen, doch immer wieder überkam sie ein undefinierbares, unbehagliches Gefühl. Kat ignorierte es so gut wie möglich, doch es wollte einfach nicht vergehen.

Als sie nach dem Essen draußen auf dem Gehsteig standen, umarmte Ben Kat herzlich. »Herzlichen Glückwunsch. Liebe Güte, deine Mutter war heute Abend aber in Bestform! Sie sollte sich mal ein bisschen zurückhalten.«

Kat schmunzelte an seiner Schulter. »Sie ist ein Albtraum. Und Beth ebenso.«

»Stimmt«, pflichtete Ben ihr bei. »Was sollte das nur?«

»Wer weiß?«, meine Kat schulterzuckend. »Ich habe keine Ahnung …«

»Ich glaube, deine Mutter ist ziemlich angetan von deinem Freund«, erklärte Ben mit einem verstohlenen Blick auf Austin, der sich gerade angeregt mit Eva unterhielt.

Bens Miene wurde ernst. »Wenn du Informationen über diesen Kerl brauchst, dann ruf mich an, okay? Schmutzige kleine Geheimnisse sind mein Spezialgebiet. Außerdem hätte ich dann eine gute Entschuldigung dafür, ein bisschen mit *Google* herumzuspielen.«

Kat schubste ihn spielerisch von sich weg, was ihn zum Grinsen brachte.

An Abby gewandt witzelte Kat: »Bitte, nimm deinen Mann mit nach Hause, und erstick ihn mit einem Kopfkissen.«

Abby ergriff lachend Bens Hand.

»Ihr müsst bald wieder zum Abendessen vorbeikommen«, bat Kat. »Ich mache auch meine besonderen Fleischbällchen.«

Als Kat ihre Mutter zum Abschied drückte, fiel die Umarmung ungelenk aus. »Alles Gute, Katherine. Ruf mich an. Morgen. Sobald du von der Arbeit kommst mit diesen … ruf mich einfach an.«

Kat verkniff es sich, genervt die Augen zu verdrehen. »Wird gemacht. Bis dann.«

Kat umarmte und küsste Adam und Beth zum Abschied. »Alles in Ordnung?«, fragte sie die beiden.

»Ja«, antwortete Beth mit einem zaghaften Lächeln.

Adam nickte. »Wir sind nur müde.«

Beth blickte zu Austin hinüber. »Was meinst du, vielleicht kann Austin dich ja nach Hause bringen?« Sie zwinkerte verschwörerisch und zeigte wenig subtil mit dem Finger auf Adams Bruder. Dazu murmelte sie taktloserweise etwas von »wieder unter Leute kommen«.

Austin lachte laut auf, Kat dagegen errötete und schüttelte den Kopf. Sie standen nebeneinander auf dem Gehweg und wussten nicht recht, was sie als Nächstes tun sollten.

»Soll ich dich mitnehmen?«, fragte er und wies auf seinen Wagen.

»Klar, gern«, antwortete sie.

Der *Range Rover* war geräumig und roch nach Leder und Aftershave.

»Du hast einen guten Musikgeschmack«, stellte Kat fest. Ein Song nach dem anderen spielte, während sie sich durch den Stadtverkehr schlängelten.

»Danke«, antwortete Austin. »Ich komme nicht oft dazu, Musik zu hören. Eigentlich nur, wenn ich im Auto sitze.« Er sah sie einen kurzen Moment an.

»Hat dir der Trip nach San Francisco gefallen?«

Austin hob eine Braue. »Ich war beruflich dort. Egal, wo man sich auf dieser Welt hinbegibt: Wenn man dort arbeiten muss, macht es keinen Spaß.«

»Kann sein. Obwohl es auf den Malediven oder in der Karibik bestimmt nicht so schlimm wäre«, überlegte sie.

Austin schmunzelte. »So schlimm war es auch gar nicht. Ich

habe einen großen Auftrag unter Dach und Fach gebracht. Und ich habe an dich gedacht. Sehr oft.«

Kat starrte schweigend ihre Hände an. Seit ihrem Kennenlernen hatten sie viele Textnachrichten ausgetauscht. Seine Mitteilungen waren niemals aufdringlich, stets taktvoll. Ihn nun persönlich über seine Empfindungen sprechen zu hören, war etwas anderes.

»Tut mir leid«, sagte er. »Bin ich zu schnell?«

Sie antwortete ihm mit einem bedächtigen Kopfschütteln.

»Du siehst heute Abend umwerfend aus, Kat.« Der Blick seiner dunklen Augen zuckte zu ihren Beinen. »Diese Farbe steht dir.«

Sie strich über ihr rotes Wickelkleid. Sein Kompliment weckte verschwommene Gefühle in ihr.

Auch den Rest der Fahrt verbrachten sie so, die Pausen zwischen den Liedern erfüllt von angenehmem, einvernehmlichem Schweigen. Als sie schließlich Kats Haus erreichten, parkte Austin und schaltete den Motor aus. Langsam schnallte sich Kat ab und holte ihre Handtasche und die Taschen mit den Geburtstagsgeschenken aus dem Fußraum. »Danke.« Sie strich sich das Haar hinter die Ohren. Im Magen fühlte sie eine seltsame Schwere. Sie räusperte sich, um das merkwürdige Gefühl zu vertreiben.

»Nicht der Rede wert«, sagte Austin. »Ich hatte heute viel Spaß.«

»Ich auch.« Sie sah ihm in die Augen und lächelte.

Austin erwiderte das Lächeln. »Ich weiß, dass wir bisher noch nicht viel Zeit miteinander verbracht haben, aber ich habe jede Minute genossen.« Wie immer war seine Miene fest, mit einem Hauch einschüchternder Firmenbosspräsenz. »Wäre es für dich okay, wenn wir mal zusammen zu Abend essen würden?«

Sie zögerte nur kurz. »Das … klingt gut.« Austins Grinsen ließ sein Gesicht weicher erschienen.

Kat stockte der Atem. Sein Blick entschlossen, die Augen dunkel. Vom wilden Trommeln ihres Herzens abgesehen war das Quietschen des Ledersitzes das einzige Geräusch im Auto, als er sich langsam zu ihr herüberbeugte. Sie regte sich nicht. Selbst wenn sie gewollt hätte, hätte sie es wahrscheinlich nicht gekonnt. Der Drang zu fliehen kollidierte mit dem Wunsch, genau da zu bleiben, wo sie war. Kat erschauerte.

Austin verharrte, sein Gesicht nur noch Zentimeter von ihrem entfernt. »Kat«, raunte er, bevor seine Lippen ihre berührten.

Kat ließ es zu, dass ihre Münder verschmolzen. Es fühlte sich … schön an.

Austin hielt kurz inne, legte dann die Hand an ihre linke Wange und öffnete den Mund. Kat öffnete ebenfalls die Lippen. Sie begann, sich ganz in dem Kuss zu verlieren, und hörte sich zu ihrer Überraschung leise aufstöhnen, als sich ihre Zungen berührten. Tastend legte sie die Hand an seinen Hinterkopf, rutschte dichter an ihn heran. Wieder regte sich das unangenehme Gefühl in ihrer Magengrube, doch sie weigerte sich, es zu beachten. Es war schon so lange her, dass sie jemanden geküsst hatte.

Weswegen sollte sie sich das hier vorenthalten? Und wem zuliebe?

Als Kats Zunge über Austins rieb, stöhnte er genüsslich und saugte an ihrer Zungenspitze, bevor sich Kat wieder zurückzog.

Langsam glitt seine Hand von ihrer Wange hinab über ihren nackten Arm. Sie bewegten sich im Einklang, synchron, bewegten langsam die Köpfe hin und her. Als er die Hand auf ihr Knie legte, drang ein tiefes Keuchen aus seiner Kehle. Zärtlich strich er mit der Handfläche über ihr Knie, bevor er sie über die Außenseite ihres Oberschenkels gleiten ließ. Kat verkrampfte sich, ächzte jedoch, als sie seine Finger unter ihrem Rock spürte. Er unterbrach den Kuss, legte die Stirn an ihre.

»Kat, wir müssen jetzt entweder aufhören oder … Lieber Himmel!«

Kat lehnte sich ein wenig zurück. Sie sah die Lust in seinen Augen, konnte ihm ansehen, dass er es ernst meinte. Sie blinzelte, um wieder einen klaren Kopf zu bekommen. Das hier sah ihr überhaupt nicht ähnlich. Auch wenn Austin ein attraktiver und zweifelsohne charmanter Mann war, würde sie sich nicht einfach so auf eine wilde Liebesnacht einlassen.

»Ich finde, wir sollten einen Gang zurückschalten«, sagte sie schließlich und rutschte wieder in ihren Sitz zurück.

Austin stieß den Atem aus, rieb sich das Gesicht und murmelte eine Entschuldigung.

»Es muss dir nicht leidtun«, sagte Kat. »Mir tut es jedenfalls nicht leid. Es ist nur … vielleicht sollten wir es etwas langsamer angehen lassen?«

Er lächelte, legte ihre Hand an seinen Mund und drückte zärtlich einen Kuss darauf. »Langsam ist für mich in Ordnung.«

»Gut.« Kat griff nach dem Türöffner. »Danke, dass du mich mitgenommen hast. Gute Nacht.«

»Gute Nacht, Kat.«

Noch immer wie in Trance ging Kat durch die Lobby ihres Apartmenthauses und hörte zuerst gar nicht, dass Fred am Empfang ihren Namen rief.

»Ms Lane!« Fred versuchte winkend, ihre Aufmerksamkeit zu erregen, bevor sie in den Fahrstuhl stieg. »Ms Lane!«

»Was gibt es, Fred?« Sie ging zum Tresen hinüber.

»Guten Abend, Ms Lane.« Er grinste, und dabei erschienen auf seinen Wangen zwei entzückende Grübchen, über die man die große Lücke zwischen seinen Schneidezähnen glatt vergessen konnte. »Ich habe ein Päckchen für sie. Es kam heute Nachmittag.«

Er zog unter dem Tisch ein quadratisches, ordentlich in braunes Papier eingeschlagenes Paket heraus. »Ich habe den Namen des Mannes nicht ganz mitbekommen, aber er meinte, ich müsse Ihnen das hier unbedingt geben.«

Verwundert beäugte Kat das Päckchen. »Danke.«

Endlich in ihrer Wohnung angekommen, lud sie erst einmal alles auf der Couch ab. Sie vertauschte das Kleid gegen eine bequeme Jogginghose, goss sich ein Glas Apfelsaft ein und ließ sich schließlich im Schneidersitz am anderen Ende des Sofas nieder. Gerade als sie nach dem geheimnisvollen Päckchen griff, kündigte ihr Handy mit einem *Ping* eine eingehende Mitteilung an. Austin.

Der heutige Abend hat mir wirklich sehr gefallen.

Kat lehnte sich seufzend zurück und tippte sich nachdenklich mit den Fingerspitzen gegen die Lippen.

Mir auch. Danke für das Geschenk. Es ist wunderschön.

Ein wunderschönes Geschenk für eine wunderschöne Frau.

Kat war noch keine Antwort eingefallen, als bereits die nächste Mitteilung einging.

Ich freue mich schon auf unser Essen. Herzlichen Glückwunsch, Kat. Träum süß. X

Gute Nacht.

Sie legte das Handy beiseite. Das seltsame Gefühl, das schon den ganzen Abend in ihrer Magengrube lauerte, regte sich wieder. Kat legte die Hand auf den Bauch, um es zu besänftigen.

Was für eine abstruse Situation!

Austin war toll. Er war ein netter harmloser Kerl, und sie würde sich keinesfalls von einem albernen, undefinierbaren Gefühl von etwas abhalten lassen, das fantastisch werden könnte. Ihre letzte Beziehung war schon viel zu lange her – eine dreimonatige Affäre mit einem zwanghaften Lügner und Fremdgeher –, und sie hatte ein bisschen Glück verdient. Resolut griff sie nach ihrem Apfelsaft. Da hörte sie zwischen ihren Füßen ein dumpfes Geräusch. Es war das quadratische Paket, das Fred ihr gegeben hatte.

»Was bist du wohl?« Sie nahm das mysteriöse Päckchen zur Hand und riss es auf.

Als sie erkannte, was darin steckte, keuchte sie auf. Mit Tränen in den Augen betrachtete sie die Erstausgabe von *Walter, die faule Maus* aus dem Jahre 1937. »Wie kann das sein?« Ehrfurchtsvoll strich sie mit den Fingerspitzen über das Cover. »Oh Gott!«

Als sie das Buch aufschlug, entdeckte sie eine kurze Widmung in ordentlichen schwarzen Buchstaben auf der Innenseite des Buchdeckels:

Peaches,
ich wünsche Dir, dass Du ungeachtet aller Hindernisse alles erreichst, was du Dir in den Kopf setzt.
Herzlichen Glückwunsch zum Geburtstag!
Carter

11

Carter hatte kaum geschlafen. Er war aufgeregt und überdreht wie ein kleines Kind am Weihnachtsmorgen.

Es war sieben Uhr am Tag seiner Entlassung. Mit Enthusiasmus packte er seine Bücher und andere Habseligkeiten in eine kleine Kiste. Das Blatt Papier, auf dem stand, dass sein Antrag auf Bewährung bewilligt worden war, war zu seinem wertvollsten Besitz geworden. Er nahm es in regelmäßigen Abständen zur Hand, las es wieder und wieder, um sicherzugehen, dass sich der Wortlaut nicht veränderte.

Das tat er nicht.

An Zivilkleidung hatte er die Kleidungsstücke, in denen er auch ins Gefängnis gebracht worden war. Äußerst zufrieden stellte er fest, dass das graue Ramones-Shirt dank Ross' rigorosem Fitnessplan inzwischen an den Armen und an der Brust merklich spannte. Grinsend zog er ein wenig an den Armbündchen, damit sein Bizeps mehr Platz hatte.

»Teufel auch«, murmelte er und zog auch noch seine dunkelblaue Jeans und die schwarzen Stiefel an. Selten hatten sich Jeansstoff und billige Baumwolle so gut angefühlt. Dann kamen seine Ringe an die Reihe. Er steckte den breiten einfachen Silberring an den Daumen seiner rechten Hand, das silberschwarze keltische Kreuz an den Mittelfinger und das schicke *Harley-Davidson*-Emblem an den linken Zeigefinger.

»Bist du fertig?«

Lächelnd wandte sich Carter um. Jack stand lässig in der offenen Zellentür.

»So gut wie«, entgegnete Carter, während er seinen braunen Ledergürtel festzog. »Wann kann ich gehen?«

Jack warf einen Blick auf die Uhr. »In zehn Minuten öffnen sich die Türen. Wir warten noch auf Ward.«

»Na super«, murmelte Carter. Er sah sich noch mal in der Zelle um, ob er auch nichts vergessen hatte, und nahm dann seine Kiste.

»Ach übrigens …«, sagte Jack und schob die Hände in die Hosentaschen. »Ich habe dein kleines Präsent abgeliefert.«

Carter wich den Blicken seines Sozialarbeiters geflissentlich aus. »Gut«, antwortete er beiläufig. »Hat das Bargeld gereicht?«

»Es war mehr als genug, und ich habe genau das geschrieben, worum du mich gebeten hattest.«

Beim Gedanken daran, dass Peaches das Buch bekommen hatte, schien Carters Magen einen Salto zu schlagen. Er fragte sich, ob ihr das Geschenk gefiel … oder ob sie es übertrieben fand – oder zu kitschig.

»Ich muss dich fragen …«, setzte Jack zögerlich an und betrachtete eingehend die Spitze seines rechten Schuhs.

»Was?«, entgegnete Carter scharf.

Jack lächelte wissend, dann sah er auf. »Ich wollte nur wissen, wie um alles in der Welt du es geschafft hast, dieses Buch binnen so kurzer Zeit zu besorgen«, sagte er mit einem leutseligen Schulterzucken.

Carter atmete erleichtert auf. »Peach … Sie, Kat, Ms Lane hat … Ähm, also, verdammt, sie hat das Buch während einer unserer Stunden erwähnt. Darum habe ich den Internetzugang in der Gefängnisbibliothek genutzt, um online einen Anbieter zu suchen und es reservieren zu lassen. Ich wollte es eigentlich erst besorgen, wenn ich wieder draußen bin, aber als sie vergangene Woche erwähnte, dass sie Geburtstag hätte …« Er trat unruhig von einem Bein aufs andere, fühlte sich mehr als unwohl. »Mann, ist doch keine große Sache! Nun hör schon auf, mich so komisch anzustieren.«

»Hey.« Jack schmunzelte amüsiert. »Ich habe doch gar nichts gesagt. Ich fand das Geschenk großartig. Sehr passend und wohlüberlegt.«

»Ach wirklich?«, fragte Carter wenig überzeugt.

»Wirklich.« Jack nickte entschlossen. »Es hat ihr bestimmt sehr gefallen.«

Wieder verknotete sich Carters Magen. Hoffentlich hatte Jack recht. Nach allem, was sie für ihn getan und auf sich genommen hatte, war es das Mindeste, was er für sie tun konnte.

»Häftling 081 056«, rief Ward von der Tür aus. »Ich bin hier, um Sie vom Gelände zu eskortieren.« Er zupfte an den Manschetten des weißen Hemds, dass er unter einem dunkelblauen Blazer trug.

»Klasse«, raunte Carter mit sardonischer Miene. Er folgte Ward, einem weiteren Wachmann und Jack zum Hinterausgang des Gefängnisses, wo er ein weiteres Entlassungsformular unterschreiben musste und noch einmal seine Bewährungsauflagen in schriftlicher Form ausgehändigt bekam.

»Wie viele braucht man denn davon?«, fragte Carter irritiert und ließ das Blatt unten in seiner Kiste verschwinden.

»Nun ja«, entgegnete Ward und klickte mit seinem Kugelschreiber, »wir wissen doch alle, dass Sie, was Regeln angeht, manchmal ein bisschen vergesslich sind.«

Carter nahm seine Kiste wieder unter den Arm. »Das war eine rhetorische Frage, Sie Schwachkopf.«

Ward kniff verärgert die Augen zusammen. »Wie haben Sie mich gerade …?«

Jack trat zwischen die beiden Männer. »Komm schon, Wes.

Zeit zum Aufbruch.« Er stieß Carter an der Schulter an und schob ihn Richtung Ausgang.

Carter wandte sich nur widerwillig von Ward ab, ließ es aber trotzdem zu, dass Jack ihn aus der Tür führte. Die Sonne schien, und für Mitte September war es heiß. Carter schloss die Augen, hob den Kopf und genoss das Licht.

»Gut, was?«, fragte Jack an seiner Seite.

»Oh ja.« Langsam schlug Carter wieder die Augen auf und begann, in seiner Kiste zu wühlen. Er dauerte einige Minuten, bis er unter leisen Flüchen seine Sonnenbrille fand. Er setzte sie sich auf die Nase. »Jetzt bin ich bereit«, sagte er mit einem zufriedenen Grinsen.

Jack lachte und rieb sich das Kinn. Als Carter den Blick zum anderen Ende des Parkplatzes schweifen ließ, entdeckte er eine vertraut wirkende, groß gewachsene schwarzhaarige Person, die betont lässig an die Seitentür eines coolen Muscle-Cars gelehnt stand und eine Zigarette rauchte.

»Ist das Max?«

»Fang nicht wieder mit deiner Predigt an«, warnte Carter mit erhobenen Augenbrauen. »Er ist hier, um mich abzuholen, denn ich werde bestimmt nicht nach Hause laufen.«

Jack schnaubte. »Aber es stellt doch definitiv einen Interessenkonflikt dar, wenn ausgerechnet er dich abholt …«

»Hör mir mal zu!«, unterbrach Carter ihn abrupt in seiner Litanei. »Heute ist der Tag meiner Entlassung. Endlich komme ich aus diesem Loch raus, und deswegen habe ich gerade hervorragende Laune. Also bitte, spuck mir jetzt nicht in die Suppe, J. Ich hatte in den letzten Monaten genug am Hals«, sagte Carter mit einem etwas flehenden Unterton.

»Na schön«, lenkte Jack ein. »Fein.«

»Okay«, sagte Carter erleichtert. »Dann sehen wir uns kommenden Freitag?«

»Ja«, bestätigte Jack. »Um achtzehn Uhr bei dir. Vergiss es nicht.«

Carter schüttelte den Kopf. »Wie sollte ich? Schließlich habe ich als Gedächtnisstütze meine Entlassungspapiere in sechsfacher Ausführung.«

Jack schlug Carter freundschaftlich auf die Schulter. »Mach's gut.«

»Aber klar. Bis bald.« Er steuerte auf Max zu, der wie ein Idiot zu grinsen begann. Seine verspiegelte Pilotensonnenbrille glänzte in der Sonne.

»Was geht ab?«, fragte er und ließ dabei Zigarettenrauch aus seinem Mund quellen.

Carter grinste. Er bemerkte, dass sein Freund ziemlich abgerissen aussah. Sein AC/DC-T-Shirt war knittrig, und seine Jeans sahen aus, als hätten sie schon eine ganze Weile keine Waschmaschine mehr gesehen. »Nicht viel«, entgegnete er. »Wurde gerade aus dem Knast entlassen.«

»Also alles beim Alten?«

»Du sagst es.« Carter stellte seine Kiste auf der Motorhaube ab, um Max die Hand zu schütteln. Dann umarmten sich die Männer und klopften einander den Rücken. »Schön, deine hässliche Visage wiederzusehen«, meinte Carter und nahm die Zigarette an, die Max ihm anbot. Den tiefen Zug hatte er verdammt nötig gehabt. Rauchend musterte er seinen Freund. Sein Haar schien länger zu sein, und rasiert hatte er sich auch schon längere Zeit nicht mehr. »Wie geht's so?«

Max verzog das Gesicht. »Bin okay.«

Carter seufzte. »Sicher?«

»Klar, Mann.« Max' Lächeln wirkte zaghaft. »War das Parker?«

Carter nickte und lehnte sich gegen das Auto.

»Carter!«

Die beiden Männer hoben die Köpfe. Ein aufgeregter Rotschopf winkte ihnen zögerlich und bahnte sich einen Weg durch die geparkten Autos zu ihnen.

»Wer zum Teufel ist das?« Max zog die Sonnenbrille auf die Nasenspitze herunter und spähte darüber hinweg. Sofort registrierte Carter Max' geweitete Pupillen und die dunklen Schatten unter seinen Augen, die eindeutig von Schlafmangel zeugten. Der Scheißkerl war high. Lieber Himmel! Es war noch nicht mal acht Uhr morgens.

»Niemand«, entgegnete Carter gereizt. »Halt das mal.«

Er drückte Max die Zigarette in die Hand und sprintete zu Peaches. Nicht nötig, dass Max sie die ganze Zeit begaffte, während sie sich unterhielten. Wer wusste, was der Arsch von sich geben würde, wenn er wirklich high war?

»Hey«, begrüßte er sie atemlos und blieb vor ihr stehen.

»Hey«, erwiderte sie. »Bitte entschuldigen Sie.« Sie spähte ihm über die Schulter. »Ich weiß, Sie haben es wahrscheinlich eilig loszukommen, aber ich, also …«

»Kein Problem«, unterbrach Carter. »Das ist nur Max. Er bringt mich nach Hause.« Er nahm die Sonnenbrille ab und hakte sie im Kragen seines T-Shirts ein. »Also, was gibt es?«

Sie musterte ihn auf eine Art, die ihm augenblicklich Herzrasen bescherte. »Ich habe Ihr Geschenk bekommen, das Buch, und ich … ich wollte mich nur bedanken. Es war …« Sie biss sich fest auf die Lippe.

»Hat es Ihnen gefallen?«, erkundigte sich Carter und schob nervös die Fingerspitzen in die Jeanstaschen.

Sie sah ihn verwundert an. »Ob es mir gefallen hat? Ich liebe es. Es ist perfekt und sehr aufmerksam. Vielen Dank.«

»Ach, na ja«, entgegnete Carter und kratzte sich befangen am Kopf. »Sie erwähnten, dass Sie Ihres verloren hätten, und, na ja, jetzt haben Sie eben ein neues.«

»Ja«, sagte sie leise. »Ich habe es schon zweimal gelesen. Es ist großartig.«

Carter musste grinsen. Sie wirkte so glücklich. »Gut. Gern geschehen, Peaches.«

»Außerdem wollte ich Ihnen das hier geben.« Sie angelte ein mit Zahlen beschriebenes Kärtchen aus der Tasche ihrer grauen Hose. »Unsere erste Unterrichtsstunde findet am Dienstag um sechzehn Uhr in der Bibliothek in der Zweiundvierzigsten statt. Hier ist meine Handynummer und meine … meine Privatnummer, nur für den Fall, also, nur falls Sie sich verspäten oder was auch immer.« Sie hob wegwerfend die Hand. »Ich fand nur, dass Sie irgendwie in der Lage sein sollten, mich zu kontaktieren.«

Damit reichte sie Carter das Kärtchen. Errötete sie etwa?

»Klasse Idee. Danke.« Er steckte die Karte in die Gesäßtasche.

»Also«, fuhr sie fort, »wir sehen uns dann?«

»Sicher.« Sie so nervös zu sehen war merkwürdig, aber auch unglaublich niedlich.

»Gut.« Sie trat einen Schritt zurück. »Ich lasse Sie dann mal ziehen. Passen Sie auf sich auf.«

Er salutierte vor ihr, indem er behäbig zwei Finger an die Schläfe legte. »Sie auch.«

Sie lächelte beschämt, wandte sich auf dem Absatz um und marschierte wieder zum Gebäude zurück.

Als sie endlich wieder drinnen und außer Sichtweite war, atmete Carter auf. »Fuck!«

Normalerweise hatte sich Peaches doch so gut im Griff. Ihre unerschütterliche Disziplin half ihm selbst dabei, die Ruhe zu bewahren. Wenn sie nun beide so nervös umeinander herumschlichen, würde das mit den gemeinsamen Unterrichtsstunden nicht funktionieren. Vielleicht war diese ganze Tutoren-Sache doch keine so brillante Idee. Schnell setzte er die Sonnenbrille wieder auf und eilte zum Wagen.

Max empfing ihn grinsend. »Hast du mir vielleicht was zu beichten?«, fragte er und hob anzüglich die Brauen.

»Nein«, wies Carter den zweideutigen Kommentar barsch zurück. Doch dann bemerkte er, wie verdächtig sein Verhalten wirken musste, und kaschierte seine Verärgerung schnell mit einem Lachen. »Sie ist nur eine Englischlehrerin. Mehr nicht.«

»Soso, eine Lehrerin?« Max blickte zur Tür, hinter der sie verschwunden war. »Mann, mit dem Hintern dürfte sie mir jederzeit eine Lektion erteilen! Klasse Heck.«

Carter biss sich auf die Zunge, lächelte verkniffen und starrte auf den Türgriff des Wagens. »Ach ja? Ist mir gar nicht aufgefallen.«

Mit einem schnaubenden Lachen zog Max die Autoschlüssel aus der Tasche. »Oh Mann, Bruder, du musst dringend mal wieder geschaukelt werden.«

Carter lachte ebenfalls. In diesem Punkt musste Carter seinem Freund von ganzem Herzen zustimmen. Er musste sich entspannen, den ganzen Mist aus seinem Kopf bekommen. Er war wieder ein freier Mann und würde jede Minute genießen.

Carter war nie ein häuslicher Mensch gewesen.

Seit seinem neunten Lebensjahr war es mit ihm ständig hin und her gegangen. Man schob ihn von einem protzigen Internat zum nächsten, oder er landete nach einer der zahlreichen Auseinandersetzungen mit seinem Vater mal wieder auf der Couch irgendeines Freunds. Zu lange an einem Ort zu verharren machte ihn kribbelig.

So war sein Leben eben: unstet.

Daher überraschte es ihn selbst, dass ihn unendliche Erleichterung überkam, als er den Schlüssel ins Schloss seiner

Wohnung in Manhattan steckte. Sie lag an der Ecke zwischen Greenwich und Jay in TriBeCa. Er öffnete die Tür und verharrte einen Moment auf der Schwelle, um die vertrauten Gerüche einzuatmen.

Max schubste ihn von hinten. »Hast du heute noch vor reinzugehen?«

»Ja, ja.« Carter trat ein und schloss die Tür hinter Max, der die Kiste mit seinen Habseligkeiten für ihn trug.

Er warf die Schlüssel auf den kleinen Flurtisch und ließ den Blick durch sein Heim schweifen. Hohe Decken, Holzfußböden und in Creme und Braun gehaltenes Mobiliar. Seine Sammlung alter Gitarren hing noch an ihrem Platz an der Wand, ebenso wie die Schwarz-Weiß-Fotografien eines lokalen Künstlers, die er über die Jahre hinweg gesammelt hatte. Die dekorativen *Harley*- und *Triumph*-Teile, die überall in der Wohnung lagen, glänzten im Sonnenlicht, das durch die drei Meter hohen Fenster fiel.

Max hatte dafür gesorgt, dass während Carters Gefängnisaufenthalt regelmäßig eine Reinigungskraft gekommen war, um seine Wohnung in Schuss zu halten.

»Die Bude sieht gut aus, oder?«, fragte Max.

»Ja, stimmt«, sagte Carter lächelnd. »Vielen Dank.«

»Hey, kein Problem.« Er umrundete Carter, trat zu dem wuchtigen Doppelkühlschrank mit Edelstahlfront und zog die Türen auf. Im Inneren befand sich ein beeindruckender Alkoholvorrat. »Überraschung«, sagte er lachend. »Nur für dich, mein Freund.« Dann öffnete er zwei Bierflaschen und reichte eine an den sichtlich amüsierten Carter weiter.

»Auf deine Freiheit«, sagte Max feierlich. Sie stießen mit den Flaschenhälsen an und tranken in tiefen Zügen. Wie erfreulich, dachte Carter, dass seine Bewährungsauflagen Alkohol um zehn Uhr morgens nicht untersagten.

Er rülpste vernehmlich und musste grinsen. »Das habe ich gebraucht.«

Max reichte ihm eine neue Flasche. »Und? Wie sehen deine Pläne für den Rest des Tages aus?«

Carter nippte nachdenklich an seinem Bier. »Also, ich brauche dringend eine Dusche. Und einen Haarschnitt und eine Mütze voll Schlaf in meinem eigenen Bett.«

Max verdrehte die Augen. »Meine Güte, Carter, fällt dir nichts Besseres ein?«

»Doch.« Seine Miene wurde ernst. »Ich will mein Baby sehen.«

Max grinste.

»Ist sie in Ordnung?«, fragte Carter. »Hast du dich gut um sie gekümmert?«

»Es geht ihr blendend, und ja, ich habe mich um sie gekümmert, als gehörte sie mir.«

»Bring mich zu ihr.«

Er folgte Max aus der Wohnung, joggte mit ihm die Stufen hinab zur privaten Tiefgarage des Wohnhauses. Max schaltete das Licht ein. Carter ächzte. Da war sie, sein ganzer Stolz. Sie sah so spektakulär aus, dass ihm die Luft wegblieb. »Hallo, meine Schöne«, flüsterte er.

Mit den Fingerspitzen strich er über den makellosen Ledersattel seiner *Harley-Davidson Sportster*. Kala. Er schluckte, schloss die Finger um den Lenker. Das letzte Mal war schon viel zu lange her.

Max stieß einen Pfiff aus. Carter wandte sich zu ihm um, worauf Max ihm die *Harley*-Schlüssel zuwarf. Carter fing sie vor der Brust. »Sie sieht fantastisch aus, Max. Vielen Dank.«

»Sie hat einen Ölwechsel und eine Hochglanzpolitur bekommen. Natürlich von mir höchstpersönlich. Die anderen Stümper aus der Werkstatt mit ihren schmutzigen Fingern habe ich nicht in ihre Nähe gelassen, sosehr sie auch gewinselt haben.«

Carter strich mit den Fingerknöcheln ehrfurchtsvoll über den V-Twin-Motor. Erst jetzt wurde ihm bewusst, wie sehr ihm das Motorradfahren gefehlt hatte. Urplötzlich tauchte ein äußerst erregendes Bild in seinem Kopf auf: Peaches, wie sie breitbeinig hinter ihm auf dem Motorrad saß, die Knie fest an seine Rippen presste, sich an ihm festklammerte. Sie beide auf dem dahinrasenden Motorrad auf dem Weg zur Küste. Diskret brachte er sich wieder in Ordnung, ehe er aus der Hocke aufstand. Noch einmal ließ er die Hand über Kalas erlesenes Metall gleiten.

»Wir sehen uns später noch, meine Hübsche«, versprach er, bevor er gemeinsam mit Max ins Treppenhaus zurückkehrte.

An der Wohnung angekommen, lehnte sich Max gegen die Tür. »Okay, ich muss noch ein paar Leute erledigen und einige Dinge treffen«, witzelte er grinsend.

Carter betrachtete seinen Freund nachdenklich. Im Verlauf der letzten Monate war er merklich gealtert. In seinem Gesicht zeichneten sich tiefe Falten ab, die neu waren. »Du machst keinen Scheiß, verstanden?«

»Hey, alles ist cool, Mann«, entgegnete Max spöttisch, doch sein glasiger Blick besagte etwas anderes.

Max fuhr sich durch sein dunkles widerspenstiges Haar. »Hey, immer mit der Ruhe. Wozu sich aufregen? Ich habe inzwischen kapiert, dass ich am Schicksal sowieso einen Scheiß ändern kann.« Er schniefte.

»Max …«

Max schlug Carter kraftvoll mit der Hand auf die Schulter. »Ich komme nachher wieder, mit Essen und Frauen. So gegen sieben, okay?«

Carter seufzte und verkniff sich weitere Kommentare.

»Klingt gut.« Die beiden Männer gaben sich zum Abschied die Hand und sahen einander in stillem Einvernehmen an.

»Gut, dich wieder zu Hause zu haben, Mann«, murmelte Max.

»Fühlt sich auch gut an.«

Max drückte noch einmal Carters Hand. »Für das, was du für mich getan hast und – dich einlochen zu lassen, obwohl du gar nicht … Ich kann dir nicht genug dafür danken …«

»Hey«, fiel Carter ihm ins Wort. »Alles in Ordnung, Bruder. Ich stand in deiner Schuld.«

Max stieß den Atem aus. Seine Qualen standen ihm ins Gesicht geschrieben. »Ja. Wir sehen uns später.«

Carter schloss die Tür hinter Max und ließ sich stöhnend dagegen fallen. Dann sah er sich in seiner Wohnung um. Was um alles in der Welt sollte er jetzt tun? Im Gefängnis hatte er einen geregelten Tagesablauf gehabt, einen festen Zeitplan und Leute, die ihm vorgeschrieben hatten, wo er wann zu sein hatte. Doch jetzt war er frei und konnte tun, was er wollte und wann er es wollte. In einem angemessenen Rahmen selbstverständlich. Das war ein seltsames Gefühl.

Bedrückt spähte er zur Uhr an der Wand. Sofort musste er an Peaches denken. Gerade jetzt saß sie im Unterrichtsraum, zusammen mit Riley und den anderen.

Zu Carters Entsetzen weckte diese Vorstellung augenblicklich seine Eifersucht. »Reiß dich zusammen, du Idiot«, schalt er sich leise. Dann schnappte er sich sein Bier und schlenderte ins Schlafzimmer.

Dienstagabend hätte er Peaches sowieso ganz für sich. Mit einem Lächeln auf den Lippen schlüpfte er aus den Kleidern und stieg unter die Dusche. Er war mehr als bereit, alle Überbleibsel von *Kill* von seinem Körper und aus seinem Kopf fortzuspülen.

12

Kat zog ihre Tasche auf die Schulter und betrat die Bibliothek. Lächelnd ging sie auf den großen Empfangstresen zu, hinter dem Mrs Latham stand. Sie arbeitete schon seit Jahrzehnten in der Bibliothek. Auch an dem Tag, an dem nach dem Tod von Kats Vater der Daniel-Lane-Lesesaal eröffnet worden war, war sie hier gewesen.

»Guten Tag, Kat«, sagte sie und schob die Brille auf ihrem schmalen Nasenrücken nach oben. Wenn sie lächelte, legte sich ihr ganzes von grauen Locken umrahmtes Gesicht in fröhliche Fältchen.

»Guten Tag, Mrs Latham. Sie sehen gut aus.«

»Vielen Dank. Sind Sie hier, um den Lesesaal zu nutzen?« Sie blätterte in einem Terminkalender auf ihrem Tisch.

»Stimmt.« Kat reichte ihr einen Ausdruck. »Ich habe ihn unbefristet an diesen Tagen und zu diesen Uhrzeiten reserviert.«

»Ah, da haben wir es ja, meine Liebe.« Sie gab Kat das noch nicht ausgefüllte Anmeldeformular. Carter war demnach noch nicht eingetroffen.

Kat trug sich ein. »Wären Sie so nett und würden meinem Schüler Bescheid geben, dass er gleich zu mir kommen soll, sobald er sich eingetragen hat?«

»Selbstverständlich.«

Kat spazierte durch das Gebäude zu dem Lesesaal, der auf testamentarischen Wunsch ihres Vaters eingerichtet worden war. Kat war schon immer eine begeisterte Leserin gewesen, und ihr Vater hatte einen Ort schaffen wollen, an dem nicht nur sie, sondern auch andere Menschen ungestört in die Geschichten, die sie lasen, eintauchen konnten.

Ursprünglich hatte er sich vorgenommen, diesen Plan noch vor seinem fünfzigsten Geburtstag zu verwirklichen. Doch den hatte er leider nicht mehr erlebt.

Kat stellte ihre Taschen auf einem der breiten Eichentische ab und setzte sich. Sie breitete die Arbeitsmaterialien für Carter aus, damit sie sofort in den Unterricht einsteigen konnten. Keine Bummeleien. Sie wurde in seiner Gegenwart ohnehin immer furchtbar nervös und unkonzentriert.

Denn die Wahrheit war: Nachdem sie Carter so … zivil nach seiner Entlassung aus dem Gefängnis gesehen hatte, hatte sie sich nun doch endgültig eingestehen müssen, dass sie sich *eventuell* ein ganz klein wenig in ihn verguckt hatte. Wieder sah sie ihn vor sich, seine kurz geschorenen Haare, die strahlend blauen Augen, dazu noch sein enges T-Shirt und die tief sitzenden Jeans. Eine erfreuliche Erinnerung.

Warum hatte er ausgerechnet ein Ramones-Shirt tragen müssen? Sie liebte die Ramones. Und in Verbindung mit Carters breiter Brust und seinem dicken Bizeps gefiel ihr die Band gleich noch viel besser. Außerdem hatte sie die Augen nicht von seinen Tattoos abwenden können. Geschwungene schwarze und rote Flammen, kunstvoll gestochen, bedeckten einen Arm von der Schulter bis zum Ellbogen, den anderen gleich bis zum Handgelenk. Dazu kamen noch verschachtelte Ranken und Muster und einige Worte, die sie auf die Schnelle nicht hatte entziffern können. Atemberaubend.

Und sehr, sehr sexy.

Verdammt! Sie hatte sich völlig zum Affen gemacht. Eigentlich hatte sie ihm nur für das wundervolle Geschenk danken wollen, und am Ende hatte sie dummes Zeug gestammelt wie eine Idiotin.

Das alles war so dumm. Nicht nur, weil sie die Lehrerin war und er ihr Schüler (was für ein Klischee!). Carter kam aus einer ganz anderen Welt. Sie beide unterschieden sich grundlegend, und das war nicht nur seiner kriminellen Vergangenheit geschuldet, wenn das auch ein wichtiger Faktor war. Er war zornig, aufgeblasen, feindselig und unverfroren. Ein Mann, vor dem sie eigentlich schreiend davonlaufen sollte. Aber er war eben auch klug und einfühlsam und witzig.

Herrgott, was für ein Schlamassel! Warum konnte er kein stinknormaler Kerl sein? So wie Austin.

Sie warf einen Blick auf ihr Handy. Austin hatte ihr bereits zwei Mitteilungen geschickt, in denen er ihr viel Erfolg mit Carter wünschte und schrieb, dass er an sie dachte. Er war einfach unglaublich süß. Und trotzdem wollte das ungute Gefühl nicht weichen.

Kat setzte sich wie vom Donner gerührt auf. War am Ende Carter der Grund dafür, dass sie sich mit Austin so unwohl fühlte? Verursachte er dieses schwere unangenehme Gefühl in ihrer Magengrube, die unterschwellige Zurückhaltung, die sie nicht loswurde, und das Herzrasen, das sie immer wieder überkam?

Verdammt! Sie schubste die Taschen beiseite. Genug jetzt. Sie war eine erwachsene Frau und musste endlich aufhören, sich wie ein Teenager zu benehmen. Dies hier war die erste Stunde mit Carter außerhalb des Gefängnisses, und sie würde verdammt noch mal professionell bleiben.

Resolut schlug sie die Beine übereinander und wartete.

Die Minuten verstrichen. Sie begann, ungeduldig mit dem Fuß gegen das Tischbein zu klopfen. Fünfzehn Minuten später war sie noch immer allein. Und wütend.

Sie überprüfte das Telefon auf Anrufe oder Textmitteilungen von ihm. Nichts. Verärgert biss sie sich auf die Innenseite ihrer Wange. Eigentlich hätte sie ahnen können, dass er sie fallen lassen würde. Er befand sich nach einem längeren Gefängnisaufenthalt gerade erst wieder auf freiem Fuß. Klar, dass er sich austoben wollte. Warum sollte er Zeit mit ihr verschwenden, selbst wenn seine Bewährungsauflagen das vorschrieben? Wie dumm von ihr, dass sie ihm die Beteuerungen, er wolle die Stunden mit ihr fortsetzen, abgekauft hatte!

Nachdem eine weitere Viertelstunde ereignislos verstrichen war, begann Kat unter leisen Flüchen ihre Sachen zu packen. Sollte er doch sehen, wo er blieb. Was kümmerte es sie, dass er seine Bewährung nicht ernst nahm?

Als sich eine Hand auf ihre Schulter legte, schrie sie auf.

»Verdammt! Nicht!« Carter hob entschuldigend die Hände. »Scheiße, ich bin's doch nur.«

Kat schlug die Hand vor die Stirn, schnappte nach Luft. »Himmel, Sie haben mich zu Tode erschreckt!«

»Ach was!«, sagte er ironisch.

Sie bemerkte, wie er sie musterte. Ihr Magen zog sich zusammen. Dann murmelte er etwas Unverständliches und fuhr sich mit der Hand durchs Haar. Seine Arme waren voller Öl.

Nun musterte auch sie ihn. Offenbar war er beim Friseur gewesen. Sein Gesicht war schön wie eh und je, doch seine Wangen waren ebenfalls ölverschmiert. Auch das enge schwarze Strokes-Shirt war schmutzig, und das Blau seiner Jeans ließ sich ebenfalls nur noch erahnen.

»Was um alles in der Welt ist denn mit Ihnen passiert?« Sie versuchte, das lustvolle Lodern in ihrer Magengrube, das beim Anblick des Motorradhelms unter seinem Arm aufwallte, nicht zu beachten.

Carter schmunzelte. »Ich hatte eine kleine Auseinandersetzung mit einem Achtzylinder-V-Motor und habe verloren. Darum bin ich auch viel zu spät dran.«

Als sie sein dreistes Grinsen sah, fiel Kat wieder ein, dass sie eigentlich wütend auf ihn war. Sie stand auf und warf das Haar zurück. »Oh ja, Sie kommen zu spät«, sagte sie missmutig. »Darum ist die Stunde gestrichen.« Sie wandte sich ab und fuhr damit fort, ihre Sachen schwungvoll zurück in die Tasche zu pfeffern.

Carters Lachen klang ungläubig. »Machen Sie Witze?«

»Nein«, gab Kat scharf zurück. »Sie kommen zu spät, und ich gedenke nicht, hier dumm herumzusitzen, während Sie mit Ihren kleinen Spielsachen spielen. Sie haben nicht mal per Anruf oder SMS Bescheid gegeben!«

Carter packte sie am Arm und drehte sie herum, sodass sie ihn ansehen musste. Seine Miene war so wütend, dass Kat mulmig wurde.

»Hey«, blaffte er mit dem Gesicht fast direkt vor ihrem. »Könnten Sie vielleicht mal eine Minute aufhören, zu meckern und mit Sachen um sich zu werfen, und sich verdammt noch mal beruhigen?«

Ein Hauch seines Dufts stieg ihr in die Nase. Er war intensiv, rauchig und metallisch, und er ließ ihre Lungen kribbeln.

»Lassen – Sie – mich – los«, befahl sie mit zusammengebissenen Zähnen.

Überrascht betrachtete Carter seine Hand an ihrem Arm. Dann gab er sie augenblicklich frei. »Entschuldigung«, raunte er, doch in seinen Augen tobten noch immer Gewitterwolken. »Gehen Sie bitte nicht, okay? Lassen Sie mich alles erklären.«

Trotzig verschränkte sie die Arme. »Na schön. Legen Sie los.«

Carter kniff schon wieder ungehalten die Augen zusammen. »Wie in meinen Bewährungsauflagen vorgegeben«, begann er mühsam beherrscht, »bin ich dazu verpflichtet, in der Karosseriewerkstatt meines besten Freunds zu arbeiten.« Er deutete auf seine ölbefleckten Kleider. »Max hatte Probleme mit dem Motor einer *Corvette*. Eigentlich wollte ich gerade gehen, habe aber trotzdem meine Hilfe angeboten. Und dann lief alles schief. Ich hätte gern Bescheid gegeben, doch ich war zu sehr damit beschäftigt zu verhindern, dass meine Kollegen von zweihundert Pfund schweren Motorteilen erschlagen werden.«

Kat überdachte, was er gesagt hatte. Wie er mit seinen schmutzigen Kleidern und unrasierten Wangen vor ihr stand. Er war so männlich und stark, verströmte ungekünstelte Sinnlichkeit. Als er sie am Arm gepackt hatte, hatte er ihr selbstverständlich nicht wehgetan, doch das sinnliche Prickeln, als sie seine Haut auf ihrer gespürt hatte, ließ sich schwerlich ignorieren. Noch immer war es da, vibrierte tief in ihr, an Stellen, die nur er erreichen konnte.

Sie ließ die Arme sinken und zuckte gleichgültig mit den Schultern. »Na schön. Was soll's!«

»Wie bitte? Was?« Carter beugte sich bis auf Augenhöhe zu ihr hinab.

»Ich sagte: ›Na schön‹. Fangen wir also an«, entgegnete sie bissig. Herablassender Arsch! Brüsk wies sie auf den Stuhl auf der anderen Seite des Tischs.

Carter ließ sich auf den Stuhl fallen und begann unter Kats wachsamen Blicken in seiner Tasche zu wühlen. Schließlich zog er eine große Packung *Oreo*-Kekse hervor und legte sie auf den Tisch.

Kat betrachtete sie fassungslos. Schon seit Jahren hatte sie keine *Oreos* mehr gegessen. Sie hatte es nicht über sich gebracht, denn sie erinnerten sie zu sehr an ihren Vater. Er hatte immer die Creme in der Mitte gegessen und sie den Keks. Gemeinsam hatten sie eine ganze Packung in weniger als einer Minute verputzen können. »Hier drinnen dürfen Sie nicht essen.«

Verwundert blickte er sich in dem menschenleeren Saal um. »Wollen Sie mich etwa anschwärzen?«

Kat ließ sich resigniert auf den Stuhl fallen. »Aber machen Sie nicht alles schmutzig.«

»Klar, Peaches.« Er nahm sich einen Keks, zog ihn auseinander und leckte genüsslich die cremige Füllung auf.

Fasziniert verfolgte Kat, wie seine Zunge auf und ab zuckte und kreiste. Herrgott, wie konnte man derart erotisch Kekse essen? Schnell räusperte sie sich und schob ihm seine Arbeitsmaterialien über die Tischplatte. Carter setzte die verbleibenden Kekshälften wieder zusammen und legte sie behutsam hin.

Carter begutachtete die Papiere. Als er den Kopf hob, starrte Kat die *Oreo* Reste an. »Was ist? Möchten Sie meinen Keks haben?«

»Sie … ähm, Sie essen nur das Innere?«

»Ja«, antwortete er. »Den Rest mag ich nicht. Sie können gern die Hälfte essen, die ich noch nicht von oben bis unten abgeleckt habe.«

Ihre Wangen röteten sich. »Nein danke.«

»Nun, das Angebot steht. Und keine Sorge«, er senkte die Stimme, »ich werde Sie auch nicht verraten.«

Kat schaffte es, nicht zu lächeln. Gerade so. »Verraten Sie mir, was Sie über dieses Gedicht wissen.«

Er warf einen Blick auf die Blätter vor ihm. »Sieh mal einer an. Das ist schon etwas ganz anderes als Tichbornes *Elegie*. Ich werde ja schon ganz rot.«

Kat bedeutete ihm fortzufahren.

»In *Der Floh* von Donne wird eine eigentlich unbedeutende Handlung – das Töten eines Flohs – zur sexuell abweichenden Metapher.«

»Sexuell abweichend?«, fragte Kat mit belegter Stimme. Seine heißen Blicke und sein sexy Grinsen waren ihrem Vorsatz, konzentriert und professionell zu bleiben, nicht gerade dienlich.

Carter senkte das Kinn. »Tun Sie doch nicht so schamhaft, Peaches. Sie wissen doch genauso gut wie ich, dass es in dem Gedicht darum geht, dass Donne seine Mätresse vögeln will.«

Die Art, wie sich seine Lippen um das Wort »vögeln« wölbten, brachte Kats Puls zum Rasen. »Würden Sie das näher erläutern?«

»Wenn Donne von dem Blut spricht, das der Floh ihm und seiner Geliebten ausgesaugt hat, meint er damit eigentlich Sex, die Vereinigung ihrer Körper.«

»Hm«, machte Kat nachdenklich und hielt den Blick auf die Tischplatte gesenkt, um nur ja nicht die umwerfend langen Wimpern zu sehen, die Carters Wangenknochen schon fast zu berühren schienen.

Carter rutschte mit seinem Stuhl dichter zu ihr. »Ist das ein *Ich stimme Ihnen in allen Punkten zu*-Hm oder ein *Ich habe keine Ahnung, wovon Sie da reden*-Hm?«

»Oh, nein, nein, Sie haben vollkommen recht.« Kat hielt den Blick auf den Tisch gerichtet und verfluchte sich selbst dafür, dass sie ausgerechnet dieses Gedicht ausgewählt hatte. Was zum Teufel hatte sie sich nur dabei gedacht?

Ohne Vorwarnung griff Carter nach einer Strähne ihres Haars und strich sie ihr hinters Ohr. Dann legte er einen Finger unter ihr Kinn und hob es an. Die Berührung seiner schwieligen Finger durchzuckte ihren Körper wie ein Blitz.

»Peaches«, raunte er, »wo sind Sie gerade? Sie sind mit den Gedanken meilenweit weg.«

»Ich habe nur überlegt … ich weiß, dass es hier irgendwo eine Abhandlung über dieses Gedicht geben muss.« Sie entzog sich seinen Fingern und stand auf. »Ich werde sie suchen gehen. Machen Sie sich doch schon einmal ein paar Notizen, damit wir sie diskutieren können, wenn ich zurückkomme.«

Damit eilte sie in Richtung der Bücherregale davon. Sie musste weg von Carter.

Carter sah ihr nach, lehnte sich bequem auf seinem Stuhl zurück. Dann nahm er sich einen neuen *Oreo* und begann, ihn abzulecken.

Ob das Haare-und-Kinn-Ding zu viel des Guten gewesen war? Er hatte keine Ahnung. Keinesfalls sollte sie denken, dass er die wachmann- und kamerafreie Situation ausnutzen wollte – auch wenn er schon seit dem Aufstehen an nichts anderes hatte denken können als genau daran. Verflucht, neuerdings dachte er eigentlich fast nur noch an sie!

Drei *Oreos* später war sie noch immer nicht zurück. Ungeduldig warf er einen Blick auf die Zeitanzeige auf seinem Handy.

»Scheiß drauf.« Er stand auf, schob die Hände tief in die Taschen und ging in die Richtung, in die sie verschwunden war.

»Peaches?«, flüsterte er vernehmlich und begann, die Gänge abzugehen.

Vier Gänge später entdeckte er sie endlich. Sie stand auf einer hohen Leiter und reckte sich nach einem Buch auf dem obersten Regalbrett. Langsam und leise näherte er sich ihr. Ihre Waden befanden sich auf Augenhöhe. Beim Anblick der geschmeidigen Haut leckte er sich unwillkürlich die Lippen. Sie merkte nicht gleich, dass er neben ihr ans Regal gelehnt stand und fasziniert ihre wohlgeformten Beine musterte. Seine Hand zuckte wie von selbst nach vorn, und ehe er sich's versah, strich sie über ihre Kniekehle.

»Carter!«

Ihr Schrei ließ ihn erschrocken zusammenzucken. Doch er

fasste sich schnell wieder, denn Peaches begann, auf der Leiter zu wanken. Sie rutschte ab, griff Halt suchend nach den Büchern im Regal. Schnell schlang er die Arme um ihre Taille, damit sie nicht zu Boden stürzte. Dabei berührte er unfreiwillig die Unterseite ihrer tollen Brüste. Peaches landete unsanft auf ihm. Carter taumelte rückwärts und stieß mit einem dumpfen Ächzen gegen das Regal hinter ihm.

»Also wirklich, Carter, jetzt haben Sie mir heute schon zum zweiten Mal einen Mordsschrecken eingejagt«, schimpfte sie und wand sich aus seinem Griff.

»Keine Ursache«, knurrte Carter und rieb sich das schmerzende Kreuz. »Ich habe Ihnen gern das Leben gerettet.«

»*Ihretwegen* bin ich doch erst gefallen«, hielt sie dagegen.

Sie war einen Schritt vor ihm zurückgewichen. Was zum Teufel sollte das? Er trat zu ihr, stützte sich mit der flachen Hand gegen die Rücken der Bücher, die im Regal hinter ihr standen. Er konnte ihr Haar riechen. Himmel! Es roch noch immer nach Pfirsichen.

»Alles in Ordnung, Ms Lane?«

Mrs Lathams Stimme schreckte sie beide auf. Carter registrierte, wie dicht er und Peaches beieinanderstanden.

»Ja, alles bestens«, antwortete Peaches der alten Frau, die Carter misstrauisch beäugte.

Carter grinste.

»Ich habe einen Schrei gehört.« Sie rückte ihre Brille zurecht.

»Ja«, antwortete Carter rasch. »Das war ich. Ich habe eine Spinne gesehen. Ein Riesending. Ich habe furchtbare Angst vor ihnen. Kat hat mich gerettet.«

Er schenkte ihr sein bewährtes strahlendes Lächeln, um sie endgültig einzuwickeln, doch die kleine Bibliothekarin wirkte wenig beeindruckt.

»Na, solange es Ihnen gut geht, Ms Lane.«

»Ja, mir geht es gut«, versicherte Peaches. »Danke, Mrs Latham.«

Die alte Dame bedachte Carter noch einmal mit einem missbilligenden Blick, dann verschwand sie wieder. Peaches kicherte unkontrolliert los. Auch Carter musste lachen. Sie runzelte die Nase und schnaubte leise.

»Spinnen«, presste sie lachend hervor.

»Was denn?« Er lehnte sich wieder gegen das Bücherregal neben ihr. »Ich hasse diese Viecher.«

Sie schüttelte den Kopf. »Sie sind wirklich einmalig.«

Er strahlte. »Das können Sie laut sagen.«

Sie sahen sich einen Moment lang in die Augen, jeder in die eigenen Gedanken versunken. Dann klatschte Peaches ihm das dicke Buch, das sie vom Regal geklaubt hatte, vor die Brust.

»Hey!«

»Bitte sehr«, meinte sie grinsend. »Lassen Sie uns mehr über abartige Sexmetaphern herausfinden.«

Carter blickte ihr lachend nach. »Na endlich«, raunte er. Dann eilte er ihr hinterher.

13

»Verdammt noch mal!«

Carter sah von dem kaputten Vergaser in seiner Hand auf und beobachtete, wie Max gegen den Reifen des *V8 Pontiac GTO* trat, den er schon seit einer Stunde fluchend zu reparieren versuchte.

Carter ging zu ihm hinüber. Dabei wischte er sich die ölverschmierten Hände an einem Lappen ab. »Hey, hey, Mann. Komm wieder runter. Man schlägt eine Dame nicht. Was ist denn los?«

Max raufte sich die Haare. »Diese Schrottkarre.«

Carter riss theatralisch die Augen auf und legte rasch die Hände auf die Fahrertür des dunkelorangefarbenen Wagens. »Hör ihm gar nicht zu, Baby«, flüsterte er dem Auto zu. »Er meint es nicht so.«

Max schüttelte den Kopf. »Scheiß drauf, ich bin fertig mit dem Ding.«

Carter runzelte die Stirn und stützte sich mit dem Unterarm aufs Autodach. »Wie, du bist fertig?«, fragte er herausfordernd. »So schnell gibst du auf?«

»Nein«, gab Max eingeschnappt zurück. »Ich kriege nur einfach nicht ... Das blöde Ding dreht noch immer zu hoch – und ... Herrgott noch mal, Cam, kannst du den Mist vielleicht mal leiser drehen!«

Sofort eilte Cam zur Stereoanlage und reduzierte die Lautstärke, bis die Foo Fighters nur noch ein dumpfes Dröhnen waren.

Carter nahm Max ins Visier. Er wusste, dass es hier nicht nur um die zu hohen Drehzahlen des Motors ging.

Max wich Carters vielsagendem Blick aus, riss eine Dose *Cola* auf und trank gierig. Erst als sie leer war, drehte er sich wieder zu seinem Freund um, lehnte sich gegen die Wand und ließ sich zu Boden gleiten. Er warf Carter einen Blick zu, ehe er erklärte: »Mann, mein Blutzucker ist im Keller.«

Schon seit seiner Kindheit hatte Max Probleme mit seinem Blutzuckerspiegel gehabt. Inzwischen schaffte er es recht gut, ihn auf einem relativ normalen Level zu halten. Wenn er allerdings doch mal zu tief sank, war Max' miese Laune kaum auszuhalten. Carter zog ein Päckchen Mini-*Oreos* aus der Gesäßtasche und warf es seinem Freund zu.

Max steckte einen Keks in den Mund und kaute genüsslich. Dann bot er Carter das Päckchen an, der sich ebenfalls zwei Kekse nahm.

»Und was ist sonst noch?«, fragte Carter nach einem Moment einvernehmlichen Kauens. Max wich Carters Blick wieder aus. Carter setzte sich neben ihm auf den Boden. »Seit wann so geheimniskrämerisch?«

»Ich habe keine Geheimnisse«, widersprach Max. Er sah so erschöpft aus. »Du weißt alles, was es zu wissen gibt.«

»Ach ja? Wenn das so ist, wann hattest du dann vor, mir zu verraten, dass du wieder regelmäßig kokst?«

Max hielt die Augen auf den Boden zwischen seinen Füßen gerichtet. »Mann, ich mache das nur zur Entspannung.«

»Du wolltest den Scheiß lassen«, sagte Carter gereizt.

»Ich weiß. Ich hab es versucht. Das weißt du. Aber das Zeug macht alles ein bisschen erträglicher.« Er rieb sich schläfrig das Gesicht. »Ich kann nicht … Ich schlafe zurzeit nicht besonders gut. Ehrlich gesagt habe ich nicht mehr richtig geschlafen seit … seit sie … Das Koks gibt mir einfach mehr Energie.«

Carters Magen zog sich vor Mitleid zusammen. Noch immer schaffte er es nicht, über die Frau zu reden, die ihm das Herz gebrochen hatte. Er wirkte so verloren. Freundschaftlich stieß er mit der Schulter gegen Max'. »Ich bin für dich da, wenn du über Liz sprechen …«

Max hob abrupt den Kopf. In seinen Augen loderte es. »Nicht.«

Carter seufzte. »Okay. Aber du musst mir gegenüber ehrlich sein.« Er sah Max durchdringend an.

Schließlich nickte sein Freund resigniert.

Für die über Jahre gewachsene Freundschaft zwischen ihnen war Ehrlichkeit schon immer von größter Wichtigkeit gewesen. Ehrlichkeit und Vertrauen.

»Alter, du siehst wirklich beschissen aus. Deine Stimmung ist am Boden. Du hast dir eine teure, schlechte Angewohnheit zugelegt. Paul meinte, die Werkstatt läuft nicht gut. Wenn du bloß dieses Scheißkoks aufgibst, weißt du, dass ich dir mit dem Geld aushelfen …«

Max schüttelte den Kopf. »Nein, Carter. Ich will dein Geld nicht. Das habe ich dir schon mal gesagt.«

»Es ist nicht mein Geld«, konterte er. »Es ist Ford-Geld.«

»Wie auch immer«, beharrte Max. »Ich nehme es nicht. Nachdem du für mich nach *Kill* gegangen bist und Liz …« Er verstummte. Die Emotionen, die ihr Name in ihm weckte, schienen ihm die Kehle zuzuschnüren. Dann lachte er kalt und verbittert auf. »Was für eine verdammte Zeitverschwendung das doch war!«

»Hast du was von ihr gehört?«, fragte Carter nach. Max sprach sonst kaum über die Frau, die ihm sechs Monate, nachdem Carter ins Gefängnis gegangen war, das Herz gebrochen hatte. Sie hatte ihn einfach sitzen gelassen und war ohne auch nur ein »Leck mich!« verschwunden.

Max schüttelte den Kopf und lehnte ihn dann wieder ermattet gegen die Wand. »Nichts. Nicht mal eine erbärmliche Textnachricht. Absolute Funkstille seit dem Tag, an dem sie gegangen ist.«

Carter legte Max tröstlich die Hand auf die Schulter. Was Lizzie Jordan seinem Freund angetan hatte, war eine Sauerei. Ihretwegen war der Mistkerl am Boden und wieder süchtig nach Koks, das ihn früher oder später in den Knast bringen würde – oder Schlimmeres.

»Mein Angebot steht jedenfalls«, sagte Carter behutsam. »Ich stehe hinter dir. Das weißt du. Aber ich bin auf Bewährung. Ich muss auch auf meinen Arsch aufpassen.«

Die Bewährung war allerdings nicht der einzige Grund, weshalb Carter seine Nase sauber hielt. Im Gegensatz zur landläufigen Meinung hatte er bereits ein Jahr, bevor er im Knast gelandet war, den ganzen Drogenmist aufgegeben.

»Alles ist gut«, beteuerte Max und verbarg seine Qualen hinter einer betont gleichgültigen Miene. »Ich habe alles unter Kontrolle. Versprochen. Hey, nächste Woche treffe ich mich mit ein paar Leuten, um einen echt guten Deal abzuschließen, der alles wieder ins Lot bringen wird. Willst du auch einsteigen?«

Carters sichtliche Entrüstung brachte Max zum Lachen. »Arschloch. Aber klar, ich rufe schnell meinen Bewährungshelfer an und frage, ob das in Ordnung geht.« Er knuffte Max' Arm. »Sei verdammt noch mal vorsichtig, kapiert?«

Carters Handy vibrierte. Er stand auf und trat ein Stück von Max weg, ehe er es aus dem Overall zog und lächelnd aufs Display blickte.

Peaches.

Kommen Sie nicht wieder zu spät.

»Ist das deine Tutorin?«, fragte Max mit einem vielsagenden Grinsen. »Mann, wann machst du sie endlich klar?«

»Halt die Klappe«, knurrte Carter.

Max lachte. Seine gute Laune war offenbar wieder da. »Hey, was läuft da zwischen dir und ihr? Ist es das, was ich denke?«

Carter räusperte sich. »Nein«, flüsterte er. »So ist es nicht.« Er leckte sich die Lippen und blickte zu seinem besten Freund hinüber.

»Aber klar«, witzelte Max. »Wenn du sie bis jetzt noch nicht in der Kiste hattest, wird es aber höchste Zeit. Du bist scharf auf sie. Das sieht man dir an. Kann man dir allerdings nicht verdenken.«

Carter unterdrückte das Grollen, das sich aus seiner Kehle zu stehlen drohte. »Es ist kompliziert.« Er schwieg kurz. »Sie … sie ist Peaches.«

Max fielen fast die Augen aus dem Kopf. »Peaches? Das Mädchen aus der Bronx, mit dem Vater, der … im Ernst?«

Carter hob die Brauen. »Ernsthaft.«

Noch in der Nacht, in der Carter sie gerettet hatte, hatte er Max alles erzählt. Das Adrenalin war noch durch seine Adern gerauscht, die Schüsse hatten in seinen Ohren nachgehallt. Erst mit seinem Freund an seiner Seite hatte er offen aus lauter Angst geweint.

Max rappelte sich auf. »Weiß sie es?« Ich meine, hast du ihr irgendetwas gesagt?«

Carter massierte sich den Nasenrücken. »Nein, habe ich nicht. Ich wüsste ja nicht mal, wo ich anfangen sollte.«

Max verschränkte die Arme. »Verstehe.« Ein Lächeln spielte um seine Lippen. »Verdammt, Bruder, nach all den Jahren. Du hast sie gefunden.«

Carter lächelte leicht, rieb sich den Nacken. »Ja.«

Max versetzte ihm einen spielerischen Schlag auf den Bizeps. »Dann schnapp sie dir. Sie ist doch jetzt eine erwachsene Frau – und was für eine!«

Carter schnaubte. Als ob ihm das nicht selbst aufgefallen wäre. Unter normalen Umständen hätte er Max' Rat beherzigt, seine bewährte Masche bei ihr angewendet, die Frauenherzen schmelzen und Höschen verschwinden ließ, und sich dann aus dem Staub gemacht. Doch bei Peaches erschien ihm das zu … derb. Sie hatte mehr verdient.

Er spähte auf die Uhr. Halb vier. In weniger als einer Stunde würde er sie wiedersehen. Er antwortete auf ihre Nachricht.

Würde ich nie wagen.

Und das meinte er nicht nur als Witz. Ihre Reaktion auf seine Verspätung bei der ersten Stunde hatte ihn mehr als überrascht. Sie hatte ausgesehen, als wolle sie ihm den Kopf abreißen – was er durchaus verstehen konnte. Aber liebe Güte, die Frau konnte ganz schön wüten! Na, das musste er gerade sagen … Aber egal, abgesehen von der Standpauke und dem Zwischenfall mit der Leiter war die Stunde gut verlaufen.

Seltsam, wie schnell die Zeit verging, wenn er mit Peaches zusammen war. Ihre Gesellschaft war so angenehm. Er mochte ihre Unverfrorenheit und ihren Enthusiasmus. Dank ihr lebte auch seine Begeisterung für Literatur wieder auf. Er genoss es, mit ihr über die Wortwahl der Autoren oder andere Feinheiten zu debattieren.

Er genoss es einfach, sich mit ihr zu unterhalten. Punkt. Mit ihr zu reden – und nun auch, sie zu berühren. Wieder musste er daran denken, wie weich ihr Haar gewesen war, als er es ihr hinters Ohr gestrichen hatte, wie seidig sich die Haut in ihrer Kniekehle angefühlt hatte. Ob ihre Haut wohl überall so zart war?

Er räusperte sich und schüttelte den Kopf, um das Bild zu vertreiben, das plötzlich vor seinem geistigen Auge erschien: Peaches, die die Beine um ihn geschlungen hatte, während er sie zwischen den Bücherregalen nahm.

Herrgott!

Er wollte mehr, und das nicht nur im Lass-mich-dich-nackt-sehen-Sinne.

Wie wäre es wohl, eine ganz banale Unterhaltung mit ihr zu führen? Der Tag, an dem sie ihm von dem Buch erzählt hatte und davon, dass ihr Vater es ihr immer vorgelesen hatte, war einer seiner schönsten in *Arthur Kill* gewesen. Er hatte eine Ahnung davon bekommen, wie Kat Lane außerhalb der Gefängnismauern war, und jetzt, da er ebenfalls draußen war, wollte er mehr von ihr entdecken.

Wie sie wohl reagieren würde, wenn er ihr etwas persönlichere Fragen stellen würde? Natürlich nur Fragen über ihre Vorlieben und Abneigungen und nicht bezüglich ihrer Körbchengröße oder Ähnlichem – obwohl er sich über dieses Thema durchaus Gedanken gemacht hatte. Ihre Brüste sahen aus, als würden sie perfekt in seine Hände passen. Sofort reagierte sein Körper auf diese Vorstellung – was mitten in einem Raum voller Männer mehr als peinlich war.

Doch wenn er sich in ihrer Nähe befand oder auch einfach nur an sie dachte, wollte sein Körper einfach keine Ruhe geben. So gern er ihr auch vorgeschlagen hätte, endlich mit ihm zur Sache zu kommen, wusste er doch auch, dass sie keine Frau war, die sich auf ein derartiges Angebot einließ. Und wenn ihm jemals zu Ohren gekommen wäre, dass sich ein anderer Mann ihr gegenüber derart ungehobelt benommen hätte, hätte er ihn sich höchstwahrscheinlich ordentlich zur Brust genommen.

Seine Eifersucht würde möglicherweise noch zum Problem werden.

»Carter?« Cam riss ihn aus seinen Gedanken und winkte ihn zum Eingang der Werkstatt. »Hier ist jemand, der dich sprechen will.«

»Wer denn?«, fragte Carter.

»Keine Ahnung«, meinte Cam schulterzuckend. » Er hat nur gesagt, er müsse dringend mit dir reden.«

»Müssen sie das nicht alle?«

Er schlenderte zur Tür, blieb jedoch wie angewurzelt stehen, als er erkannte, wer ihn da auf dem Gehsteig erwartete, in einem edlen Anzug, der mit Sicherheit mindestens zweitausend Dollar gekostet hatte. Carter stieß einen Fluch aus und fuhr sich verärgert mit der Hand durchs Gesicht.

»Austin Ford.«

Austin nickte ihm zu. »Carter.«

Angespanntes Schweigen entstand. Die beiden Männer musterten einander. Ungeduldig wie immer brach Carter schließlich als Erster die Stille. »Was willst du hier?«, fragte er.

»Du hast nicht auf meine Anrufe reagiert«, erwiderte Austin kühl.

»Und nachdem ihr Vollidioten mich nicht am Telefon schikanieren konntet, kommst du jetzt hierher, um das persönlich zu erledigen?«

»Wir schikanieren dich nicht, Carter«, entgegnete Austin. »Die Papiere müssen unterschrieben werden.«

Carter zog seine Zigaretten aus der Gesäßtasche, zündete sich eine davon an und nahm einen tiefen Zug. Mit der Zigarette zwischen den Fingern deutete er auf Austin. »Diese Papiere wurden ohne meine Einwilligung aufgesetzt, um mich auszubooten. Das nenne ich durchaus Schikane. Hinterhältige Schikane.«

»Carter.« Austin rieb sich den Nasenrücken. »Du willst nichts mit der Firma zu tun haben. Das hast du wieder und wieder betont. Doch jetzt, da wir dir einen Ausstieg anbieten, stellst du dich quer.«

»Schwachsinn«, blaffte Carter. »Ihr bietet mir diesen Ausstieg doch nur an, weil ihr Fords euch bei dem Gedanken in die Hosen macht, dass die Anteilseigner von *WCS* herausfinden könnten, dass sich eure Firma im Besitz eines Kriminellen befindet. Ironisch, wenn man bedenkt, mit welchen Leuten ihr Geschäfte macht. Kommt dir der Name Casari vielleicht bekannt vor?«

Austin kniff die Augen kaum merklich zusammen. »Carter. Vergiss die Gerüchte. Wir sind eine Familie und …«

»Komm mir nicht mit der Familiennummer«, brauste Carter auf. Er schnippte die Zigarette fort. Sie verfehlte Austins linken Arm nur um Millimeter. »Als ich im Knast saß, wart ihr auch nicht meine Familie. Also tu nicht plötzlich so, als würdest du dich für mich interessieren!«

Austin hob unterwürfig die Hände. »Okay, okay. Ich verstehe.«

»Nein.« Carter trat einen Schritt auf ihn zu. »Du verstehst *nicht*. Wir sind vielleicht miteinander verwandt, aber das bedeutet noch lange nicht, dass ich dir nicht hier und jetzt den Arsch aufreißen würde, einfach so, aus Prinzip.«

Obwohl Carter inzwischen direkt vor ihm stand, weigerte sich Austin, klein beizugeben. »Das wäre für deine Bewährung nicht sonderlich gut, oder?«

»Du kannst mich mal, du scheinheiliges Arschloch«, zischte Carter. »Laber mich nicht von oben herab voll, und tu so, als wäre deine Weste reiner als die Bettlaken einer Nonne. Nur ein Anruf bezüglich deiner Machenschaften mit Casari und schon hättest du die Bundespolizei am Hals.«

»Selbstverständlich hast du Beweise für die Verbindung zwischen Casari und mir, nicht wahr?«

Die beiden Männer starrten sich finster an. Keiner blinzelte, keiner wich zurück.

»Alles in Ordnung hier?«

Austins Blick zuckte zu Max hinüber, der vor der Werkstatt stand und die Arme vor der breiten Brust verschränkt hatte.

»Ja«, antwortete Carter, ohne den Blick von Austins Gesicht zu lösen. »Mein Cousin wollte gerade gehen.«

Austin stieß resigniert die Luft aus. »Denk nach über das, was ich gesagt habe, Carter. Wir hören wieder voneinander.« Damit eilte er über die Straße, zurück zu seinem Wagen.

Carter verfolgte, wie er davonfuhr. Noch immer kochte er vor Wut.

»Was zum Teufel wollte er hier?«, fragte Max.

Carter lehnte sich neben Max an die Mauer. »Sie versuchen noch immer, mich rauszukaufen.«

»Und was hast du gesagt?«

»Ich habe ihm gesagt, er soll sich ins Knie ficken«, meinte Carter gleichmütig.

Max knuffte ihn mit der Faust an der Schulter. »Gut gemacht.«

Carter brachte ein Lächeln zustande und versuchte, sich ein wenig zu beruhigen.

Familie? Was wusste Austin schon über Familie?

Die Fords waren alle gleich. Sie interessierten sich nur dafür, sein Geld in die Finger zu bekommen und ihre Macht zu vergrößern. Und sosehr Carter auch jeder Cent, der Monat für Monat auf seinem Schweizer Bankkonto einging, anwiderte, würde er sich von den Fords noch lange nicht abschieben lassen wie ein schwarzes Schaf.

Plötzlich richtete er sich kerzengerade auf. »Verdammt!« Panisch tastete er seine Taschen ab. »Wie spät ist es?«

»Viertel vor vier. Was ist denn los? Warum auf einmal so hektisch?«

»Scheiße!«, rief Carter und rannte wie von der Tarantel gestochen zurück in die Werkstatt, um Tasche und Schlüssel zu holen. »Verdammt, ich bin zu spät! Ich komme zu spät!«

Er zog Lederjacke und Brille an und rannte dann wieder auf die Straße zu Kala. »Mein Unterricht!«, rief er Max noch zu, setzte den Helm auf und schwang das Bein über die Maschine. »Ich komme zu spät, obwohl ich gesagt habe, ich käme pünktlich!«

»Ach so, die Lehrerin«, sagte Max, während Carter das röhrende Motorrad bereits auf die Straße lenkte. »Hey, wenn du kein Interesse hast, dann sag ihr, dass sie mit mir verdammt viel Spaß haben kann! Ich hatte schon immer eine Schwäche für Rothaarige.«

Max lachte, als Carter ihm den Finger zeigte, bevor er Gas gab und mit der *Harley* davonraste.

Kat trommelte verärgert mit den Fingernägeln auf den Lesetisch. Warum um alles in der Welt hatte sie Carter geglaubt, dass er pünktlich kommen würde?

Ach so, ja – aus Dummheit.

Es war dumm zu glauben, dass er pünktlich sein würde. Dumm, sich auf ihre gemeinsame Zeit zu freuen und über ihn zu ärgern, weil er sie durch sein Verhalten verkürzte. Und der Gipfel der Dummheit war, dass sie noch rasch ihr Lipgloss aufgefrischt hatte, bevor sie die Bibliothek betreten hatte.

Sie zog die Ausgabe von *Walter, die faule Maus* aus der Tasche und las noch einmal, was er ihr hineingeschrieben hatte. »Ungeachtet aller Hindernisse …«

Nun ja, derzeit war das größte Hindernis, dass dieser ungehobelte Kerl wahrscheinlich selbst zu seiner eigenen Beerdigung zu spät käme. Sie schlug das Buch wieder zu und sah auf die Uhr. Zehn nach vier. Letztes Mal hatte sie eine halbe Stunde gewartet. Diesmal würde sie ihm zwanzig Minuten geben. Rasch überprüfte sie ihr Telefon auf Anrufe oder Mitteilungen. Nichts. Die einzige Nachricht stammte von Austin, der ihr einen schönen Tag wünschte und sich nach ihren Plänen für Samstag erkundigte.

Kat seufzte schwer und versuchte, nicht zu den Regalen hinüberzublicken, wo Carter sie mit seinem starken Arm gefangen und so wundervoll festgehalten hatte.

»Verflucht!« Sie legte die Stirn auf die Tischplatte. »Es ist nur eine Schwärmerei. Reiß dich zusammen. Dass er hübsch ist, bedeutet noch lange nicht …«

»Wer ist hübsch?«

Oh Gott!

Ganz, ganz langsam hob Kat den Kopf. »Meine … Schuhe«, antwortete sie und streckte Carter ihren Fuß entgegen, sodass er den graublauen *Gucci*-Pumps sehen konnte. »Sind sie nicht hübsch?« Sie fixierte den Schuh und versuchte gleichzeitig, ihr rasendes Herz zu beruhigen.

Carter betrachtete etwas verdattert den Fuß, den Knöchel und das Bein, die sie ihm präsentierte. »Na ja, mein Geschmack sind sie nicht gerade, aber, also, ja, sie sind toll.« Er zog die Lederjacke aus und hängte sie schwungvoll über die Stuhllehne. »Also, ich weiß, ich bin zu spät«, begann er und verzog das Gesicht. »Und ich weiß, dass ich eigentlich versprochen habe, pünktlich zu sein.«

»Ja«, antwortete sie scharf, begierig darauf, so schnell wie möglich das Thema zu wechseln. »Nochmals. Ich weiß, Sie haben einiges zu tun, aber das gilt genauso für mich. Und Sie können ständig zu spät kommen. Wir haben schon wieder fünfzehn Minuten verloren.«

»Immer mit der Ruhe, Peaches. Das ist doch erst unsere zweite Stunde. Ich bin immer noch dabei, meinen Rhythmus zu finden und so weiter. Es wird nicht ewig so weitergehen … Ich bemühe mich, okay?«

Kat bemerkte, dass er heute weicher wirkte. Verwundbarer. Sie runzelte die Stirn. »Was ist passiert?«

Carter lehnte sich überrascht zurück. »Was?«

»Warum sind Sie zu spät? Was ist passiert?«

Er holte tief Luft, rieb sich den Hals. »Ich musste mich mit … einer Familienangelegenheit befassen und habe dabei die Zeit vergessen.«

Familie? Damit hatte sie nun wirklich nicht gerechnet. Sie wusste rein gar nichts über seine Familie. »Ist alles in Ordnung?«

»Ähm … ja, alles bestens.« Er wich ihrem Blick aus. »Können wir jetzt anfangen?«

Kat sah, wie die alte Anspannung wieder in sein Gesicht zurückkehrte. Wenn sie ehrlich war, dann kannte sie diesen Mann, der vor ihr saß, eigentlich gar nicht. Sie begehrte ihn, obwohl sie lediglich von ihm wusste, dass er im Gefängnis gesessen hatte, gebildet war und mit seinem besten Freund in einer Werkstatt arbeitete. Dass sie außerdem wusste, dass er teuflisch sexy aussah, wenn er rauchte, und auch Jeans und Sonnenbrille ihm hervorragend standen, war irrelevant.

Obwohl …

Verdammt!

»Wie ich sehe, kommen Sie schon wieder direkt von der Arbeit«, bemerkte sie mit einem Kopfnicken auf sein rotes White-Stripes-Shirt, das von oben bis unten mit Öl beschmiert war.

»Ja, ich habe das Zeug immer überall kleben.« Er sah sie unter seinen langen Wimpern hervor an, und sein Blick fühlte sich an wie ein heißer Finger, der sich auf ihre Haut drückte.

»Tut mir leid, dass ich zu spät bin.« Er rieb sich das Gesicht. »Himmel, ich brauche eine Zigarette.«

Kat erhob sich so schwungvoll, dass ihr Stuhl vernehmlich über den Linoleumboden schabte. »Wenn Sie eine rauchen müssen, dann lassen Sie uns rausgehen und das tun.«

»Sie rauchen doch gar nicht.«

Kat stemmte die Hände in die Hüften und ging auf die Tür zu. »Aber ich schaue gern zu«, sagte sie kokett. »Gehen wir.«

Carter sah ihr einen Moment nach, bevor er ihr folgte. Draußen schien die Sonne. Gemeinsam gingen sie zum Raucherbereich vor der Bibliothek.

Sie bedeutete ihm, dass er sich eine Zigarette anzünden solle, und er ließ sich nicht zweimal bitten. Grinsend sog er mit aller Kraft an seinem Glimmstängel. Dann lehnte er sich entspannt gegen die Mauer des Gebäudes. Ein Hauch ihres Parfums stieg ihm in die Nase. Er schloss kurz die Augen, um den süßen Duft zu genießen.

Sie reichte ihm nur bis zur Schulter. Warum war ihm das bisher noch nie aufgefallen? Wahrscheinlich ließ ihre selbstbewusste, direkte Art sie größer erscheinen. Ihr Haar glänzte im Sonnenschein rotgolden. Jedes Mal, wenn er sie sah, wuchs sein Verlangen nach ihr. Exponentiell. Auch jetzt, während er sie dabei beobachtete, wie sie gedankenverloren den Verkehr auf der Straße verfolgte, regte sich tief in seiner Magengrube das altbekannte Gefühl.

»Warum wollten Sie eigentlich Lehrerin werden?«, fragte er, um sich von seiner Libido abzulenken.

Sie riss den Kopf herum, sah ihn mit ihren grünen Augen an.

»Entschuldigung«, murmelte er schnell mit der Zigarette zwischen den Lippen. »Ich wollte nicht neugierig sein. Geht mich auch gar nichts an.« Er starrte auf seine Füße.

»Meines Vaters wegen«, antwortete sie. »Vor seinem Tod habe ich ihm ein Versprechen gegeben.« Sie blickte zum Himmel hinauf. »Er hat mich gelehrt, dass es wichtig ist, etwas zurückzugeben, nichts als selbstverständlich hinzunehmen. Ich habe es schon immer geliebt, zu lesen und zu schreiben, und die Vorstellung, Lehrerin zu werden, schien ... einen Funken in mir zu entzünden.« Sie sah ihn an. »Klingt furchtbar schmalzig, oder?«

Er schüttelte den Kopf. »Leidenschaft ist nichts Verwerfliches, Peaches.«

»Hatten Sie vor dem Gefängnis einen besonderen Berufswunsch?«

Carter verschränkte die Beine. »Eine Zeit lang wollte ich Arzt werden.« Das hatte er noch nie jemandem erzählt.

»Arzt?«

»Ja. Genauer gesagt: Chirurg. Sehen Sie mich nicht so überrascht an. Ich habe geschickte Hände.« Er wackelte zur Unterstreichung mit den Fingern.

»Arbeiten Sie deshalb in der Werkstatt?«

»Nein. Das tue ich, um Max zu helfen und weil mich Motoren faszinieren. Es ist spannend, alles auseinanderzunehmen, herauszufinden, wie es funktioniert, und dann wieder zusammenzusetzen.« Er schloss die Augen. »Und auch Motorengeräusche finde ich klasse.«

Als er mit Kala zum ersten Mal an einem heißen Sommertag nach New Jersey gebrettert war, hatte der Motor so laut gedröhnt, dass seine Knochen vibriert hatten.

Carter schlug die Augen wieder auf. Peaches sah ihn an, unschuldig und gleichzeitig begehrlich. Sie war ein verdammtes Paradox. Wieder regte sich das Gefühl in seinem Magen, flammte auf, wuchs zu etwas Größerem heran.

Das war mehr als nur Sehnsucht. Es war drängendes Verlangen. Nein, er gierte geradezu nach ihr. Er wollte sie – auf jede Art, die sie zulassen würde.

Schnell schnappte er nach Luft. Der Wunsch, sie zu küssen, war fast überwältigend.

Sie zwinkerte irritiert. »Was denn?«

Er räusperte sich. Der Drang, den Mund auf ihren zu drücken, rollte durch seinen Körper, machtvoll wie eine Flutwelle. »Nichts.«

Das war ja etwas ganz Neues. Er küsste keine Frauen – sondern sie küssten ihn. Gewöhnlich bettelten sie geradezu darum. Schon seit er Peaches zum ersten Mal gesehen hatte, hatte er die wildesten Dinge mit ihr tun wollen. Aber sie küssen? Das war ihm bisher nicht in den Sinn gekommen.

Bis jetzt.

»Und mit was beschäftigen Sie sich sonst so, wenn Sie gerade nicht, na ja, in Öl baden?« Ihr Lächeln war etwas befangen. Es war umwerfend.

Er wollte ihre Unterlippe ablecken. Vielleicht auch daran saugen. »Ich spiele Gitarre.« Seine Stimme klang kratzig. »Oder sehe fern. Trinke. Fahre mit meinem Motorrad. Nichts Aufregendes.«

»Ja. Mir ist Ihr Helm schon aufgefallen.«

»Ja. Mein Baby.«

Peaches lachte auf. »Große Jungs und ihre Spielsachen.«

»So sieht's aus.«

Sie drehte den Fuß auf dem Boden hin und her. »Als ich noch klein war, hatte mein Vater auch ein Motorrad. Ich liebe diese Maschinen.«

Na klar tat sie das. Sie war eben verdammt noch mal perfekt. Lieber Himmel! Er drückte seine Kippe aus und warf sie weg. »Wir sollten wieder reingehen.«

Peaches nickte und stieß sich von der Wand ab. Carter hielt

sich direkt hinter ihr. Wie verführerisch sie beim Gehen mit den Hüften schwang! Plötzlich prallte wie aus dem Nichts ein dickes bärtiges Arschloch mit einer großen Tasche gegen sie und brachte sie ins Straucheln. Schnell hielt Carter sie an der Hüfte fest, bevor sie noch auf dem Hintern landete.

»Verdammt noch mal!«, ächzte sie und klammerte sich an seinen Unterarm.

»Aufpassen«, pöbelte das Arschloch, ohne sie auch nur anzusehen. »Blinde Schnalle.«

Mit drei großen Schritten war Carter bei dem Kerl. Er packte das Arschloch am Handgelenk und drehte ihn zu sich herum. Carter wusste genau, wie und wo er zudrücken musste, um dem Scheißkerl wehzutun. Schon verzog er schmerzerfüllt das Gesicht.

Der Kerl versuchte, sich loszureißen. »Hey, Mann, was soll denn das?«

»Carter!« Peaches eilte zu ihm.

Er ignorierte sie und verdrehte dem Arschloch den Arm noch ein Stück weiter.

»Du brichst mir noch das Handgelenk!«

»Genau das werde ich tun, wenn du dich nicht augenblicklich bei der Dame entschuldigst«, gab Carter knurrend zurück.

Der Arsch öffnete den Mund, doch nichts kam heraus.

»Entschuldige dich«, befahl Carter.

»Tut mir leid«, stöhnte er. Carter ließ nicht los.

»Carter«, appellierte Peaches. »Er hat sich entschuldigt. Lassen Sie ihn gehen.«

Carter schmunzelte über die Angst in den Augen des Arschlochs. Er drückte noch mal ordentlich zu, dann gab er den Bastard frei. Er taumelte rückwärts und hielt sich dabei das Handgelenk. Hektisch hob er die Tasche auf, die auf dem Boden gelandet war, und eilte unter Carters drohenden Blicken davon.

Peaches fuhr zu ihm herum und knuffte ihn am Oberarm. »Was zur Hölle sollte das gerade?«

Bevor er etwas erwidern konnte, stürmte sie schon in Richtung Lesesaal davon. Als er sie drinnen einholte, schmiss sie gerade Sachen auf den Tisch.

»Was zum Teufel habe ich falsch gemacht?«, fragte er mit gesenkter Stimme.

Sie antwortete nicht, sondern warf sich wortlos auf ihren Stuhl.

»Sind Sie etwa sauer auf mich?«, fragte er verblüfft.

»Wir haben noch viel zu tun«, gab sie bissig zurück. Ihre Augen sprühten Funken.

Nun wurde auch Carter zornig. Trotzig verschränkte er die Arme. »Hey, ich habe Sie etwas gefragt.«

»Ja, ich bin sauer«, zischte sie zurück.

»Warum?«

»Warum?«

»Ja. Warum zum Teufel sind Sie sauer?« Ihre Undankbarkeit regte ihn furchtbar auf, während ihr Zorn seinen Schwanz härter werden ließ als Titan.

»Ich bin sauer«, sagte sie mit zusammengebissenen Zähnen, »weil Sie mitten in der Bibliothek einem Mann fast das Handgelenk gebrochen haben. Weil Sie ein Volltrottel sind, der sich nicht beherrschen kann und offenbar vergessen hat, dass er auf Bewährung ist.«

Bevor sie wieder Luft holen konnte, schnellte er vor und stützte sich mit beiden Händen auf die Armlehnen ihres Stuhls, sodass sie zwischen ihm und der lederbezogenen Rückenlehne gefangen war. Sie lehnte sich zurück, kniff aufgebracht die Augen zusammen, doch er beugte sich noch dichter über sie.

»Sind Sie jetzt fertig?«, fragte er, kochend vor Wut. »Ich will Ihnen mal etwas sagen, Ms Lane. Hätte ich Sie nicht festgehalten, wären Sie mit ihrem süßen Arsch auf dem Boden gelandet. Und dieser Trampel wird es sich sicherlich genau überlegen, bevor er eine Frau noch mal so behandelt. Also labern Sie mich nicht voll damit, was ich tun oder nicht tun soll. Sie sind meine Lehrerin und nicht meine Aufpasserin. Merken Sie sich das ein für alle Mal.«

Peaches' Blick zuckte zu seinem Mund. Sofort begehrte sein ganzer Körper auf.

Verflucht, er wollte sie küssen, sie schmecken, sich in ihr verlieren, knabbern und beißen, bis es ihr den Atem verschlug.

Sein Atem ging nun ein wenig ruhiger. »Haben Sie Angst?«

Sie schüttelte den Kopf. Sie war so stur.

»Das sollten Sie aber«, warnte er. »Sie haben ja keine Ahnung, wozu ich fähig bin.« Fasziniert beobachtete er, wie sich ihre Pupillen weiteten und eine Gänsehaut an ihrem Hals erschien.

»Wenn Sie dann fertig sind«, sagte sie ruhig, »sollten wir uns wieder an die Arbeit machen.«

Carter ließ den Stuhl los. Noch immer waren ihre Wangen gerötet. Gehorsam kehrte er an seinen Platz zurück und griff nach dem Blatt mit dem Gedicht.

»Lesen Sie es«, befahl sie autoritär. »Markieren Sie die Zeilen, Sätze und Worte, die Ihnen gefallen, und wenn Sie fertig sind, unterhalten wir uns darüber.«

Eine Stunde später, als Kat gerade ihre Tasche packte, schrillte Carters Handy.

Knurrig meldete er sich. »Was gibt's, J?« Er verdrehte ein wenig die Augen. »Ja, ich bin gerade bei Ms Lane.« Er lächelte. »Ja, sie ist … ich wollte sagen, es läuft gut.«

Kat räumte weiter ihre Sachen ein. Dabei überflog sie die Notizen, die Carter im Lauf der Stunde angefertigt hatte. Verflixt, sogar seine Handschrift war schön! Klar, geschwungen, elegant und ruhig. *Wie ironisch*, dachte sie und erinnerte sich wieder an seine wutentbrannte Miene, als er ihretwegen fast einen Mann ins Krankenhaus gebracht hätte.

Es war offensichtlich, dass sich hinter seiner Intelligenz, seiner schnellen Auffassungsgabe und seinem schönen Gesicht etwas Finsteres, Trügerisches verbarg. Das durfte sie keine Sekunde lang vergessen. Er brachte sie aus dem Gleichgewicht. Seine brütende Art beunruhigte sie. Wie konnte er in einer Sekunde so charmant und witzig sein und in der nächsten zum Tier mutieren?

Sie war so durcheinander. Brennendes loderndes Verlangen nach ihm erfüllte ihren ganzen Körper, und je mehr sie versuchte, diese Flamme zu ersticken, desto heißer brannte sie. Sie betrachtete seinen Mund, die weiche Vertiefung an seiner Oberlippe. Als er sie auf dem Stuhl festgenagelt hatte, hatte sie für den Bruchteil einer Sekunde tatsächlich geglaubt, er würde sie küssen. Und bei Gott, sie hätte es zugelassen!

»Ja, ich rufe dich an«, sagte Carter. »Bis später.« Er beendete den Anruf und steckte das Handy wieder in die Hosentasche.

»Soso, ›Ms Lane‹.«

Er zuckte mit den Schultern. »Peaches ist nur mein Name für Sie.«

»Aha.« Sie ging nicht weiter auf seinen lüsternen Tonfall ein, obwohl sie davon Schmetterlinge im Bauch bekam.

»Was unsere Stunde am Freitag angeht …« Er zog sich die Beanie-Mütze über die Ohren und schnitt dabei eine Grimasse. »Ich werde leider nicht kommen können.«

Sofort drohte die Enttäuschung Kat die Kehle zuzuschnüren.

»Ich habe mein erstes Treffen mit Diane. Jack kommt auch«, erklärte er. »Tut mir leid.«

»Ist ja nicht Ihre Schuld. Es bedeutet allerdings, dass wir

diese beiden Stunden anderweitig unterbringen müssen.« Sie holte ihren Terminkalender aus der Tasche und blätterte zum aktuellen Datum. Carter nahm den Helm unter den Arm und stellte sich neben sie.

Kat stöhnte ungehalten. »Morgen geht es nicht. Ich habe eine Besprechung, aber die Bibliothek schließt schon um sechs, und ich habe nicht angemeldet, dass wir länger bleiben wollen …« Sie verstummte ernüchtert.

»Ist kein Problem.«

»Doch, das ist es«, widersprach sie. »Laut Ihren Bewährungsauflagen müssen wir in der Woche sechs Stunden abhalten.«

Carter blickte zu Boden. »Na ja, ähm … was machen Sie denn am Samstag?«

»Samstag?«

Carter trat von einem Bein aufs andere. »J… also, ja.«

»Ich habe den Lesesaal aber nicht für Samstag reserviert.«

»Sind Sie wirklich so begriffsstutzig, oder tun Sie nur so?«, fragte er gereizt. »Wir könnten uns am Samstag treffen und im Park oder sonst wo lernen. Keine Ahnung.«

»Im Park?«

»Herrgott noch mal, Peaches!« Er merkte, dass sie grinste. »Spielen Sie etwa mit mir?«

»Tut mir leid«, sagte sie kichernd. »Ich bin nur verblüfft. Dass Sie von sich aus Unterricht an einem Samstag vorschlagen, hätte ich nun wirklich nicht erwartet.«

»Was soll ich sagen? Ich bin eben ein Musterschüler.« Kat lachte schnaubend. »Was ist jetzt?«, bohrte Carter unermüdlich weiter. »Haben Sie am Samstag schon etwas vor?«

Kat zögerte. Er sah sie erwartungsvoll und gespannt an, und dadurch wirkte er plötzlich viel jünger. Sie musste nicht in den Kalender sehen. Sie wusste, dass sie am Samstag frei war. Kurz geisterte ihr Austins Textmitteilung durch den Kopf.

»Nein, ich habe noch nichts vor«, antwortete sie und fragte sich flüchtig, ob sie die Worte, die ihr nun so leicht über die Lippen kamen, später noch bereuen würde.

Das Lächeln, das Carter ihr daraufhin schenkte, ließ sich nur als glückselig bezeichnen. »Na wunderbar. Dann treffen wir uns am Samstag. Um wie viel Uhr?«

»Um eins?«

»Eins passt sehr gut. Am Eingang Ecke Fünfte und Neunundfünfzigste?«

»Perfekt.«

Carter klemmte sich den Helm unter den Arm und signalisierte Peaches, sie solle vorangehen.

Gemeinsam schlenderten sie durch die nahezu menschenleere Bibliothek und traten schließlich hinaus in den kühlen New Yorker Abend. Sie stiegen die Treppe hinunter und traten auf den Gehweg.

»Ist das Ihr Motorrad?«, fragte sie und näherte sich der fantastischen Maschine.

»Das ist sie«, bestätigte Carter mit Inbrunst. »Kala.«

»Kala?«

»Das bedeutet ›Feuer‹. Und auch ›Kunst‹, aber ›Feuer‹ gefällt mir besser.«

»Sie ist wunderschön.«

»Vielen Dank.«

»Die 2010er-*Harley Sportster Forty-Eight* fand ich schon immer toll«, fuhr sie fort. »Sie ist so viel schnittiger als die *Nightster*. Und einen dickeren Motor hat sie auch.«

Das Knacken von Carters Kiefer, als ihm die Kinnlade herunterfiel, und das dumpfe *Plopp*, mit dem sein harter Schwanz plötzlich von innen gegen seinen Hosenschlitz prallte, hörte man wahrscheinlich noch bis Philadelphia.

Heiliges Kanonenrohr!

Wie ihre kleine Hand über Kalas Ledersitz strich! Etwas Erotischeres hatte er in seinem ganzen Leben noch nicht gesehen. Sofort war sein Kopf voller Bilder von Peaches, wie sie nackt auf Kala saß.

Peaches breitbeinig auf Kala.

Peaches' Schenkel, die sich um seine Taille schlangen.

Aus seiner Kehle drang ein leises Stöhnen.

Normalerweise rastete Carter sofort aus, wenn eine Frau sein Bike anfasste. Doch bei Peaches war das anders. Sein Mund war plötzlich wie ausgedörrt, und in seinem Schritt tat sich so einiges. »Sie kennen sich mit Motorrädern aus«, bemerkte er.

»Eigentlich nicht«, sagte sie und berührte den Lenker.

Carter leckte sich die Lippen.

»Früher bin ich zweimal im Jahr mit meinem Vater in den Ferien an den Strand gefahren. Das waren unsere schönsten gemeinsamen Momente.«

»Wenn Sie jemals …« Carter deutete um Worte ringend auf das Motorrad. »Wir könnten. Bis zum Strand ist es nicht sonderlich weit.« Er rieb die Hände aneinander, als könne er ihr auf diese Art vermitteln, was er so umständlich auszudrücken versuchte.

»Vielleicht irgendwann mal«, murmelte sie.

»Ich nehme Sie beim Wort.«

In ihrer Tasche begann plötzlich ihr Telefon zu piepsen. Der Moment war dahin.

»Wir sehen uns am Samstag«, sagte sie und wich rückwärts vor ihm zurück.

Carter rieb sich die Brust, in der sich ein warmes Gefühl breitgemacht hatte. »Darauf können Sie wetten.«

Am folgenden Freitag statteten Jack und Diane Carter in seinem Apartment einen Besuch ab, um ihn mit ihren üblichen blödsinnigen Vorträgen über Rehabilitation zu amüsieren und ihm wieder einmal zu erzählen, er müsse die richtige Geisteshaltung einnehmen, um einen »wertvollen gesellschaftlichen Beitrag« leisten zu können.

Eigentlich war Jack gar nicht so übel, dachte Carter im Stillen. Er ärgerte sich einfach nur, weil die beiden ihm seine Peaches-Zeit stahlen. Sie saßen in seiner Wohnung, tranken Kaffee und unterhielten sich über seine Arbeit in der Werkstatt, das Training mit Ross und das Antiaggressionstraining, das er noch absolvieren musste. Jack, der gerissene Mistkerl, ließ sich fast eine Stunde Zeit, bevor er schließlich die Unterrichtsstunden in der Bibliothek ansprach. Carter beantwortete seine Fragen, erfreut darüber, dass Diane Peaches' Berichte erhalten hatte, in denen sie ausführte, welch gute Fortschritte sie im Unterricht machten. Jacks misstrauischen Blicken wich er geflissentlich aus.

»So.« Jack blickte zur Badezimmertür, hinter der Diane eben verschwunden war. »Mit dir und Ms Lane ist alles okay?«

»Ja«, meinte Carter gleichmütig. »Alles gut. Bestens sogar.« Er lächelte. »Die Stunden sind ... interessant, und wir kommen hervorragend voran.«

»Und du benimmst dich auch?«, fragte Jack.

»Klar benehme ich mich. Warum sollte ich denn nicht?«

Jack stellte die Kaffeetasse ab. »So habe ich das nicht gemeint. Aus Ms Lanes Berichten geht ja bereits deutlich hervor, dass sich dein Verhalten gebessert hat.«

Carter war etwas verblüfft, denn immerhin hatte es ja noch den Zwischenfall mit dem fetten Kerl gegeben. Da hatte er sich nicht gerade manierlich verhalten.

Jack holte tief Luft. »Was ich eigentlich meinte, Wes ...« Er senkte ein wenig die Stimme, bevor er weitersprach. »Kommst du damit zurecht, dass ihr bei den Stunden nur zu zweit seid?«

Carter versuchte, Jacks Blicken standzuhalten, richtete die Augen dann aber doch auf seine Füße, die nur in Socken steckten und nervös zuckten.

Ob er damit zurechtkam, dass sie nur zu zweit waren? Aber ja.

Und lief er Gefahr, dass ihm bei der knisternden Spannung zwischen Peaches und ihm bald eine Sicherung durchbrennen würde? Oh ja.

Er hob den Kopf. »Ich bin kein Idiot, J«, sagte er entschieden.

»Das weiß ich. Aber du musst dir im Klaren sein, welche Konsequenzen es hätte, wenn – wenn etwas …« Er unterbrach sich. »Die Klausel, die sie unterzeichnet hat und die den zu engen Umgang verbietet …«

»Ich weiß.« Carter ließ sich gegen die Stuhllehne fallen. Er wusste genau, dass Jack die besondere Chemie zwischen ihm und Peaches aus nächster Nähe miterlebt hatte. Carter sah Jack direkt an und akzeptierte, dass es zwischen ihm und seiner Tutorin eine Grenze gab. Sie war zwar inzwischen etwas verwischt, doch er wusste, dass er sie trotzdem nicht übertreten durfte. Nicht übertreten sollte.

Die unausgesprochene Frage, die im Raum stand, lautete: War er stark genug, um sich daran zu halten, oder würde er auf die Regeln pfeifen und die Grenze trotzdem überschreiten?

14

Nach dem kurzen Zwischenstopp in der Klinik, wo er die vorgeschriebenen Blut- und Urinproben abgegeben hatte, hatte Carter nun einen Riesenhunger. Ihm blieben noch dreißig Minuten bis zum Beginn der Park-Unterrichtsstunde mit Peaches, und die goldenen Bögen des *McDonald's*-Logos zogen ihn geradezu magisch an.

Mit der braunen Tüte in der Hand machte es sich Carter auf einer Bank vor *FAO Schwarz*, einem großen Spielwarengeschäft, bequem, beobachtete die vorbeiziehenden Passanten und aß genüsslich seinen *Big Mac*. Mit einem zufriedenen Seufzen biss er in seinen Burger. Ihm war überhaupt nicht bewusst gewesen, wie sehr er diesen leckeren Fraß im Knast vermisst hatte. Nachdem er den Burger zusammen mit einer großen Portion Fritten und einer *Sprite* vertilgt hatte, lehnte er sich zurück und versuchte, sich etwas zu entspannen.

Es war das erste Mal, dass er sich seit seiner Entlassung aus dem Knast so etwas wie eine Pause gönnte. Er mochte es, in Bewegung zu bleiben, doch gleichzeitig waren ihm auch Augenblicke der Ruhe sehr wichtig. Vor seiner Zeit im Gefängnis hatte er oft im Central Park oder Battery Park gesessen – mit einem vollen Päckchen *Marlboro* und einer Flasche *Jim Beam*. Dann hatte er sich zurückgelehnt und es genossen, einfach nichts zu tun.

Im warmen Sonnenschein beobachtete Carter die Menschenmassen auf der Fifth Avenue. Zwei junge Mädels um die zwanzig lächelten ihm kokett zu und brachen in Gekicher aus, als sie an ihm vorbeiliefen. Sie flirteten so offensichtlich, dass Carter – der es gewohnt war, dass die Frauen so auf ihn reagierten – nicht anders konnte: Er zog die Sonnenbrille von der Nase und schenkte ihnen ebenfalls ein Lächeln.

Es zeigte augenblicklich Wirkung. Die beiden Mädchen gerieten ins Stottern und stolperten schnell davon. Carter lachte leise hinter vorgehaltener Hand, bevor er die Brille wieder zurück auf die Nase schob. Viel zu einfach.

Er lehnte sich wieder auf der Bank zurück. Ein Pärchen in der Nähe erregte seine Aufmerksamkeit. Die beiden küssten sich, schienen alles um sich herum vergessen zu haben. Der Mann hielt zärtlich das Gesicht der Frau umfasst, versunken in einem sanften langsamen Kuss.

Carter beobachtete die beiden irritiert. Wie konnte das Spaß machen? Er hatte noch nie so geküsst – er küsste ohnehin selten –, und »Liebc gemacht« hatte er bislang mit Sicherheit auch noch nie. Max hatte einmal erwähnt, dass er mit Lizzie Liebe gemacht hätte, doch trotzdem bezweifelte Carter, dass es so etwas überhaupt gab. Bevor Max' Beziehung in die Brüche gegangen war, hatte Carter miterlebt, wie Max seine Geliebte im Arm gehalten und geküsste hatte, so vorsichtig und zart, als wäre sie das Wertvollste auf der Welt. Schon damals hatte ihn das befremdet. Max' Zuneigung und seine Wertschätzung für seine Partnerin waren mehr als offensichtlich gewesen. Und trotzdem hatte Lizzie ihn einfach sitzen gelassen.

Carter mochte Sex. Nein, er liebte es zu vögeln. Und wenn er es tat, tat er es nicht behutsam oder zärtlich. Vielleicht machte ihn das zu einem Rüpel, aber bisher hatte sich noch keine beschwert. Jede Frau, dic aus seinem Bett gestiegen war, hatte das befriedigt getan, und manche waren sogar zurückgekommen, um sich einen Nachschlag zu holen.

Nein, dachte Carter und riss sich vom Anblick der beiden los. Behutsam und zärtlich, das war wirklich nicht sein Ding.

Inmitten der zahllosen Passanten erhaschte er plötzlich einen kurzen Blick auf einen roten Haarschopf. Er reckte den Hals, um an den Menschen vorbeizuspähen, und lächelte. Da war sie, seine Peaches, und sie trug … Verdammt noch mal! Sie hatte schwarze Jeans an und ein locker sitzendes weißes T-Shirt, dessen weiter Ausschnitt ihren Hals und ihre Schultern frei ließ. Leger, aber wie immer mit einem Hauch Eleganz. Sie wirkte unglaublich sexy, ohne sich anstrengen zu müssen.

Das merkwürdige Gefühl, dass ihn schon vor drei Tagen vor der Bibliothek geplagt hatte, erwachte wieder und schlängelte sich durch seinen Körper. Er war ein seltsames Gefühl – eine Art Hunger –, und es gefiel ihm ganz und gar nicht. Obwohl ihn eigentlich nicht so sehr die Empfindung an sich störte, sondern vielmehr ihre überwältigende Kraft – und dass er keinerlei Kontrolle darüber zu haben schien.

Er wusste genau, dass er Peaches um ein Haar auf den Stufen vor der Bibliothek geküsst hätte. Doch jetzt, nach dem Gespräch mit Jack, wäre ihm dieser Kuss … er wäre …

Carters Kopf war auf einmal wie leer gefegt.

Wie würde er sich wohl dabei fühlen, wenn er sie küsste?

Erregt? Aber sicher.

Noch begieriger darauf zu erfahren, wie es sich anfühlte, in ihr zu sein? Lieber Gott, ja.

Glücklich?

Carter fuhr sich angestrengt mit der Hand durchs Gesicht. *Shit!* Derlei Gedankengänge waren für einen Samstagmorgen viel zu tiefsinnig. Er musste sich zusammenreißen und sich auf den eigentlichen Grund konzentrieren, aus dem er hier war.

Er blickte auf die Uhr und hob überrascht die Brauen.

Donnerwetter!

Sie kam zu spät.

Fast fünfzehn Minuten.

Sieh an. Grinsend erhob er sich von der Bank, schnappte sich Helm und Jacke und spazierte gemächlich zu ihr. Da sie ihm den Rücken zuwandte, konnte er in aller Ruhe ihre erfreulichen Kurven bewundern. Schließlich war er ihr so nah, dass er ihr Haar riechen konnte. Peaches beendete gerade ein Telefongespräch. Vorsichtig beugte sich Carter zu ihrem Ohr. »Haben Sie mal auf die Uhr gesehen?«

Mit einem kleinen Schrei fuhr sie herum. Entsetzt riss sie Mund und Augen auf und sah einfach entzückend aus.

»Carter«, ächzte sie, »warum müssen Sie mich immer wieder so erschrecken?«

Süß, wie sie sich aufregte. Carter erwiderte nichts, sondern verschränkte die Arme, sah sie auffordernd an und wartete auf eine Erklärung für ihre Verspätung.

Sie ließ das Handy wieder in ihre Tasche fallen. Dabei wich sie seinen Blicken aus. »Ich wurde aufgehalten.«

»Aha«, sagte Carter. »Und ich dachte, ich wäre der wichtigste Mann in ihrem Leben.«

Er wollte sie nur aufziehen, doch insgeheim wünschte er sich, dass es wirklich so wäre. Seine besitzergreifende Gier nach ihr wurde langsam lächerlich.

Sie stemmte die Hand in die Hüfte. »Typischer Fall von Größenwahn«, gab sie schnippisch zurück. »Außerdem hatte es nichts mit einem Mann zu tun.«

Unerwartet empfand Carter eine nie da gewesene Erleichterung. »Ich glaube, ich kann Ihnen diesen Schnitzer noch einmal durchgehen lassen«, meinte er trocken und trat etwas dichter an sie heran. Er sah, wie sich ihr Haar unter seinen Atemzügen bewegte. Warnend senkte er die Stimme. »Aber dass mir das nicht noch einmal vorkommt.«

Sie schluckte. »Oder was?«

Ihre Antwort verblüffte ihn. Er starrte sie an und bemerkte, dass sie fasziniert die Tattoos betrachtete, die unter den dreiviertellangen Ärmeln seines Beatles-Shirts hervorlugten. »Oh Peaches«, raunte er. »Das würden Sie wohl gern wissen.«

Etwas blitzte in ihren Augen auf, doch ehe Carter es ergründen konnte, war es schon wieder verschwunden.

Sie warf das Haar zurück und zuckte mit den Schultern. »Eigentlich nicht«, meinte sie gleichmütig und zog die Nase kraus. »Kommen Sie. Wir haben viel zu tun.« Damit stürmte sie an ihm vorbei in den Park.

Carter lachte auf. Um sie einzuholen, musste er sogar einen kurzen Sprint einlegen. Als er wieder zu ihr aufgeschlossen hatte, schob er die Hände in die Jeanstaschen und fiel in ihren Schritt mit ein.

»Also«, setzte er an und folgte ihr durch das Tor auf den gepflasterten Weg. »Wo sollen wir uns niederlassen?«

Sie blickte zum blauen Himmel auf und lächelte. Es war ein wunderschöner, für die Jahreszeit ungewöhnlich warmer Tag. »Ich dachte, wir setzen uns beim Teich in der Nähe des Bootsstegs hin. Ich kenne dort ein schönes Plätzchen.«

»Gute Idee.«

Wie stets an warmen Tagen wimmelte es im Park vor Besuchern, und Carter musste immer wieder ausweichen, um nicht von Hunden oder Kindern über den Haufen gerannt zu werden.

Kat bemerkte, wie sehr Carter mit seinen beeindruckenden Tattoos und seinem raspelkurzen Haar aus den gewöhnlichen New Yorkern und Allerweltstouristen herausstach. Und auch die bewundernden Blicke der Frauen, die sie passierten, entgingen ihr nicht.

Insgeheim hatte Kat ein mulmiges Gefühl dabei, sich mit Carter außerhalb der Bibliothek zu treffen. Sie wusste, dass sie im Grunde nichts Verbotenes tat, wenn sie sich mit ihm im Park aufhielt, doch trotzdem war ihr nicht ganz wohl bei der Sache. Darum hatte sie auch weder Beth noch ihrer Mutter oder Ben davon erzählt, denn sie wusste genau, dass sie dann von mindestens einem von ihnen eine Standpauke zu hören bekommen hätte … wenn nicht von allen dreien.

Obwohl sich eine Gelegenheit, mit Beth zu sprechen, ohnehin nicht ergeben hatte. Sie hielt sich in letzter Zeit ungewöhnlich stark zurück. Seit Kats Geburtstag hatten sie nur einige Textmitteilungen ausgetauscht, mehr nicht. Ben, mit dem sie gerade telefoniert hatte, als Carter sie so überrumpelt hatte, war Beths merkwürdiges Verhalten ebenfalls ein Rätsel. Da war eindeutig etwas im Busch.

»Alles klar bei Ihnen, Peaches?«

Carters Stimme holte sie aus ihren Gedanken. Er sah sie ein wenig besorgt über den Rand seiner Sonnenbrille hinweg an.

»Ja, mir geht es gut«, antwortete sie. »Die Stelle ist gleich dort drüben.«

Sie lief über den Rasen und drückte prüfend die Hand aufs Gras, um zu sehen, ob es feucht war.

»Hier«, murmelte Carter und legte seine Jacke auf den Boden. »Sie können hierauf sitzen.«

»Das Gras ist trocken«, entgegnete Kat.

Er zog die Schultern hoch. »Jetzt setzen Sie sich schon auf das blöde Ding. Ist doch nichts dabei.«

Kat stellte ihre Sachen auf dem Boden ab. »Danke schön.«

Carter ließ sich ebenfalls auf dem Rasen nieder. Dabei strich sein Arm über ihren. Er zündete sich eine Zigarette an, lehnte sich zurück auf die Ellbogen und stieß den Rauch durch die Nase wieder aus. Kat betrachtete ihn verstohlen. Er hatte den Blick zum Wasser gewandt und beobachtete die Kinder, die auf der Alice-Statue rechts von ihnen herumkletterten. Er sah in diesem Moment einfach niederschmetternd schön aus.

»Ich, ähm … ich habe Ihnen etwas mitgebracht.« Sie griff in ihre Tasche und förderte eine große Packung *Oreos* zutage. Carter grinste, als sie ihm die Packung in den Schoß warf.

»Das wäre doch nicht nötig gewesen«, sagte er mit einem Schmunzeln.

Sie winkte ab. »Ich habe sie eher meinetwegen mitgebracht.« Da er sie verwundert ansah, erklärte sie lächelnd: »Ich weiß doch, wie mies Ihre Laune sein kann, wenn Sie Ihre *Oreos* nicht haben. Darauf habe ich nun wirklich keine Lust.« Wieder begann sie, in ihrer Tasche zu wühlen. »Und nein, ich habe nicht auch noch Milch mitgebracht.«

Carter setzte sich auf und riss die Packung auf. »Ich liebe diese Dinger.«

»Ist mir aufgefallen.«

»Möchten Sie auch?« fragte er und hielt ihr die Packung hin, während seine Zunge bereits die unanständigsten Dinge mit der weißen Cremefüllung anstellte.

Sie verfolgte es wie hypnotisiert »Äh, nein. Danke.«

Wie konnte man auf einen Keks eifersüchtig sein?

Schnell wandte sie sich ab und holte die Arbeitsmaterialien hervor. Sie reichte Carter seine Unterlagen und bat ihn, noch einmal kurz zu wiederholen, was sie über Donnes sexuell aufgeladenes Gedicht herausgefunden hatten. Er enttäuschte sie nicht. Das kalorienreiche Keksgeschenk brachte offenbar seine geschwätzige Seite zum Vorschein. Und sie liebte es, ihm zuzuhören. Wenn sie den Klang seiner Stimme hörte – selbst wenn er fluchte –, hatte sie das Gefühl, von ihr umschmeichelt zu werden wie von Samt und Seide. Wie auch Carter selbst war seine Stimme ein Widerspruch in sich. Sie war weich, aber fest, kraftvoll und leise, befehlend und demütig.

Verborgen hinter ihrer Sonnenbrille schloss sie die Augen und lauschte, ließ sich einlullen wie von einem Schlaflied.

»Sie mögen das Gedicht«, konstatierte Kat, als er verstummte.

Carter gab sich unbeeindruckt und lehnte sich wieder zurück. »Mir gefällt seine Metaphorik, obwohl ich sie persönlich nicht nachvollziehen kann.«

Kat wartete auf eine genauere Erklärung. Er holte tief Luft, wodurch sich sein Shirt ein wenig hob und zwischen seinem Saum und dem der Jeans ein schwarzes Stückchen Unterwäsche und ein heller Streifen Haut hervorblitzten. Kat versuchte, nicht darauf zu achten. Wirklich. Sie bemühte sich sehr.

»Ich halte eben nichts von diesem *Sex ist wie der Himmel, und während ich es tue, bin ich von Engeln umgeben*«, sagte er schließlich.

Kat wand sich ein wenig nervös auf der Jeansjacke. Sie durfte nicht vergessen, dass sich Carter in Sachen Sex ziemlich unverblümt äußerte.

Carter stützte sich hoch. »Sex ist nur Sex. Zwei Leute, die das Gleiche wollen und tun, was getan werden muss«, meinte er lapidar. »Es ist eine heftige wilde Angelegenheit und, also, ich meine, wenn ich mit einer Frau im Bett bin …«

Er verstummte und sah weg.

»Carter?«

»Was?« Er spielte gedankenverloren mit den Fingern im Gras.

»Was wollten Sie sagen?«, fragte Kat auffordernd und versuchte, ihn dazu zu bewegen, sie anzusehen.

»Ist egal. Ich kapiere es eben nicht. Wie auch immer.« Er ballte die Hand zur Faust und riss ein Büschel Gras aus.

Carter konnte nicht fassen, dass er sich so hatte hinreißen lassen. Dass er mit Peaches darüber gesprochen hatte, dass er mit anderen Frauen ins Bett ging, war einfach … schräg. Es war ihm nicht peinlich oder unangenehm, doch dass sie es nun so konkret wusste, war ihm irgendwie nicht recht – was in Anbetracht seines ihm vorauseilenden Rufs lächerlich war. Klar ahnte sie, dass seine Vergangenheit in Sachen Sex mindestens so bewegt war wie seine kriminelle Vorgeschichte, doch trotzdem fand er einfach nicht die richtigen Worte, um mit ihr über seine früheren sexuellen Abenteuer zu sprechen.

Nein, selbst wenn es sie interessieren sollte, würde er ihr nichts davon erzählen. Und er würde sie auch ganz bestimmt nicht nach den Männern fragen, mit denen sie schon zusammen gewesen war. Schon beim Gedanken daran ballte er unwillkürlich die Fäuste.

»Wissen Sie was?«, sagte sie, fasste ihre Haare zusammen und wand sie zu einem lockeren Knoten. »Für ein Eis am Stiel könnte ich jetzt glatt einen Mord begehen.«

Carter, der ihr aufmerksam zugesehen hatte, nickte. Dieses ganze Gerede über Sex half nicht gerade dabei, seinem Vorsatz, sich ihr gegenüber wie ein Gentleman zu verhalten, treu zu bleiben. Wieder ließ er den Blick gemächlich über ihren Körper wandern. Die Kuhle zwischen ihrem Halsansatz und ihrer Schulter schien für seine Lippen geradezu gemacht zu sein. Er hatte keinen Zweifel daran, dass sie fantastisch schmecken würde.

»Was soll ich Ihnen mitbringen?«

»Ich nehme auch ein Eis.« Er griff in seine Gesäßtasche. »Hier.« Er reichte ihr einen Zehndollarschein. »Lassen Sie mich das übernehmen.«

Irritiert betrachtete sie das Geld. »Warum müssen Sie bezahlen?«

Carter lächelte. »Weil ich will. Jetzt steigen Sie gefälligst von ihrem feministischen hohen Ross, und nehmen Sie das blöde Geld. Ich schulde Ihnen für die *Oreos* sowieso etwas.«

Peaches nahm es mit einem zögerlichen Lächeln entgegen. »Na schön. Welche Geschmacksrichtung wollen Sie?«

Carter schob die Sonnenbrille wieder auf die Nase, beugte sich dicht zu ihr und sah ihr direkt in die Augen. »Pfirsich«, flüsterte er.

Nachdem Peaches sein Pfirsich- und sich selbst Himbeereis gekauft hatte, kehrte sie zu Carter zurück und legte sich, genau wie er, mit dem Rücken ins Gras. Schweigend genossen sie den blauen Himmel, die warme Brise und das Eis.

»Das ist schön«, murmelte sie.

Carter antwortete nicht, sondern leckte die Reste seines Eises vom hölzernen Stiel.

Sie seufzte. »Früher saß ich hier immer mit meiner Mom und meinem Dad, wenn wir uns in New York aufhielten. Wir spielten Verstecken, und er tat immer so, als könne er mich nicht finden, obwohl ich manchmal genau wusste, dass er mich sehen konnte.« Peaches schloss die Augen. »Er war gern hier«, fuhr sie fort. »Besonders im Herbst. Dann saßen wir hier umgeben von Blättern.«

»Mein Vater und ich haben auch hier gespielt«, sagte er.

Sie riss die Augen auf, sichtlich überrascht, dass er eine so persönliche Information preisgab.

Carter sah sie nicht an, sondern strich langsam mit dem Finger über die rostroten Strähnen ihres Haars auf dem Gras. »Zuerst spielten wir am Teich, und dann ging es zur Statue.« Er deutete auf die Bronzestatue, auf der überall Kinder herumkrochen. »Und meine Mutter …« Er atmete aus. »Meine Mutter kam immer und holte mich hier ab. Es war eine Art Übergabestelle. Neutraler Boden.«

Nach einer gefühlten Ewigkeit brach sie das Schweigen mit einem Seufzen. »Vielleicht haben wir uns ja damals gesehen. Die Welt ist wirklich klein.« Sie sah ihn direkt an. »Manchmal habe ich das Gefühl, dass wir uns schon länger kennen. Verrückt, nicht wahr?«

Abrupt setzte er sich auf und nahm sich eine Zigarette. »Ja«, presste er hervor. »Wirklich verrückt.«

Peaches setzte sich ebenfalls wieder hin und zog ihre Tasche zu sich heran. »So, jetzt habe ich eine Frage an Sie«, erklärte sie, während sie in ihrer Tasche wühlte.

Carter stieß Rauch aus und starrte dabei bedrückt auf den Boden zwischen seinen angewinkelten Knien.

»Welches wollen Sie?«

Sie hielt zwei Bücher in der Hand.

Er lachte angespannt. »Keine Ahnung. Warum?«

»Wir müssen uns mit einem längeren Text beschäftigen, und ich möchte Ihre Meinung hören. Suchen Sie einen aus.«

»Ich habe beide Bücher noch nicht gelesen«, räumte er ein. »Bei diesem hier weiß ich grob, worum es geht, aber das andere kenne ich überhaupt nicht.«

»Also ich liebe diese Geschichte«, sagte Peaches und wies auf das rechte Buch, über das Carter zumindest ein wenig Bescheid wusste. »Ich habe es zwar auch schon lange nicht mehr gelesen, aber es ist mir irgendwie im Kopf geblieben.«

Er nahm ihr das Buch aus der Hand und las mit der Zigarette zwischen den Lippen den Klappentext. »*In einem andern Land* von Ernest Hemingway.«

»Eine wundervolle Geschichte«, bemerkte Peaches. »Aber ich muss Sie warnen. Von den Kriegsschilderungen abgesehen ist es im Grunde eine tragische Liebesgeschichte.«

Carter blätterte das Buch durch. »Ja, weiß ich«, grummelte er. »Ich werde es überleben.«

Sie zückte einen Notizblock und einen Stift und machte sich einige Notizen. »Möchten Sie es mit nach Hause nehmen und lesen? Ich würde Ihnen auftragen, die ersten beiden Kapitel zu lesen, damit wir in der nächsten Stunde darüber sprechen können.« Sie hielt inne. »Warum machen Sie denn so ein Gesicht?«, fragte sie spöttisch. »Wir müssen das tun, Carter. Ich mache das nicht, um Sie zu ärgern.«

»Das weiß ich.« Er klopfte mit dem Buch auf sein Knie. »Ich dachte nur, die Zeiten, in denen ich Hausaufgaben bekomme, wären vorbei.«

Sie lächelte. »Wir sprechen beim nächsten Mal über die beiden Kapitel, und dann lesen wir gemeinsam weiter.«

»Na schön«, murmelte er und winkte ab. »Was auch immer.«

»Das sagen sie ziemlich oft«, bemerkte sie schmunzelnd. »Vielleicht müssen wir auch ein wenig an Ihrem Vokabular arbeiten.«

Carter starrte sie entgeistert an. »Wollen Sie mich etwa verscheißern?«, fragte er in spielerisch drohendem Ton.

Sie kicherte, worauf er einen Finger gegen ihre Rippen stupste. Sie quiekte lautstark. Damit hatten sie wohl beide nicht gerechnet.

»Peaches«, raunte Carter diabolisch, »sind Sie etwa kitzelig?« Er musterte ihren Körper und rechnete sich im Stillen aus, an welchen Stellen er sie wohl noch berühren könnte, um ihr ein Quietschen zu entlocken.

Fahrig strich sie ihr Oberteil zurecht und machte sich schnell daran, ihre Arbeitsmaterialien wieder in die Tasche zu packen. »Ganz und gar nicht.«

»Oh«, meinte er trocken, »das ist gut, denn ich fände es furchtbar unangenehm, wenn ich das hier täte«, er pikte sie wieder, worauf sie prompt erneut quietschte, »und Sie dabei wie ein Mädchen kreischen würden.«

»Aber ich *bin* ein Mädchen«, gab sie bissig zurück und sammelte weiter ihre Sachen ein.

Carter reichte ihr lachend die übrigen Papiere. »Sie wissen genau, was ich meine.« Er stupste sie wieder.

»Schluss jetzt!«, befahl Peaches schrill und schlug seine Hand weg. »Sie sind so kindisch!«

»Erzählen Sie mir was Neues.« Carter stand auf und wischte das Gras von seinem Hintern ab.

Mit dem Helm in der Hand und der Jacke überm Arm schlenderte Carter am Rande des Bootsteichs entlang. Jetzt, am späten Nachmittag, war der Park gut besucht, und überall war etwas los. Peaches ertappte Carter dabei, wie er auf sie hinabblickte. Sie errötete und lächelte.

Schnell schob er die Hand in die Hosentasche, denn er verspürte aufs Neue den überwältigenden Drang, irgendetwas zu unternehmen. Er musste wieder an das Gespräch mit Jack denken und verfluchte sich selbst. Nie im Leben würde er es schaffen, die Beziehung, die sie zueinander aufgebaut hatten, auf diesem neckischen, rein freundschaftlichen Niveau zu halten.

Er hatte daran gedacht, sie zu küssen, und jetzt wollte er … was? Sie im Arm halten? Ja, genau das wollte er. Verdammt noch mal, er hielt eigentlich nie Frauen im Arm! Das war viel zu intim. Aber sie würde sicherlich perfekt hineinpassen.

»Also«, krächzte er mit belegter Stimme. »Das war doch gar nicht schlecht, oder?«

»Nein«, antwortete sie. »Es war sogar höchst erfreulich, Mr Carter. Sie überraschen mich immer wieder mit Ihren literarischen Kenntnissen.«

Er wandte den Kopf ab. »Wissen Sie, eine großartige Lehrerin zu haben hilft ungemein.«

»D… danke schön«, stotterte sie. »Aber wenn Sie versuchen,

sich bei mir einzuschmeicheln, um noch mehr *Oreos* abzustauben, sind Sie an der falschen Adresse.«

Kat lachte unbehaglich auf, um sein Lob herunterzuspielen, und beschleunigte ihren Schritt. Seine Hand in ihrer Ellenbeuge stoppte sie. Sie sah ihn fragend an. Er setzte die Sonnenbrille ab. Als sie seine Augen sah, verschlug es ihr glatt den Atem. Sie waren so hellblau, wie sie es noch nie zuvor gesehen hatte, und schienen tief in sie hineinzublicken, ihre tiefsten Sehnsüchte zu erkennen.

»Carter?«, flüsterte sie, als er einen Schritt auf sie zukam. In seiner unmittelbaren Nähe fühlte sich Kat plötzlich sehr klein.

»Peaches.« Sein Blick huschte über ihr Gesicht. »Ich habe das nicht gesagt, um … Ich meinte es so. Sie sind …«

Kats Herz hämmerte wie wild. Seine Hand an ihrem Arm zu spüren war so angenehm, dass sie es nicht wagte, ihn zu bitten, sie von dort fortzunehmen. Als sich seine Augen schließlich auf ihren Mund richteten, konnte sie es zwischen ihren Schenkeln fühlen. Instinktiv befeuchtete sie sich die Lippen mit der Zungenspitze. Noch nie zuvor hatte sie ein Mann so angesehen wie er.

»Carter«, wiederholte sie und legte die Hand auf seine, »alles in Ordnung?«

Er sah sie noch immer auf eine Art an, die ihre Brustwarzen steif werden ließ. Sein Mund öffnete und schloss sich unablässig, als wollte er etwas sagen, fände aber nicht die richtigen Worte. Schließlich wandte er sich mit einem leisen Fluch ab und starrte zum Weg hin.

Urplötzlich richtete er sich kerzengerade auf. »Scheiße«, zischte er, packte sie am Unterarm und zerrte sie mit sich zurück in die Richtung, aus der sie gekommen waren.

»Carter!«, protestierte Kat, als er sie um eine Ecke zog. Dort drückte er sie mit dem Rücken gegen einen Baumstamm und ließ den Helm und die Jacke vor ihre Füße fallen.

Er trat vor sie und legte die Händen seitlich ihres Kopfs gegen den Stamm. Seine Finger gruben sich in die Rinde, und seine Wangen wurden tiefrot. Kats Entrüstung schlug schnell in Besorgnis um. Carter spähte immer wieder um den Baumstamm herum, murmelte und fluchte dabei vor sich hin.

»Carter, was ist denn los?« Seine Augen zuckten ununterbrochen hin und her, während er verzweifelt versuchte, sie mit seinem Körper zu verdecken. Er schüttelte den Kopf. »Carter, sprechen Sie doch mit mir«, bat sie inständig und legte ihm beruhigend die Hand auf die Schulter. »Wen haben Sie denn da eben gesehen?«

»Meinen Cousin«, sagte er so leise, wie man es von einem Mann seiner Statur nie erwarten würde.

Er schlug mit den Händen gegen die Rinde. Kat fuhr vor Schreck zusammen. »Gottverdammt!« Er blies die Backen auf und drückte sich noch dichter an den Baum. Kat war zwischen seinen Armen gefangen.

»Beruhigen Sie sich.« Sie rieb mit der Hand seine Schulter, glitt dann tiefer, bis sie an ihrem Daumen deutlich den Rand seines linken Brustmuskels spüren konnte. Er war so stark.

»Wissen Sie, ich will ihn treffen, wenn ich dazu bereit bin. Zu meinen Bedingungen.« Carters Blick flehte geradezu um ihr Verständnis.

»Ist schon gut«, sagte Kat beruhigend und strich weiter über seine Brust. »Sie müssen nichts tun, was Sie nicht wollen.«

Langsam entspannten sich seine verkrampften Muskeln unter ihrer streichelnden Hand. Noch immer sah er sie so durchdringend an, dass ihre Haut kribbelte. Jähes Verlangen überkam sie. Plötzlich wurde ihr bewusst, wie nah sie sich waren.

Wenn sie atmeten, berührten sich ihre Oberkörper, und seine Nasenspitze befand sich direkt an ihrem Haaransatz.

»Sie riechen gut«, flüsterte er. »Wissen Sie das?«

Kat schluckte, die Hand noch immer an seiner Brust.

»So ist es.« Sein Gesicht näherte sich ihrem. »Sie riechen verdammt gut.«

»Danke.« Sie schmiegte sich enger an den Baumstamm.

Trotz der milden Brise wurde ihr heiß. Er war ihr so nah. Sie wusste, dass sie ihn eigentlich wegstoßen sollte, doch jedes Mal, wenn sie auch nur daran dachte, erwachte sofort der Wunsch in ihr, das komplette Gegenteil zu tun. Sie wollte ihn noch viel näher bei sich haben.

»Woran denken Sie gerade?« Carters Hände rutschten ein Stück über die Rinde, bis sie sich direkt über ihren Schultern befanden.

Das Blau seiner Augen erinnerte Kat ans Karibische Meer, und die kleine Mulde über seiner Oberlippe war geradezu dafür gemacht, sie abzulecken. Eine kleine Narbe an seinem Kinn fiel ihr auf, und sofort juckte es sie in den Fingern, sie anzufassen.

»Ich … ich denke, dass wir, wir müssen … ich muss nach Hause«, stammelte sie. Seine Nasenspitze berührte ihre linke Schläfe.

»Willst du denn nach Hause, Peaches?«

»Ich sollte gehen«, antwortete sie. »Ich muss.«

Carter legte den Kopf zurück. Sein Blick war verschleiert, sexy. »Darf ich dir etwas sagen?«

Kat brachte nicht mehr als ein Nicken zustande. Carters Blick glitt wieder über ihr Gesicht, blieb abrupt an ihrem Mund hängen. »Ich würde dich jetzt wirklich, wirklich gern küssen.«

»Cart…«

»Ich weiß, ich sollte es nicht tun, und normalerweise küsse

ich auch nicht, aber, verdammt noch mal, ich will es.« Er fuhr mit dem Daumen über ihren Mund. »Ich möchte herausfinden, wie deine Oberlippe schmeckt.« Er leckte seine eigene ab. »Und den Geschmack dann mit dem der Unterlippe vergleichen.« Er atmete aus. »Ich muss unbedingt wissen, ob deine Zunge auch nach Pfirsichen schmeckt.«

Kat schloss flatternd die Augen. »Wir … ich … bitte«, flüsterte sie. »Nicht.« Das Wort entfloh ihren Lippen, und gleichzeitig krampfte sich ihr Magen zusammen. Kaum zu glauben, dass sie es überhaupt geschafft hatte, diese eine Silbe auszusprechen.

»Was wäre denn so schlimm daran?« Sein Atem strich aufreizend über Kats Gesicht. »Oh Gott, wie hübsch du bist!«

Kat fühlte sich mit jeder Faser zu dem Mann vor ihr hingezogen. Ihr Inneres vibrierte, ihre Pupillen weiteten sich, und ihr Herz hämmerte ungestüm. Sie begriff, dass sie kurz davorstanden, eine Grenze zu überschreiten – eine wichtige, gefährliche Grenze, bei der ihre Karriere auf dem Spiel stand.

»Carter«, flüsterte sie noch mal in einem letzten Versuch, das aufzuhalten, von dem sie tief in ihrem Herzen wusste, dass es unvermeidlich war. »Wir dürfen das nicht tun.«

»Ich weiß.« Er legte die Hand an ihre Wange und neigte den Kopf. Seine Lippen strichen sacht über ihren Mundwinkel. »Nur einmal kosten. Ein einziges Mal. Mehr will ich gar nicht.«

Und dann drückten sich seine Lippen auf ihren Mund.

Oh Gott!

Sie küsste ihren Schüler.

Ihren wunderschönen, verirrten, verkorksten Schüler, der sie kitzelte und ihr Eis kaufte. Der sie hübsch fand und ihr zum Geburtstag ein wundervolles Geschenk gemacht hatte. Ein Mann, der so voller Widersprüche steckte, dass sich ihr der Kopf drehte.

Sie wusste, dass es dumm war. Sie hatte sich vorgenommen,

nicht so dumm zu sein, und nun war sie es doch. Hier stand sie mit … oh Gott … mit seiner Zunge in ihrem Mund. Seinem Geschmack. Seinem dunklen kraftvollen Geschmack, gemischt mit einem Hauch Rauch. Es war unglaublich. Als hätte sie ihr ganzes Leben genau danach gesucht. Seinetwegen fühlte sie sich leicht und schwer, erregt und zu Tode geängstigt, und das alles gleichzeitig.

Obwohl sich ihre Schenkel vor Verlangen spannten, konnte die Lust nicht die Panik zurückhalten, die in ihr aufstieg.

Sie legte die Hand an seine Schulter und drückte. »Bitte«, raunte sie an seinen Lippen.

»Peaches«, stöhnte er und missverstand ihre Worte und ihre Geste offenbar, denn er küsste sie noch forscher, schob die Zunge tiefer in ihren Mund und presste die Hüften noch fester gegen ihren Bauch.

Kat schüttelte den Kopf, sodass ihre Lippen aneinander vorbeiglitten. »Bitte aufhören.«

Doch die Worte drangen nicht bis zu Carters Ohren vor. Kat wusste es. Er war zu weit weg.

»Bitte, ich kann das nicht«, wiederholte Kat und drückte etwas fester zu. »Hör auf, Carter.«

Endlich hörte er sie. »Was?«, fragte er benommen, ohne den Kuss zu unterbrechen.

»Stopp!« Sie drückte wieder gegen seinen Oberkörper, und er wich ein wenig zurück, jedoch nicht weit genug. »Ich sagte Stopp!«

Noch einmal schob sie ihn mit aller Kraft weg, und diesmal taumelte er wirklich zurück.

Carter starrte sie vollkommen verwirrt an, ihre wundervollen üppigen roten Lippen, bis sie sich schnell die Hand vor den Mund schlug. Langsam kam er wieder zur Besinnung, und plötzlich bemerkte er zu seinem Entsetzen, dass sie weinte. Sofort rutschte ihm das Herz in die Hose.

»Peaches«, sagte er leise und trat einen Schritt auf sie zu, verharrte jedoch, als sie die Hand hob. »Ich … Was zum …? Verdammt, habe ich dir wehgetan?«

Sie schüttelte den Kopf. »Nein, du hast mir nicht wehgetan.«

»Was dann?« Er riskierte einen Schritt auf sie zu und stellte zu seiner Erleichterung fest, dass sie ihn nicht aufhielt. Jetzt, da er sie geschmeckt hatte, war das Verlangen, ihr nah zu sein, unfassbar stark.

»Wir dürfen … ich kann einfach nicht glauben …« Sie sah auf. »Ist dir klar, welche Folgen es haben könnte, wenn jemand herausfindet, was wir gerade getan haben?«

Ja, das wusste er durchaus, aber in diesem Moment war ihm das schnurzegal. »Peaches.« Er streckte ihr die Hand hin. Sie nahm sie nicht. »Es ist okay.«

Sie riss den Kopf hoch. »Okay?«, rief sie aus. »Hieran ist absolut *nichts* okay. Ich bin deine Lehrerin!«

»Schrei mich nicht an«, entgegnete Carter aufgebracht und spürte, wie Zorn in ihm hochkochte. »Ich weiß ganz genau, wer du bist. Aber ich weiß auch, dass es dir ebenso gut gefallen hat wie mir.«

»Trotzdem«, sagte sie scharf, »darf so etwas nicht noch einmal passieren. Es *wird* nicht mehr passieren.«

Ein stechender Schmerz schoss in Carters Brust. Er überspielte ihn mit Wut. »Zum Teufel, was auch immer! Mir doch egal, ob es noch einmal passiert.«

Sie sah ihn an, und sofort erkannte er, dass er sie verletzt hatte. Er schluckte seinen Stolz herunter. »Peaches, ich … Shit! Es …« Er zauderte, denn eine Entschuldigung schien ihm nicht ausreichend, um den Schaden wieder zu kitten.

»Ich gehe jetzt nach Hause«, murmelte sie.

Sie wirkte plötzlich so erschöpft und klein. Carter wollte ihr verzweifelt gern helfen, sich um sie kümmern und ihren Kummer lindern.

Als sie sich abwenden wollte, ging er noch einen Schritt auf sie zu. »Peach…«

»Nicht«, sagte sie flehentlich und schloss die Augen. »Bitte … nicht.« Ihre Schultern sackten nach unten. »Carter, es tut mir leid, dass ich … ich wollte dich nicht dazu verleiten. Der Kuss war … ich muss jetzt nach Hause.« Langsam öffnete sie wieder die Augen. »Wir sehen uns am Dienstag.« Für eine Sekunde sah sie ihn an, dann drehte sie sich um.

Carter sah ihr schweigend nach und spürte, dass sie eine Hälfte von ihm mitnahm.

15

Carter knallte so fest die Wohnungstür hinter sich zu, dass im Loft die Wände wackelten. Er warf Schlüssel und Jacke gegen die Wand, schleuderte den Helm aufs Sofa und ließ sich gegen die Frühstückstheke fallen. Schon seit Peaches ihn stehen gelassen hatte, hatte er das Gefühl, nicht mehr genug Luft zu bekommen.

Sie hatte ihn stehen gelassen.

Herrgott, das tat weh!

Als er Peaches mit seinem Mund berührt hatte, hatte er sich vollkommen vergessen. Wie sie sich an ihn gepresst hatte, das hatte sich so gut angefühlt. Doch er hatte es nur gewagt, sie so zart anzufassen, als zerbräche sie ihm gleich zwischen den Fingerspitzen. Noch nie zuvor hatte er eine Frau so geküsst. Seine Zärtlichkeit hatte ihn selbst überrascht. Der Hunger, der in seinem Inneren brodelte, erfüllte ihn mit dem Wunsch, sie wild und hart gegen den Baumstamm gelehnt zu nehmen, doch in der Sekunde, als er sie tatsächlich berührt hatte, hatte Carter gewusst, dass er ihr das unmöglich antun konnte. Also kämpfte er den Hunger zurück und hielt sie stattdessen so behutsam, wie er es nur konnte.

Anfangs hatten sich ihre Lippen zusammen so langsam und zögerlich bewegt. Doch Carter hatte mehr gewollt.

Mit dem Puckern ihres Pulses unter seinen Fingerspitzen hatte er sie geküsst – mit allem, was er hatte. Doch das hatte nicht genügt. Er hatte mehr von ihr spüren wollten. Er hatte gewollt, dass sie ihn anfasste.

Er hatte es vergeigt. Er hätte sie nicht küssen sollen. Peaches hatte ihn ja sogar gebeten, es nicht zu tun. Doch er hatte nicht auf sie gehört. Zu widerstehen, dafür war er nicht stark genug gewesen.

Jetzt, da er Peaches' Lippen an seinen gespürt hatte, wusste er, dass er dieses Gefühl noch einmal erleben wollte. Und er wusste auch, dass das ausgeschlossen war. Genau wie sie es gesagt hatte. Trotzdem wurde Carter den Eindruck nicht los, das es sich bei ihrem scheinbar unverrückbaren Entschluss, dass so etwas wie im Park nicht mehr passieren würde und auch nicht mehr dürfte, nur um eine sorgsam konstruierte Fassade handelte, die sie vorschob, um dahinter ihre eigene Sehnsucht nach ihm zu verbergen. Verdammt noch mal, sie hatte den Kuss erwidert! Sie hatte ihn auch gewollt. Oder nicht?

Carter wurde klar, dass ihre Zukunftsaussichten nicht gerade rosig waren.

Er war nicht dumm. Er wusste, dass sie viel mehr zu verlieren hatte als er selbst und dass sie, wenn jemand von diesen Küssen erfuhr, eine Menge Ärger am Hals hätte. Aber das bedeutete noch lange nicht, dass er sich damit abfinden würde. Sein aufbrausendes Temperament und sein Egoismus gingen langsam mit ihm durch.

Er musste wieder daran denken, was er zu ihr gesagt hatte. *Zum Teufel, was auch immer! Mir doch egal, ob es noch einmal passiert.*

Er war ein verlogener Mistkerl.

Fakt war, dass ihre Worte geschmerzt hatten. Carter war auch schon zuvor in seinem Leben verletzt worden, von vielen Menschen, doch Peaches schaffte es, ihn bis ins Mark zu treffen. Er war nicht so verbohrt, sich das nicht einzugestehen: Peaches hatte ihn verletzt, und nun war er sauer.

Er warf einen Blick auf die Uhr. In seinen Schläfen machten sich fiese Kopfschmerzen bemerkbar. Es war kurz vor fünf. Er brauchte etwas, um sich zu entspannen, um wieder runterzukommen. Er musste aufhören, an Ms Lane zu denken, an ihre weichen Lippen und ihre nach Pfirsich schmeckende Zunge.

Er zückte das Handy und scrollte seine Kontaktliste durch. Es klingelte dreimal.

»Yo Carter! Wie war dein Date – ich meine dein Unterricht?«

»Leck mich, Max«, schnauzte Carter zurück und machte sich auf den Weg ins Schlafzimmer.

»Hey, warum so feindselig? Es lief wohl nicht besonders, oder?«

Carter zog sich das Shirt über den Kopf und ließ sich auf die Ecke der Matratze fallen. »Nein, lief es nicht«, blaffte er. Hör mal, was hast du heute Abend vor?«

»Nichts Besonderes. Warum? Schwebt dir etwas Spezielles vor?«

Carter fuhr sich mit der Hand übers Gesicht. »Ich muss mich volllaufen lassen, und das so schnell wie möglich. Wohin können wir gehen?«

Max lachte. »Mein Freund, dafür kenne ich genau das richtige Etablissement. Komm in einer Stunde zur Werkstatt.«

»Ich bin in einer halben da.«

»Lauf weiter!«, zischte der Fremde unter seiner Kapuze. »Wir müssen weg von ihnen. Sie bringen dich sonst um! Lauf!«

»Ich kann nicht! Mein Dad!«

Der Fremde blieb nicht stehen. Schüsse ertönten. Kat schrie. Sie rannte los, wurde jedoch zu Boden geworfen. Er lag schwer auf ihrem Rücken und roch nach Zigaretten.

Der Asphalt des Gehsteigs war so kalt.

»Bleib hier«, raunte er ihr ins Ohr, während sie sich unter

ihm wand. »Du kannst nicht zurück. Herrgott, er hat doch selbst gesagt, du sollst wegrennen!«

Kat fuhr abrupt im Bett hoch. Sie keuchte atemlos und heiser von dem Schrei, der langsam in ihrer Kehle erstarb. Ihr Gesicht war schweißnass, ebenso ihre Kleider.

Sie lehnte sich zurück ans Kopfende und sog tief die Luft ein. Erst jetzt begriff sie, dass sie in ihrem Bett saß. Seit sie zum letzten Mal einen Traum wie diesen gehabt hatte, war einige Zeit vergangen, doch die Wirkung war unverändert. Mit schwerem Kopf stemmte sie sich aus dem Bett und tapste ins Badezimmer. Ein warmes Bad würde die noch immer verkrampften Muskeln in ihrem Nacken und Rücken entspannen.

Nachdem sie ausgiebig in der Wanne gelegen und sich eine gute Stunde ausgeweint hatte, schlüpfte sie in Jogginghose und Kapuzenpullover und legte die DVD von *School of Rock* ein, um sich von Jack Black berieseln zu lassen. Plötzlich klopfte es an der Tür. Sie warf einen prüfenden Blick auf die Uhr. Wer um alles in der Welt stattete ihr am Samstagabend nach acht Uhr noch einen Besuch ab?

Als sie durch den Spion blickte, fing ihr Herz wild an zu hämmern. Sie zog den Riegel zurück, öffnete die Tür und lehnte sich mit der Hüfte gegen den Türrahmen. Sie wusste nicht, was sie sagen sollte.

»Darf ich reinkommen?«, fragte Beth leise, aber entschlossen.

»Klar.« Kat trat zurück, um sie einzulassen.

Beth ging an ihr vorbei und wartete beklommen, bis sie die Tür geschlossen hatte.

»Möchtest du etwas trinken?« Kat strich sich das geföhnte Haar aus dem Gesicht.

Beth nickte.

Kat schlurfte in die Küche. Als sie mit dem Getränk zurückkam, reichte sie es Beth und setzte sich ohne ein weiteres Wort wieder auf die Couch. Beth folgte ihr. Sie nahm am anderen Ende des Sofas Platz und nippte an ihrem Glas.

Kat unterbrach Jack Black bei seinem Song und schaltete den Film auf Pause. Dann fragte sie ihre Freundin: »Wie geht es dir?«

Beth lächelte zaghaft. »Mir geht es gut.« Sie stellte das Glas auf einem Untersetzer auf dem Couchtisch ab. »Und dir?«

Kat verschränkte die Arme, denn sie hatte unerklärlicherweise das Gefühl, sich verteidigen zu müssen. »Gut. Müde.«

Beth verschränkte die Hände im Schoß. »Austin meinte, es ginge dir nicht gut. Deshalb bin ich gekommen. Um zu sehen, ob ich etwas für dich tun kann.«

Kat dachte seufzend an die Textmitteilung, die sie Austin geschickt hatte. An die Lüge, mit der sie sich darum gedrückt hatte, mit ihm etwas trinken zu gehen, weil sie nach dem Kuss mit Carter nicht in der Verfassung war, ihn zu sehen. »Ich brauche nichts.« Sie bemerkte, wie sich das Unwohlsein ihrer Freundin noch verstärkte. »Wo hast du dich denn in letzter Zeit herumgetrieben? Du hast auf keine meiner Mitteilungen geantwortet.«

»Ich weiß«, räumte Beth ein. »Tut mir leid. Es gibt da gewisse Familienangelegenheiten, mit denen sich Adam befassen muss.« Sie spähte zu dem Stapel von Carter bearbeiteter Papiere hin, der auf dem Couchtisch lag.

»Ist alles okay? Du hättest anrufen sollen.« Kat bekam nur irritierendes Schweigen zur Antwort. »Habe ich dich verärgert? Du wirkst so, ich weiß auch nicht … distanziert. Und dann noch dieses Theater bei meiner Geburtstagsfeier. Ich habe einfach das Gefühl, dass … etwas nicht stimmt.«

Beth rutschte näher an Kat heran. Sie seufzte, presste die

Lippen aufeinander. »Nein.« Sie räusperte sich. »Nein, es ist alles bestens. Ich … ich sorge mich nur um dich. Erst die Arbeit im Gefängnis und jetzt auch noch die Einzelstunden mit Carter. Ich wollte … ich will nur sichergehen, dass bei dir alles in Ordnung ist.«

Kat starrte Beth eine Sekunde lang an und fragte sich, um was es hier wohl wirklich ging. Doch um sich darüber den Kopf zu zerbrechen, war sie zu müde. Kurz suchte sie nach den richtigen Worten, bevor sie antwortete: »Ich hatte einen Scheißtag.«

»Willst du darüber reden?«

Kat lachte auf, schüttelte den Kopf und murmelte etwas Unverständliches. »Eigentlich nicht«, antwortete sie und spürte, wie sich ihre Kehle wieder zuschnürte. »Ich bin einfach nur eine dämliche Idiotin.«

Beth lehnte sich zurück. »Kat, was ist passiert?« Kurz hielt sie inne, ehe sie fragte: »Hat er dir wehgetan?«

Kat riss den Kopf hoch. »Was?«, fragte sie ungläubig. »Warum sollte … wer?«

»Carter«, antwortete Beth. »Hat Carter dir wehgetan? Über ihn sprechen wir doch, oder?«

Obwohl sich Kat so sehr bemüht hatte, die Tränen zurückzuhalten, flossen sie nun doch über ihre Wangen. Sie verzog verzweifelt das Gesicht, und ein Schluchzen drang aus ihrer Kehle.

»Oh Gott!« Schnell zog Beth Kat an sich. »Wusste ich es doch. Sch… Alles okay. Wenn er dir etwas getan hat, können wir dafür sorgen, dass er postwendend wieder in *Kill* landet. Adam und Austin können …«

»Nein, Beth!«, schluchzte Kat. »Ich habe Mist gebaut. Ich war es.«

Beth schwieg.

»Er hat mir nichts getan. Das würde er niemals.«

Kat wusste auch nicht weshalb, doch sie war sich von Anfang an sicher gewesen, dass Carter ihr niemals physischen Schmerz zufügen würde. Obwohl er einen Tisch durchs Klassenzimmer geworfen hatte, fühlte sie sich bei ihm sicher. Etwas in seinen Augen, etwas an der Art, wie er sich in ihrer Gegenwart bewegte, gab ihr das Gefühl, in Sicherheit zu sein und keine Gefahren fürchten zu müssen.

Sie wusste – tief in ihrer Seele –, dass er sie, wenn es nötig wäre, beschützen würde.

»Kat, was um alles in der Welt ist denn passiert?«

Kat schniefte. »Er hat mich geküsst. Und ich habe den Kuss erwidert.«

16

»Na, da rasier mir einer den Hintern, und nenn mich Priscilla! Das ist ja ein richtiges *Kill*-Ehemaligentreffen hier!«

Rileys dröhnende Bassstimme traf Carter und Jack mit der Wucht eines Baseballschlägers. Gleich darauf stampfte der Hüne zu Carters Tür herein und quetschte die beiden Männer so fest an sich, dass ihnen die Luft wegblieb.

»Oh, ich bin so glücklich«, tönte er sarkastisch.

Carter befreite sich grummelnd aus seinem Todesgriff. »Verdammt, Mann!«, ächzte er und dehnte seinen Rücken, der sich anfühlte wie eine Ziehharmonika. »Komm wieder runter.«

Riley grinste. »Wie ich sehe, hast du trotz Freiheit noch immer einen Stock im Arsch. Ich dagegen bin seit achtundvierzig Stunden wieder draußen, und alles ist total super!« Bevor Carter etwas erwidern konnte, wandte sich Riley schon an Jack. »Und, J, wie geht's, wie steht's?«

Jack strich sich schmunzelnd das Jackett zurecht. »Zuletzt ging's noch, Riley. Schön, Sie zu sehen. Nicht vergessen, am Donnerstag ist unser Treffen.« Er schlängelte sich an Riley vorbei und winkte noch mal. »Wir unterhalten uns dann bei Gelegenheit, Wesley.«

Carter nickte und schloss die Tür hinter Jack. Riley begann derweil, in der Wohnung herumzuschlendern, fast so, als wolle er die Bude kaufen. Carter seufzte.

»Was kann ich für Sie tun, Moore?«

Riley tätschelte sich die enorme Brust und grinste. »Hast du Bier? Ich bin am Verdursten.«

Mit zwei Bier in der Hand machte Riley es sich schließlich auf der Couch bequem. Carter drückte derweil verdrossen auf seinem Handy herum. Schon zwei Tage waren seit dem Kuss im Central Park vergangen, doch Peaches hatte sich nicht gemeldet. Nicht dass er etwas anderes erwartet hätte, doch trotzdem machte ihn die Funkstille kribbelig. Er hatte keine Ahnung, was er zu ihr sagen sollte, wenn sie sich zu ihrer nächsten Unterrichtsstunde trafen.

»Störe ich dich vielleicht bei irgendetwas?«, erkundigte sich Riley ungezwungen und nippte an seinem Bier.

Carter schüttelte den Kopf, warf das Handy beiseite und zündete sich eine Zigarette an. »Also, wie ist es so, draußen zu sein? Achtundvierzig Stunden sind es schon? Überrascht mich, dass du nicht schon früher hier aufgekreuzt bist.«

»Du kennst mich doch, Carter: Ich hab immer viel um die Ohren«, entgegnete er grinsend.

Carter lachte.

»Nicht dass du mir nicht auch wichtig wärst«, meinte Riley augenzwinkernd. »Aber ich musste erst einiges organisieren.«

Carter stutzte. »Steigst du etwa wieder in das Geschäft mit heißer Ware ein?«

»Nein«, meinte Riley ernst. »Nein, Mann, diesen Fehler werde ich nicht noch mal machen. Ich musste nur ein paar Deals unter Dach und Fach bringen. Und Jack? Wollte er das Übliche von dir?«

»Ja«, bestätigte Carter. »Diane war vorhin auch hier. Sie hätte sich gefreut, dich zu sehen.« Die beiden Männer lachten schnaubend.

Riley und Diane waren sich noch nie grün gewesen. Zu sagen, dass sie seinen dreckigen Humor nicht ganz verstand, wäre eine glatte Untertreibung gewesen.

»Sie ist scharf auf mich«, behauptete Riley gelassen, lehnte sich zurück und legte die Beine hoch. »Was soll man da machen?«

»Aber klar.« Carter lachte leise in sich hinein, verstummte jedoch abrupt, als sein Handy piepsend eine eingehende Nachricht ankündigte. Max. Verdammt!

»War das dein neues … weibliches Spielzeug?«, fragte Riley schelmisch.

»Nein, das war nicht mein neues ›Spielzeug‹«, blaffte er zurück.

»Schon gut, schon gut.« Riley zündete sich ebenfalls eine Zigarette an. »Reg dich ab, Arschloch. War ja nur eine Frage.«

Carter stieß die Luft aus, rieb sich die Stirn. »Ich weiß … es ist nur … So ist es nicht.«

»Es läuft also gut mit Ms Lane«, bemerkte Riley.

Carter drückte seine Zigarette aus und blies einige Rauchkringel zur Decke. »Spitzenmäßig«, antwortete er knapp.

Riley begann, tagträumerisch vor sich hin zu summen. »Verdammt«, raunte er in dem Ton, der normalerweise für Verführungszwecke und andere unanständige Dinge reserviert war, »mir fehlt der Anblick ihres knackigen Hinterns in engen Bleistiftröcken.« Er leckte sich die Lippen. »Und erst ihre Beine. Die hübschen Schätzchen könnte ich stundenlang …«

»Halt verdammt noch mal das Maul, Moore!«, brüllte Carter und deutete drohend mit dem Finger auf Riley. »Rede gefälligst nicht so über sie.«

Riley betrachtete Carters Finger, der direkt vor seiner Nase schwebte, geschlagene drei Sekunden lang. Dann verzog sich sein Mund zu einem breiten Grinsen von den Ausmaßen des Hoover-Damms.

»Da brat mir einer einen Storch«, gluckste er mit beschwichtigend erhobenen Händen. »Du und Ms Lane also, was? Nicht schlecht.«

Carter ließ augenblicklich den Arm sinken und begriff, dass sein Freund ihn ausgetrickst hatte.

»So ist es nicht, okay?«, murmelte er. »Ich meine, ich will, dass es … ich möchte, dass sie … Fuck!«

Er schnappte sich sein Bier vom Tisch und ließ sich gegen die Sofalehne fallen.

Riley beugte sich grinsend vor und stützte die Ellbogen auf die Oberschenkel. »Hör mal, Kumpel, ich interessiere mich nicht für das Wie oder das Warum oder sonst was. Ich freue mich nur, dass ich die Wette mit mir selbst gewonnen habe.«

»Wette?«, fragte Carter verdutzt.

»Ja. Ich habe mit mir gewettet, wie lange es nach deiner Entlassung wohl dauert, bis ihr zwei endlich in der Kiste landet.« Er schlug sich mit den Fäusten auf den breiten Brustkasten. »Sieht ganz so aus, als hätte ich gewonnen.«

Carter war schockiert. »Herrgott, Moore, wir haben noch nicht … Shit, hier geht es nicht ums Vögeln!«

»Jaja, schon klar, aber du verstehst, worauf ich hinauswill?«, meinte Riley amüsiert und drückte seine Zigarette im Aschenbecher aus. »Apropos superheiße Frauen: Ein paar Jungs und ich ziehen heute Abend um die Häuser. Bist du dabei?«

Carter schüttelte den Kopf. »Nein, Mann, ich hab noch einiges zu tun.«

»Jaja, ich weiß schon, was du ›tun‹ willst«, meinte Riley vielsagend.

Obwohl Carter nicht wollte, musste er lachen.

Am folgenden Dienstagnachmittag, nach Ende ihrer Stunde im *Arthur-Kill*-Gefängnis, steuerte Kat auf Jacks Büro zu. Sie hatte weiche Knie, und ihre Beine schienen ihr nur widerstrebend zu gehorchen. Aber sie musste zu ihm gehen. Sie brauchte Antworten und einen Rat, wie es weitergehen sollte. Und obwohl

Kat auch mit Beth über Carter und ihren Kummer darüber, dass sie Carter verletzt hatte, gesprochen hatte, konnte ihr in dieser Situation nur Jack wirklich helfen.

Kat sammelte sich noch einmal und klopfte an die Tür.

»Herein.«

Als er Kat in der Tür sah, begann Jack zu lächeln. »Ms Lane«, begrüßte er sie und stand auf. »Schön, Sie zu sehen. Was kann ich für Sie tun?«

Kat biss sich auf die Lippe und schob sich langsam in den Raum. Als sie die Tür schloss, klammerte sie sich so fest an den Knauf, als hinge ihr Leben davon ab.

Jack wirkte sofort besorgt. »Geht es Ihnen gut?«

Kat versuchte, ihm ein munteres, beruhigendes Lächeln zu schenken, doch es fiel recht unglaubwürdig aus. Befangen räusperte sie sich und rieb sich den Nacken. »Ich muss Ihnen eine hypothetische Frage stellen«, murmelte sie.

Jack runzelte die Stirn. »Hypothetische Frage.« Kat nickte.

»Nun«, meinte Jack, »ich werde mein Bestes tun, sie Ihnen zu beantworten.«

Er bat Kat, sich zu setzen, nahm ebenfalls Platz und legte die Papiere, die er eben durchgesehen hatte, zurück in eine Aktenmappe. Kat schlich zu einem Stuhl und setzte sich hin. Das hier war die pure Folter. Sie ballte die Fäuste im Schoß, blickte zu Boden. So kannte sie sich selbst nicht. Wo waren ihre Selbstsicherheit und ihre Unerschütterlichkeit geblieben?

»Ms Lane«, sagte Jack und beugte sich vor, »geht es Ihnen auch wirklich gut?«

»Ja.« Ihre Stimme klang kratzig, und ihre Kehle war wie ausgedörrt. »Ich wollte nur … ich wollte …«

»Hat Carter etwas Falsches getan?«

Kat schüttelte den Kopf. Nein. Alles, was Carter getan hatte, war sehr, sehr richtig gewesen.

»Ich habe gestern mit ihm gesprochen«, fuhr Jack fort. »Etwas schien ihn zu belasten. Selbstverständlich wollte er mir nicht verraten, was …«

»An wen muss ich mich wenden, wenn ich keine Tutorin mehr sein möchte?«

Die Worte schossen mit einer derartigen Geschwindigkeit aus ihrem Mund, dass sie sich selbst wunderte, dass sie in der richtigen Reihenfolge herauskamen. Während sie im Raum nachhallten, spürte Kat nichts als Schmerz. Keinen physischen, sondern emotionalen Schmerz. Sie war wütend auf sich selbst, weil sie die Frage gestellt hatte, von der sie niemals geglaubt hatte, dass sie sie stellen würde. Ihre Sicht verschwamm, doch sie schluckte die Tränen hinunter. Sie hatte schon so viel geweint, dass es für den Rest des Lebens reichte.

»Warum sollten Sie das wollen?«, erkundigte sich Jack vorsichtig. »Sind Sie sicher, dass er nichts getan hat?«

Kats Lächeln war zaghaft, aber dennoch überzeugt. »Ja, ich bin mir sicher«, murmelte sie. »An wen muss ich mich wenden, und wie lautet die gängige Verfahrensweise?«

»Kat«, sagte er, »warum wollen Sie das tun?« Als sie zu einer Antwort ansetzte, hob er die Hand. »Damit will ich sagen: Wie wollen Sie diesen Schritt rechtfertigen, wenn er weder einen Fehltritt begangen noch seine Bewährungsauflagen verletzt hat?«

Kat schloss den Mund und fühlte sich mit einem Mal geschlagen.

»Fakt ist«, fuhr Jack fort, »wenn Sie nicht mehr seine Tutorin sein wollen – was Ihr gutes Recht ist –, dann müssen Sie dem Bewährungsausschuss dafür nachvollziehbare Gründe nennen.«

»Wirklich?«, fragte sie leise, resigniert.

Jack stützte sich mit den Ellbogen auf den Schreibtisch. »Ihr

Entschluss wird einige Fragen aufwerfen, die Sie möglicherweise nur ungern beantworten wollen werden.«

Damit hatte sich die Sache wohl erledigt.

»Kat, darf ich?« Jack erhob sich und deutete auf den Stuhl neben Kat.

»Sicher.« Er kam um seinen Schreibtisch herum und setzte sich.

»Mit dem, was ich Ihnen jetzt zu sagen habe, möchte ich Ihnen keinesfalls zu nahe treten.«

»Schon okay, Jack. Im Moment höre ich mir so ziemlich alles an.«

Jack räusperte sich, zupfte an seiner Krawattenklammer. »Es ist unübersehbar, dass Sie beide … sich mögen. Aber wenn die Beziehung zwischen Carter und Ihnen über das übliche Schüler/Lehrer-Verhältnis hinausgeht, muss ich Sie warnen. Sie sollten wissen, dass Sie, auch wenn Carter auf Bewährung ist, noch immer für das Gefängnis arbeiten. Damit sind Sie den Regeln dieser Einrichtung verpflichtet und auch dem Verbot des zu engen Umgangs, das Sie mit Ihrem Arbeitsvertrag unterzeichnet haben. Sie laufen Gefahr, sich strafbar zu machen.«

Kat verzog das Gesicht. Das alles klang furchtbar bedrohlich. »Jack, Carter und ich, wir sind nicht …«

»Aber«, fiel ihr Jack ins Wort, »wenn Sie beide erst nach dem Ende der anfänglichen Probephase seiner Bewährungsstrafe zusammenkämen, würde das kein Problem darstellen.«

Das wusste Kat schon. Ihr war bewusst, dass sie warten müsste, bis die vertraglich vereinbarten Stunden mit Carter beendet wären, bevor sie mit ihm zusammenkäme. Wenn sie denn mit ihm zusammen sein wollte.

War es das, was sie wollte?

Sie wollte erkunden, was genau zwischen ihnen war. Das konnte sie nicht leugnen. Aber im Grunde war es sinnlos. Die

Hindernisse, die sich für sie beide auftaten, waren fast unüberwindlich.

»Um mich ganz klar auszudrücken«, sagte Jack. »Wenn Sie und Carter zusammen sind und niemand davon vor dem Ende der Probephase seiner Bewährungsstrafe *erfährt*, würde das kein Problem darstellen.«

Kat hob den Kopf. Konnte das sein Ernst sein? Ihr fiel nichts ein, was dagegen sprechen würde. Er meinte es tatsächlich ernst. »Meinen Sie damit etwa, dass …?«

»Ich sage nur, dass die Leute sich nicht über etwas aufregen können, was sie überhaupt nicht wissen.«

Warum war er bereit, über ihre Beziehung mit Carter Stillschweigen zu wahren? Davon hätte er doch rein gar nichts. »Und warum sagen Sie das?«

Jack drückte ihre Hand. »Carter braucht Sie, Kat. Auch wenn ihm das selbst vielleicht noch nicht bewusst ist.«

Sie schüttelte den Kopf. »Das schaffe ich nicht.«

Jack lächelte. »Kat, Sie sind der einzige Mensch, der das überhaupt schaffen kann. Sie verweisen ihn in seine Schranken, lassen sich nichts von ihm gefallen. Sie haben eine Verbindung zu ihm aufgebaut, wie es vor Ihnen noch niemand fertiggebracht hat. Lassen Sie sich Zeit, und versuchen Sie, nicht in Panik auszubrechen oder sich zu viele Gedanken zu machen. Mehr braucht es nicht.«

Kat dankte Jack für seine Zeit und sein Verständnis. Sie vertraute darauf, dass er alles, was sie besprochen hatten, für sich behalten würde. Obwohl sie sich noch immer davor fürchtete, wie ihre Freunde und ihre Familie wohl auf die Beziehung zu Carter reagieren würden, war es ungemein erleichternd zu wissen, dass es auch einen Menschen gab, der diese Verbindung als etwas Positives betrachtete.

Sie beschloss, dass sie es von nun an ebenso halten würde.

17

Kat setzte sich unruhig auf ihrem Stuhl in der Bibliothek zurecht. Carter hatte lässig den Knöchel aufs Knie gelegt und las Hemingway. Er trug eine schwarze Jeans, ein graues AC/DC-T-Shirt, zahlreiche Ringe und eine schwarze Beanie-Mütze, die sein kurzes Haar verbarg.

Die Begrüßung am Anfang der Stunde war, gelinde gesagt, die reine Folter gewesen. Am liebsten hätte Kat die Beine in die Hand genommen und wäre in ihre Wohnung geflüchtet, um ihre Sorgen in einigen hochprozentigen Drinks zu ertränken. Noch nie im Leben hatte sie sich so chaotisch, so unausgeglichen gefühlt. Ihre Gedanken drehten sich ruhelos um eine Frage nach der anderen, vermischt mit Fetzen aus den Gesprächen mit Jack und Beth, bevor sie früher oder später unweigerlich wieder zu dem Kuss zurückkehrten.

Oh Gott, der Kuss!

Unentschuldbar, wie ihr Blick im Verlauf der Stunde immer wieder zu Carters Mund wanderte. Sie räusperte sich verschämt, als er mitten im Lesen innehielt und aufsah, fast so, als hätte er ihre Blicke gespürt. Ihre Wangen röteten sich. Schnell senkte sie den Blick wieder ins Buch.

Carter runzelte nachdenklich die Stirn. Dann las er weiter: »›Ich hatte das Wiedersehen mit Catherine auf die leichte Schulter genommen, mich sogar ein wenig betrunken und beinahe vergessen, zu ihr zu gehen, doch als ich sie dann nirgends erblicken konnte, fühlte ich mich plötzlich einsam und hohl.‹«

»Okay, machen wir hier mal eine Pause.« Kat legte ihr Buch

umgedreht auf den Tisch neben die *Oreos* und die Dose *Cola*, die Carter mitgebracht hatte. »Wenn Sie die letzten Seiten betrachten – welche Veränderung in Henrys Haltung Catherine gegenüber fällt Ihnen auf?«

Carter kratzte sich befangen am Kopf, wobei sich seine Finger im Saum der Mütze verhakten. Sein Blick zuckte unruhig hin und her, verharrte nur kurz auf ihrem Gesicht.

»Er ist, äh, verwirrt über seine Gefühle.« Er nahm die Coladose und trank einen großen Schluck.

»Woran machen Sie das fest?« Sie verfolgte, wie sein Adamsapfel in seiner Kehle auf- und abhüpfte.

»Weil er sie vermisst, wenn sie, na ja, nicht da ist.«

Ihre Blicke trafen sich nur für den Bruchteil einer Sekunde, doch das genügte, um heiße Lust wie einen glühenden Dolch mitten durch ihren Körper fahren zu lassen.

»Woran erkennen Sie, dass er verwirrt ist?«

Carters rechter Mundwinkel hob sich zu einem schiefen Grinsen, und seine Augen glitzerten vielsagend. »Ist so ein Gefühl.« Er blickte wieder ins Buch. Kratzte sich am Kiefer. »Er sagt, er sei ›hohl‹. Er fühlt sich leer ohne sie.«

Er hob die blauen Augen wieder von Hemingways Worten. Was Kat in ihnen las, ließ ihr Herz aussetzen.

Für gewöhnlich sah Kat, wann immer er sie ansah, in ihnen rohes sexuelles Verlangen und Begierde. Diese Empfindungen schienen die Farbe seiner Iris zu beeinflussen, verliehen ihr das Blau des wolkenlosen Himmels. Auch jetzt erstrahlten sie in diesem Blau, jedoch merklich verschleiert. Es war so eindeutig. Ohne dass er auch nur ein Wort sagen musste, wusste Kat, wie er sich fühlte. Er verspürte Reue. Und ihr ging es ganz genauso.

Sie wusste nicht, wie lange sie so saßen, sich ansahen, sich ineinander verloren. Erst als Carter sie mit der Hand berührte, wachte sie aus ihrer Benommenheit wieder auf. Seine Handfläche fühlte sich warm und angenehm auf ihrem Handrücken an.

Sie hatte das Gefühl, als hätte er sie seit Ewigkeiten nicht mehr berührt.

Carter rutschte näher an sie heran. »Peaches«, sagte er und fuhr mit dem Daumen behutsam über ihre Haut. Sein Blick war dabei auf ihre übereinanderliegenden Hände gerichtet. Seine Hände fühlten sich so gut an. Flüchtig stahl sich die Frage in ihren Kopf, wie sie sich wohl an anderen Stellen ihres Körpers anfühlen würden.

Ihre Verliebtheit in Carter verwandelte sich langsam in etwas anderes, etwas Erschreckendes und Unumkehrbares. Sie hatte keine Lust mehr, es noch länger zu leugnen, was wirklich kein Wunder war, aber trotzdem musste sie es vorsichtig angehen lassen.

Carter drückte ihre Hand. »Wegen Samstag …«

»Ist schon gut.«

»Nein«, widersprach er entschieden. »Das ist es nicht. Es war … ich meine, ja, okay, der Kuss war …« Er hob die Brauen. »Hör mal, was immer du jetzt auch von mir denkst, solltest du wissen, dass ich dich nicht geküsst habe, um dich zu ärgern. Ganz ehrlich.«

»Ich weiß. Ich …«

»Es ist so.« Er hielt kurz inne und runzelte so stark die Stirn, dass seine Augenbrauen fast aneinanderstießen. »Also, ich hab es nicht so mit blumigen romantischen Worten und so, aber ich … Es ist mir ernst mit dir.«

Kat wurde schwindelig. Halt suchend umklammerte sie Carters Hand.

»Ich weiß, die Umstände sind nicht gerade ideal.« Er deutete auf sich selbst. »Ich bin nur ein … und du bist … aber, verdammt noch mal, ich freue mich über alles, was du mir in dieser Situation bereit bist zu geben. Nur mit dir hier zu sitzen wäre mir schon genug.«

Seine Worte klangen so aufrichtig, dass Kat sich ihm am liebsten in die Arme geworfen und ihn nie mehr losgelassen hätte. Unfähig in Worte zu fassen, wie wild ihr Herz gerade für ihn schlug, presste sie hervor: »Okay.«

Carter schien diese Antwort zu gefallen. »Okay?«

Sie lächelte.

»Heißt das, wir vertragen uns wieder?«, fragte er vorsichtig.

Kat räusperte sich. »Ja, alles wieder gut.«

Carter atmete auf, wirkte jedoch noch immer hin und her gerissen. »Das freut mich. Aber Peaches, eines musst du dennoch wissen.« Er befeuchtete sich die Lippen. »Ich bereue es nicht, und ich würde es verdammt noch mal immer wieder tun.«

Oh Gott!

Kat ertappte sich dabei, wie sie Carter anstarrte und dabei den Atem anhielt. Schnell riss sie sich von ihm los und zog einen Ordner mit Papieren aus der Tasche. *Wechsle das Thema. Wechsle das Thema …*

»Möchtest du die hier schon haben?«, fragte sie und legte den Ordner auf den Tisch.

»Und was sind ›die hier‹?«, fragte Carter stirnrunzelnd und zog den Ordner zu sich.

»Deine Arbeitsunterlagen für die kommende Woche.«

Carter sah sie verwirrt an.

»Ich verreise«, erläuterte Kat. »Mit meiner Familie. Nach Washington, D. C.« Sie ließ die Finger am Tischrand entlangtanzen. »Es ist der Jahrestag von Vaters … wir machen das jedes Jahr. Ich werde von Sonntag bis Sonntag nicht da sein.«

Carters Gesichtsausdruck änderte sich kaum merklich. Er

sah nicht gerade erfreut aus, kratzte sich im Nacken und schob dann die Hände in die Hosentaschen. »Ähm, ach so, okay.« Über seinem Nasenrücken bildete sich eine tiefe Falte.

»Erledige einfach so viele Aufgaben, wie du schaffst«, meinte Kat ermutigend. »Du solltest den Text weiterlesen und einige Fragen dazu beantworten, und wir müssten auch noch ein Bewertungspapier erstellen …«

Carters finsterer, bedrückter Gesichtsausdruck ließ sie verstummen.

»Schick mir eine Textmitteilung«, sagte sie, ohne groß darüber nachzudenken. »Oder ruf mich an, wenn du Hilfe brauchst. Bitte zögere nicht. Ich … ja, ruf … ruf mich einfach an.«

»Das werde ich.«

Kat versuchte zu lächeln, doch das fiel ihr schwerer als erwartet. Wegzufahren, um mit ihrer Familie an diesem besonderen Jahrestag zusammen zu sein, war wichtig. Doch Carter eine ganze Woche lang nicht zu sehen, fiel ihr ungemein schwer. Plötzlich fühlte auch sie sich ganz hohl.

Obwohl es Samstagabend war, war Carter gereizt und hatte, wie er selbst zugeben musste, wirklich richtig miese Laune.

Er nahm einen Schluck aus seiner fünften Flasche *Corona*, die Max ihm in die Hand gedrückt hatte, und fuhr gedankenverloren mit dem Finger über seine Augenbraue. Also wirklich. Sieben Tage. Wie schwer konnte es schon sein, so lange ohne sie auszuhalten? Schließlich sah er seine Peaches ohnehin nur dreimal die Woche. Im Grunde entgingen ihm also nur sechs Stunden mit ihr.

Keine große Sache.

Er seufzte. Oh Mann, natürlich war es *sehr wohl* eine große Sache. Obwohl ihre letzte gemeinsame Unterrichtsstunde erst einen Tag zurücklag, machte sich schon jetzt bei dem Gedanken, sie eine ganze Weile nicht wiederzusehen, ein unangenehmes hohles Gefühl in seiner Magengegend breit.

Verflucht!

Paul, der Chefmechaniker in Max' Werkstatt, stieß Carter am Ellbogen an, den er auf die Bar gestützt hatte.

»Was ist los?«, fragte er. »Du siehst aus, als hätte jemand Kala angepinkelt.«

Carter richtete sich auf. »Nichts. Alles bestens.«

»Lüg doch nicht«, meinte Paul grinsend. »Du kannst diesen Klub nicht ausstehen, oder? Mir kannst du es ruhig sagen. Max findet ihn total klasse, aber ich kann seine Begeisterung irgendwie nicht nachvollziehen.«

Zwei bildschöne, spärlich bekleidete Blondinen schlenderten an ihnen vorbei und lächelten ihnen aufreizend zu. Die beiden Männer blickten ihnen fasziniert hinterher.

Schmunzelnd stieß Carter seine Flasche gegen Pauls. »Wo ist Max?«, fragte er und spähte suchend zur Tanzfläche hinüber.

»Er ist draußen und raucht eine«, meinte Paul. »Mit seiner neuen Freundin Laura. Er ist jetzt schon völlig zugedröhnt und jammert die ganze Zeit über irgendeinen Deal, den er heute Abend noch klarmachen will.«

Carter verdrehte frustriert die Augen. Aus dem, was die anderen Jungs in der Werkstatt sich erzählten, schloss Carter, dass sich Max seit der Trennung von Lizzie mit vielen Frauen eingelassen hatte. Doch auch wenn Max so tat, als ginge es ihm gut, und vorgab, es zu genießen, die Frauen reihenweise abzuschleppen und ins Bett zu kriegen, wusste Carter ganz genau, dass er nur versuchte, den Schmerz wegzuvögeln. Und an den Unmengen Koks, die Max konsumierte, konnte man deutlich erkennen, dass diese Taktik nicht aufging. Der Trottel war ganz schön aus der Bahn geraten.

»Er muss mit dem Scheiß aufhören«, meinte Carter.

»Sehe ich genauso«, meinte Paul. »Aber du weißt selbst, dass er auf keinen von uns hören wird. Er steckt schon zu tief drin. Als das Miststück ihn verlassen hat, hat sie einen Teil von ihm mitgenommen.«

Carter hatte mitbekommen, dass Max direkt nach der Trennung angefangen hatte, heftig zu koksen. Darum war es besonders schwer für ihn gewesen, in *Kill* festzusitzen und seinem Freund dadurch nicht beistehen zu können. »War es so schlimm?«

Paul seufzte. »Oh ja. Aber er hat so getan, als bringe es ihn nicht um, dass ihn seine Frau verlässt, so kurz nachdem sie schon das Baby verloren hatten. Er hat behauptet, ihm ginge es gut, und sich gleichzeitig diesen Mist in die Nase geschaufelt.« Paul nippte an seinem Bier. »Ich warte nur darauf, dass irgendetwas passiert, dass die Kacke ordentlich zu dampfen anfängt und …«

»Das werde ich nicht zulassen«, unterbrach Carter ihn barsch.

Paul grinste wissend. »Weiß ich, Mann.« Er schlug Carter auf die Schulter. »Ich weiß. Aber du und ich, wir können nicht immer für ihn da sein. Er ist ein erwachsener Mann und hat seinen eigenen Kopf. Ich mache mir ernsthaft Sorgen.«

Carter verstand, was Paul meinte. In den fast zwanzig Jahren, die er mit Max befreundet war, hatte der immer getan, was er wollte, ohne sich um Konsequenzen zu scheren. Wenn die beiden Männer aneinandergerieten, dann meistens genau wegen dieser Sturheit. Sein bester Freund war ein gebrochener Mann. Daran hegte Carter keinen Zweifel. Doch wie er ihm helfen sollte – und ob er das überhaupt konnte, das wusste er nicht.

Carter und Paul beobachteten gemeinsam die sich windenden und hopsenden Menschen auf der Tanzfläche. »Nebenbei: Wir müssen dringend eine Frau für dich finden, Carter.« Dabei nickte Paul in Richtung einer Gruppe Damen, die sich zum Rhythmus der Musik bewegten.

»Lass gut sein, Mann«, meinte Carter seufzend. »Ich brauche keine Frau.«

»Warum?«

»Weil Frauen nur harte Arbeit und eine Menge Ärger bedeuten. Und davon habe ich mit Max schon genug.«

Außerdem wollte er nicht irgendeine Frau, sondern eine ganz bestimmte.

Paul lachte zustimmend und stellte zwei weitere Drinks auf den Bartresen. Gierig schnappte sich Carter eines der Gläser und stürzte die Hälfte seines Whisky Cola hinunter. Oh ja. Das war genau das, was er brauchte. Er musste aufhören, an seine Peaches zu denken, und sich das Hirn zuballern. Er musste damit aufhören, sich in etwas hineinzusteigern, sich unnütze Sorgen zu machen, zu fantasieren …

Carter verharrte mitten in der Bewegung mit dem Glas an den Lippen und zwinkerte verdattert. Himmel! Halluzinierte er jetzt schon? Er brach sich fast den Hals, als er versuchte, an den zahllosen Besuchern auf der Tanzfläche vorbeizuspähen, um die rothaarige Frau besser sehen zu können, die etwa zehn Meter von ihm entfernt tanzte.

Heilige – Mutter – Gottes.

Es war Peaches.

Und sie trug verdammt noch mal das aufreizendste Kleid, das er jemals gesehen hatte. Es war schwarz und aus Seide, und der Rückenausschnitt reichte so tief, dass er fast ihren Poansatz sehen konnte. Shit! Und ein nackter Rücken konnte nur eins bedeuten.

Kein BH.

Sofort wurde sein Schwanz hart und machte Anstalten, sich aus dem Hosenschlitz befreien zu wollen, um zu ihr zu kommen. Carters Herz hämmerte wie verrückt. Ihr Körper bewegte sich wie Wasser, fließend und mühelos. Sie hatte sich die Haare zu einem Knoten hochgebunden, was äußerst sexy und elegant aussah, und ihre hochhackigen Schuhe … würden sich hervorragend auf seinen Schultern machen.

Er schluckte schwer und beobachtete, wie sie sich wiegte und den Text des Lieds mit den Lippen nachformte. Als sie sich mit den Händen über die Hüften strich, wurde Carter sofort von Eifersucht gepackt. Eigentlich sollten es seine Hände, seine Finger sein, die sie berührten. Carter schaffte es, den Blick lange genug von ihr loszueisen, um die kleine blonde Frau zu registrieren, mit der Peaches offenbar tanzte, die sich ihrerseits jedoch eng um einen Typen mit Irokesenfrisur wickelte. Die Blondine war ganz niedlich, aber Peaches war der pure Sex. Sofort war Carter unendlich scharf auf sie.

Dem Kerl, der einige Meter links von Peaches stand, ging es offenbar genauso. Carter beobachtete, wie sich das Arschloch in Bewegung setzte und auf sie zusteuerte, sich dabei das Haar zurechtstrich. Sofort stieg ein tiefes wütendes Knurren aus seiner Kehle auf, und seine Hände ballten sich unwillkürlich zu Fäusten.

Ohne nachzudenken, stieß sich Carter von der Bar ab und marschierte los. Paul rief ihm etwas hinterher, doch er achtete nicht darauf, sondern bahnte sich einen Weg durch die Tänzer auf Peaches und den Vollidioten zu, dem offenbar nicht viel an seiner körperlichen Unversehrtheit lag. So besitzergreifend kannte sich Carter selbst nicht. Er spürte, wie ihn ein Adrenalinrausch überkam.

Gerade als der Dreckskerl die Hand nach Peaches' Taille ausstreckte, packte Carter seinen Arm und verdrehte ihn. Grob.

Dann schob er ihn rückwärts. Der Sack taumelte vor ihm her. Carter beugte sich dicht neben sein Ohr, damit der Kerl auch sicher alles verstand, was er ihm zu sagen hatte.

»Du fasst sie verdammt noch mal nicht an. Tust du es doch, reiße ich dir den Arm aus. *Capisce?*«

Der Sack setzte nicht mal zum Widerspruch an. Carter ließ ihn los und formte mit den Lippen die Worte: *Verpiss dich*. Das ließ der Kerl sich nicht zweimal sagen. Carter sah ihm nach, als er zwischen den Menschen auf der Tanzfläche verschwand. Dann atmete er noch einmal tief durch, ehe er sich zu Peaches umwandte. Glücklicherweise schien sie weder Carter noch den kleinen Schlagabtausch bemerkt zu haben. Perfekt.

Er trat hinter sie und hob die Hände.

Peaches' blonde Begleitung wurde auf ihn aufmerksam. Lasziv und unverhohlen fasziniert musterte sie Carter von Kopf bis Fuß, doch das war ihm vollkommen gleichgültig. Das Einzige, was er wollte, war, dieses wundervolle Wesen vor sich zu berühren.

Peaches, die offenbar spürte, dass jemand hinter ihr stand, schickte sich an, sich umzudrehen. Carter legte rasch die Hände um ihre Oberarme und hielt sie fest, mit dem Rücken an seine Brust gepresst, und gerade, als dröhnend die ersten Töne von »No Diggity« von Blackstreet und Dr. Dre einsetzten, drückte er den Mund neben ihr Ohr. Er schnupperte. Sie roch unglaublich.

»Weißt du eigentlich, was du all den Männern hier im Klub antust, Peaches?«

Sie versteifte sich unter seinen Händen. Er lockerte den Griff um ihre Oberarme ein wenig und ließ die Handflächen zu ihren Ellenbeugen hinabgleiten. Als er sah, dass sie eine Gänsehaut bekam, lächelte er und zog sie dichter an sich.

»Und weißt du auch, was du *mir* gerade antust?«

Er ließ die Hände weiter nach unten gleiten, über ihre weichen Unterarme, zu ihren Handgelenken und schließlich zu ihren Händen. Carter wartete darauf, dass sie ihn bat aufzuhören, und gleichzeitig betete er zum Himmel, dass sie es nicht täte. Sie drehte den Kopf zu ihm, wobei ihre Nasenspitze über seinen Unterkiefer strich.

»Was denn, Carter?«, säuselte sie, verschränkte die Finger mit seinen und drückte seine Hände an ihren Bauch.

»Deinetwegen möchte ich jeden Mann hier drinnen, der dich ansieht oder auch nur daran denkt, dich anzufassen, auf der Stelle umbringen.«

Sie stieß ein Stöhnen aus, und er sah, wie ein Lächeln auf ihren Lippen spielte. Auf ihren vollen glänzenden Lippen.

»Bist du eifersüchtig, Carter?« Ganz langsam bewegte sie die Hüften hin und her.

Er wich ein Stück zurück und hörte sie ächzen, als sein harter Schwanz ihren Po berührte.

»Unheimlich eifersüchtig.« Er schob die Nase noch tiefer in ihr Haar und sog genüsslich den Duft nach süßen saftigen Pfirsichen ein. »Spürst du es?« Noch einmal stieß er die Hüften nach vorn und ächzte, als sie zur Erwiderung die Hüften bewegte.

Er ließ ihre Hände los, nahm die Handflächen jedoch nicht von ihrem nur von Seide verhüllten Bauch. Behutsam schob er sie nach außen, bis sie schließlich auf ihren Hüften lagen. Sie passten perfekt in seine großen Hände, genau wie er es sich vorgestellt hatte. Er ließ die Hände dort ruhen, zog Peaches dicht an sich und begann, sich zur Musik zu wiegen. Er stöhnte unwillkürlich auf, als sie zu tanzen begann, sich dabei an ihn schmiegte und den Kopf zurücklegte, sodass sich ihre Nase an seinem Hals befand.

Peaches tastete nach seinen Händen, umfasste sie und begann, sich ein wenig schneller zu bewegen.

»Was machst du da?«

»Ich tanze mit dir, Carter. Warum? Wie fühlt es sich denn an?«

»Es fühlt sich absolut perfekt an.« Er ließ die Hände wieder aufwärtsgleiten. Seine Daumen strichen über die Unterseite ihrer Brüste.

Was hätte er darum gegeben, sie berühren zu können! Zu spüren, wie ihre Brustwarzen unter seinen Fingerspitzen hart wurden. Sie in den Mund zu nehmen. Ihre Haut zu schmecken, jeden Zentimeter ihres Körpers. Er rieb die Hüften an ihrem Po, drückte ihr einen Kuss auf den Hals. Sie legte den Kopf wieder zurück an seine Brust und schlang die Arme um seinen Hals.

Als Carter ihre Nägel auf seiner Kopfhaut spürte, stöhnte er mit dem Mund an ihrer Schulter. Ihre Körper bewegten sich im Einklang. Peaches' Po befand sich genau vor seinem Schritt, während Carter mit den Händen gemächlich über ihre Seiten strich. Als er den Saum ihres Kleids an ihren Schenkeln erreichte, ließ Carter tollkühn die Fingerspitzen über ihre zarte Haut tanzen. Ihre Nägel gruben sich in seine Kopfhaut. Sie ächzte.

»Ich will dich«, raunte er ihr ins Ohr, bevor er einen weiteren Kuss auf die Kuhle dahinter hauchte. »Gott steh mir bei, aber mir ist egal, ob es gegen die Vorschriften ist. Ich will dich so sehr.«

Sie drehte wieder den Kopf, sah ihm direkt in die Augen und lächelte aufreizend. »Ich will dich auch.«

Carter wirbelte sie herum, packte ihre Hand und zog sie hinter sich her in eine dunkle Ecke. Dort drückte er sie vor sich an die Wand, Nase an Nase, die Hände neben ihren Kopf gestützt. »Sag das noch mal«, forderte er.

»Was?«, fragte sie. Ihre Augen waren groß und vom Alkohol vernebelt.

»Sag mir, dass du mich willst«, verlangte er. »Ich muss es hören. Unbedingt.«

»Ich will dich.«

Bevor sie noch ein weiteres Wort sagen konnte, umfasste Carter ihr Gesicht und presste den Mund kraftvoll auf ihre Lippen, während ihr aufwühlendes Geständnis sich in seinen Körper, seine Seele brannte. Sofort spürte er ihre Hände an seinem Hals. Sie zog ihn nach unten, dichter zu sich, und ihre Zungen trafen sich, mal in ihrem Mund, mal in seinem. Sie schmeckte unglaublich. Liebe Güte, er hatte schon beinahe vergessen, wie gut sie sich anfühlte! Er stürzte sich geradezu auf sie, ohne besonderes Feingefühl, doch, verdammt noch mal, er konnte einfach nicht anders. Er musste die Reibung ihres Körpers spüren. Er wollte in ihr sein.

Der Kuss war heiß, gierig und feucht.

Er wagte sich immer weiter vor, und sie ging darauf ein, erwiderte seine drängenden Annährungen. Wildes Verlangen flammte in ihm auf, so stark, dass er kaum noch Luft bekam. Und erst ihr Duft. Fuck, Carter war so benebelt davon, dass er beinahe nicht mitbekommen hätte, wie sein Name gerufen wurde.

Drei Mal.

Er zog sich ein wenig zurück, hauchte zarte Küsse auf ihren Unterkiefer. »Was ist, Baby?«, stöhnte er an Peaches' Lippen.

»Das war ich nicht«, sagte sie und blickte zu der Stelle, von wo aus gerufen worden war.

Carter wandte sich verwirrt um und entdeckte Paul, der ziemlich durcheinander wirkte.

»Was ist?«, blaffte Carter und blieb beschützend vor der Frau in seinen Armen stehen.

»Tut mir leid, Mann«, stammelte Paul. »Es ist wegen Max. Er ist weg. Ich konnte ihn nicht aufhalten. Er hat die ganze Zeit von diesem Deal gebrabbelt, und dann ist er raus, und zwei Kerle sind ihm gefolgt, und ich weiß nicht, aber die sahen mir nicht ganz koscher aus.«

Carter rutschte das Herz in die Hose, und sein Mund wurde plötzlich trocken. »Ich … Shit! Gib mir einen Augenblick.«

Paul nickte knapp und zog sich zurück.

Carter ließ Peaches' Taille los und schlug wütend mit der Hand gegen die Wand. »Scheiße!«

Peaches legte die Hände an seine Wangen. »Hey. Wenn er dich braucht, dann geh.« Ihre Miene war verständnisvoll, ihr Tonfall bestimmt.

Frustriert legte er die Stirn an ihre. »Aber ich brauche dich.« Er meinte es so ernst wie noch nie zuvor im Leben.

Sie lächelte mit den Lippen an seiner Wange. »Ich weiß, aber …«

Carter presste rasch die Lippen auf ihre. »Kein Aber«, murmelte er. »Um Himmels willen, bitte kein Aber.«

Sie lachte, streichelte seine Wange. Ihre Berührungen waren so unbeschreiblich tröstlich. »Ich wollte eigentlich sagen, dass wir heute Nacht sowieso unmöglich noch weiter gehen können.«

Carter fühlte sich wie vor den Kopf gestoßen.

»Ich reise morgen früh ab, und du musst dich um deinen Freund kümmern. Heute Nacht ist nicht unsere Nacht.«

Er wusste, dass sie recht hatte. Er wusste, dass Max seine Hilfe brauchte. Und er wusste auch, dass jetzt nicht der richtige Zeitpunkt war, um Peaches mit nach Hause zu nehmen und sie nach allen Regeln der Kunst durchzuvögeln. Aber begeistert war er trotzdem nicht.

»Wirst du – meldest du dich nächste Woche bei mir?«, fragte

er und scherte sich nicht darum, dass es ziemlich verzweifelt klang.

»Aber sicher.« Ihr Blick wanderte über sein Gesicht, als wollte sie es sich vor ihrer zeitweisen Trennung noch einmal genau einprägen. Das gefiel ihm. »Ich glaube, wir müssen uns dringend unterhalten.«

Ihre Worte kühlten Carter ab. »Okay«, stimmte er zu. Dann stöhnte er frustriert. »Ich muss los. Tut mir leid.«

»Geh«, sagte sie mit einem zärtlichen Lächeln. »Wir sehen uns bald wieder.«

Noch einmal presste er den Mund auf ihren, saugte gierig, knabberte an ihren Lippen. Dann machte er sich abrupt los.

»Pass auf dich auf«, mahnte er mit erhobenem Finger. »Und schick mir noch eine Nachricht, wenn du heute Abend wieder zu Hause bist.«

Peaches salutierte lachend.

»Das ist mein Ernst.«

Ihr Lachen erstarb. »Ich melde mich. Versprochen. Jetzt geh, und sieh nach Max.«

18

Carter hörte Max schon, bevor er ihn sah. Der Idiot brüllte, dass er in Ruhe gelassen werden wollte. Dann folgten Geräusche eines Handgemenges und schließlich ein Aufjaulen. Carter durchquerte mit großen Schritten Max' Wohnzimmer, marschierte direkt an dem sichtlich aufgebrachten Paul vorbei zur Couch, auf der Max ausgestreckt lag. Man hatte ihn ordentlich in die Mangel genommen. Seine Nase war blutverschmiert, und sein rechtes Auge schwoll langsam zu.

»Was zum Teufel …?«, fluchte Carter leise.

»Carter!«, rief Max lallend und grinste berauscht. »Sieh dir das mal an!« Er hob sein Hemd an und präsentierte mehrere große Blutergüsse und eine Schnittwunde, die sich über seine Rippen erstreckte.

Sofort fuhr Carter wütend zu Paul und Cam herum. Letzterer saß in der Ecke, mit einem Joint im Mund und einer Nutte auf dem Schoß. »Wo zur Hölle wart ihr beiden, als das passiert ist?«

Paul hob sofort die Hände. »Mach uns keine Vorwürfe«, hielt er dagegen. »Der Idiot ist einfach abgezogen, wollte nicht, dass wir mitkommen. Ich hab mein Bestes getan!«

»Kein Zweifel«, meinte Carter. »Haben die Bullen etwas mitbekommen?«

Paul schüttelte den Kopf. »Bevor die Cops kamen, waren die Wichser schon über alle Berge.«

Carter ging hinüber zu Max. Der hielt inzwischen die Klappe und verfolgte benommen, wie sein Kumpel Al ihm einen

Joint anzündete und schließlich reichte. Stöhnend nahm Max einen Zug und versuchte, sich zu bewegen, verzog jedoch sofort schmerzhaft das Gesicht. Die Mistkerle hatten ihm wirklich eine gehörige Abreibung verpasst.

»Wie viele waren es?«, fragte Carter Paul.

»Keine Ahnung. Als ich dazukam, waren es zwei, aber gut möglich, dass es vorher noch mehr waren.«

Ach was! Max sah aus, als hätte er sich mit der gesamten Nationalgarde angelegt.

Laura, Max' neuestes Spielzeug, erschien in der Küchentür. Sie trug noch immer ihr Klub-Outfit. Sie hatte eine Schüssel Wasser und ein Handtuch mitgebracht. Verkrampft lächelte sie Carter zu, ehe sie neben Max in die Knie ging und versuchte, ihn ein wenig zu säubern. Bei einem Versuch blieb es jedoch, denn Max fluchte und scheuchte sie sofort mit der Hand fort.

»Lass das, O'Hare«, zischte sie, »sonst versohle ich dir erst richtig den Hintern!«

Max grinste sie an, eine Zigarette schlaff zwischen den blutigen Lippen, und zwinkerte ihr mit seinem unversehrten Auge zu. »Wenn du so redest, kriege ich gleich einen Ständer.«

Laura verdrehte genervt die Augen und machte sich wieder daran, Max' lädiertes Gesicht abzutupfen.

»Wir müssen dich ins Krankenhaus schaffen«, entschied Carter.

Laura knöpfte derweil Max' Hemd auf, und nun konnten alle sehen, wie er zugerichtet worden war. Carter biss unwillkürlich die Zähne zusammen, als Laura mit dem Handtuch über Max' Rippen fuhr und der sofort zusammenzuckte.

»Mir geht es gut«, behauptete Max. »Außerdem stellen die im Krankenhaus zu viele Fragen.«

»Max«, versuchte Carter ihn umzustimmen. »Wenn wir aber nur …«

»Ich gehe nicht hin«, sagte Max in einem Ton, der keinen Widerspruch duldete. »Die Ärzte verständigen nur die Bullen. Dass die bei mir rumschnüffeln, darauf habe ich keine Lust. Nicht dass sie etwas finden würden. Die Mistkerle haben mein Koks geklaut.«

Carter fuhr sich gereizt über den Unterkiefer und schnaubte frustriert. »Wie viel war es?«

»Genug.« Max beäugte ihn neugierig. »Ich dachte, du wärst noch in der Bar. Paul meinte, du wärest plötzlich verschwunden.«

Carter wich Max' bohrenden Blicken aus und tastete nach den Zigaretten in seiner Gesäßtasche. »Ja«, murmelte er. »Ich hab einen Spaziergang gemacht.«

Max lachte schnaubend auf und verzog gleichzeitig schmerzerfüllt das Gesicht. »Soso, einen Spaziergang? Und wie heißt sie?«

Carter ignorierte die Frage, ließ stattdessen sein Feuerzeug aufschnappen. Laura erschien wieder mit einem Eisbeutel und versuchte, ihn auf Max' Gesicht zu drücken, doch der begann sofort wieder, wild um sich zu schlagen.

»Was zum Teufel hast du dir nur dabei gedacht?«, fragte Carter seinen Freund schließlich.

»Mach dir keinen Kopf«, meinte Max und winkte fahrig ab. »Ich hol mir das Koks zurück. Das schwöre ich bei Gott. Du leistest mir doch Schützenhilfe, oder?«

Seufzend nahm Carter einen tiefen Zug aus seiner Zigarette. »Aber klar, Max.«

Er stand auf. Sein Handy vibrierte, er zog es aus der Hosentasche. Eine Mitteilung war eingegangen. Peaches.

Bin wohlbehalten zu Hause angekommen.

Carter lächelte. Versonnen strich er sich mit dem Zeigefinger über die Unterlippe, dachte wieder daran, wie es sich angefühlt hatte, ihren Mund auf seinem zu spüren, sie im Arm zu halten. Er wusste, dass ein Teil von ihm – ein tief verborgener, noch unergründeter Teil – ihm bereits leise Worte zuflüsterte, die umschrieben, welche Gefühle er für diese Frau entwickelte. Bislang hatte er nicht auf sie gehört, sondern sie beiseitegeschoben und schlichtweg ignoriert. Lediglich die Leidenschaft, die ihr Körper und ihr wacher Verstand in ihm entfachten, ließ er zu. Er wollte seinen Empfindungen kein verdammtes Etikett verpassen. Er wollte nur seine Peaches, auf jede Art, die sie zuließ.

Er betrachtete noch mal seinen verletzten Freund. Bei dem Gedanken, dass er wegen der Dummheit seines Freunds wieder verhaftet werden könnte, breitete sich sofort ein unbehagliches Gefühl in seiner Magengrube aus. Wenn Max so weitermachte, würde Carter wahrscheinlich noch vor Weihnachten wieder in *Kill* landen.

Die Mitteilung seiner Süßen leuchtete auf dem Display. Er dachte wieder daran, wie sie sich angefühlt hatte, wie ihr Körper sich an seinem gerieben hatte, was sie sich gegenseitig versprochen hatten.

Nein. Er würde nicht zulassen, dass man ihn wieder einsperrte. Er würde seine Peaches nicht verlieren.

Das Wetter in D. C. war grau und stürmisch und passte zu den bedrückten Gesichtern der beiden Frauen, die über den großen Friedhof schritten. Kat ging langsam mit ihrer Mutter, die sich bei ihr untergehakt hatte, auf den Grabstein zu, der sich in den vergangenen sechzehn Jahren kaum verändert hatte. Als die Grabstätte in Sicht kam, drückte sich ihre Mutter enger an sie.

Kat legte die Hand auf ihre. »Alles in Ordnung?«

Eva nickte. »Es nach längerer Zeit zum ersten Mal wieder zu sehen ist immer am schlimmsten.« Sie verließen den Pfad und traten dichter zum Grab. Kat ließ ihrer Mutter immer den Vortritt. Eva legte eine tiefrote Rose auf den schwarzen Marmor. Kat wandte sich ab, damit sie ungestört sein konnte.

Sie ging ein paar Schritte den Pfad entlang und ließ es zu, dass ihre Gedanken zurück nach New York wanderten.

Der Samstag war ein echter Schock für sie gewesen. Der Junggesellinnenabschied ihrer Nachbarin hatte eine wirklich unerwartete, aber auch aufregende Wendung genommen. Von der Erinnerung daran, wie Carter mit ihr getanzt hatte, sich an sie geschmiegt, sie berührt hatte, wurde ihr ganz warm im Bauch.

Die Worte, die sie gewechselt, und die Nachrichten, die sie sich seit jenem Abend geschickt hatten, waren die Bestätigung dafür, dass Kat Gefühle für Carter entwickelt hatte, obwohl sie sich eigentlich von dem Tag an, an dem sie ihn kennengelernt hatte, dagegen gewehrt hatte. Sie wollte mit ihm zusammen sein. Er stellte ihre Welt auf den Kopf, und sie musste sich eingestehen, dass ihr das gefiel. Es war beängstigend, beglückend und gefährlich, doch trotzdem würde sie alles daransetzen, um bei ihm zu sein.

Die Trennlinie, die einst zwischen ihnen bestanden hatte, war nun verwischt, löste sich vor Kats Augen in Luft auf. Sie war mehr denn je bereit, sie zu übertreten, denn tief in ihrem Herzen wusste sie, dass auf der anderen Seite Carter auf sie wartete.

Als Eva wieder zu ihr trat, konnte Kat auf ihren Wangen noch zarte Tränenspuren erkennen.

»Geht es dir gut?«

Evas Miene war ruhig und zufrieden. »Jetzt schon«, sagte sie und ging davon. »Lass dir Zeit, Katherine.«

Kat betrachtete die goldenen Lettern auf dem Marmor, die

seinen Todestag angaben. Kat schien es, als wäre es erst gestern gewesen. Sie zog den Mantel enger um sich und ging in die Knie, bis sie sich auf Augenhöhe mit seinem Namen befand.

»Hey, Daddy«, flüsterte sie. »Tut mir leid, dass mein letzter Besuch schon so lange her ist. Ich habe gerade viel um die Ohren.« Lächelnd zog sie das *D* seines Namens mit dem Zeigefinger nach. »Die Arbeit läuft gut. Meine Schüler sind toll.« »Sie lachte, leise und stolz. »Sie hören mir inzwischen wirklich zu, und ich habe das Gefühl, etwas bewirken zu können. Daddy, ich …« Sie blickte zum finsteren Himmel hinauf und schloss die Augen. »Ich muss immer an das denken, was du in jener Nacht zu mir gesagt hast. Darüber, dass man etwas bewirken, etwas zurückgeben muss. Und du sollst wissen, dass ich mich so sehr bemühe, dir gerecht zu werden.« Sie holte tief Luft. »Ich wollte dir erzählen, dass ich … ich etwas empfinde für … jemanden … und ich habe Angst, dass du deswegen schlecht von mir denken könntest.« Kat spähte verstohlen nach ihrer Mutter. »Mom wird es auf jeden Fall tun.«

Wie in einem Daumenkino spulten sich in ihrem Kopf die Erinnerungen an all die Kommentare und bösen Blicke ab, mit denen ihre Mutter sie jedes Mal bedacht hatte, wenn die Sprache auf ihren Job gekommen war. »Sie versteht nicht, weshalb ich tue, was ich tue, und manchmal … manchmal fühle ich mich deswegen so hin und her gerissen. Gefangen. Als würde ich versuchen, es euch beiden recht zu machen, obwohl ich doch eigentlich nur tun sollte, was mir selbst richtig erscheint. So hast du es mir beigebracht, und … meine Gefühle für ihn fühlen sich richtig an. Er hat Fehler gemacht wie wir alle, aber …« Kat klammerte sich an der Oberkante des Marmorsteins fest.

»Aber du musst wissen, dass er ein guter Mensch ist. Er hat in seinem Leben falsche Entscheidungen getroffen, und manchmal treibt er mich fast in den Wahnsinn, aber trotzdem hat er einen guten Kern. Das weiß ich einfach.« Ihr Blick fiel auf das Grab ihrer Großmutter, das gleich neben dem ihres Vaters lag. Sie lächelte. »Ich weiß, dass du, egal, wo du jetzt auch bist, glücklich bist und auf mich achtgibst. Das kann ich jeden Tag in meinem Herzen spüren.« Tränen rannen ihre Wangen hinab. »Daddy, ich liebe dich so sehr, und ich vermisse dich. Bitte, versuch meine Gefühle zu verstehen. Es könnte sein, dass ich ihn wirklich gernhaben könnte.«

Gerade als Kat diese Worte aussprach, legte sich für den Bruchteil einer Sekunde der Wind, die Wolkendecke über ihr riss auf, und ein schmaler Sonnenstrahl brach durch sie hindurch. Der flüchtige Strahl wärmte ihren Rücken. Ihr Körper entspannte sich.

Kat blickte zwinkernd nach oben in die Sonne. Tief in ihrem Inneren wusste sie, dass ihr Vater ihr und Carter gerade seinen Segen gegeben hatte.

Der Flug von D. C. nach Chicago verlief angenehm, und Kat lächelte entspannt, als sie Harrison am Flughafenterminal entdeckte. Eva schloss ihn fest in die Arme, während er ihr liebe Worte zuraunte. Wieder einmal war Kat dankbar dafür, dass Harrison großes Verständnis für Evas Trauer um ihren verstorbenen Ehemann zeigte. Er schien immer genau zu wissen, was sie wann brauchte, und reagierte nie verletzt auf den jährlichen Besuch an Daniels Grab. Vor seinem Tod waren ihr Vater und Harrison jahrelang gute Freunde gewesen. Und auch wenn sich ihre Mutter anfangs gewehrt hatte, war es gut, dass die beiden zusammengekommen waren. Als Kat sah, wie sich die beiden nach der mehrtägigen Trennung mit einem strahlenden Lächeln und vielen Küssen begrüßten, spürte sie ein sehnsüchtiges Ziehen in der Brust. Schnell schlang sie die Arme um den

Oberkörper in dem Versuch, ihrem Körper vorzugaukeln, sie gehörten zu einem blauäugigen Exsträfling.

Es funktionierte nicht.

Harrison war einen Tag zuvor nach Chicago gereist und hatte ein Auto gemietet, in das sie sich quetschten. Evas Mutter, die Kat liebevoll Nana Boo nannte, arrangierte jedes Jahr um die Zeit ein kleines Familientreffen auf ihrem weitläufigen Anwesen am Rande der Stadt, um, wie sie sagte, das Leben des Mannes zu feiern, der ihre Tochter so glücklich gemacht und ihr eine wunderschöne Enkelin geschenkt hatte.

Auf der Fahrt zog Kat das Handy aus der Tasche. Schon seit Tagen hatte sie nichts mehr von Carter gehört. Sie konnte nicht leugnen, dass sie ihn vermisste. Sobald sie das Gerät eingeschaltet hatte, wurde eine Mitteilung von Austin angezeigt.

Hoffe, du amüsierst dich in Chicago. Schick mir eine kurze Mitteilung, damit ich weiß, dass du sicher angekommen bist. Tut mir leid, dass ich nicht kommen konnte.

Sie schluckte resigniert. Beth hatte es für eine gute Idee gehalten, Austin zur Feier nach Chicago einzuladen. Kat war weniger begeistert gewesen und hatte entsprechend erleichtert reagiert, als Austin absagte, weil er arbeiten musste. Sich per Kurzmitteilung aus einer Verabredung mit ihm herauszureden war das eine. Doch ihm von Angesicht zu Angesicht gegenüberzustehen? Da wäre ihr Carter lieber gewesen. Sie spähte unauffällig zu ihrer Mutter hinüber und malte sich aus, welchen Eklat seine Gegenwart wohl heraufbeschwören würde. Seufzend begann sie zu tippen.

Hoffe, du musst nicht zu schwer arbeiten.

Spöttisch dachte sie, dass Carter seine Arbeit wahrscheinlich sogar an einen Stuhl gefesselt und mit verbundenen Augen hätte erledigen können. Ein Bild stieg vor ihrem geistigen Auge auf, und sofort wurden ihre Wangen heiß. In ihrer Fantasie war er nackt. Jäh vibrierte das Telefon auf Kats Oberschenkel. Ihr Herz geriet kurz aus dem Takt.

Mir geht es gut. Arbeit ist okay. Nur langweilig, sie ganz allein zu erledigen. Du vermisst mich, was?

Kat schüttelte über seine Arroganz den Kopf. Dass seine Behauptung zutraf, war irrelevant.

Oh ja, Carter, ich vermisse dich fürchterlich (Achtung! Sarkasmus). Bin gerade in Chicago angekommen.

Dachte, du wärest in D. C.? Du vermisst mich. Ich merke es.

Kat schnaubte.

Ihre Mutter sah sie neugierig an. »Wem schreibst du?«, fragte sie. »Austin?«

Kats Lächeln verschwand. »Ähm, nein. Nur mit einem Freund.«

Eva nickte, schien jedoch nicht ganz zufrieden. »Nun, ich hoffe nicht, dass es wieder diese … Leute vom Gefängnis sind – oder diese Kreatur, mit der du in der Bibliothek sitzt. Ich kann noch immer nicht fassen, dass sie dir gestatten, mit ihm allein zu sein, obwohl er doch so gefähr…«

»Mom.«

Ihre Mutter seufzte. »Sie könnten doch so anständig sein, dich wenigstens diese Woche in Ruhe zu lassen.«

Wir waren für drei Tage in D. C. Besuchen jetzt meine Großmutter in Chicago. Und auch wenn du es leugnest, weiß ich, dass du mich schrecklich vermisst.

Ich vermisse dich. So. Bist du jetzt glücklich?

Kats Pulsschlag beschleunigte sich, was wohl als ein eindeutiges Ja zu werten war. Kat strahlte und biss sich auf die Unterlippe.

Schon gut, Carter. Ich vermisse dich auch.

Ich kann dich noch immer auf meiner Zunge schmecken.

Kat entfuhr ein Stöhnen. Das leichte erregte Ziehen in ihrem Schoß verwandelte sich in ein forderndes Pochen. Dieser Mann war erbarmungslos. Kat gestattete ihren Gedanken, in dunkle unanständige Gefilde abzudriften, in denen Carter und sie die wildesten Dinge tun konnten … Dinge, von denen sie bisher höchstens gelesen hatte.

Kat war nicht gerade ein Mauerblümchen. Sie hatte schon vier Liebhaber gehabt, mit denen sie recht guten Sex gehabt hatte. Trotzdem hatte Kat jedes Mal, wenn sie darüber nachdachte, wie Sex mit Carter sein könnte, das Gefühl, dass er all ihre bisherigen Erfahrungen mühelos in den Schatten stellen würde. Er war so dominant und leidenschaftlich, und Kat hegte keinen Zweifel daran, dass er sich im Bett ebenso gebärden würde.

Sie wollte, dass er sie führte, sie sich nahm, sie fickte …

Erschrocken schlug sie die Hand vor den Mund, überrascht von ihren eigenen schamlosen Gedanken.

Carter begehrte sie. Das hatte er selbst gesagt. Aber war das alles? Ging es ihm nur um eine heiße Nummer? Das hätte Kat zu gern gewusst.

Die Erfahrung zeigte, dass Männer von Carters Schlag nicht unbedingt für Beziehungen gemacht waren und lieber die Flucht ergriffen, wenn sie das Wort »Monogamie« hörten.

Kat betrachtete ihr Spiegelbild in der Seitenscheibe des *Lexus*.

Dachte sie da gerade tatsächlich über eine Beziehung mit Carter nach?

Eine feste, langfristige Beziehung?

Ja. Das tat sie wirklich.

Kann ich dich morgen anrufen?

Jederzeit.

»Katherine, wir sind da.« Evas Stimme drang in Kats Tagträumereien. Sie sah auf. Tatsächlich, sie standen bereits auf der gepflasterten Einfahrt vor Nana Boos Anwesen.

Das Haus war genauso schön und beeindruckend, wie Kat es in Erinnerung hatte. Sie lächelte, als sich die große Eingangstür aus Eichenholz öffnete und Nana Boo auf der Schwelle erschien, gefolgt von Reggie, ihrem schwarz-weißen Hund, der versuchte, sich an ihr vorbeizudrängen. Kat sprang aus dem Wagen, klopfte sich auf die Oberschenkel und stieß einen Pfiff aus. Reggie flitzte sofort auf sie zu. Er kläffte fröhlich und wedelte wie wild mit dem Schwanz. Dann sprang er an ihr hoch und leckte sie ab.

»Reggie!«, schimpfte Nana Boo. »Runter!«

Der Hund gehorchte sofort mit einem belämmerten Blick zu seiner Herrin.

Kat lachte und eilte zu ihrer Großmutter, die sie augenblicklich in die Arme schloss und fest an sich drückte. Sie roch nach Pfefferminze und Lavendel.

»Oh, mein liebes Mädchen«, sagte Nana leise, worauf Kat sie noch fester in den Arm nahm.

Ihre Großmutter legte ihre kleinen, runzligen Hände an Kats Wangen. In den grünen Augen ihrer Großmutter las Kat nichts als Liebe und Wärme, und sofort fühlte sie sich ruhiger und ermutigt. Nana Boos Nähe hatte stets eine tröstliche Wirkung auf Kat. Das war wohl die besondere Gabe der Großmütter.

Auch Eva drückte ihre Mutter fest an sich, bevor sie schließlich gemeinsam ins Haus gingen.

Nana Boo hatte Essen und Trinken für die etwa dreißig Gäste bestellt, die am folgenden Abend erwartet wurden. Ben würde kommen, zusammen mit seiner Frau Abby und seinen Eltern. Dazu noch Kollegen ihres Vaters, eine Vielzahl an Mitgliedern der diversen Wohltätigkeitsvereinigungen, die ihr Vater zu Lebzeiten unterstützt hatte, und Beth und Adam.

Obwohl Beth alles abgestritten hatte, wurde Kat noch immer den Eindruck nicht los, dass etwas mit ihrer besten Freundin nicht stimmte. Insgeheim sorgte sie sich, ob sie vielleicht etwas gesagt oder getan hatte, mit dem sie ihre Freundin gekränkt hatte.

Kat hob ihre Taschen auf das Bett in ihrem alten Kinderzimmer und versuchte, die bösen Vorahnungen zu verdrängen, die ihr schwer im Magen lagen.

19

Am Nachmittag des nächsten Tages war das Haus voll. Kat beobachtete, wie das Servicepersonal durch die Gästeschar wuselte und Häppchen und Champagner offerierte, während ihre Mutter leicht und unbeschwert von einem Gast zum anderen schwebte. Für jeden hatte sie ein Lächeln und ein paar nette Worte. Man merkte ihr an, dass sie in einer Politiker-Familie aufgewachsen und mit einem der jüngsten Senatoren des Landes verheiratet gewesen war. Eva wusste genau, wie man mit wichtigen Menschen umging.

Ben, Abby, Beth und Adam hatten bei ihrer Ankunft erst mal den wilden Ansturm aus Umarmungen und Küssen von ihr wie auch Nana Boo über sich ergehen lassen müssen. Kat verfolgte, wie sie miteinander sprachen, und wunderte sich insgeheim, wie vertraut Beth und ihre Mutter inzwischen wirkten. Schon beim Geburtstagsessen war es ihr aufgefallen. Die beiden Frauen umarmten sich und sprachen leise miteinander. Offenbar waren sie irgendwann tatsächlich Freundinnen geworden.

»Wie geht es dir?«, fragte Kat und küsste Beth auf die Wange.

»Gut«, antwortete Beth mit einem Seitenblick auf ihren Verlobten, der sich merklich unwohl zu fühlen schien. »Und bei dir? Gibt es was Neues?«

»Nichts Aufregendes.« Kat scharrte unbehaglich mit dem Fuß und spürte, wie ihre Wangen unter den prüfenden Blicken ihrer Freundin heiß wurden.

»Irgendetwas, das du mir erzählen möchtest?«, fragte Beth beharrlich weiter.

»Nicht jetzt«, entgegnete Kat entschlossen, schickte jedoch schnell ein kleines Lächeln nach, damit es nicht wirkte, als hätte sie etwas zu verbergen. Sie war sich nicht sicher, ob es auch klappte. Nur zu gern hätte sie Beth und eigentlich ihnen allen alles erzählt. Doch irgendetwas – ein kaltes Gefühl – hielt sie zurück.

Einzig Nana Boo hatte Kat ihre wahren Empfindungen für Carter anvertraut. Das ruhige Gespräch, das sie am Vorabend mit ihrer Großmutter geführt hatte, nachdem Eva und Harrison zu Bett gegangen waren, unterschied sich grundsätzlich von den Diskussionen, die sie mit ihrer Mutter und Beth geführt hatte. Sie hatten ungezwungen und offen miteinander gesprochen und gelacht. Nana hatte Kat mit dem neusten Klatsch aus dem Bridgeklub erfreut – und mit Berichten über ihren neuen attraktiven Golfpartner Roger.

»Er ist raubeinig und nett«, erklärte Nana lachend. »Und das gefällt mir.«

Kat rollte sich mit ihrem Kamillentee auf der Couch zusammen und lauschte verträumt der weichen Stimme ihrer Großmutter. Es war wundervoll, wie ihre Großmutter immer wusste, was sie sagen musste, um Kat ein Lächeln zu entlocken, und die Überschwänglichkeit, die die alte Frau versprühte, ließ Kat die düstere Anspannung, die sie schon seit Antritt ihrer Reise verspürt hatte, vergessen. Sie konnte wieder von Herzen lachen, als ihre Großmutter ihr detailliert beschrieb, was ihr an der neuen Dame in ihrem Salsakurs nicht gefiel.

»Weißt du, Schätzchen, sie ist ein Flittchen, schlicht und einfach«, umschrieb sie kompromisslos die frisch verwitwete Ms Harper. »So«, befand Nana Boo schließlich lächelnd, »und was gibt es Neues bei dir? Du hast mir gefehlt.«

Seufzend zupfte Kat an einem losen Faden an ihrer Jogginghose. »Du hast mir auch gefehlt«, gestand sie. »Ich … mir geht es gut. Viel zu tun.«

Nana brummelte etwas und seufzte leise. »Kat, ich merke es, wenn meine einzige Enkelin neben sich steht.«

Kat lachte freudlos und schlang einen Arm um sich. »Es ist kompliziert.«

»Das ist das Leben doch immer«, meinte Nana gutherzig. »Schätzchen, ich habe dich sehr lieb, und ich möchte dir helfen, wenn ich kann.«

»Danke.«

»Ich weiß, dass deine Mutter sich Sorgen macht, Kat. Das ist schließlich das Vorrecht einer Mutter.«

»Ich weiß«, entgegnete Kat mit einem gereizten Seufzen. »Aber sie macht sich viel zu viele Gedanken. Ich bin erwachsen, Nana. Ich kann meine eigenen Entscheidungen treffen. Ich kann auf mich selbst aufpassen.«

»Das bezweifle ich nicht, Schätzchen. Du warst schon immer so stark. Wie dein Vater.«

»Und stur wie meine Mutter?«, fragte Kat ironisch.

Nana Boo lachte. »Zweifellos.« Sie schwieg kurz. »Ich weiß, dass dein Job deiner Mutter viele Sorgen bereitet, aber ich bin sehr stolz auf dich. Ich hoffe, du weißt, dass du mit mir über alles sprechen kannst. Ich stehe immer zu dir, mein Engel.«

Kat schloss die Augen und legte den Kopf an die Lehne des Sofas. Sie wusste, dass ihre Großmutter es aufrichtig meinte. »Ich … ich bin …« Kat legte sich die Hand auf die Stirn, um ein wenig den pochenden Schmerz zu lindern, der hinter ihren Augen lauerte. »Liebe Güte, ich weiß gar nicht, wo ich anfangen soll!«

»Fang am Anfang an«, ermutigte sie Nana Boo.

Und das tat Kat. Nana lauschte aufmerksam ihren Beschreibungen von *Arthur Kill* und den Unterrichtsstunden mit Carter. Zwar hatte sie, gelinde gesagt, überrascht darauf reagiert, von dem Mann zu hören, der sich langsam in Kats Herz stahl, doch sie war eine alte Romantikerin und versprach daher, immer für sie da zu sein – und ging sogar so weit, sie beide zu Thanksgiving nach Chicago einzuladen.

»Ich möchte den Mann kennenlernen, der dir das Lächeln wiedergeschenkt hat«, meinte Nana Boo gerührt.

Kat war sich nicht ganz sicher, ob Carter und sie schon auf dem *die Familie-kennenlernen-Level* angekommen waren, doch sie versprach, über das Angebot nachzudenken. Es ließ sich kaum in Worte fassen, wie viel ihr Nana Boos Zuspruch und ihr Vertrauen bedeuteten.

»Versprich mir bitte nur, dass du versuchen wirst, mit deiner Mutter zu reden«, bat sie schließlich. »Du musst ihr nicht alles erzählen, aber du solltest es zumindest versuchen.«

»Ich verspreche es.«

Doch als sie am folgenden Morgen versucht hatte, das Gespräch auf ihren Job zu lenken, hatte sie dafür nur ein gereiztes Schnauben von ihrer Mutter geerntet. Ständig hatte Eva sie mit bissigen Kommentaren unterbrochen. Ihr Ton ließ sich bestenfalls als herablassend und verächtlich beschreiben, und Kats ohnehin strapazierte Geduld wurde erneut hart auf die Probe gestellt. Lange würde sie sich nicht mehr beherrschen können. Sie hatte keine Lust mehr auf dieses Alles-ist-so-gefährlich-Spiel. Nur einmal wollte sie wie eine Erwachsene behandelt werden, wollte verstanden werden und nicht verurteilt.

Die Feier ging weiter, und Beth, Adam und Eva vertieften sich in eine fade, höfliche Unterhaltung. Kat hielt sich am Rande des Geschehens und schenkte den Gästen, die sich ihr näherten und voller Respekt von ihrem Vater sprachen, ein höfliches Lächeln. Gern hätte sie sich mehr unter die Festgesellschaft gemischt, doch heute war ihr einfach nicht danach. Beths unerklärliche Distanziertheit in Kombination mit den gereizten Blicken ihrer Mutter ließen ihr das Herz schwer werden.

»… außerhalb des Gefängnisses mit diesem Kretin Carter.« Eva spuckte seinen Namen geradezu aus, als wäre er ein Schimpfwort. Sie so reden zu hören schmerzte Kat, und widerwillig ließ sie sich nun doch in die Unterhaltung mit hineinziehen.

»Mom, er ist kein …«, setzte Kat an, verstummte jedoch, als sie von gleich drei Personen missmutig ins Auge gefasst wurde.

Das bleischwere Gefühl in ihrem Magen breitete sich noch weiter aus, und sie fragte sich, wieso sie sich inmitten von Freunden und Familie plötzlich so allein fühlte. Carters Stimme war die einzige, die sie hören wollte. Sie musste mit ihm reden, sich von seiner unkomplizierten Ehrlichkeit trösten lassen, sich versichern, dass die Risiken, zu denen sie seinetwegen bereit war, es wert waren.

»Vergesst es«, sagte sie leise, entschuldigte sich und eilte hinauf ins Badezimmer, dicht gefolgt von Reggie. Sie ließ den Hund auf dem Korridor, schloss die Tür und lehnte sich mit der Stirn dagegen.

Himmel, sie hatte das Gefühl, erstickt zu werden! Sie wollte ihren Vater hier haben. Sie wollte sein Gesicht sehen, seine ruhige, geduldige Stimme hören und seinen warmen dunklen Kirschduft riechen. Er hätte die richtigen Worte gefunden, um sie wieder aufzumuntern. Das hatte er immer getan. Oder er hatte sie so fest an seine Brust gedrückt, dass sie einfach vergessen hatte, weshalb sie überhaupt traurig gewesen war.

Tränen brannten in ihren Augen, doch nun war nicht der richtige Moment dafür.

Sie schaltete das Handy ein und tippte eine Nachricht an Carter. Ihre Daumen flogen geradezu übers Display.

Bist du beschäftigt? Willst du reden?

Im selben Moment, in dem Kat auf *Senden* drückte, klopfte es. Langsam zog sie die Tür auf. Dass Beth draußen stand, überraschte sie nicht.

»Hey.«

»Hey«, antwortete Beth. »Alles in Ordnung?«

Schluss mit dem Unsinn. Es wurde Zeit, die Karten auf den Tisch zu legen. »Nein.«

Beth blickte zu Boden. »Dachte ich mir schon.«

Kat sah ihre Freundin fragend an. »Was ist los, Beth? Ich meine, ich habe das Gefühl, dass mir hier irgendetwas entgeht. Als ich in *Kill* anfing, hast du mich noch so stark unterstützt. Du hast mir zugehört, als ich mich über Carter bei dir ausgeweint habe – und jetzt … ich weiß auch nicht.«

»Es ist … schwierig zu erklären.«

»Was ist daran schwierig? Ich dachte, du wärest auf meiner Seite. Liegt es an Austin?«

Beth riss den Kopf hoch.

Kat schlug beschämt die Augen nieder. »Es tut mir leid, wenn ich ihm falsche Hoffnungen gemacht habe. Aber wir haben uns nur ein einziges Mal geküsst, und ich habe ihm von Anfang an gesagt, dass wir es, wenn überhaupt, langsam angehen lassen sollen. Das ist alles so verwirrend für mich. Ich dachte nicht …«

Beth verzog ungläubig das Gesicht. »Heißt das … schläfst du mit Carter?«

Nun wurde Kat wütend. »Es geht dich zwar rein gar nichts an, aber nein, ich schlafe nicht mit ihm.«

»Diese Sache läuft aus dem Ruder, Kat. Kennst du ihn denn überhaupt richtig?«, bohrte Beth weiter. »Ich meine, hat er dir eigentlich erzählt, wie oft er schon im Gefängnis war … und aus welchen Gründen?«

»Wie zum …?«

»Deine Mutter hat recht. Du bringst dich in Gefahr mit deiner Arbeit, deiner …«

»Du kennst ihn doch gar nicht. Er ist anders.«

»Ach, Katherine, ich bitte dich.« Beth verschränkte die Arme. »Da spricht die Lust aus dir, mehr nicht.«

»Rede nicht mit mir, als wäre ich ein Kind«, gab Kat scharf zurück und trat dichter an Beth heran. »Das tut meine Mutter schon zur Genüge. Von meiner Freundin muss ich das nicht auch noch hören.«

»Ich spreche mit dir wie mit einem Kind, weil du dich wie eins verhältst. Und weil ich dich gernhabe und nur dein Bestes will … und weil ich mich zu lange zurückgehalten habe. Er ist dein *Schüler*, Kat, und obendrein auch noch ein Krimineller. Du setzt deine Karriere aufs Spiel, und das nur für einen albernen Flirt, der ohnehin zu nichts führen wird.«

»Was zum Teufel weißt du schon darüber?«, konterte Kat lauter als beabsichtigt.

»Eine ganze Menge mehr als du«, entgegnete Beth vielsagend.

»Warum setzt du mich dann nicht ins Bild, hm?«

»Ist hier alles in Ordnung?«, erklang Adams besorgte Stimme vom Treppenabsatz.

»Nein«, blaffte Kat.

Adam warf seiner Verlobten einen nervösen Blick zu. Die schüttelte nur kaum merklich den Kopf.

Kat hielt die Hände in die Hüften gestemmt und sah die beiden abwechselnd an. »Es hat den Anschein, als wäre ich nicht ganz auf dem Laufenden. Könnte mir vielleicht jemand verraten, was hier verdammt noch mal vor sich geht?«

Adam nahm Beths Hand. Er holte tief Luft und sah Kat ernst an. »Er ist mein Cousin.«

Kat bemerkte, dass Beth zu Boden blickte. »Wer ist dein Cousin?«, fragte sie gereizt.

Gerade als Adam den Mund öffnete, begann Kats Handy zu klingeln. Sie spähte auf das Display.

Carter.

Adam streckte die Hand aus und klopfte mit dem Finger auf das Telefon. »*Er* ist mein Cousin.«

Benommen drückte Kat den Anruf weg. Adams Worte hallten in ihrem Kopf wider. Ihr Hirn versuchte, einen Sinn darin zu erkennen, sie in eine Reihenfolge zu bringen, in der sie sie begreifen konnte.

Carter war Adams Cousin.

Sie waren miteinander verwandt.

Aber das würde ja bedeuten …

»Oh Gott!« Schwankend hielt sich Kat am Türrahmen fest.

Austin.

Beth streckte die Hand aus, um sie zu stützen, doch Kat schob sie weg. Sofort wirkte Beth zerknirscht. »Ich wollte es dir ja sagen, aber …«

»Du wusstest es«, wisperte Kat. Ihr Kopf fühlte sich so schwer und überladen mit Gefühlen an, dass es sie fast in die Knie zwang. »Als ich dir erzählt habe, dass ich Carter geküsst habe. Du wusstest es.«

Adam verschluckte sich fast. »Du hast ihn geküsst?«

»Ja«, antwortete Beth resolut und legte eine Hand an Adams Brust, richtete das Wort jedoch weiter an Kat. »Ich wusste es. Von Adam. Aber, Kat, es stand mir nicht zu, es dir zu sagen.«

»Schwachsinn!« Kat schlug mit der flachen Hand gegen die

Badezimmertür. Jetzt fügten sich die Puzzleteile langsam zusammen: Beths Distanziertheit, die bedeutungsschweren Blicke zwischen Adam und Austin, als sie ihnen erzählt hatte, dass sie Carter bei seinem Antrag auf Bewährung half. Was für ein himmelschreiender Verrat!

»Du hättest es mir jederzeit sagen können. Ihr beide«, sagte Kat wütend. »Und Austin! Aber ihr alle habt es vorgezogen zu schweigen, weil auch ihr mich wie ein Kind behandelt, dass nicht weiß, was gut für es ist.«

»Ich dachte, du würdest schnell über ihn hinwegkommen«, wehrte sich Beth. »Dass du dir jemand anderen suchen würdest, bevor du dich zu sehr auf ihn einlässt. Wir dachten, dass du, wenn du Austin nur eine Chance gäbest …«

»Moment mal. Wir?«

»Ich weiß von Adam, dass Carter einige schlimme Dinge getan hat. Er bringt nur Ärger, und er ist dein Schüler, Kat. Begreifst du denn nicht, was das bedeutet? Du hast deinen Schüler geküsst!«

»Oh ja, das habe ich. Zwei Mal sogar«, explodierte Kat. »Und ich habe es verdammt noch mal genossen.«

»Katherine!«

Die drei wandten sich gleichzeitig nach Eva um. Sie starrte Kat angewidert an. »Du … du hast diesen … diesen Mann geküsst?«, fragte sie gefährlich ruhig.

Kat bekam kaum noch Luft. Sie wusste, was sie gleich würde tun müssen, versuchte, die Scham darüber nicht zuzulassen. Sie drängte sich an Beth und Adam vorbei und eilte in Richtung ihres Zimmers. Das Gefühl zu ersticken hatte ungeahnte Ausmaße erreicht, und der hämmernde Schmerz in ihrem Kopf trieb sie fast in den Wahnsinn. *Wir?* Sie hatten alle Bescheid gewusst, alle versucht, sie von Carter fernzuhalten. Die neu entstandene Freundschaft zwischen ihrer Mutter und

Beth, Austins Beharrlichkeit. Das alles ergab jetzt einen Sinn. Plötzlich wurde Kat übel.

»Ich muss hier raus«, murmelte sie, rannte ins Zimmer und schnappte sich ihre Tasche. Dann begann sie, ihre Toilettenartikel und Kleidungsstücke, die sie am Vorabend ausgepackt hatte, wieder in die Tasche zu stopfen. Als sie fertig war, schwang sie sie über die Schulter und fuhr herum, wobei sie fast mit ihrer Mutter kollidierte, die in der Tür stand.

»Wohin willst du?« Eva beäugte kritisch die Tasche, deren Griff Kat fest umklammert hielt.

»Es tut mir leid, aber ich muss … ich muss von hier weg, Mom«, antwortete Kat und wich dem Blick ihrer Mutter aus, unter dem sie sich sonst gleichzeitig winzig und erbärmlich gefühlt hätte. »Tut mir leid.«

»Es tut dir leid?«, fauchte Eva. »Du gehst nirgendwohin. Du bleibst, wo du bist, und erklärst mir, was um alles in der Welt hier vor sich geht!«

Doch Kat wusste, dass sie es nicht erklären könnte und auch nicht würde. Sie ertrug im Augenblick die Nähe anderer Menschen nicht – insbesondere die derjenigen, die sie einfach nicht verstehen wollten. Die sie belogen und sie behandelten, als wäre sie ein Dummkopf. Es gab zu viel, worüber sie nachdenken musste, zu viele offene Fragen, auf die es keine Antworten gab. Sie musste allein sein.

»Ich kann nicht, Mom. Ich muss weg … nur für heute Nacht.« Das war eine Lüge. Kat begriff es in der Sekunde, in der sie die Worte aussprach. Sie würde in ein Auto steigen und so lange fahren, bis irgendwann der Tank leer wäre.

»Das kann ich nicht gestatten, Katherine. Du wirst jetzt deine Tasche wieder hinstellen, dich zusammenreißen und dich bei Beth entschuldigen. Wie kannst du es nur wagen, dich so zu benehmen?«

Kat lachte voll bitterer Häme. »Entschuldigen? Ich? Es gibt nichts, wofür ich mich entschuldigen müsste.«

»Schluss jetzt! Nach dem zu urteilen, was ich heute Abend gehört habe«, sagte Eva drohend und leise, »gibt es einiges, für das du dich entschuldigen müsstest.« Ungläubig riss sie die Augen auf. »Meine Güte, Katherine, was hast du dir nur dabei gedacht? Er ist gefährlich.«

Kat griff sich an die Schläfen. »Oh Gott!«

»Er ist genau wie diese Kreaturen, die deinen Vater getötet haben: böse und herzlos. Möchtest du mit solch einem Menschen zusammen sein? Begreifst du denn nicht, wie sehr du mir damit wehtust? Wie sehr es deinen Vater schmerzen würde, wenn er jetzt bei uns wäre?«

Kat verschlug es die Sprache. Sie starrte ihre Mutter fassungslos an. In ihren Augen brannten Tränen der Wut. »Es tut mir leid, dich enttäuscht zu haben.« Sie schob sich an ihrer Mutter vorbei, bemüht, nicht zu schluchzen. »Ich muss hier weg.«

Eva hielt sie am Arm fest. »Du gehst nicht. Du bist zu Ehren deines Vaters hier!«

Das brachte das Fass zum Überlaufen. »Ich weiß, warum ich hier bin«, kreischte Kat. »Ich war verdammt noch mal dabei in der Nacht, als diese Kreaturen ihn umgebracht haben. Hast du das schon vergessen, Mom?«

Der Schock über die Ohrfeige, die Kats linke Wange traf, schmerzte weitaus mehr als der Schlag selbst. Ihre Mutter hatte sie noch nie zuvor geschlagen. Tief in ihrem Inneren, unter all der Verwirrung und dem brodelnden Zorn, wusste Kat, dass sie es verdient hatte. Sie merkte, wie ihre Mutter Luft holte, gedachte jedoch nicht, noch länger stehen zu bleiben und sich anzuhören, was sie zu sagen hatte. Stattdessen riss sie sich von Eva los, stürmte aus dem Zimmer und rannte die Treppe hinab.

Unten traf sie auf Ben, der sie verdattert ansah. »Was ist denn nur los?« Er folgte ihr zur Garderobe.

»Kann ich deine Autoschlüssel haben?«, stammelte Kat, während sie nach ihrem Mantel griff. Sie konnte hören, wie die Stimmen von ihrer Mutter und Beth lauter wurden, als sie die Treppe herunterkamen.

Ben schüttelte den Kopf. »Das geht nicht. Es ist nur ein Mietwagen.« Er rieb ihr beschwichtigend den Arm. »Bleib doch, und redet doch einmal über alles.«

Plötzlich schob sich eine kleine blasse Hand über ihre Schulter, von der ein Autoschlüssel baumelte. »Nimm meine, Schätzchen«, sagte Nana Boo.

Kat drehte sich überrascht zu ihr um.

»Dann hast du einen Vorwand, um wiederzukommen.«

»Nana«, wimmerte Kat und nahm die Schlüssel. »Es tut mir so unendlich leid. Ich kann dir nicht erkl… Oh Gott! Ich muss einfach …«

»Ich weiß«, unterbrach ihre Großmutter sie mit einem Lächeln. Sie legte die Hand an Kats Wange und streichelte sie mit dem Daumen. »Geh. Ich kümmere mich um deine Mutter.«

»Danke schön«, flüsterte Kat. Dann rannte sie mit der Tasche in der Hand nach draußen zu dem *Jaguar XJ*, den sie schon im Laufen entriegelte.

Sie warf die Tasche in den Wagen, steckte den Schlüssel ins Zündschloss und trat das Gas durch. Dann raste sie die Einfahrt hinunter, fort von ihren Freunden und ihrer Familie. Kat versuchte nach Kräften, die tiefe Erleichterung zu ignorieren, die mit jedem Kilometer, den sie hinter sich brachte, stärker wurde, und wünschte sich sehnsüchtig, dass sich stattdessen Schuldgefühle einstellen würden.

Doch das taten sie nicht.

Carter hatte eine beschissene Woche hinter sich. Und weil er ein Fiesling war, hatte er dafür gesorgt, dass auch alle anderen in seiner Umgebung sie nicht genossen hatten.

Er wusste, dass er bei der Arbeit mit den anderen Jungs viel zu hart umgesprungen war und er sich bei den Treffen mit seinem Bewährungshelfer völlig unkooperativ verhalten hatte, aber das lag nur daran, dass ihm einfach alles zu viel war und er ganz andere Dinge im Kopf hatte. Das einzig Erfreuliche in dieser Woche war das Training mit Ross gewesen. Er hatte auf alles eingedroschen, was er im Trainingsraum gefunden hatte und einigermaßen stabil gewesen war, und obwohl er sich hinterher etwas besser gefühlt hatte, war er noch immer furchtbar aufgekratzt und ruhelos.

Langsam machte er sich selbst wahnsinnig. Genau aus diesem Grund hatte er beschlossen, am Samstagabend zu Hause zu bleiben und nicht mit Max und den anderen um die Häuser zu ziehen. Er war für Max' Schwachsinn einfach nicht in Stimmung. Das Arschloch sah noch immer ziemlich lädiert aus. Doch anstatt sich mit seinem Liebeskummer auseinanderzusetzen, zog er es vor, auszugehen, sich volllaufen zu lassen und alles zu vögeln, was nicht bei drei auf den Bäumen war. Wieder mal.

Carter zündete sich eine neue Zigarette an und versuchte, sich zu entspannen, indem er die ersten Akkorde von »Fans« von Kings of Leon zupfte. Noch einmal spähte er auf sein Telefon.

Fehlanzeige.

Für seine miese Laune gab es nur einen einzigen Grund: Peaches. Ihretwegen bekam er wahrscheinlich einen Herzinfarkt, noch bevor die Zigaretten oder der Schnaps ihn umbrachten. Eine Woche ohne sie durchzustehen war schon übel, doch dass sie seinen Anruf ignoriert hatte, das war wirklich heftig.

Und er konnte sich beim besten Willen nicht erklären, warum sie das getan hatte.

Das Letzte, was er von ihr bekommen hatte, war eine Nachricht, in der sie ihn gefragt hatte, ob er reden wolle. Dass sie ihm die geschickt hatte, fand er gut, und dass sie reden wollte, noch viel besser. Wenn er ehrlich war, hatte es in seinen bisherigen Beziehungen eigentlich keine ausführlichen Telefongespräche mit einer Frau gegeben. Doch auf das Telefonat mit Peaches freute er sich richtig.

Es schubste das schweigende Telefon über den Lederbezug. Er würde sie bestimmt nicht noch einmal anrufen. Bei den letzten vier Versuchen war er auf der Mailbox gelandet, und auf seine sieben Textmitteilungen hatte er keine Antwort erhalten.

Er rieb sich mit dem Handballen das Brustbein. Schon seit Tagen plagte ihn Sodbrennen. Dann zupfte er wieder an den Saiten, summte mit.

Das Klopfen an seiner Tür war so überraschend wie ärgerlich. Wenn Max glaubte, er könne hier auftauchen und ihn doch noch mit in die Stadt schleppen, hatte er sich geschnitten.

»Verzieh dich«, murmelte Carter und schnippte seine Zigarette in den vollen Aschenbecher. Doch wieder wurde geklopft, diesmal nachdrücklicher. Carter knallte seine Gitarre auf den Sessel und stürmte barfuß zur Tür. Fluchend zerrte er den Riegel zur Seite und riss die Tür auf, bereit, der Nervensäge, die seine Selbstmitleidsparty störte, gehörig eins zu verpassen.

Er schaffte es gerade noch, die Tür abzufangen, bevor sie gegen die Wand knallte. Seine Wut verpuffte schlagartig.

»P… Peaches?«

Da stand sie, in engen schwarzen Jeans und einem roten Kapuzentop, und sah etwas mitgenommen aus. Bizarrerweise trug sie Flipflops. Sie hatte die Haare zu einem unordentlichen Pferdeschwanz zusammengebunden. Ihre Augen waren gerötet, und ihr Gesicht war mit Wimperntusche verschmiert, als hätte sie tagelang geweint oder – da sie etwas torkelte – getrunken.

»Was machst du denn hier?«

Sie lehnte sich in den Türrahmen und lächelte, doch es wirkte gezwungen und war viel zu schnell wieder verschwunden. Ihre Augen waren leer und glanzlos.

»Ich wollte dich sehen«, antwortete sie und tippte ihm spielerisch auf die Nasenspitze.

Carter runzelte verwundert die Stirn.

»Darf ich reinkommen?«

»Ähm, ja klar.«

Er verfolgte, wie sie in die Wohnung schlich – wie ein furchtsames Tier –, und schloss die Tür hinter ihr. Er ließ den Türknauf nicht gleich los, sondern schloss einen Moment die Augen, um sich zu sammeln. Noch einmal atmete er tief durch, ehe er sich zu ihr umwandte. Die Art, wie sie ihn ansah, brachte seinen Puls zum Rasen.

»Peaches«, setzte er an, »woher wusstest du, wo ich …?«

Carters Worte wurden jäh unterbrochen, als Peaches ihren Mund auf seinen presste. Sie stürzte sich so wild auf ihn, dass er rückwärtstaumelte und mit dem Rücken gegen die Tür stieß. Plötzlich waren ihre Hände überall: in seinem Haar, auf seinem Gesicht, seiner Brust und – oh, Shit! – seinem Hintern.

Sie fühlte sich gut an. So verdammt gut. Wie sie sich an ihn drückte, gierig auf ihn, bereit für ihn. Er fragte sich, ob sie wohl schon feucht war. Ihre Zungen trafen sich. Er stöhnte in ihren Mund hinein. Auch sie stöhnte auf, laut, und drängte sich mit den Hüften bettelnd gegen seine. Er wollte sie nehmen, grob und wild, an Ort und Stelle, an der Tür, doch das Ganze erschien ihm trotzdem irgendwie … falsch?

Sie küsste ihn mit einer Vehemenz, die nicht sexy war, sondern eher … verzweifelt und panisch.

Er nahm die Hände von ihren Hüften, legte sie an ihre Wangen und drückte sie ein Stück von sich weg. Sie keuchte atemlos, hielt die Augen geschlossen. Ihre wundervollen Lippen waren noch immer geschürzt.

»Peaches«, ächzte er und schluckte. »Shit! Warte mal einen Moment.«

»Nein«, entgegnete sie. In ihren Augen loderte es. »Ich will dich. Ich will dich jetzt«, sie leckte über seine Kehle, »in mir. Nimm mich.«

»Ooooooh Mann«, stöhnte Carter und rieb seine Erektion an ihrem weichen Bauch.

»Ja!« Sie nahm seine Unterlippe zwischen die Zähne. »Ich kann spüren, wie hart du bist, Carter. Sag mir, dass du mich willst. Sag mir, dass du mich willst. Dass du es willst, so sehr, wie ich es will.«

»Es wollen?«, knurrte Carter ungläubig. Er beugte sich vor, packte ihre Oberschenkel und zog ihre Knie nach oben, sodass ihre Beine um seine Taille lagen. Er spürte ihre Hitze an seinem Bauchnabel. Ihre Flipflops fielen zu Boden.

»Ich will es nicht, Peaches.« Er drückte das Gesicht an ihren Hals, roch den Pfirsichduft ihres Haars, biss in ihre Haut, dass sie laut ächzte, saugte an ihrem Ohrläppchen. »Herrgott!« Er drückte die Nase an ihre. »Ich *brauche* es, verdammt noch mal.«

Wieder trafen sich ihre Lippen, leidenschaftlich und ungestüm. Himmel, noch nie zuvor hatte Carter vergleichbares Verlangen gespürt. Es war überwältigend, berauschend. Es schwoll in seinem Körper an, bis er das Gefühl hatte, zu explodieren wie ein Vulkan.

Carter taumelte rückwärts durchs Wohnzimmer, während

sie sich an seinem Nacken festhielt. Sie stießen gegen die Couch. Carter blieb einen Moment stehen, schob die Hand nach oben unter ihr Top, fuhr über ihre weiche Haut.

Peaches strich mit den Lippen über seinen Kiefer, knabberte aufreizend. Carter stieß ein Grunzen aus und setzte sich wieder torkelnd in Bewegung in Richtung Schlafzimmer. Er hätte wirklich nichts dagegen gehabt, wenn sein Bett ihm ein wenig entgegengekommen wäre.

Carter war so hart wie noch nie in seinem ganzen Leben. Er stieß mit den Knien gegen die Bettkante. Peaches ließ von seinem Mund ab und zog so fest an seinen Schultern, dass er das Gleichgewicht verlor und zusammen mit ihr vornüber aufs Bett kippte. Sie unter sich zu spüren, ihre Beine um seine Hüften geschlungen, sich an ihr zu reiben, das war einfach unglaublich. Er bog ihren Kopf zurück und küsste, leckte, biss sie vom Kiefer bis zum Schlüsselbein und wieder zurück. Plötzlich war er wie besessen davon, sie zu schmecken.

Ihr Geschmack ließ sich nicht mit Worten beschreiben. Keine seiner Fantasien war der Realität auch nur annähernd nahe gekommen. »Perfekt« schien ihm absolut unzulänglich.

Stöhnend stieß er noch mal den Unterleib gegen ihren, gierig auf jede Art von Reibung zwischen ihren Körpern, und beobachtete ehrfurchtsvoll, wie sie sich vor Lust aufbäumte. Er musste in ihr sein, sie um sich herum fühlen.

Carter stützte sich auf die Unterarme und blickte ihr forschend ins Gesicht, suchte nach Anzeichen von Zweifeln. Hätte er sie gefunden, er wäre am Boden zerstört gewesen, doch trotzdem musste er sichergehen. In ihrem Atem hing der süße Geruch von Amaretto, was bedeutete, dass sie nicht so nüchtern war, wie er es gern gehabt hätte, doch die Art, wie sie auf seine Zärtlichkeiten reagierte, verriet ihm, dass sie ebenso bereit war wie er.

Ihre Blicke trafen sich, und plötzlich meinte er, in ihren grünen Augen einen herzzerreißenden Schmerz zu erkennen. Besorgt zog er sich ein wenig zurück. »Peaches«, murmelte er, doch sie drückte ihm sofort fest einen Finger auf die Lippen.

»Nicht«, flüsterte sie. »Nicht nachdenken. Bitte. Du musst aufhören nachzudenken und einfach nur bei mir sein.« Wieder zog sie seinen Kopf zu sich und küsste ihn so leidenschaftlich, dass er in Flammen stand.

Carter versuchte, auf sein Bauchgefühl zu hören, auf den rationalen Teil seines Gehirns, doch ihr Mund und ihre Hände lenkten ihn zu sehr ab. Carter schob alle Bedenken beiseite, griff nach ihrem Reißverschluss und öffnete mit einer einzigen Bewegung ihr Oberteil.

Liebe Güte!

Kein BH.

»Shit!« Er leckte sich die Lippen und starrte sie einfach nur an. Sie war wunderschön. Ihre dunklen steifen Brustwarzen waren für seine Lippen und seine Zunge wie geschaffen. »Du bist … mein Gott, du bist perfekt!«

Bevor sie antworten konnte, legte Carter den Mund auf ihre rechte Brust. Er zog die Wangen ein und saugte so fest er nur konnte. Herrje. Ihre Brüste lagen so wundervoll schwer und voll in seinen Händen. Mit einem kehligen Stöhnen schlang Peaches die Beine noch fester um ihn. Ihre Nägel bohrten sich in den Stoff seines T-Shirts. Sie ächzte, stöhnte in sein kurz geschorenes Haar hinein.

»Ich muss dich spüren«, raunte sie und zerrte am Saum des Shirts. »Bitte, lass mich dich auf meiner Haut fühlen.«

Ohne zu zögern, gab Carter ihre Brustwarze frei, packte den Halsausschnitt seines Shirts und zog es sich über den Kopf. Dann stürzte er sich wieder auf sie. Ihre nackte Haut an seiner war einfach göttlich.

Während er sich wieder ihrer Brust widmete, schälte sie sich aus ihrem Oberteil. Sobald sie es abgestreift hatte, packte Carter ihre Hände und drückte sie über ihrem Kopf in die Matratze.

Wieder trafen sich ihre Zungen, diesmal zwischen ihren Mündern, wanden sich in einem wilden Tanz umeinander, begleitet von leisem Stöhnen und wortlos eingestandenen Gefühlen, die viel zu mächtig und zu Furcht einflößend waren, um sie laut auszusprechen. Peaches verhakte ihre Finger mit Carters und hob den Kopf vom Bett ihm entgegen, gierig auf das, was Carter mehr als willens war zu geben. Er wollte ihr alles geben. Einfach alles.

Verdammt, eigentlich hatte er das schon längst! Tief in seinem Herzen wusste er, dass er ihr bereits mit Haut und Haaren gehörte.

»Sag es«, keuchte sie an seiner Wange, als er begann, über ihre Kieferpartie zu lecken. »Sag, dass du mich willst. Ich muss … ich muss es hören. Ich muss es hören.«

Carter stieß an ihrem Dekolleté ein dumpfes Knurren aus. »Ich will dich.« Seine Zähne schabten über ihr Brustbein. »Ich wollte dich schon immer.«

Schon mein ganzes Leben lang.

»Noch mal«, sagte sie mit heißerer, bebender Stimme. »Sag mir, dass das hier richtig ist. Dass wir das Richtige tun.«

Carter blickte auf, perplex von ihren Worten.

Was er sah, verschlug ihm restlos den Atem. Sie hatte die Augen zugekniffen, ihr Gesicht fast wie unter Schmerzen verzogen, und in ihrem rechten Augenwinkel schimmerte es. Sie weinte.

»Peaches«, flüsterte er. Schnell stemmte er sich von ihr hoch, voller Angst, etwas falsch gemacht zu haben, etwas, dass sie nicht wollte. »Was ist denn los? Habe ich – war ich zu grob?«

Verflucht noch mal, dabei hatte er sich bemüht, zärtlich zu sein!

Sie schüttelte langsam den Kopf, hielt die Augen geschlossen. »Du würdest mir niemals wehtun«, murmelte sie. »Oder, Carter? Ich weiß, dass du mich niemals verletzen oder belügen würdest. Oder?«

»Niemals«, antwortete er und spürte, wie sich vor Angst und Verwirrung seine Kehle zuschnürte. »Bitte, sieh mich an.«

Sie schwieg, öffnete die Augen nicht, doch die einzelne Träne, die ihre Wange hinabrann, sprach Bände.

»Mein Gott, Katherine!«, bat Carter so flehentlich, dass es ihn selbst überraschte. »Bitte sprich mit mir. Du jagst mir eine Heidenangst ein.«

Sie riss die Augen auf. Ihr Blick war so wutentbrannt, dass es Carter vorübergehend die Sprache verschlug.

»Wie hast du mich genannt?«

Carter starrte sie verdattert an. »Ich habe dich Katherine genannt«, meinte er irritiert. »Warum?«

»So nennst du mich sonst nie«, entgegnete sie giftig.

»Ich weiß. Es ist … Es ist mir einfach rausgerutscht.«

»Runter von mir.«

»Was?«, fragte Carter und fuhr verblüfft zurück.

»Runter – von – mir!« Sie wand ihre Hände aus seinen und stieß ihn so kraftvoll weg, dass er mit dem Rücken auf die Matratze prallte.

»Was zum Teufel ist los?«

Doch sie antwortete nicht. Stattdessen griff sie sich mit zitternden Händen ihr Oberteil. Ihr Gesicht war wutverzerrt. Carter sah sie hilflos an.

»Peaches!«, schrie sie und zog ihr Top über den Kopf. »Du nennst mich sonst immer, immer, immer Peaches!«

»Ich weiß, aber …«

»Nur meine Mutter ruft mich Katherine! Meine Mutter. Warum ausgerechnet heute Nacht? Warum musstest du mich heute Nacht Katherine nennen?« Sie zerrte an ihrem Reißverschluss, sah ihn nicht einmal an. Er hatte den Eindruck, dass sie kurz vorm Nervenzusammenbruch stand.

»Ich weiß es nicht«, brüllte Carter zurück. »Himmel, atme doch mal durch! Was *zum Teufel* ist los?«

Ihr Blick zuckte zu ihm. Ihre Augen waren geweitet, und in ihnen flackerte Zorn. »Was los ist, willst du wissen? Ich verrate es dir. Ich bin hergekommen für guten harten Sex, von dem ich dachte, dass er eine ausgemachte Sache sei, doch alles, was ich bekomme, ist dein verdammter Mund. Das ist los, Carter!«

Ihre Worte trafen ihn tief, doch seine Wut war weitaus stärker als jeder Schmerz. Er sprang vom Bett, erreichte vor ihr die Schlafzimmertür und baute sich vor ihr auf, sodass sie nicht wegkonnte.

»Geh mir aus dem Weg!«, kommandierte sie und versuchte, sich unter seinem rechten Arm hindurchzudrängen. Sie war stark, doch Carter gedachte nicht nachzugeben.

»Erst wenn du mir erklärst, was mit dir los ist«, knurrte er, denn er wusste, dass er, wenn er jetzt geschrien hätte, die Wände zum Einsturz gebracht hätte.

»Du bist mit mir los.« Wieder schickte sie sich an, sich an ihm vorbeizuzwängen.

Doch Carter blieb standhaft, und zum ersten Mal, seit sie das Schlafzimmer betreten hatten, sah er ein zaghaftes Leuchten in ihren Augen. Offenbar hatte er sie mit seiner Forderung überrascht.

»Sprich mit mir.«

Sie versuchte, ihn nun von links wegzuschieben. »Nein!«

»Mach den Mund auf, und rede endlich, verdammt noch mal!«

»Nein!«

Er blickte ihr forschend ins Gesicht und sah dort nur Tränen, Wut und tiefe Traurigkeit. »Warum bist du hier?«, fragte er kopfschüttelnd. »Warum? Warum ignorierst du mich erst zwei Tage und stehst dann in meiner Wohnung und siehst aus wie der Tod auf zwei Beinen?«

Die Vehemenz, mit der sie ihn zur Seite zu schieben versuchte, ließ merklich nach. Er spürte, wie sich ihre Finger stattdessen in seine Haut bohrten. Es tat richtig weh, aber Carter ließ sich nichts anmerken. »Warum bist du hier? Warum soll ich dich vögeln? Ist das ein Spiel? Oder ein Witz?«

Sie richtete sich auf und funkelte ihn aufgebracht an. »Ein Witz«, wiederholte sie. »Meine Güte, Carter! Glaubst du etwa, ich fände unsere Situation auch nur im Entferntesten amüsant?«

»Woher soll ich das denn wissen?«, konterte er scharf. »Du redest ja nicht mit mir.« Er schlug frustriert mit den Handflächen gegen die Tür. »Entweder werde ich ignoriert, oder ich bekomme lediglich Halbwahrheiten und widersprüchliche Botschaften von dir.«

Sie sog bebend die Luft ein, taumelte rückwärts. Dabei zerrte sie die Ärmel ihres Shirts über ihre Hände. Sie sah so unglücklich und gequält aus. Carter meinte, ihren Schmerz ebenfalls spüren zu können, heftig und erbarmungslos.

»Was ist mit dir in der vergangenen Woche passiert?«, fragte er. All seine Gedanken kreisten nur noch darum, dass jemand ihr wehgetan haben musste und dass, wenn es denn wirklich so wäre, dieses Arschloch gleich sein Testament machen konnte.

Sie begann, im Zimmer auf und ab zu gehen. Dabei murmelte sie unverständlich vor sich hin. Dieses untypische Verhalten behagte Carter nicht. Zögerlich trat er von der Tür weg und machte einen Schritt auf sie zu.

Gleich darauf bereute er es. Sobald sie merkte, dass er sich bewegt hatte, setzte sie zu einem Fluchtversuch an. Carter sprang ihr entgegen, um sie aufzuhalten. Peaches landete in seinen Armen, prallte mit solcher Wucht gegen ihn, dass es ihm die Luft aus den Lungen trieb. Sie gerieten ins Taumeln und stürzten gemeinsam zu Boden.

»Peaches, bitte«, appellierte Carter. Sie wehrte sich noch immer, verlangte, dass er sie losließ, doch er würde nicht aufgeben.

»Ich kann nicht«, schluchzte sie. »Du … du musst mich gehen lassen.« Noch immer stemmte sie sich mit den Händen gegen seine nackte Brust, doch ihre Kräfte ließen langsam nach, während sie immer heftiger schluchzte.

»Ich lasse dich nicht gehen. Ganz egal, was du tust.« Er griff nach ihren Handgelenken und hielt sie fest, damit sie endlich still hielt, und sah ihr tief in die tränenerfüllten Augen.

»Ich kann nicht. Ich kann nicht hier sein. Alles. Alle hassen – es tut weh, ich … Carter.«

Carter zog sie an sich, legte das Kinn auf ihren Scheitel und strich ihr beruhigend durchs Haar. »*Sch*. Ich bin da. Ich bin da. Ich lasse dich nicht gehen. Ich werde dich niemals gehen lassen.«

Ihre schmalen Schultern zuckten, und als Carter ihre Hände losließ, schlang sie sofort die Arme um seinen Hals und klammerte sich anscheinend mit all ihrer Kraft an ihn. Und das war gut. Er wollte, dass sie ihn festhielt. Er wollte ihren Schmerz lindern, den Verursacher ihres Leids finden und ihn zur Rechenschaft ziehen.

»Ich will zu meinem Dad«, wimmerte sie an seiner Kehle. Seine Haut war nass von ihren Tränen.

»Mein Dad. Ich vermisse ihn so sehr.« Ihre Stimme klang schwach und heiser, doch die Verzweiflung in ihr gellte Carter in den Ohren wie ein Nebelhorn.

»Ich weiß.« Mit geschlossenen Augen drückte Carter ihr einen zärtlichen Kuss auf den Kopf. »Ich weiß, mein Schatz.«

»Es tut mir leid. Es tut mir leid«, wiederholte sie, jedes Wort begleitet von leisem Schluchzen.

Carter streichelte sie weiter, verteilte sanfte Küsse auf ihrem Haar. »Was tut dir leid?«

»Ich … Ich konnte ihm nicht helfen. Ich konnte sie nicht aufhalten. Was sie ihm angetan haben. Ich konnte sie nicht aufhalten.« Sie umarmte Carter noch fester. »Er wollte, dass ich wegrenne. Ich hätte es nicht tun sollen.«

Carters Herz überschlug sich. Erinnerte sie sich? Wusste sie, dass er sie weggezogen hatte, gerettet hatte?

»Heute«, flüsterte sie. »Heute vor sechzehn Jahren ist es passiert. Und ich vermisse ihn noch immer so sehr, Carter.«

Äußerlich blieb Carter ruhig, doch in seinem Hirn rasten die Gedanken mit Lichtgeschwindigkeit. Waren seit ihrer ersten Begegnung unter diesen furchtbaren Umständen tatsächlich genau sechzehn Jahre vergangen?

»Es war heute?«

Ihre Finger krampften sich fester in seinen Nacken, und ihre Nase bewegte sich an seinem Kiefer auf und ab.

Carter kniff die Augen zu. *Heilige Scheiße!* Er zog sie an sich, schmiegte das Gesicht in ihre Halsbeuge. Sie fühlte sich perfekt an, so weich und zerbrechlich. Bilder und Geräusche aus jener schicksalsträchtigen Nacht erschienen vor seinem geistigen Auge, hallten in seinen Ohren wider: ihre Schreie, ihr Wimmern, die Schüsse der Polizisten, die Farbe ihres Kleids und die Blässe ihrer Haut.

»Du hast mir so sehr gefehlt«, wimmerte sie. »Die ganze Woche lang hast du mir gefehlt, Carter. Immerzu musste ich an dich denken.« Sie drückte einen Kuss auf seine Schulter. »Meine ganze Familie war bei mir, doch der Einzige, mit dem ich zusammen sein wollte, warst du.«

Ihre Worte, ihre Lippen auf seiner Haut, das alles überwältigte Carter geradezu. »*Sch*, jetzt bist du ja hier«, sagte er. »Ich werde auf dich aufpassen.«

Nach einem kurzen Moment des Schweigens schob Carter den Arm in ihre Kniekehlen und richtete sich auf wackligen Beinen mit ihr im Arm auf. Langsam schritt er aufs Bett zu, die Nase noch immer an ihre feuchte Wange gepresst, und flüsterte tröstend: »Ich bin da. Alles ist gut. Halt dich an mir fest.«

Ohne sie loszulassen, legte er sich mit ihr aufs Bett und hielt sie im Arm.

Genau wie sechzehn Jahre zuvor, in einem kalten Türdurchgang in der Bronx, presste er seine Peaches mit aller Kraft an sich, während sie um ihren Vater trauerte, der ihr auf so grausame Weise genommen worden war.

20

Kat schlug die Augen auf und registrierte zwei Dinge gleichzeitig. Erstens lag sie nicht in ihrem eigenen Bett. Ihres war lange nicht so bequem und groß. Und zweitens war sie nicht allein. Sie lag auf der Seite, und ein sehr großer, sehr warmer männlicher Körper schmiegte sich von hinten an sie.

Kat ließ den Blick über den muskulösen Unterarm wandern, der fest um ihre Taille geschlungen war, dann weiter hinauf, über den Ellbogen zum Schwarz, Grau und Rot der Tätowierungen, die die weiche Haut bedeckten: ein Adler, Flammen, und Ranken, die sich über die starken Muskeln schlängelten. Doch weiter kam sie nicht, denn urplötzlich stürmten Erinnerungen an die vergangene Nacht auf sie ein. Beschämt kniff sie die Augen zu.

Sie hatte sich wie eine Irre aufgeführt und Carter wie einen Punchingball behandelt. Hatte sie denn den Verstand verloren? Herrgott, was hatte sie sich nur dabei gedacht, in ihrem angetrunkenen Zustand mit dem Taxi zu Carter zu fahren?

Apropos. Ihr Mund fühlte sich an wie Sandpapier mit Mandelaroma, und ihre Augen waren von den Tränen, die sie in den letzten drei Tagen vergossen hatte, völlig verklebt. Wie hatte sie nur zulassen können, dass Carter sie in dieser Verfassung erlebte? Hinter ihr gab er ein leises Grunzen von sich, woraufhin sich zwischen Kats Schenkeln sofort eine wohlige Hitze ausbreitete. Sie musste wieder daran denken, wie er auf ihr gelegen hatte, sich an ihr gerieben hatte, gesaugt, geleckt und ihr wundervoll unanständige Dinge zugeflüstert hatte.

Himmel, um ein Haar hätten sie miteinander geschlafen!

Nun gut, eigentlich hatte sie genau das vorgehabt, als sie völlig betrunken Jack angerufen hatte, um ihn nach Carters Adresse zu fragen, und danach in ein Taxi gestiegen war – aber das war unerheblich. Sie war nicht bei klarem Verstand gewesen.

Sie rieb sich das Gesicht, drehte sich ein wenig und griff so vorsichtig wie möglich nach Carters Handgelenk. Ganz behutsam hob sie es von ihrer Taille. Carter reagierte augenblicklich. Er schlang den Arm wieder um sie und zog ihren Körper an seinen. Kat konnte spüren, wie sich sein Schritt aufreizend an ihren Po presste. Sie musste sich auf die Zunge beißen, um nicht überrascht aufzustöhnen.

Hatte er eine Erektion?

Carter stieß an ihrem Nacken einen leisen Fluch aus. »Wohin willst du?« Sein Atem war warm, die Stimme noch rau vom Schlaf.

»Ähm, ins Badezimmer?«

Er lockerte seinen Griff nicht sofort. Stattdessen schnupperte er an ihrem Haar und murmelte noch einmal etwas Unverständliches, ehe er den Arm hob und sich auf den Rücken rollte. Kat versuchte, nicht darauf zu achten, wie unangenehm die kühle Luft ihren nun ungeschützten Rücken traf. Seufzend zog sie die Bettdecke zurück.

Sie fühlte sich etwas wacklig auf den Beinen, als sie aufstand und verschlafen zu dem zum Schlafzimmer gehörigen Bad tapste. Sich nach dem Mann umzudrehen, den sie im Bett zurückgelassen hatte, wagte sie nicht. Die Tür schloss sich hinter ihr mit einem leisen Klicken. Kat lehnte sich dagegen und legte die Stirn ans Türblatt. Was tat sie da nur?

Eigentlich war die Antwort ziemlich naheliegend. Sie hatte Carter als Kummerkasten und Sexspielzeug benutzt, um all die Wut und den Schmerz loszuwerden, die sie seit ihrem überstürzten Aufbruch vom Haus ihrer Großmutter fest in ihren Klauen hielten. Sie war ohne Umwege fünfzehn Stunden lang von Chicago nach New York gefahren. Unterwegs hatte sie noch ihr Handy auf dem Gehweg zerdeppert, weil es einfach nicht aufhören wollte zu klingeln.

Wie zum Teufel kamen ihre Mutter und Beth nur auf die Idee, dass sie jemals wieder mit ihnen sprechen würde?

Stolpernd wich Kat von der Tür zurück und sah sich um. Das Bad hatte einen wunderschönen Marmorfußboden und eine fantastische Dusche. Sie schlich zu dem rechteckigen Spiegel an der Wand hinüber. Liebe Güte, sie sah wirklich aus wie der Tod auf zwei Beinen! Schnell riss sie sich ein Stück Toilettenpapier ab und rubbelte damit über die schmierigen Spuren, die ihre Wimperntusche unter ihren Augen hinterlassen hatte. Sie sah ganz genauso aus, wie sie sich fühlte: müde, zornig und verlassen.

Sie warf das Papier in die Toilette und lehnte sich ans Waschbecken. Nein, dachte sie. Das stimmte nicht. Sie war nicht verlassen. Schließlich stand sie in Carters Wohnung. Er war der Einzige, der sie zu verstehen schien, der zu wissen schien, was sie brauchte oder wollte. Er kannte sie auf eine Art wie sonst niemand, und diese Tatsache empfand sie gleichzeitig als aufregend und bedrohlich.

Warum hatte sie nur nicht ein wenig genauer über die Konsequenzen nachgedacht, ehe sie an Carters Tür geklopft und ihm verkündet hatte, ihn vögeln zu wollen?

Doch wenn sie ehrlich war, hatte sie während ihrer Fahrt durch die Nacht an nichts anderes denken können als daran, dass sie bei ihm sein wollte. Nur seine Arme wollte sie um sich spüren, nur an seine Brust wollte sie ihr Gesicht schmiegen, nur seinen Mund wollte sie an ihrem fühlen, nur seinen Duft wollte sie einatmen.

Sie ging auf die Toilette, wusch sich die Hände, spülte sich den Mund aus und schlich schließlich wieder zur Tür. Behutsam legte sie ein Ohr dagegen und lauschte. Alles war still. So leise wie möglich öffnete sie die Tür und spähte hinaus.

Carters Stimme klang weich und tief. »Hey.«

Er saß auf der Decke, mit dem nackten Oberkörper gegen das Bettgestell gelehnt. Er trug noch immer seine Jeans und hatte die Beine lässig an den Knöcheln übereinandergelegt. Der Bund seiner Hose saß ein ganzes Stück unter seinem Bauchnabel, und Kat konnte eine schmale Spur dunkler Haare erkennen, die sich wahrscheinlich bis, na ja, noch weiter unten zog.

Erst jetzt fielen ihr seine Tattoos richtig auf. Auf seinen breiten Schultern setzte sich das Kunstwerk, das sie auf seinen Armen gesehen hatte, fort. Von seinem Hals aus zog es sich am Schlüsselbein vorbei bis zu seinem straffen Bauch. Er war ein wahres Meisterwerk. Muskulös, jedoch nicht auf die übertriebene Art, wie man es bei Bodybuildern sah, sondern eher so, dass es Souveränität und Sicherheit vermittelte. In der Mitte seiner Brust wuchsen ein paar vereinzelte Härchen, die seine Männlichkeit nur noch unterstrichen.

Kat räusperte sich und betrat wieder das Schlafzimmer. Einige Schritte vom Bett entfernt blieb sie stehen, denn sie wusste plötzlich nicht, was sie sagen oder tun sollte. Sie verschränkte nervös die Hände vor dem Bauch, doch als sie zu Carter aufsah, blickte er sie nur milde lächelnd an und erwartete offenbar keine großen Worte von ihr. Erleichtert schenkte sie ihm ebenfalls ein kleines Lächeln.

»Wie geht's?«

»Ganz gut.«

Er hob eine Braue. »Du bist eine armselige Lügnerin«, meinte er kopfschüttelnd. Dann klopfte er mit der flachen Hand neben sich auf die Matratze. »Komm her.«

Kat wurde es augenblicklich ganz heiß. »Was?«

Carter klopfte ungerührt weiter aufs Bett.

Die Einladung war ungemein verlockend. Zwar wirkte seine Miene verdächtig schelmisch, doch in seinen Augen lag eine Zärtlichkeit, der Kat einfach nicht misstrauen konnte. Zögerlich ging sie noch einen Schritt aufs Bett zu. Als Carter die Bettdecke für sie zurückschlug, blieb sie wieder stehen. Ob es wohl klug war, wieder in sein Bett zu steigen?

»Carter, ich …«

»Peaches«, unterbrach er sie, »es ist halb sieben am Sonntagmorgen. Ich weiß ja nicht, wie es bei dir aussieht, aber ich könnte locker noch ein paar Stündchen schlafen.«

Kat musste lachen. Sie war wirklich noch todmüde. Ihr ganzer Körper fühlte sich zerschlagen an. »In Ordnung«, murmelte sie. Sie kniete sich aufs Bett und kroch etwas unelegant wieder auf ihren Platz. Carter deckte sie zu.

Einen Moment lang genoss sie es einfach nur, auf der weichen Matratze und den kuscheligen Kissen zu liegen. Dann drehte sie den Kopf zu Carter. Er hatte sich auf einen Unterarm gestützt und blickte auf sie herab. Die Zärtlichkeit in seinen Augen war verschwunden und hatte etwas anderem Platz gemacht. Kats Mund war plötzlich wie ausgedörrt. Er sah hungrig aus.

»Ich dachte, du wolltest noch etwas schlafen?«, fragte sie.

Sein Blick wurde wieder klar, und er runzelte sichtlich verwirrt die Stirn. »Das will ich auch.«

»Warum bist du dann nicht unter der Bettdecke?«

Carters Wangen verfärbten sich leicht ins Rötliche. Er rückte ein wenig von ihr ab. Seine Brustmuskeln spannten sich kaum merklich. »Ja«, sagte er mehr zu sich selbst und blickte an sich hinab. »Ich wollte nicht, dass du dich unwohl fühlst. Ich bleibe einfach hier drüben. Kein Problem.«

Kat sah ihn einige Sekunden ungläubig an. Dann lachte sie auf. Hatte er nicht erst vor sieben Stunden zwischen ihren Beinen gelegen, sein Mund ihre Brust liebkost? Hatte sie nicht an seinem Hals gehangen und hemmungslos geweint und ihm vorjammert, dass sie ihn brauchte und vermisste, worauf er ihr versprochen hatte, sie niemals gehen zu lassen?

Kat machte es sich auf dem Kissen bequem und sagte schläfrig: »Halt gefälligst die Klappe, und komm unter die Decke.«

Ein Weilchen regte er sich nicht, doch dann merkte sie, wie sich die Matratze zu bewegen begann, fast so, als würde er unruhig mit dem Fuß wackeln. War er etwa nervös? Gerade als sie sich wieder zu ihm umdrehen wollte, um ihm klarzumachen, dass er sich endlich bewegen solle, hob sich die Decke, und er glitt geschmeidig darunter. Nun war er ihr so nah, dass sie die Wärme seines Körpers spüren konnte. Instinktiv rutschte sie ein wenig beiseite.

»Ist dir kalt?« Er klang besorgt, aber auch angespannt.

»Ein bisschen.« Sie zog die Decke bis zum Hals hoch. Nach einem Moment bedrückten Schweigens spürte Kat plötzlich, wie Carters Hand zaghaft ihre Taille entlangglitt. Sein kleiner Finger strich sacht über ihre Hüfte, ehe er ihren Körper entschlossen an seinen zog. Nun lagen sie wieder in Löffelchenstellung, genau wie vorhin, als sie aufgewacht war.

Anfangs verspannte sich Kat unwillkürlich, doch sie zwang sich, still liegen zu bleiben und sich zu beruhigen. Wie stark sie auf seine Berührungen reagierte war schon fast peinlich. Ihr Herz raste, ihre Haut kribbelte, und zwischen ihren Schenkeln machte sich ein sehnsüchtiges Pochen bemerkbar. Doch das Gefühl von Carters starkem Körper in ihrem Rücken, seinem muskulösen Arm, der sie umfing, sorgte dafür, dass Kat begann, ruhiger zu werden, und sich schließlich entspannte.

»Ist es so in Ordnung?«, flüsterte Carter an ihrem Hals. Sein Atem strich wie Seide über ihre Haut.

»Ja«, antwortete sie. »So ist es gut.«

Mit einem zufriedenen Lächeln legte Kat ihre Hand über seine, die auf ihrem Bauch ruhte, und schob die Finger nach und nach zwischen seine.

Es wunderte sie nicht, dass sie perfekt ineinander passten.

Es war kurz vor elf, als Carter die Augen wieder aufschlug.

Für den Bruchteil einer Sekunde war er völlig desorientiert. Dann bemerkte er, dass Peaches' Haar sein Gesicht bedeckte wie eine nach Pfirsich duftende rostrote Maske. Er nahm den Kopf ein wenig zurück. Zufrieden stellte er fest, dass sie noch immer in derselben Position lagen, in der sie eingeschlafen waren, und sogar ihre Hände noch ineinander verschlungen auf ihrem Bauch lagen. Während er sie im Schlaf beobachtete, kam er sich ein wenig wie ein Spanner vor. Dann begann sie, sich zu regen.

Nach einer in Befangenheit genossenen Tasse Kaffee, bei der sie sich immer wieder flüchtige Blicke zugeworfen und einander scheu angelächelt hatten, willigte Peaches schließlich ein, dass er sie nach Hause bringen durfte, und Carter führte die sichtlich nervöse Peaches hinab in die Tiefgarage.

»Du bist schon mal Motorrad gefahren, oder?«, erkundigte er sich und mühte sich, sich seine lüsterne Erregung nicht anmerken zu lassen.

»Ja«, antwortete sie und näherte sich Kala. »Aber mit dir zu fahren? Das dürfte schon etwas anderes sein.«

Carter reichte ihr einen Helm. »Und warum?«

Etwas kleinlaut deutete sie auf Carter. Der blickte verwirrt an sich hinab: schwarze Stiefel, dunkelblaue Jeans, dunkelblaues Zeppelin-T-Shirt, Lederjacke.

Wie sie ihn ansah! Von ihren Blicken wurde es plötzlich eng im Schritt seiner Jeans. Dass sie einen seiner Sweater trug, half auch nicht gerade. Er hob eine Braue und räusperte sich, um sie aus ihren Gedanken zu holen. Sofort riss sie den Kopf nach oben. Carter schmunzelte hinter vorgehaltener Hand.

»Also, Peaches«, sagte er und stellte den Jackenkragen auf. »Findest du mich jetzt gerade sexy?«

Sofort röteten sich ihre Wangen. »Ach, halt die Klappe«, murmelte sie und zog rasch den Helm über den Kopf.

Er lachte schnaubend. »Du bist viel zu leicht zu kriegen.«

Er schwang das Bein über Kalas Sitz und setzte die Sonnenbrille auf. »Kommst du?«, fragte er grinsend.

Geschmeidig hob sie das Bein über den Sitz, dann presste sie auch schon die Schenkel an seine. Carter schüttelte den Kopf über die wenig jugendfreien Bilder, die augenblicklich in seinem Kopf auftauchten. Leise fluchend drehte er den Schlüssel in der Zündung. Er spürte, wie sie sich an ihn presste, und konnte sich lebhaft ausmalen, wie es wohl wäre, sich umzudrehen und sie in genau dieser Position zu nehmen.

»Bereit?«, rief er über das Grollen des Motors hinweg.

»So bereit, wie es nur geht«, gab sie zurück.

Carter gab Gas und lächelte, denn sofort schlang sie die Arme um seinen Oberkörper und drückte die Beine an ihn. Mit ihrer Hitze im Rücken, dem Geruch von Benzin in der Nase und dem Dröhnen von Kalas Motor im Ohr fühlte er sich fast wie im Himmel.

Er blickte noch mal prüfend die kurvige Straße vor seinem Apartmenthaus entlang, gab dann Gas und brauste los, durch die Stadt und zu Peaches' Wohnung.

Carter war wirklich mit einer Lässigkeit sexy, wie Kat es noch nie zuvor erlebt hatte. Ohne sich zu bemühen, strahlte er intensive Sinnlichkeit aus, egal ob im Gefängnisoverall oder in einem blauen Zeppelin-T-Shirt, das die Farbe seiner Augen hervorragend zur Geltung brachte. Carter auf einem Motorrad sitzen zu sehen steigerte diese lässige Erotik ins Milliardenfache, garniert mit dem Versprechen heißer Nächte und stundenlanger Orgasmen.

Hinter ihm auf der Maschine zu sitzen war wirklich der Wahnsinn, und Kat hatte Mühe, sich zusammenzureißen. Ihr Verlangen nach ihm hatte sich in ungekannte, geradezu lächerliche Höhen gesteigert, und sie war von sich selbst überrascht, als sie Carter noch zu sich nach oben in die Wohnung einlud.

Sie schloss die Tür auf und signalisierte ihm, als Erster einzutreten. Mit einem angespannten Lächeln ging er hinein. Sie folgte ihm und beobachtete, wie er die Motorradhelme auf dem Beistelltisch ablegte. Die Stille in der Wohnung war ohrenbetäubend, und die Spannung, die plötzlich zwischen ihnen knisterte, wogte auf und ab.

»Etwas zu trinken?«, fragte sie.

»Gern. Orangensaft?« Seine Stimme klang rau und voll.

Er folgte ihr in die Küche und blieb dort bei ihr stehen, erfüllte ihre Wohnung mit seiner Größe seinen breiten Schultern. Geduldig wartete er, bis sie ihm seinen Saft eingegossen hatte. Sie spürte seine Blicke – genau wie am Morgen in seiner Küche. Bizarr, wie intensiv Kat seine Gegenwart empfand. Jede Zelle ihres Körpers schien auf magische Weise zu ihm hingezogen zu werden. Doch eigentlich war es von Anfang an so gewesen. Sie war nur zu sehr damit beschäftigt gewesen, Professionalität vorzuschützen, um es zu merken.

»Bist du hungrig?«, fragte sie Carter, der in ihrem Wohnzimmer auf und ab ging und die Wasserfarbengemälde an der Wand betrachtete.

»Ich bin am Verhungern«, meinte er lachend und rieb sich den Bauch.

Kat stellte ihr Glas ab. »Na, dann wollen wir mal sehen, was ich dahabe«, meinte sie und ging zum Kühlschrank.

Es war nicht viel, aber immerhin genug für Omelette mit Bacon und Tomate. Carter reagierte etwas skeptisch, doch Kat versicherte ihm glaubhaft, dass sie in Sachen Eiergerichte eine Meisterköchin war.

Sie stellte alle nötigen Zutaten auf die Arbeitsplatte. »Hey, kannst du Bacon braten?«

Carter verdrehte die Augen und schlüpfte rasch aus seiner Jacke. »Klar. Warum?«

»Du müsstest den Bacon anbraten, während ich schnell duschen gehe.« Mit der Packung Frühstücksspeck in der Hand drehte sie sich grinsend zu ihm um. »Meinst du, du schaffst das?«

»Also wirklich«, entgegnete Carter und nahm ihr die Packung ab. »Geh in aller Ruhe duschen, und überlasse den Rest mir.« Damit drehte er sie an den Schultern um und schob sie aus dem Weg. »Na los«, drängelte er grinsend und wedelte dabei mit der Hand.

Kat verkniff sich ein albern-entzücktes Seufzen und machte sich gehorsam auf den Weg ins Schlafzimmer. Dort angekommen schlüpfte sie zuerst aus dem Pullover, den Carter ihr gegeben hatte. Nach einem prüfenden Blick zur Tür – sie war geschlossen – hielt sie sich den Sweater vors Gesicht und atmete den Duft seines Aftershaves ein. Er war opulent und schwer. Dann faltete sie den Pullover sorgfältig und legte ihn aufs Bett.

Frisch geduscht schlenderte Kat in die Küche zurück. Sie trug jetzt eine schwarze Jeans und ein Blondie-Shirt und hatte sich das noch nasse Haar im Nacken zu einem Knoten zusammengebunden. Carter stand lässig an den Küchenblock gelehnt und las *Walter, die faule Maus*. Sie beobachtete, wie er umblätterte. Er schien ganz in das Buch versunken zu sein.

»Wie weit ist der Bacon?«

»Pst«, sagte er, ohne die Augen vom Buch abzuwenden, und legte den Finger an die Lippen. »Walter schläft.«

Kat musste grinsen. Sie holte sich eine Schüssel, eine Pfanne und ein Messer für die Tomaten.

Carter stellte derweil das Buch behutsam wieder auf den Platz neben dem Blumentopf, wo Kat es vor zwei Tagen stehen gelassen hatte. Nach ihrer Rückkehr aus Chicago hatte sie es in ihrer Wohnung vor ihrem gefesselten Publikum – einem Bild ihres Vaters und einer Flasche Amaretto – laut vorgetragen.

Was für ein Spaß!

Es überraschte Kat, wie gut sich Carter in der Küche anstellte. Er war fast ein richtiger Hausmann, was Kat, um es gelinde auszudrücken, extrem sexy fand.

»Es ist unhöflich, jemanden so anzustieren«, rügte er Kat, die aufmerksam beobachtete, wie er die Eier verquirlte.

»Entschuldige.«

Sie hatte selbst gar nicht bemerkt, dass sie ihn anstarrte. Das Spiel der Muskeln in seinem Unterarm war einfach faszinierend. Dazu noch die Tattoos … ein toller Anblick. Kat fuhr sich mit einer verschwitzten Hand über den Nacken, räusperte sich und schnitt schnell die Tomaten weiter.

»Du bist ja ganz rot«, erklang plötzlich Carters Stimme von hinten, direkt neben ihrem Ohr.

Kat richtete sich kerzengerade auf. Carter stellte die Schale neben dem Schneidebrett ab und stützte von hinten die Arme rechts und links neben Kat auf die Arbeitsfläche.

»Verrätst du mir, woran du gerade gedacht hast?«, raunte er.

Sie konnte spüren, wie seine tiefe Stimme in seiner Brust vibrierte.

Sie legte den Kopf zurück und schmiegte ihn an seine Schulter. »Nein.«

Mit einem leisen Lachen rieb Carter die Nasenspitze an ihrem Unterkiefer, ließ sie dann hinauf zu ihrem Ohrläppchen gleiten. »Nach der Farbe deiner Haut zu urteilen«, flüsterte er, »war es etwas richtig unanständig Tolles.«

»Mmhm.«

Er lachte wieder, leise und aufreizend. »Peaches.« Seine Hände stahlen sich an ihre Taille.

»Ja?«

»Der Bacon brennt an.«

Kat riss die Augen auf und registrierte erst jetzt den Geruch von angekohltem Fleisch. Hastig drängte sie sich an dem feixenden Carter vorbei und zog die Pfanne vom Herd. Der Speck rauchte und war schon ziemlich knusprig, aber zum Glück noch nicht völlig ungenießbar. Kat warf Carter einen bösen Blick zu. Der mühte sich, eine Unschuldsmiene aufzusetzen, scheiterte jedoch kläglich.

Während Kat die Omelette zubereitete, fragte Carter sie über *Arthur Kill* aus. Er erkundigte sich nach ihren Schülern und berichtete ihr von Rileys Besuch in seiner Wohnung. Kat war sich ziemlich sicher, dass die Liebe zu Autos und allem, was schnell war und glänzte, die beiden Männer zusammengeführt hatte.

Kat befragte Carter über seine Faszination für Motorräder und wie es dazu gekommen war. Es war wundervoll zu sehen, wie er zu strahlen begann, wann immer die Rede auf Kala kam. Carter erklärte, dass Max' Vater Mechaniker gewesen war und die Werkstatt für Carter seit seinem neunten Lebensjahr quasi ein zweites Zuhause gewesen war. Wieder und wieder hatte er zugesehen und zugehört, wenn Motorräder auseinandergebaut und wieder zusammengesetzt worden waren. Alles, was er über Motoren wusste, hatte Carter dort gelernt.

Trotz seiner anfänglichen Skepsis verputzte Carter die Omelette begeistert. Mit ihm am Esstisch zu sitzen kam Kat merkwürdig normal vor.

Nach dem Essen diskutieren sie über ihren leeren Tellern gerade spielerisch darüber, ob nun die Beatles oder die Stones die bessere Band wären, als plötzlich Kats Festnetztelefon zu läuten begann. Kat blieb fast das Herz stehen.

Carter wandte sich um und sah nachdenklich das klingelnde Telefon an. Sie konnte ihm ansehen, dass er sich fragte, weshalb sie nicht abnahm, netterweise aber nichts sagte. Als der Anrufbeantworter ansprang, ballte Kat unwillkürlich im Schoß die Fäuste.

»Katherine, hier spricht deine Mutter. Ich weiß, dass du zu Hause bist. Nana hat es mir gesagt. Wir müssen reden. Ich … es gibt einiges, was besprochen werden muss. Die Art deines Aufbruchs … Beth ist noch immer völlig außer sich. Ich kann dich nicht verstehen. Ruf mich an.«

Das Piepsen am Ende der Nachricht dröhnte in Kats Ohren und schien in der ganzen Wohnung widerzuhallen. Wenn ihre Mutter glaubte, dass Kat sich bei irgendjemandem entschuldigen würde, dann war sie auf dem Holzweg. Sie hatte nichts falsch gemacht. Sie verstanden einfach nicht, wie es in ihrem Herzen aussah. Keiner von ihnen.

Carter stützte sich mit den Unterarmen auf den Tisch. Er sah verwirrt aus und auch ein klein wenig verärgert. »Geht es dir gut?«

Kat nickte nur, denn sie befürchtete, dass ihre Stimme brechen könnte.

»Willst du darüber reden?«

Brüsk schüttelte sie den Kopf, schob aber schnell ein entschuldigendes Lächeln nach. Er lehnte sich zurück, sah sie dabei unablässig an. Kat schlang die Arme um den Oberkörper, atmete aus und versuchte, sich wieder zu beruhigen. Wie peinlich, dass Carter ihre Mutter gehört hatte! Dass er sofort besorgt gewirkt hatte, war allerdings tröstlich. Tief in ihrem Herzen war sie sehr froh, dass er bei ihr war.

»Peaches?« Als er ihren Namen aussprach, tropften zwei dicke Tränen auf ihren Arm. »Willst du vielleicht ein bisschen raus? Irgendwo anders hin?«

Sie wischte sich übers Gesicht. »Wohin denn?«

Er zuckte mit den Schultern. »Keine Ahnung«, meinte er lächelnd.

Kat lächelte ebenfalls.

»Willst du?«, fragte er noch mal. »Nur du und ich?«

Sie zögerte keine Sekunde länger. Es gab nichts, was sie lieber wollte, als mit ihm zusammen zu sein und all den Mist in ihrem Leben hinter sich zu lassen.

»Gut.« Er stand auf, schob entschlossen den Stuhl mit den Beinen zurück und ging zu Kat hinüber. Dort streckte er ihr auffordernd die Hand hin und wartete geduldig.

Sobald Carters Hand ihre berührte, ging es ihr besser, fühlte sie sich ruhiger, freier. Ein merkwürdiges Gefühl. Sie verspürte den überwältigenden Wunsch, ihm davon zu erzählen, zu sagen, dass sie sich bei ihm geborgen fühlte. Dass seine einfachsten Gesten immense Wirkung auf ihr Herz ausübten.

Carter zog sie vom Stuhl hoch und umfasste ihr Gesicht mit den Händen.

»Nur du und ich«, wiederholte er leise. Sein Blick zuckte über ihr Gesicht, während seine Finger über ihr Haar strichen. »Für einen Tag. Lass uns den ganzen Ärger vergessen und einfach nur du und ich sein.«

Kat blickte Carter ins Gesicht. In seinen Augen las sie all das, was sie sich immer erhofft, immer gewünscht hatte.

Ich will dich.

Ich will bei dir sein.

Ich brauche dich so sehr.

Ich glaube, ich liebe dich.

Sie schloss die Augen. Ein warmes Gefühl breitete sich in ihrer Brust aus. Lächelnd schmiegte sie die Wangen in Carters Hände. »Du und ich.«

21

Carter hatte keine Ahnung, wohin er mit Peaches fahren sollte. Zu seiner Erleichterung schien sie das jedoch nicht zu stören. Von romantischen, intimen Gesten verstand er nun mal nicht viel. Er wollte sie einfach nur wieder lächeln sehen. Dann musste er eben improvisieren und hoffen, dass das, was er cool und perfekt fand, auch in ihren Augen Gefallen fände.

Carter fuhr Meile um Meile, flog geradezu über dic Brooklyn Bridge. Ein heißer *Porsche* versuchte, sie zu überholen, doch Carter gab Gas und raste mit Kala an dem Trottel vorbei. Als er Peaches hinter sich lachen hörte, musste auch er grinsen.

Sie schlugen den Weg nach East New York ein, fuhren durch Cypress Hills, am Park vorbei und den Broadway entlang, bevor es schließlich wieder zurück nach Manhattan ging. Es war die erste richtig große Fahrt mit Kala, seit Carter wieder in Freiheit war, und er genoss sie in vollen Zügen. Es war wundervoll, Peaches bei sich zu haben, sie hinter sich zu spüren, während der Wind sie umtoste. Sie konnten sich nicht unterhalten, doch wahrscheinlich war das genau das, was Kat wollte.

Er konnte ihre Hände durch seine Jacke hindurch spüren. Ein oder zwei Mal hatte er seine Hand auf ihre gelegt und sie gedrückt und gestreichelt. Er wollte sie damit aufmuntern und sich auch rückversichern, dass es ihr gut ging. Jedes Mal hatte sie seine Finger ergriffen.

Es war schon fast sechs Uhr abends, als Carter in der Fifth Avenue am Central Park hielt. Leichter Regen setzte ein, doch das war nicht wichtig. Wenn sich dadurch weniger Menschen im Park aufhielten, sollte es Carter nur recht sein. Einen Augenblick blieb er auf dem Motorrad sitzen, Peaches noch immer an ihn geklammert, und lauschte auf das Ticken von Kalas abkühlendem Motor.

»Ist dahinten bei dir alles okay?« Er ließ den Verschluss des Helms aufschnappen.

»Ja«, nuschelte sie. »Ich bin so entspannt, dass ich fast eingeschlafen wäre.«

Er rieb ihre Hände, die noch immer um seinen Bauch lagen, und drehte den Kopf nach ihr. »Soll ich dich nach Hause bringen?«

Zu seiner Erleichterung schüttelte sie den Kopf. »Nein. Ich will noch nicht nach Hause.«

»Gut«, erwiderte er mit einem leichten Lächeln. »Ich auch nicht.«

Carter gab ihr die Hand und half ihr aus dem Sattel. Als sie wieder sicher stand, wollte er sie loslassen, doch sie hielt ihn fest, schob die Finger zwischen seine. Damit hatte Carter nicht gerechnet.

Sie blickte unsicher zu ihm auf. »Ist das okay für dich?«

Carter lächelte. Es war mehr als okay.

Hand in Hand mit Peaches durch den Central Park zu schlendern war merkwürdig. Carter fühlte sich, als könne er Bäume ausreißen – und gleichzeitig klein und verletzlich. Das Chaos in seinem Kopf war berauschend und Furcht einflößend. Intensiv.

»Bist du noch hier bei mir?«, fragte Peaches. Sie gingen auf die Stelle bei der Alice-Statue zu, die bereits zu ihrem Stammplatz geworden war, obwohl sie erst einmal dort gewesen waren.

»Ja«, antwortete er. »Warum?«

»Du wirkst irgendwie, na ja, nervös.«

Carter lachte. Es klang merkwürdig gepresst. »Nein, alles bestens.«

Sie musterte ihn misstrauisch, bedrängte ihn jedoch nicht weiter.

Der Regen ließ wieder nach. Sie legten die Jacken aufs Gras und setzten sich darauf. Carter blickte versonnen zur Statue hinüber. Sie besaß eine betörende Schönheit.

»Hier.«

Carter stieß ächzend die Luft aus, als Peaches ihm das Buch vor die Brust knallte. »Was zum …?«

»Ich habe dich schon seit einer Woche nicht mehr lesen gehört«, meinte sie. »Also lies.«

Amüsiert stellte Carter fest, dass sie *In einem andern Land* mitgebracht hatte. »Jawohl, Ma'am.«

Während Carter das Buch auf der Suche nach der Seite, auf der sie in der letzten Stunde aufgehört hatten, durchblätterte, machte Peaches es sich bequem. Sie lehnte sich an seine Seite, legte den Kopf an seine Schulter und den Arm auf seinen Oberschenkel. Kühn legte auch Carter den Arm um ihre Taille. Als Carter begann, Hemingways Worte vorzulesen, merkte er, wie sie sich an ihn kuschelte, sich entspannte. In der kühlen Luft spürte er deutlich ihre Wärme. Er legte die Wange auf ihr Haar, streichelte dabei gedankenverloren ihren Arm.

»Ich höre es so gern, wenn du vorliest«, flüsterte sie, als das Kapitel endete. »Deine Stimme ist …«

Carter legte das Buch aufs feuchte Gras. »Wie?«

»Sie scheint mir so vertraut. Als würde ich sie besser kennen als meine eigene.«

Carters Herz geriet ins Stottern. Selbstverständlich kannte sie seine Stimme. Sie war das Einzige gewesen, was er in jener Nacht, in der ihr Vater gestorben war, gehabt hatte, um sie zu beruhigen. »Und ist das gut?«

»Ja. Das ist gut.«

Sie schien es aufrichtig zu meinen, denn sie schenkte ihm ein strahlendes Lächeln. Carter schlang auch den zweiten Arm um ihre Taille, legte das Kinn auf ihre Schulter und atmete tief ihren Duft ein.

»Erzählst du mir mehr von der Statue und deinen Eltern?«

Carter gab ein grummelndes, undefinierbares Geräusch von sich. »Ich, ähm, glaube nicht …«

»Wenn du nicht möchtest, macht das auch nichts«, beeilte sie sich zu sagen. »Ich war nur neugierig.«

Carter warf wieder einen Blick auf die Statue. Er wollte sich Peaches öffnen. Wenn sie das, was sie beide verband – welcher Natur es auch sein mochte –, voranbringen wollten, dann ging das nur, indem sie mehr übereinander erfuhren. Und seine Familie wäre für den Anfang wirklich ein verdammt gutes Thema.

Er blickte ihr direkt ins Gesicht. Beklemmende Furcht überkam ihn, doch in ihrer Miene spiegelte sich nichts als Zuspruch und Zuneigung. Keine Vorurteile, keine Herablassung, keine Hinterlist.

»Mein Vater lernte meine Mutter kennen, als er achtzehn war«, sagte er mit einem langen Seufzen. »Sie waren jung, dumm und kamen aus unterschiedlichen Welten. Meine Mutter stammte aus einer äußerst wohlhabenden Familie. Ihrem Vater – meinem Großvater William Ford – gehörte *WCS*, eine der ersten Telekommunikationsgesellschaften im ganzen Land. Mein Vater James Carter dagegen war ein armer Schlucker, der sich ein bisschen Geld verdiente, indem er in Klubs Musik spielte oder malte.« *Wie romantisch*, dachte Carter sarkastisch. »So hat er auch meine Mutter kennengelernt. Eines Abends hörte sie ihn Klavier spielten und sprach ihn an.« Er schnippte mit den Fingern. »Und schon war's passiert.«

Peaches spielte geistesabwesend mit dem Saum seines T-Shirts. Ihr Schweigen ermutigte ihn, fortzufahren, ihr alles zu erzählen.

»Für die Familie meiner Mutter war mein Vater nie gut genug. Er bedeutete für sie nichts als Ärger, war in ihren Augen ein Gammler, wertlos. Doch meine Mutter lehnte sich auf, und sie blieben zusammen. Mein Großvater drehte meiner Mutter den Geldhahn zu. Sie und mein Vater zogen in ein schäbiges, billiges Apartment, und binnen eines Jahres war sie mit mir schwanger.« Carter rieb sich den Nasenrücken, um die Spannungskopfschmerzen zu lindern, die hinter seinen Augen pulsierten. »Sie versteckte die Schwangerschaft eine ganze Weile.« Carter lachte freudlos und ließ die Hand sinken. »Sie versteckte mich.«

Peaches legte die Hand an sein Kinn und drückte es nach oben. »Hey. Schon okay.«

Carter ließ die Stirn gegen ihre sinken, erschöpft vom Gefühlschaos. Sie stützte ihn, stark und sicher.

»Meine Mutter kehrte zu ihrer Familie zurück«, fuhr er fort. »Mein Vater hatte kein Geld, und sie flüchtete sich feige wieder zu ihnen zurück. Mein Großvater verlangte von ihr, sie solle mich nicht bekommen, und sie hätte fast auf ihn gehört. Nur weil mein Vater plötzlich im Anwesen der Familie auftauchte und brüllend auf seinem Recht bestand, lenkten sie schließlich doch noch ein. Mein Großvater wollte missgünstigem Tratsch über seine Familie vorbeugen.«

»Carter.«

»Langer Rede kurzer Sinn: Meine Großmutter – die Mutter meiner Mutter – war angewidert vom Verhalten ihrer Tochter. Sie kämpfte für mich und erklärte ihrer Tochter, dass sie Verantwortung übernehmen müsse. Ein Treuhandfonds wurde für mich eingerichtet, und mein Vater erhielt das alleinige Sorgerecht.« Er schnaubte verbittert. Leise sagte er: »Das Miststück hat nicht einmal darum gekämpft. Um mich.« Mit einem selbstzufriedenen Grinsen fuhr er fort: »Eines ahnte mein Großvater jedoch nicht. Am Tag meiner Geburt setzte meine Großmutter mich als Alleinerben ihrer Anteile an *WCS* ein. Sie hat ihre Anwälte einen geheimen Vertrag ausarbeiten lassen, den bis heute niemand anfechten konnte. Meine Cousins suchen noch immer nach einem Weg, ihn zu liquidieren und mich aus dem Unternehmen zu werfen.«

Peaches spannte sich an.

»Die Familie erfuhr erst am Tag ihres Todes davon. Das war vor sechzehn Jahren, und schon damals betrug der Wert ihrer Anteile etwas weniger als … fünfzig Millionen Dollar.« Er schwieg erwartungsvoll.

Peaches zwinkerte verdattert. »Fünfzig?«

Carter nickte.

»Millionen? Donnerwetter!« Sie schüttelte verblüfft den Kopf. »Warum bist du dann hier?« Du hast doch so viele Möglichkeiten. Mit dieser Menge Geld könntest du überallhin gehen, tun, was immer du willst, noch mal von vorn anfangen.«

Carter zuckte mit den Schultern. »Auf den Großteil des Vermögens habe ich keinen Zugriff. Es ist fest in Aktien angelegt und – unwichtig. Mir ist es sowieso vollkommen egal. Ich brauche deren Geld nicht.«

Die Fords – und allen voran sein Cousin Austin – hatten es geschafft, gleich nach Carters erster Verhaftung den Großteil seines Vermögens einzufrieren. Scheißkerl.

»Hast du noch Kontakt zu deiner Mutter?«

Carter schüttelte den Kopf. »Sie starb an Krebs, als ich acht war.«

»Oh Gott, Carter, das tut mir so …«

»Entschuldige dich nicht für sie«, blaffte er. »Das ist sie nicht wert.«

»Das kann doch nicht dein Ernst sein.«

»Ach nein?« Er holte tief Luft. »Sie hat mich immer nur geleugnet. Sie wollte mich nicht. Ich durfte sie nur alle zwei Wochen besuchen, weil es im Testament meiner Großmutter eine entsprechende Anweisung gab. Nur deshalb. Sie hatte einfach nur ihrem Vater eins auswischen wollen. Rebelliert und sich dummerweise dabei schwängern lassen.«

»Was ist mit deinem Vater?«

Carter biss fest die Zähne aufeinander. »Er lebt in Connecticut, zusammen mit seiner neuen Frau. Ich rede nicht mit ihm. Könnten wir – können wir jetzt vielleicht über etwas anderes reden?« Er ließ den Kopf scharf zur Seite schnellen und verzog das Gesicht, als sein Genick knackte. »Ich brauche ein bisschen Bewegung.«

Damit stand er auf und schüttelte die Arme aus. Eine Menge Energie hatte sich in ihm aufgestaut, die er irgendwie kanalisieren musste. Er holte seine Zigaretten aus der Tasche, zündete sich eine davon an und nahm einen tiefen Zug. Peaches war sitzen geblieben. Sie hatte die Arme um die Schienbeine geschlungen, den Kopf auf die Knie gestützt und beobachtete ihn aufmerksam. Es wurde Zeit für einen Themenwechsel. Er hatte es noch nie gemocht, so durchleuchtet zu werden, und obwohl er wusste, dass sie ihm all diese Fragen nicht stellte, um in seiner Vergangenheit herumzuschnüffeln, fiel es ihm schwer, Peaches derart Persönliches anzuvertrauen.

»Verrätst du mir, was in der Woche, in der du weg warst, passiert ist?«

Wie du mir, so ich dir.

Peaches verknotete nervös die Hände ineinander und schürzte die Lippen. Carter wartete. Beiläufig registrierte er, dass es wieder zu regnen begonnen hatte.

»Meine Mutter ist eine schwierige Frau«, flüsterte sie.

Carter konnte sich lebhaft vorstellen, was ihre Mutter von Peaches' Job hielt. Flüchtig fragte er sich, was sie wohl erst zu deren Männergeschmack sagen würde.

»Sie sieht in mir noch immer das neunjährige Mädchen und nicht die fünfundzwanzigjährige Frau. Sie glaubt, dass jeder vorbestrafte Mensch zu den gleichen abgrundtief bösen Taten fähig ist wie die Männer, die meinen Vater ermordet haben.«

Carter lehnte sich gegen einen Baum und rauchte schweigend.

Na, da hatte er doch schon die Antwort auf seine Frage.

»Sie ist damit, wie ich mein Leben lebe, nicht einverstanden. Sie glaubt, ich wäre nicht in der Lage, meine eigenen Entscheidungen zu treffen. Und die, die ich treffe, findet sie falsch. Sogar, dass ich unterrichte.«

»Du bist eine großartige Lehrerin, Peaches.«

»Danke.« Sie senkte den Kopf. »Das hat sich mein Vater für mich gewünscht.«

Carter konnte den Blick nicht von ihr abwenden. Wie friedvoll und umwerfend sie im Dämmerlicht aussah! In den letzten Stunden hatten sie einander so viel anvertraut, doch Carter war klar, dass es immer noch vieles gab, das er ihr sagen musste. Wie er das anfangen sollte, wusste er allerdings nicht.

Irgendwie mussten sie wieder diese Verbindung zueinander herstellen, die in der Küche beim Kochen zwischen ihnen bestanden hatte. Entschlossen warf Carter die Zigarette weg, stieß sich vom Baum ab und ging zu ihr. Dann streckte er ihr auffordernd die Hand hin.

»Was?«, fragte sie verwundert.

»Komm her.« Er grinste.

Ohne Zögern legte sie die Hand in seine. Die Berührung kribbelte und vibrierte. Es fühlte sich an, als schieße ein Blitz durch Carters Arm. Er half ihr hoch und führte sie zu der Alice-Statue. Dort zog er sie an sich, hob seine rechte Hand mit ihrer nach oben und legte die andere an ihre Taille. Dann begann er, sich langsam hin und her zu wiegen.

»Was tust du da?«, fragte Peaches verwirrt.

Er hob den Arm weiter und drehte sie behutsam darunter hindurch. »Ich tanze mit dir.«

Er legte den Arm noch etwas fester um ihre Taille und lehnte sie dann so weit zurück, dass sie vor Schreck quietschte und sich an seine Schultern klammerte. Carter richtete sie wieder auf, und sie mussten beide lachen. Als Peaches ihre Wange an seine schmiegte, vollführte Carter innerlich einen Freudensprung.

»Ist das … summst du Otis Redding?«

Carter war ein wenig peinlich berührt. »Ähm … ja, kann sein. ›These Arms of Mine‹ heißt das Lied, glaube ich. Keine Ahnung. Warum?«

Sie kicherte. »Für einen Otis-Fan hätte ich dich nicht gerade gehalten«, meinte sie mit einem Blick auf sein Zeppelin-T-Shirt.

»Sei still«, schalt er sie zärtlich. Er drückte sie wieder an sich, sodass ihr Gelächter von seiner Brust gedämpft wurde, und musste selbst grinsen.

Während er weitersummte, tanzten sie weiter, hielten einander in den Armen und drehten sich im sanft tröpfelnden Regen.

»Mein Vater liebte Reddings Musik«, flüsterte sie. »Ständig hat er ›(Sittin' on the) Doc of the Bay‹ in voller Lautstärke gehört und meine Mutter und mich damit in den Wahnsinn getrieben.«

»Er hatte einen guten Musikgeschmack.«

»Er hat den Song auch im Auto gespielt … an dem Abend, als …«

Ganz automatisch schlang Carter die Arme fester um sie.

Sie räusperte sich. »Schon komisch, an welche seltsamen Dinge man sich erinnert, nicht wahr?«

Sein Magen verkrampfte sich. War das der Moment, in dem er sie fragen würde? Der Moment, in dem er ihr offenbarte, wer er war, welche Rolle er in ihrem Leben gespielt hatte? Der Moment, in dem er alles, was sie sich bisher aufgebaut hatten, riskierte und dabei zusah, wie es unvermeidlich in tausend Stücke zerbrach?

Wenn er wirklich mit ihr zusammen sein wollte, dann musste die Antwort Ja lauten.

Er schloss die Augen und ließ den Worten ihren Lauf.

»Was weißt du noch von der Nacht, in der er … also … gestorben ist?«

Sie hob den Kopf und blickte zum Nachthimmel hinauf. »Alles.«

Carter rutschte das Herz in die Hose. »Wirklich?«

»Ja, alles«, raunte sie und legte die Wange wieder an seine Brust. »Ich erinnere mich noch an die Autofahrt zurück von D.C. Ans Hotel, den Besuch im Rehabilitationszentrum, den Weg zum Sandwichladen, den Augenblick, als sie ihn mit einem Baseballschläger niederschlugen.«

Er presste die Lippen in ihr Haar. »Es tut mir so schrecklich leid.«

Er verabscheute es, dass ihr wehgetan worden war. Dass er nicht stark genug gewesen war, um diese Monster davon abzuhalten, ihren Vater zu töten. Und er hasste es, dass er sich tief in seinem Inneren sicher war, dass auch Peaches ihn dafür hassen würde.

»Das muss es nicht«, sagte sie. »Niemand hätte ihn retten können. Nicht einmal ich, obwohl ich es nach Kräften versucht habe.«

»Du warst neun Jahre alt.« Er wusste, dass sie ihm geholfen hätte, wenn sie es nur gekonnt hätte. Sie hätte alles in ihrer Macht Stehende getan, um diese Männer davon abzuhalten, ihrem Vater etwas anzutun.

»Ich lief davon«, flüsterte sie. »Als er mich brauchte, bin ich weggerannt.«

Carters Gesichtszüge erschlafften.

»Quäl dich deswegen nicht.« Er wartete. Atmete durch. »Er wollte, dass … du wegläufst, Kat.«

Sie erstarrte in seinen Armen. Carter schloss die Augen und umklammerte sie, denn plötzlich bekam er Angst, dass sie vor ihm die Flucht ergreifen würde. Er durfte sie nicht noch einmal davonlaufen lassen. Er durfte sie nicht verlieren.

»Was?«

Carter hielt den Atem an. »Er wollte, dass du wegläufst.«

Sie nahm den Kopf zurück. Er konnte ihr ansehen, wie sich die Puzzleteile in ihrem Kopf zusammenfügten, langsam, aber sicher, und ihm blieb nichts anderes übrig, als darauf zu hoffen, dass sie ihn anhören und vielleicht versuchen würde, ihn zu verstehen.

»Carter.« Ihre Stimme bebte. »Wie … woher weißt du das?«

Er sah sie an, betete, dass er es nicht laut aussprechen müsste, und wusste gleichzeitig mit unumstößlicher Sicherheit, dass kein Weg daran vorbeiführte. »Du hast es mir gestern Abend erzählt.«

Sie wirkte nicht überzeugt.

Nachdenklich blickte sie Carter direkt ins Gesicht. Hinter ihren smaragdgrünen Augen arbeitete es. Dann blitzten urplötzlich Schmerz und Schock in ihnen auf. Sie keuchte laut, wand sich aus seinen Armen und stieß ihn von sich weg. Taumelnd wich sie vor ihm zurück.

Carters Herz zerbarst. »Ich … Ich möchte wissen, woran du

dich erinnerst.« Er ließ die Arme hängen. Nun, da er Peaches nicht mehr halten konnte, waren sie nutzlos.

»Warum?«, fragte sie zornig. »Warum willst du das wissen?«

Er machte einen Schritt auf sie zu, worauf sie zurückwich. Carter biss die Zähne aufeinander. »Weil …« Nervös fuhr er mit den Händen über seine Mütze. Er hatte furchtbare Angst. »Ich war … weil … Peaches.«

»Verflucht noch mal!«, schrie sie. »WARUM?«

Ihr Schrei hallte durch den Park. Die Wolken brachen auf und entluden ihre Regenlast auf sie, doch das war egal. Carter spürte nichts mehr. Er starrte sie an, hob die Arme, ließ sie resigniert wieder sinken. Dann senkte er den Kopf, sammelte sich, während die Furcht in ihm wütete.

»Weil ich da war.«

Ihr Gesichtsausdruck traf ihn bis ins Mark. Die Knie wurden ihm weich. Liebe Güte, wie bleich sie plötzlich war! Sie begann zu zittern und nach Luft zu schnappen. Dabei murmelte sie etwas, das er nicht verstehen konnte. Unablässig bewegte sich ihr Mund, während sie die Augen fest zukniff.

»Nein. Nein. Nein«, wiederholte sie immer wieder. »Das ist nicht … ich kann nicht.«

Der Regen drosch auf Carter ein. »Ich war es«, flüsterte er. »Ich war es, Kat.«

Sie verstummte abrupt und starrte ihn an, als wäre er ein Wildfremder. Dann öffnete sie den Mund, doch er ließ sie nicht zu Wort kommen.

»Ich war zufällig in der Nähe des Reha-Zentrums. Ich war eigentlich mit Max unterwegs, aber wir hatten Streit und ich … ich ließ ihn bei einem Freund zurück. Ich rauchte gerade eine, als ich einen Schrei hörte. Ich ging los, um nachzusehen, was passiert war, und … da sah ich sie. Ich sah dich. Ich sah, wie sie mit dem Schläger auf ihn einprügelten.«

»Hör auf«, krächzte Kat.

»Ich habe gesehen, wie der Kerl dich geschlagen hat …«

»Hör auf, Carter.«

»Dein Vater hat geschrien, dass du weglaufen sollst, aber du hast es nicht getan. Warum bist du nicht weggerannt?«

»Hör verdammt noch mal auf!«

»NEIN!«

Mit drei großen Schritten war er bei ihr und riss sie in seine Arme. Sie wehrte sich. Ihre Haut war vom Regen nass und glitschig, sodass seine Hände keinen richtigen Halt fanden. Sie schlug auf seine Brust, seine Arme ein und brüllte, er solle sie loslassen. Doch das tat er nicht. Er konnte es nicht.

»Ich habe dich gepackt«, übertönte er mit lauter Stimme ihren Protest. »Ich habe dich gepackt und bin mit dir losgerannt. Ich hatte Angst wie noch nie in meinem Leben. Ich musste dich wegzerren. So erbittert hast du dich gegen mich gewehrt. Du hast gegen mich angekämpft, genau wie jetzt, genau wie vergangene Nacht. Doch ich konnte dich nicht loslassen. Ich konnte es nicht. Sie hätten dich umgebracht, genau wie ihn.«

Kat schluchzte in seinen Armen.

»Wir landeten auf dem Boden – und dein Haar, Kat, verdammt noch mal … Es hat nach Pfirsich geduftet. Meine Peaches.«

Sie riss abrupt den Kopf hoch und schrie ihm ins Gesicht: »LASS MICH LOS!«

Sie klang so wutentbrannt, dass er sie augenblicklich freigab und einen Schritt zurückwich – nur um gleich darauf eine kraftvolle Ohrfeige zu kassieren.

Für einige Sekunden herrschte tiefes Schweigen. Das Trommeln des Regens auf die Blätter war das einzige Geräusch. Er konnte sie nicht ansehen, denn der Hass in ihren Augen war unerträglich. Er fühlte sich wie gelähmt und schrecklich einsam. Doch er konnte jetzt nicht aufhören. Er musste ihr alles erzählen.

»Ich habe dich im Arm gehalten«, murmelte er, »zwei verdammte Stunden lang, in einem eiskalten Türdurchgang, und habe auf dich eingeredet.«

»Du«, fauchte Kat anklagend. »Du hast mich davon abgehalten …« Sie schnappte immer wieder nach Luft, konnte kaum sprechen. »Ich hätte … Ich hätte ihn … Er war mein Vater!«

Über Carters Wangen flossen Tränen, vergossen aus Wut und Schmerz. Still vermischten sie sich mit dem Regen, der ihm übers Gesicht rann. »Er wollte, dass du wegrennst. Ich konnte doch nicht einfach tatenlos zusehen, wie sie dich umbringen!«

»Du hattest kein Recht einzugreifen!«

»Kein Recht?« Er hob ebenfalls die Stimme. »Dein Vater wollte, dass du dich in Sicherheit bringst, Kat. Ich … Ich habe dich gerettet!«

»Nein, das hast du nicht!«, schrie sie zurück. »Weil ich nämlich damals in dieser Nacht ebenfalls gestorben bin!«

Carter starrte sie fassungslos an. Er hatte das Gefühl, als hätte sie ihm einen Schlag in die Magengrube verpasst. Wie konnte sie nur so etwas denken?

Mit einem Mal wurde sie alarmierend ruhig. Sie blickte sich um. »Ich … ich muss … ich.« Sie stürmte an ihm vorbei auf ihre Jacke und ihre Tasche zu. Unter ihren Füßen spritzte Regenwasser auf, das sich in großen Pfützen gesammelt hatte.

»Kat«, flehte Carter, »nicht … bitte!« Er griff nach ihrem Arm, doch sie schüttelte ihn ab und stieß ihn fort.

»Sei still!«, schrie sie ihm ins Gesicht. »Du beschissener Lügner! Du bist genau wie alle anderen auch. Sei einfach still!«

Carter war völlig perplex. »Ich habe nie gelogen!«, brüllte er zurück und spürte, wie auch in ihm Wut aufwallte. »Wovon redest du?«

»Du hast mir nie was gesagt!« Wieder schubste sie ihn. »Wie lange weißt du es schon? Keinen Ton hast du gesagt. Das macht dich zu einem dreckigen, gemeinen Lügner!«

Ihr Vorwurf traf Carter mit niederschmetternder Gewalt.

Kat griff sich an die Stirn. »Ich … ich kann nicht … ich kann jetzt nicht in deiner Nähe sein. Ich muss …« Sie fuhr herum, ergriff ihre Tasche und rannte los.

Augenblicklich setzte Carter ihr nach, rief ihr zu, sie solle stehen bleiben, appellierte an sie, nicht allein durch den dunklen Central Park zu laufen, doch sie ignorierte ihn. Er hätte sie problemlos einholen können. Er hätte sie fangen und zu Boden ringen können, genauso wie er es schon vor sechzehn Jahren getan hatte. Aber verdammt noch mal, was hätte ihm das gebracht?

Sie hasste ihn und wollte nicht in seiner Nähe sein.

Sie hatte ihn einen Lügner genannt.

War er das?

Der Gedanke ließ ihn wie angewurzelt stehen bleiben. Hilflos sah er zu, wie sie vor ihm davonlief. Er konnte kaum noch atmen. Sein Körper fühlte sich an wie gehäutet. Er griff sich an die Brust – in dem sinnlosen Versuch, den brennenden Schmerz, der dort wütete, zu lindern. Seine Lungen verweigerten ihm den Dienst. Verzweifelt legte er den Kopf in den Nacken und brüllte all die brodelnde Wut und den Frust hinaus in die Nacht. Wie von Sinnen trat er mehrmals gegen einen Baum, hörte sich Worte schreien und Flüche ausstoßen, wie sie noch nie zuvor aus seinem Munde gekommen waren. Und die ganze Zeit über betete er zum Himmel, dass der Schmerz endlich aufhören würde.

Erschöpft stützte Carter die Hände auf die Knie und blickte ihr nach.

Als er sie schließlich nicht mehr sehen konnte und seine Stimme heiser wurde, sammelte er stolpernd seine Jacke und die Motorradhelme wieder ein und taumelte zurück zu Kala.

22

Carter wusste nicht mehr genau, wie lange er ziellos durch die Stadt gefahren war. Er wusste nur, dass er nass bis auf die Knochen war und dass in der *Jack-Daniel's*-Flasche in seiner Hand ein Viertel fehlte.

Er rollte Kala zurück in die Garage. Gedankenverloren lehnte er sich gegen die Maschine und strich über die Stelle, wo Kat hinter ihm gesessen hatte, mit ihm, um ihn herum. Unerklärlicherweise zitterte seine Hand, darum trank er vorsichtshalber noch einen großen Schluck und sog zischend die Luft ein, als der Alkohol in seiner Kehle brannte. Das einzig Tröstliche an der scharfen Hitze des Alkohols war, dass er jetzt zumindest wusste, dass er noch immer in der Lage war, etwas zu empfinden.

Mit einem höhnischen Schnauben nahm er noch einen Schluck.

Dreckiger, gemeiner Lügner. Dreckiger, gemeiner Lügner.

Mit bleischweren Füßen und einem Gefühl vollkommener innerer Leere schleppte sich Carter die sechs Stockwerke zu seiner Wohnung hinauf. Es war ihm egal, wie lange es dauerte und dass es einfacher gewesen wäre, den Fahrstuhl zu nehmen. Er wollte nur ins Bett, zusammen mit seiner Flasche *Jack*, und hoffentlich erst in ein paar Tagen wieder aufwachen. Er drückte die Tür zu seiner Etage mit der Schulter auf, taumelte dabei ein wenig. Dann blieb er wie erstarrt stehen.

Vor seiner Wohnungstür saß – zusammengekauert, klatschnass und zitternd – Kat.

Carter sank gegen die Wand. So unfassbar war seine Erleichterung, dass er fast in die Knie ging. Obwohl die Hälfte ihres Gesichts mit Wimperntusche verschmiert war und ihre Haare tropften, hatte sie für ihn noch nie so schön ausgesehen wie in diesem Moment.

Für eine halbe Ewigkeit sahen sie einander nur an und sprachen ohne Worte, weil das, was gesagt werden musste, zu groß war für den engen Hausflur. Schließlich schaffte Carter es, sich von der Wand abzustoßen – woher er die Kraft dafür nahm, wusste er selbst nicht. Langsam und vorsichtig ging er auf sie zu, fast so, als würde er sich einem wilden Tier nähern.

Als er nur noch wenige Zentimeter von ihr entfernt stand, richtete sie sich mühsam auf, ließ sich jedoch gleich darauf wieder erschöpft gegen seine Tür sinken. Sie sah genauso müde aus, wie er sich fühlte.

Mit fest auf sie gerichtetem Blick und ohne ein Wort zu sprechen, zog Carter die Schlüssel aus der Tasche und beugte sich an ihr vorbei, um die Tür aufzuschließen. Er war sich nicht sicher, doch als er ganz nahe bei ihr war, meinte er zu hören, wie sie tief einatmete, als söge sie seinen Duft ein. Allerdings war ihm das völlig egal. Obwohl er es auch schön gefunden hätte, wenn es wirklich so gewesen wäre. Er wollte alles, was sie ihm noch zu geben bereit war.

Wenn er schon ein *dreckiger, gemeiner Lügner* war, dann wollte er zumindest *ihr* dreckiger, gemeiner Lügner sein.

Kat trat zögerlich in die Wohnung. Carter stellte die Flasche *Jack* auf der Küchentheke neben den Kaffeebechern ab, die noch ganz unschuldig vom Morgen dort standen, als alles noch eitel Sonnenschein gewesen war. Dann wandte er sich wieder zu ihr um und schüttelte dabei die Jacke ab. Sie war nass bis auf die Knochen und bibberte vor Kälte.

»Shit«, murmelte er. »Du brauchst ein Handtuch.«

Er schickte sich an, an ihr vorbei ins Badezimmer zu gehen, doch sie stoppte ihn, indem sie ihm fest die Hände an die Hüften legte und die Stirn an seine Brust drückte. Carter atmete bebend aus. Er konnte sich nicht bewegen. Er wusste nicht, wie er reagieren sollte. Als er das letzte Mal versucht hatte, sie anzufassen, hatte sie ihn angeschrien und war davongelaufen. Das ertrug er nicht noch einmal.

Er regte sich nicht. Ihre Schultern bebten jedes Mal, wenn sie schluchzte. Er wollte ihr den Rücken streicheln, ihr Haar berühren … aber, verdammt noch mal, er wagte es nicht.

»Es tut mir leid«, flüsterte sie und klammerte sich so fest an seine Hüften, dass ihr das Wasser, mit dem sich sein T-Shirt vollgesaugt hatte, über die Hände rann.

Carters Kehle schnürte sich zu. Stück für Stück glitten ihre Hände aufwärts, über seine Brust in seinen Nacken. Dann hob sie den Kopf.

»Es tut mir leid.« Er spürte, wie ihre kleinen Finger über seine Haut fuhren, ihr Atem heiß an seinem Schlüsselbein brannte. »Es … oh Gott, Carter. Es tut mir so furchtbar leid.«

Carter versuchte, den Kloß in seiner Kehle loszuwerden, während er bewegt auf ihre gewisperten Entschuldigungen lauschte. Mit jedem ihrer Worte bröckelte ein Stück aus der raubeinigen Fassade, die er um sich herum aufgebaut hatte.

»Ich brauche kein Handtuch. Ich brauche dich.« Zitternd sank sie an ihn. »Ich brauche dich so sehr.«

Carter legte den Kopf an ihren. »Peaches.« Er schlang die Arme um sie. »Ich gehöre dir doch.« Er krallte die Hände in den Saum ihres Shirts. »Schon immer.«

Sie biss sich auf die Lippe, verzog das Gesicht. Dann strich sie behutsam über die Stelle an seiner Wange, an der sie ihn geschlagen hatte. »Genauso wie ich dir gehöre.«

Sie stellte sich auf die Zehenspitzen, legte ihre heißen Lippen auf die Haut unterhalb seines Auges und begann erneut zu murmeln, dass es ihr leidtäte. Dass er ihr so viel bedeutete. Ihre Lippen fühlten sich einfach perfekt an, während sie sanft sein Gesicht küsste, sein Augenlid, seine Stirn, dann seine Wange und seinen Mundwinkel.

Als er ihre Zunge an seiner Unterlippe spürte, erstarrte Carter. Seine Knie waren so weich, dass er ganz automatisch Halt suchend ihre Taille umfasste, um nicht umzukippen. Er wollte sie so sehr. Lieber Gott, ob sie überhaupt ahnte, wie sehr? Wie verrückt er nach ihr war?

Er beugte sich vor, voller Sehnsucht nach ihren Berührungen, und ihre Lippen trafen sich zu einem sanften, bedächtigen, unendlich zärtlichen Kuss. Er öffnete den Mund, um sie einzulassen, stieß keuchend den Atem aus, als ihre Zunge seine traf. Er nahm sie zwischen die Lippen, saugte vorsichtig daran, während seine Hände sich von ihrer Taille unter ihr Shirt stahlen.

Mühelos glitten sie über ihre nasse Haut. Beide stöhnten sie auf, und der Kuss wurde sofort intensiver. Carter sog jeden ihrer Atemzüge ein, zog sie enger an sich, damit sie fühlen konnte, wie hart er schon war und wie sehr er sich danach verzehrte, in ihr zu sein.

Er musste in ihr sein, sich ganz in ihr verlieren.

Sie ergriff den Saum seines Shirts, zupfte fragend daran. Er trat ein wenig zurück, damit sie es ihm über den Kopf ziehen konnte. Augenblicklich war ihr Mund an seiner Brust, leckte, küsste, knabberte und trieb ihn schier in den Wahnsinn.

Perfekt. Ihre Lippen waren einfach perfekt.

»Es tut mir leid«, raunte sie an seiner Haut.

Plötzlich wollte Carter ihre Lippen spüren, sie schmecken. Kraftvoll presste er die Lippen auf ihre, drängte die Zunge in ihren Mund. Mit einem lauten Stöhnen schmiegte sie sich enger an ihn. Er riss ihr das Shirt über den Kopf, bedauerte sofort, dass sich ihre Lippen dafür trennen mussten.

Ihr hellblauer BH war als Nächstes an der Reihe. Beim Anblick ihrer Brustwarzen, die er bereits in der Nacht zuvor näher kennengelernt hatte, stöhnte er auf. Sie waren hart aufgerichtet und reagierten augenblicklich, als er sie zärtlich mit den Daumen berührte.

»Oh Gott«, murmelte Kat.

Er tat es noch mal. Anmutig fiel ihr Kopf in den Nacken.

»Das gefällt dir?« Er küsste sie wieder. Sie krallte sich an seinen Schultern fest. Carter stöhnte lustvoll auf, als ihre Nägel sich in sein Fleisch gruben. Mit beiden Händen umfasste er ihre schweren Brüste, knetete grob die zarte Haut. Ihre Brustwarzen verhärteten sich noch mehr.

»Ja«, ächzte sie. »Bitte. Bitte. Es tut mir leid. Es tut mir leid.«

Carter gebot ihren Worten mit seinem Mund Einhalt. »Hör auf. Du bist ja jetzt hier.« Er strich ihr eine widerspenstige Strähne aus dem Gesicht. »Jetzt gibt es nur dich und mich.«

Er legte die Hände an ihre Wangen, rieb über die nasse Haut unter ihren Augen und küsste sie. Ihre Hände lagen auf seinen Unterarmen, überließen ihm die Führung. Carter mühte sich, sein Verlangen zu zügeln – oh Gott, und wie er es versuchte! –, doch viel zu schnell loderten die Flammen zwischen ihnen hoch und immer höher, befeuert von ihrer Leidenschaft füreinander.

Mit einem animalischen Grollen, das fast wie ihr Name klang, hob Carter sie hoch und grinste an ihrem Mund, als sie sofort Arme und Beine um ihn schlang. Er packte ihren Hintern, spürte ächzend, wie ihre nackten Brüste sich an seiner Brust rieben, mit dem Regenwasser als natürliches Gleitmittel.

Carter trug sie, diesmal ohne zu stolpern, durch die Wohnung zum Bett, legte sie auf die Matratze und bedeckte sofort ihren Körper mit seinem. Suchend strich er über ihre Haut, ihre Seiten, ihre Brüste, ihren Bauch.

Schließlich konnte er sich nicht mehr zurückhalten und ließ seine Lippen seinen Händen folgen. Er wollte mehr von ihrem Körper erkunden. Sofort bäumte sie sich auf und packte seinen Po. Carter presste die Hüften fest gegen ihren Unterleib.

Als er spielerisch in die Unterseite ihrer rechten Brust biss, schrie sie auf, bevor sie erregt stöhnte.

»Mehr«, wimmerte sie in sein Haar. »Bitte, Carter. Mehr.«

»Alles, was du willst.« Schon lagen seine Finger um den Knopf ihrer Jeans und drückten ihn aus dem Knopfloch.

Er zog den Reißverschluss herunter, hakte die Finger in den Hosenbund. Doch dann verharrte er plötzlich verunsichert. Er musste sicher sein, dass sie sich wohlfühlte, dass sie das hier auch wirklich wollte. Er blickte zu ihr auf.

Sag mir, dass du das hier willst. Sag mir, dass du es genauso sehr willst wie ich.

Sie sah ihn an, streichelte zärtlich seine Wange. »Hör nicht auf.«

Sie reckte die Hüften nach oben, sodass Carter ihr die Jeans herunterziehen konnte. Dabei ließ er die Fingerknöchel über ihre Schenkel, ihre Waden streichen. Bei ihren Knöcheln angekommen, musste er plötzlich lachen. Sie trug noch immer ihre Stiefeletten.

»Sorry«, kicherte sie ebenfalls.

Er machte sich daran, sie aufzubinden. »Kein Problem.« Sanft küsste er ihren Knöchel, während er ihr zuerst den einen und dann den anderen Schuh abstreifte.

Nachdem endlich alle Hindernisse beseitigt waren, befreite er sie ganz aus ihrer Jeans. Auf der Bettkante kniend, betrachtete er sie. Sie sah atemberaubend aus. Feminin. Sexy. Wunderschön. Ihre Haut war blass und makellos und sah genauso weich aus, wie sie sich auch unter seinen Händen angefühlt hatte.

Gebannt saß er vor ihr, einfach nur glücklich, sie ansehen zu können.

»Carter«, flüsterte Kat besorgt und stützte sich auf die Unterarme hoch. »Wenn du das hier nicht tun willst, kann ich das verstehen, nach allem, was ich gesagt, getan habe und …«

Er brachte sie mit einem gierigen Kuss zum Schweigen. »Ich will es«, ächzte er in ihren Mund hinein. »Verdammt noch mal, und wie ich es will!« Sanft fuhr er mit der Hand über ihre Seite, ihre Hüfte, spielte zögerlich mit dem Bündchen ihres Slips. »Darf ich? Darf ich dich berühren?«

»Ich wünsche mir nichts mehr als deine Finger auf meiner Haut.«

»Herrgott!« Er schob die Hand unter den Baumwollstoff des Höschens und fuhr mit den Fingerknöcheln über ihre weichen nackten Lippen. »Feucht«, knurrte er, während er die Hand auf- und abbewegte.

Mit einem genüsslichen Stöhnen ließ sich Kat wieder auf die Matratze fallen, zog ihn dabei mit sich. »Deinetwegen.«

Ihre Worte wirkten wie Kerosin auf eine offene Flamme. Gierig schob Carter die Finger zwischen ihre Lippen, tastete nach ihrer Klitoris. Als er sie jäh mit dem Daumen traf, stöhnten sie beide auf. Sein Zeigefinger glitt mühelos über die seidig-feuchte Haut.

Carter schloss die Augen, knabberte an ihrer Schulter, atmete an ihrer Haut. Mit der Fingerspitze umkreiste er aufreizend ihre Klitoris und entlockte Kat ein sehnsüchtiges Seufzen. Die fließenden Bewegungen ihrer Hüften, die rauen Laute, die aus ihrer Kehle drangen, zogen ihn in ihren Bann. Er konnte nicht mehr warten. Er drang in sie ein.

Warm. Nass. Unglaublich.

Sie schrie auf, als er begann, langsam den Finger vor und zurück zu bewegen. Bis zum Knöchel versank er in ihr.

Carter beugte sich vor und begann, mit der Zunge in kreisenden Bewegungen ihre Brustwarze zu liebkosen. Kat ächzte, klammerte sich an seine Schultern.

Keuchend wand sie die Hüften hin und her. »Mehr.«

Carter schob einen weiteren Finger in sie und steigerte gleichzeitig die Geschwindigkeit. Kat schrie auf, zerrte fest an seinen Schultern. Mit geschlossenen Augen lauschte Carter auf das Geräusch seiner Hand, die in ihr feuchtes Fleisch glitt, während er sich weiter an ihrem köstlichen Körper labte. Es war die sinnlichste Symphonie, die er je gehört hatte.

Noch mal legte er den Daumen auf ihre Klitoris, während sich ein weiterer Finger in sie stahl. Auf keinen Fall wollte er ihr wehtun, aber, Herrgott, es drängte ihn so sehr, in ihr zu sein, dass er sich einfach nicht bremsen konnte. Ohne ihr Gesicht aus den Augen zu lassen, stieß er erneut zu.

Zärtlich. Vorsichtig.

Seine gekrümmten Finger bahnten sich ihren Weg. Kat drückte den Rücken durch, und ein langes gutturales Stöhnen drang aus ihrer Kehle.

Gott, wie herrlich es war zu sehen, wie sie sich aufbäumte und wand!

Mehr.

Carters Bizeps spannte sich.

Fester. Schneller.

Er wollte ihren Orgasmus. Er wollte ihn hören.

Ihn schmecken. Ihn riechen.

»Carter.« Kat klammerte sich an ihn. »Oh, ich …«

»Richtig so, Baby«, sagte er atemlos, leckte den salzigen Schweiß von ihrem Hals. »Lass es zu. Ich will es.« Er knabberte an ihrem Ohrläppchen, schmeckte Aprikosen und Kandiszucker. »Wie du meine Finger umschließt, das fühlt sich so gut an.« Er leckte über ihren Unterkiefer: Honig. »Fuck, du schmeckst so gut!« Er saugte ihre Brustwarze fest in seinen Mund hinein: Vanille.

So unbedingt wollte er sie zum Höhepunkt bringen, dass er die Finger geradezu in sie rammte, ihre Klitoris unaufhörlich rieb. Kat hielt sich an ihm fest, und Carter stöhnte mit ihr, als sie kam, intensiv, unter seinen Händen pulsierend, zuckend.

»Himmelherrgott«, ächzte er, als ihr Körper sich um seine Finger spannte. Sie presste wild die Lippen auf seine, wimmerte in seinen Mund.

»Gottverdammt«, murmelte Carter.

Bedächtig streichelte er sie weiter, ließ die Hand vor und zurück gleiten, während sie atemlos an seiner Wange flüsterte. Ihre Stimme war leise – ihre Worte zusammenhanglos, doch das Erschauern ihres Körpers hatte ihm alles verraten, was er wissen musste: Er hatte ihr einen heftigen Orgasmus beschert. Kat glühte geradezu vor Glückseligkeit. Er verlangsamte die Bewegungen seiner Hand und küsste sich stattdessen über ihre Brust hinauf zu ihrem Kiefer. Ihr Puls raste.

Sie war eine Augenweide.

»Alles okay?« Er drückte ihr einen sachten Kuss auf den geöffneten Mund. Lachend legte sie eine Hand an die Kehle. Dabei schloss sie die Augen, doch Carter konnte sehen, dass sie sich unter ihren Lidern bewegten.

Sie stieß den Atem aus und öffnete ein Auge, um zu ihm hinaufzuschielen. »Carter, deine Hände sind genial.«

Nun musste Carter selbst lachen. Er zog die Hand aus ihrem Höschen und wackelte vor ihrem Gesicht mit den Fingern. Sie glänzten feucht im Licht. Carter musste zugeben, dass er noch nie etwas derart Scharfes gesehen hatte. Jedenfalls, bis Kat sie in den Mund nahm und mit aller Kraft daran saugte. Ohne sein

Zutun zuckten seine Hüften nach vorn, und er stieß ein obszön lautes Stöhnen aus.

»Oh Gott!« Kat umkreiste mit der Zunge jeden Finger. Carter presste die Hüften in die Matratze.

Mit einem vernehmlichen Ploppen ließ Kat seine Finger wieder aus dem Mund schnellen, und sofort darauf nahm sie sein Gesicht in ihre kleinen Hände und küsste ihn. Er konnte sie auf ihrer Zunge schmecken.

»Was um alles in der Welt machst du nur mit mir?«, grummelte Carter.

Sie ließ von seinen Lippen ab, bedeckte nun sein Gesicht mit Küssen. »Ich möchte, dass du dich gut fühlst«, wisperte sie. »Ich will dich schon so lange, Carter.«

Er hielt sie im Arm, während die Natur ihrer Berührungen und Küsse sich verwandelte, von sanft und begehrlich zu verzweifelt und hektisch. Ihr leises Wimmer wurde zu lauterem Schluchzen.

»Du warst es«, raunte sie zwischen Lecken und Bissen an seiner Schulter. »Oh Gott, Carter, du warst es!«

»Sch«, versuchte er sie zu beruhigen. »Schon gut, Kat. Alles ist okay.«

»Du hast mich gerettet.« Sie weinte. »Ich wusste, dass du real bist. Ich wusste es. Alle wollten mir einreden, dass ich mir dich nur eingebildet hatte, dass du nicht real wärest.« Sie fuhr mit dem Zeigefinger über seine Unterlippe. »Aber das bist du.«

Ihre Worte trafen ihn bis ins Herz. Sie verstand es. Wo immer sie heute Nacht auch gewesen war, was immer sie auch getan hatte, nachdem sie vor ihm davongelaufen war – sie hatte begriffen, dass er die Wahrheit gesagt hatte. Er hatte sie gerettet.

Sie schlang fest die Beine um ihn, drückte sich an ihn und weinte an seiner Schulter. »Es tut mir sehr leid, dass ich dich geschlagen habe.« Sie bedeckte seine Wange mit Küssen. »Vergibst du mir? Bitte?«

Unermüdlich berührte und küsste sie ihn, während die Worte aus ihr heraussprudelten. Wie sehr ihr alles leidtat. Was sie nun endlich verstanden hatte. Carter hielt sie nicht zurück. Er musste alles hören, was sie ihm zu sagen hatte. Diesen Augenblick mit ihr brauchte er.

Sie schubste ihn an den Schultern, sodass sie zusammen umkippten. Nun saß sie rittlings auf ihm. Carter hielt die Augen geschlossen, ließ die Hände auf ihren schmalen Hüften ruhen und konzentrierte sich ganz darauf, sie mit seinen übrigen Sinnen wahrzunehmen: die Wärme zwischen ihren Schenkeln, das Geräusch ihres Atems, die Kraft ihrer Berührungen und den Duft ihres Parfums.

»Du hast mich im Arm gehalten.« Tastend wanderten ihre Handflächen über seinen Bauch. »Ich erinnere mich noch, wie du gerochen hast.« Sie steckte die Nase in seine Nackenbeuge und atmete tief ein. »Du warst es. Du hast mir ins Ohr geflüstert, mich beruhigt, dass ich in Sicherheit bin. Das weiß ich jetzt. Ich verstehe jetzt, weshalb der Klang deiner Stimme für mich Geborgenheit bedeutet.« Sie legte die Stirn an seine. Ihre Lippen huschten über seinen Mund.

Er hatte *wirklich* mit ihr gesprochen – mit dem Mund in ihrem Haar –, bis seine Stimme versagt hatte und die Sirenen sich genähert hatten. Seine geschlossenen Augen begannen zu brennen. Er kniff sie noch fester zu. Ihre Hände fuhren über seine Haut, über seine Seiten hinauf zu seinem Hals und wieder zurück, fast so, als wollten sie sich alles einprägen.

»Kat«, sagte Carter atemlos, betört von ihren Bewegungen.

»Berühr mich weiter. Berühr mich überall.« Er strich von der Taille aufwärts über ihre Seiten, bis zu ihren Rippen. »Oh Gott, hör nicht auf!«

Als sie den Kopf schüttelte, fiel ihr Haar auf seine Schultern. »Niemals.«

Wieder trafen sich ihre Lippen, zärtlich nur, doch mit einer Leidenschaft, die Carter schier den Verstand raubte.

»Deine Arme«, säuselte sie an seinem Hals. »Ich habe das Gefühl, sie ganz genau zu kennen.« Er wusste, dass ihre Fingernägel eine rote Spur hinterließen, als sie mit ihnen über seine Unterarme fuhr, bis zu seinen Händen, wo sie die Finger mit seinen verschränkte. »So stark und beschützend.« Sie küsste jede seiner Ellenbeugen. »Ich gehöre in deine Arme, Carter«, beteuerte sie mit wieder erwachender Inbrunst. »Sie haben mir gefehlt. Du hast mir gefehlt.« Sie neigte sich zu seinem Ohr und flüsterte: »Schon mein ganzes Leben lang hast du mir gefehlt.«

Carter schmiegte die Nase an ihren Hals, leckte über ihre Kehle bis zu ihrem Kiefer. »Du hast mir auch gefehlt. Meine Peaches.«

Sie lächelte an seiner Wange. »Das werde ich immer sein.«

Carter stieß unwillkürlich den Atem aus. Erwartungsvolle Vorfreude überkam ihn, denn sie begann, ihre Hände abwärts über seinen Körper streichen zu lassen. Sie umfuhr die Konturen seiner Bauchmuskeln, das Haar unter seinem Bauchnabel. Endlich an den Knöpfen seiner Jeans angekommen, legte Kat die hohle Hand auf seinen Schritt und begann, sie aufreizend langsam und kraftvoll auf- und abzubewegen.

Carters Hüften reckten sich wie von selbst ihrer geschickten Hand entgegen. Wie sie seinen Schwanz rieb, in Kombination mit dem Wissen, dass er unter der Hose nackt war, das war einfach unfassbar erotisch. Wenn sie wollte, könnte sie ihn binnen weniger Sekunden ganz in die Hand nehmen, ihn streicheln, bis er um mehr winselte.

Und winseln würde er mit ziemlicher Sicherheit. Und wie!

Kat bewegte die Hand unermüdlich weiter: auf und ab, presste und rieb, schnurrte und seufzte dabei und bedeckte seine Brust mit federleichten Küssen.

Carters Bauchmuskeln begannen sich zu spannen. »Wenn du so weitermachst, dann … werde ich noch kommen.«

Lächelnd umfasste sie ihn noch fester. »Und wäre das so schlimm?«

Er legte die Hände an ihre Wangen und zog sie gierig an sich, bis ihre Lippen an seinen lagen. »Ich fände es schöner, wenn ich zu diesem Zeitpunkt in dir wäre.«

»Oh Gott, ja.« Sie rutschte ein Stück zurück, sodass sie mit ihrem knackigen Po nun auf seinen Oberschenkeln saß.

Mit gespannter Miene machte sich Kat daran, bedächtig seine Hose Knopf für Knopf zu öffnen. Carter krallte die Fäuste in die Laken, konnte es kaum noch erwarten, ihre Hände, ihre weiche Handfläche zu spüren. Es würde sich verdammt gut anfühlen, dessen war er sich sicher. Ungeduldig wand er die Hüften.

Als er zu ihr aufblickte, sah er etwas, das alle Nervenenden seines Körpers augenblicklich zum Lodern brachte. Kat starrte seinen Schwanz an, der sich mehr als bereit einen Weg aus seinem Hosenschlitz bahnte, und ihr Gesichtsausdruck ließ sich nur als hungrig beschreiben.

Sie sah ihn an wie ein Raubtier seine Beute. Als wolle sie ihn verschlingen.

Nichts wäre ihm lieber gewesen, als von ihr mit Haut und Haaren verschlungen zu werden, bis sie sich in überwältigender, intensiver, verzweifelter Lust verloren. Doch er musste sich sicher sein.

Zu Kats sichtlicher Überraschung setzte sich Carter auf und schlang die Arme um sie. »Wir müssen das nicht«, sagte er leise und rieb in einer hoffentlich beschwichtigenden Geste seine

Nase an ihrer. Dann neigte er sich ein wenig zurück, um ihr das noch immer regennasse Haar aus dem Gesicht zu streichen. »Ich will dich. Ich wollte dich schon immer. Aber es soll sich auch richtig anfühlen. Ich möchte, dass es perfekt wird.«

Ihre Miene wurde weich. »Aber das hier ist uns vorbestimmt. Spürst du es denn nicht auch?«

»Kat«, sagte er ein wenig ungläubig, drückte ihr einen Kuss auf die Schulter, »ich habe es schon in dem Moment gespürt, in dem du mich wiedergefunden hast.«

Sie legte die Hände an sein Gesicht. »Dann hab keine Angst«, sagte sie fest. »Sei einfach nur hier bei mir.«

Und sie küssten sich.

Und um Carter war es geschehen. Er gehörte ihr.

Mit jeder verdammten Zelle seines Körpers.

Er legte sich zurück, zog sie mit sich, die Hände noch immer in ihrem Haar, und hielt sie so fest er konnte. Sie schmiegte sich eng an seinen Körper, verschmolz geradezu mit ihm. Sie passte perfekt zu ihm. Langsam, mit dem Mund an ihren Lippen, rollte sich Carter herum, bedeckte sie wieder mit seinem Körper, umhüllte sie von Kopf bis Fuß.

Mit einem flinken Zungenschlag gab er ihre Lippen frei, und nach einem sanften Kuss auf ihr Kinn stützte sich Carter mit den Händen hoch und kroch vom Bettende. Rasch schlüpfte er aus den Stiefeln und Socken, jedoch ohne auch nur einmal den Blickkontakt mit ihr zu unterbrechen. Gerade hatte er die Finger in den Bund seiner Jeans gehakt, als er sah, wie sie die Hände an den Saum ihres Höschens legte.

Ohne ein Wort entledigten sie sich ihrer jeweiligen Kleidungsstücke und sahen einander zum ersten Mal – nackt.

Fasziniert betrachtete Carter Kats Körper, und auch sie musterte ihn wie hypnotisiert. Sie war perfekt, jede Rundung, jeder Zentimeter Haut. Sie war rosig. Nackt. Und wie für seinen Mund gemacht. Carter atmete zittrig ein, denn es überwältigte ihn, dass sie ebenso betört von ihm zu sein schien wie er von ihr.

Kat lächelte neckisch. »Du bist sehr sexy.«

Carter versuchte, seine nervöse Anspannung mit einem Lachen zu vertreiben, bevor er sich aufs Bett zwischen ihre Schenkel kniete. Es kostete ihn Mühe, sich einigermaßen zu beherrschen. Er war inzwischen so hart, dass er bei jedem Atemzug ein pulsierendes Ziehen empfand. Noch nie zuvor hatte er sich derart nach einer Frau verzehrt.

Er wollte alles von ihr, und das sofort. Jeden Teil von ihr. Er wollte, dass sie sein wurde. Sein Zeichen trug. In ihr kommen. Auf ihr kommen. Er wollte sie vögeln, sie lecken, sich an ihr weiden. Er wollte, dass sie ächzte, stöhnte, kam, und zwar laut. Er wollte sie schnell und hart, langsam und zärtlich. Er wollte sie auf sich, unter sich, vor sich und neben sich.

Mit zitternden Händen raufte er sich das Haar, aus Angst, sie sonst zu fest zu halten. Dann ließ er hilflos die Arme sinken, hielt den Atem an.

»Kat, ich … ich will …«

Sie ergriff seine Hand, so schnell, dass es Carter regelrecht schwindelte, und hob sie an ihre Lippen. Sie hauchte zarte Küsse auf jede Fingerspitze, die Knöchel, rieb die Nase an seiner Handfläche, blies zärtlich über sein Handgelenk, bevor sie es an ihre Wange drückte. Ihre Blicke trafen sich, und Carter verschlug es glatt den Atem. Sein Herz hämmerte, schien aus dem Takt zu geraten, und die Knie wurden ihm so weich, dass er, hätte er aufrecht gestanden, garantiert gestürzt wäre.

Doch auch so lag er ihr buchstäblich zu Füßen.

Als sie den Kopf ein wenig in den Nacken legte und zu ihm aufblickte, hatte er das Gefühl, von ihrer Schönheit geblendet zu werden. »Du und ich.«

Carter nickte matt – mit dem Donnern seines Herzens in den Ohren. »Du und ich«, erwiderte er. Er sah ihr zu, wie sie sich wieder hinlegte, bevor er sich auf Knien zwischen ihren Schenkeln niederließ.

Carter nahm ihren Knöchel in die Hand, hob ihn an, küsste ihn wieder und wieder, widmete sich dann ihrem Fuß und leckte sanft über ihren Rist. Als Nächstes waren ihre Wade und die Kniekehle an der Reihe. Sie kicherte, als seine Zungenspitze die Kuhle dort erkundete, verstummte jedoch schnell wieder und ächzte lustvoll, als er die Finger über ihre Haut huschen ließ, Gänsehaut hervorzauberte.

In aller Seelenruhe kroch Carter über ihren Körper, küsste jedes Stückchen Haut auf dem Wege. Ihre Schenkel waren rund und üppig, und er gönnte ihnen einige Extrazärtlichkeiten, küsste und knabberte, während er die Nase in ihre Leiste grub. Er roch sie, doch sie zu schmecken, das gestattete er sich noch nicht. Diese Delikatesse würde er sich noch aufheben und später ausgiebig kosten.

Kat stöhnte unter ihm, hielt sich an ihm fest. Als er schließlich ihren Bauch erreichte und die Zunge in ihren Nabel tauchte, keuchte sie atemlos und versuchte, seinen Kopf an ihr Gesicht zu ziehen.

»Carter«, stöhnte sie, als er ihren ungeduldigen Händen widerstand. »Hör auf, mit mir zu spielen.«

Er lachte leise an ihrer rechten Brust, drückte sanft die linke. Dann stützte er sich hoch, ließ seine Zunge über ihre Lippen schnellen. Sofort packte sie seinen Po, zerkratzte seine Haut mit ihren Fingernägeln.

»Fuck! Das fühlt sich gut an«, raunte er an ihrem Hals.

Sie tat es noch mal, hob die Beine und legte die Fersen in sein Kreuz.

Seine Eichel rieb über ihr feuchtes Fleisch. Zischend stieß

Carter den Atem aus, warf den Kopf zurück. Ihre Hitze war unglaublich. Er umfasste ihr Gesicht, küsste sie gemächlich, voller Verehrung.

Verflucht, er konnte es nicht mehr erwarten, in ihr zu sein, und schob seine Hüften ein wenig nach vorn.

Ja, so tief, nass, eng und …

Gottverdammt!

Er zog den Unterleib zurück und ließ sich schwer auf sie fallen, stieß an ihrer Schulter einen frustrierten Schrei aus. Schwer und hart lag sein Schwanz an ihrem Schenkel.

»Carter?«, fragte Kat beunruhigt, strich ihm über den Rücken.

Erzürnt schlug er mit der flachen Hand neben Kats Kopf in die Matratze, bereit, sich augenblicklich vor einen Bus zu werfen. Träge hob er den Kopf, wich ihrem Blick aus.

Wütend funkelte er das Kissen hinter ihrem Kopf an. »Ich … Scheiße, ich habe keine Kondome.« Und warum auch? Er hatte die letzten zwei Jahre weitestgehend im Gefängnis verbracht. Dort brauchte man so etwas nicht. »Kat?«, fragte er verwirrt, denn sie wirkte plötzlich nervös, und er war sich zudem ziemlich sicher, dass sie errötete. »Was ist los?«

»Also ich …« Sie räusperte sich, zeichnete mit der Fingerspitze kleine Kreise auf seine Schulter. »Also ich habe vorgesorgt, ich meine, na ja, du weißt schon. Und ich bin gesund.«

»Vorgesorgt?«, wiederholte er.

»Mmhm. Und du musst dich doch regelmäßigen Check-ups unterziehen, oder?«, fragte sie, worauf er nur einfältig nickte. »Dann wissen wir also, dass auch du gesund bist. Und ich vertraue dir. Also, wenn du mir auch vertraust, meine ich.«

Es war so entzückend, wie beschämt sie aussah. Sie sah überallhin, nur nicht in Carters Gesicht. Er hob ihr Kinn an und küsste sie. »Ich *bin* gesund«, sagte er fest und suchte ihren

Blick. »Und ich vertraue dir.« Er küsste sie auf beide Wangen. »Ich würde dir mein Leben anvertrauen«, fügte er leise hinzu. »Aber ich werde das hier nur tun, wenn du dir auch ganz sicher bist.«

Sie schien erleichtert aufzuatmen. Wieder stemmte sie die Fersen in seinen Po und reckte ihm ihre Hüften entgegen. »Ich bin mir ganz, ganz sicher.«

Mit einem Stöhnen richtete sich Carter wieder auf. Die Spitze seines Glieds rutschte über sie.

Kat wimmerte an seinem Mund: »Ich will jeden Zentimeter von dir fühlen.«

Ächzend schob Carter die Arme unter ihre, legte sich mit seinem Gewicht auf sie, klammerte sich Halt suchend an ihre Schultern. Irgendwo musste er sich festhalten, denn er befürchtete, den Verstand zu verlieren, wenn er erst mal in ihr wäre.

»Bist du bereit für mich?«, fragte er.

»Das war ich schon immer.« Sie presste die Lippen auf seine.

»Verflucht noch mal, du bist so wunderschön«, raunte Carter, als ihre Stirnen sich trafen.

Er wusste, dass er in diesem Moment vielleicht etwas Tiefsinnigeres hätte sagen sollen, doch ihm fehlten einfach die passenden Worte. Carter wartete, den Blick fest auf ihre Augen geheftet. Er spürte, wie Kat nach ihm griff, ihn zum Zentrum ihrer Hitze leitete. Als sie ihn schließlich losließ und lächelte, schob sich Carter vorwärts und glitt ein Stück in sie hinein.

Beide keuchten auf. Kats Hüften zuckten. Carter hielt sich an ihren Schultern fest, öffnete den Mund an ihren Lippen. Sie atmeten, stöhnten, heißer Atem. Kat maunzte und schloss die Augen. Carter drang ein wenig tiefer ein.

Er konnte sich nicht bremsen, stieß immer weiter vor. Kat

bäumte sich unter ihm auf, als sich ihre Hüften schließlich trafen und er bis zum Schaft in ihr versank. Sie schrie auf, schlang Beine und Arme noch fester um ihn.

Überwältigt warf er den Kopf zurück. »Carter«, stöhnte sie und küsste seine Kehle. Er verdrehte die Augen. »Du fühlst dich – es fühlt sich …«

»Perfekt an.«

Ja, genauso war es. Sie um sich herum zu spüren war die reine Wonne.

»Beweg dich in mir.«

Er legte den Kopf an ihren und genoss den herrlichen Anblick, wie sich ihr Gesicht vor Lust verzog. Ganz langsam zog er die Hüften zurück, bevor er erneut in sie eintauchte. Nicht zu forsch zuzustoßen verlangte ihm einiges an Beherrschung ab, und er ächzte zitternd. Noch einmal zog er sich zurück. Ihr Körper umfing ihn, liebkoste jeden Zentimeter seines harten Fleischs. Das Gefühl war überwältigend.

Mit tiefen, beherrschten Stößen fuhr er in sie hinein, während sich sein Mund an ihren Lippen labte. Kat kam ihm gierig entgegen, saugte an seinen Lippen, während er sich in ihr bewegte.

Wimmernd drückte Kat ihre Brüste nach oben, rieb sich an seiner Brust. Ihr Gesicht zu sehen, während er in ihr war, war wundervoll. Ihre Augen waren dunkel und von Lust verhangen, ihre Lippen sinnlich geschürzt. Auf ihren Wangen glitzerten bei jeder Bewegung winzige Schweißtröpfchen.

Keuchend leckte Carter über ihren Hals bis hinauf zu ihrem Ohr, drang noch einmal in sie. Kat biss sich auf die Lippen und reckte ihm die Hüften entgegen. Carter stöhnte wieder. Er konnte sich nicht erinnern, jemals beim Sex so viele Geräusche gemacht zu haben, aber, verdammt noch mal, Sex hatte sich auch noch nie so unfassbar gut angefühlt wie mit ihr.

Genüsslich legte Kat den Kopf in den Nacken. »Du fühlst dich so gut in mir an, Carter.«

»Heilige Scheiße!« Carter hielt ihr rasch den Mund zu. »Nicht.«

Mit ihren schmutzigen Worten würde sie ihm in null Komma nichts den Rest geben.

»Kannst du noch schneller?«

Er antwortete ihr, indem er die Hüfte scharf nach vorn bewegte. Kat keuchte und bäumte sich ihm entgegen. »Aber wenn ich erst mal damit anfange, werde ich nicht mehr aufhören können.« Fasziniert blickte er zwischen ihren Körpern hinab, beobachtete, wie er sich in ihr bewegte. Ein unglaublicher Anblick. »Du fühlst dich viel zu gut an.«

Er ließ mit der rechten Hand ihre Hüfte los und ergriff ihren Schenkel, zog ihr Bein hoch, bis ihr Knie an seiner Schulter lag. Offenbar hatte er einen guten Winkel erwischt, denn das Stöhnen, das sie ausstieß, war phänomenal.

»So?«, fragte Carter atemlos. »So willst du es also?«

Er stieß noch kraftvoller zu, und es verschlug ihm glatt den Atem, als er noch ein wenig tiefer in sie sank. Dann begann er, die Hüften schneller zu bewegen.

Kat schrie auf. »Nicht aufhören.«

Carter war sich ziemlich sicher, dass ihn keine zehn oder auch tausend Pferde dazu gebracht hätten aufzuhören. »Fühlt sich das gut an?« Er legte den Mund an ihren Hals, saugte und leckte.

»Ja. Ja.«

Ächzend stieß er zweimal in schneller Folge zu, kraftvoll und hart. Kat drückte ekstatisch den Rücken durch. Sie klammerte sich an ihn. Ihre Fingernägel hinterließen tiefe Krater in seinem Rücken. Das gefiel ihm. Er wollte, dass sie ihn brandmarkte. Er wollte ihr Zeichen auf seiner Haut.

Er stieß weiter hart zu. Wieder und wieder prallten seine Hüften klatschend gegen ihre Schenkel. »Ich will …« Sie zu spüren, sie zu hören, zu riechen, das war einfach zu viel. Er fühlte, wie er sich vollkommen verlor, und wusste nicht, ob er sich darüber freuen oder in Panik ausbrechen sollte.

»Alles.« Sie schien seine Furcht zu spüren. Sanft knabberte sie an seinem Ohrläppchen und raunte: »Du kannst alles haben.«

»Ich brauche es härter.« Er nahm die Hand von ihrer Schulter und stützte sich auf der Matratze ab. »Ich will dich noch härter nehmen.«

Kat strich ihm durchs Haar. »Du willst mich hart nehmen, Carter?«

Als Antwort schaffte er es nur, einen lauten Fluch hervorzupressen. Er wollte mehr. Carter ließ die Hüften kreisen und stieß noch heftiger zu. Kat schrie auf, und Carter spürte, wie sich Hitze in ihm auszubreiten begann. Seine Augen schlossen sich ganz von allein.

Sein Körper gehörte nun nicht mehr ihm, sondern allein ihr. Gierig sog er mit zusammengebissenen Zähnen Luft ein, während jede gespannte Faser seines Körpers nach Erlösung schrie. So fest krallte er die Fäuste in die Laken, dass sie fast zerrissen, und das Kopfende des Betts knallte im regelmäßigen Rhythmus gegen die Wand.

»Bitte.« Kat legte die Hände an seine Wangen und zog ihn zu sich, bis sein Ohr an ihren weichen Lippen lag. »Ich will, dass du mich fickst.«

Abrupt fuhr Carter hoch, hockte sich auf die Knie und zog Kat mit sich. Er presste sie an sich, spürte, wie ihre nackten Brüste sich gegen seine Brust drückten. Fest packte er ihre Hüfte und ihre Schulter und begann, wieder mit wilden tiefen Stößen in sie zu dringen, bis Kat vor Lust schrie. Sie krallte sich an ihn. Fiebrig küsste er sie, biss, saugte. Erstickte Schreie hallten durch den Raum.

»Verdammt.«

»Härter.«

»Kat.«

Carter konnte einfach nicht aufhören, die wunderschöne Frau in seinen Armen anzusehen. Und er wollte es auch gar nicht. Er wollte für immer so weitermachen. Er wollte *sie* für immer. Diesen Augenblick in Endlosschleife, für den Rest seines Lebens. Ihren Geschmack. Ihren Duft. Ihr lustvolles Stöhnen an seinem Ohr. Ihre Schreie nach mehr und das Geräusch ihrer aneinanderprallenden Körper.

Er ächzte, als sich ihre Münder wieder trafen, ihre Lippen, Zähne.

Und dann spürte er es.

Tief in seinem Bauch. Seine Hoden spannten sich wieder, und seine Schenkel bewegten sich plötzlich fast ohne sein Zutun.

Er kam.

Carter versuchte, es ihr zu sagen, doch Kat hielt ihn nur fest umklammert und ritt jeden seiner Stöße. Er grub das Gesicht in ihr Haar, stöhnte im Rhythmus ihrer aufeinandertreffenden Körper. Doch plötzlich veränderte sich Kats Umarmung. Er spürte, wie sie sich in seinen Armen anspannte.

Überrascht riss sie die Augen auf. »Oh Gott! Ich … ich bin fast da.«

Carter biss die Zähne fest zusammen, um seinen eigenen Höhepunkt noch zurückzuhalten. Das war es, wovon er geträumt hatte: Kat in seinen Armen, wie sie den Gipfel der Ekstase erlangte. Und er würde verdammt noch mal keine Sekunde dieses Augenblicks verpassen.

Sie warf den Kopf zurück und schob das Becken nach vorn,

um die Reibung zwischen ihren Körpern noch zu verstärken. Sofort half Carter mit der Hand nach, schnippte, drückte und rubbelte. Sie war so feucht. Ächzend stieß Carter ihren Namen hervor.

»Bitte«, fragte er flehentlich, schlug die Zähne in ihre Schulter. »Was kann ich tun?« Seine Stöße gerieten aus dem Rhythmus. »Verflucht noch mal, Kat, sag es mir.«

Sie hob den Kopf. Ihre Augen waren verschleiert und dunkel und brannten vor Lust. »Küss mich.«

Und das tat er, stürzte sich geradezu auf ihren Mund, zerquetschte ihre Lippen mit seinen, ließ seine Zunge wieder und wieder in sie hineinschnellen, nahm sie sich mit Haut und Haaren. Sie reagierte sofort. Ihre Arme spannten sich an seinem Hals, ihre Beine zuckten, und ihre Waden pressten sich noch kraftvoller an seine Hüften.

»Ja. Ja«, knurrte Carter und versuchte alles, um den fiebrigen schnellen Rhythmus noch einige Sekunden länger beizubehalten.

Jäh warf Kat den Kopf zurück. Sie schnappte nach Luft, schrie aus Leibeskräften, und dann sah er, wie der Orgasmus sie überwältigte. »WES!«

Als der Name aus ihrer Kehle brach, war es um Carters Beherrschung geschehen. Er explodierte geradezu in ihr – mit derartiger Gewalt, dass er sich nicht mehr halten konnte, sondern vornüberkippte und auf Kat landete. Wellen der Euphorie überrollten ihn wieder und wieder, nahmen ihm den Atem. Stöhnend lag er auf ihr, rief nach seiner Peaches, während ihre Lippen sich an seinem schweißnassen Nacken, seinem Hals bewegten und ihm Worte zuraunten, die er nicht verstehen konnte.

Noch nie hatte sich etwas so verdammt gut angefühlt. Nichts würde dem jemals auch nur annähernd nahe kommen. Keine Frau würde ihr jemals auch nur annähernd nahe kommen. Eine merkwürdige Zufriedenheit überkam ihn, und während er den besten Höhepunkt seines Lebens auskostete, begriff Carter, dass er geliefert war. Kat hatte ihn fertiggemacht. Und darüber war er überglücklich.

»Oh Gott. Oh Gott! Ich kann nicht.« Langsam kehrte Carter wieder in die Realität zurück. Ob sich all seine Glieder noch in der richtigen Reihenfolge befanden oder noch funktionierten, wusste er nicht genau. Was er allerdings merkte, war, dass er schlaff mit seinem vollen Gewicht auf Kat lag und sie in die Matratze drückte. Er schickte sich an, sich auf seine zittrigen Arme und Knie aufzurichten, doch sie hielt ihn fest, presste ihn an sich.

»Noch nicht«, murmelte sie. »Verlass mich noch nicht. Bleib noch ein Weilchen.«

Carter hatte nicht genug Energie, um zu widersprechen. »Mmkay«, schaffte er neben ihrem Kopf ins Kissen zu nuscheln. Kat lachte. Ein wundervoller Laut.

Sie ließ die Hände und Fingerspitzen träge über seinen Rücken tanzen, während Carter gegen den Schlaf kämpfte. Er seufzte, küsste sie sanft auf den Nacken und ließ seinen erschlaffenden Körper von ihr herunterrutschen.

»Verdammt, das war …« In Carters Hirn herrschte gähnende Leere. Nach Inspiration suchend schlug er die Augen auf.

»Oh ja, das war es«, pflichtete sie ihm bei. Der Nachklang ihrer Leidenschaft ließ sie glühen, ein wundervoller Anblick. Carter küsste sie noch mal.

»Weißt du«, sagte er und blickte auf sie hinab, »vielleicht hatte Donne ja doch recht.« Versonnen strich er mit dem Zeigefinger über ihren Nasenrücken hinab zu ihren wunderschönen geschwollenen Lippen.

Kat versuchte, das Grinsen zu unterdrücken. Fraglos dachte auch sie gerade an ihre gemeinsame Unterrichtsstunde im Central Park. »So? Was meinst du?«

Er steckte ihr eine sich kräuselnde Strähne hinters Ohr, folgte der Kontur ihrer Ohrmuschel mit dem Daumen. »Was er über das Zusammensein mit einem anderen Menschen geschrieben hat«, murmelte er. »Dass es wie der Himmel auf Erden ist.«

Kat schloss bei seinen Worten die Augen.

»Zu dick aufgetragen?«, ruderte er sofort zurück.

Sie schüttelte den Kopf. »Nein«, entgegnete sie. »Ich habe es genauso empfunden.« Sie schlug die Augen wieder auf.

Carter ließ den Blick über ihr Gesicht wandern, von der Stirn bis zum Kinn, über jede Vertiefung und zarte Rundung. Erst jetzt bemerkte er, dass ihr Grinsen breiter geworden war.

»Es ist unhöflich, jemanden so anzustieren«, schalt sie ihn.

Er lachte leise, denn er erkannte seine eigenen Worte wieder, mit denen er sie vor ein paar Stunden noch selbst gerügt hatte. »Es tut mir nicht leid.« Carter legte die Nasenspitze an ihre und studierte eine ganze Weile ihr Gesicht, suchte nach Anzeichen von Reue.

»Geht es dir gut?«, fragte er. »Ich meine mit dem, was ich dir erzählt habe? Darüber, wer ich bin.«

»Mehr als gut.« Sie zog ihn an sich und küsste ihn.

Carter schloss die Augen und atmete zufrieden durch. Ihre Zungen trafen sich flüchtig, zärtlich, und Carter bewegte noch immer die Lippen, als sie sich zurückzog. Flatternd schlug er die Lider auf. Sie hatte sich über ihn gebeugt, betrachtete ihn liebevoll. Sein Herz setzte für einen Schlag aus.

Körperlich und emotional erschöpft legte Carter den Kopf auf Kats schweißfeuchte Brust, lauschte lächelnd auf ihren Herzschlag. Ihre Finger bewegten sich gemächlich von seiner

Schulter in sein Haar. Fast war er schon eingeschlafen, als er sie seinen Namen wispern hörte.

»Carter?«

»Ja?«

Ihre Hände blieben still liegen. »Danke.«

»Wofür?«, fragte er verwundert.

Sie antwortete nicht, regte keinen Muskel.

Er hob den Kopf, stützte das Kinn auf ihr Brustbein. »Süße, wofür dankst du mir?«

Eine einzelne Träne rann ihre Schläfe hinab. Sie schluckte schwer, bevor sie antwortete: »Dafür, dass du mir das Leben gerettet hast.«

23

Carter erstarrte – mit dem stoppligen Kinn auf ihrer zarten Haut. Nur zu gern hätte er etwas erwidert, doch ihm fiel beim besten Willen nichts ein, was er hätte sagen können. Leise seufzend rutschte er ein Stück nach oben, stützte sich mit den Unterarmen neben ihrem Kopf ab und legte die Hände an ihre Wangen.

»Kat«, flüsterte er über ihrem Gesicht, wartete ab, bis sie ihn ansah, »du bist hier.« Er fuhr mit dem Daumen über ihre rosige Wange, beobachtete, wie sich die Röte unter seinen Berührungen noch verstärkte. »Das ist alles, was zählt.«

Er konnte ihr den inneren Widerstreit der Gefühle ansehen: Angst, Zuneigung, Schmerz. Ein ungutes Gefühl beschlich ihn. Er wusste, dass sie das, was sie getan hatten, nicht bereute. Die Art, wie sie ihn gehalten, ihn geritten hatte, ihm süße Worte ins Ohr geraunt hatte, ließ sich nicht missdeuten. Doch ihre Taten hatten auch Gefahren für sie heraufbeschworen.

Die Tatsache, dass ihm Kat viel bedeutete, würde daran, wie andere Menschen und vor allem Kats Mutter über ihn dachten, nichts ändern. Er war ein Exsträfling und damit nicht vertrauenswürdig, schlichtweg Abschaum. Keine blumigen Worte oder beschönigenden Umschreibungen konnten daran rütteln. Ihre Mutter würde niemals etwas anderes in ihm sehen. Ihre Angst und Verbohrtheit machten sie blind für die tiefen, aufrichtigen Gefühle, die er für ihre Tochter hegte.

Carters Herz krampfte sich schmerzhaft zusammen. Er würde hoffen und beten müssen, dass das, was sie beide nun verband, stark genug wäre, um Kat so lange wie nur möglich bei ihm zu halten. Er wollte mehr Zeit mit ihr, mehr von ihr, und um das zu erreichen, war er zu allen Mühen bereit. Sie war all den Mist, mit dem er sich auseinandersetzen müsste, wert, und er würde sie beschützen, so gut er es vermochte.

Kat verschwand kurz im Badezimmer, was ihnen beiden Gelegenheit gab, sich ein wenig zu säubern, krabbelte jedoch gleich darauf wieder ins Bett. Sie ließ sich von ihm in den Arm nehmen. Er zog sie an sich, und sie schlang die Arme um seine Taille. Mit der flachen Hand strich er ihr über den Rücken, während sie gedankenverloren mit seiner Brustwarze spielte. So ungewohnt es auch war, mit einer Frau im Bett zu liegen und zu kuscheln, mit Kat in seinen Armen fühlte es sich wohlig und warm an.

Carter drückte die Lippen auf ihren Scheitel. »Wo warst du vorhin?«

Er wollte sie nicht aufregen, doch es interessierte ihn brennend, was sie nach der hasserfüllten Szene, die sie ihm gemacht hatte, wieder zu ihm gebracht hatte. Was hatte die Erkenntnis ausgelöst, dass er sie nicht daran gehindert hatte, ihren Vater zu retten, sondern ihr das Leben gerettet hatte?

»Ich bin lange Zeit ziellos umhergelaufen.« Sie drückte die Finger stärker in Carters Seite. »Ich wusste nicht, was ich tun sollte. Ich war einfach nur … es tat einfach weh. Überall.«

Carter nahm sie fester in den Arm.

»Irgendwann bin ich zu Hause gelandet.« Sie schwieg kurz. »Ich glaube, ich habe mir ein Taxi genommen.« Beim Sprechen strichen ihre Lippen über seine Haut. »Ich habe meine Mutter angerufen.«

Carter erstarrte. »Was?«

»Ich weiß«, meinte Kat sarkastisch. »Ganz schön blöd von mir, nicht wahr?«

»Peach…«

»Sobald sie merkte, dass ich am anderen Ende der Leitung war«, unterbrach sie ihn, »begann sie mir vorzubeten, wie enttäuscht sie doch über die Vorkommnisse im Hause meine Großmutter wäre. Sie meinte, ich hätte mich den anderen gegenüber, den Menschen, die sich um mich sorgen, undankbar verhalten. Dass sie nur mein Bestes will, ich aber viel zu egozentrisch und von dir vereinnahmt wäre, um das zu begreifen.«

»Sie weiß von mir?«, fragte er beklommen.

Sie hob den Kopf von seiner Schulter, um ihn anzusehen. Nun war sie ihm so nah, dass Carter selbst den Kopf tiefer ins Kissen drücken musste, um sie besser sehen zu können.

»Sie weiß, dass ich etwas für dich empfinde.« Ihr Zeigefinger glitt über seine Unterlippe. »Sie weiß, dass wir uns geküsst haben.«

Ein eiskalter Schauer kroch Carters Rücken hinauf. Langsam begannen sich die Puzzleteile der vergangenen sieben Tage zusammenzufügen. »Darum bist du vor deiner Familie und deinen Freunden davongelaufen und aus Chicago abgereist.« Er lächelte ironisch. »Sie wissen Bescheid.«

»Sie glauben zu wissen, was los ist«, widersprach Kat sofort, »aber das tun sie nicht. Sie haben nicht die leiseste Ahnung.« Ihre Wut ließ sich nun nicht mehr überhören. »Weißt du, meine eigene Mutter glaubt, dass ich nur falsche Entscheidungen treffe und dass ich noch ein kleines, ahnungsloses Kind bin. Sie weiß nicht, wie sehr ich meinen Job liebe, wie sehr ich das, was ich Tag für Tag tue, liebe, wie sehr ich …« Ihre Augen blitzten vor Zorn. »Du bist der einzige Mensch, bei dem ich einfach ich sein kann, der mir das Gefühl gibt, dass alles, was ich tue, gut und bedeutungsvoll ist. Dir muss ich keinen Schwachsinn erzählen, mich nicht verstellen.«

Ihre Lippen zuckten, und ein Lächeln kündigte sich an.

»Und ich konnte plötzlich nachvollziehen, wie schwer es für dich gewesen sein muss, mir zu offenbaren, wer du bist.« Sie streichelte sein Kinn. »Carter, ich weiß, dass du mir anfangs nur nichts erzählt hast, weil du Angst hattest. Du bist der einzige Mensch auf der ganzen Welt, der weiß, was ich durchgemacht habe. Und soll ich dir mal sagen, was ironisch ist?« In ihren Augen schien es zu brennen. »Meine Familie, meine Freunde, die Polizisten, ja, sogar mein bescheuerter Therapeut haben felsenfest behauptet, dass du nicht real wärst, sondern nur ein Produkt meiner Fantasie, das Resultat von posttraumatischem Stress.« Kat rieb die Nase an seiner Wange. »Aber du bist das Realste in meinem ganzen Leben.«

Carter konnte nicht antworten. Er war sprachlos und dazu noch wie hypnotisiert von ihren Berührungen. »Kat ...« war alles, was er mühsam hervorpressen konnte, bevor sich ihre Münder erneut trafen. Drei kleine Worte tanzten unablässig durch Carters aufgewühlte Gedanken, raubten ihm schier den Atem. Doch er schluckte sie herunter, die Worte und die Angst, die untrennbar zu ihnen gehörte, rollte Kat auf den Rücken, setzte sich neben sie und legte eines ihrer Beine um seine Hüfte. Sie stöhnte auf, obwohl er es nicht aus rein sexuellen Absichten tat. Er wollte sie noch einmal, oh ja, doch viel mehr noch wollte er ihr noch eindringlicher demonstrieren, dass er real war und dass er sich ihr gegenüber nie mehr anders geben würde, als er wirklich war.

»Bleib heute Nacht bei mir.« Er schob ihr das wirre Haar aus dem Gesicht. »Bitte, Kat, nur ... nur heute Nacht.« In den Tiefen ihrer Augen suchte er nach einer Antwort. »Aber du sollst nicht nur bleiben, weil du niedergeschlagen oder wütend bist. Bleib bei mir, weil du es willst.«

Es überraschte Carter selbst, wie flehentlich seine Stimme klang. Doch er wusste, dass jedes seiner Worte aufrichtig gemeint war und dass er sich nichts sehnlicher wünschte, als dass sie Ja sagte.

Ihr strahlendes Lächeln hätte den ganzen Broadway beleuchtet. »Ich gehe nirgendwohin.«

Die Lobby von *WCS Communications* sah noch genauso aus, wie Carter sie in Erinnerung hatte: protzig, abstoßend und von aberwitzigem Reichtum kündend. Selbst die Sitzmöbel wirkten schon von Weitem so ungemütlich, als hätte man sie aus einer Folterkammer entwendet. *Welche Ironie*, dachte Carter höhnisch, denn schließlich war für ihn schon allein der Aufenthalt in diesem Gebäude die blanke Folter. Am liebsten hätte er die Beine in die Hand genommen.

Er holte noch einmal tief Luft und steuerte auf die schwarzhaarige Frau an der Rezeption zu. Die Geräusche, die seine Stiefel bei jedem Schritt auf dem glänzenden Holzfußboden verursachten, klangen in seinen Ohren viel zu laut. Geduldig wartete er, bis sie ihr Telefonat beendet hatte.

»Ich habe um zwei einen Termin mit Austin«, grummelte er, nachdem sie aufgelegt hatte.

»Mr Ford.«

Carter zwinkerte irritiert. »Wie bitte?«

»Mr Ford«, wiederholte sie. »Sie haben um zwei Uhr einen Termin mit Mr Ford. Nicht mit Austin«, verbesserte sie ihn mit einem verächtlichen Lächeln.

»Wie auch immer«, entgegnete er knapp. »Machen Sie einfach Ihren Job und teilen Sie dem Arsch mit, dass Carter hier ist, okay?«

Der Rezeptionistin klappte die Kinnlade bis zum Boden herunter.

»Danke, Schnuckelchen.«

Damit wandte er sich ab, marschierte zu dem hässlichen

cremefarbenen Sofa, das etwa drei Meter vom Empfangstresen entfernt stand, und ließ sich in die Polster fallen. Er mühte sich redlich, es sich bequem zu machen, doch die briefmarkengroßen Kisschen fühlten sich unter seinem Hintern ungefähr so angenehm an wie Glasscherben. Alles in diesem Raum schien darauf ausgerichtet zu sein, dass sich Wartende so unwohl wie nur möglich fühlten – und das funktionierte blendend. Kein Wunder, dass die Rezeptionistin derart sauertöpfisch war.

»Wes.«

Als er die Stimme seines Cousins hörte, stellten sich Carter die Nackenhaare auf, und er bleckte instinktiv die Zähne. Der Scheißer wusste doch genau, wie sehr Carter seinen Vornamen verabscheute, und trotzdem benutzte er ihn immer, wenn sie sich begegneten.

»Wir sind bereit für dich«, verkündete Austin und demonstrierte sein Pokerface.

Carter folgte Austin in sein Büro. Er musste sich beherrschen, um beim Anblick der künstlerisch wertvollen Bilder an den Wänden, des pompösen Schreibtischs und des lächerlich atemberaubenden Ausblicks aufs New Yorker Bankenviertel nicht loszukotzen.

Der Wichser hatte es offenbar dringend nötig, irgendetwas zu kompensieren.

Noch drei weitere Männer standen im Büro: Adam, der Carter beim Eintreten höflich zunickte, sowie zwei weitere Typen, die er nicht kannte.

»Setz dich.« Austin wies auf den hochlehnigen Ledersessel, der vor dem riesenhaften Schreibtisch stand.

Carter ließ sich wenig elegant nieder und legte den Knöchel aufs Knie. Er schnaubte ungeduldig und begann, mit den Fingern auf seine Beine zu klopfen.

»Sooo«, sagte er gedehnt. »Und wer sind Sie?«, fragte er

mit Blick auf die beiden Anzugträger, die beim Fenster standen.

»Dies sind Steve Fields, Leiter der Rechtsabteilung von *WCS*, und David Fall«, erläuterte Austin. »Er steht der Buchhaltungs- und Finanzabteilung vor.«

»Wie geht's so, Dave?« Als er keine Antwort erhielt, grinste Carter nur. »Ich bin Carter.« Er deutete auf sich und flüsterte dann vernehmlich: »Dein Boss.«

Austin hüstelte. »Also, eigentlich, Wes …«

»Spar dir das Wes-Gelaber, Austin«, blaffte Carter. Langsam riss ihm der Geduldsfaden. »Erklär mir einfach, warum zum Teufel ich hier bin, damit ich mich so schnell wie möglich wieder aus dem Staub machen kann. Mein Toleranzlevel für Heuchelei und Geschleime ist ziemlich niedrig.«

Wut flackerte in Austins Augen auf. »Na schön«, entgegnete er. »Wir haben dich hergebeten, um mit dir über die sofortige Auflösung deiner Anteile an *WCS Communications* zu verhandeln.«

»Ach wirklich?«, fragte Carter und legte den Kopf zurück.

Austin hob vielsagend die Brauen, stolzierte um seinen Schreibtisch herum und nahm auf seinem Thron aus Leder und Holz Platz.

»Und wie hast du dir das so vorgestellt, Austin?«, erkundigte sich Carter. »Die Anteile laufen auf meinen Namen. Meine Großmutter hat sie mir überschrieben. Der diesbezügliche Vertrag ist rechtsverbindlich, und zwar derart, dass selbst deine armseligen Rechtsverdreher daran nicht rütteln können«, meinte er mit einer wegwerfenden Geste auf die Anwälte. »Es wurden Maßnahmen getroffen, die das Auflösen der Anteile verhindern. Selbst mein liebes Großväterchen hat sich jahrelang bei dem Versuch die Zähne ausgebissen. Das könnt ihr vergessen.«

Austin blickte zu Steve und David hinüber, worauf die beiden Männer zu Carters Rechten Platz nahmen. Adam blieb links von ihm stehen. Sie hatten Carter eingekreist. Was für eine lächerlich offensichtliche Einschüchterungstaktik!

»Genau aus diesem Grund bist du hier.« Austin lächelte säuerlich. »Um diese Maßnahmen im Detail zu besprechen.«

Carter grinste. »Du meinst wohl, um zu besprechen, wie viel genau es euch Arschlöcher kosten würde, mich abzuservieren? Es geht ja auch nicht an, dass ein Exsträfling einen milliardenschweren Konzern besitzt, nicht wahr? Was würde die Presse dazu sagen?« Kopfschüttelnd wandte er sich ab und blickte aus dem Fenster. »Es muss dir wirklich mächtig auf die Eier gehen, dass ausgerechnet ich der Hauptanteilseigner der Firma bin, die du eigentlich übernehmen solltest.«

»Nicht so sehr, wie es dir wahrscheinlich auf die Eier geht, dass wir Monat für Monat dein Geld kontrollieren.«

Carter riss den Kopf herum.

Austins Miene war verkniffen und steinhart. Er beugte sich auf seinem Stuhl vor. »Ich würde mir das an deiner Stelle noch mal ins Gedächtnis rufen, ehe du hier große Reden schwingst, Carter. Ich habe dich schon einmal vor dem Knast bewahrt, Carter, aber ich kann dich auch im Handumdrehen wieder reinbringen.«

Carter senkte die Stimme. »Drohst du mir etwa, Ford?«

»Nein«, entgegnete Austin, »ich möchte dich nur daran erinnern, dass du nicht der Einzige hier mit einem Ass im Ärmel bist.«

Carter schwieg eine ganze Weile, bevor er ruhig und leise erklärte: »Das Geld, das ich bekomme, steht mir zu. Es gehört mir. Eigentlich sollte es sogar mehr sein …«

»Du würdest auch eine höhere Summe erhalten, wärest du nicht vorbestraft.«

Dass Austin ihm so über den Mund fuhr, machte Carter schon wieder stinkwütend, doch er versuchte, es sich nicht übermäßig anmerken zu lassen. Im Grunde war Carter das Geld völlig egal. So war es schon immer gewesen. Doch worauf es ihm ankam, war die Tatsache, dass er der rechtmäßige Besitzer der Geschäftsanteile war, von denen Austin gerade sprach. Adam unterbrach schließlich das Starren zwischen Carter und Austin, indem er ein höchst offiziell aussehendes Dokument vor Carter auf die Tischplatte legte.

»Du hast keinen Rechtsbeistand mitgebracht«, bemerkte Adam. »Es wäre vielleicht besser, wenn …«

»Ich bin des Lesens mächtig, Adam. Spar dir das Geschwafel, und erklär mir, was in dem Dokument steht«, fuhr Carter seinen Cousin an, der missgünstig das Gesicht verzog. »Mein Anwalt kann sich diesen Wisch später noch ansehen.«

Adam fingerte unruhig an seinen Manschetten herum. »Für den Fall der Auflösung deiner momentanen Anteile würde sich die monatliche Summe, die du erhältst, verdreifachen. Lebenslang«, erklärte er. »Als Entschädigung bieten wir dir neue Anteile an der Firma an. Ihr Wert würde sich im Bereich um fünf Millionen bewegen …«

Carter schnaubte fassungslos. »Fünf Millionen? Wollt ihr mich verscheißern?«

Ungläubig blickte er zwischen Adam und Austin hin und her. Die beiden Männer schwiegen. Carter fuhr sich entnervt übers Gesicht. Er brauchte dringend eine Zigarette. »Wir wissen doch alle, dass die Anteile, die ich besitze, mehr als *fünfzig* Millionen wert sind. Ich hatte erwartet, dass ihr mich mit eurem Angebot beeindrucken und nicht beleidigen würdet.« Carter schob die Papiere zurück über Austins Schreibtisch und warf sich wieder gegen die Rückenlehne. »Versucht es noch mal.«

Austin stand die Entrüstung ins Gesicht geschrieben. Er holte tief Luft und setzte sich kerzengerade auf. »Für jemanden, der behauptet, dass ihm das Geschäft vollkommen egal ist, bist du sehr widerspenstig und sachkundig.«

»Austin«, gab Carter bissig zurück, »es gibt einen großen Unterschied zwischen sich nicht für Geld interessieren und sich nicht von einem Typen abkanzeln zu lassen, der sich für Gottes Geschenk an die Menschheit hält, weil er einen teuren Anzug trägt. Ich war im Knast und nicht im Deppeninternat. Dein Angebot ist der letzte Dreck. Du weißt es. Ich weiß es. Also, wie ich bereits sagte: Versucht es noch mal.«

Ohrenbetäubendes Schweigen lastete zwischen ihnen.

»Gut«, murmelte Austin schließlich. »Ich lasse mein Rechts- und Finanzteam den Vertrag noch einmal überarbeiten, und dann melden wir uns wieder bei dir.«

»Ich kann es kaum erwarten«, ätzte Carter. »Dann darf ich mich jetzt entschuldigen?«, fragte er und legte die Hände auf die Armlehnen seines Sessels.

Austin erwiderte nichts, nickte nur kaum merklich mit dem Kinn. Sein Blick war bohrend und wutentbrannt.

»Na, wie schön!«, knurrte Carter. »Mein Unterricht wartet nämlich.«

Noch während er sich erhob, bemerkte Carter, dass seine beiden Cousins augenblicklich auf seine Worte reagierten. Adam, der noch immer links neben Carter stand, verzog unbehaglich das Gesicht, während Austin sich die Hände rieb.

»Ach ja«, sagte Austin, als Carter sich auf den Weg zur Tür begab, »wie geht es Kat?«

Carter erstarrte mit der Hand am Türgriff, umklammerte den kalten Stahl mit der Faust. Die Frage hing im Raum wie ein widerwärtiger Gestank. Für einen Unbeteiligten mochte sie wie eine simple höfliche Erkundigung klingen. Doch für

Carter hing ihr eine unterschwellige Besitzgier an, die zu empfinden nur Carter das Recht hatte. Woher zum Teufel kannte er Kat?

Carters Herz schien sich zu verkrampfen. Langsam wandte er sich um, bemüht, seine Miene so ausdruckslos wie möglich wirken zu lassen. Doch sobald sich sein und Austins Blick trafen, begriff Carter, dass er sich auf dünnem Eis bewegte. Das Arschloch wusste Bescheid. Worüber genau, konnte er zwar nicht sagen, doch irgendetwas wusste er. Carters Blick fiel auf Adam, der plötzlich übermäßig fasziniert seine Schuhe betrachtete.

Carter holte tief Luft. »Kat«, antwortete er trotz seiner zugeschnürten Kehle, »geht es gut.«

Austin grinste. Dabei sah er aus wie eine Schlange, kurz bevor sie zubeißt. »Oh, schön«, sagte er etwas zu begeistert. »Das hatte ich gehofft.«

»Ach ja?« In Carter brodelte es. Sein rechtes Augenlid zuckte, und seine Nasenflügel blähten sich.

»Aber sicher«, sagte Austin, stand auf und ging um seinen Schreibtisch herum. »Ach, weißt du das denn nicht? Adam ist mit Beth verlobt, und Beth kennt Kat schon seit Jahren. Kat und ich, wir sind Freunde. Ich wusste, dass sie ihre Familie in D. C. und Chicago besuchen wollte, darum habe ich sie seit ihrer Geburtstagsfeier nicht mehr gesehen.«

Carter schluckte und biss sich so fest auf die Zunge, dass er Blut schmeckte. »Geburtstagsfeier?« Erst in diesem Moment registrierte er, dass Austin seinen Ehering nicht trug.

»Oh ja«, antwortete Austin. »Wir haben gemeinsam zu Abend gegessen. Danach habe ich sie nach Hause gefahren. Wir hatten viel Spaß.« Er wagte es zu grinsen. »Sie war ganz begeistert von meinem Geschenk. Sie ist eine tolle Frau. Und wunderschön. Aber, na ja … ich vermute, das weißt du bereits.«

Carter zitterte vor Wut, sagte jedoch kein Wort.

Austin und Kat waren zum Abendessen aus gewesen? Sie war mit ihm zusammen gewesen. In seinem Wagen. Allein? Hatte sie ihn noch nach oben in ihre Wohnung eingeladen? Bedeutete das, dass sie …? Galle stieg in seiner Kehle auf, und ein entsetzlicher Schmerz durchzuckte ihn.

Austin redete munter weiter. »Ich habe vor, sie noch mal auszuführen. Du weißt schon, ein kleines Date, damit sie auf andere Gedanken kommt und nicht ständig über die Arbeit nachgrübelt oder noch unwichtigere Dinge.« Austin machte eine Handbewegung in Carters Richtung und grinste. »Wie beispielsweise ihre Schüler.«

Der Zorn schien sein Blickfeld verschwimmen zu lassen wie ein roter Schleier. Durch ihn hindurch konnte er erkennen, dass der Mistkerl ihn aus der Reserve locken wollte, ihn reizte wie ein Kind, das seinen Stock durch die Gitterstäbe eines Löwenkäfigs steckt und wartet, dass die Bestie zuschnappt. Austin wollte, dass Carter seinen Köder schluckte, ihm direkt in seine schmutzigen Hände spielte.

Und seine Beherrschung schwand wirklich von Sekunde zu Sekunde. Er wollte nichts lieber, als Austin am Kragen packen, ihm die Eier mit bloßen Händen abreißen und ihn aus dem Bürofenster werfen.

Aber was würde ihm das einbringen? Und Kat? Er würde schneller wieder im Knast landen, als er *Leck mich, Ford* sagen konnte. Seine Bewährung wäre Geschichte. Er und Kat wären Geschichte.

Unter Aufbietung geradezu übermenschlicher Kräfte und dadurch, dass er vor seinem geistigen Auge ein Bild von seiner Peaches heraufbeschwor, wie sie sich wand, um mehr bettelte, als er sie in seinem Bett gevögelt hatte, schaffte es Carter, tief Luft zu holen.

»Nun, Austin«, sagte er mit zusammengebissenen Zähnen, »ich werde Kat wissen lassen, dass du dich nach ihr erkundigt hast.«

Austin starrte ihn nur perplex an. Carter wandte sich wieder zur Tür.

»Aber ich würde nicht unbedingt darauf wetten, dass sie sich auch bei dir meldet«, ergänzte er mit einem bitterbösen Blick über die Schulter.

»Ach ja?«, fauchte Austin, der sich nun keine Mühe mehr gab, seine Wut und Eifersucht zu verbergen. »Und was bringt dich zu dieser Überzeugung?«

»Wie du bereits erwähnt hast, ist sie sehr mit ihren Schülern beschäftigt. Und mit mir«, er senkte den Blick auf seinen Schritt, bevor er Austin äußerst selbstzufrieden angrinste, »hat sie auch immer alle Hände voll zu tun.«

Ohne auf eine Antwort zu warten, riss Carter die Bürotür auf, sodass sie protestierend in den Angeln knarzte. Das unausweichliche Knallen der Tür war alles, was er hörte, als er durch die Lobby stürmte, an der schwarzhaarigen Zicke hinter ihrem Tresen vorbei. Noch im Gehen zündete er sich eine Zigarette an und zeigte dem Rauchen-verboten-Schild an der Wand den Mittelfinger.

Die Uhr zeigte fünf nach vier. Kat saß allein im Lesesaal der Bibliothek und spielte mit ihrem neuen *iPhone*. Zwischen dem Unterrichtsende in *Arthur Kill* und ihrer Sitzung mit Carter hatte sie einige Stunden freigehabt und es in dieser Zeit tatsächlich geschafft, nach Hause zu fahren und alles hochzuladen, was sie brauchte. Sie konnte nicht mehr ohne ihre Musik leben. Keinen weiteren Tag.

Ihre alte SIM-Karte hatte sie nur widerwillig in das neue Gerät eingelegt, und prompt hatte das Telefon angefangen, unzählige versäumte Anrufe, Mailbox-Nachrichten, E-Mails und SMS zu vermelden. Langsam scrollte sie durch die Mitteilungen. Beth, ihre Mutter, Ben, Adam, Austin und Carter, sie alle tauchten in der Liste auf. Nachdem sie sich die fünfte Nachricht, die ihre Mutter auf der Mailbox hinterlassen hatte, angehört hatte, löschte sie die verbleibenden sechs gleich mit, denn sie hatte keine Lust mehr auf ihre Predigten.

Als Carters Name erschien, stutzte sie. An den Tagen, an denen sie von Chicago zurück nach New York gefahren war, hatte er ihr eine ganze Reihe Nachrichten geschickt, und sie wurden von Mal zu Mal drängender. Beth dagegen hatte ihre SMS kurz und bündig gehalten.

Ruf mich an.

Wir müssen reden.

Es tut mir sehr leid.

Kat gestattete sich nicht, wütend zu werden. Beth war es nicht wert, und außerdem scherte es Kat einen Dreck, was sie ihr zu sagen hatte.

Austins Mitteilungen fielen wie gewohnt charmant und zurückhaltend besorgt aus:

Hey, Kat, hoffe, es geht dir gut. Ruf mich an.

Kat, Adam hat angerufen. Er und Beth machen sich Sorgen um dich. Und ich ebenfalls. Ungeachtet dessen, was sie mir erzählt haben, sollst du wissen, dass ich für dich da bin, wenn du einen Freund brauchst. X

Ich denke an dich. Austin. x

»Verdammt!«, fluchte Kat, löschte jede Nachricht und pfefferte das Handy in die Tasche.

Abgesehen davon, dass er ihr seine Verbindung zu Carter verschwiegen hatte, war Austin ein wohlerzogener, attraktiver, charismatischer Mann. Sie hatte seine Gesellschaft genossen und auch den Kuss. Er war … angenehm gewesen.

Doch rückblickend stellte Kat fest, dass sie für ihn niemals die glühende Leidenschaft empfunden hatte, die sie jedes Mal ergriff, wenn sie sich in Carters Nähe befand. Das zaghafte Flackern, das Austin in ihr geweckt hatte, war nichts im Vergleich zu dem ausgewachsenen Inferno, das Carter stets aufs Neue entfachte, wenn er sie berührte, sie küsste, sie vögelte.

Ihr Inneres zog sich wohlig zusammen bei der Erinnerung an seinen breiten, starken Körper zwischen ihren Schenkeln, sein schweres Atmen, sein Stöhnen nach *Mehr* an ihrem Ohr, den festen Griff, mit dem er ihre Hüften gehalten hatte, und sein wundervolles Gesicht, als ihn der Orgasmus wie eine Woge überrollt hatte. Gott, er war umwerfend! Er stellte jeden ihrer früheren Liebhaber in den Schatten und weckte in ihr unstillbares Verlangen nach mehr. Das leichte Ziehen, das seine Verführungskünste in Muskeln hinterlassen hatte, von denen sie nicht einmal geahnt hatte, dass es sie gab, war herrlich.

Sie errötete, als sie daran dachte, wie sich seine Stoppeln auf ihrer Haut angefühlt hatten, als er sie geküsst hatte. Wie seine Silberringe rote Spuren hinterlassen hatten, weil er ihre Schenkel so fest gepackt gehalten hatte, als er wieder und wieder zugestoßen hatte. Und hinterher hatte er die Stellen entschuldigend geküsst. Lieber Himmel!

Sie blickte zum leeren Eingang des Lesesaals hinüber.

Wo blieb er nur? Kat wusste, dass Carter »viel zu tun« hatte, und außerdem wusste er noch nicht, dass sie wieder im Besitz eines Handys war, was erklärte, dass er sich nicht gemeldet hatte.

Doch trotzdem machte sich Kat urplötzlich Sorgen. Würde sich Carter jetzt, da sie miteinander intim geworden waren, in Sachen Unterricht neue Freiheiten herausnehmen? Würde er wirklich glauben, dass er nur, weil er ihr diverse Orgasmen beschert hatte, nach Gutdünken zu spät kommen konnte und sie ihm dafür nicht so fest in den Hintern treten würde, dass er von hier bis nach Manhattan flog?

Kat wippte ungehalten mit dem Bein. Ihre Wut wuchs. Na, wenn er das glaubte, hatte er sich aber mächtig getäuscht. Schwungvoll stand sie auf und stapfte geladen durch den Lesesaal zu ihrer bevorzugten Abteilung: Lyrik.

Mit der Spitze des Zeigefingers fuhr sie die Buchrücken entlang, spazierte durch den Gang zwischen den beiden hohen Regalen aus Mahagoni. Der Geruch von Leder, Druckerschwärze und Holz war betörend stark und gleichzeitig tröstlich. Er erinnerte sie an die Bibliothek ihres Vaters in ihrem ehemaligen Haus in Westchester. Sie war noch sehr klein gewesen, und ihr Vater hatte ihr Rossetti und Blake vorgelesen. Immer dann, wenn sie traurig gewesen war. Bei den Dichtern der Romantik blieb sie stehen. Wordsworths Name beschwor in ihrem Kopf genau das beruhigende Bild einer englischen Landschaft mit im Wind wogenden Narzissen herauf, das sie jetzt brauchte.

Nach drei seiner Gedichte fühlte sich Kat angenehm ruhig und furchtbar nostalgisch. Sie stellte den Wordsworth-Band zurück und griff stattdessen zu einem ledergebundenen Büchlein mit goldenen Lettern, das eine Sammlung von Sonetten, Gedichten und Liebeserklärungen enthielt. Sie hielt das Buch in einer Hand und blätterte mit der anderen die schon leicht vergilbten Seiten um, als sich plötzlich die Härchen in ihrem Nacken aufrichteten.

Jemand war hinter ihr.

Bevor sie noch überlegen konnte, wer da wohl stand und warum, wurde sie bereits von einer großen Hand an der Schulter gepackt, herumgewirbelt und rückwärts gegen das Bücherregal gedrängt. Das Buch, das sie eben noch in der Hand gehalten hatte, fiel mit einem lauten Klatschen zu Boden.

So schnell hatte der Unbekannte sie herumgedreht, dass ihr für einen Moment schwindlig war und sie sich erst wieder sammeln musste, um das Gesicht vor sich zu erkennen. Und als sie es schließlich tat, bereute sie es.

Carters Nasenspitze befand sich nur Millimeter von ihrem Gesicht entfernt, und sein Atem wusch in heißen Wellen über ihre Haut. Seine breite Brust presste sich fest gegen ihren Oberkörper.

Doch nicht die körperliche Nähe war es, die sie so sehr in Panik versetzte, dass sich ihr die Kehle zuschnürte. Es war sein Gesichtsausdruck. Seine Augen hatten sich so sehr verfinstert, dass das Blau seiner Iris kaum noch zu erkennen war. Sein perfekter Mund war zu einem hasserfüllten Grinsen verzerrt. Carter war außer sich vor Wut. Sie öffnete den Mund, um etwas zu sagen, doch sofort drückte Carter die Hand auf ihre Lippen, erstickte ihre Worte mit seiner nach Tabak und Minze riechenden Handfläche.

»Nicht«, krächzte er. Er schloss die Augen, schüttelte den Kopf. Seine Nasenflügel blähten sich, und seine Hand drückte fester zu. »Sag einfach nichts.«

Kat riss die Augen auf, nickte jedoch. Sie spürte, wie seine Ringe dabei an ihrer Haut scheuerten. Sie starrte ihn an, fasziniert davon, wie es in seinem Kiefer arbeitete und wie die kleinen Schweißtropfen an seinem Haaransatz und in seinem kurz geschorenen Haar glitzerten.

Er stieß den Atem zwischen den geschürzten Lippen aus, bevor er zu sprechen begann. »Ich komme gerade von einem höchst … interessanten Meeting.« Er sprach leise, hielt den Blick auf seine Stiefel gerichtet.

Seine rechte Hand lag noch immer auf Kats Mund, die linke presste er gegen ihre Hüfte. Ganz langsam hob er den Kopf und sah ihr direkt in die Augen. In seinen Augen spiegelte sich jedes nur erdenkliche Gefühl wider. Ein überwältigendes Verlangen, ihn zu umarmen, seinen Schmerz zu lindern, ergriff Kat mit aller Macht.

»Kannst du dir vorstellen, mit wem ich mich getroffen habe?«

Kat schüttelte den Kopf. Carters Lächeln war grimmig. Er kam noch näher, bis seine Lippen direkt an ihrer Wange waren.

»Mit meinem Cousin«, flüsterte er. Er wich wieder ein Stück zurück, um ihr Gesicht sehen zu können. »Austin Ford.«

Als er den Namen aussprach, flackerte brennende Wut in seinen Augen. Kat erschauerte und merkte, wie ihr übel wurde. Bestimmt war sie ziemlich blass geworden. Was um alles in der Welt hatte Austin ihm erzählt?

Carter reagierte sofort. Seine angespannte Miene löste sich ein wenig, und er nahm die Hand von ihrem Mund. Doch mit der anderen hielt er sie weiterhin fest, grub die Finger noch tiefer in ihre Hüfte.

»Ist es wahr?«, murmelte Carter, bewegte dabei kaum die Lippen. Zwischen seinen Augenbrauen erschien ein kleines V, und sein fragender Blick huschte wieder und wieder über ihr Gesicht.

Kat holte tief Luft. Auch wenn er sie mit seinem merkwürdigen Verhalten überrumpelt hatte, musste sie um ihrer beider Willen ruhig bleiben. »Ist was wahr?«

Der Knall, als Carters Faust mit voller Wucht gegen das Bücherregal krachte, hallte im ganzen Raum wider.

»Spiel nicht mit mir, Kat!«, wetterte er. »Wag es ja nicht!«

»Das tue ich doch gar nicht«, entgegnete sie betont ruhig und versuchte, sich von seiner Wut nicht aus der Fassung bringen zu lassen.

»Ja oder nein?«, fuhr Carter aufgebracht fort. »Mehr will ich nicht wissen.«

Kat wurde plötzlich mulmig, eine diffuse Angst stahl sich in ihr Herz. »Ich weiß es nicht, Carter. Wonach fragst du denn?«

»Austin. Dieser verfluchte …« Zischend stieß er den Atem aus, lehnte sich Halt suchend gegen sie. »Er hat gesagt, dass du … hast du?«

»Habe ich was?«, flüsterte sie.

Carters Augen leuchteten und verdunkelten sich in stetigem Wechsel. »Hast du ihn gevögelt?«

Kat klaffte der Mund auf, so plötzlich, dass man ein deutliches Ploppen hören konnte. »Liebling!«

»NEIN!«, brüllte er. »Tu das nicht. Nicht jetzt. Sag einfach nur Ja oder Nein.« Er trat gegen den Sockel des Regals, bevor er die Stirn gegen Kats Schulter sinken ließ. »Hast du ihn gevögelt?«

Kat fühlte sich wie gelähmt. Carters Atem strich heiß über ihren Nacken.

»Hast du es getan, Kat?«, fragte er noch mal. Es klang fast resigniert. »Bitte sag es mir.«

Ganz langsam, um ihn nicht aufzuschrecken, hob Kat die Hand, die bis eben noch wie leblos an ihrer Seite heruntergehangen hatte, und legte sie an Carters Wange.

Er zuckte zusammen.

Kat ließ sich nicht beirren, nahm die Hand nicht fort und wagte es schließlich, sehr sanft mit den Fingerspitzen über seine Wange zu streichen.

Schließlich hob Carter den Kopf. Seine Miene war noch immer wutentbrannt.

»Nein«, raunte Kat und ließ die Hand zu seinem Hals gleiten. »Nein, habe ich nicht. Das habe ich nicht.« Sie vollführte kleine kreisende Bewegungen mit der Hand, in der Hoffnung, ihn so ein wenig beruhigen zu können.

Seine Erleichterung zeigte sich nur daran, dass er den Griff um ihre Hüfte lockerte. In seinem Gesicht zeichneten sich noch immer unzählige Gefühle und Fragen ab. Er leckte sich die Lippen, trat von einem Fuß auf den anderen. »Du hast es nicht getan?«

»Niemals, Carter.«

Sein Blick glitt über ihren Körper, jedoch nicht auf die sinnliche, aufreizende Art, die sie von ihm kannte. Stattdessen wirkte es, als sähe er sie zum ersten Mal, seit er sie gegen das Regal geworfen hatte.

»Du hast es nicht getan«, wisperte er schließlich. Wankend trat er einen Schritt zurück, gab Kat frei und starrte sie auf eine Art an, bei der sie gleichzeitig lachen und weinen wollte. Er sah geschlagen aus, erschöpft, das komplette Gegenteil seines wilden, wütenden Selbst. Kat richtete sich auf, machte einen Schritt auf ihn zu.

Carter stoppte sie mit erhobener Hand, richtete den Blick auf den Boden. »Nicht«, sagte er und runzelte die Stirn. »Ich bin … ich … bleib einfach, wo du bist.«

Obwohl es Kat das Herz brach, ging sie wieder einen Schritt rückwärts. Dort blieb sie stehen und beobachtete, wie sich Carter langsam wieder in den Mann zurückverwandelte, den sie kannte. Seine fest gespannten Kiefermuskeln lockerten sich – seine verkrampften Schultern ebenfalls. Nur die Traurigkeit in seinen Augen blieb.

»Ich wusste es nicht«, sagte er leise. »Ich wusste nicht, dass du ihn kennst. Dass du …«

»Er ist nicht wichtig …«

»Du warst mit ihm zum Abendessen aus«, sagte Carter provozierend.

Kat presste die Lippen aufeinander. »Wir waren eine ganze Gruppe. Es war mein Geburtstag. Wir hatten kein Date oder …«

»Er hat dich nach Hause gefahren«, sagte Carter. Kat nickte, worauf Carter das Gesicht verzog, als plagten ihn furchtbare Kopfschmerzen. »Du warst mit ihm allein.«

Kat biss sich auf die Lippe, ballte die Hände zu Fäusten. Wie dumm sie gewesen war, ihm nichts davon zu erzählen! Sie hatte auf ihre Familie geschimpft, weil die nicht ehrlich mit ihr gewesen war, und war gleichzeitig dem wichtigsten Menschen in ihrem Leben gegenüber unaufrichtig gewesen. Sie war keinen Deut besser.

»Es tut mir leid«, beteuerte sie. »Es tut mir leid, dass ich es dir nicht gesagt habe, aber ich habe erst letzte Woche bei meiner Großmutter erfahren, dass ihr überhaupt verwandt seid.«

Er blickte zur Decke auf. »Ist etwas zwischen euch passiert?«

Kat atmete aus. Eine andere Antwort blieb sie ihm schuldig.

»Du hast ihn geküsst?«

Sie sah ihn flüchtig an, sagte sehr leise: »Ja.«

Carter riss so abrupt den Kopf zurück, dass er ihn sich an den Büchern hinter sich stieß. »Shit!«

»Carter.« Kat trat zögerlich wieder ein Stück vor. »Bitte, rede mit mir.«

»Es gibt nichts zu bereden«, konterte er und blickte wütend an ihr vorbei.

»Im Gegenteil, es gibt sogar eine ganze Menge«, beharrte sie. »Du bist aufgebracht und verletzt, und ich möchte es wiedergutmachen. Lass es mich bitte nur erklären.«

»Was willst du erklären?«, fauchte Carter. »Willst du mir erklären, warum du, während ich im Gefängnis saß und mich nach dir verzehrt habe wie noch nach keiner Frau zuvor, meinem Cousin gestattet hast, dir seine widerwärtige Zunge in den Mund zu stecken?«

»Hey!« Kat deutete mit dem Finger auf ihn, machte noch einen Schritt auf ihn zu. »Das ist ungerecht. Ich wusste nicht, dass er dein Cousin ist, und genauso wenig wusste ich, dass du dich nach mir verzehrst! Woher verdammt noch mal hätte ich das auch wissen sollen? Wann immer wir uns begegnet sind, hast du mich wie eine Aussätzige behandelt.«

Carter wich geflissentlich ihrem Blick aus, scharrte mit dem Fuß auf dem Boden.

Kat ließ die Hand sinken, denn ihr wurde der Sinn seiner Worte schlagartig bewusst: … *nach dir verzehrt habe wie noch nach keiner Frau zuvor* … Sogar damals schon hatte er so stark für sie empfunden? Sie näherte sich ihm weiter und legte zaghaft die Hände an seine Hüften. »Carter.« Sie hob die Hände auf seine Schultern. »Sieh mich an.«

Er ignorierte sie. Seine Fäuste waren so fest geballt, dass sich die Knöchel weiß verfärbten. Kat berührte ihn weiter, legte die Hände in seinen Nacken, der von seiner Wut ganz erhitzt war. Strich über seinen kantigen Unterkiefer, der von rauen Bartstoppeln bedeckt war, die ihre Haut so wundervoll gezeichnet hatten.

»Carter, sieh mich an.« Kat zog sein Gesicht hoch. Sein Blick blieb auf ihr Kinn geheftet. »Bitte.«

Er sank ein wenig in sich zusammen, sodass Kat nun nicht mehr auf Zehenspitzen stehen musste. Ganz langsam hob er den Blick, bis er ihr ins Gesicht sah. Er starrte sie an, schwieg. Dann legte er die Hand an ihre Taille, drückte sie kurz, schloss die Augen.

»Dass er dich angefasst hat, finde ich unerträglich.«

»Das hat er nicht.«

Carters Blick wurde fragend. Kat streichelte seine Schläfe.

»Niemand hat mich jemals so berührt wie du.« Sie drückte die Nase an sein Kinn, atmete seinen schweren Duft ein. »Niemand hat mich jemals so geküsst.«

»Kat«, sagte Carter schwach, legte die Stirn an ihre.

»Ich wollte ihn nie.«

»Peaches.«

»Carter, hör mich an«, forderte sie und nahm seine Hände in ihre. »Ich mochte ihn. Er war charmant.« Carter machte Anstalten, sich loszureißen, doch Kat ließ ihn nicht los. »Und ja, wir haben uns geküsst. Aber weißt du auch, warum nicht mehr zwischen uns passiert ist? Warum ich nicht zu mehr in der Lage war? Warum ich mich jedes Mal, wenn er mit mir ausgehen wollte, gedrückt habe?«

Carter starrte wieder zu Boden.

»Frag mich, warum es so war.«

»Warum?« Es klang grollend.

»Weil ich jedes Mal, wenn ich mit ihm zusammen war, wenn er mich berührte, an dich denken musste.«

Sie konnte Carter ansehen, wie verzweifelt er ihr glauben wollte, doch seine Miene verriet ihr, dass ihn noch immer Zweifel plagten.

»Es ist die Wahrheit«, fuhr sie fort. »Ich schwöre es dir. Ich wollte dich auch. Schon lange. Und das will ich noch immer, so sehr. Ich …«

»Was?«

»Es tut mir schrecklich leid, dass er dich wütend gemacht und dazu gebracht hat, mich zu hassen.«

»Ich hasse dich nicht«, entgegnete er. »Das könnte ich nie. Er ist es, den ich hasse. Ich hasse alles, wofür er steht – seine Gier, seine prahlerische Arroganz und dass er schon seit unserer Kindheit versucht, mir Dinge abzujagen, die mir gehören.«

Seine doppeldeutige Bemerkung verschlug Kat den Atem. *Die mir gehören*.

Leise berichtete Carter ihr, was bei dem Treffen vorgefallen war, führte aus, wie Austin beabsichtigte, ihn aus der Firma zu drängen, die ihm gehörte.

»Austin und ich, wir haben uns noch nie leiden können«, erzählte er. »Adam ist fast so alt wie ich, und so haben wir als Kinder immer miteinander gespielt. Austin war der Erstgeborene unserer Generation, derjenige, der eines Tages die Firma von meinem Großvater übernehmen sollte. In diesem Geist wurde er erzogen, und das hat ihn großspurig und arrogant gemacht. Schon mit fünfzehn war er ein besserwisserischer Arsch.

Ich erinnere mich noch an einen ganz bestimmten Tag. Mein Vater hatte mich meiner Mutter übergeben, und ich sollte übers Wochenende bei ihr bleiben. Wir hielten uns im Haus meiner Großmutter auf, was allein schon ein Albtraum war, weil mein Großvater mich nicht ausstehen konnte.« Carter schüttelte den Kopf. »Meine Großmutter war ganz anders. Sie war cool. Sie hat Kekse gebacken und mir zu Weihnachten und zum Geburtstag tolle Geschenke gekauft. Nur ihretwegen verbrachte ich so viel Zeit in diesem Haus. Meine Mutter lud mich bei ihr ab, und sie hat sich um mich gekümmert.« Carter kratzte sich am Kopf. »Ich denke, es war damals an Thanksgiving. Ich war kaum angekommen, da legte Austin auch schon los. Er war ein cleverer kleiner Mistkerl. Immer wieder ließ er vielsagende Kommentare fallen, darüber, dass ich nicht gewollt gewesen wäre, dass er von meiner Tante gehört hätte, dass ich eine Enttäuschung für die ganze Familie wäre. Er war gnadenlos. Adam stand nur dabei und sagte kein Wort. Wenn wir unter uns waren, entschuldigte er sich für seinen Bruder, aber niemals in seiner Gegenwart.«

Carter lächelte ironisch. »Seitdem hat sich nicht viel geändert. Jedenfalls gingen die kleinen gemeinen Bemerkungen über meinen Vater und darüber, dass ich eigentlich nur ein schmutziges Familiengeheimnis wäre, das ganze Wochenende über weiter. Und irgendwann ist mir der Kragen geplatzt. Ich schlug ihn ins Gesicht. Er ging zu Boden, doch ich konnte nicht aufhören. Ich boxte, schlug, trat, und die ganze Zeit über konnte ich nur eines denken: dass ich ihm genauso wehtun wollte, wie er mir wehgetan hatte. Mein Großvater holte mich schließlich von ihm herunter. Ich dankte es ihm mit ein paar Ohrfeigen … bis er zurückschlug. Er sagte, dass es viel besser gewesen wäre, wenn meine Eltern mich weggegeben hätten, und dass ich nur Schande über die Familie brächte. Wie ich es schon täte seit dem Tag, an dem ich gezeugt worden war.«

»Oh, Carter«, flüsterte Kat und legte tröstend die Hand an seine Wange.

»Meine Großmutter geriet völlig aus dem Häuschen.« Carter lachte leise. »Ich glaube, das Temperament habe ich von ihr geerbt.«

Kat lächelte.

»Sie holte mich von ihm weg und brachte mich in ihr Strandhaus.« Er verstummte, tief in seinen Erinnerungen versunken. »Sie hat geweint. Ich weiß noch, dass sie geweint und sich entschuldigt hat. Ich verstand nicht, warum. Schließlich hatte sie nichts getan.« Carter blickte kopfschüttelnd auf seine Hände. »Sie weinen zu sehen war furchtbar.«

»Wie alt warst du damals?«

»Sechs.« Carter räusperte sich. »Keine zwei Jahre später war meine Mutter tot«, fuhr er fort. »Und ich wurde auf ein Internat geschickt, wie sie es in ihrem Testament verfügt hatte. Mein Vater legte keinen Widerspruch ein ...« Er verstummte wieder, fühlte sich sichtlich unbehaglich.

»Von den meisten Schulen, die ich besuchte, wurde ich verwiesen. Und wenn man mich nicht rausschmiss, haute ich eben ab. Je älter ich wurde, desto klarer wurde mir, dass je mehr Radau, je mehr Ärger ich machte, desto weniger konnten mich die Fords ignorieren. Anstatt mich abzuschieben, in der Hoffnung, mich nie wieder zu sehen, mussten sie sich mit mir auseinandersetzen.«

Kats Hand kreiste noch immer auf Carters Schulter. Sie hatte furchtbares Mitleid mit dem kleinen Jungen, der noch immer in dem Mann vor ihr steckte.

»Ich weiß nicht, wie er sich dir gegenüber verhalten hat«, meinte Carter, »aber Austin Ford ist gefährlich. Er ist egoistisch und gierig.« In seinen Augen loderte Hass. »Und dass er auch nur in deiner Nähe war, macht mich rasend.«

»Es tut mir leid.« Was sollte sie sonst dazu sagen?

Carter, der sich offenbar nicht darum scherte, dass sie sich in einem öffentlichen Gebäude befanden, legte die Arme um ihre Taille. »Mir tut es auch leid. Entschuldige, dass ich dir Angst gemacht habe.«

»Das hast du nicht.«

»Doch, das habe ich.« Carter rieb mit der Hand über ihr Kreuz. »Und es tut mir leid. Ich bin einfach ...«

»Ich weiß.« Sie konnte sich vorstellen, wie verletzt sie an seiner Stelle gewesen wäre.

Er presste die Lippen aufeinander. »Wenn ich mir nur vorstelle, dass du mit jemand anderem zusammen bist, könnte ich die ganze Stadt in Schutt und Asche legen«, gestand er. »Aber mit ihm?« Er schüttelte langsam den Kopf. »Der Gedanke, dass du mit ihm zusammen gewesen sein könntest, hat mich einfach umgehauen.« Sein Herz hämmerte unter ihrer Handfläche.

»Aber ich bin mit dir zusammen«, flüsterte sie. »Ich verspreche es. Ich will keinen anderen.«

Seine Augen brannten. »Ich will auch keine andere. Du und ich, weit weg von diesem ganzen Mist, das ist einfach so perfekt.«

Obwohl sie seine Worte geradezu in einen Glückstaumel versetzten, versuchte Kat, einen kühlen Kopf zu wahren. Sie überlegte kurz. »Weißt du, ich habe einen Freund … Ben.«

Carter legte bedrohlich die Stirn in Falten. »Ben? Er ist ein Freund? Sollte ich mir deswegen Sorgen machen?«

Kat verdrehte über seinen nicht ganz ernst gemeinten Kommentar die Augen. »Sicher nicht. Er ist Anwalt, unter anderem.« Sie nagte an der Innenseite ihrer Wange. »Er könnte dir helfen. Mit Austin.«

»Wie sollte er mir helfen können?«

Kat schmunzelte. »Ben kann über so ziemlich jeden schmutzige Wäsche zutage fördern. Das ist sein Job.« Sie zuckte mit den Schultern. »Ich weiß auch nicht. Vielleicht findet er ja etwas, das du gegen Austin verwenden kannst.«

Carters Lippen zuckten. »Feuer mit Feuer bekämpfen, meinst du.«

»Einen Versuch ist es wert, oder?«

Carter dachte kurz über ihr Angebot nach. »Ich habe gehört, dass Austin mit einigen ziemlich halbseidenen Gestalten Geschäfte macht. Adam war schon immer derjenige, der hinterher seinen Dreck aufräumen musste.«

»Das klingt doch nach einem Fall für Ben«, meinte Kat lächelnd.

»Das würdest du für mich tun?«, fragte Carter vorsichtig.

»Ich will, dass du bekommst, was dir zusteht. Das hast du verdient.«

Er atmete bebend aus. »Du bist wirklich etwas ganz Besonderes. Weißt du das eigentlich?« Sacht strich er mit dem Daumen über ihre Unterlippe. »Danke. Dafür hast du etwas bei mir gut.« Er stutzte. »Vielleicht könnte ich auch etwas für dich tun.« Wie er unschlüssig an seiner Lippe nagte, das sah umwerfend aus. »Wir könnten – ich könnte dich … ich meine, willst du …? Also, ich habe mich gefragt. Ich … verdammt noch mal.« Er fuhr sich entnervt übers Gesicht. »In so was bin ich mies.«

Kat wich zurück, um ihm etwas mehr Freiraum zu gewähren, doch er stoppte sie sofort, indem er sie an der Taille festhielt.

Carter schloss die Augen und legte los, ohne abzusetzen: »Hast du am Wochenende schon was vor? Denn wenn nicht, dann würde ich gern mit dir wegfahren. Wenn du nicht möchtest, kann ich das verstehen, aber ich fände es wirklich schön, wenn du mitkommen würdest. Ich möchte etwas Zeit mit dir verbringen. Ich meine, ich weiß nicht …« Er stieß eine ganze Reihe origineller Flüche aus, bevor er die Fingerspitzen in seine Hosentasche schob.

Kat verschränkte nervös die Hände. »Nur wir beide?«

Carter riss den Kopf hoch. Seine Augen strahlten hoffnungsvoll. »Ja.«

Sie legte die Hand an seine Wange und lächelte zärtlich. »Sehr gern.«

»Wirklich?«, fragte Carter und gab sich erst gar keine Mühe, seine Verblüffung zu verbergen.

Kat lachte. »Habe ich doch gesagt, oder?«

Er stieß ein tiefes, selbstironisches Lachen aus.

Nach einem raschen Blick auf den verlassenen Lesesaal griff

er nach ihrer Hand und verschränkte die Finger mit ihren. »Ich weiß, es ist gegen die Vorschriften unseres Unterrichts, aber ich möchte dich verdammt gern küssen.«

Kat leckte sich unwillkürlich die Lippen.

»Nur ein kleiner Kuss.« Sein Daumen stahl sich unter den Saum ihrer Bluse, strich über ihren Bauch, ließ die Glut in ihrem Inneren erneut auflodern. »Nur einmal kosten.«

Kat stöhnte auf, denn sie erkannte die Worte wieder, die er auch vor ihrem allerersten Kuss zu ihr gesagt hatte. Sobald sich ihre Lippen trafen, entspannte sich ihr Körper ganz von selbst. Sie vergaß alle Regeln und Risiken. Sie vergaß Austin, ihre Mutter und Beth.

Alles, was zählte, waren seine Hände an ihrem Gesicht, sein kraftvoller Körper und seine Zunge, die ihren Mund im Sturm eroberte.

Kurz entschlossen zog sie ihn an den Gürtelschlaufen seiner Hose zu sich. Dass sie gesehen werden könnten, war ihr in diesem Augenblick egal.

24

Beim dritten Klingeln ging Kat an ihr Telefon. »Ben, wie geht es dir?«

Als er antwortete, konnte sie sein Lächeln geradezu hören. »Hervorragend. Und dir?«

»Gut, danke.«

»Schön. Das ist schön. Also, ähm, Beth hat gestern Abend angerufen. Sie meinte, ihr beiden hättet noch immer nicht miteinander geredet.«

Kat seufzte. »Nein.«

»Kat, ich …«

»Ich weiß, Ben«, unterbrach sie ihn schroff. »Ich spreche mit ihr, sobald ich dazu bereit bin, okay?«

»Okay.«

Kat presste die Lippen aufeinander, holte tief Luft, um die Traurigkeit zurückzukämpfen, die mit jedem Tag, an dem sie die Anrufe von Beth und ihrer Mutter ignorierte, stärker wurde. »Hast du Carters E-Mail bekommen?«, wechselte sie rasch das Thema. »Reichen die Details aus?«

Ben lachte leise. »Oh ja. Darum melde ich mich auch bei dir. Ich wollte Bescheid geben, dass alles bereit ist und wir uns Ford morgen vornehmen können. Das, was Carter geschickt hat, ist fantastisch. Sag ihm von mir ein herzliches Dankeschön. Wie ist er nur an diese Sachen gekommen?«

»Keine Ahnung. Ich habe mich auch nicht getraut zu fragen.«

»Na ja, es war jedenfalls eine höchst interessante Lektüre. Es scheint, als hätte unser kleiner Austin mit Jungs gespielt, mit denen er lieber nicht hätte spielen sollen. Die Bundespolizei hätte sicherlich ihre helle Freude an den Infos. Und wenn die Aktionäre davon Wind bekämen, wäre die Tatsache, dass einem Exsträfling die Firma gehört, bei Weitem seine geringste Sorge.«

Daran hegte Kat keinen Zweifel. Seit sie Ben gebeten hatte, Carter dabei zu helfen, seine Firma zurückzugewinnen, hatte Ben Himmel und Hölle in Bewegung gesetzt, ausstehende Gefallen eingetrieben und nach jeder Art von Schmutz gegraben, die er nur finden konnte. Dass er dafür nicht lange gebraucht hatte, überraschte Kat nicht im Mindesten.

»Ihr trefft euch morgen?«, fragte Kat und stieg auf dem Parkplatz von *Arthur Kill* in ihren Wagen.

»Ja.« Ben lachte. »Austin muss ganz schön neugierig sein, wenn er das Meeting an einem Samstag ansetzt.«

»Du hältst mich über alles auf dem Laufenden?«

»Aber klar.«

»Klasse.« Kat legte den Kopf gegen die Lehne des Sitzes. »Danke, Ben. Wirklich. Du ahnst nicht, wie viel mir das bedeutet.«

»Natürlich weiß ich, wie viel es dir bedeutet. Warum sonst sollte ich eingewilligt haben, dir zu helfen?«

Kat grinste. »Du bist mein Liebling.«

»Ich weiß. Erinnere dich daran, wenn dein millionenschwerer Freund eine von seinen aufgemotzten Luxuskarossen loswerden möchte.«

»Er besitzt keine Luxuskarossen, Ben«, entgegnete Kat lachend.

»Bedauerlich für ihn. Pass auf dich auf, ja?«

»Das werde ich. Liebe Grüße an Abby.«

Kat verließ *Arthur Kill* mit einem Koffer im Kofferraum und Schmetterlingen im Bauch. Nachdem sie aufgelegt hatte, schaltete sie das Handy aus, ohne die beiden Mailbox-Nachrichten ihrer Mutter abgehört zu haben. Seit über einer Woche hatte sie nicht mehr mit ihr gesprochen, und obwohl Kat sie vermisste, überwog die Erleichterung darüber, sich nicht wieder eine ihrer täglichen Strafpredigten anhören zu müssen. Die zaghaft aufkeimenden Schuldgefühle hatte sie sofort verdrängt und tief in der Kluft begraben, die sich immer weiter zwischen den beiden Frauen auftat.

Dieses Wochenende gehörte nur ihr und Carter. Alles andere war zweitrangig.

Sie verspürte ein gespanntes Kribbeln. Carter hatte sich in Bezug auf seine Pläne und darauf, wo er das Wochenende mit ihr verbringen wollte, sehr bedeckt gehalten. Lediglich eine grobe Routenbeschreibung und wenige kryptische Hinweise hatte er sich entlocken lassen, über die sie die ganze Woche lang nachgegrübelt hatte.

Glücklicherweise war es nicht allzu schwierig, seinen Anweisungen zu folgen. Kat verfügte nicht gerade über ein gutes Orientierungsvermögen, doch sie merkte zumindest, dass sie sich in Richtung der Küste, genauer der Hamptons bewegte – was sie, gelinde ausgedrückt, verwirrte. West Hampton Dunes war ein Ort für Gutbetuchte, und dort waren eher Labradore, Pfeifchen und Slipper angesagt als Metall, Tattoos und Leder. Kat musste lächeln. Carter würde in dieser Umgebung sicherlich auffallen wie ein bunter Hund.

Je näher sie den GPS-Koordinaten ihres Ziels kam, desto größer schienen die Häuser zu werden. Eigentlich hätte sie das nach dem, was Carter ihr über sein Vermögen erzählt hatte, nicht verwundern sollen. Er hätte sich leicht jedes beliebige Haus an der Ostküste leisten können, ohne in Geldnöte zu geraten. Nicht dass sie sich darum scherte. Auch mit nur fünf Dollar in der Tasche hätte sie ihn gelie…

Ihr Grinsen wurde breiter, ließ sich nicht bremsen von der Richtung, die ihre Gedanken plötzlich eingeschlagen hatten. Sie drehte die Stereoanlage im Auto lauter auf und sang mit.

Über der kabbeligen grauen See verfärbte sich der Himmel strahlend pink und orange. Endlos erstreckten sich die sandigen Dünen. Obwohl es kühl war, setzte Kat eine Sonnenbrille auf, öffnete die Seitenscheibe und ließ die frische Meeresluft ins Auto strömen. Sie roch wundervoll. Nach Freiheit und Spaß. Nach ihrem Vater. Herrje, wie sehr ihr der Strand gefehlt hatte! Sie war viel zu lange nicht mehr hier gewesen.

Nach einer lang gestreckten Kurve erschien plötzlich ein endlos weiter Strand vor ihr, auf dem ein wunderschönes zweistöckiges weißes Haus mit einem dunkelblauen Dach stand. Mit der weißen Holzvertäfelung, der umlaufenden Veranda und den Balkonen im oberen Stockwerk sah es sehr edel aus. Es erinnerte Kat an die Häuser, die sie damals als Kind im Süden mit Nana Boo zusammen gesehen hatte.

Kat hielt an und schaltete den Motor aus. Bedächtig öffnete sie die Wagentür. Der Wind umtoste sie, trug feine Sandkörnchen mit sich und peitschte ihr das offene Haar ins Gesicht. Am liebsten wäre sie sofort ins Meer gerannt.

In Carters Leben hatte es so viele enttäuschende oder frustrierende Momente gegeben, dass er es irgendwann aufgegeben hatte, sie zu zählen. Deprimierenderweise hatten diese beiden Emotionen ihn auf all seinen Wegen, bei allem, was er tat, und bei jeder Entscheidung begleitet.

Durch den Wunsch seiner Mutter, ihn »loszuwerden«, ihre permanente Missachtung ihm gegenüber bis zu dem Tag, an dem sein eigener Vater ihn im zarten Alter von neun Jahren in ein merkwürdiges Internat verfrachtet hatte – obwohl der kleine dunkelhaarige Junge seinen Vater angefleht hatte, es nicht zu tun –, hatte Carter gelernt, immun zu werden. Immun gegen den Schmerz, wenn irgendetwas zum Teufel ging.

Er hatte sich daran gewöhnt, schüttelte ihn einfach ab, und auch wenn es zynisch klang, hatte er es sich zu Eigen gemacht, vorsorglich immer mit dem Schlimmsten zu rechnen. So erlebte er zumindest keine unliebsamen Überraschungen, und die arrogante, unbekümmerte Fassade, die er sich zugelegt hatte, schützte ihn erfolgreich vor unnötigem Leid.

Carter war ein wütender, anstrengender Mensch. Damit hatte er sich schon vor Jahren abgefunden. Es gefiel ihm nicht besonders, aber, verdammt noch mal, wie sollte er sich nach alldem, was er durchgemacht hatte, sonst fühlen? Also hatte er sich damit arrangiert, dass er für den Rest seines Lebens so sein würde.

Bis Peaches wieder in sein Leben getreten war.

Kat.

Die Frau, die ihm von Anfang an ein Rätsel gewesen war. Sie hatte ihn wahnsinnig gemacht – und das tat sie noch immer –, doch im Laufe der Zeit, durch die Entlassung aus dem Gefängnis und die Veränderungen in seiner Beziehung zu Kat, hatte er begriffen, dass sie ihn zwar mit Leichtigkeit auf die Palme bringen und ihm den letzten Nerv rauben konnte, sie jedoch ebenso eine beruhigende Wirkung auf ihn ausübte.

Nach der intensivsten Liebesnacht seines Lebens, als Kat in seinem Arm geschlafen hatte, hatte er etwas empfunden, dass ihm bis dato fast gänzlich fremd gewesen war: Frieden.

Nicht dass sich sein Hirn in ihrer Gegenwart komplett abschaltete oder dass er während ihres gemeinsamen Höhepunkts eine kitschig-romantische Erleuchtung gehabt hätte. Doch dank Kat schaltete sein Hirn einen Gang zurück. Sie dämpfte seinen Frust, seine Wut und Enttäuschung durch ihre Gegenwart. Er bekam wieder besser Luft, konnte sich entspannen, sich mehr als er selbst fühlen – und diese neu entdeckte innere Ruhe kostete er genüsslich aus.

Seine Kat war ein Paradoxon. Ihre Berührungen und ihre Worte erdeten ihn, ihre Küsse dagegen verliehen ihm Flügel. Manchmal trieb sie ihn so weit, dass er am liebsten die ganze Stadt niedergerissen hätte, und dann wieder brachte sie ihn zum Lächeln wie niemand sonst. Ihre Umarmungen und Zärtlichkeiten betörten ihn ebenso wie ihre Wutausbrüche, und Carter war sich noch immer nicht endgültig sicher, was ihn nun mehr erregte: ihr feuriger Zorn oder ihre sexuelle Leidenschaft.

Sie war ein gigantischer Widerspruch in sich – und in Carters Augen einfach perfekt, genauso wie sie war.

Ihr Feuer und ihre Stärke, ihre Zärtlichkeit und Empfindsamkeit machten sie zu etwas Besonderem. Sie konnte wüten und auch still und ruhig sein: versengende Glut und wohlige Wärme. Carter gefiel es, dass sie ihn auf Trab hielt. Er liebte ihre Spontanität und die Leidenschaft, die permanent zwischen ihnen brodelte, und dass sie ihm bei jeder Berührung, jedem Kuss und jedem Stoß mit ebenso viel Intensität entgegenkam, wie er empfand.

Sie war alles, was er brauchte oder wollte. Eigentlich hätte sich Carter über seine Gefühle für diese fantastische Frau freuen sollen – doch sie jagten ihm eine Heidenangst ein.

Ja, er war ein Angsthase, doch trotzdem brachten ihn diese unbekannten, diese ungewohnten Gefühle und die Verletzlichkeit, die er in sein Leben eingelassen hatte, ins Schwitzen und sein Herz zum Rasen. Seine Rüstung hatte in der Nacht, in der er in Kat versunken war, einen heftigen Treffer abbekommen.

Sie hatte sie nicht mit sanfter Zärtlichkeit sacht geöffnet. Oh nein! Sie hatte sie geradezu aufgerissen mit ihrer Gier, ihren wilden Berührungen und geflüsterten Worten, bis er mit entblößtem Herzen am Boden lag.

Jetzt, nachdem er mit ihr geschlafen hatte, konnte Carter sich nicht mehr vorstellen, ohne Kat zu sein, und die Vorstellung, sie verlieren zu können, erfüllte ihn mit einem Grauen, das ihm den Atem nahm. Enttäuschung und Frustration waren nichts im Vergleich zu dem unvermeidlichen Schmerz, den Kats Abwesenheit hervorrufen würde. Seine griesgrämige, aggressive *Mir ist alles scheißegal*-Attitüde hatte nicht verhindern können, dass Kat einen Weg hinter seine Schutzwälle gefunden hatte. Und nun war sie überall in ihm, erfüllte Stellen mit neuem Leben, die er trostlos und leer geglaubt hatte.

Nachdem er sie einen Augenblick durch das hohe Fenster an der Front des Strandhauses beobachtet hatte, ging er vorsichtig durch die Seitentür nach draußen. Gemächlich schlenderte er über die Veranda auf sie zu. Sie stand wie hypnotisiert vor dem Haus. Carter hoffte inständig, dass es ihr gefiel. Herrgott, er war nervös! Das hier war Neuland für ihn, und er wollte, dass das Wochenende perfekt wurde, eine Chance für sie beide, wieder zueinanderzufinden. Carter holte tief Luft und trabte zu Kat. Als sie ihm ein strahlendes Lächeln schenkte, breitete sich eine wohlige Wärme in seiner Brust aus.

Zärtlich nahm er ihr die Pilotensonnenbrille ab. »Da ist ja meine Süße«, flüsterte er. »Na, was hältst du davon?«, fragte er mit einem Nicken in Richtung Haus.

»Es ist wundervoll«, antwortete sie. »Ich war schon so lange nicht mehr am Strand.«

»Das habe ich mir gedacht.« Er kratzte sich am Kinn, räusperte sich. »Ich habe mich daran erinnert, wie du vom Strand erzählt hast, von deinem Dad – und dass es schon sehr lange her ist, seit du das letzte Mal am Meer warst, und mir gedacht, dass dir das Haus gefallen könnte.«

Kat warf sich ihm so schwungvoll an den Hals, dass Carter fast hinfiel. Sie schlang die Arme fest um seinen Nacken und küsste ihn leidenschaftlich. Carter umarmte sie ebenfalls, hielt sie fest und atmete ihren Duft ein, bis er das Gefühl hatte, sein Körper stünde in Flammen.

Sie taumelten seitwärts, bis Carter mit der Hüfte gegen Kats Auto stieß. Ihre Zungen trafen sich, machten sich wieder miteinander vertraut. Carter drehte Kat ein wenig, bis sie zwischen ihm und dem Wagen stand.

Ihre Hände fuhren über sein Gesicht, rieben und streichelten. Carter rieb sich an ihr wie ein rolliger Kater. Seit der einen gemeinsamen Nacht war er nicht mehr in ihr gewesen und stand kurz davor, die Beherrschung zu verlieren. Als er die Hüften an ihre drängte, keuchte sie auf, schlang die Beine um seine Oberschenkel, zerrte ihn an sich. Carter folgte ihrem Drängen, indem er ihren Po packte. Wie sehr er es vermisst hatte, sie so nah bei sich zu haben, sie so gierig zu erleben! Er leckte und knabberte, bis Kat schwer atmete und seinen Namen wimmerte.

»Wir müssen aufhören«, keuchte sie. Doch ihr Körper strafte ihre Worte Lügen. Noch einmal zog sie seinen Kopf zu sich und presste die Lippen auf seine.

»Warum?«, fragte er amüsiert. »Hier ist meilenweit keine Menschenseele. Wenn ich dich gleich hier und jetzt vögeln wollte«, sie ächzte, als er jäh den Unterleib bewegte, »dann könnte ich das.«

Er spürte ihre Lippen an seinen Wangen. Sie drückte ihm einen sanften Kuss darauf. »Danke«, wisperte sie.

Carter sah sie fragend an. Mit ihren angeschwollenen Lippen und dem vom Wind zerzausten Haar sah sie unglaublich aus.

»Danke, dass du mich hierher eingeladen hast, meine ich. Dass du wusstest, dass es mir gefallen würde.«

»Es gefällt dir?«

»Es ist so hübsch.«

Erleichterung dämpfte das wilde Hämmern seines Herzens. »Willst du es dir von innen ansehen?«

Carter drückte ihr rasch einen Kuss auf die Lippen und hielt sie so lange fest, bis sie wieder sicher auf ihren Füßen stand. Dann nahm er ihren Koffer und führte sie über die Veranda zur Vordertür und ins Haus hinein.

Zögerlich ging sie durch den Korridor, betrachtete die Treppe aus Buchenholz, die in den ersten Stock führte. Ohne ein Wort zu sagen, zog sie die Jacke aus und steuerte aufs Wohnzimmer zu. Carter folgte ihr. Noch immer schweigend ging sie herum und blieb schließlich an dem hohen Fenster stehen, von dem aus man den Ozean und die mit hohem gelblichem Gras bewachsenen Sandbänke sehen konnte.

Carter beobachtete sie an den Türrahmen gelehnt. Wie sie hier in seinem Haus stand, das war einfach perfekt. Schon als er sie zum ersten Mal in seiner Wohnung in der Stadt gesehen hatte, hatte er so empfunden, doch dies hier war noch einmal anders. Es schien, als verschmelze seine Gegenwart mit seiner Vergangenheit, und das war ein merkwürdig wohliges Gefühl.

Nachdem er ihren Koffer ins Schlafzimmer im ersten Stock getragen hatte, kehrte er wieder zu Kat zurück. Sie bewunderte gerade die bunt gemischten Gemälde an den Wänden. Da er die Bilder in ihrer Wohnung gesehen hatte, wusste er, dass sie Wasserfarbgemälde mochte. Doch als sie wie angewurzelt vor der Sammlung Schwarz-Weiß-Fotografien stehen blieb, die um den Kamin hingen, spürte er Panik in sich aufsteigen.

»Das bist du«, murmelte sie und deutete auf ein Foto, auf dem ein kleiner Junge in kurzer Hose eine riesige Sandburg baute.

»Ja«, antwortete er und trat neben sie. »Ich war sieben.«

Sie strich mit den Fingerspitzen über das Bild. »Du siehst so fröhlich aus. Wer hat die Aufnahme gemacht?«

»Meine Großmutter«, antwortete er. »Das hier war ihr Haus. Das Haus, von dem ich dir erzählt habe – sie hat es mir hinterlassen.« Er blickte sich um. »Es war so etwas wie unsere Zuflucht.« Er zuckte mit einer Schulter. »Wir kamen oft hierher. Nur sie und ich.«

»Du verbindest schöne Erinnerungen damit?«

»Ja, die wenigen, die ich an meine Kindheit habe, hängen mit diesem Haus zusammen.« Er schluckte. »Ich wollte es mit dir teilen.«

Sie küsste ihn sanft auf die Schulter.

Carter drückte ihr einen Kuss auf den Scheitel. »Komm«, flüsterte er, »ich mache dir etwas zu trinken. Wir können uns sofort daranmachen, das Abendessen zu kochen. Du magst doch Schellfisch, oder?«

Als sie nickte, trat er dicht vor sie, bis seine Lippen bei ihrem Mund waren. »Hervorragend. Ich bin schon ganz ausgehungert.« Er war sich des vielsagenden Untertons seiner Worte durchaus bewusst, doch gleichzeitig gab er sich keinen Illusionen hin. In den nächsten Tagen ging es nicht nur darum, mit ihr nackt im Bett zu liegen. Es ging um die Wahrheit, um Ehrlichkeit, darum, mutig zu sein und sich wie ein Erwachsener zu benehmen. Carter wusste, dass er ihr jetzt, da sie seine Rüstung aus Coolness und Zorn zerstört hatte, alles zeigen musste, was darunterlag. Ein beängstigender Gedanke, doch er würde es ihr zuliebe tun. Er musste.

Sie küssten sich noch einmal, zärtlich, doch mit dem Versprechen auf mehr. »Warum gehst du nicht nach oben und ziehst dir etwas richtig Warmes an, damit du dich nicht noch unterkühlst, und ich fange derweil mit dem Abendessen an?«

Merkwürdigerweise widersprach sie nicht. »Die dritte Tür rechts«, erklärte er. »Ich habe deinen Koffer ans Bettende gestellt.«

»Danke«, sagte sie nur und verschwand nach oben.

»Was sonst noch?«

Kat kaute nachdenklich auf ihrer Lippe und überlegte. »Sardellen und Oliven.« Sie verzog angewidert das Gesicht. »Und Zitronen. Ich hasse alles mit Zitrone – Zitronenkuchen, Zitronendressing.« Sie erschauerte.

»Aber du trinkst *Sprite*«, bemerkte Carter und stieß den Zigarettenrauch aus.

»Das ist etwas anderes«, entgegnete Kat in einem Ton, der keinen Widerspruch duldete.

Carter verdrehte die Augen.

»Was kannst du nicht ausstehen?«

»Tomaten«, antwortete er wie aus der Pistole geschossen. »Sardellen, Ananas, alle Fischsorten außer Schellfisch und Makkaroni mit Käse.«

»Makkaroni mit Käse?«, wunderte sich Kat lachend. »Du bist ja merkwürdig.«

»Ich finde das Zeug widerlich«, meinte Carter stirnrunzelnd.

»Okay«, lenkte Kat ein. »Und dein Lieblingsessen?«

»Pfirsiche.«

»Ja, schon klar.«

»Ich meine es ernst«, entgegnete er. »Pfirsiche und *Oreos*.« Er grinste. »Lieblingsfilm?«

»Ich kann mich unmöglich nur für einen entscheiden.«

»Dann eben zwei.«

»*Die Goonies* und *Forrest Gump*. Jetzt du.«

»*Beetlejuice* und *Pulp Fiction*.« Carter drückte die Zigarette aus. »Lieblingsplatte?«

»*Rubber Soul* und *Revolver* von den Beatles. Für mich waren die beiden quasi ein Album, das zusammengehört.« Sie forderte ihn mit der Hand auf, ebenfalls auf die Frage zu antworten.

»Genau wie du«, meinte er schmunzelnd. »Das *Weiße Album* gehört für mich aber auch noch dazu.«

Schon seit über einer Stunde spielten sie dieses Fragespiel. Kat hatte sich auf ihrem Stuhl auf der hinteren Veranda in eine dicke Wolldecke eingemummelt, während Carter auf dem Grill das Essen zubereitete und jede ihrer Fragen beantwortete. Der frische Wind blies den Duft des Schellfischs zu ihr herüber, der sich mit dem Geruch des Meers und dem Qualm von Carters Zigarette mischte.

Nicht nur sah Carter in seinem weiten schwarzen Strickpullover und der dunkelblauen Jeans verdammt sexy aus, er wirkte auch unglaublich ruhig und entspannt. Er fühlte sich hier sichtlich wohl, wirkte gelassen und frei, als wäre das tonnenschwere Gewicht, das noch in der Stadt auf seiner Seele gelastet hatte, von den Wellen des Ozeans, die keine hundert Meter entfernt an den Strand donnerten, fortgetragen worden.

»Du wirkst hier sehr friedvoll.«

Carter trank sein Bier aus. »Genauso fühle ich mich im Grunde auch. Es muss wohl etwas mit der Küste zu tun haben. Hier fühle ich mich immer anders.«

»Anders im positiven Sinne?«

»Ja.« Seine Augen glitzerten, seine Miene war weich. »Ich bin so froh, dass du hier bist.«

»Ich auch.«

Das Essen war fantastisch. Unermüdlich versicherte ihm Kat, wie gut er war, worauf Carter anzüglich entgegnete, dass er diese Worte auch schon in anderem Zusammenhang von ihr gehört hätte. Eigentlich hatte Kat geglaubt, dass es ihr schwerfallen würde, sich an den ausgelassenen Carter zu gewöhnen. So sehr hatte sie sich an den grüblerischen, ernsten, fluchenden, spöttelnden Carter gewöhnt – den sie von Herzen gernhatte –, dass die Vorstellung eines lieben und kuschligen Carters ihr geradezu lächerlich vorgekommen war. Doch nun wurde ihr klar, dass sie sich geirrt hatte – und das war wundervoll. Je länger sie sich unterhielten, desto ungezwungener lächelte er, öffnete sich und zog Kat so tiefer und tiefer in die Gefühle hinein, vor denen sie nun keine Angst mehr hatte. Ihre einzige Sorge war, dass sie vielleicht *ihm* Angst einjagen könnte.

Nach dem Abwasch, bei dem Carter die Hände nicht von Kats Hintern lassen konnte, führte er sie über die vordere Veranda hinunter zum Meer. Es war schon dunkel, doch kleine Lichter, die am Rande des Pfads aufgestellt waren, und Carters Taschenlampe erleuchteten den Weg.

Während Kat das Bier und die Tasche, die er ihr gegeben hatte, abstellte und sich auf den kühlen Sand setzte, machte Carter sich daran, in einer mit Treibholz gefüllten Mulde ein Feuer anzuzünden. Mit dem Feuerzeugbenzin und den Streichhölzern zu hantieren machte ihm sichtlich Spaß. Kat bog sich schier vor Lachen angesichts seines ekstatischen Gesichtsausdrucks, als er es endlich geschafft hatte, die Flammen lodern zu lassen.

»Ich. Mann. Mache Feuer für Frau«, dröhnte er und trommelte sich stolz auf die Brust.

Kat bezeichnete ihn als Loser, was ihn nur dazu veranlasste, ihre Rippen mit seinen geschickten Fingern zu drangsalieren. Er kitzelte sie, knurrte an ihrem Nacken und lachte, als sie versuchte, ihn ebenfalls zu kitzeln. Es war ein lautes, tiefes und unbeschwertes Lachen.

Es zu hören war wundervoll.

Schließlich lehnte sich Carter an einen großen Stein, zog Kat zwischen seine Beine und schlang die Decke um sie beide.

Dann nahm er zwei Bier, eine Tüte Marshmallows, Kekse und Schokolade aus der Tasche. Kat bekam große Augen.

»Du hast Marshmallows dabei?«, rief sie.

Carter entgegnete knochentrocken: »Ähm, Peaches, das hier ist ein offenes Feuer. Selbstverständlich habe ich Marshmallows mitgebracht. Am Strand muss man S'Mores essen«, witzelte er. »Das gehört sich so.«

Jeder von ihnen aß mindestens drei, bevor Kat schließlich aufgab und sich gegen Carter fallen ließ. »Ich bin so satt. Deinetwegen esse ich immer viel zu viel. Ich werde noch richtig fett.«

Carter schnalzte neben ihrem Ohr mit der Zunge. »So ein Blödsinn!« Seine Hände stahlen sich unter ihre zahlreichen Bekleidungsschichten und legten sich an ihre Seiten. »Du bist verdammt noch mal perfekt. Ich liebe es, wie du dich anfühlst. Außerdem helfe ich dir später noch, ein paar von den Kalorien wieder abzutrainieren.«

»Da bin ich mir sicher«, konterte Kat und lachte, als er aufstöhnte. »Aber zuerst musst du mir noch ein bisschen mehr über das Haus und deine Zeit mit deiner Großmutter erzählen.« Er reichte ihr noch ein Bier. Inzwischen war sie beim vierten angelangt und musste langsam einen Gang zurückschalten. Wenn Carter beabsichtigte, sie abzufüllen, um sie sich zu Willen zu machen, dann hatte er sein Ziel schon fast erreicht. »Erzähl mir von deinen Freunden, Freundinnen … erzähl mir einfach alles.«

Carter lachte. Sie betrachteten die leckenden Flammen, die im Mondlicht tanzten. Der Wind hatte sich gelegt, und der Himmel war nun sternenklar. Die Temperatur war merklich gesunken, sodass ihr Atem kleine Wolken vor ihren Mündern bildete. Doch Kat war so wohlig zumute, dass sie die Kälte überhaupt nicht spürte.

»Okay.« Carter rieb sich den Bauch. »Also, der Hauptteil meiner Freunde arbeitet mit mir in der Werkstatt.«

»In Max' Werkstatt? Erzähl mir von Max. Wie lange kennt ihr euch schon?«

Carter lächelte. »Fast zwanzig Jahre.«

»Ist er ein guter Freund?«

»Ja, das ist er. Als ich ihm erzählt habe, dass ich mit dir hierherkommen will, hat er sich fast schlappgelacht.« Carter sah bedrückt aus, fast schon traurig.

In den zwanzig Jahren ihrer Freundschaft hatten sie bestimmt einiges erlebt, doch Kat entschied, Carter nicht zu bedrängen. Wie die Schalen einer Zwiebel würde er sich ihr Schicht um Schicht öffnen. Sie durfte ihn nicht hetzen. Er würde es ihr erzählen, wenn er es für richtig hielt. Darauf musste sie einfach vertrauen.

»Ich hatte noch nie eine Freundin«, fuhr er fort. »Ich war nie so lange mit einer Frau zusammen. Es mag schwer zu glauben sein, aber als junger Kerl habe ich mich Frauen gegenüber wie ein richtiger Arsch verhalten«, meinte er selbstironisch.

»Ist nicht die Möglichkeit«, spöttelte Kat.

»Oh doch!« Seine Heiterkeit verflog, und er drückte sie an sich. Seine Stimme klang tief und ernst. »Du sollst etwas wissen.« Er holte tief Luft. »Dir gegenüber werde ich mich niemals so verhalten. Das verspreche ich dir. Du hast etwas Besseres verdient. Ich bin ganz sicher nicht perfekt, aber ich schwöre, ich werde mein Bestes tun.«

Kat sank an seine Brust. »Weißt du eigentlich, was für ein guter Mensch du bist, Carter?«

Carter drückte die Nase gegen ihre Nasenspitze. »Ich bin kein guter Mensch, Kat …«

»Unsinn.« Sie wandte sich vollständig zu ihm um.

Bevor er widersprechen konnte, redete sie schon weiter:

»Du hast mir das Leben gerettet.« Sie strich mit der Fingerspitze über seine Lippen. »Behaupte also ja nie wieder, du wärst kein guter Mensch.«

Carter hielt sie fester. Sie war so warm, so weich. »Du fühlst dich unglaublich an.« Er bedeckte ihren Nacken mit Küssen, ließ seine Lippen zu ihrem Schlüsselbein wandern, leckte ihre zarte Haut. »Du schmeckst so gut. Du riechst so gut.«

Kat keuchte seinen Namen.

»Sag mir, dass ich heute Nacht in dir sein darf.«

Ohne ein Wort legte sie die Hand auf seinen Schritt und umfasste ihn durch die Jeans hindurch. Er stöhnte auf, biss ihr spielerisch ins Ohrläppchen. Sie rieb ihn kraftvoll, bis er vor Verlangen ächzte. Nachdem sie nur sechsmal auf- und abgeglitten war, stand er schon kurz davor zu kommen. Kat zog sich abrupt zurück und kniete sich zwischen seine Beine. So nah war sie ihm. In seinem Schritt pochte es begehrlich. Dann richtete sie sich auf. Etwas beleidigt verfolgte Carter, wie sie rasch den Abfall und die Decke einsammelte und losrannte. Ihr Gelächter hallte durch die Dünen, während sie zielstrebig aufs Haus zusteuerte.

Sie wollte also, dass er sie jagte? Das konnte sie haben.

Carter überließ das Feuer in der Mulde sich selbst, packte den übrigen Abfall und das restliche Bier zusammen und sprintete, so schnell das eben mit seinem Ständer möglich war, hinter ihr her. Er erreichte die Hintertür im selben Moment, in dem sie vom Wind zugeschlagen wurde. Grummelnd zog er sie wieder auf, ließ alles, was er in Händen trug, auf den Boden fallen und folgte grinsend der Spur aus Kats abgelegten Kleidern.

Ihr Hut, ihre Schuhe, ihre Socken, ihr Schal, ihr Pullover … ihr BH. Als sie hörte, wie er hinter ihr die Treppe hinaufpolterte, kreischte sie und flüchtete so eilig ins Schlafzimmer, dass

Carter nur einen kurzen Blick auf ihr wehendes rostrotes Haar erhaschte.

Verflixt, sie war wirklich schnell!

Er trat die Schlafzimmertür auf, worauf Kat einen aufgekratzten Schrei ausstieß. Carter erwischte ihren Arm und schaffte es, sie mit ihrem nackten Rücken an seine Brust zu ziehen. Sie schnappte nach Luft, doch als Carter begann, gierig an ihrer Schulter zu saugen, verwandelte sich ihr Keuchen schnell in wollüstiges Stöhnen. Sie streckte die Arme aus, schlang sie um seinen Hals, bettelte geradezu darum, genommen zu werden.

»Dafür werde ich dich büßen lassen, meine Peaches.«

Carter wirbelte sie herum, schob die Hände tief in ihr Haar und presste die Lippen kraftvoll auf ihren Mund. Drei große Schritte und sie stießen gegen die Wand des Schlafzimmers. Beide keuchten sie überrascht über den jähen Aufprall. Kats Hände schienen plötzlich überall zu sein. Sie nestelte an den Knöpfen seiner Jeans, und schon schloss sich ihre perfekte warme Hand um seinen Schwanz. Er ließ von ihren Lippen ab, legte genüsslich den Kopf in den Nacken. Als ihr Daumen über seine feuchte Spitze strich, schrie er unwillkürlich auf und sog scharf den Atem ein.

»Nicht wenn ich dir zuvorkomme«, schnurrte sie, leckte sich die Lippen und sank gemächlich auf die Knie.

Carter schluckte schwer, als er ihre Zunge spürte. »Oh, fuck!«

Das ist meine Süße.

25

Als Carter und Kat am folgenden Nachmittag mit Kala durch Westhampton brausten, hatte der Wind wieder aufgefrischt, und der Himmel erstrahlte tiefblau. Wieder hatte Carter ihr nicht verraten, wohin er sie brachte. Er fand es entzückend, wie sie sich darüber ärgerte, nicht jedes Detail zu kennen. Offenbar schätzte Kat Lane keine Überraschungen. Wahrscheinlich aus Prinzip hatte sie sich, bevor sie losgefahren waren, dreimal umgezogen und Carters Geduld damit ziemlich strapaziert. Sie konnte von Glück sagen, dass sie so niedlich war, denn sonst hätte er ihr für ihre Aufmüpfigkeit den süßen Hintern versohlen müssen. Das hatte er ihr auch mitgeteilt, wofür er ein wundervolles Lachen geerntet hatte und einen so heftigen Kuss, dass es ihm die Sprache verschlagen hatte.

Sie waren schon fast eine Stunde unterwegs, als Carter vor ihnen auf der Straße noch weitere Motorräder erspähte, die in dieselbe Richtung fuhren.

Er drosselte die Geschwindigkeit, um auf eine breite kopfsteingepflasterte Straße abzubiegen, und grinste, als ihm schwerer Dieselgeruch in die Nase stieg und um sie herum harte Rockmusik ertönte. Zwischen großen Zelten und kleineren Ständen reihte sich, soweit das Auge reichte, ein Muscle-Car neben das andere. Und dazu noch *Harleys*, *Triumphs*, *Yamahas*, *Ducatis* und jedes andere Ständer verursachende Stück Metall mit zwei Rädern, das sich Carter vorstellen konnte.

Er hielt neben einer herrlichen gelben 69er-*Corvette* an und schaltete den Motor aus. Dann setzte er den Helm ab. Er spürte, wie sich Kat hinter ihm rührte. Schnell wandte er sich um. Mit ihren geröteten Wangen und dem verschlafenen Blick sah sie einfach zum Anbeißen aus.

Er streichelte ihr rosiges Bäckchen mit dem Daumen. »Bist du wieder hinter mir eingeschlafen?«

Nickend setzte sie ebenfalls den Helm ab. »Mich an dir festzuhalten und einfach nur zu fahren, das ist so entspannend. Einfach toll.«

Ihre Worte rührten ihn in tiefster Seele.

Kat sah sich um. »Wo sind wir denn hier?«

Carter schwang vorsichtig das Bein von der Maschine und reckte sich. »Das hier ist der Himmel.« Er half Kat beim Absteigen und verstaute anschließend die beiden Helme in der abnehmbaren Haltvorrichtung an Kalas Sitz. »Das Mekka aller Schrauber.«

»Was für fantastische Autos!«, bestaunte Kat die langen Reihen an *Mustangs* und *GTs*.

Carter schob die Hände tief in die Hosentaschen und schaukelte erwartungsvoll auf den Fersen. »Als Max und ich noch klein waren, sind wir oft mit seinem Vater hierhergekommen. Ich wollte dir zeigen, wo meine Liebe fürs Schrauben entstanden ist.«

Kat trat einen kleinen Schritt auf ihn zu. »Na, dann zeig es mir mal.«

Sie spazierten herum und unterhielten sich, bewunderten die Autos und die schrägen Besucher. Carter zeigte ihr seine Favoriten unter den Autos und Motorrädern, erläuterte die Modelle, erklärte Drehmomente und Pferdestärken und kam sich dabei vor wie ein Kind in einem Süßigkeitenladen. Als er eine seltene *Vincent Black Knight* entdeckte, geriet er fast ins Sabbern.

»Was sind das eigentlich für Zelte und Stände?«, erkundigte

sich Kat, als sie gerade an einem heißen *Ford Torino* vorbeischlenderten.

»Die größeren gehören den Autohändlern und Spezialisten: *GT, Harley und GMC*. Sie verkaufen hier Ersatzteile zu niedrigeren Preisen als im Laden, um Werbung für sich zu machen oder Mechaniker anzuwerben und so weiter.« Mit einem zufriedenen Lächeln fügte er hinzu: »Weißt du, früher hatte Riley hier auch sein eigenes Zelt.«

»Tatsächlich?«

Carter drückte ihre Hand. »Er ist verrückt, aber auch ein gewiefter Geschäftsmann. Doch er schneidet damit niemals auf. Er hat mir hin und wieder Teile zu Superpreisen beschafft und mir mit meinen anderen Bikes geholfen.«

Er zog sie mit sich zu den kleineren Ständen. Als sie nach etwa zehn Minuten ausgerechnet vor einem stehen blieb, den er nur allzu gut kannte, musste er grinsen. Kat schwieg, und gemeinsam verfolgten sie, wie eine junge Blondine sich ein *Big-Dog-Motorcycles*-Tattoo auf die rechte Hüfte stechen ließ. Carter musste zugeben, dass es höllisch sexy aussah.

»Willst du dir vielleicht auch eins machen lassen?«, fragte er und legte die Arme um sie. Sie gab ein ersticktes Geräusch von sich und schüttelte den Kopf unter seinem Kinn. Carter musste lachen. »Zu schade. Ich glaube, eine Tätowierung würde auf deinem Wahnsinnskörper richtig scharf aussehen.« Zur Unterstreichung rieb er sich aufreizend an ihrem Hintern.

»Tut das nicht weh?« Sie trat ein wenig näher – mit Carter im Schlepptau.

»Ach was! Natürlich kommt es auch darauf an, an welcher Körperstelle man sich tätowieren lässt. Aber eigentlich ist es nicht schmerzhaft, sondern eher unangenehm.«

»Wo hat es bei dir am meisten wehgetan?«

»An der Unterseite meines Bizeps.« Ja, das war wirklich fies gewesen. Auch die an seiner Brust hatten geschmerzt, aber das brauchte Kat nicht zu interessieren, denn Carter gedachte nicht, irgendeinen dahergelaufenen Arsch mit einer Nadel auch nur in die Nähe ihrer Brüste zu lassen.

Carter legte ihr den Arm um die Schulter, worauf sie zu seiner großen Freude die Hand in seine Gesäßtasche schob. Er führte sie zurück zum Hauptgelände, zum Bier- und Snackzelt. Petey, ein alter Kumpel, mit dem er schon seit Urzeiten seine Leidenschaft für Metall teilte, stand dort am riesenhaften Grill. Es gab Hähnchenschlegel, Steaks, Burger, Rippchen, Bratwürste, Lammkoteletts und Chili, das Petey direkt aus einer gigantischen Pfanne servierte. Petey war ein Hüne von einem Mann mit vielen Tattoos und einem kahlen Kopf, auf dem er stets ein rotes Halstuch zu tragen pflegte.

»Carter!« Petey grinste breit und zeigte dabei drei Goldzähne.

Carter schüttelte ihm die Hand. »Mr Yates.«

»Lange nicht mehr gesehen, mein Freund! Hab gehört, du hast in *Kill* gesessen.«

»Leider. Seit ein paar Wochen bin ich auf Bewährung raus.«

Petey lächelte. »Bist du mit Max hier? Den habe ich auch schon seit Ewigkeiten nicht mehr gesehen.« Seine Miene wurde ernst. »Ich habe von der Sache mit Lizzy reden hören. Harter Schlag.«

»Ja, allerdings.« Carter fiel auf, dass Kat ziemlich unsicher neben ihm stand. Schnell nahm er ihre Hand und zog sie an sich. »Aber nein, ich bin hier mit meiner …«

Was zum Teufel sollte er nur sagen? Meiner Peaches? Meiner Kat? Meiner Frau? Meiner Tutorin? Er räusperte sich. »Mit meiner Freundin Kat Lane. Kat, das ist Petey. Er ist in unseren Kreisen eine lebende Legende, ist schon seit Urzeiten mit dabei.«

Lächelnd hielt Kat Petey die Hand hin. »Freut mich, dich kennenzulernen.«

»Mich auch.« Petey musterte Kat anerkennend. »Na, kein Wunder, dass du seine Freundin bist, Kleines, du bist wirklich ein Prachtweib.« Er blickte zu Carter hinüber. »Ich habe Carter hier noch nie mit einer Frau gesehen. Der Mistkerl muss dich wirklich *seeeehr* gernhaben.«

»Jaja.« Carter reckte ihm den Mittelfinger entgegen, worauf Petey und Kat in Gelächter ausbrachen. »Halt die Klappe, Saftsack, und gib uns was zu essen.«

Kat und Carter setzten sich mit ihren Tellern und ihrem Bier vom Fass auf eine der Picknickbänke, redeten, aßen und beobachteten die vorbeiziehenden Besucher. Kat fragte ihn nach den Zeiten mit Max und dessen Vater aus und wollte wissen, welchen Blödsinn sie angestellt hätten. Carter erzählte ihr die Geschichte, wie er und Max sich zum ersten Mal auf dem Rücksitz des Autos von Max' Vater, einem alten *Camaro* der ersten Generation, besoffen hatten und Max den folgenden Morgen damit zugebracht hatte, völlig verkatert die Kotzflecken, die er hinterlassen hatte, von den Radkappen wieder abzuwaschen.

»Klingt ganz so, als hättet ihr beiden euch oft Ärger eingehandelt«, bemerkte Kat und lächelte in ihr Bier hinein. »Du magst ihn sehr, oder?«

»Manchmal treibt es Max ein wenig zu weit. Aber er meint es nur gut. Er hat Sachen mitgemacht, die ich nicht mal meinem ärgsten Feind wünschen würde.« Er holte tief Luft, wappnete sich dafür, ihr die ganze Geschichte zu erzählen, und hoffte inständig, dass sie nicht davonlaufen würde. »Du weißt, dass ich mit Koks erwischt wurde und deshalb zu drei Jahren *Kill* verurteilt wurde, oder?«

Kat nickte.

»Der Stoff gehörte nicht mir.«

»Was?«

»Als wir sechzehn waren, hat Max mir das Leben gerettet«, erklärte er bedächtig. »Ein Autodiebstahl ging schief. Max hat mich vor einer herumfliegenden Kugel bewahrt, indem er mich beiseitegeschubst hat.«

»Du liebe Güte!«

»Ich stand in seiner Schuld.« Carter blickte aufs Gelände hinaus. »Bevor ich in den Knast geschickt wurde, war Max mit einer Frau zusammen. Lizzie. Sie waren schon jahrelang ein Paar. Er hat sie geradezu vergöttert.« Carter nippte an seinem Bier. »Langer Rede kurzer Sinn: Max hat es geschafft, sich in miese Geschäfte verwickeln zu lassen. Drogen. Das Koks, wegen dem ich verhaftet wurde, hatte man ihm untergeschoben. Es gehörte ihm nicht, er hatte nichts damit zu tun. Keiner von uns. Aber irgendein Dealer, der etwas gegen ihn hatte, steckte den Bullen was. Ich habe die Schuld und die sechsunddreißig Monate auf meine Kappe genommen.«

»Warum?«, fragte Kat.

Carter atmete schwer. »Lizzie war schwanger.«

»Oh.«

»Bei seiner kriminellen Vorgeschichte wäre Max gleich für Jahre eingewandert. Das konnte ich nicht zulassen. Wenn eine Frau schwanger ist, dann sollte der Mann bei ihr und seinem Kind sein.«

»Du bist für ihn ins Gefängnis gegangen.« Kats Augen schimmerten feucht. »Einfach so?«

Carter bearbeitete seine Lippe mit den Zähnen. »Ich hatte zu dieser Zeit sowieso nichts Besseres zu tun. Na, zumindest nichts wirklich Wichtiges.«

Nicht so wie jetzt.

»Das war … Wow, Carter! Ich weiß nicht, was ich sagen soll.«

»Dazu gibt es auch nichts zu sagen«, winkte er ab. »Es war

sowieso kaum von Bedeutung. Nicht lange nach meiner Ankunft in *Kill* hat sie ihn verlassen.«

»Und das Baby?«

Trauer befiel Carters Herz. »Er ist gestorben.«

»Er?«

Carter nickte bedrückt. »Christopher. Max' Sohn.«

»Oh Gott!«

»Sie waren verlobt, sie dazu noch schwanger, haben ihre gemeinsame Zukunft geplant – und dann …« Carter schloss die Augen. »Einfach so war alles vorbei. Lizzie hat es so schwer getroffen. Sie beide.« Er rieb sich die Stirn. »Dann ist sie gegangen. Obwohl sie ihm versprochen hatte, für immer bei ihm zu bleiben, hat sie ihn verlassen, ohne ein Wort, eine Nachricht. Gar nichts. Max ist nie darüber weggekommen, zuerst Christopher und dann auch noch Lizzie zu verlieren. Und jetzt sucht er in Alk, Koks und Weibern die Lösung für seine Probleme.« Carter schüttelte den Kopf. »Er stürzt immer tiefer ab, und ich habe verdammt noch mal keine Ahnung, wie ich ihm helfen soll. Er würde auch niemals zugeben, dass er Hilfe braucht. Schon traurig. Auch ich habe an dem Tag, an dem Lizzie gegangen ist, etwas Wichtiges verloren.«

»Was?«

Es sah sie an. »Meinen besten Freund.«

Kat schob die Hand über den Tisch und berührte sanft seinen kleinen Finger. Sie musste nichts sagen. Die Geste genügte schon.

In der folgenden Stunde saß sie vor ihm, das Kinn in die Hände gestützt, und hörte ihm aufmerksam zu, ohne zu urteilen, ihn zu unterbrechen oder Kommentare abzugeben, und lauschte auf das, was er ihr zu sagen hatte. So offen mit ihr zu sprechen war befreiend, reinigend, beinahe wie eine Therapiesitzung. Irgendwann verstummte er und lächelte beschämt.

Bestimmt hatte er sie mit seiner Lebensgeschichte zu Tode gelangweilt.

»Oh Mann, tut mir leid. Sag mir doch einfach, dass ich die Klappe halten soll.«

»Würde ich nie tun.« Sie seufzte. »Ich liebe es, dir zuzuhören. Ich möchte, dass du mir alles erzählst. Carter, du bist … jemand wie du ist mir noch nie zuvor begegnet.« Sie senkte den Blick auf ihre verschränkten Hände. »Ich muss dich etwas fragen.«

»Schieß los.«

»Du weißt, dass ich meiner Großmutter Nana Boo von dir … und mir erzählt habe.«

»Ja.« Dass sie das getan hatte, gefiel ihm. So fühlte sich das, was sie hatten, realer an.

»Also …«, meinte sie zögerlich, senkte den Blick.

»Was ist denn?«

Kat holte tief Luft. »Sie hat dich nach Chicago eingeladen, in ihr Haus. Sie möchte, dass du Thanksgiving mit ihr verbringst, mit uns … Ich meine, sie hat uns beide eingeladen, dich und mich, und ich würde dich wirklich gern mitnehmen und ihr vorstellen, aber wenn du nicht möchtest, kann ich das verstehen. Wirklich. Ich …«

Carter setzte ihrem entzückenden Geplapper mit einem leidenschaftlichen Kuss ein Ende. Als er sich zurückzog und feststellte, dass sie weiterhin die Augen geschlossen und die Lippen geschürzt hielt, musste er lächeln. »Wenn du so ins Schleudern gerätst, bist du richtig niedlich.«

»Still«, konterte sie und schlug die Augen wieder auf.

Carter lachte. »Dann fragst du mich also, ob ich Thanksgiving mit dir und deiner Großmutter in Chicago verbringen möchte.«

Kat nickte. »Ich habe noch immer ihren Wagen. Da ich ihn

ihr ohnehin zurückbringen muss, könnten wir mit ihm zu ihr fahren.«

Plötzlich fühlte Carter einen Anflug von Unbehagen. »Was ist mit deiner Mutter? Wird sie auch dort sein?«

Kat schüttelte den Kopf. »Nein, sie und Harrison verbringen Thanksgiving immer mit seiner Familie. An Weihnachten ist sie bei Nana Boo.«

Carter nickte, wurde das ungute Gefühl in seiner Magengrube aber dennoch nicht ganz los. Eins musste er Kat lassen: Sie wirkte ganz und gar nicht besorgt. Sie sah wunderschön aus, und er konnte ihr ansehen, wie sehr sie darauf hoffte, dass er Ja sagte. Doch noch war sich Carter nicht endgültig sicher, ob er das auch konnte.

»Du musst dich noch nicht sofort entscheiden«, meinte Kat, die offenbar sein Unbehagen spürte. »Denk einfach darüber nach.«

»Das werde ich«, versprach er. »Danke, dass du mich eingeladen hast.«

»Keine Ursache.«

Die Schatten unausgesprochener Worte verdunkelten ihre sonst so strahlenden Augen. »Alles in Ordnung?«, fragte Carter besorgt.

»Ja«, beteuerte sie leise. »Ich … mir geht es gut. Wirklich. Ich hätte dich nur gern wieder ein Weilchen ganz allein für mich. Können wir zum Haus zurückfahren? Wäre das okay für dich?«

Carter beugte sich über den Tisch und küsste sie noch mal. »Ich gehöre ganz dir.« Er nahm ihre Hand. »Verschwinden wir von hier.«

Austin Ford stand im privaten Waschraum seines Büros und betrachtete eingängig seine Reflexion im vergoldeten Spiegel.

Was er sah, brachte ihn zum Grinsen. Keine Frage, er war wirklich ein gut aussehender Kerl. Sein Haar war dunkel und dick, mit grauen Einsprengseln, die ihn jedoch nicht alt, sondern kultiviert wirken ließen. Sein Gesicht war hart, die Lachfältchen unter den Augen verliehen ihm jedoch zumindest eine Spur Wärme. Er war schlank und fit und machte in seinem *Armani*-Anzug eine hervorragende Figur.

Insgesamt war sein Leben wirklich klasse.

Gut, er hatte noch immer ein paar Problemchen mit einem gewissen Familienmitglied, das ihm einfach keine Ruhe lassen wollte, doch auch darum würde er sich kümmern. Bei den vielen Freunden, die Austin hatte, und den zahlreichen Gefallen, die sie ihm noch schuldeten, würde Wes Carter schon sehr bald wieder hinter Gittern landen. Die Frage war lediglich, wann.

Vor Fords geistigem Auge tauchte jäh ein vertrautes Bild auf: rostbraunes Haar, große grüne Augen.

Kat.

Austin hielt sich durchaus für einen charmanten Verführer, und Kats Zuneigung ausgerechnet an seinen hirnamputierten Cousin zu verlieren, traf ihn härter, als er gewillt war zuzugeben. Was zum Teufel hatte Carter, was er nicht hatte? Er hatte keine Ahnung. Aber wenn ihr geliebter Knastbruder erst mal wieder hinter Gittern saß und sie registrierte, was für ein Versager er doch war, würde sie sich sicher über eine starke Schulter zum Ausweinen freuen, einen edlen Ritter, der sie auffing. Sofort schlug Austins Herz schneller, und seine Handflächen wurden feucht, doch er brachte sich schnell wieder unter Kontrolle. Jetzt war nicht der richtige Zeitpunkt.

Er rückte den breiten seidenen Knoten an seinem Hals zurecht und holte noch einmal tief Luft.

Showtime.

Mit weit ausgreifenden Schritten verließ er das Badezimmer. Im Büro nickte er Adam entschlossen zu, der mal wieder aussah wie ein kleiner hilfloser Junge.

»Reiß dich zusammen«, fuhr Austin ihn an und drückte den Knopf der Sprechanlange auf seinem Schreibtisch. »Wir dürfen uns jetzt keinen Schnitzer erlauben.«

»Ja«, gab sein Bruder zurück.

»Sie können ihn jetzt reinschicken«, befahl Austin über die Sprechanlage.

Er lehnte sich gegen die Kante seines Schreibtischs und warf noch einmal einen prüfenden Blick auf den Leiter der Rechnungsabteilung und den Prozessanwalt der Firma. Beide hatten sie eiskalte, hochprofessionelle Mienen aufgesetzt, bei deren Anblick sich jeder normale erwachsene Mann in die Hosen gemacht hätte. Alles war perfekt.

Ein scharfes Klopfen ertönte an der Tür, bevor sich der Knauf drehte und ein groß gewachsener blonder Mann in einem exquisiten grauen *Gucci*-Anzug selbstbewusst ins Büro marschiert kam. Seine Unbefangenheit irritierte Austin ein wenig, doch er überspielte sein Erstaunen mit einem entschlossenen Lächeln und streckte ihm auffordernd die Hand hin.

»Mr Thomas«, sagte er überfreundlich. »Willkommen.«

»Mr Ford«, erwiderte Ben.

Ben ergriff Fords Hand und schüttelte sie. Dabei hielt er unablässig Blickkontakt mit ihm. Er ließ sich nicht so leicht einschüchtern. Schon unzählige Male hatte er in Büros wie diesem gestanden, und mit Arschlöchern wie Ford musste er sich tagtäglich herumschlagen. Was er allerdings heute vorhatte, war selbst für ihn Neuland, und wenn er sich ungeschickt anstellte und die Aktion schiefging, konnte das Konsequenzen von katastrophalem Ausmaß nach sich ziehen. Menschen, die ihm viel bedeuteten, zählten heute darauf, dass er sich nicht aus der Ruhe bringen ließ.

Er schluckte und ließ sich in einem der abstrus luxuriösen Sessel nieder, die um den großen Glastisch herumstanden.

»Wasser?«, erkundigte sich Ford und setzte sich ebenfalls.

Bens Mund war trockner als die Sahara, doch er würde Ford sicher nicht die Genugtuung geben, sich sein Unbehagen anmerken zu lassen. »Nein danke«, entgegnete er gleichmütig. Dann klappte er seine Aktenmappe auf, die Augen fest auf seine Hände gerichtet und auf das, was er tat. »Ich möchte nichts. Wir werden ohnehin nicht lange brauchen.«

Das höhnische Schnauben, das Ford ausstieß, ignorierte er. »Ja, da bin ich mir sicher. Bedauerlicherweise waren Sie, als Sie anriefen und diesen Termin vereinbarten, in Bezug auf Details nicht sehr ausführlich. Könnten Sie vielleicht so freundlich sein und uns erläutern, weshalb genau Sie hier sind?«

»Ich bin im Namen meines Klienten hier. Wesley Carter.« Ben nagelte Ford mit seinem Blick geradezu an seinen Sessel. Er legte einen Aktenordner auf den Glastisch und verfolgte, wie die Arroganz und die Farbe langsam aus Fords Gesicht wich. »Ich habe mich aus gutem Grund über den Hintergrund dieses Treffens bedeckt gehalten, Mr Ford«, begann Ben und legte entspannt die Fingerspitzen aneinander, »denn wie Sie sich vielleicht denken können, befinden wir uns in einer äußerst prekären Situation.«

Ford regte keine Miene. »Wieso das?«

Ben entlockte Fords vorgeschützte Teilnahmslosigkeit nur ein müdes Lächeln. Er schlug Carters Akte auf. »Wie Sie wissen, ist der größte Anteilseigner dieser Firma Mr W. Carter, wohnhaft in New York. Diese Anteile fielen ihm zu durch das Testament seiner …«, Ben blickte auf, »Ihrer beider Großmutter.

Ford lehnte sich in seinem Sessel zurück, schlug die Beine übereinander und sah aus, als wolle er Ben jeden Augenblick an die Gurgel springen. »Das ist mir durchaus bewusst, Mr Thomas. Worauf wollen Sie hinaus?«

»Ich möchte darauf hinaus, dass mein Klient bereits mehrfach darum ersucht hat, dass sich sein Anteil an der Firma auch in einer entsprechend angemessenen Bezahlung niederschlägt, sowie einem Mitspracherecht in allen Firmenentscheidungen, inklusive derer auf Führungsebene.« Ben wartete. Undurchdringliches Schweigen war alles, was er für seine Ausführungen erntete. »Beides wurde ihm bis dato verweigert.«

»Mr Thomas«, setzte Ford bedächtig an. »Ihr Klient hat in den vergangenen zwölf Jahren mehrfach im Gefängnis gesessen – für Vergehen vom Drogenhandel bis zum Autodiebstahl. Wie Sie sicher nachvollziehen können, wäre es dem Ansehen unserer Firma abträglich, wenn derart widerwärtiges Verhalten öffentlich würde.«

Ben lächelte steif. »Selbstverständlich, doch von der gegebenen Zurückhaltung gegenüber den anderen Anteilseignern abgesehen – worauf ich übrigens gleich noch einmal zu sprechen kommen werde –, fänden Sie es nicht trotzdem angebracht, meinen Klienten angemessen zu bezahlen oder ihm zumindest mit einer Geste des guten Willens entgegenzukommen?«

Ford setzte sich in seinem Sessel zurecht. »Und was genau stellen Sie sich unter einer Geste des guten Willens vor?«

»Die Steigerung seines derzeitigen Jahressalärs um sechzig Prozent, Mitspracherecht bei allen Entscheidungsprozessen auf Führungsebene und die Zusicherung, dass seine Anteile nicht liquidiert werden und Sie zukünftig auf Bestechungsversuche verzichten.«

Die Luft im Zimmer schien zum Schneiden dick. Einer der

Anzugträger im Hintergrund regte sich unbehaglich. Jemand räusperte sich.

»Ich würde Ihnen raten, Ihre Worte mit Bedacht zu wählen, Mr Thomas«, warnte Ford. »Sie wissen ja, die Wände haben Ohren.«

»Oh«, antwortete Ben gleichmütig, »das weiß ich.« Er warf eine Handvoll Schwarz-Weiß-Fotos auf den Tisch.

Ford starrte ihn an, der Blick hart wie Granit. »Was ist das?«

»Eine Rückversicherung«, entgegnete Ben aalglatt. »Damit mein Klient für seine Forderungen keinen Konter zu befürchten hat.«

»Konter?«, widerholte Ford.

»Ja.« Ben legte einen Finger auf die oberste Fotografie, auf dem Ford lächelnd beim Abendessen saß und gerade Raphael Casari, einem FBI-bekannten Geldwäscher und Drogenschieber, die Hand schüttelte. »Soweit ich weiß, ist Mr Casari nicht gerade eine Person, mit der man in Ihrer Branche Geschäfte machen sollte, außer natürlich, Sie operieren auch in, wollen wir sagen, fragwürdigeren Bereichen.« Ben lächelte.

»Fotos beweisen rein gar nichts«, meinte Ford gleichgültig.

Ben lächelte noch immer. »Stimmt. Das hier dagegen vielleicht schon.« Er klatschte zwei weitere Mappen auf den Tisch.

Fords Blick huschte über sie hinweg. »Und was soll das sein?«

»Aufstellungen. Vermögensaufstellungen, die seltsamerweise schwerer aufzutreiben waren als gewöhnlich. Sagt Ihnen das Wort ›Unterschlagung‹ etwas, Mr Ford?«

Ben wusste, dass nach diesem mächtigen Tiefschlag der Boden unter Fords Zweitausenddollarslippern ins Wanken geriet. Ford blickte noch mal auf die Fotos und die Mappen, presste die Hand auf seine Krawatte. Er starrte Ben durchdringend an und wirkte bedrohlich, fast schon Furcht einflößend. Nun war er nicht mehr der große Macker, sondern stand mit dem Rücken zur Wand – und das gefiel ihm nicht.

»Was – wollen – Sie?«, presste er mit zusammengebissenen Zähnen hervor.

Ben erwiderte Fords Blick unbeeindruckt. »Mein Klient hält sechzig Prozent der Aktienanteile an *WCS Communications* im Gegenwert von fünfzig Millionen Dollar.« Er ließ den Satz kurz wirken. »Wenn er diese Papiere nun alle auf einmal abstoßen würde, wäre das ein herber Schlag für Ihre Investoren, oder?«

»Was – wollen – Sie?«, wiederholte Ford nun merklich wütend.

»Ich will, dass mein Lösungsvorschlag für Mr Carter mit sofortiger Wirkung umgesetzt wird. Dafür will ich eine schriftliche Bestätigung in dreifacher Ausführung, unterzeichnet von Ihnen selbst und dem Leiter Ihrer Finanzabteilung, die Sie mir noch heute spätestens bis Büroschluss per Fax zukommen lassen. Zum selben Zeitpunkt wird sein Geld auf ein Konto seiner Wahl transferiert und sein Name wieder auf die offizielle Liste der Anteilseigner gesetzt.«

Nun lehnte sich Ben vor und sah Ford durchdringend an. »Wenn das nicht geschieht, Mr Ford, dann wird sich die Polizei sicher brennend dafür interessieren, welche Art von Geschäften Sie mit Casari machen.« Er hielt eines der Fotos hoch. »Denn schließlich wird er von der Bundespolizei gesucht – für Verbrechen, die bis zu dreißig Jahre zurückreichen.«

Ben ließ das Foto fallen. Es segelte hin und her und landete schließlich elegant wieder auf dem Tisch. Dann ergriff er seine Aktenmappe und erhob sich. Im selben Moment sprang auch Ford auf und trat so dicht vor Ben, dass der seinen heißen Atem im Gesicht spüren konnte.

»Sie spielen ein hochgefährliches Spiel, Thomas«, knurrte Ford. »Sie und Carter. Und eines sollten Sie wissen: Ich verliere nie. Ich gewinne immer. Jedes verdammte Mal.«

»Nun«, entgegnete Ben unbeeindruckt, »in diesem Fall scheint es anders zu sein, oder?« Ben schob sich noch etwas dichter an Ford heran. »Und noch eine persönliche Bemerkung von mir: Halten Sie sich verdammt noch mal von Kat fern.«

Nach einigen Sekunden angespannten Schweigens wandte sich Ben schließlich von Austin Ford ab und marschierte auf die Bürotür zu.

»Das hier ist noch nicht vorbei, Thomas«, fauchte Ford. »Teilen Sie das ruhig auch Ihrem Klienten mit!«

»Das werde ich«, antwortete Ben höflich. »Ach, bevor ich es vergesse«, fügte er heiter hinzu, während er die Tür aufzog. »Die Fotos und Aufstellungen können Sie behalten, Austin. Ich besitze Kopien davon.«

26

Als Carter und Kat wieder beim Haus ankamen, verdunkelten schwarze Gewitterwolken drohend den Himmel. Sie rannten gemeinsam zum Haus, lachten und fluchten, als die Wolken ihre Schleusen über ihnen öffneten. Gerade als sie über die Türschwelle traten, blitzte es. Kat kreischte auf. Als Carter lachte, zeigte sie ihm den Mittelfinger und begann, sich aus ihren klatschnassen Kleidern zu pellen, während ihr das Regenwasser aus den Haaren übers Gesicht lief.

Schließlich verschwand sie in den ersten Stock, um sich umzuziehen. Nachdem Carter im Erdgeschoss ein Feuer im Kamin angezündet hatte, folgte er ihr nach oben. Jeder seiner Schritte die Treppe hinauf war von tiefer Sorge begleitet. Seit sie die Autoausstellung verlassen hatten, war sie nicht mehr wiederzuerkennen. In Sachen weiblicher Launen war Carter zwar nicht unbedingt ein Experte, doch trotzdem wusste er, dass irgendetwas im Busch war.

Er zerbrach sich den Kopf darüber, seit wann genau sie sich so ruhig und distanziert verhielt. Ob das, was er ihr über Max und seine Vergangenheit erzählt hatte, der Auslöser gewesen war? Oder hatte es sie geärgert, dass er sie als seine »Freundin« vorgestellt hatte?

Ohne die Badezimmertür, hinter der sie sich umzog, aus den Augen zu lassen, schlüpfte er aus Jeans und T-Shirt. Nachdem er sich die Haare trocken gerubbelt hatte, wählte er aus dem Schrank eine graue Sweathose und einen blauen Kapuzenpullover mit dem Aufdruck NYPD. Oh, welche Ironie!

Gleich darauf kehrte Kat aus dem Bad zurück. Sie stopfte ihre nassen Kleider in eine Tüte und berichtete: »Ben hat eine Nachricht geschickt. Das Treffen lief gut. Er meinte, die Infos über Austins Machenschaften mit Casari, die du ihm gegeben hast, hätten mächtig Eindruck gemacht.«

»Selbstverständlich haben sie das. Sogar Austin ist gegen eine kleine Erpressung nicht immun.«

Kat schüttelte den Kopf und stemmte ungehalten die Hände in die Hüften. Ihre Wangen röteten sich vor Verärgerung. Das sah unglaublich sexy aus. »Nicht zu fassen, dass Beth versucht hat, mich mit ihm zu verkuppeln. Er ist ein weitaus schlimmerer Krimineller, als du es bist, und da besitzt er die Unverfrorenheit, irgendwelchen Schwachsinn über dich zu erzählen und …«

»Hey.« Scheiß auf den Vollidioten. Carter wollte keine weitere Minute an Austin Ford verschwenden. »Kat, es ist vorbei, okay?« Er strich beschwichtigend mit den Handflächen ihre Arme auf und ab.

»Aber es macht mich so wütend.«

»Ich weiß. Mich auch. Aber er ist es nicht wert.«

Kat schnaubte spöttisch, nickte aber schließlich.

»Also, hör zu«, fuhr er fort. »Ich habe im Wohnzimmer den Kamin angezündet und besitze eine aberwitzige DVD-Sammlung. Wie wäre es, wenn wir ein bisschen fernsehen, uns aufwärmen und das Arschloch einfach vergessen?«

Ihr Lächeln fiel zaghaft aus. »Das klingt gut.«

Nachdenklich schlang er den Arm um ihre Taille. »Bedrückt dich sonst noch etwas?«

Sie drückte die Nase an seinen Hals, verbarg ihr Gesicht vor ihm. »Nein.«

Das nahm Carter ihr nicht ab. Trotzdem widerstand er dem Bedürfnis, sie weiter zu bedrängen. Es passte ihm nicht besonders, aber welche Wahl blieb ihm schon? Er vertraute ihr inzwischen so sehr, dass er sich ihr geöffnet hatte. Nun musste er geduldig abwarten, bis sie ebenfalls dazu bereit wäre.

Unten im Erdgeschoss goss Carter Rotwein für sie beide ein, während Kat an den Glastüren stand und die eindrucksvollen Wolken beobachtete, die übers Meer zogen. Der Himmel war inzwischen rabenschwarz.

»Ich mag es, gemütlich drinnen im Warmen zu sitzen und dem Regen zuzuhören«, sagte sie leise. Donner grollte über ihnen.

Carter reichte ihr ein Glas. »Ich auch«, gestand er und nahm einen Schluck Wein. »Meine Großmutter und ich haben das früher oft getan.«

»Ach wirklich? Mein Vater und ich auch.«

Sie holten sich eine riesige Ladung Snacks aus der Küche, und dann machte es sich Kat auf dem Sofa bequem, während Carter mit dem DVD-Player kämpfte. Als er die Hülle der DVD hochhielt, die er mit ihr anschauen wollte, musste Kat herzlich lachen. Es war *Beetlejuice*.

»Ich kann nicht glauben, dass du den Film hast!«, rief sie. Er setzte sich zu ihr und hob ihre Beine auf seinen Schoß. »Wow, das ist so was von 1988.«

»Er ist toll«, meinte er ungerührt und drückte die Play-Taste. »Halt die Klappe.«

Carter war schnell von der Handlung des Films gefesselt, Kat dagegen konnte nichts anderes tun, als ihn anzusehen. Jedes Mal, wenn er loslachte, konnte sie das Kind in ihm erkennen. Er wirkte so entspannt. Kein einziges Mal nahm er die Hand von ihrem Knie, sondern ließ unablässig den Daumen über ihre Kniescheibe kreisen, während er mit der anderen Hand aß, trank oder rauchte.

Der Körperkontakt war schön. Kat dachte über den Tag nach, den sie verbracht hatten. Zu erfahren, dass er für einen Freund ins Gefängnis gegangen war, hatte Kat erschüttert. Er war loyal, selbstlos und so viel mehr, als sie sich jemals vorzustellen gewagt hatte. Sein Vertrauen und seine Offenheit waren wundervoll, nichts hätte sie lieber getan, als ihm das zu sagen. Nachdenklich betrachtete sie sein markantes Profil, und eine Woge aus Gefühlen drohte sie zu überwältigen.

»Worüber grübelst du da drüben denn so angestrengt nach?«, fragte Carter, ohne den Blick vom Bildschirm abzuwenden.

»Nichts«, behauptete sie und nahm sich eine Handvoll *Pringles*.

»Lügnerin.« Er veränderte seine Sitzposition ein wenig, um sie ansehen zu können. »Ich hab dir doch schon mal erklärt, dass du nicht gut lügen kannst. Also, was ist los?«

Kat schüttelte den Kopf, worauf Carter nur noch breiter grinste. »Du weißt schon, dass ich Mittel und Wege kenne, um dich zum Reden zu bringen«, drohte er vielsagend.

Er stellte das Weinglas auf dem Beistelltisch ab, hockte sich auf die Knie, drückte ihre Beine auseinander und kroch, langsam und vorsichtig wie ein Tiger auf der Pirsch, zwischen ihre Schenkel. Dann schob er ihr den Pullover bis zur Brust hoch und drückte mit einem verwegenen Grinsen einen Kuss über ihren Bauchnabel.

Kat fuhr ihm mit der rechten Hand durchs weiche Haar, während Carter zärtlich über ihre Seiten strich und sie vorsichtig mit seinen rauen Fingern berührte, als wäre sie zerbrechlich. Ihre Augen schlossen sich.

»Es gibt so viel, was ich dir sagen möchte«, gestand Kat mit einem tiefen Seufzen.

»Und verrätst du mir auch, was dich bedrückt, seit wir wieder hier sind?«, fragte er an ihrem Bauch.

Kat leckte sich die Lippen und beobachtete ihn, wie er sich über ihren Körper beugte und ihre Haut überall mit Küssen bedeckte.

»Kat«, ächzte er frustriert und kam noch ein Stück weiter nach oben, sodass er nun zwischen ihren Schenkeln lag, während er sich mit den Unterarmen neben ihrem Kopf abstützte. »Hat dir der heutige Tag etwa nicht gefallen?«

»Doch, selbstverständlich!«, rief Kat. »Er war fantastisch. Ich hatte so viel Spaß. Es war so schön, mit dir zusammen zu sein. Ich …«

Carter spielte mit ihren Strähnen, die sich über die Sofakissen ergossen. »Ist es vielleicht, weil ich dich Petey als meine Freundin vorgestellt habe?«, fragte er mit gequälter Miene.

»Nein«, entgegnete Kat amüsiert. »Warum?«

»Weil das total bescheuert war. Ich war völlig überrumpelt«, gestand er. Dann murmelte er an ihrem Hals: »Du musst wissen, dass du für mich sehr viel mehr bist.«

Kats Herz begann, wie wild zu hämmern. Sie zog sein Gesicht zu sich. »Zieh dein Oberteil aus«, sagte sie bestimmt. »Ich will dich spüren.«

Carter zerrte sich das überflüssige Stück Stoff über den Kopf und verfolgte fasziniert, wie auch sie aus ihrem Pullover schlüpfte. Sie trug nichts darunter. Sie war die Erotik in Person. Das matte Schimmern ihrer alabasterfarbenen Haut im fahlen Licht weckte in ihm den Wunsch, sie von oben bis unten abzulecken.

»Setz dich auf«, kommandierte sie heiser.

Er gehorchte benommen. Sofort stieg Kat auf seinen Schoß, schlang die Beine um seine Hüften und attackierte seinen Mund mit ihrem. Er stöhnte auf. Ihre nackte Haut an seiner zu spüren war unglaublich. Ihre harten Brustwarzen schabten über seine Haut, hinterließen unsichtbare Zeichen, die ihn zu ihrem Eigentum machten, während ihr saugender Mund ihn überwältigte. Er schob die Hände tief in ihr Haar, hielt sie fest.

»Oh Gott, Carter«, hauchte sie. Ihr heißer Atem fühlte sich an wie ein sinnlicher Funkenregen. »Ich will es dir zeigen. Ich will …«

Abrupt stand sie auf, sodass Carter plötzlich mit leeren Händen dastand. Dann ließ sie ihre Hose zu Boden gleiten. Carter entfuhr ein leises Wimmern. Er kannte diesen Ausdruck in ihren Augen, die dunkle wilde Gier. Sie beugte sich zu ihm, strich mit der Zungenspitze über sein Ohr. Seine Finger stahlen sich zwischen ihre Beine.

»Keine Spielchen«, flüsterte sie und stieß ihn weg. »Dafür will ich dich viel zu sehr.«

Gott sei Dank!

Er befreite seinen Schwanz aus der Hose, ergriff sie an den Hüften und zog sie wieder auf seinen Schoß. Vollkommen mühelos glitt er in sie hinein. Beide stöhnten auf. Donner grollte, und die Lichter im Haus flackerten. Mit angehaltenem Atem begann Carter, sich langsam in ihr zu bewegen. Sie keuchte, klammerte sich an seinen Schultern fest und kam ihm entgegen. Ihre Lippen trafen sich wieder. Sie schmeckte nach Wein und Lust.

Ein weiterer lauter Donnerschlag erschütterte das Haus.

Kat drückte ihr Becken nach unten, nahm ihn sich mit kurzen Stößen und langsam kreisenden Hüften, umgab ihn ganz. Er ließ die Hände über ihre Seiten gleiten, packte ihren herrlichen runden Po.

Sie war eine Erscheinung. Wie sie sich auf ihm bewegte, ihn kontrollierte, hungrig, dominant, kraftvoll, das verschlug ihm glatt den Atem. Noch nie zuvor hatte er sie so erlebt. Da war etwas in ihren Augen, eine fiebrige Hitze, die sein Herz zum Rasen brachte und ein Feuer in seinen Lenden entfachte. Als sich ihre Münder wieder trafen, wurde sie sogar noch stärker. Sie nahm ihn mit einer inbrünstigen Leidenschaft, die plötzlich all ihre Gefühle offen zutage treten ließ. Sie ließ sich völlig gehen, wild und schamlos.

Es war herrlich.

Es war anders.

Sie beide zusammen, das war plötzlich anders. Roh, heiß und überwältigend wie immer, doch es lag eine Verzweiflung in der Luft, die man fast mit Händen greifen konnte. Als könnte sie seine Gedanken lesen, ritt Kat ihn jäh noch härter, ritzte sein Fleisch mit ihren Fingernägeln, drückte den Rücken durch und nahm ihn noch tiefer in sich auf, bis sein ganzer Körper in Flammen stand.

»Das ist so unglaublich gut«, ächzte er heiser. »Hör nicht auf. Nimm mich ganz.«

Unablässig murmelte er unzusammenhängende Worte, flehte, schlang die Arme um sie und kam ihr kraftvoll entgegen. Sie sah unglaublich aus, hatte den Kopf zurückgeworfen und schrie vor Lust. Er spürte, wie sich sein Orgasmus ankündigte, mit einer Schwere zwischen seinen Schenkeln, einem Ziehen bis in den Bauch. Wieder und wieder spannten und entspannten sich seine Bauchmuskeln, während sie ihn ritt.

»Kannst du es fühlen?«, keuchte sie atemlos. Noch härter nahm sie ihn sich, sodass Carter fast den Verstand verlor. Er presste die Lippen auf ihre feuchte Schulter und nickte knurrend. »Das sind wir. Du und ich.«

Er versuchte, seinen Höhepunkt noch zurückzuhalten, doch ihre Worte, die Art, wie ihr Körper seinen umspannte, machte es hoffnungslos. Jede Silbe zerschmetterte ihn auf lustvollste Weise. Carter leckte über ihren Unterkiefer, packte ihr Haar mit den Fäusten. Durch jede Ader, jedes Organ seines Körpers schien in purer Ekstase zu vibrieren.

Sie stieß wieder auf ihn hinab, grob, voller Gier.

Fuck! Carter verlor die Kontrolle, versank in den Empfindungen, die ihr Körper in ihm entfesselte, weidete sich an ihr, an allem, was sie ihm gab.

Die Nässe, die Hitze und das wilde Schlagen seines Herzens, das ihm beinahe aus der Brust springen wollte.

Das Ächzen, das Stöhnen, die schmutzigen Worte und das Taumeln am Abgrund, in das ihn der herannahende Orgasmus zu stürzen drohte.

Und dann rief sie seinen Namen, packte ihn, spannte sich um ihn.

Seine Hüften schnellten nach oben. »Komm mit mir.«

Hektisch suchten ihre Lippen seinen Mund, unersättlich und nass, während sie die Arme fest um seinen Hals schlang. Wimmernd schnappte sie nach Luft. »Jetzt. Jetzt. Oh.«

Als er spürte, wie all seine Energie in seinen Lenden hinabzuströmen begann, ließ er den Oberkörper nach hinten fallen. Atemlos beobachtete er Kat, die ihn unablässig weiterritt. Sie hob und senkte sich, forderte und flehte, wand die Hüften, spannte sich, stieß immer wieder nach unten, bis Carter urplötzlich mit einem gellenden Aufschrei in ihr zerbarst. Seine Halsmuskeln spannten sich zum Zerreißen, und der Orgasmus traf ihn mit der Wucht einer Explosion, überzog seinen ganzen Körper mit weißglühender Hitze. Begleitet von einem tiefen Stöhnen entfuhr ihm ihr Name.

Er war geblendet von gleißendem Licht, während sein Körper unter ihr bebte und zuckte. Er hielt sich an ihr fest, um nicht den Boden unter den Füßen zu verlieren, in der Hoffnung, dass sie verhindern würde, dass sein Herz gänzlich aussetzte. Er spürte, wie sie sich in druckvollen Wellenbewegungen immer wieder um ihn spannte. Mit einem fast gequälten Aufschrei warf er den Kopf in den Nacken. »Liebe Güte!«

»Wes«, schrie sie wie von Sinnen, bäumte sich auf, wand sich auf seinem Schoß. »Wes. Oh Gott. *Oh Gott*. Ich liebe dich!«

Ein greller Blitz zuckte über den Himmel, gefolgt von einem ohrenbetäubenden Donnerschlag. Dann verloschen alle Lichter, und im Zimmer wurde es stockdunkel.

27

Langsam erlahmten ihre Bewegungen. Sie waren noch immer ineinander verschlungen. Ihre schweren Atemzüge erfüllten das Wohnzimmer, das nur noch vom lodernden Feuer im Kamin erhellt wurde. Carter schlug langsam die Augen auf. Kats Worte schienen von den Wänden widerzuhallen.

Sie verharrte auf seinem Schoß, reglos wie eine Statue, die Arme um seinen Hals geschlungen, ihr Gesicht an seine Brust gepresst. Carters Gedanken rasten mit tausend Meilen in der Stunde durch seinen Kopf, und er war sich fast sicher zu spüren, dass ihr Herz im selben wilden Rhythmus hämmerte wie seins.

Er bewegte sacht den Daumen, berührte die niedlichen Grübchen an ihrem Kreuz und holte tief Luft. »Peach…«

»*Sch*«, unterbrach sie ihn. Sie klang unsicher, und Carter spürte, wie sie im Dunkeln den Kopf schüttelte. »Bitte. Sag nichts.« Er wollte den Kopf drehen, um sie anzusehen, doch sie hielt ihn fest. »Beweg dich nicht. Bitte.«

Verwirrt hielt er sie weiter in derselben Position fest, eingehüllt von ihrer Wärme. Sein Atem ging schwer. Sie regte sich nicht. Warum zum Teufel war sie so still? Bereute sie es, diese Worte zu ihm gesagt zu haben? Vielleicht hatte sie es einfach nur aus einem Impuls heraus gesagt, befeuert von dem tollen Sex.

Vielleicht meinte sie es überhaupt nicht so.

Bemerkenswerterweise brach es Carter bei diesem Gedanken fast das Herz.

»Kat«, flüsterte er, »bitte.«

»Es tut mir leid.« Ihre Stimme zitterte.

Carter schluckte schwer. Als er sie schniefen hörte, versuchte er wieder, den Kopf zu ihr zu drehen, aber sie war verdammt stark.

»Kat«, bat er, »sieh mich an.«

»Ich kann nicht.«

»Warum?«

»Weil ich … ich nicht kann. Ich hätte nicht …«

Als er das hörte, packte er ihre Handgelenke und zog sie weg, legte die Hand an ihre Wange. Fragend sah er sie an. Ihre Miene war gequält, und er konnte erkennen, dass sie weinte. Unbehagen machte sich tonnenschwer in seiner Magengrube breit.

Er strich ihr die feuchten Haarsträhnen aus dem Gesicht. »Was hättest du nicht tun sollen?«

Wenn ihr das Geständnis nur herausgerutscht war, dann wollte er das aus ihrem Mund hören. Es mochte masochistisch klingen, aber wenn Kat diese Worte ausgesprochen hatte, ohne sie ernst zu meinen, musste er das wissen. Er wollte ihr so gern vertrauen, doch ging ihm so vieles im Kopf herum, was ihn an der Aufrichtigkeit ihrer Worte zweifeln ließ. Schon allein, dass er überhaupt an ihr zweifelte, war furchtbar, aber er konnte nun mal nichts dagegen tun. So hatte es ihn das Leben gelehrt: Bleib stets misstrauisch, und traue niemandem. Er kniff die Augen zu und versuchte mit aller Kraft, seine Unsicherheit zu bezwingen.

Kat senkte den Blick auf die Stelle, an der ihre Körper noch immer vereinigt waren. »Ich hätte das nicht sagen sollen.«

Carter sackte in sich zusammen. Er beobachtete, wie sie die Tränen fortwischte, und ließ resigniert die Arme sinken. Das warme postkoitale Nachglühen erkaltete augenblicklich.

»Ist schon gut.« Seine Stimme klang kratzig. »Kommt vor.«

Eigentlich hatte er keine Ahnung, ob so etwas tatsächlich öfter vorkam, doch er wollte sie unbedingt trösten.

»Was kommt vor?« Kat legte die Hand an seine Brust, folgte den geschlungenen Linien seines Tattoos mit der Fingerspitze.

Er hielt den Blick auf die flackernden Flammen im Kamin gerichtet. »Bestimmt rutschen vielen Menschen Dinge wie diese heraus. Du weißt schon, wenn sie von der Hitze des Augenblicks mitgerissen werden.«

Schweigen entstand. Kat spannte sich merklich in seinen Armen. Blitze erhellten hin und wieder den Raum.

Als Carter spürte, wie sie die Hand an sein Kinn legte und den Kopf zu sich drehte, schloss er die Augen.

»Du glaubst, ich habe mich mitreißen lassen?«

Er zuckte mit den Schultern.

Kat schüttelte ganz langsam den Kopf, räusperte sich. »Ich habe das nicht aus einer Laune heraus gesagt, Wes.«

Sein Name klang aus ihrem Mund einfach toll. Er hielt ihrem Blick stand, suchte in ihrem Gesicht nach den Anzeichen einer Lüge, doch ihre wunderschönen Augen verrieten ihm, dass sie die Wahrheit sagte.

»Hast du nicht?«

Sie schüttelte weiter den Kopf und formte mit den Lippen das Wort: *Nein!*

Er schnappte nach Luft, versuchte, einen klaren Kopf zu bekommen. »Was …?« Seine Kehle schnürte sich zu. Er schluckte und versuchte es noch mal. »Wenn es kein Versehen war«, murmelte er, »warum tut es dir dann leid?«

Kat malte unsichtbare Kreise um seinen Bauchnabel. Sie schwieg eine halbe Ewigkeit. Carter verlor fast den Verstand.

»Es tut mir leid, weil ich es nicht so sagen wollte. Ich wusste nicht, ob du es überhaupt hören willst. Ich hatte Angst davor, dass du es nicht hören willst.« Sie hob ein wenig den Kopf. »Ich wollte es nicht sagen, während wir so beieinander sind.«

»Warum?«

»Weil es so klischeehaft ist. So schmalzig.«

»Kat.« Er hielt sie an den Handgelenken fest, rutschte ein Stück zurück und glitt aus ihrem Körper. Dann zog er ihre Hände an sein Herz. Er atmete durch, sammelte sich. »Hast du es gemeint, wie du es gesagt hast?«

Seine Stimme klang fremd in seinen Ohren. Er fühlte sich so verdammt klein. Schwach. Verwundbar.

Kat legte zitternd die Stirn an seine.

»Ja«, flüsterte sie. »Ich meinte es so. Von ganzem Herzen.«

Nachdem sie diese drei Worte zu ihm gesagt hatte – was sie selbst überrascht und ihr eine Heidenangst eingejagt hatte –, fühlte Kat sich herrlich leicht. Sie liebte ihn mit jeder Faser ihres Körpers, genau so, wie er war, mit seinen guten und schlechten Seiten, mit seiner Vergangenheit und seiner Gegenwart.

Plötzlich spürte sie, wie seine Finger über ihre Lippen strichen. »Ich will es hören.« Er schüttelte verdutzt den Kopf. »Erst jetzt begreife ich, wie sehr. Bitte, du darfst niemals bereuen, es gesagt zu haben.«

»Aber …«

Er unterbrach sie wieder mit einem hitzigen Kuss, erfüllt von Lust und Dankbarkeit, bei dem sich ihr die Zehen aufrollten. Carter wollte sie sagen hören, dass sie ihn liebte. Er wollte, dass sie ihn liebte. Kat ließ sich erleichtert an ihn sinken.

»Darf ich dir etwas sagen?«, fragte Carter, als sich ihre Lippen schließlich wieder trennten. »Du bist der erste Mensch, der jemals diese Worte zu mir gesagt hat.«

»Aber deine Familie«, setzte Kat verwundert an, erntete jedoch lediglich ein müdes Lächeln von Carter. Okay. Schon klar. »Und deine Großmutter?«, bohrte sie weiter. »Freunde?«

Carters Blick fiel auf ihren Mund. »Für Großmutter war ich immer ein ›Schatz‹, und sie hat mich auch geliebt, es jedoch nie ausgesprochen. Und meine Freunde?« Er lachte leise. »Wir stehen nicht gerade auf Knuddeln und Liebesgeständnisse. Max ist wie ein Bruder für mich, aber … nein, wir müssen es nicht zueinander sagen.«

Kat war fassungslos. Wie konnte es sein, dass diesem Mann noch niemals in seinem ganzen Leben jemand gesagt hatte, dass er geliebt wurde? Was hatte er nur für Eltern gehabt? Wie hatte er so lange leben können, ohne dass ihm jemand gesagt hatte, wie besonders er war?

Schweigend küsste sie ihn noch mal.

»Um Himmels willen, bemitleide mich bloß nicht«, meinte er. »Liebe Güte, diese Worte von dir zu hören … es ist vollkommen egal, wann und wo du sie gesagt hast. Das Einzige, was zählt, ist, dass du sie gesagt hast.«

Sie schmiegte sich an ihn, legte die Lippen an sein Ohr und flüsterte noch einmal: »Ich liebe dich.«

Er drückte sie an sich, küsste sanft ihre Kehle. »Danke, dass du die Erste warst.«

Sie grub die Nase in sein kurzes Haar. »Danke, dass du mein Erster warst.« Carter sah sie verdutzt an. »Ich habe anderen Menschen schon gesagt, dass ich sie liebe«, erklärte sie. »Du weißt schon, Familienangehörigen und so weiter. Doch noch niemals habe ich für jemanden so empfunden wie für dich, Carter.«

Carter strahlte bis über beide Ohren. »Wow!« Er befeuchtete sich die Lippen und ließ den Kopf gegen die Lehne der Couch zurücksinken. Dabei sah er sie unablässig an. »Na so was.«

Er starrte sie weiter an, den Blick fest auf sie geheftet. Hin und wieder öffnete er den Mund, als wollte er etwas sagen, schloss ihn jedoch gleich darauf wieder.

»Ist schon gut«, meinte sie beschwichtigend. »Zerbrich dir nicht zu sehr den Kopf darüber.«

Er brach in schallendes Gelächter aus. »Du kennst mich so gut«, meinte er und drückte ihr einen Kuss auf die Stirn.

»Das stimmt.« Sie setzte sich auf. In seinem Gesicht zeichnete sich sein innerer Widerstreit ab, die Angst davor, ihr zu glauben, die Hoffnung darauf, dass sie die Wahrheit sagte. Ihr Herz krampfte sich zusammen. »Ich habe es nicht gesagt, um es auch selbst gesagt zu bekommen. Das macht nichts.«

»Aber …«

»Nein, Carter, wirklich. Du musst es mir nicht sagen. Und ich will auch nicht, dass du dich dazu verpflichtet fühlst.« Sie streichelte sein Gesicht.

Er blickte zu ihr auf. »Warum liebst du mich, Peaches?«

Sein verständnisloser Ton brach ihr schier das Herz. Kat fuhr mit dem Daumen über seinen Unterkiefer. Über ihnen dröhnte der Donner.

»Ich liebe dich, weil du etwas ganz Besonderes bist.« Sie küsste seine rechte Wange. »Du bist großzügig.« Seine Nase. »Fürsorglich.« Seine Oberlippe. »Leidenschaftlich.« Seine Unterlippe. »Und du bist, ganz zweifellos, der schönste Mann, der mir jemals begegnet ist.«

Er lehnte die Stirn an ihr Kinn. »Himmel, ich …« Abrupt hob er den Kopf. Seine Augen funkelten. »Ich muss dir zeigen, wie … warum ich … es gibt noch mehr.«

Sie legte die Hände um sein Gesicht und versuchte, ihn ein wenig zu beruhigen. »Zeig mir, was immer du möchtest. Ich gehe nirgendwohin.«

Er hob sie von seinem Schoß. Mit den Kleidern in der Hand

und ihrem Handy als Taschenlampe eilte sie ins Badezimmer im Erdgeschoss, um sich ein wenig zu säubern. Dann eilte sie zu ihm zurück. Er legte ihr eine große Decke um die Schultern. In der Hand hielt er eine Taschenlampe. »Komm mit mir.«

Kat ließ sich von ihm die Treppe hinaufführen und dann durch den Korridor. Drei Türen entfernt von ihrem Schlafzimmer blieb er stehen und legte die Hand auf den Knauf. Er drehte ihn und stieß die Tür auf. Sie quietschte laut, als wäre sie schon lange nicht mehr benutzt worden. Kat schlugen kalte Luft und ein muffiger Geruch entgegen.

Allein mit der Taschenlampe und dem wenigen Mondlicht, das hin und wieder durch die Gewitterwolken brach, konnte man kaum etwas sehen. Die Wände des Zimmers waren dunkel tapeziert und dekoriert mit Postern von Autos oder Baseballspielern. Beim Schrank hing eine Pinnwand, die mit Zeichnungen und Ticketabrissen bedeckt war. Die Möbel waren zum Schutz vor Staub mit weißen Tüchern bedeckt und die Matratze des kleinen Betts nicht bezogen. Kat wandte sich zu Carter um, der sie abwartend ansah.

»Das war dein Zimmer«, stellte sie fest.

Er ließ den Lichtkegel der Taschenlampe über die Wände gleiten und verharrte schließlich bei einem Bild von einer *Triumph*. Schweigend betrachteten sie es, bis Carter ihr den Arm um die Schultern legte und sie zum Bett führte. Sie setzte sich. Carter strich ihr durchs Haar. Dann ging er zum Schrank hinüber. Er öffnete ihn und begann, murmelnd und fluchend Kartons in verschiedenen Größen herauszuziehen. Er durchsuchte sie einen nach dem anderen, bis er schließlich ein kleines Buch zutage förderte, dass von einem Gummiband zusammengehalten wurde.

Mit seinem Fund kehrte er zum Bett zurück und setzte sich neben Kat auf die Matratze. Dann legte er das Buch auf Kats übereinandergeschlagene Beine und starrte es an, als wollte es gleich auf ihn losgehen. Kat legte beruhigend die Hand auf Carters Knie.

Carter kratzte sich mit dem Daumen am Kinn. »Das ist eine Art … es ist ein Tagebuch«, stotterte er. »Ich weiß, das klingt so albern, aber nachdem …« Er hielt inne. »Ich glaube, es kann einiges besser erklären.«

»Du möchtest, dass ich es lese?«

Er lachte freudlos. »Ja, ich … Fuck, Kat, ich weiß es nicht.«

Seine Nervosität war bedrückend. »Okay.«

Mit steifen Fingern zog sie das Gummiband vom Buch. Derweil öffnete Carter das kleine Fenster, um sich eine Zigarette anzuzünden. Kat legte das Gummiband auf dem Bett ab und schlug das Buch auf.

Was sie dort entdeckte, versetzte sie in maßloses Staunen. Vor Schreck sog sie scharf den Atem ein. Sie riss den Kopf hoch und sah Carter scharf an. Der zuckte nur entschuldigend mit den Schultern. Auf der ersten leicht vergilbten Seite des Tagebuchs war schluderig ein Zeitungsartikel eingeklebt worden, der vom Tod von Senator Daniel Lane handelte. Ein Schwarz-Weiß-Bild zeigte ihn und Kats Mutter am Tag seiner Wahl. Er sah so glücklich und attraktiv aus. Auch Eva war wunderschön. Sie lächelte auf eine Art, wie Kat es schon lange nicht mehr bei ihr gesehen hatte. Kats Herz verkrampfte sich vor Sehnsucht nach der Mutter, die ihr immer versichert hatte, sie könne alles sein, was sie nur wolle.

Kat überflog den Artikel, denn sie wusste, was er enthielt, welche Details in ihm standen. Einzelne Worte sprangen ihr ins Auge: »entsetzlich«, »verstört«, »Gehirnblutung«, »Polizei erschoss zwei Verdächtige«. Sie schluckte schwer und streichelte mit den Fingerspitzen das Gesicht ihres Vaters.

Behutsam, um das alte Papier nicht zu beschädigen, blätterte Kat um. Da waren noch mehr Artikel, über die Beerdigung, die Stiftung, die ihrem Vater zu Ehren ins Leben gerufen worden war, und die Veranstaltungen, die Eva im Andenken an Daniel besucht hatte. Kat fiel auf, dass ihre Mutter von Foto zu Foto sichtlich alterte. Die Schönheit und umwerfende Ausstrahlung, auf dem ersten Foto noch so unübersehbar, waren verschwunden.

Tränen brannten in ihren Augen. Sie bemerkte, dass in allen Zeitungsberichten ihr Name eingekreist oder unterstrichen worden war.

Schweigend blätterte sie das Buch durch und betrachtete die Ausschnitte, die er gesammelt hatte. Bei einer Seite, die krakelig von Hand beschrieben war, stoppte sie. Die Einträge waren jeweils mit einem Datum versehen, und der erste war einen Tag nach dem Tod ihres Vaters abgefasst worden.

Ich habe wieder von ihr *geträumt. Jedes Mal, wenn ich die Augen schließe, ist sie da. Sie verfolgt mich, und ich weiß nicht, warum. Seit jener Nacht ist sie in meinem Hirn. Ich wünschte, ich könnte sie dort einfach herausschaufeln, aber andererseits … würde ich sie dann wahrscheinlich vermissen.*

Zwei Wochen später:

Heute habe ich sie gerochen. Ich war mit Max unterwegs, und wir kamen an einem Obstladen vorbei. Pfirsiche. Süße Pfirsiche. Ihr Haar duftete nach Pfirsich. Ich habe ein paar gekauft. Max bezeichnete mich als durchgeknallt. Ich glaube, er hat recht.

Zwei Tage später:

Ich bin verrückt. Ich weiß, dass es so ist. Ich habe sie gesehen. Ich weiß, dass es so war. Aber das ist unmöglich.

Weihnachten:

Habe mich mit Dad gestritten. Er nannte mich undankbar. Ich nannte ihn einen Idioten. Er fand meine Kippen. Ich lag auf dem Bett und schloss die Augen, und ich sah sie und roch wieder ihr Haar. Total verrückt, oder? Es beruhigte mich. Ich denke mir immer, dass sie, nachdem ich ihr in jener Nacht geholfen habe, vielleicht auch nichts dagegen hat, wenn ich sie auf diese Weise benutze. Vielleicht wäre es ihr egal. Vielleicht erinnert sie sich auch gar nicht mehr an mich.

Kat las weiter. Die Einträge waren kurz, nie länger als fünf Zeilen, aber von großer Bedeutung. Auf ihre Hand, die sie fassungslos vor den Mund geschlagen hatte, fielen Tränen. Die Matratze bewegte sich unter Carters Gewicht. Er setzte sich, schlang die Arme um seine Knie. Er war ungewöhnlich still.

Neujahr:

Mir gilt die Welt nur wie die Welt, Graziano;
Ein Schauplatz, wo man eine Rolle spielt,
Und mein' ist traurig.

Februar:

In Belmont ist ein Fräulein, reich an Erbe,
Und sie ist schön und, schöner als dies Wort,
Von hohen Tugenden.

»Carter«, ächzte Kat erstickt, als sie die Textstellen aus *Der Kaufmann von Venedig* las.

»Tut mir leid. Shit! Ich wusste, ich hätte nicht – ich wollte nur, dass du es verstehst.«

»Was soll ich verstehen?«

Er musste es ihr erklären. Seine geheimsten Gedanken zu lesen war fast zu viel für sie.

Er nahm ihr das Buch aus der Hand, blätterte es rasch durch, lächelte über einige Einträge, schloss bei anderen die Augen.

»Diese Nacht«, begann er leise. »Die Nacht, in der wir uns begegnet sind, war die längste und furchtbarste meines Lebens.« Er lächelte. »Aber ich würde sie auf keinen Fall missen wollen, nicht für alles auf der Welt.« Fast ehrfürchtig berührte er das Tagebuch. »Ich habe es mit elf begonnen. Vor sechzehn Jahren.« Für Kat schien seine Stimme aus weiter Ferne zu kommen.

Sein Blick fiel auf ihr Haar. »Kat, dein Duft war … er schien mein Hirn außer Gefecht zu setzen, ich konnte an nichts anderes mehr denken. Die Erinnerung an ihn beruhigte mich, wenn ich drauf und dran war, meinen Vater umzubringen, und selbst in *Arthur Kill* dachte ich immer wieder an jene Nacht und an dich. In solchen Nächten schlief ich immer am ruhigsten.«

Er legte das Buch beiseite und nahm ihre Hände in seine. »Ich will dir mit diesen Sachen keine Angst einjagen. Wirklich nicht. Aber aus deinem Mund diese Worte zu hören und nicht in der Lage zu sein, sie zu erwidern …« Er schüttelte den Kopf. »Begreifst du, Kat? Verstehst du, was du mir bedeutest?«

Kat war so von ihren Gefühlen überwältigt, dass sie nicht antworten konnte.

»Als ich dich heute Petey vorgestellt habe«, fuhr er mit einem schiefen Grinsen fort, »hatte ich keine Ahnung, als was ich dich bezeichnen sollte. Ich habe ein Dutzend verschiedene

Möglichkeiten in meinem Kopf durchgespielt. Auch ›Lebensgefährtin‹ war darunter, aber es erschien mir einfach nicht … *groß* genug.« Er verzog angewidert über das unzureichende Wort das Gesicht. »Und ›meine Peaches‹ konnte ich dich auch nicht nennen, weil das nur mir allein gehört.«

Oh ja. Sie war *ganz und gar* sein.

»Kat«, flüsterte er und zog sie an sich. Ihre Stirnen berührten sich, und Carter schloss die Augen.

»Ich weiß nicht, was geschehen wird, wenn wir erst wieder in die Stadt zurückkehren. Ich habe wirklich keine Ahnung. Aber ich weiß, dass ich nur dich will und niemanden sonst. Ich will so lange mit dir zusammen sein, wie du mich lässt. Ich will noch mehr Nächte wie diese, und ich will mit dir die Straße entlanggehen, Hand in Hand, in der Gewissheit, dass mich ausnahmsweise einmal alle um das beneiden, was ich habe.«

Kat krallte die Faust in seinen Kapuzenpullover.

Carter nahm sie fest in die Arme und flüsterte an ihrem Hals: »Du bedeutest mir alles, Peaches. Das hast du schon immer. *Immer*. Du bist das Beste, was mir jemals in meinem Leben widerfahren ist.« Er küsste sie. »Du bist *mein* Ein und Alles.«

28

Es war Kat sehr schwergefallen, das Strandhaus zu verlassen. So viel war in den zwei Tagen, die sie dort verbracht hatten, geschehen. Sie hatte eng umschlungen mit Carter neben ihrem Wagen gestanden und hätte ihn am liebsten nie wieder losgelassen. Doch gleichzeitig wusste sie, dass das wahre Leben dort draußen auf sie beide wartete.

Die Fahrt zurück in die Stadt verlief ereignislos, abgesehen von dem Augenblick, als Carter wie ein geölter Blitz mit Kala an ihr vorbeiraste. Im Eiltempo fädelte er sich durch den Verkehr, und Kat war sich nicht sicher, ob er sie überhaupt bemerkte. Doch Himmel, auf seinem Bike sah er einfach unfassbar sexy aus!

Nachdem sie Carter per Textnachricht hatte wissen lassen, dass sie wohlbehalten zu Hause angekommen war, machte sich Kat auf einen langweiligen Abend gefasst, den sie wohl hauptsächlich damit zubringen würde, ihren Koffer auszupacken. Zum Glück hatte Carter versprochen, später noch mal vorbeizukommen. Obwohl sie das ganze Wochenende mit ihm verbracht hatte, verursachte diese Aussicht schon wieder ein wohliges Kribbeln in ihrer Magengegend. Als sich Kat mit ihrem Koffer im Schlepptau dem Empfangstresen in der Lobby näherte, wurde sie von Fred mit einem Lächeln begrüßt.

»Guten Abend, Ms Lane«, sagte er heiter. »Wie geht es Ihnen?«

»Mir würde es sehr viel besser gehen, wenn Sie mich Kat nennen würden«, schalt sie ihn augenzwinkernd.

»Entschuldigung, Kat.«

»Mein Freund Mr Carter kommt später noch vorbei. Würden Sie ihn bitte gleich nach oben schicken?«

Fred machte sich sofort eine entsprechende Notiz. »Ist das der große Gentleman mit den … Tätowierungen?«

Kat schmunzelte. »Ja, das ist er. Aber er sieht viel gefährlicher aus, als er in Wirklichkeit ist.«

Fred hob die Brauen. »Das will ich Ihnen mal glauben.«

Kat lachte. »Einen schönen Abend noch, Fred.«

»Ebenfalls, Kat«, antwortete Fred und lüftete seine Mütze.

Kat steuerte auf die Aufzüge zu. Gerade als sie die Hand hob, um den Liftknopf zu drücken, bemerkte sie, dass jemand hinter ihr stand. Sie wusste sofort, wer es war, und fuhr erzürnt herum.

»Was zum Teufel willst du hier?«, fauchte sie.

Beth schien von ihrer Reaktion nicht überrascht zu sein. »Ich möchte mit dir reden.«

Kat lachte sarkastisch auf. »Ich habe dir nichts zu sagen.« Damit wandte sie sich wieder ab und hieb noch einmal auf den bereits leuchtenden Knopf. Hoffentlich beeilte sich dieser verdammte Aufzug.

»Du siehst gut aus«, murmelte Beth. »Richtig gut.«

»Was interessiert es dich?«, entgegnete Kat tonlos und verschränkte defensiv die Arme. »Ich finde, du solltest so schnell wie möglich wieder zu Adam und Austin zurückkehren. Sicherlich warten sie schon ganz ungeduldig darauf, dass du ihnen all meine kleinen schmutzigen Geheimnisse weitererzählst.«

»Sie wissen nicht, dass ich hier bin«, entgegnete Beth beklommen. »Ich habe Adam gesagt, ich würde Eiscreme holen gehen.«

Kats Wut schlug in Verwirrung um.

»Es tut mir so leid, Kat. Wirklich.«

Kat ließ sich nicht so schnell einwickeln. »Und?«, fragte sie mit einem gleichgültigen Schulterzucken, auch wenn es sie interessierte, was wohl Beths plötzlichen Anfall von schlechtem Gewissen ausgelöst hatte. Wenn sie ihr allerdings nur eine Falle stellen wollte, dann gnade ihr Gott.

»Und ich wollte, dass du das weißt.«

»Schön«, erwiderte Kat knapp und drückte noch mal den Aufzugknopf. »Du hast dich entschuldigt. Dein Gewissen ist nun rein, und du kannst wieder gehen.«

Normalerweise hätte Kat ihre Freundin nicht so brüsk abgekanzelt, doch eine einfache Entschuldigung war bei Weitem keine Wiedergutmachung für die unausgesprochenen Geheimnisse, die noch immer wie ein giftiges Gas zwischen ihnen in der Luft hingen.

»Du liebst ihn, oder?«

Kat erstarrte, regte keine Miene. Hoffentlich war ihr Pokerface überzeugend.

»Ich kenne dich«, meinte Beth leise. »Ich kann es dir ansehen.« Sie trat einen Schritt näher. »Ist er gut zu dir? Behandelt er dich anständig?«

Kat biss sich auf die Innenseite ihrer Wange. Sie schwieg beharrlich, kämpfte gegen den Drang an, einfach wegzulaufen. Sie wusste genau, dass es ein Fehler wäre, Beth zu vertrauen.

»Du wirkst glücklich«, fuhr Beth in einem Ton fort, der Kat so lieb und vertraut war. »Die Liebe steht dir gut. Ich weiß, dass er ein guter Mann sein muss, denn er bringt dich regelrecht zum Strahlen.« Ihr Blick huschte über Kats Gesicht. »Ich weiß, ich bin damit zu spät dran, aber ich kann es durchaus zugeben, wenn ich mich irre.« Sie seufzte niedergeschlagen. »Adam hat mir einiges erklärt. Er hat mir auch von Carter und Austin erzählt. Davon, wie Austin als Kind war.«

»Ja«, entgegnete Kat scharf, »davon hat mir Carter auch erzählt.«

Die Reue schien Beth niederzudrücken, sodass sie viel kleiner wirkte als sonst. »Ich weiß, dass Carter kein böser Mensch ist, und ich weiß auch, dass du bei ihm in Sicherheit bist. Ich hätte mich auf dein Urteilsvermögen verlassen sollen, aber das habe ich nicht. Dafür möchte ich mich entschuldigen.«

Kat verspürte jäh einen Hauch von Paranoia. »Und jetzt kannst du zu Austin rennen und ihm alles berichten, oder?«

»Deswegen bin ich nicht gekommen«, murmelte Beth mit gesenktem Blick. Dann begann sie, in ihrer Tasche zu wühlen. Schließlich zog sie zwei braune Aktenmappen hervor. »Die hier wollte ich dir geben.«

Kat nahm die Mappen. »Was ist das?«

»Das sind Jobs.«

Kat sah sie nur fragend an.

»Ausgeschriebene Lehrerstellen, die zum neuen Jahr frei sind«, erläuterte Beth. »Eine ist bei der Schule, in der ich gerade arbeite. Ich finde, du wärst für die Stelle perfekt geeignet und …« Sie räusperte sich, blickte zur Decke. »Ich weiß, ich bin alles völlig falsch angegangen, und das werde ich ewig bereuen, aber ich möchte, dass du glücklich bist, und weiß, dass Carter das ebenfalls will. Aber wenn du mit ihm zusammen sein willst, musst du vorsichtig sein. Sollte Austin herausfinden, dass ihr ein Paar seid, könnte er das benutzen, um …«

»Was? Du hast versucht, mich mit diesem Kerl zu verkuppeln. Warum hast du das getan, obwohl du wusstest, wie er ist?«

»Er ist kein schlechter Kerl, Kat«, widersprach Beth entschlossen. »Doch das bedeutet nicht, dass er sich nicht hin und wieder falsch entscheidet. Er muss sich vor einer ganzen Reihe hoher Tiere verantworten, und auch die wollen Carter loswerden. Adam meinte, dass er seinen Bruder noch nie so wütend erlebt hätte, so gefährlich und …« Sie zog den Riemen ihrer Tasche weiter auf die Schulter, holte tief Luft. »Sieh dir einfach die Unterlagen an. Wenn du Carters Tutorin bleibst und ihr zusammen seid, ist das riskant für euch beide. Denk an Ward, den Bewährungsausschuss und den Arbeitsvertrag, den du unterschrieben hast und der dir engen Kontakt zu einem Insassen von *Arthur Kill* verbietet. Es steht so viel auf dem Spiel.«

»Glaubst du denn, das weiß ich nicht …?« Schnell klappte Kat den Mund wieder zu. Sie hatte schon zu viel gesagt.

Beths Lächeln war zurückhaltend, aber vielsagend. »Denk darüber nach. Wenn du reden willst, bin ich für dich da. Wir könnten einen Kaffee trinken oder …« Beth streckte die Hand nach Kat aus, ließ sie jedoch wieder sinken, bevor sie sie berührte. »Es tut mir leid, und ich vermisse dich.«

Sie zögerte kurz, schlang dann den Mantel enger um sich und verließ mit einem letzten reumütigen Blick die Lobby.

Carter drückte einen Kuss auf Kats Scheitel und rieb die Nase an ihrer Schläfe. Sie lagen komplett angezogen unter der Bettdecke. Carter hatte sie ins Bett verfrachtet, nachdem Kat sich bei seiner Ankunft vor etwa einer halben Stunde so panisch und verzweifelt an ihn geklammert hatte, dass sie ihn beinahe erwürgt hätte. Er hatte sein Bestes getan, um sie ein wenig zu beruhigen, während sie ihm aufgeregt von dem Zusammentreffen mit Beth berichtet hatte.

»Ich habe solche Angst, Carter. Ich habe Angst, dass sie das alles nur tut, um einen Beweis dafür zu bekommen, dass wir zusammen sind. Ich habe Angst, dass sie zu Austin geht und er es gegen dich verwendet. Ich hätte nie gedacht, dass Ben zu ihm zu schicken derart … ich habe so schreckliche Angst, dass er dich bedrohen und mir wegnehmen könnte. Und ich kann … ich darf dich nicht verlieren, ich …«

Carter küsste sie. Er spürte, wie sie unter seinen Händen zitterte. Das war schrecklich. Wenn Austin es wagen würde, ihm seine Peaches zu nehmen, dann würde er ihn umbringen. Der Scheißkerl sollte es nur versuchen.

»Er kann nichts ausrichten. Ich werde es nicht zulassen.« Seine Stimme wurde tief und drohend. »Wenn er die Firma haben will, dann soll er sie verdammt noch mal bekommen. Das Geld ist bedeutungslos. Ich will nur dich.«

Sie nickte verzagt, was Carters Zorn augenblicklich in Panik umschlagen ließ. Er verlor sie.

»Wir dürfen sie nicht gewinnen lassen«, sagte er und hob ihr Kinn an. »Nach diesem Wochenende musst du mir versprechen, dass du sie nicht gewinnen lassen wirst.« Sie schüttelte den Kopf, doch es wirkte wenig überzeugend. Er legte noch mal den Finger an ihr Kinn. »Sag es, Baby. Ich will es aus deinem Mund hören.«

»Ich werde sie nicht gewinnen lassen. Ich verspreche es dir.«

Er stöhnte vor Frust und Begehren.

Seine Zunge lag schlaff und nutzlos in seinem Mund, er biss die Zähne aufeinander. Warum konnte er ihr nur nicht sagen, was er für sie empfand? Seine Gefühle für sie waren so intensiv, dass er fast explodierte, doch trotzdem schaffte er es nicht, sie in Worte zu fassen. Er küsste ihren Hals, schob die Finger in ihr Haar und ärgerte sich schweigend über sich selbst.

»Wenn ich einen dieser Jobs annehmen würde, wäre ich nicht mehr deine Tutorin«, murmelte Kat traurig an seiner Wange.

Darüber, ob er sich einen neuen Tutor suchen würde, den er höchstwahrscheinlich nicht besonders mögen würde, würde er später nachdenken. Jetzt war nicht der richtige Zeitpunkt dafür. »Aber ich würde dich trotzdem noch haben, oder?«

Sie streichelte seine Wange. »Du hättest mich noch immer, mit Haut und Haaren.«

Er legte die Hand in ihre Kniekehle und zog ihr Bein weiter auf seine Hüfte. Sofort schob sie die Hände unter sein T-Shirt. Ihre Fingernägel schabten über seinen Rücken, ihre Zunge drängte sich in seinen Mund. Er konnte ihre Angst schmecken und erwiderte ihren Kuss mit ebenso wilder Leidenschaft, um ihr ein wenig die Furcht zu nehmen.

»Scheiß auf sie, Kat«, knurrte er. »Komm zurück zu mir. Sei bei *mir*. Hier und jetzt«, bat er. »Denk nicht mehr an sie, sondern nur noch an uns.«

Es gab noch so viel zu bereden. So viel zu bedenken. So viele Gefahren, die sie auseinanderreißen konnten. Carter kniff die Augen zu und schob seine Angst so weit fort, wie er nur konnte. Solange sie nur zusammen waren, dachte er, würde alles gut werden.

»Hilf mir, es zu vergessen. *Bitte*«, flehte sie. »Lass mich sie alle vergessen.«

Carter rollte sie auf den Rücken und blickte auf sie herab. »Alles, was du willst.«

29

Die Tage verstrichen und wurden zu Wochen, und Kat und Carter wuchsen einander immer mehr ans Herz. Doch sie waren vorsichtig, trafen sich weiterhin, wie es von ihnen erwartet wurde, dreimal wöchentlich in der Bibliothek zum Unterricht, während sie sich in den Nächten ihrer Lust hingaben und versuchten, mit der Kraft ihrer Leidenschaft die Gefahren zu bannen, die sie auseinanderzubringen drohten. In diesen wenigen himmlischen Stunden, wenn sie ineinander verschlungen dalagen, atemlos den Namen des anderen flüsterten, konnten sie alles vergessen und sich ausmalen, wie es wohl wäre, ohne Sorgen und Ängste beieinander sein zu können.

Carter beobachtete seine Peaches aufmerksam Tag für Tag und stellte zu seinem Entsetzen fest, dass der Druck, unter dem sie standen, an ihrer Entschlossenheit zu nagen begann. Nach außen wirkte sie unverändert, wunderschön und souverän, doch wenn sie allein waren, merkte er, dass sie sich ein wenig fester an ihn klammerte, ihn öfter verzweifelter berührte, als fürchte sie, dass das, was sie sich aufgebaut hatten, jeden Augenblick in sich zusammenbrechen könnte.

Carter war nicht naiv. Auch ihm waren die Hindernisse, mit denen sie zu kämpfen hatten, bewusst. Und er machte sich deswegen ebenso große Sorgen wie sie. Sein Cousin war ein Arschloch erster Güte und schmiedete fraglos bereits Pläne für eine schnelle, gnadenlose Racheaktion. Max kokste noch immer wie verrückt und kümmerte sich nicht um seine Mitmenschen. Und Kats Mutter rief permanent bei ihr an, obwohl Kat ihr wiederholt klargemacht hatte, dass sie nicht mit ihr reden wollte.

Sie hatten beide eine Menge Mist am Hals. Doch Carter wusste, dass er stark für sie beide sein musste, und er hätte alles dafür getan, um auf Kats Gesicht wieder das Lächeln zu sehen, das er so sehr liebte. Darum bestand er auch darauf, dass sie endlich einen Blick in Beths Mappen werfen sollte, die nun schon seit zwei Wochen unangetastet auf dem Wohnzimmertisch lagen. Und darum willigte er auch ein, sie zu begleiten, als sie den Wagen ihrer Großmutter zu Thanksgiving zurück nach Chicago brachte.

Dass er bei Letzterem tatsächlich mitmachte und sich zu einer Familiensache mitschleppen ließ, war nur ein weiterer Beweis dafür, wie komplett durchgeknallt er inzwischen war. Doch wenn er ehrlich war, konnte er die Vorstellung, auch nur für kurze Zeit von Kat getrennt zu sein, einfach nicht ertragen. Also musste er sich eben zusammenreißen.

Kats Hand schoss über die Mittelkonsole des Wagens hinweg und legte sich beruhigend auf Carters Bein, das wie verrückt zuckte. Da wohl wenig Aussicht darauf bestand, dass er sich aus Nana Boos *Jaguar* werfen und wieder nach Hause flüchten konnte, hatte sich Carter darauf verlegt, seinen Daumennagel zu dezimieren, indem er ihn recht unelegant mit den Zähnen abnagte.

»Entspann dich, mein Schatz.« Kat warf ihm einen kurzen Seitenblick zu, konzentrierte sich dann wieder auf die Straße. »Alles wird gut.«

Carter schnaubte höhnisch. Gut? *Gut?* Hatte sie den Verstand verloren?

Ihr Optimismus und das Vertrauen zu ihm waren wirklich rührend. Schon seit sie die Wohnung verlassen hatten, schien sein Hirn im Schnellvorlauf zu rasen. Oh Gott, allein der Gedanke daran, wie er nervös herumdrucksen oder Unsinn von sich geben würde, wenn er auf Kats Lieblingsverwandte traf, reichte schon, um ihm den Magen umzudrehen. Er würde noch einen verdammten Nervenzusammenbruch be…

»Ich liebe dich.«

Carter kniff kurz die Augen zu, ehe er sich zu dem atemberaubenden Wesen neben sich umwandte. Seine Hand fiel schlaff von seinem Mund in seinen Schoß.

»Und Nana Boo wird es ebenso gehen.« Sie lächelte, und ihre Augen glitzerten. »Ich weiß es einfach.«

Wie zum Teufel machte sie das nur? Immer wusste sie genau, was sie sagen musste, um ihn zu beruhigen. Obwohl es ihn Überwindung kostete, nicht aus dem Wagen zu springen, wurde seine Anspannung dank ihrer Worte erträglicher.

Er gab ihr einen Kuss auf die Schläfe. »Danke.« Ein hoffnungslos unzulängliches Wort, um zu beschrieben, was sie für ihn tat, doch mehr hatte er leider nicht in petto. Carter lehnte sich zurück und erfasste fest ihre Hand, die noch immer auf seinem Bein lag, hielt sich an ihr fest. Er atmete tief durch und beobachtete durch die Seitenscheibe, wie die Welt draußen vorbeirauschte. Sie hatten noch eine lange Fahrt vor sich: neun Stunden, einen Zwischenstopp in einem Motel und danach noch einmal sechs Stunden bis Chicago.

Er warf einen Blick auf die Uhr.

Nur noch achteinhalb Stunden übrig.

Großartig. Mehr als genug Zeit, um sich in seine Nervosität hineinzusteigern.

In seiner Jeanstasche begann sein Handy zu klingeln. Er spähte aufs Display: Max.

»Hey, Kumpel.«

»Wo zum Teufel steckst du?«, fragte Max scharf. Seine Stimme klang kratzig, seine Aussprache war verwaschen.

Der Vollidiot stopfte sich schon um neun Uhr morgens die Nase mit Koks voll. Langsam geriet dieser Mist außer Kontrolle.

Carter seufzte. »Ich bin auf dem Weg nach Chicago, Max. Und wo bist du?« Im Hintergrund hörte er eine leise Frauenstimme. »Wer ist bei dir?«

Max ignorierte seine Frage und blaffte: »Was um alles in der Welt willst du da?« Seine Unverfrorenheit brachte Carter sofort auf die Palme.

»Thanksgiving«, antwortete er kurz angebunden. »Kat hat mich eingeladen. Ich habe dir davon erzählt. Schon vergessen? Du meintest, du würdest bei Paul eine ruhige Kugel schieben.«

Max lachte, doch es klang freudlos. »Ah ja, du und Kat. Das ach so glückliche Paar.«

Jetzt ging das schon wieder los. Es krachte in der Leitung, irgendetwas fiel zu Boden. Darauf folgte ein übertrieben schrilles Kichern, bei dem eindeutig Drogen im Spiel waren. »Max? Geht es dir gut? Alles in Ordnung?«

»Kann dir doch egal sein«, schnauzte Max ihn an. »Du hast ja offensichtlich Wichtigeres zu tun, Bruder. Wie immer.«

Carter platzte der Kragen. »Das stimmt nicht. Du benimmst dich wie ein Idiot, Max.« Aber die Leitung war schon tot. Fassungslos starrte Carter das Handy an. Er hatte mit Max kaum über seine Beziehung mit Kat gesprochen, hauptsächlich, weil Max wegen Lizzie noch immer so zornig und verbittert war, dass er nicht wahrnahm, wie glücklich Carter war. Je mehr Carter für Kat empfand, desto wütender schien Max auf ihn zu werden. Carters Lebensglück bedeutete Max derzeit offenbar nicht sonderlich viel. Er war viel zu sehr mit seiner eigenen Verzweiflung beschäftigt. Die Unmengen Koks, die er inzwischen täglich konsumierte, verschärften die Situation noch zusätzlich.

Und Carter konnte nichts daran ändern.

Jedes Mal, wenn er seine Hilfe anbot – in Form von Geld oder Unterstützung –, stieß er auf Widerstand. Max' Stolz war fast so ausgeprägt wie seine Sturheit. Carter und Paul hatten schon erwogen, kurzerhand einzuschreiten – denn in einer Entzugsklinik wäre Max derzeit nun mal am besten aufgehoben –, doch beide Männer wussten auch, dass das voraussichtlich kein gutes Ende nehmen würde.

»Alles okay?«, fragte Kat beunruhigt.

»Nein.« Rasch schickte Carter eine SMS an Cam und Paul, in der er sie bat, in die Werkstatt zu gehen und dafür zu sorgen, dass Max nicht an seiner eigenen Kotze erstickte oder sonst irgendetwas passierte. Aufgewühlt begann er, am Radio herumzudrehen, wechselte gute fünf Minuten lang immer wieder den Sender und war froh, dass Kat ihm keine weiteren Fragen stellte.

»Vergiss nicht, dass du Diane anrufen musst, sobald wir die Staatsgrenze überqueren«, bemerkte sie stattdessen.

»Ja, ich weiß.« Er lehnte sich auf dem lederbezogenen Sitz des *Jaguar XJ* zurück und lauschte den beruhigenden Klängen von »Good Riddance (Time of Your Life)« von Green Day. Carter summte die Melodie mit, griff die Akkorde spielerisch auf Kats Handgelenk. Dann legte er ihre Hand an seine Lippen und küsste ihre Fingerknöchel.

Kat seufzte wohlig. »Sag mir, was dir Sorgen bereitet.«

Er zuckte nur verdrossen mit den Schultern – obwohl er nur zu gut wusste, dass sie das nicht davon abhalten würde, ihm weitere Fragen zu stellen. Warum sich etwas vormachen? Im Moment gab es vor Kat und ihren Fragen kein Entkommen. Er saß in einem cremefarbenen Ledersitz fest, der mit hundertzehn Sachen pro Stunde durchs Land raste.

Na toll.

»Sag es mir.«

Carter massierte sich den Nasenrücken. »Ich mache mir über eine ganze Menge Dinge Sorgen. Schwierig, da eine besondere Sache herauszugreifen.«

»Okay«, sagte sie besänftigend, »aber du musst wissen, dass es keinen Grund gibt, sich …«

Wieder riss ihm der Geduldsfaden, und er platzte heraus: »Herrgott noch mal, ich bin ein Krimineller, Peaches! Natürlich habe ich allen Grund zur Sorge.«

Er hatte sie nicht so anfahren wollen, aber seine Nerven lagen völlig blank. Sein Rücken war verspannt, sein Magen in Aufruhr, und sein Gemütszustand pendelte permanent zwischen Angst und Panik. Ja, er war vollkommen fertig.

Kat schwieg.

Sofort bereute er seinen Ausbruch. »Hör zu, shit, es tut mir leid, Baby …«

»Nein, ist schon gut«, fiel ihm Kat ins Wort. »Du hast offensichtlich ein Problem mit diesem Trip. Tut mir leid, dass ich nicht ausreichend darauf eingegangen bin. Wirklich.« Das klang so aufrichtig, dass sich ihm die Kehle zuschnürte. »Du musst es nur sagen, und ich drehe wieder um. Ich möchte nicht, dass dir alles zu viel wird und du dich so extrem unwohl fühlst.«

Womit um alles in der Welt hatte er eine Frau wie sie nur verdient?

»Ich will nicht, dass du umkehrst.« Er atmete tief durch, drehte sich ein Stück in seinem Sitz, um sie besser sehen zu können. »Wirklich lieb, dass du es mir anbietest, aber ich möchte dieses Wochenende bei dir sein.« Carter raufte sich mit der freien Hand das Haar. »Ich will nur, dass deine Großmutter sieht, dass ich nicht nur ein …« Mit dem Finger auf der Brust ging er in seinem Kopf eine Liste nicht gerade schmeichelhafter Adjektive durch. »Du weißt schon. Und dass du mir viel bedeutest.«

Sie näherten sich einer Abzweigung, und Kat fuhr langsamer. »Das wird sie. Meine Großmutter ist der liebste Mensch, den ich kenne. Sie hat keine Vorurteile.«

Sie legte die Hand an Carters Hals, rieb mit dem Daumen über seinen Unterkiefer. »Wir können einfach wir selbst sein. Du und ich.«

»Versprochen?«

»Versprochen.«

Als sie noch knapp zwanzig Minuten vom Haus entfernt waren, begann Carters Magen Salti zu schlagen. Am Rücken war er völlig durchgeschwitzt, obwohl draußen klirrende Kälte herrschte. Es schneite sogar ein wenig.

»Bist du okay?«

Carter legte den Kopf in den Nacken. »Ich kriege das schon hin«, murmelte er und presste die Wange an die Kopfstütze. »Bis wir da sind, werde ich dir einfach beim Fahren zusehen.«

Sie lächelte, ohne die Augen von der Straße zu nehmen. »Wie dann, wenn man eine Impfung bekommt, meinst du.«

»Was?«, fragte Carter verdutzt.

Kat warf einen Blick in den Rückspiegel und wechselte die Spur. »Als ich noch ein kleines Mädchen war, hat mich mein Vater immer zum Impfen begleitet. Er hat zu mir gesagt, dass es weniger wehtut, wenn man nicht hinsieht. Wenn man nicht sah, was auf einen zukam, machte es einem auch weniger Angst.« Sie lächelte wehmütig. »Ich habe immer das Gesicht an seinem Hals versteckt und gebetet, dass es schnell vorübergehen würde.«

»Hat es funktioniert?«

»Jedes Mal.«

Seine Mundwinkel zuckten nach oben. Seit sie New York verlassen hatten, hatte sie viel über ihren Vater erzählt. Carter konnte nicht leugnen, dass er Daniel Lane gern kennengelernt hätte, auch wenn er nicht wusste, wie der Mann wohl darauf reagiert hätte, dass Carter mit seiner Tochter zusammen war.

»Meinst du …?« Carter schlang den Daumen hoffnungsvoll um Kats kleinen Finger. »Meinst du, er hätte mich gemocht?«

Eine Ampel vor ihnen schaltete auf Rot. Kat hielt an und wandte sich zu ihm um. »Ich glaube, du und mein Vater, ihr seid euch ähnlicher, als selbst mir klar ist. Ich denke, er hätte dich toll gefunden.«

Oh Gott, wie sehr er sich wünschte, ihr glauben zu können und die dunkle Angst, die in seinem Kopf lauerte, Lügen zu strafen. »Wirklich?«

»Ja«, antwortete sie ohne die Spur eines Zweifels. »Wirklich. Küsst du mich?«

Carter beugte sich vor, bis ihre Lippen sich trafen. Er behielt die Augen offen, beobachtete, wie Kat ihre Lider genüsslich schloss. Neckisch fuhr er mit der Zungenspitze über ihre Unterlippe. Als Kat sich wieder abwandte, um weiterzufahren, seufzte er auf.

»Ich kann mich nicht erinnern, jemals geimpft worden zu sein«, gestand er.

Kat warf ihm einen Seitenblick zu. »Ehrlich?«

Er schüttelte den Kopf, versuchte, sich zu erinnern. Sie hatte sich bemüht, die Frage heiter und unverfänglich klingen zu lassen, doch Carter wusste genau, dass sie ihn bedauerte. Ihr Mitleid brannte auf seiner Haut wie die Blätter einer Nessel. Er knirschte mit den Zähnen.

»Das ist vielleicht gar nicht so schlecht«, meinte Kat. »Spritzen sind furchtbar.«

Sich erinnern zu wollen erschien ihm so lächerlich. Stöhnend ließ er einige der Dinge, an die er sich noch erinnern konnte, Revue passieren. Schmerz. Tränen. Isolation. Hass. *Scheiß drauf*, dachte er, als er plötzlich Wut in sich aufkeimen spürte. An seiner Vergangenheit konnte er ohnehin nichts mehr ändern. Es wurde Zeit, nach vorn zu blicken, und Kat an seiner Seite zu haben war ein gigantischer Schritt in die richtige Richtung. Er drückte ihr Bein, ließ den Finger sacht über den Hosensaum auf der Innenseite ihres Schenkels gleiten.

»Carter?« Sie schluckte.

Er lächelte. »Was?«

»Wir sind da.«

Carter riss den Kopf herum. Am Ende einer lang gezogenen gepflasterten Einfahrt stand ein großes Backsteingebäude, umgeben von einer Gartenanlage. Carters Herz hämmerte gegen seine Rippen. Plötzlich verlangte es ihn nach einer Zigarette. Panisch betastete er seine Kleidung. In der Hosentasche steckte noch ein Päckchen. Erleichtert atmete er auf. Gott sei Dank!

Doch dann kam ihm unvermittelt ein furchtbarer Gedanke: Was, wenn Kats Großmutter Raucher verabscheute?

»Carter?«

Kats Stimme schien von weit weg an sein Ohr zu dringen. Er drehte sich zu ihr um und hatte plötzlich das Gefühl, unter Wasser zu schweben und nicht atmen zu können.

Kat ließ ihren Sicherheitsgurt aufschnappen. »Alles in Ordnung? Du siehst ein bisschen blass aus.«

Carter rubbelte sich über die Brust, um seine Lunge dazu zu bewegen, wieder ihren Dienst aufzunehmen. Doch es half nicht. Er brach in kalten Schweiß aus, der ihm wie eisige Klauen über den Rücken rann. Er bekam keine Luft. Liebe Güte! Seine Lungen waren vollkommen verkrampft.

Was tat er hier nur? Warum hatte er sich auf diesen Schwachsinn eingelassen? Er tat so etwas nicht. Er lernte nicht die Familie der Frau kennen. Ernsthaft zu glauben, dass Kats Großmutter ihn akzeptieren würde, war wirklich lächerlich. Das würde sie niemals tun, weil er nämlich nicht gut genug war. Er war noch nie gut genug gewesen.

Dummer, dummer Idiot.

»Hey.« Kat zog seine Hände in ihren Schoß.

»Kat, ich … ich bin nicht …« Er schnappte nach Luft. »Ich kann das nicht.«

»Mit dir ist alles in Ordnung, Carter. Ich bin hier, und mit dir ist alles in Ordnung.« Kat legte die Hände an seinen Hals, ließ die Daumen über den Stellen kreisen, an denen sein Blut direkt unter der Haut pulsierte. »Sag es mir«, murmelte sie. »Sag mir, dass du weißt, was du mir bedeutest.«

Bebend atmete er ein. »Ich weiß. Ich weiß es. Aber ich …«

Sie legte die Stirn an seine, sodass er den Kopf heben musste. »Nein. Kein Aber. Das ist alles, woran du denken musst.«

Siehst du, schien ihr Ton ihm unterschwellig zuzuflüstern. *So einfach ist das.*

Carter atmete dreimal tief ein und aus. Sein Pulsschlag verlangsamte sich. Er konzentrierte sich ganz auf das Kreisen ihrer Finger und schaffte es tatsächlich, sich ein wenig aufzurichten. Er musste sich wieder in den Griff bekommen. Auf keinen Fall durfte er zulassen, dass das Erste, was Kats Großmutter von ihm zu sehen bekam, seine Angst war.

Er neigte sich nach vorn, küsste Kat auf den Mund. »Tut mir leid.«

»Es muss dir nicht leidtun. Geht es dir jetzt besser?«

Er blickte zu Boden. »Lass mich einfach nur nicht allein, okay?«

»Das werde ich nicht«, beteuerte Kat inbrünstig. »Komm mit.«

Bevor Carter reagieren konnte, war sie schon aus dem Auto gestiegen und lief aufgeregt um die Motorhaube herum.

»Das klappt nie im Leben.« Carter öffnete ebenfalls die Wagentür und stieg aus.

Er schlug die Tür zu und schob die Hände tief in die Hosentaschen. Die kalte Luft und die noch kälteren Erinnerungen an das Haus seiner Mutter ließen ihn frösteln. Wieder musste er an das ungute Gefühl denken, dass ihn jedes Mal überkommen hatte, wenn man ihn vor der Eingangstür abgeladen hatte. An ihren Gesichtsausdruck, als sie die Tür geöffnet hatte. Sie hatte ihn voller Reue angesehen, als wäre er lediglich eine Last für sie. Himmel, er war doch nur ein verängstigtes, einsames Kind gewesen! Er schluckte schwer und kämpfte die Erinnerungen zurück. Aber als sich die Tür öffnete und ein riesiger schwarz-weißer Terrier mit baumelnder Zunge und wedelndem Schwanz aus dem Haus gerannt kam, waren sie schnell vergessen.

»Reggie!«, kreischte Kat und kniete sich zu dem Hund, der winselte und freudig kläffte.

Sie rieb ihm den Bauch, bis er wie verrückt zu scharren und mit den Beinen zu zucken begann. »Du hast mir auch gefehlt«, gurrte sie.

»Kat!«

Sie hob den Kopf. Nana Boo eilte in Parka und dicken Handschuhen auf sie zu. Wie immer sah sie großartig aus. Trevor, ihre Haushaltshilfe, folgte ihr lächelnd nach.

»Nana«, hauchte Kat und empfand sofort tiefen Frieden. Sie erhob sich und ließ sich von ihrer Großmutter herzen.

»Mein Engel«, sagte ihre Großmutter strahlend. »Ich freue mich so sehr, dich zu sehen.«

»Ich mich auch.«

Kat küsste sie auf die Wange. Dann blickte sie sich schnell nach Carter um. Er hatte den Kopf eingezogen und scharrte unbehaglich mit den Füßen. Rasch nahm sie ihn an die Hand und zog ihn zu sich. Er umklammerte sie so fest, dass es wehtat, doch das war einerlei. Sie wollte nur, dass er sich wohl und sicher fühlte.

»Nana«, sagte Kat, »das ist Carter. Er ist mein … Wes.«

Carter riss so abrupt den Kopf herum, dass es an ein Wunder grenzte, dass er sich dabei nichts ausrenkte. Er hatte die Augen vor Verblüffung weit aufgerissen, doch das Zucken seiner Mundwinkel verriet ihr, dass sie die richtigen Worte gewählt hatte.

»Freut mich, Sie kennenzulernen, Carter«, sagte Nana Boo, streckte die Hand aus und lächelte so strahlend, dass in ihrem Gesicht Tausende kleine Fältchen erschienen.

Carter räusperte sich. »Schön, auch Sie endlich kennenzulernen«, entgegnete er.

Ohne Vorwarnung schlang Nana Boo die Arme um Carters Taille, legte die Wange an seine und drückte ihn fest.

»Ähm, ja. Hi«, murmelte Carter verlegen und blickte Hilfe suchend über den Kopf der alten Dame hinweg zu Kat. Die lächelte nur.

»Ich habe mich schon so darauf gefreut, den Mann zu treffen, der meiner Kat das Herz gestohlen hat«, flüsterte Nana Boo.

Sie ließ Carter los, trat einen Schritt zurück und wischte sich die feucht schimmernden Augen. »Oh weh«, seufzte sie angesichts ihrer eigenen Tränen. »Was für eine alberne alte Frau ich doch bin!«

»Keineswegs«, meinte Carter mit einem schiefen Grinsen.

Nana Boo tätschelte ihm mütterlich die Wange. »Und, mein Lieber, ich muss sagen, Sie sind genauso attraktiv, wie Kat Sie mir beschrieben hat.« Für sein fassungsloses Gesicht erntete Carter nur ein Lachen. Dann hakte sich Nana Boo kurzerhand bei ihm unter. »Lasst uns hineingehen. Hier draußen ist es verdammt kalt. Kat, gib Trevor die Schlüssel. Er wird sich um euer Gepäck kümmern.«

Carter zog Kat mit sich, klammerte sich an ihre Hand, als hinge sein Leben davon ab. Beruhigend streichelte sie seinen Unterarm. Liebe Güte, im Auto hatte er wirklich Todesängste ausgestanden! Sie wusste auch, woher diese Furcht rührte: Er trug sie immer in sich – wie ein tonnenschweres Gewicht.

Kat biss sich auf die Backe. Wie sehr sie seine Familie verabscheute! So widerwärtig hatten sie ihn in seiner Kindheit behandelt, ihn nie geliebt, umsorgt, sich um ihn gekümmert. Und nun betrachtete er sich selbst als unwürdig, hatte keine Ahnung, was für ein wundervoller Mann er geworden war. Eine Tragödie.

»Hattet ihr eine gute Fahrt? War mit dem Wagen alles in Ordnung?«, erkundigte sich Nana Boo. Sie schloss die Eingangstür hinter ihnen, bevor sie ihre Mütze absetzte.

»Ja.« Kat wusste, wie sehr Carter gerade beruhigenden Körperkontakt brauchte, und hielt sich darum dicht an seiner Seite. »Er hat sich nicht mal über meinen Fahrstil beklagt.« Als sie sah, wie er genervt mit den Augen rollte, musste sie lachen. »Durchaus möglich, dass du aus ihm einen *Jaguar*-Fan gemacht hast.«

Nana Boos Augen begannen sofort zu strahlen. »Sie mögen Autos?«

Befangen kratzte sich Carter am Hals. »Ähm, ich, ja, ich schraube gern.«

»Carter mag auch Motorräder«, ergänzte Kat und ignorierte geflissentlich Carters ungehaltene Miene.

»Ein echter Steve McQueen!«, rief Nana Boo begeistert. »Oh, schweig still, mein Herz.«

Kat kicherte an Carters Schulter und stellte zufrieden fest, dass auch er in Gelächter ausbrach.

»Das würde ich nun nicht gerade behaupten«, sagte er bescheiden. »Aber ich mag sie.«

»Na, dann zeige ich Ihnen später noch die *Triumph*, die in meiner Garage steht.« Sie zwinkerte ihm zu. »Aber jetzt braucht ihr jungen Leute erst einmal ein warmes Getränk.«

Carter sah der alten Dame verdattert nach, die geschäftig in die Küche eilte.

»Sie hat eine *Triumph*?« Seine blauen Augen glänzten begeistert.

Kat musste lachen. »Und einen antiken *Aston*. Komm, Steve«, witzelte sie. »Ihre heiße Schokolade ist wirklich der Hammer.«

Als sie schließlich alle um Nana Boos großen runden Tisch saßen, genoss Kat die wohlige Wärme des so vertrauten Hauses, der Liebe und vorbehaltlose Zuneigung ihrer Großmutter. Die Schamgefühle und Unsicherheiten der vergangen Monate schmolzen unter ihr dahin. Carter hielt ständig mit einer Hand Körperkontakt zu Kat und lauschte bei Enchiladas und *Oreo*-Käsekuchen den vielen Geschichten, die Nana Boo über Kat und ihre Kindheit zum Besten gab. Geschichten, in denen Kat vom Pferd fiel, auf Bäume kletterte und mit Bällen Fenster zerdepperte. Carter hörte gebannt zu.

Ihn so entspannt zu erleben, sein Gelächter zu hören, war wundervoll. Er schien langsam zu begreifen, dass es keinen Grund gab, sich zu fürchten, und das war mehr, als Kat je zu träumen gewagt hätte. Sie hatte nur eine Hoffnung für das gemeinsame Wochenende mit Nana Boo: dass er begriff, dass er in ihr Leben passte. Er sollte sehen, dass es auch Menschen gab, die sich nicht um seine Vergangenheit und die Fehler, die er gemacht hatte, scherten. Es war wichtig, dass Carter begriff, dass nicht jeder ihn dafür vorverurteilte. Diese Dinge machten ihn nicht aus.

Als Nana Boo ihm Fragen über seine Hobbys stellte, hörte Kat aufmerksam zu und lächelte, als Carter bescheiden von seiner Begeisterung für Musik sprach und für alles, was schnell und aus Metall war. Er berichtete ihr von Kala und seinem Wunsch, ein weiteres Motorrad zu kaufen, worauf Nana Boo ihm erzählte, wie Kat und ihr Vater stundenlang an der Küste auf und ab gefahren waren, nur um das Dröhnen des Motors zu hören und den Wind in ihren Gesichtern zu spüren.

»Sie hat sich kein bisschen verändert«, meine Carter mit einem liebevollen Lächeln.

Kat errötete.

Nana Boo war einfach fantastisch. Sie lachte und scherzte und stellte Carter niemals Fragen, die ihm unangenehm hätten sein können. Wenn er sprach, hörte sie ihm aufmerksam zu. Carter zog immer weniger den Kopf ein, und sein Lachen wurde von Mal zu Mal unbefangener. Selbst sein Griff um Kats Hand lockerte sich ein wenig.

Allerdings stand noch immer ein großes Problem im Raum, von dem Kat wusste, dass es ihn plagte. Als er schon wieder unruhig auf seinem Stuhl herumrutschte, sagte Kat mit einem Grinsen: »Du kannst ruhig eine Zigarette rauchen.«

Carter spähte entschuldigend zu Nana Boo. »Nein, nein, nicht nötig.«

»Mein Lieber, Trevor pflegt draußen auf der hinteren Veranda zu rauchen«, erklärte Nana Boo unbekümmert und stellte eine Schüssel mit *Doritos* und ein Schälchen Sour Cream auf den Tisch. »Bitte, nur keine Hemmungen. Sie sind schließlich im Urlaub.«

Fragend sah Carter Kat an. »Geh ruhig.« Seine Schüchternheit war zu niedlich.

»Okay.« Zögerlich trommelte er mit den Fingern auf die Tischkante. »Ich muss auch Max anrufen. Ich … es dauert nicht lange.«

Er erhob sich und ging zur Hintertür. Reggie sprang sofort unter Nana Boos Stuhl hervor und rannte ihm nach. Eifrig kratzten seine Krallen über den Holzfußboden. Carter musterte den Hund sichtlich verwundert. Reggie setzte sich brav hin und wedelte freudig mit dem Schwanz.

»Er will mit Ihnen kommen«, erklärte Nana Boo. »Er mag Sie.«

»Okay«, murmelte Carter und warf noch einen letzten, misstrauischen Blick auf den Hund, ehe er in Begleitung von Reggie in die kalte Nacht hinausging. Kat sah ihm nach, bis sich die Tür wieder geschlossen hatte.

»Er ist wundervoll.« Nana nippte an ihrem Rotwein. »Er vergöttert dich, Schätzchen.«

»Ich vergöttere *ihn*«, gestand Kat. Gedankenverloren strich sie über den Stiel ihres Weinglases. »Nana, er war so nervös. Er wollte so unbedingt einen guten Eindruck bei dir machen. Wie sehr ich mir wünschte, dass er begreifen würde, dass er sich deshalb keine Sorgen machen muss! Er hat ein vollkommen verzerrtes Selbstbild.«

»Das wird er noch erkennen, Kat. Wenn er es nur oft genug hört, wird er es auch begreifen.« Nana Boo lächelte in sich hinein. »Er erinnert mich so sehr an …« Sie schüttelte den Kopf.

Kat stützte das Kinn in die Hand. »An wen?«

»An deinen Vater«, sagte Nana Boo. »Er ist genau, wie dein Vater damals war, als deine Mutter ihn zum ersten Mal mit nach Hause brachte. Furchtbar nervös und ausgehungert nach einer Zigarette.«

»Dad hat geraucht?« Kat verschluckte sich fast an ihrem Wein.

»Als deine Mutter mit dir schwanger wurde, hat er es aufgegeben.«

Kat lächelte versonnen. »Das wusste ich nicht.«

»Ich könnte dir so einiges über deinen Vater erzählen.«

»Oh, ja bitte.«

»Dein Großvater war von dem Mann, den deine Mutter sich ausgesucht hatte, nicht begeistert.« Nana Boo lächelte wehmütig. »Keiner war jemals gut genug für seine Eva.«

»Ja, das muss in der Familie liegen«, meinte Kat sarkastisch.

Nana Boo schmunzelte. »Ja, deine Mutter ähnelt ihrem Vater sehr.«

Kat dachte einen Augenblick darüber nach, wie ihre Mutter unermüdlich an ihrer Entscheidung für Carter und für *Arthur Kill* herumkrittelte.

»Mein Engel, sie will dich beschützen, weil sie dich liebt«, sagte Nana Boo leise, als hätte sie Kats Gedanken erraten. »Sie hat furchtbare Angst, dich zu verlieren.«

»Aber das hat sie schon.«

»Das meinst du nicht so, Kat«, schalt Nana Boo, worauf Kat sich augenblicklich schuldig fühlte. Sie schwenkte ihr Glas. »So, du hast also ein Vorstellungsgespräch für einen neuen Job?«, wechselte Nana Boo übergangslos das Thema.

»Ja, in einem Jugendgefängnis in Brooklyn. Im neuen Jahr könnte ich dort anfangen.«

Die Annonce für den Job war eine der ersten in Beths Mappe gewesen, und obwohl Kat es nur ungern zugab, klang die Stelle einfach perfekt. Ihre Bewerbung war sofort akzeptiert worden, und obwohl es Kat ein wenig traurig machte, *Kill* zu verlassen, verspürte sie auch kribbelnde Vorfreude.

»Und das ist das, was du willst?«, fragte Nana Boo.

»Ich will Carter.«

Nana Boos Augen glitzerten. »Solange du nur glücklich bist.

Das ist das Einzige, was für mich zählt. Deine Mutter wird schon noch ein Einsehen haben.« Nana Boo klang so überzeugt, dass Kat es fast selbst glaubte.

Trotz der verletzenden Worte, die zwischen ihnen gefallen waren, und der Feindseligkeiten, die noch immer im Raum standen, hätte Kat alles dafür gegeben, ihre Mutter hier bei sich am Tisch zu haben, ein Glas Wein mit ihr zu trinken und eine normale Unterhaltung mit ihr zu führen. Wochen waren vergangen, und noch immer lagen sie sich in den Haaren. Kats Zorn war in der Zwischenzeit in Traurigkeit und Resignation umgeschlagen. Zwischen ihnen beiden würde es nie mehr so sein wie früher.

Um sich abzulenken, tunkte sie einen *Dorito* in den Dip. »Erzähl mir mehr darüber, warum Großvater Dad nicht mochte.«

Nana Boo lachte leise. »Danny hatte, genau wie dein Carter, auch ein paar Leichen im Keller.« Sie sah Kat vorsichtig an. »Bevor er deine Mutter kennenlernte, hat er einige Dinge getan, auf die er im Nachhinein nicht gerade stolz war, und dein Großvater hat sich immer daran gestoßen. Ich habe oben noch einiges, das du dir ansehen kannst. Ich glaube, dann könntest du es besser verstehen.«

»Es ist doch nichts Schlimmes, oder?«

»Nein. Nichts Schlimmes.« Nana Boo zögerte kurz. »Im Gegensatz zu deiner Mutter bin ich durchaus der Meinung, dass du mehr darüber erfahren solltest, was sie und dein Vater gemeinsam durchgestanden haben.« Sie legte Kat die Hand auf den Scheitel. »Keine Sorge, es ist nichts Furchterregendes, und wenn du siehst, was ich dir zeigen möchte, wird alles einen Sinn ergeben.« Sie warf einen Blick zur Hintertür. »Du solltest nur wissen, dass Carter und dein Vater einiges gemeinsam haben.«

Bevor Kat weitere Fragen stellen konnte, öffnete sich die Hintertür wieder, und Carter eilte ins Zimmer. In seinem Haar hingen Schneeklumpen, und auch Reggie sah ziemlich durchgefroren aus.

»Lieber Himmel, es ist scheißkalt da draußen«, knurrte Carter. Er zauste sich die Haare, dass es spritzte. »Ich fühle meine verdammten Finger nicht mehr!« Abrupt verstummte er, als ihm auffiel, was er da gerade gesagt hatte … und in wessen Gegenwart. »Shit!« Er blinzelte. »Verflucht, ich meine, tut mir leid.«

Nana Boo prustete los, schlug sich lachend die Hand vor den Mund. »Schon gut, ich habe schon Deftigeres zu hören bekommen. Schließlich war ich fast vierzig Jahre mit Kats Großvater verheiratet.«

Auch Kat konnte sich das Lachen kaum verkneifen. Carter schlurfte betreten zu seinem Platz zurück und nahm einen tiefen Schluck aus seiner Bierflasche.

»Nur keine Sorge«, meinte Nana Boo kichernd und tätschelte sein Knie. »Seien Sie einfach Sie selbst. Denn genauso, wie Sie sind, sind Sie perfekt.«

»Bist du auch ganz sicher, dass es sie nicht stört?« Carter verfolgte, wie Kat den kleinen Koffer in das Zimmer rollte, das er und Kat teilen würden. Im Haus ihrer Großmutter. Während ihre Großmutter nur wenige Zimmer weiter schlief.

»Weißt du«, flötete Kat, »für einen verurteilten Verbrecher hast du ziemlich prüde Vorstellungen von einer Beziehung.«

Er verdrehte die Augen und sah ihr zu, wie sie in dem kleinen Badezimmer aus ihrem Pullover schlüpfte. Prüde? Ja genau. Darum hatte er auch schon allein davon, dass er ihren nackten Rücken sah, einen Ständer.

»Ich bin nicht prüde«, behauptete er brüsk. »Ich … das ist

immerhin Nana Boos Haus.« Er ließ sich auf das breite Bett plumpsen und schlüpfte aus Stiefeln und Socken.

Gerade rieb er sich müde das Gesicht, als Kat aus dem Badezimmer zurückkehrte. Sie blieb in der Tür stehen und sah ihn merkwürdig an.

»Du hast sie Nana Boo genannt«, sagte Kat und zupfte am Saum des *Harley*-T-Shirts, das sie sich übergezogen hatte. Sein T-Shirt. Es umspielte locker ihre zarten Schenkel, und der V-Ausschnitt betonte ganz hervorragend ihre Brüste.

»Ja.« Carter konnte die Augen nicht von ihr lassen.

Kat trat auf ihn zu, schob seine Knie mit ihren Beinen auseinander und legte die Hände auf seine Schultern, während er ihre Taille umfasste.

Sie beugte sich vor und rieb die Nase an seiner. »Ich finde es schön, dass du sie so nennst.«

Ihre Lippen legten sich warm und weich auf seine. Carter brummte genüsslich.

»Fühlst du dich jetzt besser?« Sie kniete sich über seinem Schoß aufs Bett.

Carter lächelte. »Ja, mir geht es besser.« Er rutschte ein Stück auf der Matratze zurück. »Ich fühle mich gut.« Er nickte mit dem Kinn in Richtung Tür. »Sie ist großartig.« Ungläubig schüttelte er den Kopf. »Sie ist einfach so – ich meine, diese Frau hat für mich einen *Oreo*-Käsekuchen gemacht! Wie cool ist das denn bitte?« Er drückte ihr einen Kuss auf den Unterkiefer.

Carter ließ die Hände über ihre Seiten gleiten, kitzelte spielerisch ihre Schenkel. »Zum ersten Mal seit langer Zeit«, murmelte Carter, »habe ich nicht das Gefühl, als würde mir etwas fehlen.« Er legte die Lippen auf ihren Mundwinkel. »Als würde ich genau hierher gehören.«

»Das tust du auch«, raunte Kat. »Du gehörst zu mir.«

Ihre Worte hinterließen eine angenehme Wärme in seinem Herzen. Er zog Kat näher an sich und küsste sie. Doch als es leise an der Tür klopfte, fuhr er erschrocken zurück, als hätte man ihn bei etwas Verbotenem ertappt. Kat drückte ihm rasch ein Küsschen auf die Nasenspitze, bevor sie vom Bett kroch und an die Tür ging.

»Bitte entschuldige, dass ich dich störe, Schätzchen«, sagte Nana Boo draußen auf dem Flur. »Aber ich wollte dir noch das hier geben, bevor du schlafen gehst. Es sind die Informationen über deinen Vater.«

Carter reckte den Hals, konnte jedoch nur einen großen braunen zerknitterten Umschlag in Kats Hand erspähen.

»Danke, Nana.« Kat gab ihrer Großmutter einen Kuss auf die Wange.

»Gute Nacht, mein Engel«, sagte sie leise. Dann rief sie: »Und gute Nacht dir, Carter.« Er konnte geradezu hören, dass sie dabei lächelte.

»Nacht«, erwiderte er. Sie erinnerte ihn so sehr an seine eigene Großmutter, dass es manchmal nur schwer zu ertragen war. Sogar ihr süßer blumiger Duft weckte nostalgische Gefühle in ihm.

Er zog den Pullover über den Kopf und schlüpfte aus der Jeans. Kat schloss die Tür. Nachdenklich klopfte sie mit dem Umschlag auf ihre Hand.

»Was ist los?« Er schlug die Bettdecke auf und kroch darunter.

»Nichts.« Sie hob den Umschlag an. »Das sind nur einige Sachen über meinen Dad. Nana Boo wollte, dass ich sie mir anschaue.«

»Was für Sachen?«

»Keine Ahnung.« Sie hielt den Umschlag mit beiden Händen.

Carter beugte sich vor, senkte die Stimme. »Willst du, ähm, sollen wir sie uns gemeinsam ansehen?«

Sofort wirkte sie erleichtert. Dankbar lächelte sie ihn an.

Carter hob die Daunendecke noch mal und klopfte auffordernd auf die Matratze. »Komm her.«

Kat hopste zum Bett und ließ sich neben ihm nieder. Er legte ihr den Arm um die Schultern, drückte ihr einen Kuss auf die Haare und wartete geduldig, während sie den Umschlag aufriss. Sie zog einen ganzen Stapel Zeitungsausschnitte heraus. Vorsichtig breitete sie sie auf dem Bett aus. Einige, die sich mit dem Tod ihres Vaters, seiner Beerdigung und den anschließenden Veranstaltungen und Feiern zu seinem Gedenken befassten, betrachtete sie genauer.

Als Carter ein Bild von Kat entdeckte, das in der Nacht des Mords aufgenommen worden war, drückte er sie unwillkürlich fester an sich. Auf dem Bild hatte sie die Augen vor Entsetzen weit aufgerissen. Sie sah verängstigt aus und versank fast in der Decke, in die sie die Polizisten gehüllt hatten.

»Du warst noch so verdammt klein«, flüsterte er, während er mit dem Finger über ihr schwarz-weißes Gesicht strich. »Aber so stark.«

Einige Minuten stöberten sie gemeinsam in den Ausschnitten, bis Kat plötzlich keuchte und einen deftigen Fluch ausstieß.

»Was ist denn?«, fragte er belustigt. Er mochte es, wenn sie so schmutzige Worte von sich gab. Schön, dass er auf sie abzufärben begann.

»Sieh dir das an.« Ohne seine vielsagenden Blicke zu beachten, reichte sie ihm ein Blatt.

Es war ein weiterer Zeitungsartikel, begleitet von einem Bild von Kats Mutter und Vater, fein herausgeputzt wie jedes Paar aus der Politikszene, das Carter kannte. Die Überschrift jedoch weckte augenblicklich Carters Interesse: *Senator Lane verbüßte Gefängnisstrafen wegen mehrerer Vergehen*

Heilige Scheiße!

Flüchtig wechselte er einen Blick mit Kat, bevor er begann, den Text des Artikels zu lesen. Die Liste der Vergehen reichte von Graffiti, Trunkenheit und ungebührlichem Verhalten bis zu Drogenbesitz und – was Carter am beeindruckendsten fand – Autodiebstahl. Die Strafen, die er dafür aufgebrummt bekommen hatte, waren durchgehend recht milde ausgefallen, da er noch sehr jung gewesen war. Außerdem war sonnenklar, dass der Autor damit, dass er diese Lappalien ans Licht zerrte, lediglich darauf abzielte, Senator Lanes Namen in den Schmutz zu ziehen. Doch trotzdem war sich Carter nicht ganz sicher, was er von alledem halten sollte. Er pendelte zwischen selbstzufriedener Genugtuung und grenzenlosem Staunen.

Faszinierend fand er diese neuen Erkenntnisse allemal.

»Ich kann verdammt noch mal nicht glauben, dass Mom mir nichts davon erzählt hat«, schimpfte Kat aufgebracht. »Nach diesem ganzen Mist.« Entnervt ließ sie sich in die Kissen fallen, und ihre Stimme wurde noch etwas schriller. »Nach allem, was sie über meinen Job und über dich gesagt hat.«

Carter sammelte die Ausschnitte ein und legte sie sorgsam auf den Nachttisch.

»Wie kann sie nur so eine Heuchlerin sein?«, zischte sie. »Wie konnte sie nur so furchtbar gemeine Dinge über meine Lebensentscheidungen sagen, obwohl sie genau die gleichen getroffen hat?«

»Genau gleich sind sie nicht.«

Kat sah ihn fragend an.

»Hör zu«, sagte Carter ein wenig unbehaglich. »Ich will sie sicherlich nicht dafür verteidigen, dass sie dir nichts davon erzählt hat. Das ist unfair. Aber dein Vater hat ein paar Autos geklaut und ein paar Wände mit Farbe besprüht.« Er zuckte mit den Schultern. »Im Vergleich zu mir ist er ein Unschuldsengel.«

»Darum geht es nicht, Carter«, widersprach Kat und wurde schon wieder wütend. »Sie hat mir diese Informationen vorenthalten und mich heruntergeputzt, weil ich mit dir zusammen sein wollte. Mich für einen Job entschieden habe, der mir dabei helfen sollte, meine Ängste zu überwinden und neue Kraft zu finden. Sie hat alles schlecht gemacht – mich, dich, meine Entscheidungen –, obwohl sie die ganze Zeit wusste, dass mein Vater vorbestraft war.«

Carter umrahmte ihr Gesicht mit seinen Händen, um sie ein wenig zu beruhigen.

»Das hier ist kein Wettbewerb, bei dem derjenige gewinnt, der das schlimmste Verbrechen begangen oder die längste Strafe verbüßt hat«, fuhr sie angewidert fort. »In den Augen dieser vorurteilsbehafteten Arschlöcher, die ihre Nasen weiß Gott wie hoch tragen, seid du und mein Vater genau gleich.« Sie schüttelte den Kopf. »Meine Mutter wusste das. Darum hat sie nichts gesagt.« Sie rückte dichter an ihn heran, kuschelte sich an ihn.

Nachdenklich strich Carter mit dem Finger über ihren Nasenrücken, folgte mit ihm der Kontur ihrer Oberlippe, von der er wusste, dass sie nach Himbeeren schmeckte. »Bist du jetzt wütend auf deinen Dad?«

»Nein«, flüsterte sie, umkreiste spielerisch eine seiner Brustwarzen mit dem Finger. »Wie könnte ich? Er hat als Jugendlicher einige falsche Entscheidungen getroffen. Na und? Er ist trotzdem einer der besten Menschen, die ich kenne.« Sie zögerte kurz. »Genau wie du.«

Carter musste sie unablässig ansehen. Ihre Worte machten ihn fertig. Sinnlos, es zu leugnen. Himmel, sie war so verdammt schön und ihr Zorn so heiß.

Völlig unerwartet regte sich etwas in seiner Brust. Es war ein Gefühl, als läge ein Seil um seinen Brustkorb geschlungen, das sich immer fester zuzog. Beklommen rutschte er hin und her, um den Druck zu lindern, der in ihm aufstieg. Sein Inneres schien mit einem Mal zu groß für seinen Körper zu sein, als würde eine unbekannte Macht seine Organe anschwellen lassen und zusammendrücken, bis er es kaum noch aushielt. Er bekam keine Luft mehr. Jeder Nerv in seinem Körper kribbelte. Er hatte Gänsehaut, und seine Zehen rollten sich ein – und Carter hatte keine Ahnung, weshalb.

»Was ist los?«, fragte Kat, der seine Unruhe nicht verborgen geblieben war.

Carter rieb sich die Augen. »Wahrscheinlich nur eine Magenverstimmung.«

Kat küsste sanft seinen Bauch unterhalb des Nabels. »Besser?«

Carter zog sie an den Oberarmen zu sich heran. »Nein, du bist viel zu weit weg.« Er küsste sie, musste sie spüren, über sich, unter sich, überall.

Er küsste sie leidenschaftlich, labte sich an ihren herrlichen Lippen, die ihm neues Leben einhauchten. Ihrer Hitze. Sie brachte plötzlich wieder Farbe in sein tristes Leben. Obwohl sie seinen Kuss erwiderte, konnte er spüren, dass sie sich sorgte. Schließlich zog sie sich zurück. Fragend huschte ihr Blick über sein Gesicht.

Carter schluckte. »Es geht mir gut.«

Er versuchte, ruhig zu klingen und vorzuschützen, dass alles eitel Sonnenschein wäre. Doch in ihm tobte das blanke Chaos. Er hatte keine Ahnung, wie er ihm Einhalt gebieten sollte … und ob er das überhaupt wollte.

30

Kat wurde von dumpfen Schlägen aus dem Schlaf gerissen. Es klang, als hämmere jemand gegen Nana Boos Haustür. Carter stieß ein verschlafenes Seufzen aus. Noch immer lag sein Arm um ihre Taille. Er hatte sie die ganze Nacht festgehalten. Sie hatten nur aneinandergeschmiegt gekuschelt, obwohl sein harter Körper Kat verraten hatte, dass er eigentlich viel mehr gewollt hatte. Doch irgendetwas war anders. Er war anders. Da war etwas Neues in seinen Augen, etwas Unwiderrufliches, das viel zu groß war, um jetzt darüber …

Mit dem Kopf noch halb im Kissen, schielte Kat nach dem Wecker. Es war kurz nach zehn Uhr morgens. Wie konnte das sein? Sie wusste nicht einmal mehr, wann genau sie eingeschlafen war.

»Wer zum Teufel macht da so einen Lärm?«, grummelte Carter an ihrem Nacken. An ihrem Po konnte Kat seine beeindruckende Morgenlatte spüren. »Die sollen Ruhe geben und mich weiterschlafen lassen«, stöhnte er gähnend. »Ich hatte so tolle Träume.«

Grinsend rollte sich Kat herum. Wie süß er aussah, so verschlafen! Neckisch strich sie mit der Hand über seinen Schritt. »Das sehe ich.«

Carter seufzte, reckte die Hüften ihrer Hand entgegen. »Nun tu doch nicht so, als gefiele dir das nicht.«

Abrupt brach das laute Pochen ab. Kat lauschte angestrengt auf die erhobenen Stimmen, die nun sogar bis zu ihnen ins Zimmer drangen.

Auch Carter stemmte sich alarmiert hoch. »Was geht da vor sich?«

Kat schüttelte den Kopf. Ein ungutes Gefühl stahl sich in ihre Magengrube. »Keine Ahnung.«

»Ich gehe mal nachsehen«, erbot sich Carter.

»Nein«, hielt Kat ihn zurück, als er die Decke beiseiteschlug. »Ich gehe.«

»Peaches«, murmelte er wenig begeistert.

»Nein, schon gut, ich …«

»KATHERINE.«

Die keifende Stimme vor der Schlafzimmertür holte Carter und Kat mit einem Schlag in die Realität zurück. Ein eisiger Schauer überlief sie, während ihr vor Angst und Zorn Tränen in die Augen traten.

»Mom.«

»Was?« In wilder Panik sprang Carter aus dem Bett. »Deine – deine Mutter?«

Kat nickte langsam und krallte die Faust ins Laken.

»Katherine, komm da raus! Ich weiß genau, dass du mit ihm dort drinnen bist!«

Kat schloss die Augen. Sie konnte Carter jetzt nicht ansehen, denn sonst wäre sie postwendend aus dem Zimmer gestürmt und hätte sich auf ihre Mutter gestürzt.

»Eva, beruhige dich«, drang Nana Boos Stimme durch das Türblatt.

»Nein, ich werde mich nicht beruhigen. Wie kannst du ihn in deinem Haus beherbergen? Wie konntest du zulassen, dass so etwas unter deinem Dach geschieht?«

»Weil es *mein* Dach ist, Eva. Und ich bin deine Mutter. Ich bin dir keine Rechenschaft schuldig.«

Nana Boos bissige Retourkutsche hing schwer in der Luft, und für einige Sekunden herrschte Schweigen.

»Ich sollte besser gehen«, murmelte Carter.

»NEIN!«, schrie sie erschrocken. Hastig kletterte sie aufs Bett, um ihn aufzuhalten, verhedderte sich dabei in der Decke. »Du musst nirgendwohin. Bitte. Geh nicht.«

Er wich ihrem Blick aus. An seinem Kiefer zuckte nervös ein Muskel. »Ich darf nicht hier sein.«

»Doch, das darfst du«, widersprach Kat vehement. »Du hast das gleiche Recht, hier zu sein, wie ich.«

»Kat …«

»Wenn du gehst, komme ich mit dir.«

Bevor Carter etwas erwidern konnte, schwang die Tür mit derartiger Wucht auf, dass sie gegen die Wand krachte. Kats Mutter stand auf der Schwelle und musterte sie beide wutentbrannt: Kat, nur mit Carters T-Shirt bekleidet, und Carter, der abgesehen von seinen Tattoos und den engen Boxershorts ebenfalls nackt war.

»Raus«, fauchte Kat.

»Ich gehe nirgendshin«, entgegnete Eva und musterte aufgebracht ihre halb nackte Tochter.

»Eva«, schaltete sich Nana Boo ein. »Das genügt jetzt.«

»Zieh dir etwas an, und komm nach unten«, forderte Eva unbeirrbar. »Allein.« Sie bedachte Carter mit einem derart mörderischen Blick, dass Kat sich schützend vor ihn stellte.

»Ich werde überhaupt nichts tun …«

»Augenblicklich, junge Dame«, fiel Eva ihr ins Wort. Dann drehte sie sich auf dem Absatz um, marschierte aus dem Zimmer und stampfte die Treppe hinunter.

»Was will sie denn, Nana?«, fragte Kat und hielt sich verzweifelt an Carters Arm fest.

Er regte keinen Muskel. Seine Erstarrung und sein Schweigen waren beängstigend.

»Ich weiß es nicht«, sagte Nana Boo bedrückt. »Bitte verzeiht mir. Sie hat mich angerufen, wollte wissen, ob ich mit dir gesprochen hätte. Ich habe ihr gesagt, dass ihr beide hier seid. Ich habe ja nicht geahnt, dass sie herkommen würde … es tut mir schrecklich leid.«

»Entschuldige dich nicht«, entgegnete Kat entschieden. »Sie ist das Problem, nicht du.«

Als sich Kat nach Carter umwandte und seine Miene sah, zog sich ihr Magen zusammen. Er sah wütend aus und vollkommen verschlossen.

Er hatte sich komplett in sich zurückgezogen und alle ausgesperrt.

Sogar Kat.

»Ich lasse euch einen Moment allein.« Betreten verließ Nana Boo das Zimmer und schloss die Tür hinter sich.

Kat schniefte. Entschlossen marschierte sie durchs Zimmer und griff nach ihrem Koffer. Carters bedrohliches Schweigen ignorierte sie. Stattdessen begann sie selbst zu reden, hektisch, sodass die Worte, die aus ihrem Mund strömten, sich fast überschlugen. »Wir gehen. Wir verschwinden von hier. Ich will nicht in ihrer Nähe sein. Nana kann uns noch mal ihren Wagen leihen. Ich nehme meinen Koffer mit und du deine Tasche …«

»Nein«, unterbrach sie Carter.

Sie blieb wie angewurzelt im Zimmer stehen.

»Geh nach unten, und hör dir an, was sie zu sagen hat.« Seine Stimme klang fest, entschlossen. Sein Blick dagegen huschte unstet durchs Zimmer, als suchte er nach einem Fluchtweg.

»Aber wir können zusammen von hier weggehen«, beharrte Kat.

Carter bückte sich nach seinem Pullover. »Nein. Du musst mit ihr reden, Kat.«

Ein Schmerz durchzuckte Kats Herz. Hilflos schlang sie die Arme um ihren Oberkörper. »Warum? Warum willst du, dass ich mit ihr rede?«

»Weil es langsam Zeit dafür wird.«

Sie verfolgte, wie er sich hinsetzte und die Socken anzog. »Du … darfst nicht gehen«, flüsterte sie mit brechender Stimme. »Ich brauche dich hier.«

»Kat.«

»Bitte, Carter. Hör nicht auf sie. Alles, was sie sagt – es ist nicht wahr. Bitte.«

Bei dem Gedanken daran, dass er gleich zur Tür hinausgehen und verschwinden könnte, atmete sie unwillkürlich schneller. Wie erstarrt stand sie vor ihm. »Bitte«, flehte sie. »Ich werde mit ihr reden, wenn du mir nur versprichst, dass du bleibst.«

Sie schwiegen eine gefühlte Ewigkeit und starrten einander an. Eine unangenehme Spannung lag in der Luft, die sich gänzlich von dem üblichen Knistern zwischen ihnen unterschied.

»Peaches, ich kann nicht …«

»Doch, du kannst.«

»Ich bin nicht gut genug für …«

»Wag es ja nicht, so etwas zu sagen!« Ihre Traurigkeit wurde von Zorn verdrängt. »Du bist gut genug! Gottverdammt, das musst du doch wissen!«

Carter antwortete nicht, blickte betreten zu Boden. Kats Herz schien in tausend Stücke zu zerbrechen. Liebe Güte, nun waren sie wieder genau da angelangt, wo sie angefangen hatten.

Zögerlich machte Kat einen Schritt auf ihn zu. »Versprich mir, dass du bleibst. Versprich mir, dass du nicht weggehen wirst.«

Er kniff die Augen zu und biss sich auf die Unterlippe, doch das war ihr egal. Sie musste es hören. In diesem Augenblick gab es nichts Wichtigeres. Alles andere war zweitrangig.

»Carter.«

»Okay«, antwortete er tonlos. »Ich verspreche es.«

»Versprich, dass du nicht gehen wirst. Sag es.«

Er hob den Kopf und sah sie an, doch Kat erkannte, dass er sie gar nicht wahrnahm, sondern direkt durch sie hindurchblickte. Und das tat weh. Höllisch weh.

»Ich verspreche, dass ich nicht gehen werde.«

Er war so niedergeschmettert, so gebrochen. Kat fühlte sich unendlich hilflos. Sie konnte nichts tun, um ihm zu helfen. »Okay«, flüsterte sie. »Okay.«

Schweigend schlüpfte sie in Jeans und Turnschuhe. Sie verknotete sein T-Shirt über der rechten Hüfte und band sich die Haare zu einem lockeren Pferdeschwanz.

Auf der Türschwelle blieb sie stehen, den zerknitterten Umschlag fest in der Hand. »Ich komme gleich wieder. Und dann verschwinden wir von hier.«

»Kat, ich …« Sie wartete, dass er weitersprach, doch er ließ nur die Fingerknöchel seiner rechten Hand knacken und schüttelte den Kopf. »Egal.«

Mit einem bleischweren Gefühl im Bauch und schmerzendem Herzen öffnete Kat die Tür. »Ich bin gleich wieder da.«

Energisch und hocherhobenen Hauptes betrat Kat das Wohnzimmer. Ihre Mutter und Harrison standen bei einem der großen Erkerfenster und führten eine hitzige Diskussion. Was genau sie sagten, konnte Kat jedoch nicht verstehen. Draußen war über Nacht Schnee gefallen, der nun die Gärten mit seiner weißen Decke überzog.

Nana Boo war nicht anwesend, was Kat sehr recht war. Sie hatte es nicht verdient, sich das, was gleich folgen würde, anhören zu müssen. Dass ihre Mutter es gewagt hatte, derart bei Nana Boo hereinzuplatzen, und das auch noch an Thanksgiving, brachte Kat zur Weißglut. Kaum zu glauben, dass eine erwachsene Frau sich so benahm.

Kat blieb stehen, richtete sich kerzengerade auf und verschränkte die Arme. »Ich dachte, ihr wäret bei Harrisons Eltern«, sagte sie. »Was wollt ihr hier?«

Eva starrte sie an. »Sprich nicht in diesem Ton mit mir, Katherine.«

»Und du sag mir nicht, was ich tun soll«, konterte Kat. »Wie kannst du es wagen, auf diese Art in mein Zimmer, in Nanas Haus einzudringen?«

Eva wirkte ein klein wenig betreten. »Nana geht es gut. Du bist diejenige, wegen der ich mir Sorgen mache. Und auf die ich wütend bin.«

»Warum?«

»Warum? Weil meine Tochter nicht mit mir spricht oder auf meine Anrufe reagiert. Meine Tochter, die nicht nur in einem verdammten Gefängnis arbeitet, sondern auch noch herumturtelt mit einem … mit diesem …«

»Pass auf, was du sagst«, warnte Kat.

Eva erbleichte, und Schmerz loderte in ihren Augen auf. »Ich bin hier, um dem ein Ende zu machen.«

Kat schnaubte höhnisch. »Weißt du eigentlich, wie lächerlich du dich anhörst?«

»Ich finde es eher lächerlich, dass du deine gesamte Karriere, deinen guten Ruf und vielleicht sogar dein Leben aufs Spiel setzt für diesen kriminellen Abschaum …«

Erzürnt stürmte Kat auf ihre Mutter zu, bis sie direkt vor ihr stand. »Du wirst nicht so über ihn reden!«

Eva stutzte, irritiert von Kats Ausbruch.

»Beruhige dich«, redete Harrison ihr gut zu. Er schickte sich an, eine Hand auf Kats Schulter zu legen, ließ es dann aber doch. »Bitte, ihr beiden, beruhigt euch.«

Eva schluckte. »Auch wenn du es vielleicht nicht glaubst, aber ich tue das alles, weil ich dich liebe, Katherine. Das Gefängnis ist nicht gut für dich. Er ist nicht gut für dich.«

»Du kennst ihn doch nicht mal«, blaffte Kat. »Du hast ihm nie eine Chance gegeben.«

»Und wie hätte ich das tun sollen?«, entgegnete Eva entrüstet. »Die ganze Zeit über hast du hinter meinem Rücken gehandelt. Ich musste erst von Beth und Nana davon erfahren!«

»Ach, und es ist wirklich ein großes Rätsel, warum ich dir nichts davon erzählt habe, nicht wahr?«

»Weil du wusstest, dass du einen Fehler machst!«, konterte Eva. »Herrgott noch mal, du könntest immense Schwierigkeiten bekommen!«

»Glaubst du etwa, das weiß ich nicht?«

Eva sah sie ungläubig an. »Aber warum hast du dann …?«

»Seit ich die Stelle in *Arthur Kill* angetreten habe, hast du mir das Gefühl gegeben, ich sei eine einzige große Enttäuschung für dich. Nichts, was ich seither getan habe, war gut genug für dich. Sogar der Mann, den ich liebe, ist in deinen Augen eine einzige Enttäuschung.«

»Ach bitte, Kat«, meinte Eva herablassend. »Du liebst ihn doch nicht.«

»Doch, von ganzem Herzen«, beteuerte Kat leidenschaftlich. »Mom, du hast ja keine Ahnung, was ich in den vergangenen Monaten durchgemacht habe. Wie schwer es für mich war, mich in *Kill* mit meinen größten Ängsten konfrontiert zu sehen. Mich dem zu stellen, was mir seit sechzehn Jahren den Schlaf raubt.«

Eva verzog gequält das Gesicht.

»Aber Carter war für mich da, hat mir geholfen und mir beigestanden, als es sonst niemand getan hat.« Zornig blickte sie zur Decke. Dass ihre Mutter nun auch noch die Unverfrorenheit besaß zu weinen. »Als ich in jener Nacht von hier geflohen bin, war es Carter, der sich um mich gekümmert hat. Nie hat er mir gegenüber etwas gesagt oder getan, womit er sich deine ungerechtfertigte Abneigung verdient hätte.«

»Er ist ein Krimineller.«

»So wie Dad?«

Eva wich wankend einen Schritt zurück. Sie sah vollkommen schockiert aus, doch ihre tränennassen Augen verrieten Kat, dass sie sie endgültig schachmatt gesetzt hatte. Kat drückte ihrer Mutter den zerknautschten Umschlag vor die Brust.

»Eines frage ich mich«, dachte Kat laut nach. »Hat Großvaters Hass auf meinen Vater dich von dem Mann, den du liebtest, fortgetrieben oder nur noch enger mit ihm zusammengeschweißt?«

Eva starrte den Umschlag in ihren Händen an.

»Du hättest es mir sagen sollen, Mom. Es war nicht Nanas Aufgabe, mir die Wahrheit über Vaters Vergangenheit zu offenbaren«, sagte Kat aufgebracht. »Statt mich zu verurteilen, statt Carter zu verurteilen, hättest du ehrlich zu mir sein müssen.« Sie kämpfte mit den Tränen. »Wie konntest du lügen? Wie konntest du nur zulassen, dass ich mich so allein fühle?«

»Das wollte ich nicht«, antwortete Eva. »Ich wollte nur … Ich wollte dich nur beschützen, Katherine. Du bist alles, was ich … ich habe es dir nicht gesagt, weil ich dachte, dass es das Beste für dich wäre.«

»Carter ist das Beste für mich. Er mag einige schlechte Entscheidungen im Leben getroffen haben, aber er ist ein guter Mensch, und ich liebe ihn.«

Eva schloss die Augen. »Das ist egal. Ich kann nicht auch

noch meine Tochter verlieren. Das werde ich nicht zulassen. Du gehst ein viel zu hohes Risiko ein!«

»Carter ist nicht gefährlich!«, fuhr Kat sie an. »Mein Gott, Mom! Er beschützt mich. Das tut er schon, seit ich neun Jahre alt war!«

Eva sah vollkommen verwirrt aus. »Was meinst du damit?«

»Wenn ich es dir erklären würde, würdest du es mir ohnehin nicht glauben. Du zweifelst doch an allem, was ich tue oder sage.«

»Das ist nicht wahr«, widersprach Eva. »Ich tue das doch nur …«

»Warum, Mom?«, schnaubte Kat. »Weil du dir Sorgen machst? Weil du Angst hast? Stell dir mal vor, das geht mir genauso.«

Eva trat dichter an sie heran. »Hör mir zu, Katherine. Komm mit mir nach Hause. Lass uns reden. Ich kann mich nicht länger mit dir streiten. Ich möchte, dass es zwischen uns wieder so ist wie früher, bevor das alles geschehen ist.« Sie rang die Hände. »Begreifst du denn nicht? Das alles passiert nur wegen dieses Jobs. Wegen dieses Mannes.«

Kat biss sich auf die Zunge, bevor sie noch etwas Unentschuldbares sagte. »Ich muss bei Carter sein.« Damit drehte sie sich auf dem Absatz um und marschierte zur Tür.

»Katherine, warte!«

Kat blieb stehen, atmete tief durch und drehte sich langsam noch mal um.

»Sprich mit mir«, flehte ihre Mutter gequält. »Ich … Ich will, dass wir uns wieder vertragen. Ich finde es furchtbar, dass wir uns so streiten. Ich will … ich will meine Tochter zurück. Bitte. Ich liebe dich.«

Kat ignorierte das plötzlich aufkeimende Verlangen, sich Trost suchend in die Arme ihrer Mutter zu werfen. Lieber

Himmel, sie war so müde! Nie zuvor hatte es derart erbitterte Auseinandersetzungen zwischen ihnen beiden gegeben. Nie zuvor hatten sie sich so weit voneinander entfernt. Sogar nach dem Tod ihres Vaters, als Eva sich gänzlich in sich zurückgezogen hatte, hatte es Augenblicke voller Zuneigung und Hoffnung gegeben. Insgeheim sehnte sich Kat danach, endlich eine Lösung für diesen unsinnigen Zwist zu finden, der sie entzweite, doch sie wusste, dass es keinen Ausweg gab. Zu viel war gesagt worden. Die Kluft zwischen ihnen war zu tief, um sie zu überbrücken.

»Bevor du nicht akzeptierst, dass Carter zu mir gehört, wird das leider nicht möglich sein, Mom.«

Ohne auf Evas Erwiderung zu warten, eilte Kat zur Treppe und hinauf in den ersten Stock. Sie musste zurück zu Carter, von ihm hören, dass alles in Ordnung war. Sie brauchte seine Nähe, seinen Duft in ihrer Nase, seine Haut unter ihren Händen. Seine Lippen an ihrem Mund und seine Stimme in ihrem Ohr.

Der Korridor, der zum Schlafzimmer und zu ihm führte, erschien ihr mit einem Mal endlos lang. Ihr Magen zog sich sehnsüchtig zusammen. Dann endlich stieß sie die Tür auf, verharrte auf der Schwelle, hielt den Atem an.

Das Zimmer war leer.

Sie rief seinen Namen.

»Katherine, bitte«, hörte sie ihre Mutter, die ihr nach oben gefolgt war.

Doch Kat antwortete nicht. Hastig rannte sie ins Badezimmer.

Leer.

Das Herz schlug ihr bis zum Hals, als sie zurück ins Schlafzimmer eilte, seinen Namen rief.

Seine Tasche war weg.

Hektisch drängte sie sich an ihrer Mutter vorbei, die noch immer etwas von »Versöhnung« und »Liebe« murmelte, hetzte die Treppen hinunter und sprintete zur Hintertür.

Zigarette. Er raucht bloß eine Zigarette. Er hat es doch versprochen.

»Carter?« Sie öffnete die Hintertür und erblickte nichts als eine dicke weiße Schneedecke, die den Garten unter sich begrub.

Er war nicht da.

»Kat?«

Sie fuhr herum. Als sie das verständnisvolle, besorgte Gesicht ihrer Großmutter sah, brach sie fast zusammen. »Nana, wo ist er?«

Sie schüttelte betroffen den Kopf. »Ich weiß es nicht, Schätzchen. Ich dachte, er wäre noch in eurem Zimmer.«

»Nein. Da ist er nicht.« Kat schnappte nach Luft. »Er hat es mir versprochen, Nana.«

Kat zerrte das Handy aus ihrer Tasche und rannte mit dem Telefon in der Hand aus der Küche zur Haustür.

»Bitte, geh ran«, wimmerte sie. Doch nur die Mailbox schaltete sich ein.

Ihre Panik erreichte den Gipfel, als sie die Vordertür aufriss und draußen nichts erblickte als weiße Leere. Ihr Atem kondensierte in der eisigen Luft, stieg in grauen Schwaden zum Himmel. Verzweifelt suchte sie nach Carters breitem Umriss, doch durch Tränen der Angst und Wut konnte sie lediglich eine Spur großer Fußabdrücke erkennen, die über die Einfahrt hinweg vom Haus fortführte.

Fort von ihr.

Das Display des Handys beleuchtete das ganze Zimmer, als Kat die Wiederwahltaste drückte.

Mailbox.

Sie blinzelte. Ihre Lider fühlten sich schwer an, ihre verweinten Augen brannten.

Seit zwölf Stunden hatte sie nichts mehr von Carter gehört. Keine Textmitteilung. Kein Anruf. Absolute Funkstille.

Ihr Kopf pochte unangenehm, ihr Herz schmerzte, und ihr Körper war vor Sorge ausgelaugt. Jeder Muskel tat ihr weh. Sie fühlte sich hohl, doch die Leere in ihrem Inneren schien sie paradoxerweise zu erdrücken.

Aber trotz der vielen vergossenen Tränen und unruhigen Stunden wusste sie, dass sie Carter für das, was er getan hatte, keine Vorwürfe machen durfte. Sie konnte ihn nicht dafür verdammen, dass er sich einen Ausweg gesucht hatte, eine Fluchtroute. Zwar hatte sie das erst nach sechs Stunden, mehreren hysterischen Anrufen und unzähligen Textmitteilungen begriffen, doch das war egal. Sie hatte es begriffen.

Carter mochte unerschütterlich, emotionslos und gleichgültig erscheinen, doch Kat wusste, dass er ganz anders war. Er war hoffnungslos offen und zerbrechlich.

Wenn sie jemandem die Schuld geben konnte, dann sich allein – dafür, dass sie ihn in eine für ihn derart unangenehme Lage gebracht hatte. Sie hätte auf ihre Instinkte hören und Carters Ängste ernst nehmen sollen. Sie hatte ihm so verbissen demonstrieren wollen, dass er gut genug war. Sich selbst beweisen wollen, dass sie ihm helfen konnte, dass sie stark genug war, um ihn zu stützen.

Wie egoistisch sie gewesen war!

Ja, er hatte ihr ein Versprechen gegeben, bestätigte Nana Boo, als Kat den Kopf in ihren Schoß legte. Ja, sie hatte darauf vertraut, dass seine Worte auch ernst gemeint gewesen waren, doch in Wirklichkeit war es nicht so gewesen. Er hatte dieses Versprechen nur gegeben, weil sie ihn dazu genötigt hatte. Er hatte gewusst, dass sie diese Worte von ihm hören musste, und hatte ihr gegeben, was sie brauchte. Hätte er das nicht getan, hätte Kat niemals mit ihrer Mutter gesprochen. In gewisser Weise war Kat froh darüber, dass alles so gekommen war.

Wenn es auch nicht viel gebracht hatte.

Doch auch Rom war nicht an einem Tag erbaut worden. Die Unterhaltungen, die sie mit ihrer Mutter geführt hatte, nachdem Carter geflüchtet war, waren knapp und gestelzt ausgefallen. Doch immerhin hatten sie miteinander gesprochen. Kat konnte ihrer Mutter genau ansehen, dass sie wusste, dass ihre Gegenwart Carter aus dem Haus getrieben hatte. Und auch, wenn sie es nicht zugab, war sich Kat sicher, dass sie sich insgeheim ein wenig schuldig fühlte.

Kat rollte sich auf den Rücken und presste das Telefon gegen ihren Bauch. Draußen schneite es noch immer. Beklommen fragte sie sich, wo Carter sein mochte, ob es ihm gut ging. Sie hatte am Flughafen angerufen, doch ihre Buchung für den Rückflug bestand noch immer unverändert. Sie hatte keine Ahnung, ob er vielleicht einen anderen Flug genommen hatte, doch irgendetwas sagte ihr, dass er es nicht getan hatte. Kat hatte ihren Koffer schon gepackt und beschlossen, wie ursprünglich geplant am Nachmittag des folgenden Tages zurück nach Hause zu fliegen.

Selbstverständlich hatte Nana Boo versucht, sie dazu zu bewegen, noch zu bleiben, hatte argumentiert, dass sie an Thanksgiving bei ihrer Familie sein sollte, doch wenn sie ehrlich war, kam es ihr einfach nicht richtig vor, nach allem, was passiert war, im Haus bei ihrer Mutter zu bleiben. Für den Fall seiner Rückkehr hatte sie Carter per Textmitteilung wissen lassen, wo er sie finden könnte, dann war sie aufgebrochen.

Familie hin oder her, sie brauchte Ruhe, Frieden und Zeit zum Nachdenken.

Genau wie Carter.

Was musste er wohl dabei empfunden haben, als er gehört hatte, was ihre Mutter über ihn gesagt hatte? Evas Worte hatten das bisschen Vertrauen und Selbstsicherheit, das Kat und Nana Boo mühsam bei ihm aufgebaut hatten, auf einen Schlag wieder zerstört. Matt schloss sie die Augen. Sie wollte ihm einfach nur sagen, dass sie ihn liebte.

Auch wenn er nie wieder etwas mit ihr zu tun haben wollte, musste er das unbedingt aus ihrem Munde hören.

Wieder rannen Tränen ihre Wangen hinab, und sie ließ es geschehen. Sie weinte um Carter wegen der Qualen, die er gerade durchlebte. Sie weinte aus Wut auf ihre Mutter, die dem Mann, den sie liebte, so viel Schmerz zugefügt hatte. Sie weinte um Nana Boo, weil sie unfreiwillig in diese furchtbare Angelegenheit verstrickt worden war. Sie weinte um ihren Vater.

Oh Gott, wie sehr sie ihn vermisste!

Es war so traurig, dass er nicht hier war.

Ihr tat alles so entsetzlich leid.

Sie war so traurig und müde.

Bevor sie noch weiter über den katastrophalen Schlamassel nachdenken konnte, in dem sie bis zum Hals steckte, übermannte sie der Schlaf.

Da war ein Geräusch.

Irgendwo am Rande von Kats Bewusstsein, zwischen Dunkelheit und Licht, Realität und Traum, war definitiv ein Geräusch.

Noch im Halbschlaf streckte Kat den Arm aus und hieb auf die Schlummertaste des Weckers, um das …

Klopf, klopf, klopf!

Benommen vom Schlaf und desorientiert setzte sich Kat auf, nahm langsam ihre Umgebung wahr.

Nana Boos Lieblingssuite im *Drake Hotel* in Chicago.

Sie hielt noch immer das Handy in der Hand, dessen Akku inzwischen leer war. Ihre Kleider fühlten sich klamm und durchgeschwitzt an. Schlaftrunken rutschte sie an die Bettkante und schaltete die Nachttischlampe ein, die das Zimmer sofort in dezentes Licht hüllte. Sie lauschte angestrengt, schüttelte den Kopf, um die Benommenheit loszuwerden.

Es war nichts zu hören.

Absolute Stille.

Selbstverständlich. Was hatte sie auch sonst erwartet?

Vielleicht hatte sie geträu-

Klopf, klopf, klopf!

Kat stemmte sich von der Matratze hoch, schlurfte vom Schlafzimmer in den großen Wohnbereich der Suite. Auf dem Weg schaltete sie alle Lichter ein. Wer zum Teufel wollte da etwas von ihr? Sie konnte sich nicht erinnern, etwas beim Zimmerservice bestellt zu haben. Verärgert darüber, dass sie beim Aufstehen nicht mal auf die Uhr gesehen hatte, schleppte sie sich zu Tür, rieb sich dabei das Gesicht und richtete ihre zerstörte Frisur ein wenig.

Klopf, klopf, klopf!

»Einen Moment«, rief Kat schläfrig, »Ich komme schon.«

Ohne durch den Spion zu blicken, öffnete sie leise fluchend die mehrfach verriegelte Tür.

»Tut mir leid«, sagte sie mit einem unterdrückten Gähnen. »Ich habe geschlafen. »Was gibt es denn …?«

Beim Anblick des Mannes, der unerwartet vor ihr stand, blieben ihr die Worte im Halse stecken. Doch eigentlich stand er gar nicht, sondern lehnte gebeugt am Türrahmen, während ihm Wasser aus den Haaren über sein erschöpftes Gesicht rann.

Sein wunderschönes perfektes Gesicht.

»Carter«, kiekste Kat. Sie fühlte sich noch immer benommen, unsicher auf den Beinen. Träumte sie etwa noch? »Wo zum … was hast …?«

Ungläubig musterte sie ihn. Seine Kleider waren klatschnass, klebten regelrecht an ihm. Seine Fingerknöchel waren weiß vor Kälte, die Lippen blau gefroren, und jetzt, da Kat langsam wach wurde, bemerkte sie auch, dass er zitterte.

»Liebe Güte, du bist ja ganz durchgefroren!«, rief sie. »Komm rein und …«

»Nein«, entgegnete er heiser. Er schüttelte den Kopf, leckte das Wasser, das ihm permanent aus den Haaren tropfte, von seiner Lippe. »Ich kann nicht.«

Kats Herz geriet aus dem Takt. »Warum?«

Er hielt den Blick fest auf den Boden gerichtet, stöhnte gequält. Noch immer zitterte er am ganzen Leib.

»Du wirst noch krank, Carter«, ließ Kat nicht locker. »Bitte.«

»Nein!«, wiederholte er lauter – deutlich zu laut für ein Hotel voll schlafender Menschen. »Ich muss …« Er setzte noch einmal an. »Vorher muss ich noch etwas sagen.«

Kats Beine drohten unter ihr nachzugeben. Jetzt war es so weit. Nun kam genau das, wovor sie sich am meisten fürchtete. Er würde sie für immer verlassen. Ihr Herz schien auszusetzen, und ihr Magen krampfte sich zusammen, während sie sich bereit machte für seine Worte, für den letzten, vernichtenden Schlag.

Sie räusperte sich, atmete aus. »Bitte, lass mich zuerst etwas sagen.«

Zwar blieb sein Blick unverrückbar auf den luxuriösen königsblauen Teppich geheftet, doch sie interpretierte sein Schweigen als Einwilligung. Sie schloss die Augen, betete, dass sie stark bleiben würde, und überlegte, was sie ihm alles sagen wollte.

»Es tut mir so leid, Carter«, begann sie. »Das alles tut mir furchtbar leid. Meine Mutter war … alles, was sie gesagt hat, war ausgemachter Schwachsinn, Carter. Das schwöre ich. Sie ist die Einzige, die an ihre Worte glaubt. Ich hasse sie für das, was sie gesagt hat. Ich hasse sie dafür, dass sie dich hat zweifeln lassen an allem, was ich jemals gesagt habe. Und dafür mache ich dir keine Vorwürfe. Ich kann dir nicht verdenken, dass du gegangen bist, weil ich in deiner Lage das Gleiche getan hätte. Und es tut mir leid, dass ich dich nicht vor den Dingen, vor denen du solche Angst hattest, beschützen konnte. Oh Gott, es tut mir einfach alles unsagbar leid!«

Energielos ließ sie die Stirn gegen den Türrahmen sinken. Sie hatte furchtbare Angst davor, dass dies das letzte Mal wäre, das sie mit ihm sprach. Doch nun hatte sie ihm alles gesagt, was sie konnte.

»Auch mir tut es sehr leid«, stieß er hervor.

Kat hob den Kopf.

Er starrte noch immer auf seine Füße.

»Es gibt nichts, wofür du dich …«

»Lass mich verflucht noch mal ausreden«, fuhr er sie an. Er kniff die Augen zu. »Ich muss das loswerden, ohne dass du mich unterbrichst oder mir widersprichst, okay?«

»Okay«, sagte Kat rasch.

»Es gibt einiges, wofür ich mich entschuldigen muss«, presste er mit zusammengebissenen Zähnen hervor und drückte seine geballte Faust gegen die Wand. »Ich bin … es ist … du bist, du bist … du bist alles für mich, und es tut mir leid, dass ich so ein Idiot war und geglaubt habe, nicht gut genug für dich zu sein.«

Kat wollte schon zu Protest ansetzen, schlug sich jedoch schnell die Hand vor den Mund und presste die Lippen fest aufeinander.

»Es tut mir leid, dass ich schwach bin. Ich kann nicht … ich … du machst mich fertig, Kat. Die Dinge, die du zu mir sagst. Die Art, auf die du … mich liebst. Deine Worte, die machen etwas mit mir. Sie wecken Gefühle in mir, wie sie sonst noch niemand geweckt hat. Es tut mir leid, dass ich Mist gebaut habe und solch ein Trottel war – dass ich solch ein Trottel *bin*. Ich kann meine Fehler nicht mehr ungeschehen machen. Das finde ich furchtbar, aber es geht nun mal nicht. Sie sind, was sie sind, und ich bin ihretwegen, was ich bin.«

Er sank noch weiter auf der Türschwelle in sich zusammen. Kat rührte sich nicht, obwohl sie sich so sehr danach sehnte, ihn zu berühren, ihn zu trösten.

»Es tut mir leid, dass ich fortgegangen bin«, flüsterte er. »Ich weiß, das hätte ich nicht tun sollen. Ich hatte es versprochen. Aber es war so … verdammt schwer.« Er presste die Stirn gegen die Wand. »Ich hatte eine Höllenangst davor, dass … Herrgott, ich wusste, dass ich einfach im Zimmer bleiben und nicht lauschen sollte, doch ich wollte wissen, was sie … ich habe mir meine Tasche geschnappt und bin verschwunden«, gestand er. »Hab mich klammheimlich aus dem Haus geschlichen wie ein erbärmlicher Feigling, weil ich eben genau das bin. Ich wusste mir nicht anders zu helfen. Ich hatte das Gefühl, in der Falle zu sitzen.«

»Carter.«

»Als ich sie all diese Dinge sagen hörte, wurde mir ganz schlecht«, fuhr er fort. »Weil ich wusste, dass sie recht hat. Und ich weiß, dass du anderer Ansicht bist, aber sie ist deine Mutter, und sie sorgt sich um dich. Sie will nicht, dass du mit jemandem wie mir zusammen bist, und das kann ich durchaus nachvollziehen. Wirklich. Shit, es macht mich fertig, aber … ich kann es verstehen.« Er hob abfällig eine Schulter. »Also dachte ich mir, es wäre das Beste für alle, wenn ich ginge.« Er schlug die Augen nieder. »Ich sollte verdammt noch mal nicht hier sein.«

Er stand wie erstarrt, sagte kein Wort mehr.

Alles, was Kat hören konnte, war das dumpfe Hämmern ihres Herzens. Ihre Haut war klamm, und der harte Ball aus hilfloser Furcht in ihrem Magen wuchs immer weiter. »Aber … warum bist du dann hier?«

Carters Mundwinkel zuckte. »Dieses Haus zu verlassen fiel mir so schwer wie noch nie zuvor etwas in meinem Leben.« Er drückte die Hand aufs Herz. »Als ich ging, spürte ich einen Schmerz wie ein … Ich weiß auch nicht. Es war … es nahm mir den Atem. Und je weiter mich meine Schritte von dir forttrugen, desto schlimmer wurde dieser Schmerz. Ich … ich dachte, ich muss sterben.«

Sie verstand genau, was er meinte. Seit dem Augenblick, in dem sie begriffen hatte, dass er fort war, hatte es auch für sie nur noch Schmerz gegeben.

»Ich lief und lief«, fuhr Carter fort. »Ich war so wütend auf mich selbst. Ich wusste, dass ich immer weiter laufen musste, und das versuchte ich auch. Das musst du mir glauben. Mit aller Kraft habe ich es versucht. Aber mein Herz. Liebe Güte, es … verflucht, es zerbrach in meiner Brust!«

Er richtete sich so weit auf, wie es sein ausgelaugter Körper zuließ, und sah Kat zum ersten Mal direkt an.

Ihre Blicke trafen sich. Seine Augen wirkten matt. Geschlagen.

»Dass ich so viel Ärger verursacht habe, ist furchtbar«, meinte er verdrossen. »Du musstest dich vor Menschen rechtfertigen, die sich doch eigentlich nur für dich freuen sollten. Ich habe einige Probleme. Ich bin ein zorniges, aufbrausendes Arschloch. Es gibt noch immer eine ganze Menge Mist, den ich dir über mich erzählen muss, und ich habe keinen Schimmer, wo ich anfangen soll, weil ich eine Scheißangst davor habe, dass du dann einfach vor mir davonläufst. Und ich weiß, dass das verdammt egoistisch von mir ist, weil es eigentlich für dich am besten wäre, die Beine in die Hand zu nehmen und die Flucht zu ergreifen.«

»Ich …«

»Warte«, unterbrach er sie atemlos und machte einen unsicheren Schritt auf sie zu. Er stand nun so dicht vor ihr, dass Kat den Kopf in den Nacken legen musste, um ihm in die Augen sehen zu können.

»Bitte, Peaches. Ich will …« Er schnaubte frustriert. »Ich will das Richtige tun. Ich weiß, dass ich gehen sollte. Ich weiß, dass ich meinen Hintern in ein Flugzeug nach Hause hätte schwingen sollen, anstatt stundenlang im Schnee vor diesem Hotel herumzustehen. Ich weiß, dass du etwas Besseres verdient hast. All das ist mir klar, Kat. Aber die Wahrheit lautet … die Wahrheit lautet …«

Kat schloss wankend die Augen. Als er seine eiskalte Hand an ihren Nacken legte und zu ihrer Wange gleiten ließ, erschauerte sie.

»Die Wahrheit lautet«, flüsterte er direkt an ihrem Ohr, »dass ich furchtbare Angst davor habe fortzugehen. Ich kann es nicht. Ohne dich bin ich verloren.«

Kat umklammerte seinen Unterarm, legte den Kopf an seinen Bizeps und stieß ein wimmerndes, erleichtertes Seufzen aus.

Seine Nase strich über ihre Schläfe. »Ich gehöre dir. Das musst du wissen. Oh Mann. Sag mir, dass du es weißt.«

»Ich weiß«, schluchzte sie. »Ich weiß.«

Carters Körper sank schwer auf Kat. Sie geriet ins Taumeln, stolperte mit ihm rückwärts ins Hotelzimmer hinein. Sie schaffte es, die Tür mit dem Fuß zuzutreten. Carter vergrub das Gesicht an ihrem Hals und begann, unkontrolliert zu zittern und unverständliche Worte zu nuscheln. Er schlang die Arme um ihre Taille und hielt sie so fest wie noch niemals zuvor.

»Kat«, krächzte er. »Ich … Kat. Zwing mich nicht zu gehen. Bitte.«

»Niemals«, versprach sie leidenschaftlich.

Sein ganzer Körper bebte.

»Komm, du musst dich aufwärmen. Bitte, lass mich dir helfen. Du bist so ausgekühlt.«

Nur widerwillig trat er ein Stück zurück, damit sie ihm die Jacke öffnen und von den Schultern ziehen konnte. Er schwieg, hielt den Blick zu Boden gesenkt, während sie ihn auszog. Wasser tropfte von seinem Kinn. Gänsehaut überzog seinen nun nackten Oberkörper. Wortlos ergriff Kat seine Hand und führte ihn ins Badezimmer. Dort ließ sie ihn kurz bei der Tür zurück, um die geräumige Dusche aufzudrehen. Dann kehrte sie zurück, zog ihm Schuhe und Socken aus, streifte ihm seine Jeans ab und half ihm aus der Unterwäsche, bevor sie auch ihre eigenen Kleider ablegte.

Obwohl sie nun beide nackt waren, gab es kein erotisches Prickeln zwischen ihnen, keine verzweifelten Berührungen oder leidenschaftlichen Küsse.

Mit seiner Hand in ihrer führte Kat ihn in die Dusche, schob ihn so vor sich, dass das Wasser zuerst ihn traf. Als sie beide unter dem Strahl standen, begann sie, die Temperatur des Wassers langsam zu erhöhen, um seinen Körper nicht zu überlasten.

Sie zog ihn in ihre Arme. »Lass mich dich wärmen.«

Er legte die Arme um sie, schmiegte die Wange an ihre Schulter. Sie spürte, wie er den Kopf schüttelte. »Ich konnte nicht weggehen. Ich weiß, dass ich es hätte tun sollen, aber ich konnte es nicht.«

»Ich weiß. Ist schon okay.«

»Ich habe solche Angst. Scheiße! Ich habe solche Angst.« Seine Stimme versagte. Er zog sie an sich, so fest, dass sie den Rücken durchdrücken musste.

»Hab keine Angst«, sagte sie und rieb ihm beruhigend den Rücken. »Ich bin ja da.«

Carter versuchte, sich noch dichter an sie zu schmiegen. »Ich darf dich nicht verlieren. Ich … oh Gott! Schon der Gedanke daran tut höllisch weh.« Seine Stimme wurde kratzig. »Hilf mir«, flehte er. »Hilf mir. Ich kann nicht …«

»Carter«, sagte Kat eindringlich. »Beruhige dich. Bitte.«

Kat stemmte sich gegen ihn, stützte ihn, so gut sie konnte, und sank schließlich mit ihm auf den Boden der Dusche, ohne den Körperkontakt zu ihm auch nur ein einziges Mal zu unterbrechen.

Noch nie zuvor hatte sie ihn so erlebt. Jeder Schutzwall, an dem sie jemals abgeprallt war, jedes Stück seiner Rüstung – die Großspurigkeit, die Gleichgültigkeit, die Wut und der Hass – löste sich vor ihren Augen auf und wurde vom warmen Wasser fortgespült.

Sie hielt ihn an sich gedrückt, wiegte ihn, schlang die Arme um seine tätowierten Schultern, die Beine um seine Taille – und presste seine kratzige Wange an ihre. Seine Schultern bebten und zuckten. Sie hörte ihn aufstöhnen.

Oh Gott!

Er weinte.

Hektisch streichelte sie seinen Rücken, seinen Nacken, versuchte, ihn zu beruhigen und nicht selbst in Tränen auszubrechen. »Alles ist gut, mein Liebling.«

»Ich brauche … ich muss …«

Sie küsste seinen Hals. »Sag mir, was du brauchst.«

»Herrje, es ist … es ist genau hier.« Er tastete nach ihrer

Hand und legte sie auf sein wild schlagendes Herz. »Ich habe noch nie so etwas gefühlt.« Er leckte sich die Lippen. »Es tut weh.«

»Dein Herz tut weh?«

Seine Miene wurde ausdruckslos. Heißes Wasser strömte unablässig über sein Gesicht.

»Es gehört dir. Ganz und gar.« Er zwinkerte. »Das weiß ich jetzt. Kat, ich …« Er hob den Kopf. Dabei strich seine Nase über ihre Wange. Er hielt die Arme fest um sie geschlungen. Das warme Wasser hüllte sie beide ein wie ein Kokon. Dann öffnete er den Mund, blickte ihr direkt in die Augen und raunte: »Ich … ich … liebe dich.«

31

Carter sah sie verängstigt und erwartungsvoll an. Kat war sprachlos. Was sie in ihrem Herzen, in ihrem Kopf, in ihrer Seele für ihn empfand, das war viel zu groß, um es in Worte zu fassen. Wieder und wieder öffnete sie den Mund, um etwas zu sagen, etwas Tiefsinniges, Bedeutsames, doch sein Geständnis hatte sie aller Worte beraubt.

Er liebt mich.

»Carter«, hauchte sie und schloss die Augen, »ich liebe dich auch.«

Zaghaft legte er die Hand in ihren Nacken, liebkoste flüchtig mit den Fingerspitzen ihre nasse Haut. Ihr Puls raste so sehr, dass er ihn spüren musste.

Sein Blick blieb starr auf ihr Schlüsselbein gerichtet. »Meine Peaches.« Er drückte ihr einen sanften Kuss auf die Kehle. »Du gehörst mir«, sagte er mit den Lippen an ihrem Unterkiefer.

Sie nickte, rieb die Wange an seiner. Als sie seine Haut an ihrer spürte, zogen sich Teile ihres Körpers unterwürfig zusammen.

»Mit Haut und Haaren«, flüsterte sie inbrünstig.

»Oh Gott«, raunte er an ihrem Ohr. »Es ist so – ich kann es nicht einmal beschreiben.«

Sie wusste genau, was er damit meinte. Ihre Liebe war jenseits aller Worte, aller Vernunft, war sogar größer als sie beide. Sie war unbeschreiblich, unerklärbar, doch auch unzerbrechlich und unerschütterlich. Die Verbindung, der Bund zwischen ihnen beiden war über sechzehn Jahre hinweg gewachsen. Obwohl sie einander nicht gekannt und einen monotonen Tag nach dem anderen ihre eigenen Leben gelebt hatten, waren sie doch jeder ein Teil des anderen gewesen. Ein stiller, jedoch wesentlicher Teil. Und so würde es bleiben, solange sie lebten.

Es lag nicht in ihrer Macht, es zu leugnen oder zu ändern.

Plötzlich spürte Kat, wie neue Kraft ihren Körper durchströmte. Adrenalin mischte sich mit Kats Blut, das von Carters Geständnis bereits aufgeheizt war. Es war ein belebendes Gefühl, wie sie es schon seit langer Zeit nicht mehr empfunden hatte. In diesem Augenblick, mit Carter in ihren Armen und wilder Entschlossenheit in ihrem Herzen, fühlte sie sich wahrhaftig unaufhaltsam.

Kat strampelte die Steppdecke von ihren Beinen hinunter. Sie schwitzte furchtbar. Auch wenn es herrlich war, an Carter gekuschelt im Bett zu liegen, musste sie sich ein wenig abkühlen.

Nach einem schnellen Blick auf die Uhr kroch sie aus dem Bett – wo sie und Carter die letzten fünf Stunden geschlafen hatten –, zog sich das T-Shirt aus und drehte den Thermostaten von Sauna- zurück auf Normaltemperatur. Anschließend eilte sie ins Bad. Dort spritzte sie sich ein wenig kaltes Wasser ins Gesicht, streifte ihre Jogginghose ab und schlüpfte stattdessen in Schlafshorts.

Sofort kühlte sich ihre Haut merklich ab. Mit einem Glas Wasser in der Hand kehrte sie ins Schlafzimmer zurück. Carter lag noch immer nur in engen Boxershorts auf dem Rücken. Lächelnd bemerkte sie, dass auch er die Decke abgestreift hatte. Ganz ruhig atmete er, und sein straffer Bauch hob und senkte sich in einem geradezu hypnotischen Rhythmus.

Als sie sich wieder neben ihn legte, öffnete er ein Auge, fuhr sich mit der Hand über seine schweißnass glänzende Brust. Er sah ein wenig mitgenommen aus … und einfach zum Anbeißen.

Kat strich mit dem Finger über die Härchen an seinem Bauch. »Hey.«

Verschlafen drehte er sich zu ihr. Sein Gesicht sah etwas zerknautscht aus. »Hey«, erwiderte er träge.

»Wie geht es deinem Herzen?«

Er griff nach ihrer Hand und legte sie auf die linke Seite seiner Brust. »Sag du es mir«, bat er und sah sie durchdringend an.

Kat biss sich auf die Lippe. »Es schlägt sehr schnell.«

»Das tut es immer, wenn du in meiner Nähe bist.«

Nun nahm auch sie seine große Hand in ihre und legte sie an den Ansatz ihrer linken Brust. Ohne Eile stützte sich Carter auf einen Ellbogen hoch, betrachtete seine Hand und ihr Gesicht mit kindlicher Verwunderung.

»Es rast.« Sein Blick fiel auf seine Hand, wanderte dann weiter nach oben und über ihren Hals, blieb einen Moment aufreizend an ihrem Mund hängen, ehe er ihr entschlossen direkt in die Augen sah. Sein Schweigen ließ Kats Nacken kribbeln. Plötzlich knisterte eine sinnliche Spannung zwischen ihnen.

»Mache ich das mit dir?«, fragte er und streichelte die Gänsehaut an ihrem Arm.

»Jedes Mal, wenn du mich ansiehst.«

Sacht ließ er die Fingerspitzen über die Spitzenborte von Kats BH tanzen. Sofort beschleunigte sich ihr Atem, und ihre Lider schlossen sich wie von selbst. Mit federleichten Berührungen ließ Carter die Hand zu ihrer rechten Brust wandern, folgte ihren Rundungen mit den Fingerspitzen, liebkoste sie zärtlich. Dabei ließ er geflissentlich all die Stellen aus, von denen er genau wusste, dass Kat sich danach verzehrte, dass er sie berührte.

Er rückte näher zu ihr und begann gemächlich, unsichtbare Achten auf ihr Dekolleté zu malen, über ihr Schlüsselbein hinweg bis zu der Kuhle an ihrer Kehle, wo man ihren fliegenden Puls spüren konnte. Schon auf diese einfachen Zärtlichkeiten reagierte ihr Körper intensiv, und ein erwartungsvolles, leises Wimmern stahl sich aus ihrer Kehle. Er ließ den Zeigefinger von ihrer Kehle abwärtsgleiten, sinnlich, zielgerichtet, zwischen ihren Brüsten hindurch, hinab zur zarten Haut an ihrem Bauch.

Als er den Bauchnabel erreichte, hielt Kat unwillkürlich den Atem an. Er umkreiste ihn zweimal, bevor er keck die Fingerspitze hineinsinken ließ. Kat konnte den Kopf nicht mehr oben halten. Sie legte sich zurück in die Kissen, ergab sich ganz den Sinneseindrücken, die Carter in ihr hervorrief, während er ihren Körper erkundete, der mehr als bereit für ihn war.

»Hier ist deine Haut so weich.« Er schob die Hand unter den Saum ihrer Shorts. »So geschmeidig.«

Als er die Lippen auf ebenjene Stelle drückte, keuchte Kat auf. Dann ließ er die Zunge der Spur seiner Finger folgen. Kat seufzte genüsslich.

»Carter«, stöhnte sie.

»Was ist los, Baby?«, fragte er über sie gebeugt.

Kat nahm die Finger aus seinem Haar, legte sie auf seine breiten Schultern, deren starke Muskeln sich spürbar unter ihren Handflächen spannten.

»Ich vermisse deine Lippen.«

Sacht berührte er ihren Kiefer mit dem Daumen, während sein Blick heiß über ihren Mund glitt.

»Bitte«, entfuhr es Kat.

Drängende Begierde brodelte unter ihrer Haut. Die unvermeidliche Explosion der Lust, die sich immer in seiner Gegenwart aufzubauen begann, war nur noch eine Berührung entfernt.

»Sag mir, was du willst«, knurrte er. »Sieh mich weiter so an, und ich schwöre bei Gott, ich gebe dir alles, was du willst.«

»Küss mich«, bat sie. »Küss mich einfach nur.«

Kats rosiger, feuchter, weicher Mund schlug Carter in seinen Bann. Sie hatten sich schon unzählige Male geküsst, auf unendlich viele Arten, doch ihre Bitte erschien ihm mit einem Mal so unfassbar schwerwiegend, dass er für einen Moment zu nichts anderem in der Lage war, als sie anzustarren. Sofort tauchte vor seinem geistigen Auge ein himmlisches Bild auf: ihre Lippen, die sich um seinen Schwanz schlossen. Binnen Sekunden war seine Kehle knochentrocken, und sein Körper wurde so schwer, dass er auf sie sank.

Haut auf Haut, warm und eng aneinandergepresst.

Carter versuchte, sich zu fassen, doch das wollte ihm nicht recht gelingen. Sein Körper schien sich seiner Kontrolle zu entziehen. Als hätte eine fremde Macht Besitz von ihm ergriffen und die Herrschaft übernommen.

Etwas Großes. Etwas Unbegreifliches.

Er schloss die Augen und atmete tief ein, um sich ein wenig zu beruhigen.

Wem wollte er etwas vormachen? Kat war es, die Besitz von ihm ergriffen hatte. Kat hatte ihn in der Hand.

Schon seit sie elf Jahre alt gewesen war, gehörte er ihr. Vielleicht hatte er das früher nicht verstanden, doch inzwischen wusste er, dass er sie jede Sekunde, Minute und Stunde in den vergangenen sechzehn Jahren geliebt hatte. Er hatte sich in einer furchtbaren Nacht in einer einsamen dunklen Straße in der Bronx an sie verloren, nun wurde ihm klar, dass er sich seitdem nie mehr richtig wiedergefunden hatte.

Sechzehn Jahre. Fünftausendachthundertvierundvierzig Tage.

Himmel, wie hatte er nur so lange ohne sie überleben können?

Er liebte sie von ganzem Herzen – und das machte ihm Angst. Er hatte sie vermisst, ohne sie überhaupt zu kennen, hatte von ihr geträumt, wann immer der ganze Mist, der ihm seine Kindheit und Jugend zur Qual gemacht hatte, drohte ihn zu überwältigen. Wäre er nicht gerade so vollkommen von ihrem Anblick verzaubert gewesen, er hätte laut aufgelacht über seine eigene Blindheit und die lächerliche Beharrlichkeit, mit der er sich seit dem Tag, an dem Kat wieder in sein Leben getreten war, selbst etwas vorgemacht hatte.

Kaum merklich regte sie sich unter ihm. Ihre Beine rutschten über die Matratze, ihre Hüften hoben sich ihm ein wenig entgegen. Sie war einfach wundervoll. Er öffnete den Mund und erschauerte, als er die Lippen auf ihre presste. Sofort zog sie ihn an sich, erwiderte feurig den Kuss.

Ihre Zungen trafen sich, vereinten sich wieder, rieben sich aneinander, erst in ihrem Mund, dann in seinem. Carter hielt sie mit einer Hand an der Hüfte fest, während er mit der anderen ihren Kopf stützte. Die Leidenschaft zwischen ihnen beiden begann augenblicklich hochzukochen. Herrgott, das sehnsüchtige Pochen zwischen seinen Beinen war regelrecht qualvoll! Er rieb kraftvoll die Hüften an ihrem Bauch, zeigte ihr, was sie mit ihm anstellte. Auch wenn sie das wahrscheinlich niemals zur Gänze verstehen könnte. Es überstieg jegliches Fassungsvermögen.

Was für ein Narr er doch gewesen war! Zu glauben, dass er sich darum drücken könnte, diese besonderen drei Worte zu ihr zu sagen. Die Worte, die er noch nie zuvor in seinem ganzen verkorksten Leben gegenüber einem anderen menschlichen Wesen ausgesprochen hatte. Sie hatten ihn vollkommen kalt erwischt, doch die Erleichterung, die sie ihm schenkten, war weitaus größer und befreiender, als es ein Entlassungsbrief vom Bewährungsausschuss jemals sein könnte.

Er ließ von ihrem Mund ab, widmete sich mit den Lippen ihrem Unterkiefer, ihrem Hals. Sie legte den Kopf in den Nacken, bäumte sich ihm entgegen, sodass er mühelos jede Stelle ihres wundervollen Körpers erreichen konnte. Er begann mit ihrer Brust, zog die Träger ihres BHs über ihre Arme nach unten, zog an den spitzenverzierten Körbchen, bis ihre Brüste nackt vor ihm lagen, bereit für seine tastenden Hände, seine forschenden Lippen. Mit geschlossenen Augen begann Carter zu lecken, zu saugen, zu liebkosen. Als er ihre Fingernägel auf seinem Rücken spürte, stöhnte er auf. Sie zog ihn an sich, raunte ihm süße Worte zu.

Er drückte die Lippen auf ihre Hüften, liebkoste ihren weichen Bauch, ließ sie tiefer wandern, bis er schließlich den Bund ihres Höschens erreichte, der aufreizend aus ihren Shorts hervorlugte. Er wollte sie an seiner Zunge spüren. Er wollte sie in seinem Mund und sie so heftig kommen lassen, dass sie Sterne sah. Er wollte sich auf sie stürzen, sein Gesicht in ihr vergraben … und das am liebsten tagelang. Er wollte sie keuchen hören, sie nass sehen. Er wollte …

»Du hast mir gefehlt«, hauchte Kat.

Verwundert über ihre gequälte Miene, hielt Carter inne und stützte das Kinn auf ihre Hüfte.

»Als du weg warst, habe ich dich so furchtbar vermisst.«

Carters Herz machte einen Sprung. »Ich habe *dich* vermisst.« Er strich ihr eine Haarsträhne aus dem Gesicht. Dann schüttelte er den Kopf. »Oh Gott.« Er küsste sie. »Dass ich von dir fortgegangen bin, das war so verdammt dumm.«

Sie zu verlassen war so unsagbar schmerzhaft gewesen. So stellte er sich die Qualen vor, wenn man lebendig verbrannt wurde. Der Schmerz hatte ihn gelähmt, ihn erstarren lassen.

Als ihn seine Jungs damals in *Kill* besucht und ihm berichtet hatten, wie es Max vernichtet hatte, dass Lizzie ihn verlassen hatte, hatte Carter das kaum nachvollziehen können. Doch nun wusste er genau, welche Agonie sein Freund durchlitten hatte und noch immer durchlitt.

Carter wollte nie wieder diesen Schmerz fühlen. Er bezweifelte, dass er ihn auch nur eine Sekunde lang ertragen könnte, ohne zu sterben.

»Ich weiß, warum du es getan hast«, flüsterte Kat. »Und wenn fortzugehen dir dabei geholfen hat zu begreifen, dass du mich liebst«, fuhr sie leise fort, »dann bin ich froh, dass du es getan hast.«

Herrje, sie hatte recht. Er war gegangen, war in tausend Stücke zerbrochen. Der Schmerz hatte ihm alles genommen, bis es nichts mehr gegeben hatte, wohinter er sich verstecken konnte. Wenn Carter ehrlich mit sich war, dann hatte nichts daran vorbeigeführt, dass er sich seine wahren Gefühle für Kat endlich eingestand. Und nun, da seine rotzige Fassade endgültig in Trümmern lag, konnte sich Carter eingestehen, wie anstrengend sein Versteckspiel gewesen war.

»Carter.« Kat nahm wieder seine Hand und legte sie flach an ihr Herz. »Zeig es mir«, flüsterte sie. »Zeig mir, wie sehr du mich liebst.«

Er sah sie an, und plötzlich erschienen Bilder in seinem Kopf. Er erinnerte sich an all die gemeinsamen Höhepunkte mit ihr, daran, auf welche Arten er sie berührt hatte, geküsst hatte, sich in ihr bewegt hatte. *Zeig es mir.*

Im Strandhaus.

Auf dem Sofa.

Das erste Mal, als sie zusammen gewesen waren, durchweicht vom Regen, verzweifelt, auf seinem Bett bis zur Morgendämmerung.

Sogar damals hatte er sie schon so sehr geliebt.

Ohne dass es ihm bewusst gewesen war, hatte er ihr gezeigt, was sie ihm bedeutete – nicht mit armseligen, unzulänglichen Worten, sondern mit seinem Körper. Als ihn das Gefühl seines Körpers in ihrem so sehr überwältigt hatte, dass er, benommen von den roten Wolken der Lust, seinen Rhythmus nicht hatte finden können, hatte er einfach ihren Duft eingeatmet, sie voller Hingabe geküsst, sie berührt, bis sie seinen Namen stöhnte.

Diese Momente gehörten zu seinen schönsten Erinnerungen. Mit ihr verbunden, ohne sich zu bewegen. Kein Taumel der Ekstase. Einfach nur sein. In diesen Augenblicken hatte Carter tiefen Frieden empfunden wie noch nie zuvor.

Er strich ihr Haar zurück und küsste sie. Zart, leicht – ließ die Zunge nur über ihre Lippen huschen, zärtlich und liebevoll. *Du bist so wunderschön*, sagte sein Kuss. *Dich zu sehen verschlägt mir den Atem.*

Kats Stöhnen verriet ihm, dass sie die unausgesprochenen Worte gehört, gespürt hatte. Er legte die Hand in ihren Nacken, hob sie an seinen Mund. Sie widersetzte sich nie. Ihre Hingabe war unglaublich. Er befreite sie aus ihrer restlichen Kleidung, streifte seine Boxershorts ab und legte sich auf sie, küsste ihr Kinn, ihre Kehle, leckte ihre Brust. Aufreizend knabberte er an ihrem Bauch, ließ die Zähne über ihre Haut schaben. Seine Hände glitten ihre Schenkel hinauf, öffneten sie.

Ich will dich schon so lange.

Sie krallte die Hände ins Laken, als er Küsse auf ihren Unterleib hauchte, von einer Hüfte hinüber zur anderen. Kat winkelte die Knie an, legte die Fersen an seine Schultern. Er küsste ihre Leistenbeuge, spreizte ihre Beine noch weiter, magisch angezogen von ihrer Blöße, die wie gemacht war für seinen Mund. Zart küsste er ihre feucht glänzenden Schamlippen. Behutsam öffnete er ihre Lippen mit dem Mund, ließ die

Zunge forschend in die geschwollene Hitze eindringen, kleine kreisende Bewegungen vollführen, bis sie stöhnte und sich ihm entgegenbäumte.

Herrgott noch mal! Sie war das Köstlichste, was er jemals geschmeckt hatte. Er brachte die Finger ins Spiel. Mühelos glitten sie über ihre nasse Haut, streichelten und neckten. Nach und nach drang er mit zwei langen Fingern in sie. Sie schrie auf, hob die Hüften seinem Gesicht entgegen. Carter ächzte. Sie war so warm. Er zog die Finger zurück, schob sie wieder in sie hinein, saugte, leckte.

»Mehr.«

Ich würde dir verdammt noch mal die ganze Welt zu Füßen legen.

Genüsslich summend drückte er sich an sie, bewegte den Kopf hin und her, schnurrte an ihrem nackten Fleisch. Ihre Nägel gruben sich tief in seine Kopfhaut. Schneller und schneller wurde seine Zunge, immer tiefer sanken seine Finger. Ihr Stöhnen wurde wilder, atemloser, flehentlicher.

»Oh Gott, wenn du so weitermachst, komme ich noch.«

Ja, genau das hatte er vor. Sie zerrte an seinen Schultern, wand sich, rieb den Unterleib an seinem Gesicht, durchnässte ihn. Sie wimmerte, schrie unzusammenhängende Worte, bis sie jäh den Gipfel erreichte und der Orgasmus ihren gesamten Körper erbeben ließ. Als sie die Schenkel um seinen Kopf zusammenpresste, um sich seinem gierenden Mund zu entziehen, hielt er sie unerbittlich fest, labte sich immer weiter an ihr, bis sie ihn anflehte aufzuhören.

Ich werde niemals aufhören, dich auf diese Art zu lieben.

Schließlich ließ er von ihr ab und hob den Kopf. Sie atmete schwer, und ihre hauchzarte Haut schien zu glühen. Er kroch aufwärts, bedeckte ihre Haut mit Küssen. Er musste ihre Wärme spüren, um nicht die Kontrolle zu verlieren. Er wusste, er musste zärtlich und behutsam sein. Lust begann sich wie ein Nebel auf ihn zu senken, doch er widerstand der Verlockung. Er spürte ihre Brust an seiner, ihre Hände an seinen Schultern, ihre Schenkel um seine Taille; und wurde augenblicklich ruhig.

Als sie ihn küsste, sich auf seinen Lippen schmeckte, stöhnte er in ihren Mund hinein. Er stützte sich mit den Händen neben ihrem Brustkorb auf der Matratze auf. Sein Glied war zwischen ihren Körpern eingeklemmt, feucht, dick und bereit. Jedes Mal, wenn sie sich bewegte, spürte er es, und das machte ihn schier wahnsinnig. Ungeduldig zuckten und wanden sich seine Hüften. Als sie ihm in den Hals biss, ächzte er.

Ja, zeichne mich.

Sie hob die Beine und legte die Fersen auf seinen Hintern. Vor Eifer griffen sie beide gleichzeitig nach seinem Schwanz. Carter ließ Kat den Vortritt, sah zu, wie sie ihn ausrichtete, seine breite Spitze über ihr heißes Fleisch gleiten ließ. Er seufzte verzückt. Sie so zu spüren machte ihn fertig. Sie war so klatschnass und weich. Carter schob die Hüften ein wenig vor.

Er zog ihr Gesicht zu sich, knabberte an ihrer üppigen Unterlippe. Kat schob mit der Hand ein Stück, und dann war er da, der unglaubliche Moment, in dem er in sie hineinglitt. Sofort brandete die erregende Euphorie in ihm auf, die er jedes Mal empfand, wenn sie sich vereinten.

»Mein süßes Mädchen«, flüsterte er an ihrer Kehle und begann langsam, in ihre enge Wärme vorzudringen. »Das ist es.« Noch ein wenig tiefer. »Oh, fuck!«

Er hob den Kopf und drang noch weiter ein, Stück für Stück, bis er völlig in ihr versank. Er war zu Hause. Sie stieß ein leises Schluchzen aus, doch er fing es schnell mit seinen Lippen auf. Er konnte dem Verlangen, tief und hart zuzustoßen, kaum widerstehen. Mit den Knien drückte er ihre Beine etwas weiter auseinander, damit er ihr noch näher sein konnte. Ihre Finger verschränkten sich auf der Matratze ineinander, als Carter sich mit einem tiefen Stöhnen zurückzog. Er riskierte einen Blick auf ihre vereinten Körper. Sie war so feucht, dass sein Glied glänzte. Ein atemberaubender Anblick.

Ächzend drang er wieder in sie ein. »Weißt du eigentlich, dass ich alles für dich tun würde?«, fragte er. »Weißt du, dass ich permanent an dich denke? Manchmal glaube ich, dass ich verrückt bin. Du machst mich verrückt. Wenn ich nicht bei dir bin, verliere ich den Verstand. Lieber Himmel, Kat, die Sehnsucht nach dir tut richtig weh.«

Sie legte eine Hand an seinen Nacken.

»Ich brauche dich so sehr«, raunte er atemlos. »Ich brauche uns. Ich muss uns so fühlen wie jetzt, denn, ich schwöre bei Gott, mein Herz schlägt nur für dich.«

Sie drückte seine Hände und küsste seinen Hals. Er legte die Stirn an ihre und verlor sich in ihren halb geschlossenen Augen. Immer weiter bewegte er den Unterleib, langsam, aber kraftvoll, neigte das Becken, bis er bei ihr die Stelle traf, die sie wollüstig ächzen ließ. Da spürte er, wie sich tief in seinem Bauch ein Spannungsgefühl aufzubauen begann. Er stieß noch härter zu und packte ihre Hüfte etwas fester, als er eigentlich gesollt hätte. Sie reagierte, indem sie über seinen Unterkiefer leckte und an seinem Adamsapfel knabberte.

Dicht presste sie sich an ihn, die Arme um seine Schultern geschlungen, und hielt sich fest. Noch nie war Carter ihr so nah gewesen. Sie war überall um ihn herum, und er war ihr ausgeliefert, unterlegen und gleichzeitig strahlender Sieger. Doch stärker als sein Verlangen zu kommen, als das langsame Absinken in euphorische Glückseligkeit, war das Gefühl, geliebt zu werden, vollkommen und ohne Zweifel. Dieses Gefühl umhüllte ihn wie Kats Körper, warm und behaglich; es überwältigte ihn auf unglaubliche, unbeschreibliche Art.

Es war das merkwürdigste, unfassbarste Gefühl.

Es war so viel mehr als nur Sex.

Es war erotisch, leidenschaftlich, nackt, seelenvoll – eine Empfindung, die Carter normalerweise in Angst und Schrecken versetzt hätte.

Doch das tat sie nicht. Nicht mit seiner Frau in seinen Armen. Mit Kat an seiner Seite konnte er es mit der ganzen Welt aufnehmen.

Noch nie hatte sich Carter gleichzeitig so schutzlos und so sicher gefühlt.

Nie zuvor hatte er sich jemandem mit Leib und Seele hingegeben, ohne dafür eine Gegenleistung zu erwarten.

Sein Körper schwebte höher und höher. »Ich kann dir nicht nahe genug sein«, gestand er mit einem frustrierten Knurren. Härter und härter stieß er zu, biss die Zähne aufeinander, gab Geräusche von sich, die ihn selbst befremdeten, und wurde schnell mitgerissen. Er klammerte sich fester an sie. »Ich komme, Kat.«

Mit einem Schrei und einem lauten Fluch riss er den Kopf zurück. Sein Schwanz pulsierte vor Lust, während der Höhepunkt durch ihn hindurchschoss wie eine Flutwelle. Weiße Lichtblitze tanzten hinter seinen Lidern, sein Puls donnerte in seinen Ohren. Gierig stieß er immer wieder zu, knurrte und stöhnte an ihrer Schulter, während sein ganzer Körper pochte, bebte und zuckte.

Dann konnte er wieder durchatmen. Er fühlte sich befreit. Er fühlte sich gut. Konnte er es wagen, daran zu glauben, dass er gut genug war?

Carter schloss fest die Augen, kämpfte gegen die Tränen an, die hinter seinen Lidern brannten, wieder mal überwältigt von der Frau in seinen Armen, überwältigt davon, was er mit ihr geteilt hatte, was sie miteinander geteilt hatten. Er zitterte am ganzen Leib. Rasch vergrub er sein Gesicht an ihrem Hals und zog seinen gesättigten Schwanz aus ihrer Wärme, schmiegte sich wohlig zwischen ihre Arme und Beine wie in einen Kokon. Das einzige Geräusch, das er hörte, war das Pochen ihres Herzens an seinem Ohr.

Sein Herz antwortete hämmernd.

Ich liebe dich, sagte es mit seinem Pochen. *Ich gehöre dir, aber bitte, um Himmels willen, zerbrich mich nicht.*

»Danke«, flüsterte er. »Danke, dass du mir vergeben hast. Dass du mich liebst. Beides habe ich nicht verdient, Peaches.« Er drückte sie an sich. »Danke.«

»Damit sind wir wohl quitt«, nuschelte sie schlaftrunken.

Carter schloss die Augen. Er wusste, dass das nicht stimmte. Es war ihm unsagbar schwergefallen, von Kat getrennt zu sein, doch er hatte in dieser Zeit viel darüber nachgedacht, welche Möglichkeiten ihnen beiden offenstünden. Permanent von ihr getrennt zu sein war eine Option, die absolut nicht infrage kam.

Er würde, er konnte sie nicht verlassen. Er hatte es versucht, und es hatte ihn beinahe vernichtet. Womit nur noch eine Möglichkeit blieb. Er hob den Kopf und strich ihr das Haar aus dem Gesicht. »Peaches.«

»Mm.«

Er malte unsichtbare Kreise unter ihre Wimpern, auf ihre gerötete Wange, während er seine Worte bedächtig abwog. Er musste den Tatsachen ins Auge sehen: Für die Zwistigkeiten zwischen Kat und ihrer Mutter war auch er verantwortlich. Gut, Eva hatte ihm keine Chance gegeben, ihr zu erklären, welche Gefühle er für ihre Tochter hegte, und würde ihm zweifellos, sollte er es noch einmal versuchen, ins Gesicht lachen. Doch trotzdem: Kat hatte schon einen Elternteil verloren, und er wollte nicht, dass sie noch einen weiteren verlor.

»Wir müssen noch etwas tun – etwas Wichtiges –, bevor wir morgen früh nach New York zurückfliegen. Ich muss etwas tun.«

Sie kuschelte sich an ihn. »So?«

Carter räusperte sich. »Ich muss mit deiner Mutter sprechen.«

Austin Ford marschierte wie ein gefangenes Raubtier in seinem Büro auf und ab und biss so fest die Zähne aufeinander, dass Adam schon befürchtete, dass sie zerbrechen würden – genau wie die viertausend Dollar teure Vase, die bereits in Scherben am Boden lag. Nicht lange nach Ben Thomas' Stippvisite hatten sie per Fax eine im Grunde vorauszusehende Mitteilung vom Vorstand von *WCS* erhalten. Ihr Inhalt war unmissverständlich: *Jungs, packt eure Koffer. Ihr werdet bei* WCS *nicht länger gebraucht.*

Adam überraschte diese Entscheidung nicht sonderlich, und in gewisser Weise erleichterte sie ihn auch. Schon viel zu lang trug er die aggressiven, rücksichtslosen Geschäftspraktiken seines Bruders mit. Er hatte sich im Hintergrund gehalten und in demütigem, beschämtem Schweigen mit angesehen, wie Austin geschachert und seine Geschäftspartner schikaniert hatte, um sich zu bereichern.

Oh ja, er war ein hervorragender Geschäftsmann und hatte sich selbst und seinen Vertrauten zu großem Reichtum verholfen. Doch über die Jahre war er überheblich geworden. Seine Vornehmheit hatte sich in Arroganz gewandelt, und jeder, der es wagte, ihm zu widersprechen oder sich gegen ihn zu behaupten, bekam seine Verachtung zu spüren.

Doch Wes Carter hatte sich trotzdem gegen ihn aufgelehnt.

Obwohl es die Woche um Thanksgiving war, aktivierte Austin jeden Anwalt, den er kannte, jeden Gefallen, den sie ihm schuldeten, und setzte sie auf das Fax an. Er wollte ein Schlupfloch finden, einen Winkelzug, eine Klausel, ein *Leck mich*. Er musste etwas finden. Adam wusste, dass Austin lieber sterben würde, als Carter *WCS* zu überlassen – doch trotzdem würde genau das passieren. Es gab keinen Ausweg. Einer seiner Spießgesellen hatte Austin schließlich ebendiese Nachricht übermittelt.

Die Vase hatte als Erstes dran glauben müssen.

Adam beobachtete seinen Bruder, wie er weiter vor Wut kochend im Büro auf und ab tigerte.

»Sie wollen mir also ernsthaft weismachen«, fauchte Austin, »dass es keine Möglichkeit gibt, ihn aufzuhalten?« Er rammte den Zeigefinger auf das Fax auf dem Schreibtisch.

Sein Berater Rick trat beklommen von einem Bein aufs andere, räusperte sich. »Ja, Sir.«

Austin riss die Augen noch weiter auf. Noch nie hatte Adam seinen Bruder so aufgelöst erlebt. Sein Haar war zerzaust und sein Gesicht schweißüberströmt.

»Das glaube ich verdammt noch mal nicht!«, brüllte er. »Wie ist das überhaupt möglich?«

»Nun, Sir …«

»Antworten Sie mir gefälligst nicht auf rhetorische Fragen, Rick!«, blaffte Austin zornig. »Ich kann verdammt noch mal lesen!«

Austin stieß die Luft aus, fuhr sich mit der Handfläche über den Mund. »Ich dachte, wir hätten alles in unserer Macht Stehende getan, um das hier zu verschleiern«, knurrte er und deutete auf die Schwarz-Weiß-Fotografien, die Ben Thomas zurückgelassen hatte. »Mir wurde gesagt, dass Vorkehrungen getroffen wurden, um meine Firma zu schützen.«

Nun wurde Adam wütend, und das nicht zum ersten Mal. Schon immer hatte Austin *WCS* als sein Eigentum betrachtet.

Nie hatte er Adams Hilfe gewürdigt oder in irgendeiner Hinsicht honoriert, wie viel Arbeit er darin investierte, die Weste seines Bruders trotz seiner schmutzigen Machenschaften rein zu halten. Natürlich wurden ihm die obligatorischen Gehaltserhöhungen zugestanden, und hin und wieder fand er eine Flasche Whisky auf seinem Schreibtisch vor, doch das war nicht mal annähernd eine angemessene Entschädigung für die unzähligen Male, die Adam gezwungen gewesen war, Geld und Zeit zu investieren, um dafür zu sorgen, dass der Aufsichtsrat keinen Wind von den Fehltritten seines Bruders bekam – inklusive der Geschäfte mit Casari. Adam hatte Austin zu erklären versucht, dass Casari ihnen nur Schwierigkeiten einbringen würde und dass er wusste, dass die Bundespolizei ihn überwachte, doch sein Bruder hatte nicht auf ihn hören wollen.

Genug war genug.

Was für ihn endgültig das Maß vollgemacht hatte, waren der Hickhack und die Eifersüchteleien um Kat – mit Austin auf der einen und Carter auf der anderen Seite. Das war nur noch lächerlich, und Adam wollte nichts damit zu tun haben. Wenn er ehrlich war, konnte er sowieso nicht verstehen, weshalb Austin Carter nicht einfach seinen Anteil am Kuchen zugestehen wollte. Das hätte einiges vereinfacht und Carter befriedet. Aber Austin hatte andere Pläne.

Die belastenden Fotos mit Casari gingen ganz allein auf Austins Konto. Adam hatte nun endgültig die Nase voll.

Herrje, jeder machte mal Fehler, und es war verdammt noch mal nicht fair, Carter immer wieder aufs Neue für seine büßen zu lassen. Adam stimmte mit Beth darin überein, dass Kat sehr verliebt in Carter war. Dem Mann bot sich die realistische Chance, sein Leben umzukrempeln und endlich glücklich zu werden.

Adam konnte das nicht verhindern, Austin ebenso wenig.

»Austin«, murmelte Adam.

Den anderen fünf Männern im Raum war ihre Nervosität überdeutlich anzumerken.

»Nein, Adam«, gab Austin schroff zurück. »Wir müssen uns etwas einfallen lassen, die nächsten Schritte planen.«

Irritiert blickte Adam zu Rick hinüber, doch auch er sah Austin verblüfft an. Seufzend machte Adam einen vorsichtigen Schritt auf seinen Bruder zu, verschränkte die Hände. »Es gibt keinen nächsten Schritt«, sagte er besonnen. »Das hier ist endgültig. Es wird passieren.«

»Was zum Teufel soll das?«, zischte Austin voll ungläubiger Wut. »Du willst den Schwanz einkneifen?« Jeden der anwesenden Männer traf sein vernichtender Blick, ehe er ihn wieder auf Adam richtete. »Das hier ist noch nicht vorbei. Nicht mal annähernd.«

Adam verdrehte gereizt die Augen und schob die Hände in die Taschen. »Es ist vorbei. Eigentlich ist es schon eine ganze Weile vorbei. Es wird Zeit, nach vorn zu blicken und etwas Neues zu beginnen.«

Austins Miene verzerrte sich vor Wut. Selbst Adam hatte ihn noch nie so zornig erlebt. Er ballte die Fäuste, senkte den Kopf. »Alle raus!«

Die anderen Männer eilten aus dem Büro. Für dreißig Sekunden herrschte bedrückende Stille, bis sich Austin wieder einigermaßen gefasst hatte. Adam wusste, dass er vor Wut kochte, doch das war ihm egal.

»Was zum Geier stimmt bloß nicht mit dir?«, murmelte Austin mit zusammengepressten Lippen.

»Gar nichts.«

»Und warum stehst du dann nur nutzlos herum und unternimmst nichts?« Er wedelte mit dem Fax. »Kapierst du denn nicht, was das hier bedeutet?«

»Ich verstehe es sehr wohl«, entgegnete er bedächtig und ging noch einen Schritt auf seinen Bruder zu. »Es bedeutet, dass wir beide eine Abfindung erhalten werden, dank derer wir uns für den Rest unseres Lebens keine Sorgen mehr über unser Auskommen machen müssen. Und Carter wird bekommen, was ihm von Rechts wegen zusteht.«

Austin erbleichte. »Wie bitte?«

Adam schüttelte den Kopf. »Ich bitte dich. Lass es gut sein. Er ist der rechtmäßige Besitzer. So steht es schon seit Jahren schwarz auf weiß geschrieben. Er hat es verdient. Dass du ihm aus blanker Gier seinen Status streitig machst, dagegen nicht!«

Austin holte aus, doch Adam war schneller. So war es nicht immer gewesen, doch mit zunehmendem Alter hatte er eine Stärke erlangt, wie er sie als Kind noch nicht besessen hatte. Er stieß Austin rückwärts von sich weg, bis der gegen die Wand prallte.

»Lass mich verdammt noch mal in Ruhe, Austin«, knurrte Adam und hielt ihm drohend den Zeigefinger vors Gesicht. »Ich bin nicht mehr sechs Jahre alt, und diese Firma ist keine bescheuerte Actionfigur. Finde dich damit ab, dass deine schmutzigen kleinen Spießgesellen dich diesmal nicht rausboxen können. Lass es auf sich beruhen, und bewahre dir zumindest deine Würde und deinen guten Namen.« Er trat einen Schritt zurück und richtete sein Jackett. »Meine Güte, reiß dich am Riemen! Du benimmst dich unmöglich.«

Austin schluckte schwer. Sein Gesicht war krebsrot und sein Blick wild.

»Was ist nur passiert, Austin?«, fragte Adam kopfschüttelnd. »Ich habe dich verteidigt. Habe deinetwegen Beth gegen ihre beste Freundin aufgehetzt! Das werde ich mir nie verzeihen. Mensch, Austin. So kenne ich dich überhaupt nicht.«

»*Genau* so bin ich«, hielt er dagegen. »Ich halte diese Firma am Leben, damit dieser Koks schnupfende Versager sie nicht mit sich in die Gosse zieht.«

Angewidert verzog Adam das Gesicht. »Als ob du so perfekt wärst.« Er schmunzelte freudlos. »Wie kannst du nach allem, was du getan hast, nur so selbstgerecht sein?«

Austin richtete sich kerzengerade auf. Er wirkte plötzlich alarmiert.

»Ja«, flüsterte Adam mit einem Blick auf die Fotos. »Bestimmt würde es den Vorstand brennend interessieren, mit wem du sonst noch Geschäfte machst. Und für das, was ich weiß, brauche ich keine fotografischen Beweise.«

Austin grinste schief. »Du Hurensohn.«

»Kann schon sein«, entgegnete Adam drohend. »Aber ich rate dir: Lass es gut sein, Austin. Geh erhobenen Hauptes, aber geh. Vergiss Carter, vergiss Kat. Nimm deine Aktien, und kauf dir ein Haus, oder mach einen langen Urlaub weiß Gott wo, aber, verdammt noch mal, geh. Oder du wirst mich kennenlernen.«

In aller Ruhe wandte sich Adam von seinem Bruder ab, richtete seine Krawatte.

»Na so was, Ads«, sagte Austin. »Das klang ja fast wie eine Drohung.«

Adam blickte über die Schulter zurück. »Das war keine Drohung«, entgegnete er und ging zur Tür. Mit der Hand auf der Klinke drehte er sich noch mal um. »Sondern ein Versprechen.«

Auf der Fahrt zurück zu Nana Boos Haus herrschte im Wagen eine angespannte Atmosphäre. Carter hörte auf, mit dem Fuß auf den Boden zu klopfen, und verlegte sich darauf, mit den Fingerknöcheln zu knacken, in der Hoffnung, dass sich die Nervosität, die ihm wie eine Faust im Nacken saß, dadurch ein wenig legen würde. Er war vollkommen erschöpft. Dass er in den vergangenen achtundvierzig Stunden gerade mal sieben Stunden geschlafen hatte, machte das Ganze auch nicht besser. Ermattet schloss er die Augen.

»Alles in Ordnung?«

Er hielt die Augen geschlossen, hob zur Antwort nur sardonisch eine Augenbraue. Obwohl er wusste, dass Kat seinen Zuspruch gebraucht hätte, fiel ihm idiotischerweise nichts Tröstliches ein. Er merkte ihr an, wie sehr sie sich nach seiner Unterstützung sehnte, doch er wusste einfach nicht, was er tun sollte. Also beschränkte er sich darauf, die Hand auf ihr Bein zu legen.

Körperkontakt war schon mal gut.

Das Beben in ihrer Stimme verriet ihm, dass sie das anstehende Gespräch mit Eva mindestens so nervös machte wie ihn, und das konnte er durchaus verstehen. Obwohl er wieder und wieder im Kopf durchgespielt hatte, was er zu ihr sagen wollte, wusste Carter, dass er im Begriff stand, sich sehenden Auges in die Höhle des Löwen zu begeben. Er fühlte sich verletzlich und hatte eine Scheißangst.

Er musste nur verhindern, dass Kats Mutter bei der Diskussion – wenn das denn das richtige Wort dafür war – die Führung übernahm. Ja, ihnen stand bestimmt eine recht hitzige Auseinandersetzung bevor. Doch er durfte nicht den Kopf verlieren und musste sich geduldig anhören, was sie zu sagen hatte. Das war von immenser Wichtigkeit. Carter gab sich keinen Illusionen hin. Er wusste genau, warum sich Eva so verhielt.

Das Wichtigste war, Eva davon zu überzeugen, dass er Kat von ganzem Herzen liebte, dass er alles für sie tun würde. Sie war bei ihm sicher. Er würde sie beschützen und behüten bis zu seinem Lebensende.

Hoffentlich würde das genügen. Oh Gott, wie sehr er hoffte, dass es genügen würde!

Wenn er es schaffte, Kats Mutter verständlich zu machen, dass nicht sein Vorstrafenregister und die Fehler der Vergangenheit ihn ausmachten, dann wäre er auf der Zielgeraden. Herrgott noch mal, er war ein einziges Nervenbündel! Flüchtig fragte er sich, ob vor dem großen Schlagabtausch wohl noch Zeit für eine Zigarette bliebe.

»Wir sind da«, murmelte Kat und schaltete den Motor ab.

Okay, keine Zeit mehr für eine Kippe.

Carter schluckte und schlug die Augen auf. »Peaches.«

»Carter.«

Sie hatten gleichzeitig gesprochen. Carter grinste schief. »Du zuerst.«

»Nein.« Sie schüttelte den Kopf. »Bitte, was wolltest du sagen?«

Ja, was hatte er sagen wollen? Er wusste nicht mehr, ob er ihren Namen nur laut ausgesprochen hatte, weil sein Klang ihn über alle Maßen beruhigte, ebenso wie die Gewissheit, dass sie in seiner Nähe war. Carter nahm ihre Hand, zog sie an seinen Mund und drückte einen eleganten Kuss auf den Handrücken.

Er seufzte. »Egal, was sie sagt, wie sie mich bezeichnet oder was sie mir vorwirft. Egal, was passiert. Ich will, dass du mir versprichst, dass du nichts sagen wirst.«

»Was?«, fragte Kat verdattert.

»Du hast mich schon verstanden.«

Wenn er das hier durchziehen wollte, dann musste er es allein tun. Welche Mutter wollte schon einen schwächlichen, unfähigen Feigling an der Seite ihrer Tochter sehen? Auf keinen Fall wollte er, dass Kat ihn verteidigte. Er würde diese Schlacht selbst ausfechten.

»Das kann ich unmöglich versprechen, Carter.«

»Bitte. Du musst es mir zuliebe tun.«

Funken stoben in ihren Augen. »Aber wenn sie sagt …«

»Ich weiß«, unterbrach Carter sie entschieden. »Sieh mich an. Ich werde nicht weggehen.« Er streichelte ihre Wange mit der Außenseite seiner Finger. »Das schwöre ich. Vertraust du mir?«

Sie nickte. »Aber ich habe schreckliche Angst.«

»Ich weiß«, flüsterte Carter und küsste ihre Fingerspitzen.

»Ich werde versuchen, den Mund zu halten«, beteuerte sie. »Aber wenn sie mich provoziert, werde ich nicht schweigen.«

Mehr konnte er nicht von ihr verlangen.

Als sie vor Nana Boos Haustür standen und darauf warteten, dass ihnen endlich jemand aufmachte, klammerte sich Carter wie ein Ertrinkender an Kats Hand. Er wusste, dass sie allein ihm in diesem Moment die Kraft gab, es durchzustehen. Aber das war in Ordnung. Denn als sie ihre Finger fester um seine Hand schloss, wusste er, dass es ihr genauso erging.

Das Geräusch des Riegels, der zurückgeschoben wurde, jagte ihm einen kalten Schauer über den Rücken. Sein Mund wurde knochentrocken.

Jetzt galt es. Alles oder nichts.

Trevor öffnete ihnen mit einem herzlichen Lächeln die Tür. Zu seinen Füßen wedelte Reggie aufgeregt mit dem Schwanz. »Ms Katherine. Mr Carter. Wie schön, Sie wiederzusehen! Bitte, kommen Sie herein.«

Kat lächelte ebenfalls. Carter schaffte es nur, das Gesicht grimassenhaft zu verziehen. Er hatte das Gefühl, durch Morast zu waten, und jeder Schritt kostete ihn große Mühe. Mal wieder typisch für ihn: Gestern war er noch so entschlossen und selbstbewusst gewesen, und heute, da er all seine Kraft brauchte, war sie verflogen. Plötzlich kam er sich sehr, sehr lächerlich vor.

Kat nahm seine beiden Hände in ihre. Er atmete erleichtert durch. Er war ihr so unendlich dankbar dafür, dass sie bei ihm war, an seiner Seite stand, bereit, ihn auf jede erdenkliche Weise zu unterstützen.

»Fröhliches Thanksgiving!« Nana Boo schenkte Carter ein warmherziges Lächeln und gab ihm einen Kuss auf die Wange. »Ich freue mich so, Sie zu sehen.«

»Fröhliches Thanksgiving.« Zerknirscht trat er einen Schritt zurück. »Der gestrige Vorfall tut mir sehr leid.« Er spürte Kats Hand an seinem Kreuz. »Ich bin ein Idiot und wollte Kat bestimmt nicht wehtun. Ich meine, ich wusste, dass ich ihr mit meinem Verhalten wehtun würde«, murmelte er, »aber ich wollte nur … ich wollte … tut mir leid, dass ich abgehauen bin, okay? Und … ja.«

Carter wäre am liebsten im Boden versunken. Doch Nana Boo strahlte ihn an und legte die Hand auf seinen Arm. Die Wärme in ihren Augen, ihre liebevolle Berührung, das alles weckte nostalgische Gefühle voller Hoffnung und Liebe in Carter. Plötzlich fühlte er sich wieder, als wäre er sieben Jahre alt.

»Danke, dass Sie sich entschuldigt haben. Auch wenn es wirklich nicht nötig war. Solange zwischen Ihnen und Kat alles in Ordnung ist, bin auch ich zufrieden.«

»Es ist alles in Ordnung«, bekräftigte Kat und trat dichter an Carters Seite.

Um ein Haar hätte er sich in Kats Augen verloren, hätte ihn nicht ein Räuspern aus seiner Verzauberung gerissen, das in dem schmalen Flur widerhallte wie ein boshaftes Grollen. Kat riss den Kopf nach rechts, doch Carter regte sich nicht, hielt den Blick auf Peaches' zartes Profil gerichtet. Er musste nicht hinsehen. Er wusste auch so, wer zu ihnen gestoßen war.

Die unnatürliche Stille im Raum war ungefähr so angenehm wie das Kratzen von Fingernägeln auf einer Tafel. Sogar die sonst so fröhliche, lebendige Nana Boo erstarrte.

»Was geht hier vor?«, fragte Eva verächtlich.

Carter zwinkerte träge und wandte sich nun doch nach der Frau um, derentwegen er gekommen war. Sie stand in der Wohnzimmertür. In ihrer schwarzen Jeans und dem grauen Sweater sah sie umwerfend aus und wirkte geradezu alterslos. Ein großer dunkelhaariger Mann in einem Kapuzenpullover mit Yankees-Emblem stand hinter ihr. Er legte ihr die Hand auf die Schulter, drückte sie kurz. Eva musterte Carter finster und verschränkte die Arme vor der Brust. Ihre Miene war abweisend, doch er meinte, in ihren Augen ein Fünkchen Hoffnung erkennen zu können.

Wenn es tatsächlich Hoffnung gab, dann würde er sich darin verbeißen wie eine Bulldogge. Er konnte sie zu seinem Vorteil nutzen. Er konnte diese Hoffnung in Verständnis ummünzen. Mehr durfte er nicht verlangen. Er brauchte nicht ihren Segen oder ihr Wohlwollen. Sie musste ihn nur verstehen.

»Was zum Teufel haben Sie hier zu suchen?«, fragte Eva scharf.

Carter ergriff Kats Arm, um sie an einer spitzen Erwiderung zu hindern. Sie sah ihn an. Ihre Augen blitzten zornig.

»Ist schon gut«, sagte er beschwichtigend.

»Ich habe sie eingeladen«, antwortete Nana Boo und hob trotzig das Kinn.

Carter ließ Kats Hand los und ging auf Eva zu. Sie beobachtete ihn aufmerksam. Der Mann hinter ihr, bei dem es sich um Harrison handeln musste, trat an ihre Seite – eine unmissverständliche Geste, die Carter zur Vorsicht mahnte. Als Carter schließlich vor Eva stehen blieb, war ihre Miene völlig ausdruckslos. Als er ihr jedoch die Hand hinstreckte, huschte ein verwirrter Ausdruck über ihr Gesicht.

»Hallo«, krächzte er heiser. Schnell räusperte er sich, hielt den Blick jedoch fest auf Eva gerichtet. »Ich bin Wes Carter.«

Die Luft im Raum knisterte vor Spannung. Noch immer hatte Eva seine Hand nicht ergriffen. Doch er nahm sie nicht weg, entschlossen, allen zu beweisen, dass er kein Schlappschwanz war – auch wenn er sich vor Angst fast in die Hosen machte.

»Ich freue mich, Sie endlich kennenzulernen«, sagte er in das bedrückende Schweigen hinein.

Eva sah ihn durchdringend und äußerst verwirrt an. Carter war sich nicht sicher, ob sie ihn nun für durchgeknallt oder dämlich hielt. Ihm persönlich wäre Letzteres lieber gewesen. Sie sah zu ihrer Tochter hinüber.

»War das Kats Idee?«

»Nein!«, ereiferte sich Kat sofort, ehe Carter auch nur Luft holen konnte. »Das war es nicht. Und ich kann es nicht fassen, dass du einfach nur dastehst und seinen Versuch, höflich zu sein, ignorierst wie eine …«

»Kat«, unterbrach er ihren Redeschwall, bevor sie noch etwas Giftiges von sich gab. Als er kaum merklich den Kopf schüttelte, funkelte sie ihn aufgebracht an, war aber so nett, den Mund zu halten.

Er wandte sich wieder Eva zu, die abwechselnd ihn und ihre Tochter ansah. Langsam ließ er die Hand sinken. »Das war nicht Kats Idee«, sagte er. »Ich wollte unbedingt heute hierherkommen.«

Eva schwieg, musterte ihn verhalten, abwartend.

»Ich wollte herkommen, um mit Ihnen zu reden.«

»Worüber?«

Kat regte sich an seiner Seite. Ohne Eva aus den Augen zu lassen, tastete Carter nach ihrer Hand und schlang den Zeigefinger um ihren kleinen Finger.

»Ich wollte eine Chance haben, alles zu erklären.«

»Erklären?«, fragte Eva höhnisch. »Und was genau? Sind Sie gekommen, um zu erklären, weshalb Sie die Zukunft meiner

Tochter gefährden? Oder warum ich Sie Ihnen anvertrauen sollte, obwohl Sie ein verurteilter Verbrecher sind? Welche Zukunft ein Mann wie Sie einer Frau wie Katherine bieten könnte? Was genau wollen Sie erklären, Wes Carter?«

Mit jedem Wort war sie lauter geworden. Carter entging allerdings nicht das Beben in ihrer Stimme. Es besänftigte ein wenig seine Wut, die sich mit jeder ihrer boshaften Spitzen steigerte. Kats Hand zitterte in seiner. Er wusste, dass sie kurz davorstand, auf ihre Mutter loszugehen, und sich nur zurückhielt, weil er sie darum gebeten hatte. Dafür liebte er sie gleich noch ein wenig mehr.

»Wenn es das ist, was Sie wollen, kann ich Ihnen all diese Punkte erklären«, sagte er knapp, obwohl er das eigentlich nicht beabsichtigt hatte. Ohne zu wissen warum, machte er noch einen Schritt auf Eva zu. Obwohl sie angriffslustig das Kinn hob, registrierte er, wie ihre Pupillen sich minimal weiteten.

»Aber eigentlich bin ich hier, um Ihnen zu erklären, dass ich ungeachtet dessen, was Sie von mir halten oder welche Ansichten Sie über mich und meine Motive hegen, Ihre Tochter liebe. Und dass ich, egal, was Sie sagen oder tun, nicht verschwinden werde.«

Carter hätte schwören können, dass sie für den Bruchteil einer Sekunde entsetzt den Mund verzog. »Ist das so?«

»Ja«, antwortete er fest und spürte mit einem Mal, wie neue Kraft und Zuversicht ihn durchströmten.

Kat trat dichter zu ihm, und er labte sich an der Wärme und Kraft, die diese Geste ihm schenkte. Auch Eva entging sie nicht. Sie legte die Stirn in tiefe Falten und starrte ihre Tochter an. Doch die hielt den Blick fest auf Carter gerichtet, um zu zeigen, dass er zu ihr gehörte.

»Ich liebe dich auch«, sagte sie so laut, dass es alle hören konnten.

32

»Wann geht denn dein Flug, Schätzchen?«, durchbrach Nana Boo das Schweigen im Wohnzimmer.

»Wir müssen in ein paar Stunden am Flughafen sein«, antwortete Kat, die neben Carter saß. Sie hielt seine Hand auf ihrem Schoß, malte mit den Fingerspitzen Kreise auf seinen Handrücken.

Eva saß ihnen auf einem breiten Plüschsessel gegenüber und starrte Carter so hasserfüllt an, als hätte er sie gerade gebeten, ihre einzige jungfräuliche Tochter für ein öffentliches Menschenopfer herzugeben. Er hielt ihren Blicken stand, überzeugt und geduldig, und wartete darauf, dass sie endlich mit der Tirade begann, die ihr auf der Zunge brannte.

Flüchtig fragte sich Carter, wie sie ihn wohl sehen mochte?

Erkannte sie seine Liebe für ihre Tochter? Begriff sie, welche Konflikte er ausgefochten hatte, um an ihrer Seite sein zu können? Wusste sie, dass er sein Leben gegeben hätte, um sie zu beschützen? Oder sah sie nur die Liste seiner Verbrechen? Sah sie in ihm ein Musterbeispiel für das Versagen der Gesellschaft? War er für sie nur wie eines dieser Tiere, die ihr den geliebten Ehemann genommen hatten?

Ja, dachte er pessimistisch. Genauso sah sie ihn.

»Ich weiß, dass Sie viel zu sagen haben«, brummelte er. »Ich weiß, dass Sie eine feste Meinung über mich haben.« Er hob die Augenbrauen. »Es wäre mir recht, wenn Sie mir mitteilen würden, wie diese Meinung aussieht, damit ich an ihr vielleicht etwas ändern kann.«

»Das wird nicht passieren«, zischte Eva.

»Das können Sie nicht wissen.«

»Wagen Sie es ja nicht, mir zu sagen, was ich weiß oder nicht weiß. Ich weiß ganz genau, wer und was Sie sind.«

Carter hielt Kats zuckende Hand fest. »Könnten Sie mir das genauer erklären?« Er rutschte ein wenig nach vorn. »Jeder Angeklagte hat das Recht, sich zu verteidigen.«

»Ja, damit kennen Sie sich ja wohl bestens aus«, ätzte Eva.

»Eva.«

Alle Augen richteten sich auf Nana Boo, die ihre Tochter mit einem derart vernichtenden Blick bedachte, dass Carter ein wenig den Kopf einzog. Eva senkte respektvoll den Blick.

»Ja«, sagte Carter. »Ich war im Gefängnis.«

»Mehrmals«, ergänzte Eva. »Glauben Sie wirklich, dass ich einen Mann an der Seite meiner Tochter wissen will, für den ein Gefängnisaufenthalt so normal ist wie ein Sommerurlaub?«

»So sehe ich das nicht«, widersprach Carter resolut. »Ich bin nicht stolz auf meine Vergangenheit.«

»Das kann schon sein«, erwiderte Eva scharf. »Aber das macht sie trotzdem nicht ungeschehen.«

»So wie bei Dad?«, meldete sich Kat zu Wort.

Eva starrte ihre Tochter entgeistert an. Ihre Augen füllten sich mit Tränen. »Wage es nicht, ihn mit deinem Vater zu vergleichen«, drohte sie. »Dein Vater … dein Vater …« Sie biss sich auf die Lippe, schlang die Arme um den Oberkörper. »Er hat vielleicht Dinge getan, auf die er nicht stolz war«, fuhr sie fort und heftete den Blick wieder auf Carter. »Aber er hat sich auch um Wiedergutmachung bemüht. Er wurde ein Mensch, den andere bewunderten, respektierten, liebten …«

»Carter hat ebenfalls Dinge getan, für die ich ihn bewundere und respektiere«, blaffte Kat aufgebracht. »Du hast ja keine Ahnung, was er alles bewältigt hat, wogegen er schon sein ganzes Leben lang ankämpfen muss. Du weißt nichts über die Nacht, in der Dad starb, oder darüber, wie Cart…«

»Kat«, fiel Carter ihr ins Wort.

Er wollte nicht, dass Eva erfuhr, welche Rolle er in der Nacht, in der der Senator gestorben war, gespielt hatte. Zumindest noch nicht. Das hier war kein Wettbewerb. Ein ersticktes Schluchzen erklang. Carter wandte sich um. Eva schien völlig am Boden zerstört zu sein. Harrison streichelte ihr behutsam übers Haar.

»Du glaubst also, ich weiß nichts über die Nacht, in der dein Vater starb?«, wiederholte sie atemlos. »Wie kannst du … Katherine, in dieser Nacht …« Sie verstummte, schüttelte den Kopf. »Die Nacht, in der dein Vater uns verließ, war die schlimmste meines Lebens«, sagte Eva. Tränen rannen über ihre Wangen. »Ich weiß also *nichts*?«, wiederholte sie noch mal. Dann lachte sie verbittert auf. »Noch nie im Leben hatte ich so große Angst wie in dem Moment, als ich diesen Anruf erhielt. Eine lähmende Angst, die einen bis ins Mark trifft, Katherine.«

Kat senkte den Kopf, schloss die Augen. »Mom, es tut mir leid. Ich wollte nicht …«

»Und das lag nicht nur daran, dass ich meinen Ehemann verloren hatte«, sagte sie erstickt. »Auch wenn ich ihn liebte, ihn vergötterte. Nein.« Sie starrte Kat an. In ihren Augen standen Tränen, und die Erinnerungen verzerrten ihr Gesicht zu einer gequälten Maske. »Der Augenblick, in dem ich die größte Angst empfand, war der, als ich dachte, ich hätte auch dich verloren.«

Kat drückte Carters Hand, kaute auf der Innenseite ihrer Wange.

»Ich wusste, dass dein Vater es niemals zugelassen hätte, dass man dir etwas antut, Katherine. Er hätte jeden, der es versucht hätte, vernichtet. Doch als der Arzt im Krankenhaus mich ansah … so mitleidig … da war ich sicher, dass du auch …

Ich war mir sicher, dass diese Monster mir auch dich genommen hätten.«

»Aber das haben sie nicht«, murmelte Kat und fuhr sich über ihr linkes Auge. »Ich bin hier.«

»Ja, das bist du«, entgegnete Eva. »Mit ihm.«

»Das ist etwas anderes. Carter ist kein Mörder!«, fauchte Kat.

»Nein, er ist ein Drogendealer. Welch eine Erleichterung!« Ihre Worte troffen vor Verachtung. Bevor Kat die Chance hatte, etwas zu erwidern, redete sie schon weiter. »Glaubst du, dein Vater würde sich darüber freuen, dass du eine Stelle in einem Gefängnis angenommen hast? Dass du mit der Sorte Männer arbeitest, vor denen er dich beschützen wollte und dabei gestorben ist? Glaubst du etwa, er würde seelenruhig hier sitzen und euch beiden seinen Segen geben? Wenn du das tatsächlich denkst, dann irrst du dich gewaltig.«

Ehe Carter es verhindern konnte, sprang Kat entrüstet auf. Die Tränen und versöhnlichen Worte waren vergessen. »Er hat mir seinen Segen gegeben, Mom! Er hat es an dem Tag getan, an dem wir sein Grab besucht haben.«

Obwohl Harrison versuchte, sie zurückzuhalten, stand nun auch Eva auf. »Mach dich nicht lächerlich, Katherine. Dein Vater würde so etwas niemals gutheißen. Ich werde es nicht gutheißen! Das ist unter deiner Würde.«

»Du hast nicht über mein Leben zu bestimmen, Mom. Ich bin fünfundzwanzig Jahre alt!«

»Du bist meine Tochter, und ich will dich in Sicherheit wissen!«

»ICH – BIN – SICHER!«

»Wie kannst du das sagen?«, konterte Eva und deutete anklagend auf Carter. »Er ist ein verurteilter Straftäter, der wegen Kokainbesitz, Autodiebstahl und Tragen von gefährlichen

Waffen im Gefängnis saß. Bei ihm bist du nicht sicher, und ich möchte nicht, dass du mit jemandem wie ihm zusammen bist!«

»Genug!«

Harrisons tiefe dröhnende Stimme ließ den Raum erbeben. Carter starrte ihn verdutzt an. Harrison verließ seinen Platz hinter Evas Sessel. Er sah stinksauer aus. »Ihr beiden habt jetzt genug gesagt.«

Eva seufzte. »Harrison, ich glaube nicht …«

»Nein, Eva«, fuhr er ihr über den Mund. »Genug ist genug. Ich habe die Nase voll davon, dass ihr beiden ständig miteinander streitet. Es bricht mir das Herz.« Er sah Kat an. »Ich habe dich noch nie so erlebt. Euch beide. Ich kann nicht länger den Mund halten.«

»Der Meinung bin ich auch«, meldete sich Nana Boo leise zu Wort. »Eva, ich liebe dich. Aber du musst damit aufhören.«

»Aufhören?«, wiederholte Eva. »Deine Enkeltochter ›liebt‹ einen Mann, dessen Kleiderschrank voller Gefängnisoveralls hängt.«

Um ein Haar hätte Carter laut losgelacht.

»Das mag sein«, entgegnete Nana Boo verärgert, »aber eines scheint dir nicht bewusst zu sein: Je mehr du lamentierst und dich sträubst, desto fester schweißt es die beiden zusammen. Und wenn du nicht achtgibst, wirst du sie wirklich noch verlieren.«

Eva war perplex. Kat warf Carter einen gequälten Blick zu. Er ergriff ihre Hand und küsste sie.

»Kat, komm mit mir – und Harrison«, ordnete Nana Boo in einem Ton an, der keinen Widerspruch duldete. »Eva und Carter, ihr beiden bleibt hier.« Versöhnlicher wandte sie sich an Carter: »Ohne Publikum miteinander zu sprechen ist sicherlich einfacher für euch.«

Eva erblasste. »Ich bleibe nicht allein mit ihm.«

»Warum denn nicht?«, entgegnete Nana Boo ungerührt. »Hast du etwa Angst, dass er versucht, eine Linie mit dir zu ziehen?«

Eva riss perplex die Augen auf.

Carter schmunzelte.

»Bleibt hier«, ordnete Nana Boo an. »Redet.«

Damit schob sie Kat und Harrison aus dem Zimmer. Eva ließ sie dabei keine Sekunde aus den Augen. Es überraschte Carter, dass Kat keinen Widerspruch einlegte; er sagte jedoch nichts. Stattdessen konzentrierte er sich auf Eva, die wie ein gefangenes Tier unruhig im Raum auf und ab lief. Da fiel sein Blick auf den großen Barschrank aus Mahagoni und einen Dekanter darin, der – so hoffte er inständig – Whisky enthielt.

»Also, ich weiß nicht, wie es Ihnen geht«, sagte er erschöpft und steuerte auf den Schrank zu. »Aber ich brauche jetzt einen Drink.«

Eva beobachtete ihn aufmerksam dabei, wie er den Whisky zwei Fingerbreit in ein Kristallglas goss und es ihr anschließend hinhielt.

»Nein danke«, lehnte sie brüsk ab und ließ sich wieder auf den Sessel fallen. »Dafür ist es mir noch ein wenig zu früh.«

Carter nippte mit geschlossenen Augen an dem Bourbon. Noch nie hatte ihm Mut in flüssiger Form besser geschmeckt. Eva wich seinen Blicken aus und hüllte sich in entnervendes Schweigen. So vergingen geschlagene fünfzehn Minuten, bis Carter es schließlich nicht mehr aushielt.

»Wissen Sie, Kat ist Ihnen sehr ähnlich.«

Eva schwieg unbeeindruckt weiter.

»Ja, das ist sie«, fuhr er fort. »Fürsorglich, entschlossen, leidenschaftlich. Und höllisch stur.«

»Wenn das Ihre Art ist, sich bei mir einzuschmeicheln, muss ich Ihnen leider mitteilen, dass es nicht funktioniert.«

»Oh, das weiß ich«, beteuerte Carter. »Genau wie Kat halten Sie unerschütterlich an dem fest, woran Sie glauben.«

»Katherine weiß nicht, *woran* sie glaubt.«

»Schwachsinn. Kat ist der willensstärkste Mensch, den ich kenne. Sie unterschätzen sie. Sie tut nur das, woran sie glaubt, ohne Äquivokation.«

»Beeindruckender Wortschatz«, spöttelte Eva bissig.

»Danke. Ich hatte eine gute Lehrerin.«

Eva lehnte sich zurück und schlug die Beine übereinander. »Ja, das hatten Sie. Meines Wissens haben Sie eine hervorragende schulische Bildung genossen, die Sie jedoch ohne Skrupel über Bord warfen, um sich lieber dem Drogenhandel und dem Autodiebstahl zu widmen.«

»Ganz so war es nicht«, entgegnete er lapidar und nahm noch einen Schluck von seinem Drink.

»Haarspalterei. Tatsache ist, dass Sie häufiger im Gefängnis waren als manche Einwohner dieses Landes im Urlaub. Und das schließt auch Ihren letzten Abstecher hinter schwedische Gardinen wegen Kokainbesitzes ein.«

Carter war beeindruckt. »Sie haben Ihre Hausaufgaben gemacht.«

»Ich liebe meine Tochter. Selbstverständlich habe ich meine Hausaufgaben gemacht.« Sie nahm ihn ins Visier. »Außerdem weiß ich, dass Sie der Hauptanteilseigner einer der größten Firmen auf dem US-Festland sind und damit millionenschwer. Und trotzdem ziehen Sie es vor, ein erbärmliches Verbrecherleben zu führen.«

Carter räusperte sich. Er war zu verärgert, um Eva zu korrigieren. »Nun, zumindest bedeutet das, dass Kat, solange sie mit mir zusammen ist, nie hungern wird, oder?«

»Soll das etwa witzig sein?«

Offenbar war es das nicht.

Er umschloss das Glas mit der Hand und schloss die Augen. »Hören Sie. Würden Sie verstehen, was ich meine, wenn ich Ihnen versichere, dass der Grund für meinen letzten Gefängnisaufenthalt, also das Kokain, mein Pfund Fleisch war?«

»Wie bitte?«, fragte Eva irritiert.

»Ein Pfund Fleisch«, wiederholte er und sah sie an. »Wissen Sie, wofür das steht?«

Verdattert antwortete Eva: »Für eine Schuld, die beglichen werden muss?« Sie stutzte. »Sie haben mit Kokain gedealt, um eine Schuld zu begleichen?«

»Nein«, entgegnete er. »Ich wurde mit dem Kokain erwischt, um eine Schuld zu begleichen.«

»Jetzt komme ich nicht mehr mit«, meinte Eva gereizt.

Seufzend tastete Carter nach der Zigarettenschachtel in seiner Hosentasche. Wie sehr er sich nach Nikotin sehnte! Dann stützte er sich mit den Ellbogen auf die Knie und erzählte Eva die ganze Geschichte von Max und Lizzie, von dem Moment, in dem Max ihn vor der Kugel gerettet hatte, bis zu dem Tag, an dem Lizzie gegangen war.

Eva hob wegwerfend die Hand. »Und das erzählen Sie mir, weil …«

Herrgott, sie war wirklich eine harte Nuss! »Weil die Dinge manchmal anders liegen, als es auf den ersten Blick erscheint.«

»Und manchmal liegen sie auch genau so, wie es scheint. Eine große Dummheit ändert nichts.«

»Zugegeben«, räumte Carter ein. »Ich weiß, ich bin ein Arsch. Ich wäre der Letzte, der das leugnet.«

»Haben Sie eigentlich eine Ahnung, welche Sorgen ich mir gemacht habe?«, fragte sie. »Können Sie sich vorstellen, wie viele schlaflose Nächte ich verbracht habe, seit sie in diesem … Gefängnis arbeitet?«

»Das kann ich mir vorstellen.«

»Nein, das können Sie nicht!«, blaffte Eva. »Sie haben absolut keine Ahnung. Mutter zu sein ist nicht einfach, insbesondere, wenn man eine Tochter hat, die es einem so verdammt schwer macht.«

»Kat hat den Job in *Kill* nicht angenommen, um Ihnen das Leben schwer zu machen«, widersprach er. »Sie hat die Stelle angetreten, um ihre Ängste zu überwinden, um das zu überwinden, was ihr schlaflose Nächte bereitete.«

»Was wissen Sie darüber?«, fauchte Eva.

»Genug«, entgegnete Carter, um Selbstbeherrschung bemüht. »Hören Sie, ich weiß das von ihrem Vater. Ich weiß, was passiert ist. Dass sie Kriminelle unterrichtet …«

»Diese Tiere.«

»… ist ihr Pfund Fleisch.«

»Wem sollte sie denn verpflichtet sein?«

»Ihrem Vater.«

Evas Miene wurde auf einmal weicher. »Was meinen Sie damit?«, fragte sie.

»In der Nacht, in der er starb, hat sie ihm versprochen, etwas zurückzugeben. Sie versprach ihm, Lehrerin zu werden und anderen Menschen zu helfen, genau wie er als Politiker.« Carter blickte zur Tür hinüber, durch die seine Peaches gegangen war. »Sie wollte nur ihr Versprechen halten. Ihre Schuld begleichen.«

Eva sank gegen die Sessellehne und wandte den Kopf zum Fenster. Draußen schneite es wieder. »Das wusste ich nicht.«

»Wie ich bereits sagte«, murmelte Carter. »Manchmal sind Dinge anders, als sie erscheinen.« Er holte tief Luft. »Ma'am, ich liebe Ihre Tochter. Ich tue das hier, weil ich alles richtig machen will. Ich tue es, weil sie mit mir zusammen sein will … und ich mit ihr.«

Eva setzte sich kerzengerade auf. »Ihr kennt euch doch

kaum! Glauben Sie etwa, sie zu kennen, nur weil sie Ihnen ein paar Geheimnisse anvertraut hat?«

»Ich kenne sie besser, als Sie ahnen.«

»Ach bitte! Sie kennen sie seit vier oder fünf Monaten.«

Er wartete einen Herzschlag lang. »Sechzehn Jahre trifft es eher.«

Eva sah ihn wütend und gleichzeitig verwirrt an.

Carter hielt ihren Blicken stand, wartete geduldig, dass der Groschen fiel.

Ja, das war ein ganz schön großer Brocken. Aber verdammt noch mal, was hatte er jetzt noch zu verlieren? Er hatte nicht beabsichtigt, seine Rolle bei Kats Rettung in die Waagschale zu werfen, um Eva bei der Entscheidung zu beeinflussen, ob sie nun akzeptierte, dass er mit ihrer Tochter zusammen war, oder nicht. Aber die Frau ließ ihm keine Wahl mit ihrer Unfähigkeit, in ihm etwas anderes zu sehen als einen Verbrecher.

Liebe Güte, er hatte ihr sogar anvertraut, dass er für Max ins Gefängnis gegangen war! Unter anderen Umständen hätte er ihr das nie verraten, doch er stand langsam mit dem Rücken zur Wand. Um Eva dazu zu bewegen, über die Fehler seiner Vergangenheit hinwegzusehen, hatte er sonst keine anderen Karten mehr, die er noch auf den Tisch legen konnte.

»Wie soll es möglich sein, dass Sie sie seit sechzehn Jahren kennen?«, fragte Eva bedächtig. »Nein, das kann nicht sein. Ausgeschlossen.«

Auch wenn sie im Brustton der Überzeugung gesprochen hatte, konnte Carter ihr ansehen, wie sich das Puzzle in ihrem Kopf langsam zusammenfügte. Nur ihre Sturheit machte sie noch blind für die Wahrheit.

»Wir trafen uns zum ersten Mal … in der Bronx«, sagte Carter leise. »Sie war neun Jahre alt. Ich war elf.«

Eva sah ihn entsetzt an, doch schnell schlug ihr Schrecken in etwas anderes um, das sich flüchtig auf ihrem Gesicht abzeichnete. Sie focht einen inneren Kampf aus, rang mit dem, woran sie glauben wollte – dass er ein abgebrühter, gefährlicher Krimineller war –, und der Wahrheit: dass er das Leben ihrer Tochter gerettet hatte.

»Die Nachrichten«, stammelte Eva. »In allen Nachrichten wurde davon berichtet. *Jeder* weiß, wo sie in jener Nacht waren. *Jeder* weiß, was passiert ist.«

Carter überging die unterschwellige Anschuldigung, dass er ein Lügner sei. »Ich hörte einen Schrei.«

Eva schloss die Augen.

»Ich stand auf der gegenüberliegenden Straßenseite und sah alles: diese Dreckskerle mit ihren Baseballschlägern, Kat, Ihren Ehemann. Meine Güte, es ging alles so schnell! Er … Ihr Mann lag am Boden. Sie schlugen ihn mit dem Baseballschläger, traten ihn. Er versuchte, sich zu wehren, doch es waren einfach zu viele.«

Eva stieß ein ersticktes Geräusch aus und schlug sich die Hand vor den Mund.

»Kat lag auf dem Boden, etwa einen Meter entfernt«, fuhr Carter fort, versunken in Erinnerungen. »Eines dieser Arschlöcher schlug sie.«

»Aufhören.«

»Sie trug ein blaues Kleid. Es war schmutzig vom Asphalt, am Ärmel zerrissen. Ihr Mann schrie ihr zu, dass sie fortlaufen solle. Wieder und wieder beschwor er sie zu fliehen, doch sie hörte nicht auf ihn. Und ich wusste, dass diese Typen sie umbringen würden, wenn sie sie in die Finger bekämen.«

Eva blickte zu ihm auf, und endlich ließ sie den Tränen ihren Lauf.

Carter legte die Hand auf den Magen. »Etwas hier drinnen,

tief drinnen, sagte mir, dass ich ihr helfen muss. Ich konnte nicht tatenlos zusehen, wie sie ihr wehtaten. Das war so verflucht falsch.«

»Sie … Sie«, schluchzte Eva, schaffte es jedoch nicht, den Satz zu beenden.

»Ich rannte zu ihr«, erzählte Carter. »Packte sie am Arm und rannte los. Aber ich musste sie regelrecht mitzerren. Sie war klein, aber sie kämpfte. Sie war so stark.«

Eva schlang die Arme um den Oberkörper und hörte Carter zu, während er beschrieb, wie er Kat auf den kalten, nassen Boden warf.

»Schüsse fielen, und sie schrie. Ich konnte nichts anderes tun, als sie festzuhalten und zu verhindern, dass sie zurückrannte. Ich ging davon aus, dass ich im Sinne ihres Vaters handelte. Dass ich etwas Gutes tat.« Er raufte sich die Haare. »Kat zu retten war das einzig Gute, was ich jemals in meinem Leben getan habe.«

Sie starrten einander an, zwei Herzschläge lang, und Carter hoffte inständig, dass sie endlich verstand. Dass sie eine gemeinsame Basis gefunden hatten. Sie beide existierten aus demselben Grund. Diese plötzliche Erkenntnis ließ ihn etwas leichter atmen.

»Wohin haben Sie sie gebracht?«, fragte Eva mit brechender Stimme.

»In einen Türdurchgang, einige Blocks entfernt. Nachdem sie endlich aufgehört hatte, gegen mich anzukämpfen, weinte sie nur noch und schlief schließlich irgendwann vor Erschöpfung ein.

»Und dann haben Sie sie allein gelassen?«

»Nein«, entgegnete er. »Ich hielt sie im Arm. Streichelte ihr Haar und sprach zu ihr, bis Hilfe kam.«

»Aber … Sie sind verschwunden.«

»Wegen der krummen Dinger, die Max und ich schon gedreht hatten, war ich der Polizei bekannt«, meinte er mit einem schiefen Grinsen. »Ich wusste, dass ich, wenn sie mich schnappen würden, einige unangenehme Fragen beantworten müsste. Also …«

»Sind Sie fortgelaufen.«

»Ja.«

»Wohin sind Sie gegangen?«

»Zurück zu meinem Freund. Max beruhigte mich, half mir, den Schock über das, was ich erlebt hatte, zu verdauen.«

Eva blickte zur Tür. »Sie weiß es?«

»Selbstverständlich. Ich musste es ihr sagen.«

»Wie hat sie es aufgenommen?«

Carter lächelte. »Auf ihre ganz eigene Art. Aber ich bin hier, nicht wahr?«

»Ja, das sind Sie.«

Carter schnaubte, rieb sich erschöpft das Gesicht. »Hören Sie. Ich weiß, wir werden wohl niemals beste Freunde werden. Ich weiß, dass ich in Ihren Augen niemals gut genug für sie sein werde, weil auch ich das so sehe. Ich habe Ihnen das alles nicht erzählt, um bei Ihnen Pluspunkte zu sammeln. Ich habe es Ihnen erzählt, damit Sie begreifen, dass ich ihr niemals wehtun würde. Sie bedeutet mir alles. Ich will ihr alles geben, was sie will oder braucht. Und ich möchte, dass das Verhältnis zwischen Ihnen und Kat wieder so wird, wie es war, bevor ich auf der Bildfläche erschienen bin. Dass ich der Grund für diesen Konflikt bin, finde ich furchtbar.«

Evas Miene verriet, dass auch sie auf eine Beilegung des Streits hoffte. »Es lag nicht nur an Ihnen. Wir alle tragen Mitschuld daran.«

»Sie müssen verstehen, dass ich nichts anderes will, als Ihre Tochter zu lieben und für sie da zu sein.«

Ein zaghaftes Lächeln stahl sich auf Evas Gesicht. »Wissen Sie«, sagte sie wehmutsvoll, »wenn Sie so reden, klingen Sie genau wie Kats Vater. Er musste meinen Vater davon überzeugen, dass er gut genug für mich wäre.«

»Und hat er das geschafft?«

»Ich glaube schon.«

»Habe ich Sie überzeugt?«

Eva erhob sich und ging zu dem großen Fenster hinüber. Ihr Schweigen ließ sein Herz vor Spannung rasen wie einen V12-Motor.

»Meine Tochter ähnelt mir viel mehr, als gut für sie ist«, begann sie. »In diesem Punkt hatten Sie recht, und ich kann sehen, wie sehr sie Sie liebt.« Sie errötete ein wenig. »Ich wollte es zwar nicht wahrhaben, doch es lässt sich unmöglich leugnen. Doch dessen ungeachtet kann ich nicht einfach darüber hinwegsehen, dass Kat dadurch, dass sie mit Ihnen zusammen ist, ein hohes Risiko eingeht.«

Carter setzte zu Widerspruch an, doch Eva erhob sofort die Hand und ließ ihn nicht zu Wort kommen.

»Ich möchte, dass *Sie* wissen, dass Kat für mich das Wichtigste in meinem Leben ist. Wenn ihr etwas zustieße, wüsste ich nicht, ob ich es überstehen würde.«

Er verstand genau, was sie meinte. Wenn Kat jemals nicht mehr da wäre, wäre auch sein Leben zu Ende.

»Aber Sie haben sie gerettet, nicht wahr?«

Carter schluckte. »Ja, Ma'am.«

»Sie haben sie gerettet, als es ihr Vater nicht konnte. Wenn Sie nicht da gewesen wären, hätte ich sie beide verloren.«

»Ja.«

»Was bedeutet das nun für uns?«

»Keine Ahnung«, meinte Carter schulterzuckend. »Aber es ist zumindest ein Anfang, oder?«

Evas Miene blieb ausdruckslos.

Nach einem kurzen Blick zur Tür erhob sich auch Carter. Er schob die Hände tief in die Taschen und nickte in Richtung Korridor. »Ich … ich gehe mal nachsehen, ob bei ihr alles in Ordnung ist.«

Eva erwiderte nichts, beobachtete ihn schweigend, wie er durchs Zimmer ging.

»Wes.«

Carter blieb stehen. Er kniff kurz die Augen zu, bevor er sich zu ihr umdrehte. In seinem Magen schien ein Stein zu liegen, und seine Kehle war ausgedörrt wie eine Wüste. »Ja?«

»Danke«, flüsterte sie. »Wes, ich möchte Ihnen von ganzem Herzen dafür danken, dass Sie Katherine das Leben gerettet haben.«

33

Nachdem Wes das Wohnzimmer verlassen hatte, blieb Eva am Fenster stehen. Tief in Gedanken versunken beobachtete sie, wie draußen der weiße reine Schnee fiel.

Sie versuchte, das Bild des Mannes heraufzubeschwören, der ihr Ein und Alles gewesen war. Sie liebte Harrison von ganzem Herzen, aber ein kleiner Teil von ihr würde trotzdem immer Daniel Lane gehören.

Als Eva ein leises Lachen draußen auf dem Flur hörte und eine Tür zuschlug, wischte sie schnell die Tränen weg und sah sich um. Eines musste sie Wes zugestehen: Er hatte sich nicht unterkriegen lassen. Er hatte sich klar und deutlich ausgedrückt – abgesehen von ein paar Flüchen – und seine unerschütterliche Liebe und Loyalität für Katherine mehr als deutlich gezeigt. Als Eva Wes gestanden hatte, dass sie die Liebe zwischen den beiden nicht hatte wahrhaben wollen, entsprach das der Wahrheit. Diese Liebe war es, die ihr am meisten Angst einjagte.

Ihre Tochter hatte sich Hals über Kopf in Wes Carter verliebt. Es war eine Liebe, wie sie viele Menschen niemals fanden und die niemals jemand auslöschen könnte. Eine tiefe, machtvolle, alles verzehrende Liebe. Das konnte Eva in Kats Augen erkennen, wann immer ihre Tochter Carter anblickte. Oder wenn sie ihn gegen Evas Angriffe verteidigte und ihre Mutter dabei wütend anblitzte. Genauso hatte auch Eva ihren Vater unzählige Male angesehen, als sie Danny der Familie vorgestellt hatte.

Eva wünschte Katherine von Herzen, dass sie geliebt wurde, leidenschaftlich und intensiv. Sie sollte sich von der Liebe verzehren lassen, sollte keine Angst davor haben, durch sie verletzlich zu sein, und sich von ihrer Kraft durchdringen lassen. Sie wollte, dass ihre Welt auf den Kopf gestellt wurde, sie sich in der Liebe zu einem Mann verlor, der sie ebenso sehr liebte. Von dem Mann, den Eva sich für Kat vorgestellt hatte, war Wes Carter allerdings meilenweit entfernt.

Seit seinem Geständnis jedoch hatte sich die Furcht, die diese Beziehung bei ihr auslöste, merklich verringert. Herrgott, der Mann hatte ihr Baby gerettet, als er gerade mal elf Jahre alt gewesen war. Dafür war sie ihm unendlich dankbar. Doch die besorgte Mutter in ihr wollte noch immer keine Ruhe geben.

Sie ging in die Küche. Ihre Mutter und Harrison saßen am Tisch. Zwei geöffnete Weinflaschen und eine Flasche mit irischem Whiskey standen vor ihnen. Die Miene ihrer Mutter wirkte nun versöhnlicher.

»Hey«, sagte Eva. »Wo ist …«

»Sie ist draußen mit Wes, der sich gerade eine Zigarette und einen Drink genehmigt. Beides hatte er sehr nötig.« Ihre Mutter seufzte. »Komm. Setz dich.«

Eva näherte sich Harrison mit einem merkwürdig schweren Gefühl in der Magengrube. Es war Liebe. Es war Schuld. Es war Verlegenheit. Es war Reue.

Langsam setzte sie sich und betrachtete sein Profil. Dunkle Stoppeln bedeckten seine Wangen. Er hatte den Kopf gesenkt und starrte bedrückt in sein Whiskeyglas. Es gab so vieles, worüber sie reden mussten, doch Katherine hatte Priorität. Zuerst musste sie mit ihr wieder alles ins Lot rücken.

Eva warf einen zaghaften Blick zur Hintertür.

»Sag ihr, was du empfindest«, sagte Harrison, ohne den Kopf zu heben.

»Ich weiß nicht, wie«, gestand sie.

»Doch, das tust du.«

»Wir haben uns so sehr voneinander entfernt.«

»Ihr werdet auch wieder zueinanderfinden. Sei einfach nur ehrlich.« Er zog seinen Kapuzenpullover aus und reichte ihn ihr. »Es ist kalt da draußen.«

Eva nahm ihn dankbar an. »Es tut mir leid, Harrison. Und ich liebe dich. Sehr.«

»Ich weiß«, antwortete er und sah sie zum ersten Mal an.

Sie drückte ihm einen sanften Kuss auf den Mundwinkel. Er seufzte wohlig. »Geh«, drängte er behutsam.

Reggies Krallen klickten auf dem Boden, als er Eva zur Tür folgte. Sie schlang Harrisons Pullover enger um sich. Er roch wundervoll und war so groß, dass sie sich ganz darin einhüllen konnte. Dann zog sie vorsichtig die Tür auf. Auf der obersten Treppenstufe der Veranda saßen zwei aneinandergeschmiegte Gestalten.

Wes hatte den Arm um ihre Tochter gelegt und murmelte ihr leise etwas zu, das Eva nicht verstehen konnte. Die Luft roch nach Zigarettenqualm und Kälte. Als die Tür mit einem leisen Klicken hinter ihr ins Schloss fiel, drehte sich Wes um.

Eva nickte ihm zu. Er erwiderte den Gruß. Kat blickte sie über die Schulter hinweg an. Eva wusste ihren Gesichtsausdruck nicht zu deuten.

Wes gab Katherine einen Kuss auf die Wange und lächelte. »Ich lasse euch beide einen Moment allein.« Damit erhob er sich und ging an Eva vorbei zur Tür.

»Danke, Wes«, sagte sie.

Nachdem er die Tür hinter sich geschlossen hatte, schluckte Eva schwer, bevor sie zögerlich auf ihre Tochter zuging. »Darf ich mich setzen?«

»Wenn du möchtest.«

Eva nahm all ihren Mut zusammen und ließ sich neben Katherine nieder. Einige Minuten saßen die beiden Frauen schweigend nebeneinander. Wie konnte sie nur die Liebe, die sie für ihre Tochter empfand, in Worte fassen? Das konnte keine Mutter. Sie war viel zu tief, grenzenlos. Worte waren dafür nicht genug.

»Katherine«, setzte Eva bedächtig an, denn sie hatte Angst, etwas Falsches zu sagen. »Ich bin froh, dass ihr beide hier seid.«

Katherine blieb still. Ihr Profil gab nichts von ihren Empfindungen preis. Nur ihre Lippe zuckte ein wenig. So war es auch immer bei Danny gewesen, wenn er nervös war. Dass sie durch ihr Verhalten bei ihrer eigenen Tochter diese Nervosität ausgelöst hatte, brach ihr fast das Herz.

»Ich möchte mich bei dir entschuldigen.« Sie atmete aus, schloss die Augen. »Ich liebe dich sehr, mein Schatz, und ich möchte, dass es zwischen uns wieder so wird wie früher. Ich hasse es, mich mit dir zu streiten.«

»Es wird nie mehr so sein wie früher, Mom. Dafür ist zu viel passiert.«

Eva kämpfte die aufkommende Panik zurück. »Ich … ich kann verstehen, wenn du es nicht versuchen willst.«

In Katherines grünen Augen blitzte es zornig. »Es ist nicht so, dass ich es nicht versuchen will, Mom. Aber du schaffst es nun mal nicht, dich mit dem Mann, den ich liebe, im selben Raum aufzuhalten. Carter und ich, wir gehören jetzt unzertrennbar zusammen. Wenn du damit nicht zurechtkommst, dann besteht keine Chance dafür, dass es zwischen uns wieder so werden könnte, wie es einmal war.«

Eva ballte die Fäuste, kämpfte ihre Bedenken und ihr Misstrauen nieder. »Ich verstehe.«

»Nein«, widersprach Katherine. »Das tust du nicht.« Sie schloss die Augen und holte tief Luft. »Nur weil Carter dir erzählt hat, dass er mich gerettet hat, weißt du noch lange nicht, was wir einander bedeuten.«

»Dann erkläre es mir«, forderte Eva. Sie wollte, nein, sie musste es verstehen.

»Ich liebe ihn mehr, als ich es jemals mit Worten beschreiben könnte«, antwortete sie ohne Zögern. Ihre Stimme war voller Inbrunst. »Er versteht mich, beschützt mich, und er liebt mich ebenfalls.«

»Ich weiß, dass er das tut.« Es ließ sich nicht übersehen.

»Er ist ehrlich, einfühlsam und einer der tapfersten Männer, die ich kenne. Und ich möchte den Rest meines Lebens mit ihm verbringen.«

Obwohl sich Evas Herz panisch zusammenkrampfte, überraschten sie Katherines Worte nicht. Selbstverständlich wollte sie für immer mit ihm zusammenbleiben. Er war ihre zweite Hälfte, genau wie Danny ihr Gegenstück gewesen war. Wie konnte sie ihrer Tochter genau das verweigern, was sie sich schon seit dem Tag ihrer Geburt für sie gewünscht hatte?

»Wie findest du das, Mom? Was fühlst du bei dem Gedanken, dass dieser Mann, den du so sehr hasst, eines Tages mein Ehemann und der Vater deiner Enkelkinder sein wird?«

Eva verschränkte die Arme, schob die Hände in die Achselhöhlen und blickte in den Garten hinaus. Sie stellte sich vor, wie ihre Enkel zwischen den Bäumen und Blumen herumrannten. Sie sah Katherine in einem schlichten weißen Kleid, mit Wildblumen im Haar, wie sie an Harrisons Arm über den mit weißen Magnolien bestreuten Pfad auf Wes zuging, der in einem schwarzen Anzug und einem weißen Hemd – bei dem natürlich der oberste Knopf offen stand – fraglos umwerfend aussehen würde.

Die Bilder schienen so einfach, ganz natürlich. Und in diesem Moment begriff Eva, dass es unvermeidlich so kommen würde. »Ich empfinde große Angst«, gestand sie flüsternd.

»Warum?«, fragte Kat gereizt. »Warum verdammt noch mal ängstigt dich die Vorstellung, dass ich glücklich werden könnte, so sehr?«

Eva starrte ihre Tochter an, entschlossen und anmutig. »Sie ängstigt mich, weil du nicht mehr mein kleines Mädchen bist.« Sie rückte näher zu Katherine, strich ihr das Haar von der Schulter, sodass es sich wie ein Wasserfall über ihren Rücken ergoss.

»Ich habe in meinem Leben einige schlechte Entscheidungen getroffen. Auch die Art, wie ich auf den Beruf und den Mann, die du dir ausgesucht hast, reagiert habe, gehört dazu. Und das tut mir aufrichtig leid. Aber du musst mir glauben: Eines Tages, wenn du selbst Kinder hast, wirst du mich verstehen. Ich würde lieber durch die Hölle gehen und es mit bloßen Händen mit Satan aufnehmen, als zuzulassen, dass dir jemand wehtut. Eine Mutter beschützt ihre Kinder bedingungslos, ganz egal, ob sie nun fünf oder fünfundzwanzig Jahre alt sind.«

Sie legte die Hände an Katherines Wangen. »Nachdem dein Vater gestorben war, wurde mir bewusst, dass du meine einzige verbliebene Verbindung zu ihm bist. Diese Erkenntnis erschreckte mich furchtbar. Darum wollte ich dich noch mehr beschützen, dich behüten, damit nichts und niemand dich mir wegnehmen könnte.« Als Katherine sich an ihre Handfläche schmiegte, stiegen Eva Tränen in die Augen.

»Das ist keine Entschuldigung für mein Verhalten. Ich wollte dich niemals verletzen oder erdrücken. Ich habe dir viel zu wenig zugetraut, obwohl du so viel stärker bist als ich. Das tut mir leid. Mir ist bewusst, dass es eine Weile dauern wird, bis du wieder Vertrauen zu mir fassen kannst. Ich hoffe nur, dass du es tun wirst. Es fällt mir aus unzähligen Gründen schwer loszulassen, aber ich will, dass du sicher und glücklich bist, Katherine. Das ist alles, was dein Vater und ich uns für dich gewünscht haben.«

»Ich weiß, Mom«, sagte sie heiser. »Und das bin ich. Ich bin mit Carter glücklich.«

Eva gab ihrer Tochter einen sanften Kuss auf die Stirn. »Ich weiß, Schätzchen. Ich weiß.« Sie erhob sich. »Ich schicke Carter raus, damit du nicht allein bist.«

»Mom?«

Mit der Hand auf der Türklinke drehte sie sich langsam um. »Ja, Liebes?«

»Es tut mir leid – und ich liebe dich.«

34

Zwei Wochen später wurde Austin Ford zu *WCS* zitiert. Der Vorstand hatte etwas mit ihm zu besprechen.

Nach Ben Thomas' Besuch hatte er Himmel und Hölle in Bewegung gesetzt, jedes Arschloch kontaktiert, das ihm noch einen großen Gefallen schuldete. Doch offenbar konnte niemand ihn aus der abgrundtiefen Fallgrube, die Carter und sein Anwalt für ihn gegraben hatten, wieder befreien.

Betont selbstsicher näherte er sich dem Sitzungssaal des Vorstands. Helen, die Vorzimmerdame, saß an ihrem Schreibtisch. Ihre argwöhnischen Blicke ignorierte er geflissentlich. »Die Vorstandsmitglieder müssten gleich …«

»Sie sind schon da«, unterbrach sie ihn. Dabei wich sie seinen Blicken aus.

»Ach wirklich?«, wunderte sich Austin.

»Ja, Sir.«

Nun, das war … merkwürdig.

Er atmete durch, stieß die hohe Mahagonitür auf – und wünschte sich augenblicklich, er hätte es nicht getan.

Ach – du – Scheiße!

Er starrte seinen Cousin an, der in einem maßgeschneiderten, viertausend Dollar teuren Anzug am Kopf des Konferenztischs stand. Er hielt sich kerzengerade, lächelte selbstbewusst, als wäre er der König der Welt – und sah so gar nicht aus wie der ungepflegte Exhäftling, als den er ihn kannte. Sofort verspürte er den Drang, ihm das selbstzufriedene Grinsen mit einem rechten Haken aus dem Gesicht zu wischen.

»Guten Morgen.« Carter wies auf einen freien Platz zu seiner Linken. »Setz dich doch.«

»Ich möchte lieber stehen«, entgegnete Austin und musterte die fünfzehn Personen, die um den Tisch herumsaßen. Adam war auch unter ihnen. »Na, ist das vielleicht gemütlich«, knurrte Austin mühsam beherrscht. »Das ist es wohl, was man landläufig als ›feindliche Übernahme‹ bezeichnet.«

»Kann sein«, erwiderte Carter. »Aber wir sind weder feindselig gestimmt, noch handelt es sich um eine Übernahme. Ich hole mir nur zurück, was mir ohnehin gehört. Der Vorstand hat einstimmig anerkannt, dass die von unseren Großeltern unterzeichneten Verträge zweifelsfrei belegen, dass ich der rechtmäßige Vorstandsvorsitzende und Hauptanteilseigner von *WCS Communications* bin.«

»So, das hat der Vorstand also anerkannt?«, knurrte Austin.

»Ja, das hat er«, antwortete Adam. Er stand auf und ging einen Schritt auf Austin zu. »Und das hätte er schon viel früher getan, hättest du die wahren Umstände nicht vor den Vorstandsmitgliedern verschleiert. Wir brauchen eine Verzichtserklärung von dir. Meine habe ich schon abgegeben. Das Gesetz schreibt vor, dass wir sie hier vor dem Vorstand abgeben.«

Austin fixierte Adam erzürnt. Wo war seine Loyalität geblieben? »Ich weiß«, zischte er mit zusammengebissenen Zähnen.

»Keine Sorge«, meldete sich Carter zu Wort. »Ich habe dafür gesorgt, dass ihr weiter Firmenanteile halten werdet. Und die Summe, die ihr ausbezahlt bekommt, ist hoch genug, um euch und eure Lieben für zwei Leben abzusichern.«

»Hier geht es nicht um Geld.«

»Ganz genau«, sagte Carter scharf und senkte drohend die Stimme: »Es ging *niemals* ums Geld, Austin. Sondern ums Prinzip. Ein Wort, das dir wahrscheinlich fremd ist.«

Während Austin seinen Cousin und seinen Bruder anstarrte, spürte er, wie das Gefühl der Niederlage ihn würgte wie eine eiskalte Hand. »Wo ist der Vertrag?«

»Hier, Mr Ford«, sagte einer der Anwälte von *WCS*.

Was für ein hinterhältiges Spiel! Austin hatte das Gefühl, keine Luft mehr zu bekommen. Wutentbrannt stürmte er an Carter und Adam vorbei, packte einen Stift, der auf dem Tisch lag, und setze seinen Namen aufs Papier. All seine harte Arbeit, all seine Träume, mit einer Unterschrift zunichtegemacht. Ein galliger Geschmack stieg in seiner Kehle hoch.

»Sie müssten außerdem noch einen Vertrag unterzeichnen, der Sie zum Stillschweigen verpflichtet«, sagte der Anwalt. »In ihm wird geregelt, dass, falls Sie Mr Carter oder die Firma in Verruf bringen, alle Abfindungsübereinkünfte null und nichtig sind und all Ihre Ansprüche erlöschen. Zudem werden Sie mit schwerwiegenden juristischen Folgen rechnen müssen.«

»Ja, schon kapiert«, entgegnete Austin. Er schmiss den Stift auf den Tisch und blickte zornig in die Runde der Vorstandsmitglieder. »Viel Glück«, fauchte er und wies mit dem Daumen auf Carter. »Mit diesem Vollidioten an der Spitze werdet ihr es brauchen.«

Mit einem verkniffenen Lächeln wandte er sich an Carter. »Gut gemacht. Sieht ganz so aus, als wärst du doch noch auf den Füßen gelandet.«

Carter schüttelte den Kopf. »Nein. Ich habe nur bekommen, was ich verdiene. Genau wie du.«

»Wie auch immer«, sagte Austin knapp und drängte sich an seinem Cousin vorbei. Er musste hier raus, sich eine Flasche Whisky und eine Frau besorgen und sich für mindestens eine Woche mit beidem vergraben.

»Ach ja«, sagte Carter abrupt, sodass Austin stehen blieb. »Schöne Grüße von Kat.«

Austin biss so fest die Zähne aufeinander, dass es knirschte. Auch ohne sich umzudrehen, konnte er Carters blasiertes Grinsen geradezu hören. Kochend vor Wut riss er die Tür auf und verließ zum letzten Mal *WCS*.

»Saug schon.«

»Ich kann nicht!«

»Natürlich kannst du. Saug!«

Kat verschluckte sich an den Nudeln, die Carter ihr in den Mund steckte, und kicherte. Carter lachte mit ihr. Die Nudeln fielen ihr aus dem Mund und landeten auf ihren nackten Brüsten. Blitzschnell beugte sich Carter vor und leckte sie wieder auf. Auch ihre Brustwarzen entgingen seiner Zunge nicht ganz, aber das war eben der Vorteil, wenn man nackt chinesisches Essen genoss.

Seine vorwitzigen Lippen wanderten zu ihrem Kinn hinauf, dann zu ihren Lippen. Er küsste sie stürmisch – und beschmierte sie dabei mit süßsaurer Soße.

Sie kreischte und versuchte, ihn abzuschütteln. »Du bist fies«, kicherte sie.

»Ich weiß«, antwortete er und wackelte mit den Augenbrauen.

Dann lehnte er sich neben ihr in die Kissen zurück, schnappte sich die Schachtel mit Kung-Pao-Hühnchen und ein Paar Essstäbchen vom Beistelltisch und ließ es sich wieder schmecken. In der vergangenen Stunde hatte seine Süße ihm keine Pause gegönnt, und nun hatte er einen Bärenhunger. Kat, die noch immer nackt war und herrlich nach Sex duftete, saß neben ihm, knabberte Knoblauch-Shrimps und sah sich dabei irgendeinen vorhersehbaren Weihnachtsfilm im Fernsehen an.

Carter genoss diese heimelige Normalität. Die Unkompliziertheit ihrer Beziehung und das angenehme, einvernehmliche Schweigen hüllten ihn ein wie ein Kokon. Noch nie in seinem Leben hatte er sich mit einem Menschen so wohl gefühlt wie mit ihr. Nie hatte er sich glücklicher gefühlt oder mehr geliebt als hier bei ihr. All der Mist, der gekommen und wieder gegangen war, erschien ihm nun bedeutungslos. Aber, bei Gott, wenn es ihn wieder zu ihr geführt hätte, er hätte alles noch einmal durchgestanden.

Er schluckte sein Essen herunter und leckte sich die Lippen. »So, du bleibst heute also über Nacht, oder?«

Normalerweise fragte er sie nicht direkt, sondern ließ Kat von sich aus entscheiden, ob sie bleiben wollte. Doch heute war es ihm merkwürdigerweise sehr wichtig, aus ihrem Mund zu hören, dass sie nicht gehen würde.

Sie sollte *niemals* wieder gehen.

Er richtete sich kerzengerade auf, verwirrt von seinen eigenen Gedankengängen.

Wie jetzt? Für immer?

Wollte er etwa, dass sie bei ihm einzog?

Die Idee gefiel ihm irgendwie – sehr sogar. Sie hatte eindeutig etwas für sich. Er spähte auf ihre nackten Beine, die sie auf seinem Bett ausgestreckt hatte. Nein, da war mehr als nur Begehren. Er wollte, dass sie zu ihm zog, weil er sie liebte.

Sein Hirn begann auf einmal zu rasen. Shit, sie waren doch erst kurze Zeit zusammen! Und trotzdem hatten sie schon so viel gemeinsam durchgestanden. Aber dieses Argument sollte er vielleicht nicht anführen. Er wollte nicht, dass sie sich unter Druck gesetzt fühlte. Vielleicht wollte sie ja auch noch gar nicht mit ihm zusammenleben. Er war ein Ordnungsfanatiker und Morgenmuffel. Obwohl – das wusste sie eigentlich schon …

»… weil ich mich noch mit Beth auf einen Kaffee treffen möchte, wenn du nichts dagegen hast?«

Langsam kehrte er aus seinen Gedanken zurück und bemerkte, dass Kat ihn auffordernd ansah.

»Entschuldige bitte, was hast du gesagt?«, fragte er verwirrt.

Kat lachte und legte die Hand an seine Wange. »Geht es dir gut? Wo warst du denn mit deinen Gedanken?«

»Nirgends.« Er ballte die Fäuste im Schoß.

Kat bemerkte es und sah sofort besorgt aus. »Willst du darüber reden?«

Wollte er das? Es betrachtete sie nachdenklich. »Ähm … ich habe nur überlegt.«

Kat war noch immer beunruhigt. Er merkte es daran, dass sie sich nervös die Decke überzog. Carter biss fest die Zähne aufeinander, ließ dann ganz langsam wieder lockerer. Bisher hatte sie sich in seiner Gegenwart nie ihrer Nacktheit geschämt, und damit würde er sie auch gar nicht erst anfangen lassen. Er beugte sich zu ihr und gab ihr liebevoll einen Kuss zwischen ihre nackten Brüste.

»Es ist nichts Schlimmes«, beteuerte er mit einem unsicheren Lachen. »Na ja, zumindest hoffe ich das.«

Kat nahm seine Hand. »Was es auch ist«, antwortete sie gefasst, »du kannst es mir sagen.«

Er raufte sich die Haare. Oh Mann … er betrat gerade komplettes Neuland. Nach einer kurzen Pause sagte er: »Also, ich habe mir überlegt, dass wir vielleicht … du weißt schon, wenn du willst. Denn ich fände es gut«, stammelte er zusammenhanglos. »Du sollst dich aber keinesfalls zu irgendetwas verpflichtet fühlen. Aber ich denke, es wäre … also, was ich eigentlich sagen wollte, ist, dass ich mich gefragt habe, ob du …«

Auf dem Tisch begann sein Telefon zu vibrieren. Max. Verdammt!

»Merk dir, wo wir stehen geblieben sind«, knurrte er verärgert und griff sich das Handy. »Was gibt's, Kumpel?«

»Carter, du musst mir einen Gefallen tun.«

»Mann, ich bin gerade ein bisschen beschäftigt«, antwortete er mit einem schnellen Seitenblick auf Kat. »Kann es nicht warten?«

»Nein, kann es nicht«, raunzte Max. »Verflucht noch mal, lass mich nicht schon wieder wegen deiner Freundin abblitzen!«

Carter sträubten sich die Nackenhaare. Etwas stimmte nicht. »Was gibt es denn? Was ist los?«

»Erkläre ich dir, wenn du hier bist«, antwortete er. »Ich brauche dich in zwanzig Minuten in der Werkstatt, okay?«

Carter rieb sich angespannt die Stirn. Das klang nicht gut. »Klar«, antwortete er nur und legte auf. Dann stieg er aus dem Bett und sammelte seine Boxershorts und seine Jeans vom Boden auf.

»Du gehst noch mal weg?«, fragte Kat beleidigt.

»Ja.« Er schloss den Gürtel. »Dürfte aber nicht lange dauern. Max braucht mich für irgendetwas.«

»Aha, für irgendetwas«, wiederholte sie beklommen. »Etwas … Illegales?«

»Nein«, entgegnete er und trat zu ihr ans Bett. »Ich bin bald wieder da.«

Sie hielt ihn am Handgelenk fest. »Bitte … er ist nicht … Was hast du … weißt du was? Es ist egal.« Sie lächelte bemüht. »Aber du wirst vorsichtig sein, ja?«

Seit Carter ihr gestanden hatte, dass er für Max in den Knast gegangen war und ihr auch von Max' kontinuierlich schlimmer werdenden Drogensucht erzählt hatte, machte sie sich immer Sorgen, sobald Max' Name fiel oder er anrief. Zwar würde sie es niemals offen zugeben, doch Carter wusste, dass sie Angst hatte, dass er durch Max' Verschulden wieder im Gefängnis landen könnte. Und wenn er ehrlich war, teilte er diese Befürchtungen.

Hin und wieder ließ Kat subtile Andeutungen darüber fallen, dass Carter, um seine Bewährung nicht zu gefährden, auch in eine andere Werkstatt wechseln könne oder jetzt, da sein Name wieder offiziell auf der Liste der *WCS*-Anteilseigner stand, ganz aufhören könnte zu arbeiten. Zu Anfang hatten ihre Bedenken ihn verärgert und zu mehreren hitzigen Debatten geführt. Aber jetzt? Inzwischen konnte er nachvollziehen, weshalb sie sich Sorgen machte. Sie hatte ebenso große Angst davor, ihn zu verlieren, wie er davor, ohne sie sein zu müssen. Sie liebte ihn und wollte ihn beschützen.

Carter strich ihr eine Haarsträhne hinters Ohr. »Ich würde das, was wir haben, niemals aufs Spiel setzen.« Er küsste sie. »Wenn ich dort bin, schicke ich dir eine SMS, okay?« Er küsste sie noch mal, ließ die Lippen einen Augenblick auf ihren verweilen.

»Okay.«

Carter ließ Kala beim Eingang zur Werkstatt stehen, schrieb Kat eine kurze Mitteilung und zündete sich eine Zigarette an. Instinktiv prüfte er die Umgebung auf verdächtige Personen. Erst als er sich sicher war, dass sich niemand in der Nähe aufhielt, ging er hinein.

Mit jedem Schritt wurden seine Handflächen nasser, und die Stimme seines Gewissens wurde lauter. *Miese Idee*, tönte sie.

Ach was!

Schließlich fand er Max im Büro. Er sah heruntergekommen und übernächtigt aus. Seine Kleidung war knittrig, sein Gesicht unrasiert, und unter seinen dunklen Augen prangten noch dunklere Ringe. Auch er rauchte. Eine Zigarette baumelte an seinen Lippen, während er sich auf dem Schreibtisch eine Linie Koks zurechtmachte – mit einer Kreditkarte, deren Limit garantiert ausgeschöpft war. Erbittert schob Carter die Hände tief in die Jackentaschen, während sich Max das Koks mit Hilfe eines zusammengerollten Zwanzigers in die Nase zog. Dann ließ er sich gegen die Stuhllehne fallen, hustete und rieb sich die Nase, ehe er aufstand und Carter zur Begrüßung die Faust hinhielt.

»Danke, dass du gekommen bist«, sagte er hastig, als ihre Fäuste aneinanderstießen. »Hab mich schon gefragt, ob du dich überhaupt loseisen kannst oder lieber weiter deine ach so tolle Tutorin bumst.«

Der gute Max, nett wie immer.

»Ich habe es dir schon mal gesagt«, entgegnete Carter scharf. »Wir ›bumsen‹ nicht.«

Max lachte höhnisch. »Ach, stimmt, ihr *liebt* euch. Du bist ja jetzt so drauf.«

Carter ignorierte die Provokation und seine verbitterten Worte. »Warum zum Teufel sollte ich kommen?«

»Ich hab von einem Typen, den ich kenne, einen Tipp bekommen«, erklärte Max. »Diese Wichser, die mich vorm Klub vermöbelt haben, ziehen heute Nacht einen Deal durch.«

»Und?«, fragte Carter schulterzuckend.

Max wurde wütend. »Dieser Deal war eigentlich *meiner*. Dreißigtausend. Cash. Damit wäre ich all meine Schulden los. Ich habe Paul angerufen. Er trifft uns dort.«

»Wo trifft er uns?«

»Wo der Deal stattfindet«, fauchte Max bösartig. »Wir werden ihnen beibringen, dass man mich nicht verarscht.«

Carter gefror das Blut in den Adern. »Und wie machen ›wir‹ das?«

Max grinste eiskalt. »Ich lasse mich nicht ausbooten. Ich war mal der Boss. Entweder will ich von ihren Deals einen Anteil, oder aber ich werde ihnen ein bisschen Respekt beibringen.«

Carter erbleichte. »Wie zum Teufel kommst du auf so was? Scheiße, Max, das ist das Bescheuertste, was ich jemals gehört habe! Was, wenn sie deinen netten Vorschlag ablehnen, hä? Was hast du dann vor? Sie zwingen?«

»Komm mir jetzt bloß nicht mit Anstand und Moral, Carter«, ätzte er. »Ich halte die Werkstatt gerade so über Wasser. Ich hab zu viele Schulden! Mann, mir bleibt keine andere Wahl.«

»Ich habe es dir doch schon angeboten«, meinte Carter wütend. »Lass mich dir helfen. Ich strecke dir das Geld vor.«

Max schüttelte den Kopf. »Nein.«

»Es muss eine andere Lösung geben«, beharrte Carter. »Von wem hast du diesen ominösen Tipp überhaupt? Woher willst du wissen, dass der Kerl dich nicht verpfeift? Wenn wir dort auftauchen, könnten schon fünfzehn Arschlöcher darauf warten, uns aufzumischen. Überleg doch, was beim letzten Mal passiert ist, als du dich mit diesen Scheißkerlen angelegt hast.«

»Der Typ ist in Ordnung. Er wird uns nicht verarschen«, beschwichtigte Max. »Alles bestens. Vertrau mir.«

Carter setzte an zu widersprechen, begriff jedoch, dass es sinnlos wäre. Sein Vertrauen zu seinem Freund befand sich auf einem historischen Tiefpunkt, und Max war so stur wie eh und je. Das, zusammen mit dem Koks, bedeutete nur eins: Der Idiot würde sich von seinem beknackten Plan nicht abbringen lassen. Ihm gut zuzureden konnte er vergessen. Er hatte seine Entscheidung getroffen und würde es durchziehen, komme, was da wolle.

Carters Handy vibrierte. Schon bevor er aufs Display blickte, wusste er, von wem die Nachricht kam.

Weck mich, wenn du zurück bist. Pass auf dich auf. x

Die Angst presste ihm die Brust zusammen wie ein Schraubstock. Schnell steckte er das Handy in die Hosentasche zurück. »Und wozu bin ich hier?«, fragte er leise.

»Da du der einzige Mensch bist, dem ich vertraue, wirst du mir den Rücken freihalten.«

Carter schnaubte. »Na, hab ich vielleicht ein Glück. Mann, das kommt mir alles ziemlich riskant vor. Bist du sicher, dass es keinen anderen Weg gibt?«

Ohne Carters Frage einer Antwort zu würdigen, marschierte Max an ihm vorbei zum Wandsafe, der sich hinter einem Bild von einem *Shelby GT* verbarg. Max öffnete ihn und nahm zwei *Glocks* heraus. Eine reichte er an Carter weiter.

Carter zögerte, worauf Max verdrossen das Gesicht verzog.

»Ich bin auf Bewährung«, sagte Carter bedächtig. »Wenn ich damit erwischt werde – was zur Hölle soll ich deiner Meinung nach überhaupt mit diesem Ding ausrichten?«

»Du musst das Scheißding ja nicht benutzen«, blaffte Max. »Nimm es einfach.«

Carter holte tief Luft und nahm die Waffe. Im Stillen war er froh, dass er Handschuhe trug. Waffen gaben ihm normalerweise immer das Gefühl, stark und unbesiegbar zu sein. Doch heute fühlte sich das Metall in seiner Hand fremdartig und gefährlich an.

Er schluckte. Etwas war anders. Er hatte jetzt Kat, die ihm half, sich stark zu fühlen. Sie gab ihm ein besseres Gefühl als jede Knarre, jede Droge, jeder Autodiebstahl, jeder Deal. Sie gab ihm mehr Kraft, als er es jemals für möglich gehalten hatte. Mit ihr an seiner Seite war er wahrhaftig unverwundbar.

Mit der *Glock* in der Hand und einem Bild von Kat, wie sie in seinem warmen Bett darauf wartete, dass er wohlbehalten zu ihr zurückkehrte, begriff er plötzlich, dass er an einem Scheideweg stand.

Ein Pfad führte ihn nach Hause zu seiner Peaches, seinem Ein und Alles. Der andere führte ihn wieder dorthin zurück, wo er schon so viele Jahre verbracht hatte. An einen dunklen Ort voller böser Erinnerungen, Hoffnungslosigkeit und Angst. Mit dem vollgekoksten Max, der eine Waffe in der Hand hielt, würde ihn dieser Pfad ohne Umwege zurück nach *Kill* bringen, aus ihm wieder einen wertlosen Kriminellen machen, ohne Perspektiven, ohne Respekt, ohne Zukunft.

Dahin wollte er nie wieder zurückkehren. Er hatte viel getan, um dorthin zu kommen, wo er heute war – und zu viel, um alles aufzugeben. Er konnte seine Peaches nicht aufgeben. Sie war alles, was zählte.

Max ließ eine schwere Tasche auf den Schreibtisch knallen und zog ein ganzes Waffenarsenal aus ihren Untiefen hervor.

»Ich kann das nicht.«

Max, der gerade ein langes Messer in der Hand hielt, riss den Kopf hoch. »Was?«

Kopfschüttelnd legte Carter die Waffe neben der Tasche ab. »Ich kann das nicht tun.«

Max war fassungslos. »Was redest du da?«

Carter deutete auf die Waffe. »Mann, das bin ich nicht mehr.«

»Was soll der Scheiß?«, fragte Max entrüstet. »Ich brauche dich hier.«

»Nein, das tust du nicht«, widersprach Carter. »Hör zu, ich kann dir das Geld geben. Du musst nicht solchen Schwachsinn machen. Du brauchst keine Waffen und kein Koks. Ich habe dir doch schon gesagt …«

»Ich bin kein Schnorrer! Ich will dein beschissenes Geld nicht!«, brüllte Max. »Warum kapierst du das verdammt noch mal nicht?«

Carter knirschte mit den Zähnen. »Okay. Dann erklär es mir. Reden wir Klartext.«

»Gut. Reden wir Klartext, Carter.« Steif und mit schweren wütenden Schritten umrundete Max den Tisch und kam auf Carter zu.

Carter rührte sich nicht.

»Du glaubst, bloß weil du eine Frau gefunden hast, die den ganzen Scheiß schluckt, den du ihr darüber eintrichterst, dass du jetzt ein guter Mensch bist, bist du wirklich etwas Besseres, und das hier ist plötzlich unter deiner Würde.« Mit ausgestreckten Armen wies er auf den Raum. »Aber das bist du nicht. Du bist der Wesley Carter, der du immer warst. Du wirst dich niemals ändern. Das kannst du gar nicht.«

Obwohl Carter wusste, dass aus Max hauptsächlich das Koks sprach, war der Drang, seinem Freund eine zu verpassen, überwältigend.

Max hatte für Carters Schweigen nur ein boshaftes Grinsen übrig. »Du hältst dich für so perfekt, weil du ein fettes Sparschwein von deiner Omi bekommen hast. Aber wir haben nun mal nicht alle einen tollen Trustfonds wie du, Carter. Manche Menschen müssen für ihren Lebensunterhalt buckeln.«

Nun wurde Carter ernsthaft wütend. »Meinst du diesen Schwachsinn wirklich ernst? Du weißt genau, was mir dieses Geld bedeutet, was ich deswegen alles mitmachen musste. Es bedeutet mir einen Scheißdreck. Schon immer! Herrgott! Weißt du überhaupt, was du da faselst, oder hat das Koks auch noch deine letzten Hirnzellen zerfressen?«

»Respekt ist wichtiger als Geld, Carter.« Max hob die *Glock*. Seine Pupillen waren riesig. »Das hier ist machtvoller als sechzig Prozent eines Unternehmens. Es ist wichtiger als eine dahergelaufene Schlampe von der Upper East Side, die dir den Schwanz lutscht …«

Carters Hand schnellte vor. Er hielt Max den erhobenen Zeigefinger vors Gesicht. »Wag es ja nicht, so zu reden«, fauchte er. »Du weißt rein gar nichts über sie.«

Max grinste spöttisch. »Du hast behauptet, du würdest mir immer den Rücken freihalten. Aber das war nur Gelaber.«

»Du egoistischer Hurensohn«, murmelte Carter und schüttelte bedächtig den Kopf. Er merkte, dass ihm langsam der Kragen platzte. »Ich kenne dich gar nicht mehr wieder.« Er schluckte. »Erinnerst du dich noch an die Nacht, in der du mir das Leben gerettet hast?«

»Klar. Wie könnte ich das vergessen? Ich hab eine Kugel für dich kassiert.«

»Freut mich, dass du das noch weißt.« Carters Brust schnürte sich zusammen. »Weil wir nämlich jetzt quitt sind, Max. Ich habe meine Schuld beglichen. Ich habe für dich gesessen. Ich schulde dir nichts mehr.«

»Carter …«

»Nein«, fuhr Carter ihn an. »Ich bin fertig. Ich habe alles, was ich mir nur wünschen könnte.« Er wandte sich zum Gehen.

Max hielt ihn auf, sah ihn fassungslos an. »Du gehst? Zurück zu was? Zu einer Frau?«

»Ich liebe sie, Max. Kapierst du das nicht? Sie genügt mir. Dank ihr habe ich begriffen, dass ich besser bin als das hier.«

»Ich fasse es nicht! Mann, sie wird dich verlassen«, keifte er. »Wenn sie erst mal mit dir fertig ist, macht sie sich aus dem Staub, genau wie alle Weiber. Sie nehmen sich, was sie wollen, und dann sind sie weg, sang- und klanglos. Merkst du das denn nicht? Dieses feine Miststück will sich doch nur ein bisschen mit einem Prolo amüsieren, genau wie deine Mutter …«

Carters Faust traf Max' Gesicht mit voller Wucht. Ein vernehmliches Krachen war zu hören, als seine Nase brach. Er taumelte rückwärts, wedelte wild mit den Armen. Carter thronte über ihm, kochend vor Wut.

Max tastete blutüberströmt nach der *Glock*, die Carter auf dem Tisch liegen gelassen hatte. Dann hielt er sie ihm mit irrem Blick an den Kopf.

»Willst du mich etwa erschießen, Max?«, fragte Carter herausfordernd und durchbohrte seinen Freund mit einem vernichtenden Blick.

»Fass mich noch mal an, und du wirst es herausfinden«, knurrte Max. Er spannte den Hahn der Waffe. »Du schuldest mir noch eine Kugel.« Er spuckte Blut auf den Boden.

Carter verspürte mit einem Mal tiefe Trauer. Bedauerlich, dass es so weit gekommen war. Sein bester Freund war einer Droge verfallen, die ihm langsam den Verstand raubte, wurde vor Liebeskummer fast verrückt. Und war trotzdem zu stur, um um Hilfe zu bitten. So viele Jahre hatten sie Seite an Seite gestanden wie Waffenbrüder, doch nun hatten sie gegensätzliche Richtungen eingeschlagen.

Langsam wandte sich Carter zur Bürotür um. Er spürte das Prickeln der auf ihn gerichteten Waffe im Rücken.

»Du gehst?«, fragte Max tonlos. »Einfach so? Du bist … Das kannst du nicht tun. Ich brauche dich hier! Carter! CARTER!«

Carter griff nach der Türklinke. »Ich liebe dich, Bruder, aber ich muss jetzt an Kat denken.« Er schüttelte den Kopf. »Du musst dir diesen Scheiß hier nicht geben. Du bist besser als das.« Er öffnete die Tür. »Wann verstehst du das endlich?«

»Carter, ich …«

Als Max jäh verstummte, drehte sich Carter noch einmal um. Fassungslos sah er, wie eine Träne über Max' Wange rann. Die *Glock* in seiner Hand zitterte.

Er schnappte nach Luft. »Du darfst nicht gehen. Alle verlassen mich. Nicht du. Das ist … tu es nicht. Scheiße, Mann.«

Blut tropfte aus Max' Nase auf sein T-Shirt. Sofort bereute Carter, ihn geschlagen zu haben. »Ich brauche Hilfe. Es tut weh«, flehte Max. Sie hatten sich schon öfter gestritten, doch nie so erbittert, dass Blut geflossen war.

»Es tut mir leid, dass ich dich geschlagen habe, aber …«

»Nein.« Max holte zitternd Luft. »Mein verdammtes *Herz* tut weh.« Er schloss die Augen. »Ich bin … es macht mich fertig, dass sie nicht da ist.«

Zögerlich machte Carter einen Schritt auf ihn zu, wagte jedoch nicht, etwas zu sagen.

»Jeden Tag wache ich auf, und sie ist nicht da«, fuhr Max fort. »Und es fühlt sich an, als würde ich sterben.« Die Waffe fiel zu Boden. »Mein Baby, mein Sohn«, er keuchte, »er wäre jetzt … fast zwei. Wenn er noch … und sie … und meine Mom ist tot – und mein Dad, und du bist bei deinem Mädchen. Und was habe ich?« Er sah sich hilflos um. »Ich bin dauerverkatert, habe Albträume, die … mir eine Todesangst einjagen, sodass ich nicht schlafen kann. Das Koks … hält mich wach. Es lässt mich für eine Weile alles vergessen, durchatmen.« Er krallte die Hand in seine Haare und schluchzte. »Und dann erinnere ich mich wieder und habe das Gefühl, ohne sie zu ersticken.« Er stöhnte. »Oh Gott, ich vermisse sie *so* sehr!«

Carter brach es fast das Herz. »Ich weiß.«

Ohne seine Peaches würde er sterben. Ihr gehörte sein Herz. Wenn sie es ihm wieder zurückgeben, ihn verlassen würde, dann würde es ihn mit Sicherheit vernichten.

»Oh Gott«, wimmerte Max mit dem Arm vorm Gesicht. »Was ist nur mit mir passiert? Ich dachte, ich könnte alles vergessen, aber jetzt finde ich mich nicht wieder. Ich bin so verloren. Ich meine … sieh mich doch nur an. Mach, dass es aufhört, Carter. *Bitte*, mach, dass es aufhört.«

Carter streckte den Arm aus und zog Max fest an sich. Der

schluchzte in seine Jacke. »Verlass mich nicht so, wie sie es getan hat. Hilf mir«, bettelte Max. »Du bist alles, was ich noch habe. Bitte. Um Himmels willen, hilf mir.«

»Das werde ich«, versprach Carter. »Ich schwöre es, Bruder.«

Epilog

Ein Jahr später …

Zitternd vor Kälte schubste Kat die Eingangstür des Strandhauses mit dem Po zu und stapfte in die Küche, wo sie zwei enorme Tüten mit Einkäufen auf die Arbeitsfläche hievte. Dann zog sie Mütze und Handschuhe aus, zog den Reißverschluss ihrer Jacke auf und spazierte ins Wohnzimmer. Carter saß gemütlich auf der Couch, sah fern und kaute rabiat auf einem Zahnstocher herum.

Kat musste lächeln. An seinem Geburtstag im März hatte er mit dem Rauchen aufgehört, und nun, neun Monate später, hielt er noch immer tapfer durch. Sie war unsagbar stolz auf ihn.

Ein Werbeblock fing an, und Carter bemerkte Kat endlich. Er lächelte ihr zu. »Hey, meine Schöne. Wie war dein Tag?«

»Lang, aber schön«, antwortete sie. »Die Jungs sind schon toll. Sie fangen wirklich langsam an, auf mich zu hören. Sieh mal«, sagte sie und hielt einen kleinen silbernen Schlüsselanhänger in Form einer Katze hoch. »Das habe ich von ihnen als Weihnachtsgeschenk bekommen.« Es hatte sie viel Mühe gekostet, nicht loszuheulen, als die zwölf Schüler ihrer Klasse in der Schule für jugendliche Straftäter in Brooklyn ihr das hübsch verpackte Geschenk überreicht hatten. »Ich werde sie diese Woche sicherlich vermissen.«

Carter legte das Kinn auf die Sofalehne und meinte schelmisch: »Du hast ja noch mich.«

Kat hätte ihn augenblicklich knuddeln können. Sie beugte sich zu ihm hinunter und gab ihm einen Kuss. »Hab ich vielleicht ein Glück.«

»Beth hat angerufen«, flüsterte Carter an ihren Lippen. »Sie wollte wissen, ob wir noch immer vorhaben, an der Benefizveranstaltung an Neujahr teilzunehmen. Ich habe ihr gesagt, wir kommen. War das okay?«

»Auf jeden Fall. Wie war dein Tag? Hat Max angerufen?«

»Ja, hat er«, sagte Carter bedrückt. »Zu wissen, dass er Weihnachten an diesem furchtbaren Ort verbringen muss, bricht mir das Herz. Aber ich weiß, dass er dort am besten aufgehoben ist.«

Weniger als zwölf Monate nach seinem herzzerreißenden Geständnis Carter gegenüber hatte Max endlich eingesehen, dass er professionelle Hilfe benötigte, und sich in eine Entzugsklinik einweisen lassen. Zwar hatte er sich sehr bemüht, allein gegen seine Kokainsucht anzukämpfen, jedoch ohne Erfolg. Nur siebenunddreißig Tage lang hatte er es geschafft, clean zu bleiben, bevor er wieder rückfällig wurde – nachdem er auf einer belebten Straße in Brooklyn eine Frau gesehen hatte, in der er Lizzie wiederzuerkennen geglaubt hatte.

Carter und die anderen Jungs aus der Werkstatt hatten alles versucht, um ihren Freund auf den rechten Weg zurückzubringen und ihn abzulenken, doch Max' emotionale Wunden reichten zu tief. Nachdem Max aufgegeben und Carter ihn bewusstlos in seinem Badezimmer gefunden hatte, hatte Carter die Kosten für die Reha übernommen und im gleichen Zug auch die Schulden der Werkstatt beglichen, die Max durch seine Sucht angehäuft hatte.

Zärtlich legte Kat ihm die Hand an die Wange und küsste ihn. »Bleib stark. Er braucht dich.«

»Ich weiß«, seufzte Carter.

»Hey, rate mal«, meinte Kat grinsend. »Auf dem Heimweg habe ich noch einen Zwischenstopp im Supermarkt eingelegt.«

Sofort hellte sich Carters Miene auf. »Hast du was Schönes mitgebracht?«

Sie grinste. »*Oreos*, Milch und zwölf Dosen *Cola*.«

Verzückt ließ er den Kopf gegen die Sofalehne sinken. »Oh Gott, wie sehr ich dich liebe!«

Lachend kehrte Kat in die Küche zurück, um die Einkäufe aufzuräumen. Ein heimeliges Gefühl überkam sie, vertraut und wohlig. Anfangs war das Zusammenleben mit Carter durchaus herausfordernd gewesen, doch nach fast einem Jahr hatte sich zwischen ihnen alles weitgehend eingespielt. Gut, er war noch immer ein Sauberkeitsfanatiker, und seine Zwangsneurosen fielen ihr manchmal höllisch auf die Nerven, aber das war es wert.

Sie hielten sich abwechselnd im Strandhaus und in der Wohnung in TriBeCa auf. Das Apartment nutzten sie hauptsächlich unter der Woche, wenn Carter bei *WCS* gebraucht wurde. Doch das Strandhaus war noch immer etwas ganz Besonderes für sie beide, ihre Zufluchtsstätte vom Alltag, in der sie sich pudelwohl fühlten.

Nachdem beide Tüten ausgepackt waren, goss Kat zwei Gläser Milch ein und klemmte sich die Packung *Oreos* unter den Arm. Ein Glas reichte sie Carter, bevor sie sich neben ihn setzte und die Kekse zwischen sie legte. Keine zwei Sekunden später hatte Carter die Packung schon aufgerissen und machte sich über den Inhalt her.

»Weißt du, während du bei der Arbeit warst, habe ich nachgedacht«, nuschelte er mit vollem Mund. »Ich finde, wir sollten uns heute schon unsere Geschenke geben, um den Beginn deines Urlaubs zu feiern.«

Kat sah ihn verwundert an. »Aber es sind doch noch vier

Tage bis Weihnachten. Kannst du nicht noch so lange warten?« Sie hatte ihn schon mindestens ein halbes Dutzend Mal dabei ertappt, wie er die Päckchen unter dem Weihnachtsbaum, den sie zwei Wochen zuvor gemeinsam aufgestellt und dekoriert hatten, schüttelte und betastete. »Außerdem kommen an den Feiertagen doch Nana Boo, Mom und Harrison. Ich fände es besser, wenn wir dann noch ein paar Päckchen übrig hätten, um sie gemeinsam mit ihnen auszupacken.«

Carter spähte sehnsüchtig zum Weihnachtsbaum hinüber. »Aber …«

»Oh Gott, du bist wie ein kleines Kind«, lachte Kat ihn aus.

Er grinste, und seine blauen Augen blitzten. »Heißt das ja?«

»Okay, na gut«, gab Kat nach. »Aber du darfst nur eins aufmachen.«

»Jawohl, Boss.« Er sprang auf und eilte zum Baum.

Carter kniete sich auf den Boden und tat so, als suche er angestrengt in den zahlreichen Päckchen. Er schüttelte sie, drückte sie, zupfte am Papier herum. Schließlich fand er, dass er lange genug Theater gespielt hatte, nahm ein kleines silberfarbenes Päckchen in die Hand und winkte Kat zu sich. Als sie sich neben ihn setzte, wirkte sie ein wenig genervt. Carter reichte ihr das Päckchen.

»Das ist von mir«, sagte er und küsste sie zärtlich. »Frohe Weihnachten, Peaches.«

»Frohe Weihnachten.« Sie lächelte und schien nun doch ein wenig neugierig geworden zu sein. Sie begann, das Papier aufzureißen.

»Oh Carter«, keuchte sie, als sie die Miniaturausgabe der Alice-Statue erblickte, eine genaue Nachbildung der Statue, die im Central Park stand. »Das ist perfekt.«

»Wirklich?«

»Wirklich«, antwortete sie und gab ihm noch einen Kuss.

»Ich wollte sie dir schenken, weil Alice mit uns so viel erlebt hat.«

»Ja, das stimmt wohl«, meinte Kat nachdenklich.

»Und«, fuhr Carter fort, »ich fand, dass sie auch jetzt mit dabei sein sollte.«

Kat sah ihn fragend an.

Carter schlug das Herz bis zum Hals, als er die Hand aus der Tasche zog und ein kleines blaues Kästchen von *Tiffany* hochhielt.

Kat riss die Augen auf und sah ihn entgeistert an. »Carter, ich …«

»Nimm schon.«

Sie tat es und klappte, für Carter unerträglich langsam, den Deckel hoch. Dann schnappte sie nach Luft. Der mit dreikarätigen Diamanten besetzte Platinring glitzerte herrlich im Licht der Weihnachtsbeleuchtung.

Carter holte tief Luft und strich über das tätowierte *C* auf der Innenseite ihres Handgelenks, das sie ihm zum Geburtstag geschenkt hatte – das Erotischste, was Carter jemals gesehen hatte.

Er hob die Alice-Figur auf. »Ich möchte, dass du sie dir ansiehst und dich daran erinnerst, wie weit wir schon gekommen sind. Alice war dabei, als wir unser erstes Nicht-Date hatten und ich mir den besten Kuss meines Lebens gestohlen habe. Sie war dabei, als wir im Regen getanzt haben und ich dir Otis Redding ins Ohr gesummt habe. Das war in derselben Nacht, in der ich dir eröffnet habe, wer ich wirklich bin, und in der du mir gestattet hast, dich die ganze Nacht lang zu lieben.«

Er stellte die Statue wieder ab. »Als du mich wiedergefunden hast, war ich so kaputt. Aber du hast mich wieder zusammengesetzt und mir klargemacht, dass die Fehler, die ich begangen habe, mich nicht ausmachen. Du hast an mich geglaubt, als es sonst niemand tat.« Er küsste ihre Handfläche. »Ich weiß, dass ich eine Nervensäge bin, und ganz sicher nicht perfekt. Keiner von uns ist das. Deine Kochkünste lassen einiges zu wünschen übrig, und du treibst mich damit, dass du jeden Morgen deine schmutzige Wäsche auf dem Badezimmerboden liegen lässt, in den Wahnsinn!« Er schmunzelte, als sie ihn spielerisch knuffte.

»Aber ich liebe es, mit dir zusammenzuleben, Kat. Ich liebe es, jeden Morgen mit dir aufzuwachen und dich lächeln zu sehen, mit dir in meinen Armen einzuschlafen, mich bei dir so geborgen zu fühlen wie nie zuvor in meinem Leben. Ich liebe deine Faulenzertage. Ich liebe es, mit dir zu lachen und mit dir zu streiten, weil ich genau weiß, dass wir uns hinterher wieder versöhnen werden. Ich liebe es, mit dir gemeinsam mit Kala herumzufahren. Ich will jedes Jahr mit dir gemeinsam einen Weihnachtsbaum aufstellen, für den Rest meines Lebens.«

Seine Kehle schnürte sich zu. Er drückte Kats Hände. »Seit ich elf Jahre alt war, habe ich dich jeden Tag meines Lebens geliebt. Willst du mich heiraten?«

Kat lachte und weinte gleichzeitig. »Natürlich will ich dich heiraten.«

Nun lachte Carter mit ihr, zog sie in seine Arme und küsste sie leidenschaftlich.

Ihre Lippen und ihr Körper schmiegten sich so perfekt an seinen, wie sie es schon immer getan hatten. Carter zog sich ein wenig zurück, nahm den Ring aus dem Kästchen und steckte ihn ihr auf den Finger. Als er ihn betrachtete, wusste er, dass dieser Ring nun genau da war, wo er schon immer hingehört hatte. Und er spürte, dass er nun endlich zu Hause war.

Er legte die Hände an ihre Wangen und küsste sie noch einmal.

Er verdankte der Frau in seinen Armen alles. Für sie war er der Mann geworden, der er sein wollte, der er gern war. Und während sie sich aus ihren Kleidern schälten und die Lust zwischen ihnen hohe Flammen schlug, schwor er sich, dass er es ihr vergelten würde, jeden Tag, für den Rest seines Lebens.

Es war eine Verpflichtung, der er mit Freuden nachkommen würde.

Seine kostbare Schuld.

Sein heiß geliebtes Pfund Fleisch.

Danksagung

Dieses Buch wäre niemals entstanden ohne die Liebe, den Zuspruch und die Unterstützung mehrerer Menschen.

Als Erstes möchte ich meiner Familie danken, insbesondere meiner Mutter, die meinen ständig wechselnden Obsessionen zwar anfänglich skeptisch begegnete, während des Entstehungsprozesses dieses Buchs jedoch zu meiner ganz persönlichen Cheerleaderin wurde. Von den Anfängen, als nichts richtig klappte, bis zu dem Punkt, an dem das Buch doch endlich fertig war und ich plötzlich Unmengen an Überarbeitungen zu bewältigen hatte, die niemals zu enden schienen, war sie immer für mich da, beruhigte mich, half mir, alles durchzustehen, und bestätigte mich unermüdlich darin, dass ich es *selbstverständlich* schaffen würde. Du bist meine Heldin, und das wirst du auch immer sein. Ich liebe dich.

Danke an Sally, Rhian, Babs, Irene, Nicki, Caro, Sash und Lisa, den originalen PAW-Prinzessinnen. Wer hätte das gedacht? Eure kontinuierliche Unterstützung während dieser gesamten Reise, eure Geduld beim Warten auf die vierteljährlichen (manchmal auch verspäteten) Romanauszüge, unsere *Skype*-Lese-Sessions und unser Treffen in Manchester, als klar wurde, dass *Dunkle Liebe* veröffentlicht werden würde, werden mir für immer unendlich viel bedeuten. Ihr seid wundervolle Frauen und Freundinnen, und ich kann mich wirklich glücklich schätzen, euch zu haben.

Ich danke meinen großartigen Freunden und meiner unglaublichen Online-Familie: Steph, meiner Work-out-Queen,

Kim, meinem *Hummer*, Afiyah, meinem *Minion*-Zwilling, Lauren, meinem Stucky-Fan, Tara Sue Me für deine unschätzbar wertvollen Ratschläge und deine Unterstützung, J. M. Darhower für deine inspirierenden Worte, Liv, Laura, Rose – ich könnte diese Liste ewig fortsetzen. Ich befinde mich in der glücklichen Lage, sagen zu können, dass es zu viele von euch gibt, um euch allen hier danken zu können. Eure beispiellose Begeisterung machte die schwierigen Zeiten so viel erträglicher und die guten so viel schöner. Ihr alle, jeder Leser, Rezensent, Blogger, *Photoshop*-Künstler, Banner-Gestalter, jeder, der bei der Vergabe eines Fan-Preises abgestimmt hat, jeder, der mich per Textmitteilung, Anruf oder Tweet aufgebaut hat – ihr seid fantastisch, und ich liebe euch alle von ganzem Herzen. Ihr seid der Grund dafür, dass dieses Buch existiert. Danke, dass ihr meine Fixierung auf die schrägsten Dinge toleriert und stets so felsenfest an mich und diesen Roman geglaubt habt. Danke, dass ihr alles Gute und Schlechte und Verrückte ausgehalten habt. Ich bin froh, euch kennen zu dürfen. *Lettuce spoon*.

Ich möchte Rachael danken, meiner wundervollen Seelenverwandten aus Pennsylvania. Meinem Engel. Mir scheint es, als hätte ich mich erst gestern an deinen Computer gesetzt, um den Prolog von *Dunkle Liebe* zu schreiben. Wer hätte gedacht, dass es so weit kommen würde? Wir haben einen langen Weg hinter uns, Baby, doch meine Liebe für dich ist noch immer so stark wie an dem Tag, an dem du mir deine erste Online-Rezension geschickt hast. Deine Kreativität und dein sonniges Gemüt bedeuten mir unermesslich viel. Du bist wahrhaftig eine großartige Freundin, deine Familie ist fantastisch, und ich kann es gar nicht erwarten, noch weitere, von Gelächter erfüllte Sommer mit euch allen zu verbringen.

Ebenso großer Dank gilt meiner Superagentin Lorella Belli,

der am härtesten arbeitenden Frau der Literaturbranche! Was für eine wilde Reise hinter uns liegt. Nicht einmal hast du zugelassen, dass ich in Zeiten, als es düster aussah, verzweifelte, nicht einmal hast du, als ich schon das Handtuch werfen wollte, die Hoffnung aufgegeben. Du bist wahrlich eine Inspiration. Ich bewundere dich für deinen festen Glauben und deinen Kampfgeist, und mir ist bewusst, dass ohne dich dieses Buch noch immer ein unerfüllter Traum wäre. Vielen Dank für alles, was du für *Dunkle Liebe* und mich getan hast und immer noch tust. Ich bin dir mehr als dankbar.

Auch meiner U.S.-Agentin Louise Fury gilt mein Dank. Wann immer ich an deine Begeisterung für die Figuren dieser Geschichte denke, muss ich lächeln. Du bist klasse. Danke dafür, dass du der tollste Sidekick aller Zeiten bist.

Danke auch an meine fabelhafte Redakteurin Micki Nuding, die sich mit mir herumschlagen musste. Du hast wirklich eine Engelsgeduld. Herzlichen Dank an das Team von *Simon & Schuster* und *Gallery Books*: Danke, dass ihr euch auf mich und meine Geschichte eingelassen habt und meinen Traum wahr gemacht habt.

Und schließlich möchte ich euch auch dafür danken, dass ihr bei dieser schier endlosen Danksagung bis zum Schluss durchgehalten habt. Dafür bekommt ihr einen *Oreo* und eine *Cola* von mir. Ihr habt sie euch wirklich verdient.